LE TRÉSOR DU KHAN

Né en 1931, Clive Cussler a d'abord servi dans l'armée en tant qu'ingénieur mécanicien. Ce n'est qu'après sa carrière militaire qu'il se lance dans la publicité. Simultanément, la nuit, il écrit ses premiers romans. Le succès est au rendez-vous… Découvreur de nombreuses épaves, l'auteur appartient à la Société géographique royale de Londres, au Club des explorateurs de New York, et préside l'Agence nationale maritime et sous-marine (NUMA), qui inspire également nombre de ses romans.

Dirk Cussler a activement participé aux expéditions de son père au sein de la NUMA, dont il préside le conseil de surveillance. Il vit en Arizona.

CLIVE CUSSLER

DIRK CUSSLER

Le Trésor du Khan

ROMAN TRADUIT DE L'ANGLAIS (ÉTATS-UNIS) PAR DELPHINE RIVET

GRASSET

Titre original :

TREASURE OF KHAN

L'édition originale de cet ouvrage a été publiée
par G.P. Putnam's Sons, à New York, en 2006.

ISBN : 978-2-253-12885-4 – 1re publication LGF

Pour Kerry, avec mon affection,
D.E.C.

La tempête de l'empereur

NAVIRE MONGOL À LA DÉRIVE

Arik Temur écarquilla les yeux dans l'obscurité et pencha la tête vers le bastingage en entendant le bruit des rames s'intensifier. Lorsque l'embarcation enne-mie ne se trouva plus qu'à quelques mètres, il se recro-quevilla dans l'ombre. Cette fois, il réserverait aux intrus un accueil des plus chaleureux, songea-t-il avec une féroce impatience.

Le clapotement des avirons cessa. Un choc sur la coque lui apprit que le petit bateau s'était glissé le long du grand vaisseau. La lune de minuit n'était qu'un mince croissant, mais la pure clarté du ciel amplifiait la lumière des étoiles, baignant le navire d'une lueur cotonneuse. Temur s'agenouilla sans bruit en avisant une silhouette qui franchissait le bastingage à la poupe, puis une autre, puis encore une autre, jusqu'à ce qu'une dizaine d'hommes se trouvent sur le pont. Les intrus portaient des vêtements en soie colorée sous une armure en cuir souple qui bruissait lorsqu'ils se mou-vaient. Mais ce fut le scintillement de leurs katanas, aiguisés comme des rasoirs, qui attira son regard lorsqu'ils se rassemblèrent.

Constatant que les ennemis avaient mordu à l'hame-çon, le commandant mongol se tourna vers le garçon à ses côtés et lui fit un signe de tête. Celui-ci frappa

11

immédiatement une cloche en bronze qu'il tenait dans ses bras et le son métallique déchira l'air calme de la nuit. Les intrus restèrent pétrifiés, surpris par cette alarme subite. Soudain, trente soldats en armure, jusque-là dissimulés, bondirent en silence, sortant de l'ombre. Brandissant des javelots à pointe de fer, ils se jetèrent sur les envahisseurs avec une fureur meurtrière. La moitié des abordeurs furent tués immédiatement, touchés par les multiples coups de lance qui avaient transpercé leurs armures. Ceux qui restaient sortirent leurs sabres pour tenter de riposter mais ils furent rapidement maîtrisés par les défenseurs, en plus grand nombre. En quelques secondes, tous les assaillants gisaient sur le pont, morts ou agonisants. Tous, sauf un.

Vêtu d'une longue tunique de soie rouge brodée et d'un pantalon large rentré dans des bottes en peau d'ours, l'homme n'était manifestement pas un soldat paysan. Avec une rapidité et une précision dévastatrices, il avait surpris ses ennemis en se ruant sur eux, détournant les coups de lance par de rapides mouvements de son katana. En un éclair, il s'était rapproché d'un groupe de trois défenseurs du bateau et les avait tous fait tomber sur le pont, coupant presque l'un des hommes en deux d'un seul coup de sabre.

Voyant cette tornade décimer ses soldats, Temur bondit et dégaina sa propre épée, puis s'élança. L'autre le vit charger et il para adroitement un coup de lance avant de pivoter, rapide comme la foudre, puis de pointer son sabre souillé de sang en direction du guerrier qui approchait. Le commandant mongol, qui avait tué plus de vingt hommes au cours de sa vie, esquiva calmement le coup. La pointe de l'épée passa à un cheveu de sa poitrine, manquant la peau de quelques millimètres. Dans le même temps, Temur leva son propre sabre et le lui logea pointe en avant entre les côtes.

L'homme se raidit à mesure que la lame perçait sa cage thoracique et coupait son cœur en deux. Il s'inclina devant le Mongol tandis que ses yeux se révulsaient, puis il tomba, mort.

Les défenseurs poussèrent un cri victorieux qui se répercuta en écho dans la baie, avertissant le reste de la flotte composée d'envahisseurs mongols que l'attaque menée cette nuit-là par la guérilla avait échoué.

— Vous vous êtes battus avec courage, lança Temur à ses soldats, pour la plupart chinois, qui étaient rassemblés autour de lui. Jetez à la mer les cadavres des Japonais et lavons notre pont de leur sang. Ce soir nous pourrons dormir en paix, fiers.

Au milieu d'une nouvelle clameur, Temur s'agenouilla près du samouraï et arracha le sabre ensanglanté des mains du mort. A la faible lueur des lanternes du bateau, il étudia l'arme japonaise avec soin, admirant la finesse du travail et le bord tranchant comme un rasoir, avant de le glisser dans son propre fourreau avec un hochement de tête satisfait.

Tandis que l'on balançait les morts par-dessus bord sans plus de cérémonie, Temur vit approcher le capitaine du bateau, un Coréen sévère du nom de Yon.

— Beau combat, le complimenta Yon sans chaleur. Mais combien d'abordages mon navire devra-t-il encore souffrir ?

— L'offensive terrestre prendra la relève lorsque la flotte du sud du Yangtsé arrivera. L'ennemi sera bientôt anéanti, et ces attaques isolées cesseront. Peut-être notre victoire de cette nuit jouera-t-elle un rôle dissuasif.

Yon émit un grognement sceptique.

— Mon bateau et mon équipage devraient être de retour à Pusan à présent. Cette invasion tourne à la débâcle.

— Certes, l'arrivée des deux flottes aurait dû être mieux coordonnée ; cependant, l'issue finale ne fait

13

aucun doute. La victoire nous appartiendra, répondit Temur avec irritation.

Tandis que le capitaine s'éloignait en secouant la tête, Temur étouffa un juron. S'appuyer sur un navire et un équipage coréens, ainsi que sur des fantassins chinois pour se battre, c'était comme avoir les mains liées derrière le dos. S'il pouvait faire accoster une division de cavaliers mongols, l'île serait sous leur domination en une semaine.

Toutes ses réflexions ne l'avançaient à rien, et il se mit à méditer à contrecœur les paroles du capitaine. L'invasion avait en effet commencé de façon peu encourageante et s'il avait été superstitieux, il aurait même pu croire qu'une malédiction pesait sur eux. Lorsque Koubilaï, empereur de Chine et Grand Khan de l'Empire mongol, avait essuyé une rebuffade après avoir exigé un tribut du Japon, il avait réagi en envoyant une flotte envahir l'ennemi pour réprimer cette insolence. Mais la flotte partie en 1274 était bien trop petite. Avant que l'on ait pu établir une tête de pont, une tempête l'avait balayée, décimant les vaisseaux de guerre mongols qui n'étaient pas abrités.

Sept ans plus tard, on ne commettrait pas la même erreur. Koubilaï Khan avait réuni une force d'invasion massive constituée d'éléments de la flotte coréenne de l'Est et du principal groupe de bateaux chinois, la flotte du sud du Yangtsé. Plus de cent cinquante mille soldats chinois et mongols s'apprêtaient à converger sur l'île japonaise de Kyushu, au sud du Japon, pour renverser les seigneurs de la guerre qui tenaient le pays. Mais cette force d'invasion attendait encore du renfort. La flotte de l'Est était arrivée la première de Corée. Dans l'espoir de remporter un glorieux succès, ils avaient essayé de faire débarquer des troupes au nord de la baie d'Hakata mais avaient bientôt renoncé. Face à une défense japonaise galvanisée, ils avaient en effet dû battre en retraite et attendre l'arrivée de la deuxième flotte.

Reprenant confiance, les guerriers japonais s'étaient alors mis à attaquer la flotte mongole. D'insolents groupuscules armés se glissaient la nuit dans la baie sur de petits bateaux à l'assaut des navires mongols ancrés. La découverte macabre de corps décapités témoignait chaque matin d'une nouvelle offensive des guerriers samouraïs qui emportaient la tête de leurs victimes comme trophées de guerre. Après plusieurs succès, les envahisseurs mongols se mirent à attacher leurs navires les uns aux autres pour se protéger. Le piège conçu par Temur – faire mouiller son navire à l'écart des autres – avait fonctionné comme prévu et les attaquants japonais avaient trouvé la mort.

Bien que d'un point de vue stratégique ces raids nocturnes ne causaient que peu de dégâts, ils sapaient le moral déjà déclinant des envahisseurs. Trois mois après avoir quitté Pusan, les soldats étaient toujours entassés dans les navires coréens. Les vivres diminuaient et des épidémies de dysenterie affaiblissaient la flotte. Cependant, Temur savait que la venue des navires du sud du Yangtsé changerait la donne. L'armée chinoise, forte de son expérience et d'une discipline de fer, mettrait facilement en échec les petits groupes de samouraïs, une fois arrivée en masse. Si seulement elle arrivait.

Le matin suivant se leva, clair et ensoleillé, rafraîchi par une forte brise venue du sud. A la poupe de son navire de soutien, un *mugun*, le capitaine Yon observait la baie d'Hakata bondée. La flotte de navires coréens était impressionnante. Près de neuf cents bâtiments occupaient la baie, de toutes formes et de toutes tailles. La plupart étaient de larges jonques robustes, certaines mesurant seulement six mètres de long, d'autres, comme celle de Yon, allant jusqu'à vingt-cinq mètres.

Presque toutes avaient été construites pour servir cette invasion. Mais cette flotte de l'Est, ainsi qu'on l'appelait, ne représentait qu'une partie infime des forces que l'on attendait.

A trois heures de l'après-midi, un cri retentit depuis la vigie et bientôt des clameurs d'enthousiasme et des roulements de tambour montèrent dans toute la baie. Au large, les premiers mâts de l'armée du Sud apparaissaient à l'horizon et avançaient vers la côte japonaise. D'heure en heure, les mâts se multipliaient et grossissaient, jusqu'à ce que la mer tout entière semble n'être plus qu'une masse sombre de navires en bois aux voiles rouge sang. Plus de trois mille navires transportant cent mille soldats supplémentaires émergeaient du détroit de Corée, se préparant à un débarquement qui n'aurait d'égal que celui de Normandie sept cents ans plus tard.

Les voiles en soie rouge de la flotte de guerre claquaient sur la ligne d'horizon comme une tempête écarlate. Toute la nuit et une bonne partie du jour suivant, les jonques chinoises arrivèrent vers la côte par escadres les unes après les autres pour se rassembler dans la baie d'Hakata, tandis que les commandants militaires affinaient leur stratégie. Des drapeaux flottaient sur le navire amiral où généraux mongols et chinois planifiaient l'invasion.

A l'abri de leur digue de pierre, les Japonais contemplaient horrifiés la gigantesque flotte. Cette vision semblait aiguiser la détermination de certains défenseurs quand d'autres sombraient dans le désespoir, suppliant les dieux de leur venir en aide. Même les samouraïs les plus téméraires reconnaissaient qu'ils avaient fort peu de chances de survivre à cet assaut.

Mais à plus de mille kilomètres au sud, une autre force était à l'œuvre, encore plus puissante que la flotte de Koubilaï Khan : un tourbillon de vent, de mer et de pluie qui fusionnaient en une masse d'énergie maléfique. La tempête s'était formée, comme la plupart des typhons, dans les eaux chaudes du Pacifique Ouest près des Philippines. Un orage isolé l'avait déclenchée, troublant le front anticyclonique en faisant converger des masses d'air chaud et froid. Les vents chauds qui soufflaient à la surface de l'océan se transformèrent bientôt en tempête. Celle-ci progressa sur la mer sans rencontrer d'obstacle, puis gagna en intensité jusqu'à devenir dévastatrice. Les vents de surface prirent alors de l'altitude, atteignant une vitesse de deux cent vingt kilomètres à l'heure. Le « supertyphon », ainsi qu'on l'appellerait aujourd'hui, fonça presque en ligne droite vers le nord avant de curieusement changer de direction vers le nord-est : sur son passage se trouvaient les îles du sud du Japon et la flotte mongole.

Devant Kyushu, les flottes s'étaient rassemblées, concentrées sur la bataille à venir et ignorantes de la tempête qui approchait.

— Nous avons reçu l'ordre de nous joindre au déploiement vers le sud, rapporta le capitaine Yon à Temur après un échange de signaux au sein de son escadre. Les premières unités terrestres ont été débarquées et ont sécurisé une tête de pont afin d'y faire descendre les troupes. Nous devons suivre une partie de la flotte du Yangtsé pour sortir de la baie et se préparer à faire débarquer nos hommes en renfort.

— Ce sera un soulagement pour mes soldats de retrouver la terre ferme, répondit Temur.

Comme tous les Mongols, celui-ci était un guerrier terrestre, habitué à se battre à cheval. Attaquer depuis la mer était un concept assez nouveau pour les Mongols, mais adopté depuis quelques années par l'empereur car il était l'unique moyen de conquérir la Corée et la Chine du Sud.

17

— Vous aurez bien assez tôt l'occasion de débarquer et de vous battre, lui fit remarquer Yon en supervisant la remontée de l'ancre de pierre.

Tout en sortant de la baie à la suite d'une grande partie de la flotte pour longer la côte vers le sud, Yon scrutait, mal à l'aise, le ciel qui s'obscurcissait à l'horizon. On aurait dit qu'un seul nuage grossissait au point d'assombrir le ciel tout entier. Dans le même temps, le vent et la mer se mirent à gronder, tandis que des rafales de pluie giflaient le navire. La plupart des capitaines coréens, prévoyants, replacèrent leur bateau plus loin au large. Mais les marins chinois, moins expérimentés en haute mer, commirent la folie de rester près du point de débarquement.

Incapable de dormir dans sa couchette transformée en montagnes russes, Temur grimpa sur le pont où il trouva huit de ses hommes accrochés au bastingage, en proie au mal de mer. La nuit noire comme de l'encre était transpercée par des dizaines de points lumineux qui dansaient au-dessus des vagues, comme des lanternes signalant la position des autres navires. Beaucoup d'entre eux étaient toujours attachés les uns aux autres, et Temur observait ces petites guirlandes de lumière monter et descendre dans un bel ensemble au rythme de la houle.

— Je ne serai pas en mesure de faire débarquer vos troupes ! cria Yon à Temur en essayant de se faire entendre malgré les hurlements du vent. La tempête ne fait pourtant que commencer. Il faut nous éloigner de la côte pour éviter d'être écrasés sur les rochers.

Temur ne perdit pas de temps en protestations et hocha la tête. Bien qu'il brûlât d'envie de quitter avec ses hommes ce navire bringuebalé par les flots, il savait qu'une telle tentative serait follement imprudente. Yon avait raison. Si déprimante que fût cette perspective, il n'y avait rien d'autre à faire que d'affronter la tempête.

Yon ordonna que l'on hisse la voile à bourcet sur le mât de misaine et mit le cap sur l'ouest. Malmené par les vagues qui grossissaient, le robuste navire commença à s'éloigner de la côte.

Autour d'eux régnait la confusion. Quelques vaisseaux chinois tentaient de débarquer leurs troupes au milieu du maelström, cependant la plupart restaient à l'ancre non loin de la côte. D'autres, appartenant pour la plupart à la flotte de l'Est, suivirent Yon et se repositionnèrent au large. Ils étaient peu nombreux à croire qu'un nouveau typhon pouvait survenir et anéantir la force d'invasion comme en 1274, mais les incrédules allaient découvrir qu'ils avaient tort.

Le supertyphon prit soudain de l'ampleur et se mua en un tourbillon de vent et de pluie. Peu après l'aube, le ciel vira au noir et la tempête atteignit son apogée. Des pluies torrentielles tombaient à l'horizontale, en rafales assez violentes pour déchiqueter les voiles. Les vagues s'écrasaient sur la rive dans un grondement de tonnerre que l'on percevait à des kilomètres à la ronde. Accompagné de vents stridents plus forts qu'un ouragan de catégorie 4, le supertyphon s'abattit sur l'intérieur de l'île de Kyushu.

A terre, les défenseurs japonais assistèrent au déferlement d'un mur d'eau d'une hauteur de trois mètres qui s'écrasa sur le rivage, balayant maisons et villages, détruisant les remparts défensifs et noyant des centaines de personnes. Des vents ravageurs déracinèrent des arbres centenaires et envoyèrent dans les airs des débris qui volaient comme des missiles. Le déluge ininterrompu fit tomber trente centimètres d'eau en une heure à l'intérieur des terres, inondant les vallées et faisant déborder les rivières. Les crues subites et les glissements de terrain tuèrent un nombre incalculable de gens, submergeant des villes entières en quelques secondes.

Mais ce n'était rien comparé au déchaînement qui frappait la flotte mongole en mer. En plus des vents explosifs et des trombes de pluie, des vagues gigantesques grandissaient sous la furie de la tempête. Des montagnes d'eau enserraient la flotte des envahisseurs, retournant certains vaisseaux et en brisant d'autres. Ceux ancrés près de la côte furent rapidement balayés sur les hauts-fonds semés de récifs, où ils furent mis en pièces. Les mâts s'effondraient et les poutres se fendaient, désintégrant des dizaines de navires dans les eaux tumultueuses. Dans la baie d'Hakata des groupes de navires, restés attachés ensemble, subissaient un impitoyable traitement. Lorsqu'un vaisseau coulait, il entraînait les autres vers le fond à la façon de dominos. Piégés à l'intérieur, soldats et matelots mouraient, rapidement noyés. Ceux qui s'échappaient en sautant dans les vagues violentes périssaient quelques instants plus tard, car peu d'entre eux savaient nager.

A bord du *mugun* coréen, Temur et ses hommes s'accrochaient désespérément au bateau, malmené comme un bouchon de liège dans une machine à laver. Avec un grand savoir-faire, Yon guidait le navire à travers la tourmente, luttant pour conserver la proue pointée sur les vagues. A plusieurs reprises, le bateau en bois prit tellement de gîte que Temur fut persuadé qu'ils allaient chavirer. Pourtant, le grand Yon restait toujours debout à la barre tandis que le bateau se redressait ; il arborait un visage crispé par la détermination, se battant contre les éléments. Ce n'est qu'à l'approche d'une monstrueuse vague de douze mètres de haut, surgie de nulle part, que le brave capitaine pâlit.

L'énorme mur d'eau s'abattit sur eux dans un grondement de tonnerre. La vague déferla sur le bateau comme une avalanche, le noyant sous des paquets de mer et d'écume. Pendant plusieurs secondes, le bateau coréen disparut sous l'eau rageuse. Les hommes à l'intérieur du navire sentirent leur estomac se soulever sous la force du plongeon, tout en notant l'absence étonnante des hurlements du vent. Puis tout devint noir. Le bateau en bois aurait eu toutes les raisons de se briser sous la vague, pourtant la robuste jonque tint bon. Comme la vague géante poursuivait sa progression vers la côte, le navire remonta telle une apparition surgie des profondeurs et reprit sa place sur les flots déchaînés. Temur avait été balayé par la vague et il avait eu tout juste le temps de s'accrocher au barreau d'une échelle. Il ouvrait la bouche pour reprendre son souffle lorsque le bateau refit surface et constata, atterré, que les mâts avaient été arrachés. Derrière lui, à la poupe, un cri aigu se fit entendre. Balayant le pont des yeux, il constata que Yon et cinq matelots coréens, ainsi qu'une poignée de ses propres hommes, avaient été arrachés du pont. Un chœur de cris de panique transperça les airs pendant un instant avant d'être emporté par le hurlement du vent. Temur aperçut le capitaine et ses hommes qui se débattaient dans l'eau non loin du navire. Réduit à l'impuissance, il les regarda disparaître sous une grosse vague.

Sans plus ni mâts ni équipage, le navire était maintenant à la merci de la tempête. Roulant et tanguant sur les flots, frappé et inondé par les déferlantes, le bateau eut un millier de fois l'occasion de couler. Mais en dépit d'une construction simple sa coque était robuste, ce qui lui permit de se maintenir à flot tandis qu'autour d'eux des centaines de navires chinois sombraient dans les profondeurs.

Après plusieurs heures de lutte violente, les vents moururent lentement et les rafales de pluie cessèrent. Pendant un court instant, en apercevant le soleil, Temur crut que la tempête était finie. Mais c'était seulement l'œil du cyclone qui passait, leur offrant un bref moment de répit. Dans l'entrepont, Temur dénicha deux marins coréens et les réquisitionna pour l'aider à manœuvrer le bateau. Lorsque les vents et la pluie reprirent, Temur et les marins se relayèrent à la barre pour affronter à nouveau les vagues mortelles.

En l'absence du moindre repère, incapables même de savoir dans quelle direction ils naviguaient, les hommes se concentrèrent avec bravoure sur leurs efforts pour maintenir le navire à flot. Subissant sans le savoir les vents tourbillonnant depuis le nord dans le sens inverse des aiguilles d'une montre, ils furent rapidement poussés en haute mer vers le sud. L'énergie du typhon avait néanmoins faibli en frappant Kyushu, aussi les coups furent-ils moins violents qu'auparavant, malgré des rafales de plus de cent trente kilomètres à l'heure qui continuaient de malmener durement le navire. Aveuglé par la pluie battante, Temur n'avait aucune idée de leur position. A plusieurs reprises, le bateau faillit arriver en vue de la terre, passant non loin d'îles, de rochers et de hauts-fonds sans même s'en apercevoir en raison de la noirceur de la tempête. Miraculeusement, le bateau les évita et les hommes ignorèrent qu'ils étaient passés à un cheveu de la mort.

Le typhon fit rage pendant un jour et une nuit avant que son intensité faiblisse pour ne plus devenir qu'un petit grain. Le *mugun* coréen, qui prenait l'eau de toutes parts, tint bon et se maintint à la surface. Malgré la perte du capitaine et des matelots et les avaries subies par le navire, ils avaient survécu à la tempête meurtrière. Par chance le destin les avait épargnés, sentiment qui les envahit à mesure que les eaux commencèrent à se calmer.

Cette chance n'avait pas souri au reste de l'armée d'invasion mongole, brutalement décimée par le typhon. La flotte du sud du Yangtsé avait été réduite en miettes en se brisant contre la côte rocheuse, ou coulée par les flots furieux. De colossaux débris de planches cassées provenant de grandes jonques chinoises, de vaisseaux de guerre coréens et de barques à rames jonchaient le rivage. Dans l'eau, les cris des mourants avaient cessé depuis longtemps de faire écho à ceux du vent. De nombreux soldats avaient été immédiatement entraînés au fond de l'eau en raison du poids de leurs lourdes armures. D'autres, restés à flot, n'avaient enduré les affres de la panique que pour finir assommés par l'assaut continu des vagues monstrueuses. Les rares chanceux qui avaient atteint la côte avaient été rapidement taillés en pièces par les bandes de samouraïs en maraude. Après l'ouragan, les morts jonchaient les plages comme des fagots de bois. Des épaves à demi coulées bouchaient l'horizon au large de Kyushu, en nombre si important qu'il aurait été possible de traverser le golfe d'Imari à pied sec.

Les quelques navires épargnés rentrèrent pitoyables en Corée et en Chine porteurs de cette impensable nouvelle : Mère Nature avait de nouveau anéanti leurs projets de conquête. Ce désastre était la pire défaite jamais subie par les Mongols depuis le règne de Gengis Khan. Elle montra au reste du monde que les armées de ce grand empire étaient loin d'être invincibles.

Pour les Japonais, l'arrivée de ce typhon meurtrier n'était pas moins qu'un miracle. Malgré les destructions occasionnées à Kyushu, l'île n'avait pu être conquise et les envahisseurs avaient été mis en échec. Beaucoup furent persuadés que cela ne pouvait être que la conséquence des prières de la onzième heure à la déesse du soleil au sanctuaire d'Ise. L'intervention divine avait eu lieu, signe manifeste que le Japon avait reçu la bénédiction des cieux pour repousser les envahisseurs étrangers. La croyance en ce Kami-Kaze ou vent divin, ainsi qu'on l'appela, était si forte qu'elle traversa l'histoire du Japon au cours des siècles, pour réapparaître lors de la Seconde Guerre mondiale et désigner les pilotes-suicide.

A bord du navire coréen, Temur et les autres survivants n'avaient pas la moindre idée de l'ampleur des dégâts sur la flotte. Emportés au large, ils supposèrent qu'elle allait se regrouper après la tempête afin de reprendre l'assaut.

— Nous devons rejoindre la flotte, déclara Temur à ses hommes. L'empereur attend sa victoire et nous devons être fidèles à notre devoir.

Mais il y avait un problème de taille : au bout de trois jours et trois nuits d'un temps implacable, ballottés sans mâts ni voiles, il leur était impossible de déterminer où ils se trouvaient. Quand l'horizon s'éclaircit, il n'y avait aucun autre navire en vue. Pire pour Temur : personne à bord n'était capable de gouverner, car les seuls Coréens qui avaient survécu étaient un cuisinier et un vieux charpentier, ne possédant aucune compétence en navigation.

— La terre du Japon doit être à l'est, déclara-t-il au charpentier. Construisez un nouveau mât et des voiles, nous nous servirons du soleil et des étoiles pour nous guider jusqu'à ce que nous soyons en vue de la terre et que nous retrouvions la flotte d'invasion.

Le vieux charpentier argumenta que le bateau n'était pas en état de naviguer.

— Il est délabré et plein de voies d'eau. Nous devons voguer vers le nord-ouest, vers la Corée pour nous sauver ! s'écria-t-il.

Mais Temur ne voulut rien entendre. On construisit en hâte un mât de remplacement et on hissa des voiles de fortune. Avec une détermination toute neuve, le soldat mongol transformé en marin guida le navire égaré vers l'est, brûlant de regagner le rivage pour se joindre à la bataille.

*
* *

Deux jours passèrent sans que Temur et ses hommes rencontrent la moindre embarcation. La terre japonaise ne se matérialisa jamais. L'idée de changer de cap fut abandonnée quand une nouvelle dépression arriva sur eux par le sud-ouest. Bien que moins violente que le typhon, la tempête tropicale était étendue et se déplaçait avec lenteur. Pendant cinq jours, le vaisseau subit vents violents et fortes pluies qui les bringuebalaient sauvagement sur l'océan. L'embarcation délabrée semblait atteindre ses limites. On perdit de nouveau le mât et les voiles, tandis que les voies d'eau sous la ligne de flottaison se multipliaient, obligeant le charpentier à travailler sans relâche. Pire encore, le gouvernail tout entier se détacha du bateau, emportant avec lui deux soldats de Temur qui s'y accrochaient désespérément.

Lorsqu'il apparut que le bateau ne pouvait plus tenir, la seconde tempête cessa. Mais tandis que le temps s'arrangeait, l'angoisse à bord ne faisait que croître. On n'avait pas aperçu la terre depuis une semaine et les vivres s'épuisaient. Les hommes demandaient à Temur de mettre le cap sur la Chine, mais les vents et courants dominants, alliés à l'absence de gouvernail, rendaient la chose impossible. Le bateau dérivait seul sur l'océan, sans repères ni instruments qui lui auraient permis de s'orienter.

Temur perdit la notion du temps à mesure que les heures se transformaient en jours et les jours en semaines. Dépourvu de vivres, l'équipage affaibli n'eut d'autre choix que de pêcher du poisson et recueillir l'eau de pluie. Le temps gris et orageux fit bientôt place à un

25

ciel dégagé et ensoleillé. Comme les vents mollissaient, la température monta. Le navire, à la dérive, n'avançait plus, stagnant sur une mer d'huile. Bientôt, un nuage de mort les enveloppa. Chaque lever de soleil apportait la découverte d'un nouveau cadavre de marin, mort de faim dans la nuit. Temur regardait ses soldats émaciés avec un sentiment de déshonneur. Plutôt que de périr au combat, le destin avait préféré qu'ils crèvent de faim seuls au milieu de l'océan, loin de chez eux.

Tandis que les hommes autour de lui sommeillaient sous le soleil de midi, il entendit soudain une clameur à bâbord.

— C'est un oiseau ! cria quelqu'un. Essaie de le tuer !

Temur bondit et vit trois de ses hommes qui encerclaient un goéland au bec noir. L'oiseau se déplaçait en sautillant, observant les hommes affamés d'un œil prudent. L'un d'eux attrapa un maillet en bois d'une main noueuse et brûlée par le soleil et l'abattit prestement sur l'oiseau, espérant le tuer ou l'assommer. Mais le goéland esquiva adroitement le coup et, avec un cri d'indignation rauque, battit des ailes puis s'éleva paresseusement dans le ciel. Tandis que les hommes mécontents se mettaient à jurer, Temur suivit des yeux l'oiseau blanc qui volait vers le sud en se confondant peu à peu avec l'horizon. Plissant ses paupières pour observer la lointaine ligne bleue sur laquelle l'eau rencontrait le ciel, il haussa soudain un sourcil. Après avoir cligné des yeux plusieurs fois, il regarda de nouveau et se raidit lorsqu'il décela une petite motte verte à l'horizon. Son sens olfactif en alerte, Temur sentait quelque chose de différent, l'air humide et salé auquel s'étaient habitués ses poumons s'était enrichi d'un nouvel arôme. Une fragrance sucrée, légèrement florale, lui chatouilla les narines. Il prit une grande inspiration,

26

s'éclaircit la gorge et s'adressa d'une voix desséchée à ses hommes sur le pont.

— Il y a une terre devant nous, dit-il en tendant le bras. Que chaque homme valide vienne nous aider à nous y rendre !

L'équipage épuisé et décharné reprit vie à ces mots. Après s'être usé les yeux sur la lointaine tache, les hommes reprirent leurs esprits et se mirent à l'œuvre. Ils scièrent une grande poutre du pont et la portèrent à la poupe où, attachée par des cordes, elle servirait de gouvernail. Tandis que trois d'entre eux manœuvraient la poutre pour diriger le navire, les autres attaquèrent l'eau. Balais, planches et même sabres furent utilisés comme rames de fortune par les hommes désespérés, tout à leur combat qui consistait à essayer de faire accoster le bateau délabré.

Lentement, la tache lointaine se mit à grossir jusqu'à ce qu'une île, scintillante comme une émeraude, se matérialise. A l'approche du rivage, ils durent se battre contre de grosses vagues qui se fracassaient sur une falaise. Dans un moment de panique, le bateau fut pris par un contre-courant qui les conduisit vers une calanque bordée de récifs acérés.

— Rochers ! cria le vieux charpentier.

— Tous les hommes à bâbord ! rugit Temur alors qu'ils approchaient d'une paroi rocheuse noire.

La demi-douzaine d'hommes qui se trouvaient à tribord coururent, trébuchèrent et rampèrent à bâbord pour battre l'eau frénétiquement avec leurs avirons ; cet effort désespéré éloigna la proue des récifs, et les hommes retinrent leur souffle tandis que la carène raclait à bâbord les rochers qui affleuraient. Le grincement cessa, et ils réalisèrent avec soulagement que la coque avait tenu bon une fois de plus.

— Il n'y a pas d'endroit pour accoster ici ! cria le

charpentier. Nous devons faire demi-tour et remettre le cap vers le large.

Temur scruta la falaise abrupte qui s'élevait devant eux. Des rochers poreux noirs et gris formaient un immense mur déchiqueté, troué seulement par le petit ovale noir d'une grotte à bâbord, au niveau de leur ligne de flottaison.

— Faites tourner la proue. Ramez encore, en cadence.

Pagayant tant bien que mal, les hommes épuisés propulsèrent le bateau à l'écart des rochers et revinrent vers le large. En se laissant dériver le long de la côte, ils s'aperçurent que le rivage hostile finissait par s'adoucir. Finalement, le charpentier lâcha les mots que tous voulaient entendre.

— Nous pouvons accoster ici, dit-il en montrant du doigt une large anse en forme de croissant.

Temur opina et les hommes guidèrent le navire à la rive, dans un dernier élan. Ils pagayèrent vers une plage de sable, jusqu'à ce que la coque incrustée de coquillages s'arrête en grinçant à quelques mètres du rivage.

Les marins étaient presque trop épuisés pour descendre du navire. L'épée à la main Temur, accompagné de cinq hommes, approchait péniblement du rivage, en quête d'eau fraîche et de nourriture. En se fiant au bruit d'un cours d'eau, ils coupèrent à travers des fougères et découvrirent un lagon d'eau douce alimenté par une cascade. Avec jubilation, Temur et ses hommes plongèrent dans le lagon et avalèrent avec bonheur des gorgées d'eau.

Leur plaisir fut de courte durée ; un martèlement soudain fit vibrer l'air. C'était le tambour d'alarme du navire coréen, qui appelait à la bataille. Temur fut debout d'un bond et battit le rappel.

— Au bateau. Tout de suite.

Il n'attendit pas que ses hommes soient regroupés pour s'élancer en direction du navire. Grâce aux bienfaits de l'eau fraîche et sous la décharge d'adrénaline, ses jambes, bien que douloureuses et faibles encore à l'aller, le portèrent avec vigueur. Bondissant à travers la jungle, il entendit le roulement de tambour s'amplifier jusqu'à ce qu'il passe un bosquet de palmiers et débouche sur la plage de sable.

Les yeux expérimentés du soldat scrutèrent rapidement les environs et repérèrent la cause de l'alerte. Venue de l'autre côté de la crique, une pirogue avançait rapidement vers le navire échoué. Une demi-douzaine d'hommes, torse nu, plongeaient en rythme leurs pagaies en forme de bêche dans l'eau. Temur remarqua qu'ils avaient la peau cuivrée et, pour la plupart, des cheveux bouclés plus courts que les siens. Plusieurs portaient des colliers avec un os en forme de crochet qui pendait sur la poitrine.

— Quels sont vos ordres ? demanda le soldat malingre qui venait de s'arrêter de battre le tambour.

Temur hésita avant de répondre, conscient qu'un harem de vieilles filles serait capable de vaincre son équipage tant ils étaient tous décharnés.

— Armez-vous de lances, ordonna-t-il calmement. Ligne défensive derrière moi sur la plage.

Les survivants de son groupe sortirent, qui du bateau, qui de la jungle, et s'alignèrent derrière Temur, munis des quelques lances qui restaient à bord. L'armée décimée était à bout de forces mais Temur avait confiance : il les savait capables de mourir en combattant si nécessaire. Il toucha le pommeau du sabre du samouraï japonais qu'il portait maintenant à la ceinture, se demandant s'il périrait cette arme à la main.

La pirogue voguait à présent droit sur les hommes qui se tenaient sur la plage, en silence. Lorsque l'avant racla le sable tout au bord de l'eau, les occupants sautèrent et hissèrent l'embarcation sur la plage, près de laquelle ils restèrent debout solennellement. Pendant plusieurs secondes, les deux groupes se dévisagèrent avec méfiance. Finalement, un des hommes de la pirogue traversa la langue de sable et s'approcha de Temur. Il était petit, moins d'un mètre cinquante, et plus vieux que les autres, avec de longs cheveux blancs maintenus en queue de cheval à l'aide d'une bande d'écorce. Il portait un collier de dents de requin et tenait un bâton fait de bois flotté tressé. Ses yeux sombres pétillaient et il adressa un sourire éclatant au Mongol, dévoilant une rangée de dents blanches plantées de travers. Il se mit à parler rapidement, dans une langue mélodieuse, les saluant apparemment sans hostilité. Temur se contenta de hocher la tête, en gardant l'œil sur les autres hommes près de la pirogue. Le vieil homme babilla quelques minutes encore avant de retourner à l'embarcation d'où il sortit quelque chose.

Temur resserra son étreinte sur le sabre et lança à ses hommes un regard entendu. Mais il se détendit lorsqu'il vit le vieil homme soulever un gros thon jaune de quinze kilos. Les autres indigènes piochèrent eux aussi dans le canot et remplirent des paniers tressés d'autres poissons et coquillages qu'ils déposèrent aux pieds des soldats. Les hommes affamés attendirent avec impatience l'approbation de leur chef avant d'attaquer la nourriture, tout en adressant des sourires de remerciement aux indigènes. Le vieil homme offrit à boire à Temur dans une outre en peau de cochon.

Une fois la confiance installée, les indigènes tendirent la main vers la jungle et firent signe aux naufragés de les suivre. Après une hésitation, Temur et ses hommes obtempérèrent et marchèrent deux ou trois kilomètres avant d'arriver dans une clairière. Des dizaines de petites huttes aux toits de branchages entouraient un enclos où des enfants jouaient avec un troupeau de cochons. Sur le côté opposé de la clairière, une hutte plus grande au toit élevé servait de maison au chef du village, qui, à la surprise de Temur, n'était autre que le vieil homme aux cheveux blancs.

Les villageois scrutèrent les étrangers avec étonnement tandis que l'on préparait en hâte un festin ; les guerriers asiatiques furent accueillis dans la communauté avec tous les honneurs. Le bateau, les vêtements, les armes témoignaient à l'évidence de l'importance de ces étrangers, que l'on espérait secrètement de nouveaux alliés. Les guerriers chinois et coréens, quant à eux, étaient simplement heureux d'être en vie. Ils acceptèrent volontiers les offres généreuses des villageois qui leur proposèrent de la nourriture, un logement et même une compagnie féminine. Seul Temur nourrissait quelques réserves, soupçonneux face à cette hospitalité. Tout en mastiquant un pavé d'ormeau grillé en compagnie du chef, il se sentait néanmoins soulagé de voir ses hommes passer un bon moment pour la première fois depuis des semaines, et se demanda en silence s'il reverrait jamais la Mongolie.

*
* *

Au cours des semaines suivantes, les soldats de l'armée d'invasion élurent domicile dans le village, s'intégrant petit à petit à la communauté. Au départ, Temur refusa de s'établir à l'intérieur même du village, préférant dormir tous les soirs sur le bateau pourrissant. C'est seulement lorsque la charpente ravagée par la tempête céda, entraînant l'embarcation au fond de la crique, qu'il se résigna à intégrer le village.

Il pensait à sa femme et à ses quatre enfants, mais sans navire, Temur commençait à abandonner tout espoir de rentrer chez lui. Ses hommes avaient accepté avec bonheur leur vie sur cette île tropicale, considérant que ce cantonnement était préférable à leur vie lugubre en Chine en tant que soldats du Khan. Temur cependant s'y refusait. Le belliqueux commandant mongol était un fidèle serviteur du Khan et retourner à son service dès que l'occasion se présenterait était pour lui un devoir. Mais avec son bateau en miettes au fond de la crique, il n'y avait aucun moyen viable de rentrer. A contrecœur, Temur finit par se résoudre à son sort de naufragé sur la grande île.

*
* *

Les années s'écoulèrent et affaiblirent la détermination du vieux guerrier. Avec le temps, Temur et ses hommes avaient appris la langue lyrique de la communauté et le commandant mongol se plaisait à échanger des récits d'aventures avec le chef aux cheveux blancs. Celui-ci, nommé Mahu, se vantait de ce que ses ancêtres avaient accompli un voyage épique sur la mer, quelques générations plus tôt, à bord d'énormes bateaux à voiles. Cette île les avait appelés, disait-il, avec un grondement, et un panache de fumée s'était échappé du haut de la montagne, signe de bienvenue de la part des dieux qui les invitaient à y venir et prospérer. Les dieux leur avaient toujours souri depuis, leur offrant un climat tempéré ainsi que de la nourriture et de l'eau en abondance.

Mais Temur s'esclaffa, se demandant comment des indigènes qui voyageaient tout juste jusqu'aux îles voisines sur leurs petites pirogues auraient réussi à traverser l'océan entier.

— Je voudrais bien voir l'un de ces majestueux navires, dit-il au vieil homme.

— Je vais t'en montrer un, répliqua Mahu, piqué au vif. Tu verras par toi-même.

Temur, amusé, constata que le vieux chef était sérieux et il le prit au mot. Après une marche de deux jours à travers la jungle pendant lesquels il commençait à regretter sa curiosité, le sentier pierreux déboucha sur une petite plage de sable. Temur s'immobilisa lorsque ses pieds touchèrent le sable et Mahu, silencieux, tendit le doigt vers l'extrémité de la plage.

Au début, Temur ne discerna rien ; seuls deux grands troncs, allongés perpendiculairement à la plage, reposaient sur l'étendue de sable. Quand ses yeux scrutèrent plus attentivement les arbres, il se rendit soudain compte qu'il y avait là plus que du bois mort : il s'agissait de la charpente d'un grand radeau à demi enfoui sous le sable.

Le guerrier mongol courut vers le radeau, ne pouvant en croire ses yeux. A chaque pas, il était davantage hypnotisé. Bien que manifestement restée sur la plage depuis des années, voire des décennies, la vieille embarcation à voile était restée intacte. Il s'agissait d'une structure à deux coques et d'un simple pont plat soutenu par deux grandes poutres. Le navire s'étendait sur plus de dix-huit mètres mais n'était muni que d'un seul mât, qui avait pourri. Bien que le pont en planches fût désintégré, Temur remarqua qu'en revanche les larges poutres de soutien semblaient aussi robustes que jadis. Dans l'esprit de Temur il n'y avait plus aucun doute : ce bateau avait navigué sur l'océan. Finalement, le conte extravagant de Mahu était bel et bien vrai. Il regarda avec enthousiasme ces vestiges qui représentaient le seul moyen de s'échapper de l'île.

— Tu me ramèneras à mon foyer et à mon empereur, murmura-t-il avec nostalgie à la masse de bois.

Sous la houlette du charpentier coréen, Temur, ayant constitué une équipe d'indigènes, entreprit de restaurer le vieux navire. Après avoir abattu quelques arbres, ils construisirent un plancher. Ils tressèrent des fibres de noix de coco pour en faire une corde qu'ils accrochèrent aux planches et aux poutres de la coque pour l'assembler. Ils tissèrent une grande voile en roseaux qui fut ajustée au nouveau mât, qui n'était autre qu'un jeune arbre. En quelques semaines à peine, le voyageur des mers quasi oublié avait été arraché au sable et se préparait à affronter de nouveau les vagues.

Quant à l'équipage, Temur aurait pu réquisitionner ses anciens soldats, mais il savait que la plupart avaient désormais femme et enfants sur l'île et craindraient de risquer leur vie dans un voyage si audacieux. Lorsqu'il demanda qui était volontaire, seuls trois hommes se proposèrent, en plus du vieux Mahu. Temur ne pouvait exiger davantage. Ce serait à peine suffisant pour manœuvrer la vieille embarcation, mais il accepta sans sourciller, respectant la décision de chacun.

On fit des provisions, puis on attendit le feu vert de Mahu.

— La déesse Hina va assurer notre sécurité vers l'ouest maintenant, dit-il enfin à Temur, une semaine plus tard, lorsque les vents eurent tourné. Partons.

— Je vais rapporter à l'empereur l'existence d'une nouvelle colonie dans ce pays lointain, cria-t-il à ses hommes assemblés sur la plage tandis que la double coque fendait les vagues et qu'une brise de terre les emportait vers le large.

Chargé d'une bonne quantité d'eau, de poisson séché et de fruits, le navire disposait du ravitaillement nécessaire à plusieurs semaines en mer.

Tandis que l'île luxuriante disparaissait dans les vagues derrière eux, les hommes à bord du catamaran de fortune furent saisis par un sentiment de doute et d'insécurité. Leur combat mortel contre la mer plus d'une décennie auparavant leur revint brutalement en mémoire et ils se demandèrent tous si les forces de la nature les autoriseraient à survivre une nouvelle fois.

Temur, lui, était optimiste. Il faisait confiance au vieux Mahu qui, bien que peu expérimenté en navigation, lisait les étoiles et suivait le mouvement du soleil, tout en étudiant les nuages et le renflement des vagues. C'était Mahu qui savait que les vents au sud de l'île changeaient au cours des mois d'automne, gonflant ainsi leur voile dans la bonne direction. C'était Mahu qui savait attraper du thon avec une ligne et un hameçon en os, utilisant des poissons volants en guise d'appât, égayant ainsi leurs menus pendant la traversée.

Après la disparition de la terre, la navigation parut étonnamment facile à cet équipage inexpérimenté. Pendant une quinzaine de jours, un ciel bleu et une mer calme les accueillaient chaque matin. Un petit grain occasionnel mettait à l'épreuve la robustesse du bateau, tout en donnant à l'équipage l'occasion de recueillir un peu d'eau de pluie. Pendant tout ce temps, Mahu donnait calmement les ordres, tout en surveillant le soleil et les étoiles. Un jour, étudiant les nuages à l'horizon, il remarqua un amas nuageux inhabituel au sud-ouest.

— Terre au sud, à deux jours de navigation, proclama-t-il.

Le soulagement et l'excitation envahirent l'équipage à l'idée de fouler bientôt la terre ferme. Mais où se trouvaient-ils et de quelle terre approchaient-ils ?

Le lendemain matin, un point apparut à l'horizon, qui grossissait d'heure en heure. Toutefois il ne s'agissait pas d'une terre, mais d'un autre bateau qui croisait leur trajectoire. Comme le navire s'approchait, Temur observa sa poupe basse et les voiles blanches triangulaires qui se gonflaient de vent. Ce n'était pas un vaisseau chinois, mais un navire marchand arabe. Celui-ci longea l'embarcation de fortune et amena ses voiles tandis qu'un homme mince à la peau sombre et aux vêtements colorés, appuyé au bastingage, leur lançait un cri de bienvenue. Temur l'étudia un moment, puis, n'y décelant aucune hostilité, il monta à bord du petit voilier.

Celui-ci venait de Zanzibar et le capitaine, un marchand musulman jovial, avait une longue expérience en matière d'échanges commerciaux avec la cour impériale du Grand Khan. Il naviguait vers Shanghai les cales remplies d'ivoire, d'or et d'épices, qui seraient troqués contre de la porcelaine fine et de la soie chinoises. Le minuscule équipage de Temur gagna le voilier et regarda avec tristesse le robuste radeau à double coque s'éloigner seul à la dérive sur le Pacifique.

Le capitaine musulman, rusé, avait deviné que sauver la vie d'un commandant mongol lui apporterait certains privilèges lors de son négoce. Il ne fut pas déçu. Lors du débarquement au port de Shanghai, leur arrivée produisit un tumulte immédiat. Les nouvelles annonçant la réapparition de soldats treize ans après la tentative avortée d'invasion du Japon se propagèrent à travers la ville comme une traînée de poudre. Des représentants de la cour vinrent accueillir Temur et ses hommes et les accompagnèrent à la Cité impériale de Dadu pour une audience avec le Grand Khan. En chemin, Temur les pressa de questions sur la guerre et s'enquit de l'évolution de la situation politique en son absence.

Les nouvelles étaient pour la plupart démoralisantes. L'invasion du Japon avait été un désastre intégral, puisque le typhon avait anéanti deux cents navires et presque cent mille hommes. Il eut la tristesse d'apprendre que son commandant et la plupart de ses camarades ne faisaient pas partie des survivants. Tout aussi troublante était la révélation que les îles japonaises n'étaient toujours pas conquises. Bien que Koubilaï Khan souhaitât entreprendre une troisième campagne d'invasion, ses conseillers l'en avaient découragé.

En un peu plus d'une décennie, l'hégémonie de l'Empire mongol avait été mise à mal. Après la défaite au Japon, une expédition fut mise sur pied afin de réprimer un soulèvement au Vietnam, mais elle avait également essuyé un échec, tandis que la dépense pour le raccordement du Grand Canal à Dadu avait failli ruiner le pays. La santé fragile de l'empereur suscitait beaucoup d'appréhension. Le peuple bouillonnait de ressentiment, car c'était un Mongol qui dirigeait l'empire Yuan. Tout le monde s'accordait sur ce point : depuis qu'il avait vaincu la dynastie Song en 1279 et unifié la Chine sous son joug, Koubilaï Khan voyait à présent son empire amorcer un lent déclin.

A leur arrivée à Dadu, la capitale, Temur et ses hommes furent conduits à la Cité impériale et escortés dans les appartements privés de l'empereur. Bien que Temur ait déjà vu Koubilaï Khan plusieurs fois auparavant, il fut choqué : étendu sur une chaise longue matelassée et couvert de longues pièces de soie, c'était un gros homme hagard qui le regardait de ses yeux noirs éteints. Abattu par la mort récente de sa favorite et la perte de son second fils, Koubilaï puisait sa consolation dans la nourriture et la boisson, bien qu'il ait atteint l'âge vénérable de quatre-vingts ans. Temur remarqua que le Khan obèse faisait reposer sa jambe atteinte de goutte sur un coussin, des jarres de lait de jument fermenté à portée de main.

— Commandant Temur, tu es de retour pour reprendre ton service après une absence interminable, énonça le Khan d'une voix rauque.

— Je suis aux ordres de l'empereur, répondit Temur avec une profonde révérence.

— Parle-moi de tes voyages, Temur, et de la terre mystérieuse sur laquelle vous vous êtes échoués.

On apporta des fauteuils sculptés pour Temur et ses hommes, et ce dernier commença à raconter la terrible tempête qui avait emporté son navire loin de la côte japonaise, amorçant une malheureuse dérive. Tandis que l'on faisait passer des coupes d'alcool, il parla de leur chance de s'être échoués sur l'île luxuriante et de bénéficier de l'accueil des habitants. Il présenta Mahu et loua son habileté à faire naviguer le grand radeau à double coque sur la mer avant qu'ils ne rencontrent le marchand musulman.

— Un voyage remarquable, le félicita le Khan. Les terres sur lesquelles vous êtes arrivés, étaient-elles riches et fertiles ?

— Incroyablement. Grâce à un climat tempéré et à des pluies régulières, une abondance de plantes sauvages et cultivées y poussent.

— Félicitations, mon seigneur, lança un homme ridé à la longue barbe blanche qui se tenait auprès du Khan, manifestement peu impressionné par le récit et les hommes devant lui. Vous venez une fois de plus d'ajouter de nouvelles terres à votre empire.

— Est-il vrai que vous avez laissé une garnison sur place ? demanda Koubilaï. Les terres sont maintenant sous domination mongole ?

Temur maudit en silence la ruse du conseiller confucéen qui avait voulu faire rejaillir la gloire de cette découverte sur l'empereur. Il savait que ses hommes sur place avaient depuis longtemps abandonné leurs épées pour une vie simple. Leur loyauté envers le Khan était déjà précaire avant même le naufrage.

— Oui, mentit Temur. Un petit contingent dirige le pays en votre nom.

Il regarda Mahu, le vieux chef, avec honte, mais

celui-ci se contenta de hocher la tête, comprenant les nécessités politiques de l'empire.

Le regard de Koubilaï se perdit, comme si ses yeux contemplaient une image bien au-delà des murs du palais. Temur se demanda si le chef mongol était ivre.

— J'aimerais voir cet endroit merveilleux, le premier pays de mon empire sur lequel se lève le soleil, murmura enfin Koubilaï rêveur.

— Oui, c'est presque un paradis sur terre. Aussi magnifique que beaucoup de terres de votre empire.

— Connais-tu le chemin, Temur ?

— Je ne connais pas la navigation en mer, mais Mahu sait lire le soleil et les étoiles. Il saurait retrouver son pays à bord d'un navire solide, je crois.

— Tu as bien servi l'empire, Temur. Ta loyauté sera bien récompensée, déclara Koubilaï en s'étouffant, crachant un jet de liquide qui tacha sa tunique en soie.

— Merci, Votre Majesté, répondit-il avec une nouvelle révérence.

Deux gardes du palais apparurent soudain pour l'escorter à l'extérieur.

Le commandant mongol fut pris de remords en quittant le palais. Le grand Koubilaï Khan n'était plus que l'enveloppe vide et fatiguée de l'ancien chef qui avait régné sur l'un des plus grands empires de l'Histoire. Bien plus qu'un conquérant assoiffé de sang comme son grand-père, Koubilaï avait régné avec un discernement sans précédent. Il avait accueilli marchands et explorateurs de pays lointains, imposé des lois qui prônaient la tolérance religieuse et promu la recherche scientifique – géographie, astronomie et médecine. Il approchait maintenant de la mort et l'empire risquait de se scléroser sans son commandement visionnaire.

En quittant le grand palais, Temur remarqua soudain que Mahu n'était pas à ses côtés. Il était resté dans les appartements de l'empereur. Temur attendit qu'il arrive, mais, après plusieurs heures, il renonça et quitta la capitale pour rejoindre sa ville natale et sa famille. Il ne revit jamais le vieil homme qui l'avait ramené chez lui et se demanda souvent ce qu'il était advenu de son ami étranger.

*
* *

Tout juste deux mois plus tard, la triste nouvelle de la mort de l'empereur fut annoncée. Koubilaï Khan avait finalement succombé aux ravages de la vieillesse et de l'alcoolisme. Une fastueuse cérémonie d'adieux rendant grâce à l'empereur fut célébrée à Dadu, la ville qu'il avait élue comme capitale. Un autel serait construit plus tard en son honneur au sud de la ville, connue aujourd'hui sous le nom de Pékin, autel que l'on peut encore admirer de nos jours. Après les céré-monies publiques, un cortège funèbre quitta la ville, promenant le cercueil du Grand Khan dans une voiture richement décorée. Suivie d'un millier de chevaux et de soldats, la procession solennelle marcha lentement vers le nord, jusqu'en Mongolie, jusqu'au tombeau de Koubilaï. Dans un endroit secret des monts Khentii, Koubilaï Khan fut mis en terre en compagnie d'un cortège d'animaux, de concubines et de trésors prove-nant de tout l'empire. Afin de lui assurer un repos paisible, le site du tombeau fut piétiné par des chevaux pour dissimuler son entrée. Les ouvriers qui l'avaient creusé furent exécutés sur-le-champ et les comman-dants de la procession durent jurer le secret sous peine de mort. En quelques années, le site du tombeau du chef mongol fut perdu pour la postérité et la mémoire de Koubilaï Khan dispersée par les vents qui fouettaient sans relâche les pentes vertes et boisées de cette chaîne de montagnes.

*
* *

A plus d'un millier de kilomètres au sud, une vaste jonque chinoise quitta discrètement son lieu d'attache à Shanghai avant l'aube et dériva en silence le long du fleuve Jaune jusqu'à l'océan Pacifique. Cette jonque massive, l'un des rares navires de la flotte marchande de l'empereur, mesurait plus de soixante mètres de long et portait une douzaine de voiles sur quatre grands mâts. L'empire Yuan étant encore en deuil, la jonque n'arborait pas ses pavillons d'Etat habituels et d'ailleurs, ne portait aucun drapeau.

Peu de gens à terre se posèrent de questions sur le départ à l'aube de ce grand bateau, qui habituellement levait toujours l'ancre en fanfare. Seule une poignée de passants nota que l'équipage était moitié moins nombreux que d'habitude. Et peu remarquèrent cette scène étrange à la barre du bateau : un vieil homme à la peau noire, avec de longs cheveux blancs qui flottaient au vent, se tenait aux côtés du capitaine, la main tendue vers les nuages et le soleil qui se levait. Dans une langue étrange, il guida le majestueux vaisseau qui quittait la civilisation et pénétrait dans les eaux du vaste océan bleu vers une destination lointaine qui ne figurait sur aucune carte.

Traces d'une dynastie

Les grondements assourdis résonnaient au loin comme un lugubre tambour de guerre tribal. D'abord un « pop » subtil flottait dans les airs, invariablement suivi d'une vibration sourde quelques secondes plus tard. La pause paresseuse entre chaque roulement donnait le faux espoir que le barrage acoustique avait enfin cessé. Puis un nouveau « pop » léger déchirait l'air, énervant tous ceux qui étaient à portée du son, alors qu'ils attendaient la déflagration suivante.

Leigh Hunt sortit d'une tranchée fraîchement creusée et étira ses bras vers le ciel avant de poser une truelle sur un mur en briques d'adobe. L'archéologue du British Museum, ancien étudiant d'Oxford, arborait la tenue classique : un pantalon kaki et une chemise à deux poches assortie, tous deux maculés d'une fine couche de poussière et de transpiration. Au lieu du casque colonial habituel, il portait un vieux chapeau mou pour protéger sa tête des rayons du soleil d'été. Ses yeux noisette fatigués explorèrent la large vallée qui s'étendait à l'est, dans la direction d'où semblait venir le bruit fracassant. Pour la première fois, on distinguait de petits nuages de fumée à l'horizon qui perçaient les brumes de chaleur du soleil matinal.

— Tsendyn, il semblerait que l'artillerie se rapproche, lança-t-il en direction de la tranchée.

Un petit homme portant une fine chemise en laine cintrée par une large ceinture rouge nouée à la taille se hissa hors de la tranchée. Derrière lui dans la fosse, une équipe d'ouvriers chinois continuait à fouiller le sol sec à l'aide de lourdes pelles et de truelles. Contrairement à ces derniers, le petit homme aux larges épaules avait des yeux légèrement arrondis, enfoncés dans un visage à la peau sombre et cuivrée. Ces traits, les Chinois les reconnaissaient aussitôt comme ceux d'un Mongol.

— Pékin est en train de tomber. Les réfugiés sont déjà en fuite, dit-il en tendant la main vers une petite route en terre à un kilomètre et demi.

Dans un nuage de poussière, une demi-douzaine de charrettes tirées par des bœufs emportaient les possessions les plus précieuses de familles chinoises qui marchaient vers l'ouest.

— Nous devons abandonner les fouilles, monsieur, avant que les Japonais arrivent.

Hunt posa instinctivement la main sur le revolver automatique Webley Fosbery de calibre .45 qu'il portait dans un étui sur la hanche. Deux nuits plus tôt, il avait ouvert le feu sur un petit groupe de bandits qui tentaient de voler une caisse d'objets découverts lors des fouilles. Les infrastructures de la Chine étant en plein effondrement, les bandes de voleurs semblaient pulluler, mais la plupart étaient non armés et peu ingénieux. Cependant, croiser la route de l'armée impériale japonaise serait une autre paire de manches.

La Chine implosait rapidement sous le raz-de-marée de la puissance militaire japonaise. Depuis la prise de la Mandchourie en 1931 par l'armée du Guandong, les chefs militaires japonais avaient l'intention de coloniser la Chine tout comme ils l'avaient fait avec la Corée. Six ans d'attaques, de parades et d'incidents grossièrement mis en scène avaient pris fin au cours de l'été 1937 lorsque l'armée impériale japonaise s'apprêtait à envahir le nord de la Chine, de peur que les troupes nationalistes de Tchang Kaï-chek ne deviennent trop fortes.

Bien que l'armée chinoise surpassât en nombre l'armée japonaise, elle n'était pas de taille à lutter contre l'équipement, l'entraînement et la discipline militaires des Japonais. Utilisant ses ressources le mieux possible, Tchang Kaï-chek combattait les Japonais le jour, puis se retirait la nuit, dans l'espoir de réduire l'avancée de leur armée en les ayant à l'usure.

Hunt écouta le grondement de l'artillerie japonaise qui approchait, signalant la chute de Pékin, et il sut que les Chinois étaient dans le pétrin. La capitale, Nankin, allait subir le même sort, forçant l'armée de Tchang Kaï-chek à se retirer vers l'ouest. Hunt jeta un coup d'œil à sa montre avant de donner ses ordres à Tsendyn.

— Dis aux coolies de cesser toutes les fouilles à midi. Nous mettrons les objets en sécurité et terminerons le rapport final sur le site cet après-midi, puis nous nous joindrons à cette caravane qui ne cesse de grossir.

Un coup d'œil vers la route lui apprit que des groupes désordonnés de soldats de l'armée nationaliste chinoise prenaient eux aussi la route de l'exode.

— Vous partirez à Nankin en avion demain ? demanda Tsendyn.

— En supposant que l'avion se montre. Cela ne sert à rien de se rendre à Nankin dans ces conditions hostiles. J'ai l'intention d'emporter les objets les plus importants et de passer par le nord, Oulan-Bator. Tu devras prendre en charge les objets restants, l'équipement et les provisions avec le convoi de bêtes de somme, j'en ai peur. Tu devrais pouvoir me rejoindre à Oulan-Bator dans quelques semaines. Je t'attendrai là-bas avant de prendre le Transsibérien vers l'ouest.

— Sage décision. Il semble évident que la résistance locale est en train de tomber.

— La Mongolie-Intérieure n'offre guère de valeur stratégique pour les Japonais. Ils vont sans doute se contenter de chasser le reste des forces défensives hors de Pékin, dit-il en tendant le bras vers le barrage d'artillerie au loin. Je les soupçonne de vouloir se retirer bientôt pour profiter de quelques jours voire quelques semaines à piller Pékin avant de reprendre l'offensive. Nous avons tout le temps.

— C'est dommage que nous devions partir maintenant. Nous avions presque terminé de dégager le Pavillon de la Grande Harmonie, déclara Tsendyn le regard perdu sur le labyrinthe de fossés tout autour qui n'était pas sans rappeler les tranchées de la Première Guerre mondiale.

— C'est une véritable honte, dit Hunt en secouant la tête, furieux, même si le site, comme nous l'avons prouvé, avait déjà été passablement saccagé.

Hunt donna un coup de pied dans quelques fragments de marbre et de pierres empilés à ses pieds tout en observant la poussière retomber sur les vestiges de ce qui avait autrefois constitué une imposante construction impériale. Tandis que la plupart de ses confrères archéologues en Chine étaient à la recherche de tombeaux préhistoriques pleins d'objets en bronze, Hunt s'intéressait à une période plus récente, la dynastie Yuan. C'était son troisième été sur le site de Shangdu, à conduire les fouilles du palais d'Eté construit en 1260. Pourtant, devant cette colline dénudée parsemée de mottes de terre fraîches, il lui était difficile de visualiser la splendeur passée du palais et des jardins près de huit cents ans plus tôt.

Bien que les écrits historiques chinois conservés ne

fournissent que peu de détails, Marco Polo, le voyageur vénitien qui dépeignit minutieusement la Chine du XIIIe siècle et la route de la soie dans son *Livre des merveilles*, offre une description saisissante de Shangdu à son apogée. Construit sur une vaste éminence au centre d'une cité ceinte de remparts, le palais originel était entouré d'une forêt d'arbres transplantés et de sentiers damés de lapis-lazuli, dont l'éclat nimbait le domaine d'une teinte bleutée. Des jardins ravissants et des fontaines exquises serpentaient à travers les bâtiments du gouvernement et les résidences qui entouraient le « Ta-an Ko », ou Pavillon de la Grande Harmonie, qui faisait office de palais impérial. Construite en marbre vert et en pierre, ornée de dorures, la grande structure, au toit de tuiles vernissées, renfermait nombre de peintures et de sculptures à couper le souffle, réalisées par les plus grands artistes chinois. Utilisé surtout comme résidence d'été par l'empereur afin d'échapper à la chaleur de Pékin, Shangdu se mua rapidement en haut lieu scientifique et culturel. Par la suite, on édifia un centre médical et un observatoire astronomique, ce qui eut pour conséquence d'attirer les scientifiques aussi bien chinois qu'étrangers. Une brise permanente qui soufflait agréablement du haut de la colline rafraîchissait l'empereur et ses invités, tandis qu'il administrait son empire qui s'étendait de la Méditerranée à la Corée.

Mais c'était peut-être le terrain de chasse impérial de plus de quarante kilomètres carrés qui rendait si exceptionnel le palais d'Eté. Ce parc arboré, qui comptait de nombreux ruisseaux et où l'herbe était épaisse, foisonnait de cerfs, de sangliers et autres gibiers pour le plaisir de l'empereur et de ses invités. Grâce aux sentiers surélevés, le chasseur pouvait garder les pieds au sec. Les rares tapisseries intactes montrent l'empereur dans son parc, galopant sur son cheval préféré en compagnie d'un guépard entraîné à la chasse.

Mais au cours des siècles, l'abandon, la négligence et le pillage avaient eu raison du palais : il était presque impossible à Hunt de se représenter les luxuriants jardins, les fontaines, les sources et les arbres tels qu'ils existaient à l'époque. Aujourd'hui, le paysage était désolé. Seule une large plaine herbeuse s'étendait, vide, jusqu'aux collines brunes au loin. Le lieu était dépourvu de vie, la gloire passée de la cité réduite à un murmure comme le vent qui bruissait parmi les hautes herbes. Xanadu, le nom romantique de Shangdu popularisé par le poème de Samuel Taylor Coleridge, n'existait plus désormais que dans les imaginations.

Avec l'approbation du gouvernement nationaliste, Hunt avait entrepris des fouilles trois ans auparavant. Truelle par truelle, il avait réussi à reconstituer les fondations du Pavillon de la Grande Harmonie, faisant apparaître un grand vestibule, une cuisine et une salle à manger. Un assortiment d'objets en bronze et en porcelaine retrouvés sous la terre informait sur la vie quotidienne du palais. Mais, à la déception de Hunt, on ne découvrit aucun objet magnifique, ni armée en terre cuite ni vase Ming, qui l'aurait rendu célèbre. Les fouilles étaient presque achevées, il ne restait plus que les vestiges de la chambre royale. Déjà, la plupart de ses collègues avaient fui l'est de la Chine de peur d'être pris dans une guerre civile ou une invasion étrangère. Hunt semblait prendre un goût pervers au tumulte et aux risques courus dans ce site du nord-est de la Chine, non loin de la Mandchourie. Cet amoureux du passé et du drame savait qu'il se trouvait au beau milieu de l'Histoire en marche.

Hunt était également persuadé que le British Museum serait ravi s'il leur fournissait certains objets pour l'exposition prévue autour de Xanadu. L'invasion japonaise, créant chaos et danger, pouvait en réalité lui être bénéfique. Non seulement cela donnerait encore plus de valeur aux objets qu'il transportait vers l'ouest, mais en plus cela faciliterait les formalités : en effet les autorités locales avaient déjà déserté les villages voisins, et les officiels chargés des antiquités avaient disparu depuis des semaines. Il n'aurait aucun mal à sortir les objets du pays. Enfin, à supposer qu'il puisse en sortir lui-même.

— Je pense que je t'ai retenu assez longtemps loin de ta famille, Tsendyn. Je doute que les Russes autoriseront les Japonais à se faufiler en Mongolie, donc tu devrais être en sécurité loin de cette folie.

— Ma femme sera heureuse de mon retour, dit le Mongol en souriant de ses dents pointues et jaunies.

Le bourdonnement assourdi d'un avion tout proche interrompit leur conversation. Au sud de l'endroit où ils se trouvaient, ils perçurent une petite tache grise qui grossissait dans le ciel avant de virer vers l'est.

— Un appareil japonais de reconnaissance aérienne, déclara Hunt. Ce n'est pas bon signe pour les nationalistes, que les Japonais aient pris possession du ciel.

L'archéologue sortit un paquet de Red Lion et alluma une cigarette sans filtre, tandis que Tsendyn observait nerveusement l'avion qui disparaissait au loin.

— Plus tôt nous partirons, mieux cela vaudra, dit-il.

Derrière eux dans l'une des tranchées, il y eut soudain un grand vacarme. L'un des ouvriers chinois passa la tête au-dessus du bord, faisant remuer de manière saccadée ses mâchoires crasseuses.

— Qu'est-ce que c'est ? demanda Hunt en reposant sa tasse de thé.

— Il dit qu'il a découvert du bois verni, répondit Tsendyn en s'approchant de la tranchée.

Les deux hommes avancèrent jusqu'au bord et regardèrent au fond. L'ouvrier, volubile, pointa avec excitation sa truelle en direction du sol tandis que les autres le rejoignaient. A peine visible dans la poussière à ses pieds, on distinguait un objet jaune carré et plat de la taille d'une assiette de service.

— Tsendyn, occupe-toi de le dégager, aboya Hunt en se débarrassant d'un geste des autres ouvriers.

Tandis que le Mongol sautait dans la tranchée et commençait à repousser soigneusement la terre à l'aide d'une truelle et d'une brosse, Hunt s'empara d'un carnet et d'un crayon. Passant le pouce sur un croquis dessiné à la main du site et des tranchées, il marqua le lieu où l'objet avait été découvert. Puis sur une feuille blanche, il commença à le dessiner tandis que Tsendyn écartait la poussière et la terre et faisait apparaître un coffre en bois laqué jaune. Chaque centimètre carré était couvert de fresques d'animaux et d'arbres, peintes avec mille détails minutieux et incrustées de perles. Curieusement, Hunt remarqua que le couvercle représentait un éléphant. Avec beaucoup de soin, Tsendyn sortit la boîte des sédiments et la posa sur une pierre plate à l'extérieur de la tranchée.

Les ouvriers chinois s'interrompirent tous dans leur tâche et vinrent se rassembler autour de la boîte. Jusque-là, la plupart de leurs découvertes se résumaient à de petits fragments de porcelaine et, parfois, d'un morceau de jade sculpté. C'était là certainement l'article le plus impressionnant découvert au cours de leurs trois années de fouilles.

Hunt prit le temps d'étudier la boîte avant de la prendre entre ses mains. Il y avait quelque chose de lourd à l'intérieur, qui bougeait lorsqu'on la déplaçait. Sous ses pouces, au milieu de la fine paroi, il sentit une couture. Le coffret, scellé pendant près de huit cents ans, protesta au début puis la serrure se fit entendre. Hunt le posa par terre, passa ses doigts avec excitation tout autour du bord puis tira sur le couvercle jusqu'à ce qu'il s'ouvre en grinçant. Tsendyn et les autres ouvriers s'approchèrent tous, se tenant par les épaules comme des joueurs de rugby et tendant le cou pour découvrir ce qu'il renfermait.

Nichés au fond, se trouvaient deux objets dont Hunt se saisit afin que tous puissent les voir. Une peau d'animal tachetée, de couleur noire et jaune, évoquant la robe camouflage d'un léopard ou d'un guépard, était roulée comme un parchemin, et aux deux extrémités étaient nouées des lanières de cuir. Le deuxième objet était un tube en bronze patiné, scellé d'un côté, mais seulement fermé de l'autre par un bouchon. Les ouvriers chinois souriaient et riaient à la vue des objets, ignorant leur signification, mais supposant avec raison qu'ils devaient avoir une grande importance.

Hunt posa la peau de guépard et examina le lourd tube en bronze. Avec le temps, il avait pris une teinte vert profond, qui mettait en valeur le dragon élégamment dessiné qui s'étendait sur toute la longueur ; la queue de l'animal mythologique s'enroulait autour du bouchon du tube comme une corde.

— Allez-y, ouvrez ! s'exclama Tsendyn avec impatience.

Hunt dévissa sans mal le bouchon, puis il approcha le tube de ses yeux et regarda l'intérieur. Ensuite, il le retourna et le secoua, faisant glisser le contenu dans sa paume gauche.

Il s'agissait d'un rouleau de soie, d'une teinte bleu pâle. Tsendyn étendit une couverture sur le sol aux pieds de Hunt, puis il s'agenouilla sur le tissu et déplia avec un soin minutieux le rouleau de soie qui mesurait près d'un mètre cinquante de long. Tsendyn remarqua que le Britannique, habituellement imperturbable, avait les mains qui tremblotaient légèrement en aplatissant les plis de la soie.

Un paysage pittoresque y était peint. Le sommet d'une montagne avec de profondes vallées, des gorges et des ruisseaux y étaient magnifiquement détaillés. Mais ce tissu était manifestement bien plus qu'une œuvre d'art ornemental. Le long de la bordure gauche, était calligraphié un paragraphe de texte ; l'archéologue reconnut les caractères ouïgours, cette écriture primitive mongole empruntée aux premiers colons turcs dans les steppes asiatiques. Dans la marge de droite se trouvait une séquence d'images plus petites, dépeignant un harem, des hordes de chevaux, de chameaux ainsi que d'autres animaux, et un contingent de soldats armés entourant plusieurs coffres de bois. Le paysage lui-même paraissait figé, à l'exception d'une unique figure au centre du rouleau de soie. Debout sur une petite éminence, se trouvait un chameau harnaché d'une selle sur laquelle étaient inscrits des mots. Bizarrement, on avait dépeint le chameau en pleurs, versant des larmes gigantesques qui tombaient jusqu'au sol.

Tandis qu'il étudiait la peinture sur la soie, le front de Hunt se couvrit d'une légère sueur. Il sentit soudain son cœur battre la chamade et dut se forcer à prendre une grande inspiration. C'était impossible, songea-t-il.

— Tsendyn… Tsendyn, murmura-t-il, craignant presque de poser la question. C'est de l'écriture ouïgour. Saurais-tu la déchiffrer ?

Les yeux de l'assistant mongol s'écarquillaient à mesure que lui aussi comprenait la signification de l'image. Il bégaya et marmonna en essayant de traduire pour Hunt.

— Les phrases de gauche offrent une description de la montagne du dessin. « Chez lui au sommet du mont Burkhan Khaldun, niché dans les monts Khentii, notre empereur dort. Le fleuve Onon étanche sa soif, entre les vallées des damnés. »

— Et sur le chameau ? chuchota Hunt d'une voix tremblante en tendant le doigt vers le centre du dessin.

— Temüdjin Khagan, répondit Tsendyn à mi-voix, étranglé par le respect.

— Temüdjin.

Hunt répéta le mot comme s'il était en transe. Contrairement aux ouvriers chinois qui ne s'en rendaient pas compte, Hunt et Tsendyn étaient sous le choc : c'était une découverte capitale. Une vague de chaleur envahit Hunt tandis qu'il se remettait de son émotion. Tout en essayant de conserver une attitude rationnelle, il était subjugué par le pouvoir évocateur de ce dessin – le chameau qui pleurait, les offrandes, la description des lieux. En plus de cela, le nom sur le dos du chameau : Temüdjin. C'était le nom de naissance d'un garçon qui avait grandi dans une tribu et qui était devenu le plus grand conquérant du monde. L'Histoire se souviendrait de lui sous son nom royal : Gengis Khan. Cette ancienne peinture sur soie ne pouvait être qu'un plan du site mystérieux du tombeau du chef mongol.

Hunt s'effondra à genoux en prenant conscience de ce qui lui arrivait. Le tombeau de Gengis Khan était l'un des sites archéologiques les plus recherchés au monde. Ce conquérant légendaire avait uni les tribus mongoles des steppes asiatiques avant d'entreprendre une conquête d'une ampleur inégalée. Entre 1206 et 1223, lui et ses hordes nomades assujettirent le monde, étendant leurs conquêtes aussi loin que l'Egypte à l'ouest et que la Lituanie au nord. Gengis mourut en 1227 au faîte de sa puissance, et on raconte qu'il repose dans les monts Khentii en Mongolie, non loin de son lieu de naissance. Dans la tradition mongole, il fut pourtant enterré secrètement avec quarante concubines, et le site, pourvu de richesses incroyables, fut dissimulé par ses sujets après l'enterrement. Les fantassins qui accompagnaient le cortège furent mis à mort, tandis que les officiers durent jurer le silence sous peine d'une punition similaire.

Tous les indices concernant la situation du tombeau disparurent à la mort de ceux qui étaient dans le secret et qui l'avaient gardé. Seul un chameau, selon la légende, avait découvert le site environ dix ans plus tard ou plus exactement une chamelle, la mère de l'un des animaux enterrés avec l'empereur, qui avait été retrouvée en pleurs au milieu des monts Khentii. Le propriétaire de la chamelle s'aperçut qu'elle pleurait son fils perdu, enseveli sous ses pieds, dans le tombeau de Gengis Khan. Pourtant le conte se terminait là, l'éleveur gardant le secret, et la tombe de Gengis Khan était restée secrète, intacte au milieu des montagnes mongoles de sa naissance.

Aujourd'hui sous les yeux de Hunt, la légende se réveillait grâce à la peinture sur soie.

— C'est une découverte sacrée, chuchota Tsendyn. Elle nous mènera au tombeau du Grand Khan.

Tsendyn parlait avec un respect mêlé de crainte.

— Oui, approuva Hunt bouche bée, imaginant la célébrité qui serait la sienne s'il était à l'origine de la découverte du tombeau de Gengis Khan.

Craignant soudain de révéler l'importance de ce rouleau de soie aux ouvriers chinois, dont l'un pouvait être en cheville avec des bandits, Hunt roula précipitamment le tissu et l'inséra dans le tube qu'il replaça dans le coffret laqué avec la peau de guépard. Puis il emballa la caisse dans une étoffe et la rangea dans une vaste sacoche en cuir, qu'il garda fermement dans sa main gauche pour le reste de la journée.

Après avoir passé au crible le lieu où on l'avait découvert la boîte sans rien trouver d'autre, Hunt ordonna à contrecœur de cesser les fouilles. Dans le calme, les ouvriers ramassèrent pelles, pioches et brosses, qu'ils rangèrent dans une charrette en bois avant de rejoindre la file pour toucher leur maigre salaire. Bien qu'ils ne fussent payés que quelques pennies par jour, plusieurs hommes s'étaient battus pour obtenir ce travail fatigant, rare opportunité dans ces provinces chinoises frappées par la pauvreté.

Après le dîner, une fois l'équipement et les objets d'art rangés en sécurité dans trois charrettes en bois et les ouvriers chinois partis, Hunt se retira sous sa tente de toile en compagnie de Tsendyn afin d'y empaqueter ses affaires. Pour la première fois, il ressentait un malaise en retranscrivant les événements de la journée dans son journal. Cette découverte de dernière minute le rendait soudain plus conscient des dangers qui l'entouraient. Des pillards et des bandits avaient saccagé d'autres sites de fouilles dans la province du Shanxi, et l'un de ses confrères avait été battu et frappé à coups de pistolet par des bandits à la recherche d'objets en bronze vieux de trois mille ans. Il y avait aussi l'armée japonaise qui, même si elle ne prendrait pas le risque de blesser un citoyen britannique, pouvait très bien s'approprier son travail et ses découvertes. Et qui sait, peut-être la découverte du tombeau de Gengis Khan serait-elle maudite, tout comme la découverte du tombeau de Toutankhamon par lord Carnarvon et son équipe ?

Après avoir mis en sécurité la sacoche sous sa couchette, il dormit d'un sommeil agité, assailli par une myriade de pensées qui martelaient son esprit comme le maillet d'un forgeron. La nuit semblait d'autant plus menaçante que le hurlement du vent secoua la tente jusqu'au matin. A l'aube il se leva, hébété, soulagé de trouver la sacoche saine et sauve sous sa couchette, et constatant qu'on ne voyait toujours aucun militaire japonais à l'horizon. Non loin de la tente, Tsendyn, assisté de deux orphelins chinois, faisait cuire de la viande de chèvre sur le feu.

— Bonjour, monsieur. Voici du thé chaud.

Tsendyn sourit en tendant à Hunt une tasse du breuvage brûlant.

— Tout l'équipement est empaqueté, et les mules ont été attelées. Nous pouvons partir dès que vous le souhaitez.

— C'est parfait. Plie ma tente, s'il te plaît, et prends grand soin de la sacoche sous le lit, dit-il en s'asseyant sur une caisse en bois pour boire son thé en contemplant le lever du soleil.

Les premiers tirs d'artillerie résonnèrent une heure plus tard tandis qu'ils quittaient le site de Shangdu à bord de trois voitures tirées par des mules. A moins de deux kilomètres dans la plaine balayée par le vent, se trouvait la bourgade poussiéreuse de Lanqui, qu'ils dépassèrent pour rejoindre un petit cortège de réfugiés qui se dirigeaient vers l'ouest. Vers midi, le bruit des sabots des mules résonna dans la vieille ville de Duolun, où ils s'arrêtèrent pour déjeuner dans une gargote au bord de la route. Après avoir avalé un potage de nouilles fade saupoudré d'insectes morts, ils se rendirent jusqu'à un vaste pré plat en bordure de la ville. Assis sur l'une des charrettes, Hunt scrutait le ciel partiellement nuageux. Avec une ponctualité d'horloge suisse, un bourdonnement lointain déchira l'air, et l'archéologue observa la petite tache argentée grossir devant les nuages en se rapprochant de l'aérodrome de fortune. Il tira un mouchoir de sa poche, l'accrocha à un bâton et l'enfonça dans le sol, de manière à improviser une manche à air.

Avec légèreté, le pilote décrivit une large courbe descendante, puis, d'un mouvement rapide, il posa le bruyant avion métallique sur la pelouse. Hunt fut soulagé de constater que l'appareil était un Fokker F. VIIB à trois moteurs, un appareil sûr et adapté au survol d'étendues de terres vierges isolées. Il nota avec intérêt le nom *Blessed Betty* peint sous la vitre du cockpit. Les moteurs s'étaient à peine éteints dans un gargouillis que la porte du fuselage s'ouvrit violemment et que deux hommes en veste de cuir usé sautèrent à terre.

— Hunt ? Je suis Randy Schodt, lança le pilote, un homme de grande taille au visage buriné mais amical, qui parlait avec l'accent américain. Mon frère Dave et moi nous sommes là pour vous accompagner jusqu'à Nankin, comme le dit notre contrat, ajouta-t-il en tapotant un papier plié dans sa poche poitrine.

— Que font donc deux Yankees comme vous par ici ? se demanda Hunt d'un air songeur.

— C'est plus rigolo que de travailler sur un chantier naval chez nous à Erie en Pennsylvanie, dit avec un sourire Dave Schodt, un homme affable comme son frère et prompt à plaisanter.

— Nous travaillons pour le ministre chinois des chemins de fer, en soutien aux extensions de voies ferrées sur la ligne Pékin-Shanghai. Bien sûr, notre travail s'est arrêté brusquement à cause de cette histoire regrettable avec les Japonais, expliqua Randy Schodt avec une grimace.

— Je vais vous demander un petit changement de destination, dit Hunt en coupant court aux bavardages. J'ai besoin que vous m'emmeniez à Oulan-Bator.

— En Mongolie ? demanda Schodt en se grattant la tête. Eh bien tant que nous ne nous dirigeons pas droit sur l'armée nippone, ça me va.

— Je m'occupe du plan de vol, il me faut vérifier que nous avons le rayon d'action nécessaire, dit Dave en regagnant l'avion. Espérons qu'ils auront une station-service à notre arrivée, dit-il en riant.

Avec l'aide de Schodt, Hunt supervisa le chargement des objets les plus précieux et des outils à l'intérieur du Fokker. Lorsque l'habitacle fut pratiquement rempli de caisses de bois, Hunt s'empara de la sacoche en cuir contenant le coffret et la posa sur le siège du passager avant.

— Cela fera deux cent vingt kilomètres de moins que le vol pour Nankin, mais nous devons prendre en compte le retour, ce qui excède le contrat prévu par le British Museum, expliqua Schodt en étalant une carte de la région sur une pile de caisses.

Oulan-Bator, la capitale de la Mongolie, était marquée par une étoile dans la région du centre-nord du pays, à plus de six cents kilomètres de la frontière chinoise.

— Vous avez mon autorisation, rétorqua Hunt en tendant au pilote une requête manuscrite stipulant le changement d'itinéraire. Je vous assure que le musée honorera la dépense supplémentaire.

— Bien entendu, dit Schodt en riant, ils ne voudraient pas que vos objets d'art finissent au musée de Tokyo ! Dave a fait le plan de vol pour Oulan-Bator, dit-il en fourrant la note dans sa poche. Il a promis que nous pouvons y arriver sans escale. Comme nous survolerons le désert de Gobi, vous avez de la chance que le *Blessed Betty* ait des réservoirs de carburant supplémentaires. Nous partons dès que vous êtes prêt.

Hunt s'approcha des deux charrettes qui restaient, encore chargées d'équipement. Tsendyn tenait les rênes de la mule de tête, caressant les oreilles de l'animal.

— Tsendyn, nous avons eu un été difficile mais fructueux. Sans toi, l'expédition n'aurait pas été un tel succès.

— J'en suis honoré. Vous avez rendu un grand service à mon pays et à son héritage culturel. Mes descendants en seront particulièrement reconnaissants.

— Emporte le reste à Shijiazhuang, où tu pourras prendre le train pour Nankin. Un représentant du British Museum viendra à ta rencontre pour organiser l'expédition des articles vers Londres. Je t'attendrai à Oulan-Bator, où nous ferons des recherches sur notre dernière découverte.

— J'attends cela avec grande impatience, répliqua Tsendyn en serrant la main de l'archéologue.

— Adieu, mon ami.

Hunt grimpa à bord du Fokker chargé tandis que les trois moteurs de l'avion Wright Whirlwind de 220 chevaux s'allumaient en ronronnant. Tsendyn regarda Schodt tourner l'avion face au vent puis pousser les gaz à fond. Dans un vacarme assourdissant, l'appareil rebondit plusieurs fois sur le pré avant de s'élever lentement dans les airs. Décrivant un gracieux arc de cercle au-dessus du champ, Schodt fit virer le gros avion vers le nord-ouest en direction de la frontière mongole tout en prenant de l'altitude.

Tsendyn resta debout dans le pré et regarda l'appareil se fondre à l'horizon en même temps que le bruit des moteurs se dissipait. C'est seulement lorsque l'avion eut complètement disparu de sa vue qu'il passa la main dans la poche de sa veste pour se rassurer. Le rouleau de soie était toujours là, comme depuis les premières heures de la nuit.

*
* *

Ils étaient partis depuis deux heures quand Hunt ouvrit la sacoche et en sortit le coffret en bois laqué. L'ennui du voyage mêlé à l'excitation de la découverte était insupportable, et il brûlait d'envie de tenir entre ses doigts la peinture sur soie une fois de plus. Le coffret entre les mains, il sentit le poids familier du tube de bronze rouler à l'intérieur de manière rassurante. Pourtant, il eut l'impression que quelque chose clochait. Soulevant le couvercle, il trouva la peau de guépard roulée serrée et poussée sur le côté, comme auparavant. Le tube de bronze était à côté, apparemment intact. Mais lorsqu'il se saisit du tube, il lui sembla plus lourd que dans son souvenir. D'une main tremblante, il ôta rapidement le bouchon et du sable s'écoula sur ses genoux. Comme le dernier grain tombait, il regarda à l'intérieur et découvrit que le rouleau de soie avait disparu.

Les yeux exorbités, il prit conscience qu'il avait été dupé et il reprit son souffle avec peine. Le choc se transforma rapidement en colère et dès qu'il eut retrouvé sa voix, il se mit à crier :

— Demi-tour ! Faites demi-tour ! Nous devons retourner immédiatement !

Mais sa plainte ne fut pas entendue. Dans le cockpit, les deux pilotes avaient soudain d'autres soucis à affronter.

*
* *

Le bombardier Mitsubishi G3M, connu à l'Ouest sous le nom de Nell, n'était pas en mission de combat. Seul à une altitude de deux cent soixante-quinze mètres, nonchalant, l'appareil bimoteur effectuait un travail de reconnaissance afin d'étudier les capacités aériennes de la Russie dont on disait qu'elles avaient essaimé jusqu'en Mongolie.

Après une conquête aisée de la Mandchourie et une avancée fructueuse dans le nord de la Chine, les Japonais avaient des vues de plus en plus précises sur les importantes villes portuaires et les mines de charbon de Sibérie au nord. Méfiants, les Russes avaient déjà posté leurs troupes défensives en Sibérie, et signé récemment un pacte de défense avec la Mongolie qui autorisait le déploiement de troupes et d'avions dans ce pays presque désert. Les Japonais étaient déjà occupés à rassembler des informations, à tester et sonder les lignes défensives ennemies, en préparation d'une offensive vers le nord qui serait lancée depuis la Mandchourie à la mi-1939.

Le Nell était arrivé vide pour sa mission dans l'est de la Mongolie, et il n'avait trouvé aucun indice de déploiement de troupes ni de construction de pistes d'atterrissage destinées à des appareils russes. Si jamais il y avait une activité militaire russe en Mongolie, elle devait se trouver bien plus loin au nord, conclut le pilote japonais. En dessous de lui de temps à autre, rien d'autre que des tribus nomades, qui erraient dans l'étendue vide du désert de Gobi avec leurs troupeaux de chameaux.

— Il n'y a rien que du sable ici, déclara avec un bâillement le copilote du Nell, un jeune lieutenant du nom de Miyabe. Je ne sais pas pourquoi cette région inquiète le chef d'escadrille.

— Je suppose qu'il la considère comme une zone tampon avec les territoires du Nord, plus précieux, répliqua le capitaine Nobuju Negishi. J'espère seulement que nous serons envoyés sur le front lorsque l'invasion se produira au nord. Nous sommes en train de rater toute l'action à Shanghai et Pékin.

Tandis que Miyabe contemplait le sol plat sous l'avion, un éclair de lumière attira son regard. Scrutant l'horizon, il en identifia la source en plissant les yeux.

— Monsieur, un avion devant nous, légèrement en dessous, dit-il en tendant sa main gantée en direction de l'appareil.

Negishi repéra rapidement l'avion. C'était le Fokker trimoteur argenté, qui volait vers le nord-ouest en direction d'Oulan-Bator.

— Il va croiser notre trajectoire, remarqua le pilote

63

japonais en haussant le ton. Enfin une chance de se battre !

— Mais monsieur, ce n'est pas un avion de combat. Je ne crois même pas qu'il soit chinois, déclara Miyabe en observant les inscriptions sur le Fokker. Nous avons reçu pour ordre de ne prendre en chasse que des avions militaires chinois.

— Cet appareil représente un risque, expliqua Negishi en balayant l'objection. De plus, ce sera un bon entraînement, lieutenant.

Aucun militaire japonais n'aurait été sanctionné pour un comportement agressif sur le front chinois, il le savait bien. En tant que pilote de bombardier, il aurait peu d'occasions de combattre et de détruire d'autres avions en plein ciel. C'était une chance rare et il ne voulait pas la laisser passer.

— Tireurs, à vos postes, aboya-t-il dans l'interphone. Préparez-vous pour une action air-air.

L'équipage du bombardier, composé de cinq hommes, eut un regain d'énergie immédiat alors qu'ils se positionnaient pour la bataille. Plutôt que de jouer le rôle du gibier pour des avions de combat plus petits et plus rapides, comme c'était leur lot quotidien, les hommes du bombardier devinrent tout à coup des chasseurs. Le capitaine Negishi calcula mentalement la trajectoire du trimoteur, puis il relâcha la pression sur les gaz et fit virer le bombardier qui traça lentement une large courbe vers la droite. Le Fokker se retrouva sous eux jusqu'à ce que Negishi termine sa courbe, plaçant le bombardier juste derrière le trimoteur argenté.

Negishi remit les gaz pour poursuivre le Fokker. Avec une vitesse maximale de trois cent quarante-cinq kilomètres-heure, le Mitsubishi était presque deux fois plus rapide que le Fokker et le rattrapa facilement.

— Préparez les mitrailleuses avant, ordonna Negishi lorsque l'avion désarmé se rapprocha dans les viseurs.

Mais le trimoteur ne comptait pas jouer les canards d'argile. Randy Schodt avait repéré le bombardier le premier et il suivit des yeux sa trajectoire. Son espoir de voir l'avion japonais passer sans hostilité s'évanouit lorsqu'il vit le Mitsubishi prendre position carrément derrière lui, et s'accrocher à sa queue plutôt que de passer à côté de lui.

Incapable de distancer l'avion de combat plus rapide, il opta pour la seule solution qui lui restait.

Le tireur de l'avion japonais venait de décocher une première volée de sa mitrailleuse 7.7 mm lorsque le trimoteur vira fortement à gauche, semblant perdre de la vitesse. Les balles se dispersèrent dans le ciel, inoffensives, tandis que le bombardier dépassait rapidement le Fokker.

Negishi fut pris complètement au dépourvu par cette manœuvre soudaine et il poussa un juron en essayant d'effectuer un demi-tour afin de poursuivre le petit avion. Le crépitement du feu de la mitrailleuse résonna dans tout le fuselage tandis qu'un tireur latéral suivait la feinte du Fokker en essayant de l'arroser d'une longue rafale.

A l'intérieur du Fokker, Hunt injuriait copieusement les pilotes en voyant tomber les caisses de ses précieux objets. Un terrible bruit confirma qu'une pièce de porcelaine venait d'être écrabouillée par les violents virages de l'avion. Lorsque le Fokker vira sur la droite, Hunt aperçut par son hublot le bombardier japonais et prit conscience du danger.

Dans le cockpit, Schodt mettait en œuvre toutes les ruses imaginables pour désarçonner le Mitsubishi, espérant qu'il abandonnerait la poursuite. Mais le pilote japonais, mis en colère par la première feinte, ne lâchait pas le Fokker. De temps à autre, Schodt effectuait une figure de voltige pour essayer de semer le bombardier, ce qui obligeait l'avion japonais à décrire une boucle avant de retrouver le trimoteur dans son viseur. Mais le chasseur n'abandonnait pas, et Schodt retrouva bientôt le Mitsubishi derrière lui avant que l'un des tireurs ne les atteigne.

L'empennage arrière fut le premier à voler en éclats, déchiqueté par une volée de plomb. Negishi se lécha les babines, conscient que l'avion ne pouvait plus tourner ni à droite ni à gauche sans le contrôle du gouvernail arrière. Avec un sourire de loup, il rapprocha le bombardier de sa proie. Lorsque le tireur fit feu une deuxième fois, il eut la surprise de voir le Fokker feinter de nouveau sur la droite, puis partir en décrochage.

Schodt n'avait pas dit son dernier mot. Tandis que Dave s'occupait des gaz sur les moteurs montés sur les ailes, Randy réussit encore à plonger pour esquiver le Mitsubishi. Une fois de plus, les coups de feu atteignirent le fuselage sans faire de dégâts et Hunt grimaça en constatant qu'une nouvelle caisse d'objets archéologiques avait été touchée.

Maintenant qu'il connaissait la tactique de son adversaire, Negishi fit décrire un très grand arc de cercle à son bombardier, de manière à approcher latéralement du Fokker. Cette fois, impossible d'échapper aux tirs, et le moteur de l'aile droite du Fokker se désintégra sous une tempête de balles. Un nuage de fumée se forma sous le moteur et Schodt ferma la conduite de carburant avant qu'il ne prenne feu. A l'aide des deux moteurs restants, il continua à se battre avec adresse pour maintenir le Fokker dans les airs et en sécurité, mais le répit fut de courte durée. Un tir bien placé du mitrailleur de la tourelle supérieure du Mitsubishi trancha les gouvernes de profondeur du Fokker et mit un terme définitif à la carrière du *Blessed Betty*.

Sans plus de possibilité de contrôler l'altitude, le trimoteur blessé commença à descendre à plat. Schodt regarda, impuissant, le Fokker plonger vers la poussière, les ailes entrouvertes. Etonnamment, l'appareil garda son équilibre, glissant vers le sol, le nez baissé imperceptiblement vers l'avant. Eteignant les derniers moteurs juste avant l'impact, Schodt sentit le bord d'attaque de l'aile gauche entailler le sol la première, projetant l'avion dans une pirouette maladroite.

L'équipage de l'avion japonais observa avec une légère déception le Fokker faire la roue sur le sol, sans exploser ni brûler. Le trimoteur argenté exécuta seulement deux tonneaux avant de glisser la tête en bas dans un ravin sablonneux.

En dépit de la difficulté à abattre cet avion civil, une acclamation éclata à bord du Mitsubishi.

— Bien joué, messieurs, mais la prochaine fois nous devrons faire mieux, les félicita Negishi avant de virer pour regagner sa base en Mandchourie.

A bord du Fokker, Schodt et son frère furent tués sur le coup dès le premier tonneau, qui avait écrasé le cockpit. Hunt survécut à l'atterrissage forcé, mais il avait la colonne brisée et la jambe gauche presque sectionnée. Il s'accrocha douloureusement à la vie pendant près de deux jours avant de périr parmi les miettes du fuselage. Jusqu'au dernier instant, il serra le coffret en bois contre sa poitrine en maudissant sa soudaine déveine. Tandis que son dernier souffle le quittait, il n'avait pu prendre conscience qu'il tenait entre ses mains la clé du trésor le plus magnifique au monde.

PREMIÈRE PARTIE

Seiche

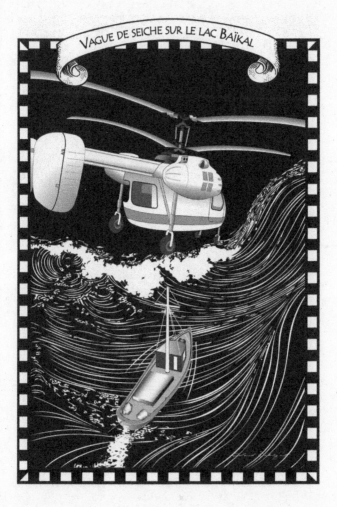

VAGUE DE SEICHE SUR LE LAC BAÏKAL

1

Les eaux calmes du lac le plus profond du monde
brillent du bleu profond et translucide d'un saphir poli.
Alimenté par d'anciens cours d'eau froids dépourvus
de vase et de sédiments, le lac Baïkal possède des eaux
remarquablement limpides. Un minuscule crustacé, le
Baïkal epishura, y participe activement en dévorant les
algues et le plancton qui dégradent la plupart des lacs
d'eau douce. Cette combinaison produit une telle trans-
parence que, par beau temps, on peut apercevoir depuis
la surface une pièce d'argent à trois cents mètres de
fond.

Entouré de sommets dentelés couverts de neige au
nord et d'une dense taïga plantée de bouleaux, mélèzes
et pins au sud, la « perle bleue de la Sibérie » s'étend
comme un flambeau de beauté au milieu d'un paysage
hostile. Situé en plein cœur de la Sibérie centrale, le
lac en forme de croissant s'incurve du sud vers le nord
sur six cents kilomètres, juste au-dessus de la frontière
avec la Mongolie. Cette énorme étendue d'eau, de
plus d'un kilomètre de profondeur par endroits,
contient un cinquième de toute l'eau douce de la planète, ce qui représente plus que tous les grands lacs
d'Amérique du Nord réunis. Seuls quelques villages
de pêcheurs peuplent les rives du lac, qui n'est autre

qu'une immense mer de tranquillité presque vide. C'est seulement à l'extrémité sud que le lac s'étend vers des centres de population plus importants. Irkoutsk, capitale de la Sibérie orientale d'un demi-million de résidents, se trouve à soixante kilomètres à l'ouest, tandis que la vénérable cité d'Oulan-Oude n'est elle guère éloignée de la rive est.

Theresa Hollema releva les yeux de son ordinateur portable pour admirer brièvement les montagnes violettes au bord du lac, couronnées par des nuages cotonneux accrochés aux sommets. La géophysicienne hollandaise se délecta de ce ciel bleu qu'elle avait si rarement l'occasion de voir chez elle en banlieue d'Amsterdam. Aspirant une grande bouffée d'air frais, elle essaya inconsciemment d'absorber le paysage de tous ses sens.

— C'est une journée agréable sur le lac, non ? demanda Tatiana Borjin.

Elle s'exprimait d'une voix grave, sur ce ton monocorde propre aux Russes qui parlent l'anglais. Pourtant, cette voix gutturale et sa personnalité de femme d'affaires ne concordaient pas avec son apparence physique. Bien qu'elle ressemblât à l'ethnie locale des Bouriates, elle était en réalité mongole. Avec ses longs cheveux noirs, sa peau couleur bronze et ses yeux en amande, elle possédait une beauté naturelle et robuste. Mais il y avait une profonde intensité dans ses yeux noirs qui semblaient tout envisager avec un terrible sérieux.

— J'ignorais que la Sibérie était à ce point magnifique, répondit Theresa. Ce lac est à couper le souffle. Si calme et paisible.

— C'est un havre de paix en ce moment, mais il peut devenir mauvais en un instant. Les Sarma, les vents soudains du nord-ouest, peuvent éclater sur le lac avec la force d'un ouragan. Les cimetières de la région sont peuplés de pêcheurs ayant manqué de respect aux forces du Baïkal.

Un léger frisson parcourut la colonne vertébrale de Theresa. Les habitants de la région parlaient constamment de l'esprit du lac. Les eaux pures du Baïkal étaient une attraction culturelle dont les Sibériens étaient fiers, et la protection du lac contre les pollutions industrielles avait suscité une mobilisation écologiste à l'échelle mondiale. Même le gouvernement russe avait été surpris du cri d'indignation généralisée lorsqu'il avait décidé de construire une usine de transformation de la cellulose des arbres sur la rive sud, cinquante ans auparavant. Theresa espérait seulement qu'une armada de canots Greenpeace n'allait pas apparaître sur le lac pour dénoncer leur présence.

D'ailleurs, se persuada-t-elle, son implication personnelle était relativement inoffensive. Son employeur, Royal Dutch Shell, avait été mandaté pour étudier une section du lac susceptible d'abriter des gisements pétroliers. Personne cependant n'avait parlé de forage ni de puits exploratoires, et elle était certaine que de toute façon cela ne se produirait jamais sur le lac. Son bureau d'études essayait seulement de complaire aux propriétaires du gisement de pétrole sibérien dans l'espoir d'autres contrats plus lucratifs. Theresa n'avait jamais entendu parler de l'Avarga Oil Consortium avant son voyage en Sibérie, mais elle savait qu'il y avait une multitude de compagnies pétrolières sur le marché russe. Quelques entreprises financées par le gouvernement, comme Yukos et Gasprom, faisaient les gros titres, mais, comme partout dans le monde, il y avait toujours quelques spéculateurs pour se disputer une part du gâteau. D'après ce qu'elle avait vu jusqu'à présent, le consortium Avarga n'en avait tiré aucun bénéfice.

— Manifestement, ils ne gaspillent pas leur argent en recherche et développement, lança-t-elle pour plaisanter aux deux autres ingénieurs Shell qui l'accompagnaient, tandis qu'ils montaient à bord du bateau de location.

— Ce n'est pas bête de l'avoir maquillé pour qu'il ressemble à un bateau de pêche décrépit, lança Jim Wofford, un grand géophysicien jovial originaire de l'Arkansas, qui arborait une épaisse moustache et un perpétuel sourire aux lèvres.

Le bateau de pêche noir à la proue élancée avait l'air d'un rescapé du cimetière naval. La peinture extérieure pelait de toutes parts et l'embarcation tout entière empestait le bois pourri et le poisson mort. Cela faisait des dizaines d'années que l'on n'avait pas briqué les cuivres et seuls des orages occasionnels avaient lavé les ponts. Theresa remarqua, mal à l'aise, que la pompe de cale fonctionnait en permanence pour écoper.

— Nous ne possédons pas nos propres bateaux, déclara Tatiana sans s'excuser.

En tant que représentante du groupe Avarga, elle avait été la seule interlocutrice du bureau d'études de Shell.

— Cela ne fait rien, lança Wofford en souriant, car ce qui manque en espace est largement compensé par l'inconfort.

— Certes, mais je parierais qu'il y a du caviar caché à bord, répliqua le partenaire de Wofford, Dave Roy, un de ses collègues ingénieurs sismiques, qui parlait avec un léger accent de Boston.

Comme Roy le savait, le lac Baïkal abritait d'énormes esturgeons qui pouvaient porter jusqu'à dix kilos de caviar.

Theresa donna un coup de main à Roy et Wofford qui chargeaient à bord leurs moniteurs sismiques, les câbles, le sondeur bathymétrique remorqué, et organisaient le matériel sur le minuscule pont du bateau de pêche de huit mètres cinquante.

— Du caviar ? Pour un buveur de bière comme toi ? se moqua Theresa.

— En réalité, cela va extrêmement bien ensemble, répliqua Roy avec une fausse gravité. Le sodium que contient le caviar produit une déshydratation à laquelle remédie parfaitement une boisson à base de malt.

— En d'autres termes, c'est une bonne excuse pour boire davantage de bière.

— Qui a besoin d'une excuse pour boire de la bière ? demanda Wofford avec indignation.

— J'abandonne, dit Theresa en riant. Loin de moi l'idée de me disputer avec un alcoolique. Encore moins avec deux.

Tatiana les dévisagea sans sourire, puis, une fois tout l'équipement rangé, elle fit un signe de tête au capitaine. Cet homme au visage austère qui portait un chapeau en tweed avait un énorme nez bulbeux coloré en rouge par sa consommation régulière de vodka. Il entra dans la minuscule timonerie, et fit démarrer le moteur diesel fumant avant de larguer les amarres. Sur des eaux calmes, ils s'éloignèrent en hoquetant de leur point d'attache au petit village de pêcheurs touristique de Listvyanka, située sur la rive sud-ouest du lac.

Tatiana déroula une carte du lac et désigna une zone à soixante kilomètres au nord de la ville.

— Nous étudierons cet endroit dans la baie de Peschanaya, dit-elle aux géologues. Les pêcheurs y ont noté de nombreuses taches d'huile à la surface, ce qui pourrait indiquer un suintement d'hydrocarbures.

— Vous n'allez pas nous emmener en eau profonde, n'est-ce pas Tatiana ? demanda Wofford.

— Je suis consciente des limites de l'équipement mis à votre disposition. Bien que nous ayons un certain nombre de gisements potentiels au centre du lac, je sais bien qu'il y a trop de profondeur pour pouvoir les étudier. Notre objectif de recherche se concentre sur quatre points dans le sud du lac Baïkal qui sont tous proches de la rive, donc sans doute peu profonds.

— C'est ce dont nous allons nous assurer, répliqua Roy en branchant un câble étanche dans le sondeur bathymétrique jaune d'un mètre quatre-vingts.

En plus de fournir une image par dérivation acoustique du fond du lac, le sondeur renseignerait également sur la profondeur relative quand on le remorquerait.

— Les sites sont-ils tous situés sur la rive ouest ? demanda Theresa.

— Seulement celui de la baie de Peschanaya. Nous devrons traverser le lac pour aller couvrir les trois autres sites, qui se trouvent eux sur la rive est.

Le vieux bateau de pêche passa devant les docks de Listvyanka, croisant un ferry hydroptère qui regagnait le port après un trajet jusqu'à Port Baïkal, sur l'autre rive de l'Angara. Ce bateau de tourisme élancé détonnait à côté de la petite flotte de vieux bateaux en bois qui pullulaient dans les eaux de Listvyanka. En sortant du petit port, le bateau de pêche tourna vers le nord, épousant la rive ouest découpée du lac. Une taïga profonde et luxuriante comme une moquette verte s'étendait jusqu'à la rive, laissant apparaître çà et là des prés ondoyants d'herbe grasse. Au milieu des couleurs riches du paysage qui se reflétait dans les eaux bleues limpides, Theresa avait du mal à imaginer la rudesse de cette région au plus fort de l'hiver, lorsqu'une couche de glace d'un mètre vingt recouvrait le lac. Elle frissonna à cette pensée, heureuse d'être au début de l'été, à l'époque où les jours sont les plus longs.

Mais en réalité, cela n'avait guère d'importance pour elle. Férue de découvertes et de voyages, elle aurait volontiers visité le lac en janvier rien que pour l'expérience. Brillante et dotée d'un excellent esprit d'analyse, Theresa avait choisi sa carrière moins pour la stimulation intellectuelle que pour les occasions qu'elle offrait de voyager dans les régions les plus reculées du globe. Des séjours prolongés en Indonésie, au Venezuela et dans la Baltique étaient interrompus par d'occasionnelles missions de deux semaines comme celle-ci, lors desquelles on l'envoyait prospecter sur des gisements de pétrole dans des lieux inhabituels. Travailler dans un univers masculin ne lui avait pas porté préjudice, car sa vivacité et sa vision de la vie pleine d'humour lui permettaient de se faire rapidement adopter des hommes si sa silhouette sportive, ses cheveux noirs et ses yeux noisette ne les avaient pas immédiatement conquis.

A soixante kilomètres au nord de Listvyanka, une baie peu profonde du nom de Peschanaya coupait la rive ouest, protégeant une étroite plage sablonneuse. Tandis que le capitaine amenait la proue du bateau dans la baie, Tatiana se tourna vers Theresa et lança :

— Nous allons démarrer ici.

Une fois le moteur au point mort et le bateau à la dérive, Roy et Wofford passèrent par-dessus la poupe le sondeur bathymétrique tracté tandis que Theresa montait une antenne GPS sur le garde-corps et la raccordait à l'ordinateur du sondeur. Tatiana jeta un coup d'œil à un indicateur de profondeur installé dans la timonerie et lança :

— On est à trente mètres.

— Pas trop profond, c'est bien, dit Theresa tandis que le bateau redémarrait, remorquant le capteur à une trentaine de mètres derrière lui.

Une image numérique du fond du lac s'afficha sur l'écran en couleur qui analysait les signaux acoustiques émis depuis le sondeur.

— Nous pouvons obtenir des résultats fiables tant que la profondeur reste inférieure à cinquante mètres, déclara Wofford. Pour plus de fond, il nous faudra plus de câble et un autre bateau.

— Et plus de caviar, ajouta Roy en mimant un air affamé.

Lentement, le bateau de pêche se mit à ratisser la baie ; le capitaine au visage sévère tenait la barre avec légèreté tandis que les quatre passagers, à la poupe, se penchaient sur le moniteur du sonar. Notant des formations géologiques inhabituelles, ils relevèrent leurs coordonnées dans le but de déceler les signes caractéristiques d'un éventuel gisement d'hydrocarbures. Des études plus poussées, à l'aide de carottages ou d'une analyse géochimique d'échantillons d'eau, devraient ensuite être entreprises pour vérifier l'hypothèse d'un suintement, le sondeur leur permettant de se concentrer sur les anomalies géologiques à examiner en priorité.

Lorsqu'ils atteignirent la rive nord du lac, Theresa se releva et s'étira tandis que le capitaine manœuvrait le bateau et le mettait en position pour la dernière ligne droite. Vers le centre du lac, elle remarqua un grand navire gris sale qui naviguait vers le nord. On aurait dit un navire de recherche, avec un hélicoptère vieillot coincé sur le pont arrière. Les rotors de l'hélicoptère tournaient comme s'il se préparait à décoller. En regardant la passerelle, elle fut surprise de découvrir à la fois un drapeau russe et un drapeau américain. Sans doute une expédition scientifique conjointe, songeat-elle. En se documentant sur le lac Baïkal, elle avait été surprise d'y découvrir l'intérêt des chercheurs occidentaux pour ce lac pittoresque à la flore et la faune uniques. Géophysiciens, microbiologistes et scientifiques spécialistes de l'environnement venaient des quatre coins du monde pour étudier le lac et ses eaux pures.

— On est en position, lança Roy de l'autre côté du pont.

Vingt minutes plus tard, ils atteignaient la rive sud de la baie, achevant ainsi leur balayage systématique.

Theresa identifia trois structures géologiques décelées par le sonar qui mériteraient de plus amples observations.

— Voilà qui est fait pour le premier acte, déclara Wofford. Et maintenant ?

— Nous allons traverser le lac jusqu'à ce point, dit Tatiana en posant son doigt mince sur la carte. A trente-cinq kilomètres au sud-est de notre position actuelle.

— Autant laisser le sonar en place. De toute façon, je ne crois pas que ce bateau puisse dépasser notre vitesse d'observation, cela nous permettra d'avoir un aperçu de la profondeur en traversant, dit Theresa.

— Pas de problème, répondit Wofford en s'asseyant sur le pont pour étirer ses longues jambes contre le parapet.

Tandis qu'il observait nonchalamment le moniteur, une expression sceptique se peignit soudain sur son visage.

— C'est bizarre, marmonna-t-il.

Roy se pencha pour regarder. L'image numérique sombre du fond du lac s'était soudain dégradée, remplacée par un barrage de lignes brisées qui traversaient l'écran de gauche à droite.

— C'est le sondeur bathymétrique qui rebondit sur le fond ? demanda-t-il.

— Impossible, répondit Wofford après avoir vérifié la profondeur. Il se trouve à quarante mètres au-dessus du fond.

L'interférence continua pendant quelques secondes, puis, aussi abruptement qu'elle avait commencé, elle s'évanouit et l'image du fond réapparut clairement sur l'écran.

— Peut-être que l'un de ces esturgeons géants a essayé de mordre notre sondeur, suggéra Wofford, soulagé de constater que les appareils fonctionnaient de nouveau.

Mais à peine s'était-il tu qu'un grondement sourd et profond fit trembler la surface de l'eau.

Bien plus long et grave qu'un coup de tonnerre, le son était étrangement étouffé. Pendant près d'une minute, l'étrange murmure résonna sur le lac. Tous à bord du bateau avaient les yeux rivés vers le nord, mais ils n'aperçurent rien qui pût être à l'origine du bruit.

— Des travaux de construction ? suggéra Theresa qui cherchait une réponse.

— Peut-être, répondit Roy. Mais cela vient de loin.

Un coup d'œil au moniteur lui confirma qu'une onde brève avait légèrement troublé l'image avant que tout ne revienne à la normale.

— Quoi que ce soit, dit Wofford en grimaçant, j'aimerais bien que ça arrête d'interférer avec notre matériel.

2

A seize kilomètres au nord, Rudi Gunn posa le pied sur l'aileron de passerelle du vaisseau de recherche russe à la coque grise qui portait le nom de *Vereshchagin*, et contempla l'azur au-dessus de lui. Otant ses épaisses lunettes à monture d'écaille, il en nettoya soigneusement les verres avant de scruter le ciel. Puis, secouant la tête, il regagna la passerelle en murmurant :

— On dirait du tonnerre, mais il n'y a pas un nuage dans le ciel.

Le rire sonore d'un homme corpulent, aux cheveux et à la barbe noirs, accompagna ces mots. Le Pr Alexander Sarghov ressemblait à un ours de cirque, sa large silhouette cependant adoucie par son attitude joviale et un chaleureux regard d'ébène qui pétillait de vie. Le géophysicien de l'Institut limnologique de l'Académie russe des sciences aimait rire, surtout aux dépens de ses nouveaux amis américains.

— Vous autres Occidentaux, vous êtes trop drôles, s'esclaffa-t-il avec un accent prononcé.

— Alexander, il faut excuser Rudi, répliqua un homme à la voix grave et chaude de l'autre côté de la passerelle. Il n'a jamais vécu dans une zone sismique.

Les yeux d'opale de Dirk Pitt pétillaient d'amusement tandis qu'il aidait Sarghov à taquiner son bras droit. Le directeur de l'Agence nationale marine et sous-marine américaine, la NUMA, apparut derrière une rangée de moniteurs et étira son mètre quatre-vingt-dix, les paumes de ses mains effleurant le plafond. Bien que plus d'une vingtaine d'années d'aventures sous-marines aient laissé des traces sur son corps résistant, il avait encore une silhouette longiligne. Seules quelques rides autour des yeux et un grisonnement sur les tempes qui gagnait du terrain témoignaient de sa lutte avec l'âge.

— Un tremblement de terre ? s'interrogea Gunn.

L'intelligent directeur adjoint de la NUMA, diplômé d'Annapolis et ancien commandant de la Navy, scruta la surface de l'eau avec curiosité.

— Cela m'est arrivé une ou deux fois, mais on les ressentait sans les entendre.

— Les petits ne font que secouer la vaisselle mais les tremblements de terre plus importants peuvent faire le bruit d'un chapelet de locomotives.

— Il y a une activité tectonique importante sous le lac Baïkal, ajouta Sarghov. Des séismes se produisent fréquemment dans cette région.

— Personnellement, je peux m'en passer, lança Gunn penaud en regagnant son siège près de la rangée de moniteurs. J'espère qu'ils ne vont pas interférer avec les mesures que nous prenons des courants du lac.

Le *Vereshchagin* avait à son bord une expédition scientifique américano-russe destinée à étudier les courants non répertoriés du lac Baïkal. Peu enclin à rester confiné au siège de la NUMA à Washington, Pitt dirigeait la petite équipe de l'agence de recherche gouvernementale en collaboration avec des scientifiques de l'Institut limnologique d'Irkoutsk. Les Russes fournissaient le navire et l'équipage, tandis que les Américains s'occupaient des bouées acoustiques et d'un équipement de surveillance ultraperfectionnés qui seraient utilisés pour créer une image 3-D du lac et de ses courants. La grande profondeur du lac Baïkal était connue pour compliquer les schémas de circulation d'eau uniques qui se comportaient souvent de manière imprévisible. Dans les villages qui bordaient le lac, couraient des légendes de tourbillons et de bateaux de pêche entraînés sous l'eau par leurs filets.

Partie de la pointe nord du lac, l'équipe scientifique avait déployé des dizaines de minuscules capteurs, enveloppés dans des nacelles de couleur orange qui avaient été lestées, pour dériver à différentes profondeurs. Les capteurs mesuraient en permanence la température et la pression, sans oublier leur position, et transmettaient ces données instantanément à une série de grands transpondeurs sous-marins fixés à des endroits précis. Les ordinateurs à bord du *Vereshchagin* traitaient ces données et affichaient les résultats sous forme d'images tridimensionnelles. Gunn jeta un coup d'œil à une rangée de moniteurs devant lui, puis se concentra sur l'un d'eux en particulier, qui analysait la partie centrale du lac. L'image ressemblait à un paquet de billes orange flottant dans un bol de crème glacée bleue. Presque d'un seul mouvement, une guirlande verticale de balles orange sauta rapidement vers le haut de l'écran.

— Waouh ! Soit l'un des transpondeurs a pété les plombs, soit il y a un trouble significatif au fond du lac, s'exclama-t-il.

Pitt et Sarghov se retournèrent pour étudier le moniteur, observant un flot de points orange qui remontaient vers la surface.

— Le courant remonte à une vitesse incroyable, dit Sarghov, les sourcils froncés. J'ai peine à croire qu'un tremblement de terre ait pu être assez important pour produire un tel effet.

— Peut-être pas le tremblement de terre lui-même, avança Pitt, mais un effet secondaire. Un glissement de terrain sous-marin déclenché par un séisme de faible importance pourrait créer ce genre de courant ascendant.

A deux cent dix kilomètres au nord du *Vereshchagin*, six cents mètres sous la surface, les événements donnaient raison à Pitt. Les premiers grondements entendus semblaient provenir des ondes de choc provoquées par un fort séisme, d'une intensité de 6.7 sur l'échelle de Richter. Les sismologues détermineraient plus tard que l'épicentre se situait près de la rive nord, mais il eut un effet dévastateur jusqu'au milieu du flanc ouest, près de l'île d'Olkhon. Cette vaste étendue de terre sèche désolée se trouvait près du centre du lac. Juste au large de la rive est de l'île, le fond du lac s'abaissait brutalement en pente raide jusqu'à l'un des endroits les plus profonds.

Les études sismiques avaient révélé des dizaines de lignes de faille, dont une près de l'île d'Olkhon. Si un géologue sous-marin avait examiné la ligne de faille avant et après le séisme, il aurait pu mesurer un mouvement de moins de trois millimètres. Pourtant, ces trois millimètres furent suffisants pour provoquer ce que les scientifiques nomment « rupture de faille avec déplacement vertical », ou glissement de terrain sous-marin.

Les effets invisibles de ce tremblement de terre arrachèrent un gros bloc de sédiments alluviaux de près de vingt mètres d'épaisseur. La masse mouvante des sédiments libérés glissa dans un ravin à la façon d'une avalanche, dont la masse comme la vitesse augmentèrent au fur et à mesure. La montagne de cailloux, de limon et de boue tomba de près de huit cents mètres, recouvrant collines et affleurements sous-marins qui se trouvaient sur son chemin avant d'entrer en collision avec le fond du lac, à une profondeur de mille cinq cents mètres.

En quelques secondes, un million de mètres cubes de sédiments furent largués sur le plancher du lac en un nuage sale de vase. Le grondement étouffé du glissement de terrain se dissipa bientôt, non sans avoir déclenché une violente vague d'énergie. Les sédiments en mouvement déplacèrent un immense mur d'eau, d'abord du fond, près du glissement de terrain, puis jusqu'à la surface, comme lorsque l'on pousse l'eau de la main sous la surface d'une baignoire. La force des millions de litres déplacés devait bien se diriger quelque part.

Le glissement sous-marin s'était produit au large de l'île d'Olkhon en direction du sud, et la vague avait commencé à se déplacer dans cette direction. Au nord du glissement de terrain, le lac allait rester relativement calme, mais au sud, un rouleau d'une force destructrice allait se déchaîner. En mer, elle aurait porté le nom de tsunami, mais dans le cadre d'un lac d'eau douce, on parlait d'une vague de seiche.

Une vague déferlante de trois mètres de haut avançait vers le sud dans la moitié inférieure du lac. Moins elle traversait de zones profondes, plus l'amplitude et la vitesse augmentaient. Pour ceux qui se trouveraient sur son chemin, ce mur liquide signifiait la mort.

Sur la passerelle du *Vereshchagin*, Pitt et Gunn suivirent l'avancée de la vague meurtrière avec une inquiétude croissante. Un agrandissement de la carte en 3-D du lac au sud de l'île d'Olkhon montrait un tourbillon de points orange qui sautaient rapidement les uns à la suite des autres.

— Active seulement les capteurs de surface, Rudi. Voyons exactement ce qui se passe au-dessus, demanda Pitt.

Gunn enfonça rapidement quelques touches du clavier et soudain s'afficha sur le moniteur l'image en 2-D du déploiement des capteurs de surface qui flottaient sur une bande de sept kilomètres de long. Tous les yeux se braquèrent sur l'écran alors que les points orange sautaient lentement l'un après l'autre sur une ligne du nord vers le sud.

— C'est bien une déferlante. Les capteurs se soulèvent d'au moins cinq mètres sur son passage, expliqua Gunn.

Il vérifia une nouvelle fois ses mesures, puis regarda silencieusement Pitt et Sarghov en hochant la tête, l'air grave.

— Bien sûr, seul un glissement de terrain a pu produire une telle vague, déclara Sarghov en analysant les images électroniques.

Le Russe tendit le doigt vers une carte du lac épinglée sur la cloison.

— La vague va emprunter le delta de la Selenga, qui est peu profond, en allant vers le sud. Peut-être que cela va diminuer sa force.

Pitt secoua la tête.

— Si la vague passe dans des eaux moins profondes, cela risque au contraire d'augmenter sa force en surface, dit-il. A quelle vitesse se déplace-t-elle, Rudi ?

Gunn utilisa la souris pour tracer une ligne entre deux capteurs afin de mesurer la distance qui les séparait.

— En se basant sur les oscillations des capteurs, la vague semble avancer à deux cents kilomètres à l'heure.

— Ce qui la ferait arriver sur nous dans environ cinquante minutes, calcula Pitt.

Son esprit était déjà en ébullition. Le *Vereshchagin* était un navire robuste et stable, il le savait, et ne s'en sortirait probablement qu'avec des dommages minimes. Mais il en irait autrement pour le reste du trafic maritime sur le lac, surtout les petits bateaux de pêche et de transport qui n'étaient pas prévus pour supporter l'assaut d'une vague de trois mètres de haut. Sans parler des habitations, en particulier celles qui se trouvaient tout au bord du lac, qui seraient rapidement inondées.

— Pr Sarghov, je suggère que le capitaine lance immédiatement un message d'alerte à tous les bateaux du lac. Dès que la vague sera visible à l'œil nu, il sera trop tard pour se mettre à l'abri. Il faudra entrer en contact avec les autorités portuaires pour faire évacuer tous les habitants menacés par l'inondation. Il n'y a pas une minute à perdre.

Sarghov se fraya un chemin jusqu'à la radio du bateau et lança lui-même l'avertissement. La radio bourdonna tandis qu'une myriade de correspondants rappelaient pour confirmer la réception. Bien que Pitt ne parlât pas russe, il devinait au ton des réponses qu'un certain nombre d'entre eux pensaient que Sarghov était soit fou soit ivre. Pitt ne put s'empêcher de sourire lorsque le scientifique, habituellement jovial, devint tout rouge et cracha une série d'obscénités dans le micro.

— Ces abrutis de pêcheurs ! Ils me traitent de fou ! s'exclama-t-il.

Les avertissements furent néanmoins pris au sérieux lorsque le capitaine d'un petit bateau appela, hystérique, pour annoncer que son embarcation, pourtant abritée dans la baie d'Aya, venait d'être épargnée malgré la frange de la vague qui était passée près de lui. Pitt étudia l'horizon avec ses jumelles et discerna une demi-douzaine de bateaux de pêche noirs qui rentraient au moteur se mettre à l'abri à Listvyanka, en plus d'un petit porte-conteneurs et d'un ferry hydroptère.

— Je pense que cette fois, ils vont vous écouter, Alex, déclara Pitt.

— Oui, fit Sarghov, soulagé. La police de List-vyanka a diffusé un message d'alerte à tous les postes au bord du lac et envoie des agents sur le terrain pour évacuer les zones à risque. Nous avons fait tout ce que nous pouvions.

— Peut-être pourriez-vous avoir la gentillesse de demander au capitaine de mettre le cap sur Listvyanka et la rive ouest à la plus grande vitesse possible, suggéra Pitt, amusé que Sarghov n'ait pas pensé à leur propre sort.

Tandis que le *Vereshchagin* virait vers Listvyanka en augmentant sa vitesse, Gunn étudiait la carte du lac Baïkal, passant le doigt sur la rive inférieure qui faisait un angle vers l'ouest.

— Si la vague maintient son cap vers le sud, nous devrions être à quelque distance de son point d'impact le plus fort, fit-il remarquer.

— C'est ce que j'espère bien, répliqua Pitt.

— Nous sommes à vingt-huit kilomètres de Listvyanka, déclara Sarghov en regardant la rive ouest par la fenêtre de la passerelle. Cela va être chaud, comme vous dites.

A Listvyanka, une antique alarme antiaérienne hurlait et les résidents, paniqués, se dépêchaient de hisser les petits bateaux à terre et d'amarrer solidement les plus gros aux pontons. Les écoliers furent renvoyés chez eux porteurs de messages d'alerte pour leurs parents, tandis que les boutiques du port étaient rapidement fermées. Tous les riverains du lac se regroupèrent en hauteur dans l'attente du déferlement de la montagne d'eau.

— On dirait le Derby irlandais... Par ici ! lança Sarghov avec un sourire sans joie.

Une dizaine de bateaux s'égrenaient devant eux, filant vers Listvyanka comme s'ils étaient attirés par un aimant. Le capitaine du *Vereshchagin*, un homme calme et pondéré du nom de Ian Kharitonov, tenait fermement la barre, priant silencieusement son bateau d'avancer plus vite. Comme les autres sur la passerelle, il jetait de temps à autre un regard à la dérobée vers le nord, à la recherche d'un indice qui aurait signalé l'arrivée de la vague.

Pitt scruta le radar du navire et remarqua un point stationnaire à seize kilomètres au sud-est de leur position actuelle.

— Apparemment, quelqu'un n'a pas eu le message, dit-il à Sarghov en lui montrant l'écran.

— Cet idiot a sans doute éteint sa radio, marmonna Sarghov en plaquant ses jumelles contre le hublot à bâbord.

Au loin, il ne discernait qu'une petite tache noire qui avançait lentement vers l'est.

— Il fonce droit au cœur de la tempête, dit Sarghov en attrapant une nouvelle fois le micro de la radio.

Il eut beau héler à plusieurs reprises le navire isolé, il n'obtint aucune réponse.

— Leur ignorance va leur coûter la vie, dit-il lentement en hochant la tête tandis qu'il raccrochait le micro.

Mais il fut détourné de son angoisse par un bruit fort qui fit vibrer les fenêtres de la passerelle.

Effleurant la surface de l'eau, un petit hélicoptère sembla arriver droit sur la passerelle du *Vereshchagin*, pourtant il se mit en vol stationnaire une fois au-dessus de l'aileron de passerelle tribord. Il s'agissait d'un Kamov Ka-26, un vieil hélicoptère soviétique civil qui avait eu son heure de gloire dans les années soixante en tant que transporteur léger. La carlingue n'était plus qu'un manteau passé de peinture argentée orné du blason de l'Institut limnologique. L'hélicoptère, vieux de trente-cinq ans, descendit plus près du bateau et le pilote, tout en mâchonnant un cigare, adressa un signe amical aux hommes sur la passerelle.

— Tous les capteurs sont largués. Demande permission de garer l'oiseau et de l'amarrer avant l'arrivée de la vague, lança la voix grave d'Al Giordino qui grésillait dans la radio.

Sarghov se leva et jeta un coup d'œil à l'extérieur, regardant d'un air effaré les pales de l'hélicoptère tout proche.

— Il s'agit d'une pièce de valeur pour notre institut, dit-il à Pitt d'une voix rauque.

— Ne vous inquiétez pas, Alexander, répondit Pitt en s'empêchant de sourire. Al pourrait faire passer un 747 par le trou d'un beignet.

— Il serait peut-être préférable qu'il se pose à terre, plutôt que de risquer qu'il soit malmené sur le pont, lança Gunn.

— Oui... Bien sûr, bégaya Sarghov qui ne souhaitait qu'une chose : voir l'hélicoptère s'éloigner de la passerelle.

— Si cela ne vous fait rien, j'aimerais aller jeter un coup d'œil à ce bateau de pêche égaré pour essayer de l'alerter, dit Pitt.

Sarghov avisa les yeux parfaitement calmes de Pitt et opina du chef. Pitt attrapa vivement le micro de la radio.

— Al, où en es-tu côté carburant ? demanda-t-il.

— Je viens de faire le plein à l'aérodrome de Port Baïkal. Il doit me rester environ trois heures et demie de temps de vol. Si j'y vais doucement. Mais je dois dire que le siège du pilote n'est pas des plus confortables.

Après avoir passé la plus grande partie de l'après-midi à déployer les capteurs orange sur le lac, Giordino était fatigué de piloter cet engin exigeant.

— Vas-y, pose-toi sur la plate-forme mais ne coupe pas le moteur. Nous avons une visite d'urgence à faire.

— Compris, coassa la radio.

L'hélicoptère s'éleva immédiatement et glissa vers

90

l'arrière du bateau où il se posa doucement sur une plate-forme vermoulue montée sur le pont arrière.

— Rudi, tiens-nous informés par radio de la progression de la vague. Nous ramènerons l'hélicoptère à terre après avoir prévenu le bateau de pêche.

— A vos ordres, chef, répondit Gunn tandis que Pitt sortait en courant de la passerelle.

S'élançant vers l'arrière du bateau, Pitt dégringola d'un étage pour atteindre sa cabine, d'où il ressortit au bout de quelques secondes avec un sac de marin rouge sur l'épaule. Il monta les marches quatre à quatre et descendit la coursive centrale pour déboucher sur le pont arrière ouvert, où se trouvait un énorme caisson de décompression blanc. L'hélicoptère fouettait bruyamment l'air au-dessus de lui et il sentit le vent des pales en grimpant les quelques marches étroites pour atteindre la plate-forme et ouvrir la portière passager du Kamov.

L'étrange petit hélicoptère le faisait songer à une libellule. Au premier regard, l'appareil de neuf mètres de long était à peine plus qu'un fuselage. Le minuscule cockpit semblait comme coupé en deux derrière les postes de commande jumeaux, la cabine passagers détachable ayant été enlevée. Ce vieil hélicoptère avait en effet été conçu pour être polyvalent, pouvant aussi bien servir à transporter un réservoir pour l'épandage agricole, une cabine d'évacuation sanitaire ou des passagers, ou même, selon les besoins de l'institut, une plate-forme ouverte. A celle-ci était accroché un grand râtelier plein de tubes dans lesquels on glissait les capteurs. Au-dessus, montés sur le fuselage, se trouvaient deux moteurs à pistons radiaux qui actionnaient les deux pales distinctes, contra-rotatives, fixées l'une au-dessus de l'autre. Un chétif empennage arrière menait à un large stabilisateur et à une gouverne de profondeur. En revanche, sur ce modèle, il n'y avait pas de rotor de queue. Le Ka-26 ou « Hoodlum », « gangster » comme on le surnommait à l'Ouest, était conçu comme un système de portance polyvalent. En mer, il était parfait pour opérer à partir d'une petite plate-forme sur un bateau.

Tandis que Pitt s'élançait vers le côté droit de la cabine de pilotage, la porte passager s'ouvrit et un jeune technicien russe portant une casquette ZZ Top sauta sur le pont. Il invita Pitt à prendre place, puis tendit au grand Américain son casque radio et s'éloigna rapidement de la plate-forme. Pitt logea son sac au pied du siège et grimpa, jetant un coup d'œil à son vieil ami aux commandes tandis qu'il fermait la porte.

Albert Giordino n'avait certes pas la silhouette du fringant aviateur. Le corpulent Italien aux bras en forme de marteau-piqueur mesurait presque trente centimètres de moins que Pitt. Une tignasse noire et rebelle encadrait de boucles son visage, qui n'avait pas croisé le chemin d'un rasoir depuis des jours, tandis qu'il mâchonnait un éternel cigare. Ses yeux noisette brillaient d'intelligence et pétillaient, moqueurs, même aux moments les plus éprouvants. L'ami de toujours de Pitt, directeur de la technologie sous-marine pour la NUMA, était plus à l'aise aux commandes d'un submersible mais savait également manier d'une main de velours la plupart des appareils volants.

— J'ai entendu l'alerte. Tu veux aller traquer le rouleau au moment où il déferlera sur Listvyanka ? demanda Giordino dans son casque.

— Nous avons une visite de courtoisie à faire d'abord. Fais-nous décoller et dirige-toi vers le sud-est, je vais t'expliquer.

Giordino dégagea rapidement le Kamov du bateau qui continuait sa route et s'éleva à soixante mètres de haut, traversant le lac vers l'est. Tandis que l'hélicoptère accélérait jusqu'à atteindre cent trente-cinq kilomètres à l'heure, Pitt lui décrivit la vague de seiche qui attendait le malheureux bateau de pêche. La coque noire apparut bientôt à l'horizon et Giordino ajusta son cap tandis que Pitt communiquait avec le *Veresh-chagin*.

— Rudi, où en est notre vague ?

— Elle gagne de plus en plus d'intensité, Dirk, répondit sobrement Gunn. La crête atteint maintenant neuf mètres de haut en son centre, et sa vélocité augmente depuis qu'elle a emprunté le delta du fleuve.

— Combien de temps avant qu'elle arrive sur nous ?

Gunn effectua le calcul sur l'ordinateur.

— Arrivée estimée sur le *Vereshchagin* dans approximativement trente-sept minutes. Nous serons encore à sept kilomètres de Listvyanka.

— Merci, Rudi. Condamnez bien les écoutilles. Nous reviendrons au spectacle dès que nous aurons alerté le bateau de pêche.

— Compris, répondit Gunn en souhaitant soudain être à la place de Pitt.

La vague était encore à soixante-quatre kilomètres et les collines de Listvyanka étaient à présent parfaitement visibles depuis le *Vereshchagin*. Le bateau ne recevrait pas la vague de plein fouet, mais il n'y avait pas moyen de protéger la rive. Tout en effectuant le compte à rebours, Gunn regarda au loin en se demandant en silence ce qu'il allait rester une heure plus tard de ces pittoresques villages de pêcheurs.

3

— On dirait que nous avons de la compagnie, lança
Wofford en tendant la main vers l'horizon.

A ces mots, tous les autres levèrent la tête, à l'exception de Theresa qui avait déjà repéré l'appareil. L'hélicoptère argenté et courtaud approchait depuis l'ouest,
filant tout droit sur le bateau de pêche.

Celui-ci se dirigeait vers la rive est, tractant son
équipement de sonde, et l'équipage ignorait complètement le danger qui le menaçait. Personne à bord ne
s'était alarmé de la disparition soudaine de tous les
autres bateaux, cela n'ayant rien d'inhabituel sur un si
grand lac.

Tous les yeux scrutèrent le ciel pour observer l'hélicoptère disgracieux qui arrivait en bourdonnant, avant
de pivoter en vol stationnaire à bâbord. L'équipe de
géophysiciens essayait de comprendre les signes de
l'homme aux cheveux couleur d'ébène sur le siège
passager, qui agitait un micro devant la fenêtre et indiquait son casque.

— Il veut nous appeler sur la radio, observa Wofford. Vous l'avez éteinte, capitaine ?

Tatiana traduisit les propos de Wofford à l'attention
du capitaine contrarié, qui secoua la tête en répondant
avec indignation à la jeune femme. Il se saisit d'un
micro de radio dans la timonerie et le brandit en direc-

tion de l'hélicoptère, tout en faisant le geste de se trancher la gorge horizontalement.

— Le capitaine dit que sa radio ne fonctionne plus depuis deux ans, déclara Tatiana. Il n'en a pas besoin, il navigue très bien sans.

— Pourquoi est-ce que cela ne me surprend même pas ? fit Roy en levant les yeux au ciel.

— On voit qu'il n'a jamais été scout, ajouta Wofford.

— On dirait que cet homme veut que nous fassions demi-tour, dit Theresa, interprétant de nouveaux gestes du copilote de l'hélicoptère. Je crois qu'ils nous demandent de rentrer à Listvyanka.

— C'est un appareil de l'Institut limnologique, fit remarquer Tatiana. Ils n'ont aucune autorité sur nous. Nous pouvons les ignorer.

— Je crois qu'ils veulent nous avertir de quelque chose, protesta Theresa tandis que l'hélicoptère inclinait ses rotors à plusieurs reprises et que le passager continuait à faire des gestes avec ses mains.

— Nous devons sans doute contrarier une de leurs insignifiantes expériences, dit Tatiana, qui se mit à faire de grands signaux à l'hélicoptère. *Ouïdite, Ouïdite...* allez-vous-en !

*

* *

Giordino regarda à travers la verrière du cockpit et en sourit d'amusement. Le capitaine bourru semblait hurler des insultes à l'intention de l'hélicoptère tandis qu'une femme faisait de grands gestes pour les chasser.

— Apparemment, ils ne sont pas intéressés par nos marchandises, conclut-il.

— Je crois que leur capitaine est soit un peu déficient intellectuellement, soit trop porté sur la vodka, répliqua Pitt en secouant la tête, agacé.

— Ou alors, c'est ton imitation de Marcel Marceau qui est nulle.

— Regarde la ligne de flottaison de ce vieux rafiot.

Giordino avisa la coque à bâbord, très enfoncée dans l'eau.

— On dirait qu'il coule déjà, déclara-t-il.

— Il n'a aucune chance contre une vague de neuf mètres, fit remarquer Pitt. Tu vas devoir me faire descendre sur le pont.

Giordino ne prit pas la peine de poser la moindre question concernant la sagesse de cette requête et encore moins de convaincre Pitt du risque de la situation. Il savait que ce serait inutile. Pitt était comme un grand boy-scout qui se dévouerait toujours pour aider une vieille dame à traverser la rue, même s'il était en danger. Quoi qu'il se passe, il plaçait sa propre sécurité après celle des autres. Giordino se mit à décrire un cercle autour du bateau, cherchant un endroit où il pourrait se poser pour débarquer Pitt. Mais le vieux rafiot ne voulait pas coopérer. Un grand mât en bois dépassait de plus de trois mètres de la timonerie, défendant le bateau comme une lance. Avec ses rotors de treize mètres de diamètre, l'hélicoptère ne pouvait stationner à aucun endroit au-dessus du bateau sans heurter le mât.

— Je ne peux pas m'approcher suffisamment. Ou tu y vas à la nage, ou tu fais un saut de six mètres au risque de te casser une jambe, dit Giordino.

Pitt jeta un coup d'œil sur le bateau noir délabré et tous ses passagers qui levaient toujours les yeux sans comprendre.

— Je ne suis pas prêt pour le plongeon, répondit-il en regardant l'eau glacée. Mais si tu peux me déposer en haut du mât, je ferai de mon mieux pour jouer les pompiers.

L'idée semblait folle, songea Giordino, mais il avait raison. S'il réussissait à manœuvrer de manière à se trouver juste au-dessus du mât, Pitt pourrait s'y accrocher et descendre en glissant sur le pont. Cette manœuvre n'étant déjà pas évidente à terre, Giordino savait qu'au-dessus du bateau qui roulait et tanguait, l'hélicoptère risquait de décrocher s'il ne se montrait pas assez prudent.

Il approcha le Kamov jusqu'à ce que ses roues se trouvent à trois mètres du mât, après quoi il inclina doucement l'appareil pour que la portière passager s'ouvre juste au-dessus. Effleurant à peine la manette des gaz, il ajusta précisément la vitesse de l'hélicoptère à celle du bateau. Une fois satisfait, il abaissa lentement l'hélicoptère à un mètre du mât.

— Avec le roulis du bateau, je ne peux me permettre qu'un petit plongeon rapide pour te faire descendre, dit Giordino dans son casque. Tu es sûr que tu pourras remonter ensuite ?

— Je ne prévois pas de remonter, répondit Pitt avec flegme. Donne-moi une seconde, je vais te guider.

Pitt enleva son casque, puis sortit son sac de marin rouge. En ouvrant la porte du cockpit, l'air brassé par les pales s'engouffra dans l'habitacle, puis il lança nonchalamment son sac et le regarda atterrir avec un rebond sur le toit de la timonerie. Enfin, il fit pendre ses pieds par la porte et fit signe à Giordino de s'immobiliser. Le mât faisait de brusques à-coups à cause du tangage, mais Pitt en apprivoisa bientôt le rythme. Lorsque le bateau se stabilisa entre deux vagues, Pitt fit signe paume ouverte à Giordino pour que celui-ci incline immédiatement l'hélicoptère d'un mètre ; en un éclair, Pitt avait sauté. Giordino n'attendit pas de voir s'il avait réussi à s'accrocher au mât pour redresser l'hélicoptère et se dégager. Après s'en être éloigné, il vit Pitt, les bras agrippés en haut du mât, qui commençait doucement à glisser.

— *Vereshchagin* à unité aérienne, terminé, gronda la voix de Rudi Gunn dans les oreilles de Giordino.

— Que se passe-t-il, Rudi ?

— Je voulais seulement vous donner des nouvelles de la vague. Elle avance maintenant à deux cent seize kilomètres-heure, la crête allant jusqu'à dix mètres quarante. Ayant déjà passé le delta de la Selenga, nous n'attendons pas de nouvelle accélération avant qu'elle atteigne la rive sud.

— Je suppose que c'est ce que tu appelles de bonnes nouvelles. On dispose de combien de temps ?

— Pour votre position telle que nous l'estimons, dix-huit minutes. Le *Vereshchagin* va se retrouver face à la vague dans dix minutes. Je suggère que vous vous teniez prêt pour les secours d'urgence.

— Rudi, veuillez confirmer. Dix-huit minutes ?

— Affirmatif.

Dix-huit minutes. Cela serait loin de suffire au vieux rafiot pour aller se mettre à l'abri. En regardant la coque noire enfoncée dans l'eau, il sut que le bateau n'avait aucune chance. Rongé par l'inquiétude, Giordino prit conscience qu'il venait peut-être de signer l'arrêt de mort de son vieil ami en le larguant sur le pont.

*

* *

Pitt, accroché au mât jambes croisées, découvrit deux vieilles antennes GPS et radio sous son nez. Une fois que Giordino se fut dégagé et que le fort courant d'air des pales se fut apaisé, il n'eut qu'à se laisser glisser, se servant de ses pieds pour freiner. Après avoir attrapé son sac, il descendit de la timonerie par un escabeau côté poupe. Une fois sur le pont, il se retourna pour faire face au groupe bouche bée en face de lui.

— *Privet*, lança-t-il avec un sourire désarmant. Est-ce que quelqu'un parle anglais ?

— Tout le monde sauf le capitaine, répondit Theresa, surprise, comme les autres, que Pitt ne soit pas russe.

— Que signifie cette intrusion ? demanda Tatiana sèchement.

Ses yeux noirs scrutèrent Pitt avec méfiance. Derrière elle le capitaine, debout devant la porte de la timonerie, se lança dans une tirade tout aussi méprisante dans sa propre langue.

— Camarade, dites à votre capitaine que s'il a envie de boire une autre vodka dans sa vie, il a intérêt à tourner cette baignoire vers Listvyanka tout de suite et à mettre les gaz à fond.

— Quel est le problème ? demanda Theresa en essayant d'apaiser la tension.

— Un glissement de terrain sous-marin a déclenché une gigantesque vague près de l'île d'Olkhon. Un mur d'eau de neuf mètres de hauteur se dirige sur nous en ce moment même. Des alertes radio ont été diffusées sur le lac mais votre brave capitaine n'a pas pu les entendre.

Tatiana était blême en traduisant rapidement le tout au capitaine à mi-voix. Celui-ci hocha la tête sans dire un mot, puis il regagna la timonerie. Une minute plus tard, les gaz à fond faisant protester le vieux moteur, cap était mis sur Listvyanka. Sur le pont arrière, Roy et Wofford remontaient déjà leur équipement tandis que le bateau commençait à accélérer.

Pitt leva les yeux et fut troublé de constater que Giordino s'était éloigné du bateau de pêche et que l'hélicoptère argenté volait rapidement vers l'ouest. Si le bateau ne pouvait distancer la vague, ce qui semblait a priori certain, il aurait été préférable que Giordino reste au-dessus d'eux. Il se maudit intérieurement de ne pas avoir apporté de radio portative.

— Merci d'être venu nous avertir, déclara Theresa avec un sourire nerveux en s'approchant de Pitt, la main tendue.

Monter à bord de cette façon avait été dangereux, et il émanait de cette Néerlandaise une chaleur sincère qui rappela à Pitt sa femme Loren.

— Oui, nous vous sommes reconnaissants de nous avoir alertés, déclara Tatiana, s'excusant de sa première réaction sur un ton un peu plus aimable.

Puis, après de rapides présentations, elle poursuivit :

— Vous venez du navire de recherche de l'Institut limnologique, non ?

— Oui. Il se dirige vers Listvyanka, comme les autres bateaux qui naviguaient dans cette partie du lac. Le vôtre est le seul que nous n'avons pas pu contacter par radio.

— Je t'avais dit que quelque chose clochait dans ce bateau, chuchota Wofford à Roy.

— Et chez ce capitaine aussi, rétorqua Roy en secouant la tête.

— M. Pitt, il semble que nous allons affronter cette vague ensemble. De combien de temps disposons-nous exactement avant qu'elle arrive ? demanda Tatiana.

Pitt jeta un coup d'œil à sa montre de plongée Doxa orange.

— D'après la vitesse à laquelle elle avançait quand j'ai quitté le *Vereshchagin*, moins de quinze minutes.

— Nous n'arriverons jamais à Listvyanka à temps, déclara calmement Tatiana.

— Le lac s'élargit à son extrémité sud, ce qui va atténuer la vague vers l'ouest. Plus près nous serons de Listvyanka, plus petite sera-t-elle au moment de nous heurter.

Mais, debout sur le pont du bateau de pêche plein de voies d'eau, Pitt doutait qu'il pût résister à la moindre vaguelette. La coquille de noix semblait s'enfoncer davantage à chaque seconde. Son moteur toussotait et crachait comme s'il allait rendre l'âme à tout instant. Le bois était partout pourri, même au-dessus des ponts. Pitt osait à peine imaginer l'état des poutres cachées en dessous.

— Préparons-nous à être secoués. Que tout le monde mette un gilet de sauvetage. Et tout ce que vous ne voulez pas perdre, attachez-le au pont ou aux platsbords.

Roy et Wofford arrimèrent vivement leur équipement, aidés par Theresa. Tatiana fouilla dans la timonerie quelques minutes avant de ressortir sur le pont avec une brassée de vieux gilets de sauvetage.

— Il n'y a que quatre gilets à bord, annonça-t-elle. Le capitaine refuse d'en mettre un, mais il nous en manque toujours un, lança-telle en dévisageant Pitt comme étant l'homme en trop.

— Ne vous inquiétez pas, j'ai apporté le mien, répondit Pitt.

Tandis que l'équipe enfilait les vestes, Pitt se débarrassa de ses chaussures et de ses vêtements et enfila sans fausse pudeur une combinaison en néoprène qu'il sortit de son sac de marin.

— Qu'est-ce que c'est que ce bruit ? demanda Theresa.

Presque imperceptible, un grondement lointain résonnait faiblement sur le lac. On eût dit un train de marchandises négociant un virage de montagne, pensa Pitt. Le grondement restait constant, tout en augmentant sensiblement.

Sans même lever les yeux, Pitt sut qu'il ne leur restait plus de temps. La vague avait dû gagner de la vitesse et de la puissance, elle s'approchait plus tôt que prévu.

— La voilà ! hurla Roy en tendant la main.

— Elle est énorme ! murmura Theresa, bouche bée.

Il ne s'agissait pas d'un de ces brisants surmontés d'écume qui font la joie des surfeurs, mais plutôt d'un cylindre étrangement lisse qui occupait toute la largeur du lac, comme un bigoudi géant. L'image surréaliste du mur d'eau en mouvement, accompagné de ce grondement sourd, figea tout le monde sur place. Tous sauf Pitt regardaient, horrifiés.

— Tatiana, dites au capitaine de tourner le bateau face à la vague, ordonna-t-il.

Le capitaine bourru, les yeux écarquillés comme des enjoliveurs, tourna rapidement la barre. Le vieux bateau plein de voies d'eau poussait Pitt au pessimisme. Mais tant qu'il y avait de l'espoir, il était déterminé à essayer de maintenir tout le monde en vie.

Le premier défi serait que tout le monde reste à bord. D'un rapide coup d'œil, Pitt repéra un vieux filet de pêche roulé près du plat-bord à tribord.

— Jim, donnez-moi un coup de main, demanda-t-il à Wofford.

A eux deux, ils étendirent le filet en travers du pont et le poussèrent contre la cloison noire de la timonerie. Tandis que Wofford accrochait un côté au parapet à tribord, Pitt arrimait l'autre extrémité à une batayole à bâbord.

— Pour quoi faire ? demanda Theresa.

— Quand la vague approchera, que tout le monde se couche et s'accroche au filet. Il agira comme un coussin protecteur et, avec un peu de chance, cela empêchera tout le monde de piquer une tête dans le lac.

Tandis que le capitaine pointait la proue vers la vague, les trois hommes et les deux femmes prirent position près du filet. Roy s'approcha de Pitt et lui murmura à l'oreille :

— C'est un baroud d'honneur, M. Pitt, nous savons tous les deux que ce vieux rafiot ne va jamais tenir le coup.

— Il ne faut jamais dire jamais, répliqua Pitt avec humour.

Le grondement tonitruant de l'eau en mouvement s'amplifia à mesure qu'elle se rapprochait à moins de huit kilomètres. Ce n'était plus qu'une question de minutes avant que la vague percute le bateau. Les occupants se préparaient tous au pire, certains priant en silence tandis que d'autres, résignés, semblaient attendre la mort. En raison du vacarme, personne ne distingua le bruit de l'hélicoptère qui approchait. Le Kamov était à moins de cent mètres à bâbord lorsque Wofford leva les yeux en balbutiant :

— Mais qu'est-ce que ça veut dire ?

Tous regardèrent alternativement la vague et l'hélicoptère. Suspendu à l'appareil par un câble de six mètres, un objet blanc cylindrique se balançait à quelques dizaines de centimètres au-dessus des vagues. L'objet pesant éprouvait manifestement l'hélicoptère et tous sauf Pitt supposèrent que le pilote avait perdu la boule, car pourquoi essayer d'apporter un instrument quelconque sur le bateau de pêche alors qu'il était trop tard ?

Un grand sourire éclaira le visage de Pitt lorsqu'il reconnut la bulle qui oscillait sous l'hélicoptère, sur laquelle il avait presque trébuché en quittant le *Veresh-chagin* peu de temps auparavant. C'était le caisson de décompression du navire de recherche, qui se trouvait toujours à bord par mesure de sécurité en cas d'accident de plongée. Giordino avait tardivement pris conscience qu'il pouvait servir de submersible pour les passagers du bateau de pêche. D'un bond, Pitt se leva et fit signe à Giordino de poser le caisson sur le pont arrière.

Alors que la vague de seiche arrivait sur le bateau, Giordino se hâta, restant en vol stationnaire au-dessus de la poupe jusqu'à ce que le caisson se soit stabilisé. L'objet d'une tonne plongea soudain du ciel et entra en collision avec le pont. Ce caisson hyperbare pour quatre personnes occupait maintenant tout l'espace du pont et, sous son poids, la poupe s'enfonçait encore un peu plus dans l'eau.

Pitt détacha rapidement le câble puis bondit jusqu'au parapet et fit un signe pouce levé à l'hélicoptère. Giordino se dégagea immédiatement, et positionna l'hélicoptère de façon à pouvoir observer l'impact.

— Pourquoi a-t-il largué ça ici ? demanda Tatiana.

— Cette grosse bouée mochouille est votre billet pour la survie, répondit Pitt. Tout le monde à l'intérieur ; il n'y a pas de temps à perdre.

D'un coup d'œil, Pitt se rendit compte que la vague était à moins de deux kilomètres. Il débloqua rapidement la fermeture étanche du caisson et ouvrit la porte ronde de la chambre. Theresa fut la première à s'y engouffrer, suivie de Wofford et Roy. Tatiana hésita, attrapant une sacoche en cuir avant de grimper.

— Dépêchez-vous, ordonna Pitt. Pas le temps d'enregistrer des bagages.

Même le capitaine renfrogné, pétrifié d'horreur à la vue du mur d'eau qui approchait, abandonna la barre et rampa à l'intérieur à la suite des autres.

— Vous ne venez pas ? demanda Tatiana à Pitt qui commençait à fermer la porte.

— Ce sera déjà assez serré à cinq. De toute façon, il faut quelqu'un pour refermer le caisson de façon étanche, répliqua-t-il avec un clin d'œil. Il y a des couvertures et des coussins rembourrés au fond. Utilisez-les pour vous protéger la tête et le corps. Préparez-vous, ça ne va pas tarder.

Avec un claquement métallique, la porte se referma et Pitt verrouilla le mécanisme. Un étrange silence enveloppa soudain les occupants, mais il dura moins d'une minute avant que la vague ne les percute.

Theresa était assise face à un épais hublot et elle observait cet homme mystérieux arrivé de nulle part pour les sauver. Elle vit Pitt fouiller dans son sac de marin et en sortir un masque de plongée et un sac à dos avec un petit réservoir. Enfilant rapidement l'équipement, il se plaça sur le plat-bord, et c'est alors qu'un déluge inonda le hublot, coupant toute visibilité à Theresa.

Le bateau se trouvait encore à vingt-deux kilomètres de Listvyanka et de la rive ouest lorsqu'il fut frappé par la vague de seiche. A bord, tous ignoraient qu'ils avaient été touchés par la partie la plus violente de la vague, dont la crête culminait aussi haut qu'un immeuble de deux étages au moment de l'impact.

Depuis son perchoir à soixante mètres dans les airs, Giordino regardait, malade d'impuissance, la vague s'abattre sur le bateau noir. Les gaz étaient toujours au maximum quand il vit la vieille embarcation essayer vaillamment de chevaucher le mur d'eau. Cependant, la vague se fracassa avec force sur la charpente pourrie de la coque et le vieux bateau en bois sembla se désintégrer sous le choc, puis disparaître complètement.

Giordino scruta désespérément la surface à la recherche de Pitt ou de la chambre de décompression. Une fois que les eaux se furent calmées, il ne restait plus que la proue à la surface. Le vieux rafiot avait été sectionné par la force de la vague et seule la moitié avant n'avait pas été engloutie. Le pont arrière, chargé

105

du caisson de décompression, avait disparu. L'épave noire de la proue apparaissait seulement de temps à autre, puis le mât oscilla sur l'horizon avant de finir, lui aussi, par couler dans un gargouillis de bulles au fond du lac glacé.

4

— Accrochez-vous ! s'écria Theresa en essayant de couvrir le rugissement soudain de la déferlante.

Ses paroles résonnèrent dans la chambre tandis que les occupants étaient violemment secoués. Le cylindre tout entier bascula en position verticale au moment où la vague soulevait l'extrémité du bateau de pêche. Les trois hommes et les deux femmes s'accrochèrent frénétiquement aux barres soudées des deux couchettes, tentant d'empêcher leurs corps de se transformer en projectiles. Le temps sembla se suspendre au moment où le bateau essayait de chevaucher la vague. Puis un terrible craquement se fit entendre lorsque le pont se brisa en deux. Une fois détachée de la proue plus légère et plus résistante, une partie de la poupe s'enfonça lentement en arrière dans le creux de la vague, juste au moment où sa puissance dévastatrice était maximale.

Pour Theresa, la collision sembla s'effectuer au ralenti. Elle eut d'abord la sensation qu'ils coulaient verticalement, puis, comme elle s'y attendait, l'impact de la vague fit basculer le caisson à l'envers. Bras, jambes et torses voltigèrent dans la chambre qui se retournait, dans un concert de cris et de hurlements. La lueur qui filtrait par le hublot faiblit avant de disparaître totalement, les plongeant dans une effrayante obscurité.

A l'insu de ses victimes, la vague avait retourné la poupe tout entière, coinçant le caisson en dessous. Le compartiment du moteur inondé, alourdi par le poids des machines, poussa aisément la chambre retournée vers le fond du lac. Même après le passage de la vague, l'épave et le caisson continuèrent à descendre, entraînés par leur propre poids. Au lieu de les sauver, la chambre de décompression s'était muée en cercueil, plongeant ses victimes dans les profondeurs glacées du lac sibérien.

La lourde chambre en acier était en effet conçue pour résister à la force de trente atmosphères, c'est-à-dire à la pression habituelle à une profondeur de trois cents mètres. Mais là où le bateau s'était brisé la profondeur du lac excédait mille mètres, ce qui risquait de faire imploser le caisson avant même qu'il ne touche le fond. En raison de son poids, la chambre encapsulée aurait dû remonter librement jusqu'à la surface et, même avec cinq personnes à l'intérieur, elle aurait continué de flotter. Mais coincée sous la poupe sectionnée, elle était inexorablement entraînée vers les profondeurs.

Tandis que la lumière diminuait par le hublot, Theresa comprit qu'ils coulaient au fond du lac. Elle se rappela les paroles de Pitt à la dernière minute, quand il avait appelé la chambre une « bouée ». Elle devrait flotter, en déduisit-elle. Il n'y avait aucune voie d'eau apparente, donc ce devait être une autre force qui les faisait couler.

— Tout le monde de ce côté si vous en avez la force ! cria-t-elle aux autres après avoir tâtonné jusqu'à la cloison de la capsule. Il faut qu'on se retourne.

Ses compagnons, meurtris et étourdis, rampèrent vers elle, se recroquevillant tous ensemble tout en essayant de se réconforter les uns les autres au milieu de l'obscurité. Les centaines de kilos déplacés auraient pu ne pas suffire à les libérer mais Theresa avait deviné juste en se plaçant là où avait été la poupe du bateau. Au-dessus de leur tête se trouvait maintenant le moteur, la partie la plus lourde. La concentration de poids se trouvant juste à côté du centre de gravité, elle suffit à initier une rotation de la chambre en train de sombrer.

A mesure que le bateau s'enfonçait plus profondément, la pression augmentait. Des craquements se firent entendre dans la chambre, car les joints d'étanchéité approchaient le seuil limite de pression tolérée. Mais le déplacement du lest finit par peser sur l'angle de descente, inclinant légèrement la poupe du bateau. A l'intérieur, le changement était imperceptible, quand ils perçurent un léger raclement alors que la chambre glissait sur le pont. Le mouvement accentua le déséquilibre jusqu'à ce que la chambre s'incline de façon sensible vers le haut. L'angle augmenta jusqu'à près de quarante degrés avant que le caisson finisse par basculer par-dessus le bord de la poupe et se libère enfin de l'épave en train de couler.

Pour les occupants, la remontée en flèche de la capsule flottante fit l'effet de montagnes russes à l'envers. Pour Giordino qui, depuis son Kamov, scrutait la surface du lac, cette image lui rappela un missile Trident lâché par un sous-marin nucléaire de classe Ohio. Après avoir vu la vague passer et la proue couler, il avait remarqué, soulagé, une grande quantité de bulles à la surface. En dépit des vingt-cinq mètres de profondeur, il commença à apercevoir la chambre de décompression blanche remonter vers la lumière comme un bouchon de champagne. Libérée des profondeurs, elle creva la surface nez en avant et s'envola littéralement avant de retomber violemment. S'approchant, Giordino constata qu'elle semblait encore étanche et flottait sans problème dans les petites vagues. Bien que durement malmenée, Theresa eut peine à contenir son soulagement en revoyant le ciel bleu par son hublot. Elle constata d'un coup d'œil qu'ils étaient revenus à la surface, quand l'ombre rassurante de l'hélicoptère argenté passa au-dessus d'eux. Dans la lumière retrouvée, elle se tourna vers ses compagnons pour examiner la masse enchevêtrée des corps amassés autour d'elle.

La chevauchée tumultueuse avait meurtri tout le monde mais, miraculeusement, personne n'avait été gravement blessé. Le capitaine du bateau de pêche saignait en raison d'une vilaine entaille au front et Wofford grimaçait à cause d'un tour de reins. Quant à Roy et aux deux femmes, ils étaient indemnes. Theresa se demanda combien de traumatismes et de fractures ils auraient compté s'ils ne s'étaient pas protégés avec les matelas juste avant le choc. Retrouvant ses esprits, elle songea à Pitt, espérant que celui qui les avait sauvés avait lui-même survécu au maelström.

Le chef expérimenté de la NUMA s'était dit qu'il serait mieux à même d'affronter la vague dans l'eau. Body-surfeur expérimenté depuis son enfance à Newport Beach, Pitt savait qu'en plongeant sous la vague, elle roulerait au-dessus de lui avec moins de puissance. Après avoir scellé la chambre de décompression, il avait rapidement enfilé son masque attaché à un recycleur Dräger et s'était mis à l'eau. A grands coups de pied, il avait tenté de se dégager du bateau de pêche et de plonger sous la vague avant qu'elle frappe, mais il lui avait manqué quelques secondes.

La vague de seiche avait déferlé sur lui alors qu'il était encore proche de la surface. Au lieu de s'échapper en dessous, il s'était trouvé entraîné dans la vague. C'était comme s'il s'était trouvé dans un ascenseur à grande vitesse et il avait senti son estomac se soulever en même temps que son corps était aspiré vers le haut. Contrairement au bateau de pêche qui avait chevauché la surface externe de la vague avant de se briser, Pitt avait alors été pris dans la masse d'eau, s'y fondant intégralement.

Ses oreilles bourdonnaient du fracas de la vague colossale et les tourbillons d'eau réduisaient sa visibilité à néant. Equipé du recycleur de plongée sur son dos, il avait pu respirer normalement dans son masque malgré la tempête autour de lui. Pendant un moment, il avait eu l'impression agréable de voler dans les airs, en dépit du danger de se retrouver écrasé sous la vague. Piégé dans le mouvement ascendant, il s'était rendu compte qu'il ne servait à rien de lutter contre la force immense de l'eau et s'était alors légèrement détendu en subissant la poussée vers le haut. Il avait la sensation de faire du surplace, alors qu'il avait pourtant déjà été entraîné à plusieurs centaines de mètres de son point de départ.

Alors qu'il montait toujours, il sentit une jambe se libérer soudain de l'eau, puis un éclair de lumière l'aveugla alors que sa tête déchirait la surface. Soudain le mouvement s'inversa, et il fut happé tout entier vers l'avant. Il remarqua aussitôt qu'il avait été poussé jusqu'en haut de la vague et qu'il risquait d'être projeté par-dessus la crête. A quelques centimètres près, c'était un mur vertical de dix mètres d'eau qui dégringolait jusqu'à la surface du lac. Un torrent d'écume blanche tourbillonnait autour de lui à mesure que la vague menaçait de déferler. Pitt savait que s'il tombait dans le précipice et que la vague se fracassait sur lui, il pourrait mourir écrasé sous la masse de l'eau.

Faisant pivoter son corps perpendiculairement à l'avant de la vague, il lança ses bras dans l'eau et battit des jambes de toutes ses forces pour nager par-dessus le sommet de la vague. Il se sentait entraîné vers l'arrière par la force de la vague mais, par sa seule volonté, il se mit à battre des jambes encore plus fort. Avec la frénésie d'un nageur professionnel, il passa par-dessus la crête de la vague, battant des bras et des jambes à une vitesse supersonique. Les tourbillons d'eau continuaient de le tirer, essayant de l'aspirer dans le marasme, mais il résista.

Puis soudain l'étreinte se relâcha et la vague sembla céder en dessous de lui. Il se sentit basculer la tête la première, ce qui voulait dire qu'il avait réussi à passer à l'arrière de la vague. L'ascenseur le projeta cette fois vers le bas, mais il contrôlait sa chute libre. Il se blinda en attendant l'impact, qui pourtant n'arriva pas. Le torrent d'eau perdit de sa force, puis tout se calma. Au milieu des bulles écumantes qui se dissipaient, Pitt flottait librement sous l'eau. Alors que le bruyant fracas de la vague décroissait, il consulta un profondimètre fixé à son harnais et vit qu'il se trouvait à six mètres sous la surface.

Essayant de se repérer sous l'eau, il aperçut la surface miroitante du lac au-dessus de lui et battit paresseusement de ses jambes épuisées jusqu'à ce que sa tête fende l'eau. Tournant les yeux vers le grondement qui s'éloignait, il regarda la vague gigantesque déferler rapidement vers son rendez-vous destructeur avec la rive sud. Le rugissement s'estompa bientôt et l'ouïe de Pitt détecta le son des pales de l'hélicoptère qui se rapprochait. En se retournant, il aperçut le Kamov qui volait bas en ligne droite vers lui. En revanche, il eut beau scruter le lac, il ne vit aucun signe du bateau de pêche à l'horizon.

Giordino approcha l'hélicoptère à côté de Pitt, si proche des vagues qu'elles mouillaient les roues du train d'atterrissage. Pitt nagea jusqu'au cockpit et la porte s'ouvrit juste au-dessus de sa tête. S'agrippant au patin, il se hissa par l'ouverture sur le siège passager. Giordino fit immédiatement remonter l'hélicoptère tandis que Pitt enlevait son masque.

— Il y en a qui feraient n'importe quoi pour surfer

une bonne vague, dit Giordino avec un sourire, soulagé d'avoir retrouvé son ami en un seul morceau.

— Finalement, c'était un mauvais tube, souffla Pitt, exténué. Et le bateau de pêche ?

Giordino secoua la tête.

— Il n'a pas tenu le coup. Cassé en deux comme une brindille. J'ai cru que nous avions aussi perdu le caisson de décompression mais il a finalement réapparu à la surface quelques minutes plus tard. J'ai aperçu quelqu'un me faire des signes à travers le hublot donc je suppose que les occupants de cette boîte de conserve vont bien. J'ai envoyé un message radio au *Vereshchagin*, qui arrive pour les repêcher.

— Bonne initiative en tout cas d'avoir apporté la chambre à la dernière minute. Sans cela, l'équipage n'aurait jamais survécu.

— Désolé de ne pas avoir pu te tirer de là avant le rouleau.

— Je n'aurais pas voulu rater cette vague.

Pitt hocha la tête en méditant sur sa bonne fortune d'être sorti vivant de cette méchante vague, puis il pensa au *Vereshchagin*.

— Comment va le bateau de l'institut ?

— La vague ne mesurait plus que quatre mètres en arrivant sur Listvyanka. Apparemment, le *Vereshchagin* l'a passée sans accroc. D'après Rudi, les fauteuils ont été un peu dérangés sur le pont, mais rien de bien grave. Ils pensent par contre que le village a subi pas mal de dégâts.

Pitt regarda l'eau bleue sous la cabine de pilotage, sans réussir à repérer la chambre de décompression.

— Quelle distance ai-je parcourue ? demanda-t-il après avoir enfin repris son souffle.

Eprouvé, il commençait à sentir une dizaine de points douloureux sur tout son corps.

— Environ quatre kilomètres, répliqua Giordino.

— Couverts en un temps record digne d'une médaille d'or, si je peux me permettre, ajouta-t-il en essuyant une goutte d'eau qui perlait sur son sourcil.

Giordino accéléra vers le nord, balayant à faible altitude le lac à présent calme. Un objet blanc se matérialisa dans l'eau devant eux, et Giordino fit ralentir le Kamov lorsqu'ils atteignirent la bulle.

— Je parie que ça commence à sentir un peu le renfermé là-dedans, dit-il.

— Il y a encore plusieurs heures de marge avant qu'ils ne courent vraiment le risque d'un empoisonnement au dioxyde de carbone, répondit Pitt. Combien de temps jusqu'à l'arrivée du *Vereshchagin* ?

— Environ quatre-vingt-dix minutes. Malheureusement, nous ne pouvons pas rester là pour leur tenir compagnie en attendant, dit Giordino en tapotant la jauge de carburant qui baissait sérieusement.

— Eh bien, si tu avais l'amabilité de regagner le navire, moi je vais leur faire savoir qu'on ne les a pas abandonnés.

— Tu ne te lasses jamais de cette eau froide, hein ? demanda Giordino en dirigeant l'hélicoptère seulement à quelques dizaines de centimètres au-dessus de la surface.

— C'est comme toi et ton amour de l'eau de source des Rocheuses, rétorqua Pitt. Assure-toi qu'Alexander ne nous écrase pas, dit-il en rabaissant son masque.

Avec un bref signe de la main, il ouvrit la porte et sauta dans l'eau à quelques brasses de la chambre, provoquant une gerbe d'éclaboussures. Tandis que Giordino ramenait l'hélicoptère vers le navire de recherche qui approchait, Pitt nagea vers la capsule et se hissa pour regarder à l'intérieur.

Theresa laissa échapper un cri en voyant le masque de Pitt pressé contre le hublot.

— Il est toujours vivant ! s'écria-t-elle stupéfaite, en reconnaissant les yeux verts de Pitt.

Les autres se réunirent autour de l'ouverture et firent un signe de la main à Pitt, sans se douter qu'il avait d'abord été emmené à plus de quatre kilomètres pour enfin être ramené par l'hélicoptère.

Pitt leur fit des signes avec ses doigts gantés.

— Il demande si nous allons bien, déchiffra Roy.

Tatiana, assise le plus près du hublot, acquiesça et répéta le geste de Pitt. Celui-ci indiqua ensuite sa montre et leva son index.

Tatiana opina de nouveau.

— Une heure, déclara-t-elle aux autres, avant que les secours arrivent.

— Autant s'installer confortablement, proposa Wofford.

Avec Roy, ils étendirent les matelas sur le sol de manière que chacun soit assis à son aise.

A l'extérieur, Pitt fit le tour de la chambre à la nage pour vérifier qu'elle ne fuyait pas. Une fois certain qu'elle n'allait pas couler, il grimpa dessus et attendit. En cet après-midi lumineux, Pitt repéra facilement le *Vereshchagin* au loin et suivit sa progression.

Giordino avait déjà mis en place une grande grue sur le côté du pont lorsque le navire arriva près d'eux après un peu plus d'une heure. Les câbles de transport d'origine étaient encore attachés à la chambre de décompression, si bien que Pitt n'eut qu'à les rassembler et les glisser sur le crochet de la grue. Il s'installa à califourchon sur le caisson comme s'il chevauchait un énorme étalon blanc, alors qu'on le hissait sur le pont arrière du *Vereshchagin*.

Lorsque les patins de la chambre touchèrent le navire, Pitt sauta sur le pont et ouvrit la porte verrouillée. Gunn accourut et passa la tête à l'intérieur, puis il aida Theresa et Tatiana à sortir, suivies des trois hommes.

— Waouh, on peut dire que ça fait du bien, lança Wofford en aspirant un grand bol d'air frais.

Le pêcheur russe, sorti le dernier, avança en titubant jusqu'au bastingage et scruta l'horizon à la recherche de son bateau de pêche.

— Vous pouvez lui dire qu'il a coulé, brisé par la vague, déclara Pitt à Tatiana.

Le capitaine secoua la tête tandis que Tatiana lui traduisait la nouvelle, et se mit à sangloter.

— Nous n'arrivons pas à croire que vous ayez pu survivre au passage de la vague, s'émerveilla Theresa à l'adresse de Pitt. Comment avez-vous fait ?

— Il m'arrive d'avoir de la chance, dit-il avec un grand sourire avant d'ouvrir son sac de marin et de leur montrer l'équipement de plongée.

— Merci encore, dit Theresa, rejointe par les autres qui le remercièrent avec effusion.

— Ne me remerciez pas, dit Pitt. Remerciez Al Giordino que voici, et son caisson de décompression volant.

Giordino, près de la grue, s'approcha en faisant mine de saluer le public.

— J'espère que le voyage n'était pas trop rude dans cette boîte de conserve, dit-il.

— Vous nous avez sauvé la vie, M. Giordino, dit Theresa en lui serrant la main avec reconnaissance.

— Je vous en prie, appelez-moi Al, grommela l'Italien bourru, que le regard de la jolie Néerlandaise adoucissait.

— Maintenant je sais ce que ressent une balle de flipper, marmonna Roy.

— Dis donc, tu crois qu'ils auraient de la vodka à bord ? marmonna Wofford en se frottant le dos.

— Est-ce qu'il pleut à Seattle ? intervint Gunn qui

116

avait entendu le commentaire. Par ici, mesdames et messieurs. Le médecin de bord va vous examiner, et ensuite vous pourrez vous reposer dans une cabine ou prendre un verre au réfectoire. Listvyanka est sens dessus dessous, donc nous ne pourrons sans doute pas vous débarquer avant demain.

— Al, si tu leur montrais le chemin de l'infirmerie ? J'aimerais dire un mot à Rudi, déclara Pitt.

— Ce sera un plaisir, répondit Giordino en prenant le bras de Theresa pour la guider avec les autres le long de la coursive bâbord jusqu'au petit poste de soins du navire.

Rudi s'approcha de Pitt et lui tapota l'épaule.

— Al m'a parlé de ta petite excursion dans l'eau. Si j'avais su que tu ne ferais qu'un avec la vague, je t'aurais collé des capteurs sur le dos pour mesurer le courant, plaisanta-t-il.

— Je serais heureux de partager cette expérience en dynamique des fluides autour d'une tequila, répliqua Pitt. Quelle est l'étendue des dégâts sur la côte ?

— D'après ce que nous avons pu voir de loin, Listvyanka a survécu à la catastrophe. Les quais sont dévastés et il y a bien quelques bateaux en plein milieu de la grand-rue, mais à part quelques boutiques au bord de l'eau, rien de bien méchant. Nous n'avons pas entendu parler de décès à la radio, donc il semblerait que l'alerte ait été efficace.

— Il faudra rester vigilants et guetter d'éventuelles récidives, dit Pitt.

— Je suis en communication satellite avec le Centre national d'information sur les séismes de Golden, Colorado. Ils nous préviendront à la seconde où ils détecteront quelque chose.

Tandis que le crépuscule tombait sur le lac, le *Vereshchagin* naviguait en direction du petit port de Listvyanka. Sur le pont avant, l'équipage était accoudé au parapet pour observer les dégâts. La vague avait frappé comme une enclume, aplatissant les petits arbres et déchiquetant les petits bâtiments construits au bord de l'eau. Mais la plus grande partie du port et de la ville s'en tirait sans trop de dommages. Le navire de recherche jeta l'ancre dans l'obscurité à un kilomètre et demi des quais endommagés, qui scintillaient sous une rampe d'éclairage de fortune installée le long de la rive. Ils perçurent le bourdonnement d'un vieux tracteur biélorusse, signe que les habitants de la ville poursuivaient leurs efforts en cette heure tardive pour réparer les sinistres.

Dans le réfectoire, Roy, Wofford et le capitaine du bateau de pêche étaient assis dans un coin et enfilaient les verres cul sec en compagnie d'un marin russe qui partageait généreusement sa bouteille de vodka Altaï. Pitt, Giordino et Sarghov, assis de l'autre côté avec Theresa et Tatiana, finissaient de déguster l'esturgeon qu'ils avaient eu pour le dîner. Une fois les plats débarrassés, Sarghov sortit une bouteille sans étiquette et servit une tournée de digestifs.

— A votre santé, dit Giordino en trinquant avec les deux femmes, et faisant cliqueter son verre contre celui de Theresa.

— Qui est bien meilleure grâce à vous, répliqua celle-ci dans un rire.

Après avoir bu une gorgée, son sourire s'évanouit et ses yeux lui sortirent soudain de la tête.

— Qu'est-ce que c'est que ce truc ? demanda-t-elle d'une voix rauque. On dirait de la Javel !

Sarghov partit d'un rire tonitruant.

— C'est du samogon. Je l'ai acheté au village auprès d'un ami. De la vodka artisanale.

Le reste de la table se mit à rire tandis que Theresa repoussait son verre à moitié rempli.

— Je crois que je vais m'en tenir à la vodka industrielle, dit-elle en souriant aux autres.

— Alors dites-moi, que font deux jeunes femmes magnifiques comme vous à la recherche de pétrole sur le grand méchant lac Baïkal ? demanda Pitt après avoir fini son verre.

— Le consortium de pétrole Avarga possède les droits pétroliers et miniers sur des terrains à l'est du lac, répondit Tatiana.

— Le lac Baïkal est un trésor culturel. Il est répertorié au patrimoine mondial de l'UNESCO et c'est un symbole pour tous les écologistes du monde entier, déclara Sarghov, frissonnant à la perspective de voir une plate-forme pétrolière sur les eaux limpides du lac. Comment pouvez-vous prévoir de forer dans le lac ?

Tatiana hocha la tête.

— Vous avez raison. Nous respectons le lac Baïkal comme une eau sacrée et notre intention ne serait jamais d'y établir un forage. Si nous décelons un gisement de pétrole qu'il est possible d'atteindre, nous forerions à partir des terrains à l'est, en faisant un coude sous le lac pour atteindre les gisements potentiels.

— Possible, commenta Giordino. C'est ce qu'ils font tout le temps dans le golfe du Mexique, ils forent parfois même à l'horizontale. Mais cela n'explique toujours pas la présence de cet ange tombé du ciel de Rotterdam, ajouta-t-il en souriant à Theresa.

Flattée, celle-ci rougit fortement avant de répondre.

— Amsterdam. Je suis d'Amsterdam, en fait. Mes collègues américains ivres et moi nous travaillons pour Shell.

En parlant, elle désigna du pouce le coin où Roy et Wofford, éméchés, échangeaient à voix forte des plaisanteries salaces avec leurs compagnons russes.

— Nous sommes ici à la demande d'Avarga, poursuivit-elle. Pour des raisons évidentes, ils ne sont pas équipés pour des études en milieu aquatique. Notre compagnie a mené des études dans la Baltique aussi bien que dans les gisements de Samotlor à l'ouest de la Sibérie. Nous envisageons un projet commun avec Avarga dans des régions prometteuses. Il était donc logique que nous venions ici pour réaliser ensemble cette étude sur le lac.

— Avant l'arrivée de la vague, avez-vous eu confirmation de la présence de pétrole ? demanda Pitt.

— Nous étions seulement à la recherche d'indices structurels de la présence de suintements d'hydrocarbure et nous ne possédions pas l'équipement sismique nécessaire pour évaluer des dépôts potentiels. Au moment où nous avons perdu le bateau, nous n'avions rien décelé de caractéristique de la présence d'un gisement.

— De pétrole ? demanda Sarghov.

— Oui, c'est un moyen rudimentaire mais très utilisé pour localiser des dépôts de pétrole. Dans un environnement maritime, il arrive qu'il y ait des suintements de pétrole, un peu comme si le plancher marin fuyait. Avant l'époque des camions vibreurs et autres appareils sismiques qui envoient une vibration à travers les strates de sédiments pour produire une image géologique du sol, les suintements étaient le principal moyen de déceler des gisements d'hydrocarbures.

— Des pêcheurs ont rapporté avoir vu des taches de pétrole sur le lac à un endroit où il n'y a guère de trafic, expliqua Tatiana. Bien sûr, nous sommes conscients qu'il pourrait s'agir d'émanations de petits gisements non rentables.

— Une aventure qui pourrait coûter cher, vu la profondeur du lac, ajouta Pitt.

— A propos d'aventure, M. Pitt, que faites-vous avec une équipe de la NUMA à bord d'un navire de recherche russe ? demanda Tatiana.

— Nous sommes des invités d'Alexander et de l'Institut de limnologie, répondit Pitt en levant son verre de samogon en direction de Sarghov. Nous travaillons ensemble sur les schémas de courants dans le lac et leur effet sur la flore et la faune endémiques.

— Et comment avez-vous décelé la vague de seiche bien avant son apparition ?

— Grâce à des capteurs. Nous avons des centaines de capteurs sur le lac, qui mesurent la température de l'eau, la pression, etc. Al les a semés à la surface comme des miettes de pain depuis l'hélicoptère. Il se trouve que nous étions en train d'étudier une zone du lac proche de l'île d'Olkhon, dans laquelle il y avait une forte concentration de capteurs. Rudi a rapidement relevé les indices d'un glissement de terrain sous-marin et de l'imminence de la vague qui se formerait à la suite de ce glissement.

— Une chance pour nous, et pour beaucoup d'autres, je suppose, dit Theresa.

— Al a vraiment le nez pour les catastrophes, lança Pitt en riant.

— Etre venu en Sibérie sans une bouteille de Jack Daniel's, ça c'est une catastrophe, dit Giordino en sirotant son verre de samogon, l'air grincheux.

— C'est dommage que notre collecte de données sur les courants ait été interrompue par cette catastrophe, déclara Sarghov en scientifique, mais nous en aurons d'autres fascinantes sur la formation et le mouvement de la vague elle-même.

— Ces capteurs peuvent-ils révéler l'origine du séisme ? demanda Tatiana.

— Uniquement s'il s'est produit sous le lac, répondit Pitt.

— Demain, Rudi va analyser les ordinateurs pour voir s'il peut localiser son origine exacte grâce aux capteurs. Les sismologues à qui il a parlé pensent que l'épicentre se trouve près du coin nord-ouest du lac, dit Giordino.

Puis, balayant des yeux le réfectoire sans trouver signe de Gunn, il poursuivit :

— Il est sans doute déjà sur la passerelle à converser avec ses ordinateurs en ce moment même.

Tatiana but sa dernière gorgée de samogon, puis regarda sa montre.

— La journée a été éprouvante. J'ai bien peur de devoir vous quitter.

— Je suis d'accord avec vous, dit Pitt en réprimant un bâillement. Puis-je vous raccompagner jusqu'à votre cabine ? proposa-t-il innocemment.

— Ce serait aimable à vous, répondit-elle.

Sarghov se joignit à eux et dit bonne nuit à tout le monde.

— Je crois que vous deux attendez l'omelette norvégienne ? demanda Pitt en souriant à Theresa et Giordino.

— Les contes et légendes des Pays-Bas vont régaler mes oreilles impatientes, déclara Giordino en souriant à Theresa.

— Et aurai-je droit à quelques anecdotes sur les profondeurs en échange ? rétorqua-t-elle en riant.

— Je vous laisse, lança Pitt en leur souhaitant une bonne nuit.

Puis il escorta poliment Tatiana jusqu'à sa cabine à l'arrière et regagna la sienne au milieu du bateau. Les épreuves physiques de la journée l'avaient harassé et il fut heureux d'étendre son corps endolori sur sa couchette. Bien qu'épuisé, il s'endormit avec difficulté. Son esprit repassait avec entêtement les événements de la journée encore et encore jusqu'à ce qu'un voile noir tombe sur lui.

5

Pitt ne dormait que depuis quatre heures lorsqu'il se réveilla en sursaut et se redressa d'un bond sur sa couchette. Tout semblait calme, mais ses sens lui disaient que quelque chose clochait. Après avoir allumé la veilleuse, il posa les pieds sur le sol et se leva, manquant de tomber à la renverse. Frottant ses yeux rougis par le sommeil, il se rendit compte que le bateau gîtait à la poupe, à un angle de près de dix degrés.

S'habillant rapidement, il grimpa l'escalier jusqu'au pont principal, puis emprunta la coursive extérieure. Ils étaient complètement déserts, et le bateau étrangement silencieux tandis qu'il montait vers la proue. Le silence finit par l'alerter. Les moteurs étaient éteints et seul le ronronnement étouffé du générateur de secours dans la salle des machines palpitait dans la nuit.

Il gravit une autre volée de marches jusqu'à la passerelle, ouvrit la porte et regarda autour de lui. A son grand désarroi, elle aussi était entièrement déserte. Il commençait à croire qu'il était seul à bord du navire, quand il avisa le poste de commande afin de trouver un interrupteur rouge marqué TREVOGA. Il appuya sur le bouton et tout le navire résonna bientôt de sonneries d'alarme qui brisèrent la quiétude de la nuit.

Quelques secondes plus tard, le capitaine musclé du *Vereshchagin*, arrivé de sa cabine, chargeait comme un taureau furieux dans le poste de pilotage.

— Que se passe-t-il ici ? bégaya-t-il en anglais avec quelque difficulté. Où est l'homme de quart, Anatoly ?

— Le navire coule, répondit Pitt calmement. Il n'y avait personne de quart quand je suis arrivé il y a quelques instants.

Le capitaine, ahuri, grimaça lorsqu'il se rendit compte que le bateau tanguait.

— Il nous faut plus de puissance ! cria-t-il en attrapant un téléphone pour passer l'ordre à la salle des machines.

Mais tandis qu'il saisissait le combiné, la passerelle fut soudain plongée dans le noir. Les lumières des mâts, des cabines, les voyants des consoles – tout s'éteignit à bord du navire. Même la sonnerie d'alarme mourut peu à peu.

Jurant dans l'obscurité, le capitaine tâtonna pour trouver l'interrupteur de la batterie d'urgence qui baigna la passerelle d'une faible lueur. Tandis que les lumières s'allumaient en tremblotant, le chef mécanicien apparut en haletant. Cet homme trapu à la barbe bien taillée posa sur eux un regard bleu azur où perçait la panique.

— Capitaine, les écoutilles de la salle des machines ont été cadenassées. Il n'y a pas moyen d'entrer. Je crains qu'elle ne soit déjà à moitié inondée.

— Quelqu'un a fermé les portes ? Que se passe-t-il… Pourquoi coulons-nous alors que nous sommes à l'ancre ? demanda le capitaine, essayant de s'éclaircir les idées.

— Il semble que les fonds de cale soient inondés, et le pont inférieur prend l'eau rapidement par la poupe, rapporta le chef mécanicien après avoir repris son souffle.

— Vous devriez vous préparer à abandonner le navire, suggéra Pitt sur le ton de l'évidence.

Ces mots semblèrent transpercer Kharitonov jusqu'aux os. Pour un capitaine, donner l'ordre d'abandonner le navire équivaut à quitter volontairement son propre enfant. Il n'y a rien de plus déchirant. Les explications à fournir aux armateurs, aux compagnies d'assurances et aux comités d'enquêtes maritimes après les faits sont déjà assez pénibles, mais il est plus difficile encore de regarder l'équipage en proie à la frayeur, et d'assister impuissant au naufrage de la masse inerte de bois et d'acier. La plupart des navires finissent par avoir, aux yeux du capitaine et de l'équipage, leur propre personnalité – particularités, comportements, traits de caractère –, à la manière de la voiture familiale bien-aimée. Bien des capitaines ont été accusés d'entretenir une histoire d'amour avec le navire qu'ils commandaient et c'était le cas de Kharitonov.

Le capitaine, épuisé, savait de quoi il retournait mais il était incapable de le formuler. Le visage décomposé, il fit simplement signe au chef mécanicien de transmettre l'ordre.

Pitt était déjà parti de son côté, à la recherche d'une solution pour maintenir le navire à flot. Il fut tenté de pénétrer dans la salle des machines avec son équipement de plongée, mais il lui faudrait d'abord venir à bout de l'écoutille cadenassée par des chaînes et, si la voie d'eau venait de la coque, il ne pourrait pas faire grand-chose pour la colmater.

La solution lui apparut clairement lorsqu'il se trouva nez à nez avec Giordino et Gunn sur le pont intermédiaire soudain en pleine effervescence.

— On dirait qu'on va prendre un bain de pieds, déclara Giordino, imperturbable.

— La salle des machines est cadenassée et inondée. On ne va plus rester à flot très longtemps, répondit Pitt avant de jeter un coup d'œil sur le pont arrière incliné. En combien de temps tu peux faire chauffer l'hélico ?

— C'est comme si c'était fait, fit Giordino pour toute réponse en s'élançant vers l'hélicoptère.

— Rudi, va vérifier si l'équipe de prospection pétrolière est bien en sécurité sur le pont. Puis, essaie de voir si tu peux convaincre le capitaine de lever l'ancre, déclara Pitt à Gunn qui frissonnait dans une veste légère.

— Qu'est-ce que tu caches dans ta manche ?

— Un as, j'espère, lança Pitt sur un ton songeur avant de disparaître vers l'arrière.

*
* *

Le Kamov s'élança dans le ciel nocturne, puis resta un instant en vol stationnaire au-dessus du navire en perdition.

— On n'a pas un peu oublié le fameux adage « Les femmes et les enfants d'abord » ? demanda Giordino, assis aux commandes.

— J'ai envoyé Rudi rassembler l'équipe de géophysiciens, répondit Pitt qui avait perçu l'inquiétude sincère de Giordino pour Theresa. De toute façon, nous serons de retour avant que quiconque se soit mouillé les pieds.

A travers la verrière du cockpit, ils observaient la silhouette massive du navire, nettement mieux éclairée par les lumières de la rive que par les lumières d'urgence du pont, et Pitt espérait secrètement qu'il avait raison. Le navire de recherche s'enfonçait rapidement par l'arrière, l'eau atteignait déjà le pont inférieur et inonderait sous peu le pont découvert à la poupe. Giordino se dirigea instinctivement vers Listvyanka tandis que Pitt quittait des yeux le *Vereshchagin* pour se concentrer sur les bateaux éparpillés qui mouillaient au large du village.

126

— Tu cherches quelque chose en particulier ? demanda Giordino.

— Un remorqueur de forte puissance, de préférence, répondit Pitt en sachant qu'il ne trouverait rien de tel sur le lac.

Les embarcations qui passaient en dessous d'eux étaient presque exclusivement des petits bateaux de pêche comme celui qu'avaient loué les prospecteurs pétroliers. Plusieurs manquaient, ayant chaviré ou été balayés à terre par la force de la vague de seiche.

— Et ce grand costaud, là ? demanda Giordino en pointant une concentration de lumières dans la baie à environ trois kilomètres.

— Il n'était pas dans le coin hier soir, peut-être qu'il arrive tout juste. Allons jeter un coup d'œil.

Giordino fit virer l'hélicoptère en direction des lumières, et bientôt une silhouette de navire se matérialisa. En se rapprochant, Pitt se rendit compte qu'il s'agissait d'un cargo d'environ soixante mètres. La coque était peinte en noire et mangée par les taches brunes de rouille qui dégoulinaient jusqu'à la ligne de flottaison. Une cheminée d'un bleu passé s'élevait au milieu du pont, ornée d'un logo représentant une épée dorée. Il devait vraisemblablement sillonner le lac depuis des décennies, acheminant du charbon et du bois de Listvyanka vers les villages isolés de la rive nord du Baïkal. Tandis que Giordino descendait le long du bateau à tribord, Pitt remarqua un grand mât de charge monté à l'arrière. Ses yeux revinrent à la cheminée, puis il secoua la tête.

— Non. Impossible. Il est à l'ancre et je ne vois aucune fumée, donc les moteurs doivent être froids. Cela prendrait trop de temps de le mettre en marche.

Pitt inclina la tête vers le village.

— Je crois que nous allons devoir privilégier la vitesse par rapport à la puissance.

— La vitesse ? répéta Giordino en suivant le regard de Pitt et ramenant l'hélicoptère vers le village.

— La vitesse, confirma Pitt en tendant la main vers une concentration de lumières vives qui sautillaient au loin.

*
* *

A bord du *Vereshchagin*, l'évacuation s'était organisée dans l'ordre et le calme. La moitié de l'équipage avait embarqué dans deux canots de sauvetage que l'on mettait à l'eau. Gunn se fraya un chemin à travers le groupe de scientifiques et membres d'équipage en direction des quartiers arrière, puis il descendit sur le pont inférieur. A l'extrémité de la coursive, l'eau avait atteint le plafond mais, au niveau plus élevé où Gunn se trouvait, elle lui arrivait seulement aux chevilles. Les cabines des invités se trouvaient non loin de lui à un niveau où l'eau, à son grand soulagement, n'était pas encore très haute.

Gunn frissonna en s'approchant de la première cabine, que partageaient Theresa et Tatiana ; l'eau glacée tourbillonnait autour de ses mollets. Après s'être époumoné et avoir tambouriné à la porte, il actionna la poignée. La cabine était vide. Il n'y avait pas d'effets personnels, chose prévisible puisque les deux femmes étaient arrivées avec guère plus que les vêtements qu'elles avaient sur le dos. Seules les couvertures chiffonnées sur les deux couchettes témoignaient de leur passage.

Il referma la porte et se dirigea rapidement vers l'arrière jusqu'à la cabine suivante, tout en grimaçant car l'eau froide atteignait maintenant ses cuisses. De nouveau, il cria et tapa à la porte avant de forcer l'ouverture péniblement, luttant contre l'eau. C'était Roy et

Wofford qui partageaient cette cabine, se rappela-t-il en entrant. A la faible lumière de l'éclairage de secours, il vit que la cabine était aussi vide que la première, même si les lits défaits semblaient avoir servi.

Tandis que l'eau glaciale lui piquait les jambes comme un millier d'épingles, Gunn se rassura en se convainquant que l'équipe avait dû déjà monter plus haut. Il ne lui restait que la cabine du capitaine russe à inspecter, sauf que l'eau à cet endroit lui arrivait à la poitrine. Peu désireux de risquer l'hypothermie, Gunn fit demi-tour et remonta sur le pont au moment où l'on mettait à la mer un troisième canot de sauvetage. Pourtant, nulle trace des prospecteurs pétroliers. Une seule conclusion s'imposait, songea-t-il avec soulagement : ils avaient dû partir à bord de l'une des deux premières embarcations.

*
* *

Ivan Popovitch était endormi, pelotonné sur sa couchette, perdu dans un rêve où il pêchait à la mouche dans la Lena, lorsqu'un gros bruit sourd le réveilla en sursaut. L'homme au visage rubicond, pilote du ferry hydroptère de Listvyanka, *Voskhod*, enfila un lourd manteau de fourrure puis sortit de sa cabine, encore titubant de sommeil, pour grimper sur le pont arrière du ferry.

Il se trouva immédiatement nez à nez avec une paire de phares éblouissants tandis que le battement assourdissant des pales qui fouettaient l'air lui envoyait une rafale d'air froid. Les lumières s'élevèrent doucement au-dessus du pont, restèrent en suspension un instant, puis s'éloignèrent. Tandis que l'écho des rotors de l'hélicoptère s'évanouissait rapidement dans la nuit, Popovitch se frotta les yeux pour effacer les multiples points lumineux qui dansaient devant sa rétine. En les rouvrant, il fut surpris de découvrir un homme devant lui. Il était grand et brun, et son sourire amical dévoilait une rangée de dents blanches. D'une voix calme, l'étranger déclara :

— Bonsoir. Ça vous ennuierait que je vous emprunte votre bateau ?

*
* *

Le ferry à grande vitesse fit une traversée spectaculaire de la baie, en appui sur ses deux ailes portantes avant jusqu'au *Vereshchagin*. Popovitch conduisit le ferry droit sur la proue du navire qui coulait, puis il vira adroitement en coupant les gaz, ce qui l'amena à quelques mètres de son but. Pitt, debout contre le parapet du ferry, regardait le navire de recherche gris. Il penchait vers l'arrière de façon grotesque et la proue était relevée vers le ciel à un angle de vingt degrés. Le navire inondé était dans un état critique, susceptible de glisser sous la surface ou de se retourner d'un moment à l'autre.

Un bruit métallique se fit entendre au-dessus d'eux : la chaîne de l'ancre du navire était en train de filer dans l'écubier. Dix mètres de cette lourde chaîne passèrent bruyamment par-dessus bord, suivie par une aussière et un flotteur qui permettraient de retrouver l'emplacement de l'ancre. Lorsque le dernier maillon plongea sous la surface, Pitt vit la proue du navire se redresser légèrement, grâce à la réduction de la tension.

— Largage du câble de remorquage, lança une voix au-dessus d'eux.

Levant les yeux, Pitt fut réconforté de voir Giordino et Gunn debout à la proue. Une seconde plus tard, ils soulevaient un lourd cordage par-dessus le parapet et le déroulaient jusqu'à la surface de l'eau.

Popovitch réagit instantanément. Le pilote expérimenté fit promptement reculer son bateau en direction du câble qui se balançait, jusqu'à ce que Pitt eût attrapé la boucle à l'extrémité. Après l'avoir rapidement attachée à un cabestan, Pitt se releva et fit signe à Popovitch de mettre les gaz.

— Câble en place. Tirez-nous de là, Ivan.

Popovitch mit en marche les moteurs diesel et avança tout doucement de façon à tendre le câble, puis il mit progressivement plus de puissance. Les propulseurs du ferry fouettèrent l'eau et Popovitch, abandonnant toute prudence, poussa doucement les gaz à fond.

Debout à la poupe, Pitt entendit les deux moteurs geindre en atteignant leur régime maximal. L'eau bouillonna, écumante, brassée par les propulseurs, mais l'avant semblait ne même pas osciller. On aurait dit un moustique tirant un éléphant, songeait Pitt, mais la piqûre du moustique est parfois redoutable. Le ferry était capable de naviguer à trente-deux nœuds et ses moteurs jumeaux de 1 000 chevaux avaient une puissance impressionnante.

Personne ne ressentit le premier cahot, mais centimètre après centimètre, puis mètre après mètre, le *Vereshchagin* se mit à avancer. Giordino et Gunn, en compagnie du capitaine et d'une poignée d'hommes d'équipage, observaient la manœuvre depuis la passerelle : tous retenaient leur souffle alors qu'ils se dirigeaient vers le port de pêche. Popovitch ne ménagea pas ses efforts et opta pour la trajectoire la plus courte, ce qui les amena en plein cœur de Listvyanka.

Les deux navires avaient progressé de huit cents mètres lorsqu'une succession de craquements et de grognements se fit entendre, provenant des entrailles du *Vereshchagin*. Une bataille faisait rage entre l'arrière inondé et la proue qui flottait, un combat qui mettait à rude épreuve l'intégrité de la vieille structure. Pitt, nerveux, se tenait près du câble de remorquage, sachant qu'il devrait le couper sans attendre si le *Vereshchagin* venait à plonger pour éviter qu'il n'entraîne le ferry avec lui.

Les minutes s'étiraient comme des heures à mesure que le *Vereshchagin* avançait péniblement vers la rive, la poupe plongeant de plus en plus profondément sous la surface du lac. Soudain, un autre grondement métallique se fit entendre, alors que le ventre du navire était parcouru d'une secousse. Avec une lenteur insupportable, le navire se rapprochait, baigné désormais par l'éclairage jaune du village. Popovitch conduisit le ferry à faible tirant d'eau directement vers une plage rocailleuse, près des quais endommagés de la marina. A regarder la scène de l'extérieur, on aurait pu croire qu'il voulait s'échouer sur la rive, pourtant tous priaient pour qu'il ne s'arrête pas. Dans un rugissement de moteur amplifié par les murs des bâtiments du village qui tremblaient, Popovitch continua sa trajectoire jusqu'à quelques mètres du bord, quand un raclement étouffé l'avertit que la coque du *Vereshchagin* avait enfin touché le sol.

Dans la cabine de l'hydroptère, Popovitch avait ressenti plutôt qu'entendu l'échouage du navire de recherche, et il avait rapidement éteint les moteurs en surchauffe du ferry. Un calme de mort enveloppa les deux navires tandis que l'écho des deux moteurs mourait. Puis des acclamations s'élevèrent, poussées à la fois par les hommes d'équipage qui avaient accosté avec les canots de sauvetage, les villageois qui regardaient depuis la plage, et enfin, les hommes restant à bord du *Vereshchagin*, qui tous applaudirent les efforts héroïques de Pitt et Popovitch. Ce dernier actionna deux fois la corne de brume en guise de réponse, puis s'approcha de la poupe et fit un signe aux hommes debout sur la passerelle du *Vereshchagin*.

— Mes compliments, capitaine. Vos prouesses à la barre étaient aussi artistiques que celles de Rachmaninoff au piano, lança Pitt.

— Je ne pouvais pas supporter l'idée de voir sombrer mon ancien bateau, répondit Popovitch en regardant avec nostalgie le *Vereshchagin*. J'ai commencé en briquant le pont de cette babouchka, dit-il en souriant. En plus, le capitaine Kharitonov est un vieil ami. Je n'aurais pas voulu qu'il ait des démêlés avec l'Etat.

— Grâce à vous, un jour le *Vereshchagin* sillonnera de nouveau les eaux du lac Baïkal. J'espère que le capitaine Kharitonov sera aux commandes ce jour-là.

— Je l'espère aussi. Il m'a dit par radio qu'il s'agissait d'un acte de sabotage. Peut-être l'œuvre d'un groupe écolo. Ils se comportent souvent comme si le lac leur appartenait.

Pour la première fois, Pitt envisagea cette possibilité. Un acte de malveillance, sans aucun doute, mais qui en était l'auteur ? Et dans quel but ? Peut-être Sarghov lui fournirait-il la réponse.

Malgré l'heure tardive, Listvyanka était en ébullition, les villageois se pressant pour offrir leur aide après la quasi-catastrophe. Plusieurs petits bateaux de pêche faisaient la navette pour ramener à terre les membres d'équipage, tandis que d'autres amarraient solidement le navire échoué. Une usine de conditionnement de poisson, toute proche, dont le sol était encore humide après l'inondation de l'après-midi, fut ouverte pour permettre aux scientifiques et à l'équipage de se reposer. Du café et de la vodka furent apportés avec empressement par les femmes des pêcheurs, accompagnés d'« omul » fraîchement fumé pour ceux qui auraient eu un petit creux nocturne.

Pitt et Popovitch furent acclamés et applaudis dès leur entrée dans le hangar. Le capitaine Kharitonov exprima sa gratitude aux deux hommes, puis, avec une émotion qui ne lui ressemblait pas, il étreignit son vieil ami Popovitch.

— Tu as sauvé le *Vereshchagin*. Je te suis très reconnaissant, mon ami.

— Je suis heureux d'avoir pu t'aider. Toutefois, c'est M. Pitt qui a eu l'ingénieuse idée d'utiliser mon ferry.

— J'espère seulement que la prochaine fois je n'aurai pas besoin de vous appeler au milieu de la nuit, Ivan, fit Pitt en souriant, son regard glissant sur les pantoufles que Popovitch avait gardées aux pieds.

Puis il se tourna vers Kharitonov :

— A-t-on battu le rappel de l'équipage ?

Le visage du capitaine s'assombrit.

— Le marin qui était de quart sur la passerelle, Anatoly, n'a pas été vu. Le Pr Sarghov manque également à l'appel. J'espérais qu'il était peut-être avec vous.

— Alexander ? Non, il n'était pas avec nous. Je ne l'ai pas vu depuis la fin du dîner.

— Il n'était pas à bord des canots de sauvetage, répliqua Kharitonov.

Giordino et Gunn, l'air abattu, s'approchèrent de Pitt en baissant la tête.

— Et ce n'est pas tout, enchaîna Giordino qui avait entendu une partie de la conversation. Toute l'équipe de la compagnie pétrolière que nous avons secourue a disparu. Personne n'est arrivé aux canots et leurs cabines étaient vides.

— J'ai pu regarder dans toutes, sauf celle du pêcheur, ajouta Gunn avec un hochement de tête.

— Personne ne les a vus quitter le navire ? demanda Pitt.

— Non, répondit Giordino en secouant la tête, incrédule. Ils sont partis sans laisser de traces. Comme s'ils n'avaient jamais existé.

6

Lorsque le soleil franchit la ligne d'horizon au sud-est quelques heures plus tard, on put se rendre compte à quel point le *Vereshchagin* était en mauvais état. La salle des machines, la cale arrière et les cabines du pont inférieur étaient complètement submergées, et l'eau recouvrait près d'un tiers du pont principal. Il était vain d'essayer d'estimer combien de minutes le bateau serait resté à flot s'il n'avait pas été remorqué jusqu'à la rive car la réponse était évidente pour tous : pas très longtemps.

Debout près des vestiges d'un kiosque d'informations touristiques qui avait été démoli par la vague de seiche, Pitt et le capitaine Kharitonov scrutaient le navire échoué. A la poupe, Pitt remarqua un couple de nerpas noirs et brillants qui remontaient à la surface et nageaient par-dessus le parapet arrière. Ces petits phoques aux yeux de biche qui peuplaient le lac se laissèrent paresseusement flotter près du pont arrière submergé, avant de disparaître sous l'eau en quête de nourriture. En attendant qu'ils refassent surface, Pitt regarda la ligne de flottaison du bateau et s'arrêta sur une petite tache de peinture rouge au milieu du navire, sans doute issue du frottement contre un quai ou un petit bateau.

— L'équipe d'Irkoutsk n'arrivera pas avant demain pour le renflouer, dit Kharitonov l'air sombre. Je vais tout de même demander à l'équipage de mettre en service les pompes manuelles, bien que cela ne serve sans doute pas à grand-chose avant d'avoir déterminé les causes exactes du naufrage.

— Avant tout, il faut élucider la disparition d'Alexander et de l'équipe de prospection pétrolière, répondit Pitt. Puisqu'on ne les a pas retrouvés à terre, il est possible qu'ils ne s'en soient pas sortis vivants. Nous devons fouiller la partie immergée du bateau à la recherche de leurs corps.

Le capitaine hocha la tête à contrecœur.

— Oui, nous devons retrouver mon ami Alexander, mais j'ai peur que nous ne devions attendre l'arrivée d'une équipe de plongeurs de la police pour avoir la réponse.

— Peut-être pas, capitaine, dit Pitt en désignant une silhouette qui approchait.

A une cinquantaine de mètres, Al Giordino marchait au bord de l'eau dans leur direction, chargé d'une pince coupe-boulons à poignée rouge qu'il portait sur l'épaule.

— J'ai trouvé cela dans un vide-grenier en ville, dit-il en se délestant de son fardeau.

Les longues poignées pendaient à la hauteur de ses cuisses.

— Cela devrait nous donner accès aux parties condamnées du navire, dit Pitt.

— Vous ? C'est vous qui allez mener une enquête ? demanda Kharitonov, surpris de l'initiative des Américains.

— Il nous faut découvrir si Alexander et les autres sont encore à bord, déclara Giordino, l'air déterminé.

— Celui qui a essayé de couler votre navire avait peut-être intérêt à interrompre nos travaux de recherche, ajouta Pitt. Si c'est le cas, j'aimerais découvrir pourquoi. Etant stocké dans la cale avant, nous avons accès à notre équipement de plongée.

— Ce n'est peut-être pas prudent, fit remarquer Kharitonov.

— La seule chose difficile, ce sera de convaincre Al d'aller plonger avant le petit déjeuner, lança Pitt pour tenter de dédramatiser la situation.

— Je sais de source sûre que la cafétéria du coin fait un buffet à volonté de blinis au caviar, répondit Giordino en plissant le front.

— Dans ce cas, il n'y a plus qu'à espérer qu'ils ne seront pas à court.

Gunn rejoignit Pitt et Giordino, et ils s'élancèrent vers le bateau échoué à bord d'un Zodiac mis à leur disposition. Après avoir grimpé sur le pont en pente qui menait à la cale avant, Gunn leur donna un coup de main pour enfiler leurs combinaisons noires et leurs ceintures de plomb, puis il fixa les recycleurs légers. Avant qu'ils aient mis leurs casques de plongée, Gunn tendit la main vers le plafond.

— Je vais aller jeter un coup d'œil aux ordinateurs de bord et demander un rapport sur l'activité sismique récente. Ne vous enfuyez pas avec des sirènes en mon absence.

— De toute façon, dans cette flotte glacée, elles seraient trop transies pour nager, grommela Giordino.

Se passant de palmes les deux hommes, en chaussons de caoutchouc, descendirent lourdement le pont. Lorsque le niveau de l'eau atteignit leurs épaules, Pitt alluma une petite lampe fixée sur sa tempe, puis plongea sous l'eau. A tribord, à quelques pas de lui, il avisa un escalier vers lequel il se dirigea, telle la créature de Frankenstein, avançant laborieusement contre la masse d'eau. Un rai de lumière mouvant lui apprit que Giordino le suivait de près. Il descendit les marches en bondissant, passa devant le niveau inférieur des cabines et poursuivit jusqu'à la cale et la salle des machines. Comme il s'éloignait de la lumière du jour, un nuage d'obscurité l'enveloppa. L'eau étant aussi claire que celle d'une piscine, la lampe de Pitt découpait un sentier blanc lumineux dans l'obscurité. En raison de la flottabilité négative, il était plus aisé de marcher que de nager, et il progressait par petits bonds lunaires jusqu'à l'écoutille tribord de la salle des machines. Ainsi que l'avait déclaré le chef mécanicien, la lourde porte en acier avait été condamnée : une vieille chaîne rouillée était attachée autour du loquet et de la cloison d'étanchéité, interdisant l'accès à l'écoutille. Pitt remarqua que le cadenas doré qui fermait la chaîne semblait neuf.

Pitt regarda le faisceau de la lampe de Giordino illuminer le panneau d'écoutille, puis les lames du coupe-boulons glissèrent devant lui et accrochèrent un maillon de la chaîne près du cadenas. Pitt se retourna et vit Giordino couper le maillon comme s'il cassait une noix ; les bras épais de l'Italien brandissaient avec facilité les cisailles. Dès qu'il eut coupé la seconde moitié du maillon, Pitt déroula la chaîne, ouvrit l'écoutille puis il entra.

Bien que le *Vereshchagin* eût plus de trente ans, la salle des machines était propre et immaculée, marque d'un chef mécanicien méticuleux. Le grand générateur diesel du bateau, installé au milieu, occupait presque toute la salle. Pitt se mit à décrire des cercles avec sa torche, à la recherche de signes tangibles de dégradations sur le pont ou les cloisons, ou sur le moteur lui-même, mais il ne vit rien de particulier. Seule une grande grille n'était pas à sa place ; elle avait été arrachée au pont et posée contre un coffre à outils. Jetant un coup d'œil dans l'ouverture, Pitt s'aperçut qu'il s'agissait d'une des entrées à la pompe de cale. Un trou d'un mètre vingt menait à un étroit couloir qui courait sous la salle. Au fond se trouvait la plaque d'acier incurvée de la coque du navire.

Pitt se laissa tomber dans le trou et s'agenouilla afin d'examiner le compartiment en direction de la poupe. Aussi loin qu'éclairait sa lampe, les plaques de la coque semblaient lisses et intactes. Pivotant doucement, il se heurta à un objet métallique au moment où Giordino, muni d'une lampe frontale, s'introduisait dans le compartiment. Grâce à cette lumière, Pitt put remarquer un gros tuyau qui partait de l'objet derrière lui. Se retournant pour examiner la protubérance, il vit Giordino lui faire un signe affirmatif.

L'objet était en fait une grosse valve qui dépassait du tuyau de trente centimètres et à côté de laquelle se trouvait un petit panneau rouge sur lequel était écrit en caractères gras blancs : PREDOSTEREZHENIYE ! Pitt supposa que cela signifiait « Attention ! ». Il plaça ses mains gantées sur le robinet et le tourna dans le sens inverse des aiguilles d'une montre, sans résultat. Il inversa alors le mouvement pour tenter la rotation dans l'autre sens, et poussa légèrement avant de le tourner jusqu'au bout. Il jeta un regard à Giordino, qui hocha la tête avec un air entendu. C'était aussi simple que cela : la valve ouvrait la prise d'eau à la mer, ce qui inondait la pompe de cale et enfin le navire entier lorsqu'elle était ouverte en mer. Quelqu'un avait pénétré dans la salle des machines, ouvert la prise d'eau, neutralisé les pompes et enfin condamné l'accès. Une façon simple et rapide de couler un navire en pleine nuit.

Pitt ressortit à la nage du compartiment de pompe et traversa la salle des machines. Sur le côté opposé, il trouva une grille identique restée à sa place. Soulevant la grille, il descendit pour inspecter la prise d'eau de bâbord et découvrit que celle-là aussi avait été ouverte. Après avoir refermé la valve, il attrapa la main de Giordino qui le hissa hors du compartiment, sur le pont de la salle des machines.

Ils avaient rempli la moitié de leur mission : accéder à la salle des machines et déterminer la cause de l'inondation. Restait la question de Sarghov, Anatoly et les géophysiciens. En regardant sa montre, Pitt constata qu'ils étaient sous l'eau depuis presque trente minutes. Disposant pourtant d'une bonne quantité d'air et d'un délai encore large, l'eau froide commençait à lui transpercer les os, et ce malgré la combinaison. Dans sa jeunesse, il plongeait sans presque se soucier du froid, mais les années lui rappelaient une nouvelle fois qu'il n'était plus un gamin.

Balayant cette pensée, il conduisit Giordino hors de la pièce, puis inspecta rapidement les autres compartiments inondés dans la salle. N'ayant rien trouvé d'anormal, ils remontèrent l'escalier d'un niveau jusqu'aux cabines couchettes.

Par gestes, Pitt fit signe à Giordino de regarder dans les cabines à bâbord tandis qu'il inspecterait celles à tribord. En avançant et en ouvrant la porte de la première cabine, qu'il savait être celle de Sarghov, il se sentait dans la peau d'un charognard. En dehors du fait qu'elle était pleine d'eau, Pitt fut surpris de constater que tout était à peu près resté en place. Seules quelques liasses de documents et les pages d'un journal local dérivaient paresseusement dans la cabine. Pitt aperçut un ordinateur portable ouvert sur le bureau, dont l'écran était noir à cause de l'immersion. Un ciré, que Sarghov portait au dîner, se trouvait sur le dossier de la chaise. Pitt jeta un coup d'œil dans le petit placard et découvrit quelques chemises et pantalons soigneusement suspendus à des cintres. Tout cela était la preuve d'un départ précipité, songea Pitt.

Une fois sorti de la cabine de Sarghov, il fouilla rapidement les trois suivantes avant d'arriver à la dernière de tribord. C'était celle que Gunn n'avait pu atteindre lorsqu'il avait cherché les membres du bureau d'études pétrolier. De l'autre côté du couloir, Pitt apercevait la lumière vacillante de la torche de Giordino qui l'avait dépassé et en était à la dernière cabine. Pitt tourna le loquet et appuya tout son corps contre la porte pour forcer l'ouverture qui résistait à des mètres cubes d'eau. Comme les cabines précédentes, tout paraissait en ordre, et l'inondation semblait n'avoir rien dérangé. Sauf que, depuis le seuil de la porte, Pitt remarqua quelque chose d'inhabituel : il y avait toujours son occupant.

Dans la pénombre, on aurait pu penser à un sac de marin ou quelques oreillers sur la couchette, mais Pitt avait eu un autre pressentiment. S'approchant, il vit que c'était bien un homme allongé sur la couchette, un homme pâle et tout ce qu'il y a de plus mort. Pitt s'approcha doucement et se pencha prudemment au-dessus de la silhouette allongée, l'éclairant avec le faisceau de sa lampe torche. Les yeux ouverts du capitaine revêche du bateau de pêche le regardèrent sans ciller, figés à jamais par la surprise. Le vieux pêcheur était en tee-shirt, les jambes bordées sous les draps. La couverture serrée l'avait empêché de flotter au-dessus de la couchette jusqu'à ce que l'air ait été entièrement purgé de ses poumons.

En l'éclairant de plus près, Pitt passa un doigt sur le front de l'homme. A cinq centimètres au-dessus de son oreille, une légère entaille marquait sa tempe. Bien que la peau n'ait pas éclaté, il était évident qu'un coup violent lui avait fracassé le crâne. En proie à des réflexions quelque peu morbides, Pitt se demandait si c'était le coup lui-même qui avait provoqué la mort du vieux pêcheur ou bien si, resté inconscient, il avait été noyé par l'inondation de la cabine.

Lorsque la lampe de Giordino apparut soudain dans l'encadrement de la porte, Pitt put examiner avec soin le sol. Il n'y avait rien sur le plancher moquetté de la cabine. Il ne vit ni carafe en porcelaine, ni presse-papier en plomb, ni bouteille de vodka susceptibles d'être tombés d'une étagère et d'avoir assommé l'homme par accident. La pièce était entièrement vide, comme il fallait s'y attendre !

Pitt jeta un dernier regard au vieil homme, lui confirmant que sa première intuition avait été la bonne. Dès la première seconde, Pitt avait compris que le décès n'avait rien d'accidentel. Il avait été assassiné.

7

— Envolé ! s'exclama Gunn, le visage rouge de colère. Quelqu'un a arraché tous les disques durs de la base de données et a disparu avec. Toutes les coordonnées, tout ce que nous avions recueilli depuis deux semaines, tout s'est envolé !

Gunn continua à fulminer tout en aidant Pitt et Giordino à ôter leurs combinaisons.

— Et les sauvegardes, Rudi ? demanda Pitt.

— C'est vrai, en bon informaticien je sais que tu sauvegardes tout sur des disques, sans doute même en triple exemplaire, déclara Giordino tout en suspendant sa combinaison à un crochet.

— Nos DVD de sauvegarde ont disparu également ! s'écria Gunn. Volés par quelqu'un qui était là pour ça.

— Notre copain Sarghov ? demanda Giordino.

— Je ne crois pas, répondit Pitt. Sa cabine ne ressemblait pas à celle de quelqu'un qui a prévu de s'enfuir.

— Je ne comprends pas. Ces données n'ont de valeur que pour la communauté scientifique. Nous avons tout partagé avec nos homologues russes. Qui voudrait voler ces informations ? s'interrogea Gunn, retrouvant peu à peu son calme.

— Peut-être son intention n'était-elle pas de voler les données, mais seulement de nous empêcher d'y découvrir quelque chose, supposa Pitt.

— Peut-être, répéta Giordino. Rudi, cela signifie sans doute que ton ordinateur chéri est au fin fond du lac Baïkal avec les poissons.

— C'est censé me réconforter ? marmonna-t-il.

— Courage ! Tu t'en sors quand même mieux que le vieux pêcheur.

— C'est vrai, il a perdu son bateau, concéda Gunn.

— Il a perdu plus que cela, lui répondit Pitt avant de lui rapporter sa découverte.

— Mais pourquoi assassiner un vieil homme ? s'exclama Gunn en secouant la tête, incrédule. Et les autres ? Ont-ils été enlevés ? Ou bien sont-ils partis de leur plein gré, après avoir tué le pêcheur et détruit le résultat de nos recherches ?

Les mêmes questions se bousculaient dans l'esprit de Pitt, sans plus de réponses.

*
* *

A la mi-journée, on installa une ligne électrique aérienne depuis la rive pour amener de l'électricité au *Vereshchagin* et activer ainsi les pompes de cale neutralisées par Pitt. Des pompes d'appoint furent amenées sur le pont arrière afin d'assécher les compartiments inondés, faisant gémir les générateurs. Lentement mais sûrement, les quelques matelots qui regardaient depuis la rive virent la poupe sortir de l'eau laborieusement.

Autour de Listvyanka, les habitants continuaient à s'occuper de ce qui avait été ravagé par les inondations. Le célèbre marché aux poissons de la ville fut rapidement reconstruit et quelques vendeurs offrirent bientôt un assortiment aromatique de poisson fraîchement fumé. Des bruits de scie et de marteau emplissaient l'air, tandis que les boutiques touristiques qui se trouvaient les plus proches de la rive étaient rapidement remises en état.

Bientôt, on put dresser un bilan de la totalité des dégâts. De nombreux dommages matériels s'étaient produits sur la rive sud mais, fort heureusement, on n'enregistrait aucune perte humaine. C'était la fabrique de papier de Baïkalsk, un point de repère de la côte sud, qui avait subi les dégradations les plus importantes, et on dut la fermer pendant plusieurs semaines le temps de nettoyer et restaurer l'usine. De l'autre côté du lac, on entendait dire que le séisme avait gravement endommagé l'oléoduc Taishet-Nakhodka qui longeait la rive nord. Des scientifiques de l'Institut limnologique étaient déjà en route pour s'assurer qu'une fuite de pétrole, causée par le séisme, ne polluerait pas le lac.

Peu après le déjeuner, le commissaire de police de Listvyanka monta à bord du *Vereshchagin*, accompagné de deux enquêteurs d'Irkoutsk. Les représentants de l'ordre grimpèrent sur la passerelle du navire et saluèrent le capitaine Kharitonov d'une poignée de main formelle. Le commissaire de Listvyanka, un homme débraillé qui arborait un uniforme trop petit, ignora les trois Américains occupés à reconfigurer leur équipement informatique de l'autre côté de la passerelle. En bureaucrate gonflé d'autorité, le commissaire appréciait les prérogatives que lui procurait son travail, à défaut d'aimer les tâches qui lui incombaient. Tandis que Kharitonov les informait des disparitions et de la découverte du cadavre du pêcheur dans la cabine inondée, la colère se peignit sur le visage du commissaire. Avec un cadavre sur le *Vereshchagin*, la thèse de l'accident ne tenait pas, et un meurtre potentiel signifierait de la paperasse supplémentaire et des représentants du gouvernement qui viendraient mettre le nez dans ses affaires. Son expérience de la criminalité se limitait à d'occasionnels vols de bicyclette, voire une rixe dans un bar, et c'est ainsi qu'il préférait les choses.

— Sornettes, rétorqua-t-il d'une voix dure. Je connaissais bien Belikov. C'était un vieux pêcheur ivrogne. Il buvait trop de vodka et il a dû perdre connaissance comme un vieux bouc. Un malheureux accident, expliqua-t-il nonchalamment.

— Mais alors que faites-vous de la disparition des deux hommes d'équipage et de l'équipe de géophysiciens qui a été secourue avec le pêcheur, et comment expliquez-vous le fait que l'on ait essayé de couler mon navire ? ajouta le capitaine Kharitonov avec une fureur croissante.

— Ah, oui, répondit le policier, vous voulez parler des matelots qui ont ouvert les vannes de la prise d'eau par erreur ? Ils ont probablement craint les conséquences et se sont sans doute enfuis. Ils referont surface un de ces jours dans l'un de nos distingués débits de boissons, déclara-t-il d'un air entendu.

Lorsqu'il se fut rendu compte que les deux hommes d'Irkoutsk ne semblaient guère mordre à son raisonnement, il poursuivit.

— Bien entendu, il faudra interroger l'équipage et les passagers pour s'en assurer.

Pitt se détourna de ce commissaire suffisant et se mit à étudier les hommes à ses côtés : les deux enquêteurs de la police criminelle d'Irkoutsk n'étaient manifestement pas taillés dans le même bois. C'étaient des hommes endurcis, et dont le costume civil dissimulait une arme. Il ne s'agissait pas de banals agents de la circulation ; ils arboraient un air d'assurance tranquille qui témoignait d'une certaine expérience et d'un entraînement autrement plus spécialisé que celui de la police locale. Lorsque les interrogatoires débutèrent à bord du navire, Pitt nota avec curiosité que les policiers d'Irkoutsk semblaient plus intéressés par l'absence de

Sarghov que par la disparition des géophysiciens ou la mort du pêcheur.

— C'est peut-être un coup de Boris Badenov, le méchant espion du dessin animé ? marmonna Giordino sous cape après avoir été brièvement interrogé.

Lorsque les interrogatoires prirent fin, les policiers regagnèrent le poste de pilotage, où le commissaire s'amusa, pour la galerie, à admonester une dernière fois Kharitonov. Le capitaine du *Vereshchagin* annonça alors d'une voix sourde qu'à la demande de la police de Listvyanka, tout l'équipage devait regagner le navire immédiatement et y demeurer jusqu'à la fin de l'enquête.

— Ils auraient pu nous laisser aller boire une bière d'abord, se lamenta Giordino.

— Je savais que j'aurais dû rester à Washington, ronchonna Gunn. Maintenant nous voilà exilés en Sibérie.

— De toute façon, en été, Washington est une épouvantable étuve, répliqua Pitt en admirant la vue panoramique du lac depuis la fenêtre de la passerelle.

A deux kilomètres, il remarqua le porte-conteneurs noir qu'il avait survolé en hélicoptère la veille. Le navire était à présent amarré à un ponton encore intact tout au bout de la ville et on déchargeait sa soute arrière par une grosse grue de quai.

Une paire de jumelles étant suspendue à un crochet près de la fenêtre, Pitt s'en saisit et les porta machinalement à ses yeux pour scruter le cargo. A travers les lentilles grossissantes, il vit deux grands camions à plateau ainsi qu'une fourgonnette plus petite, garés sur le quai non loin du cargo. La grue portait les caisses à l'intérieur des camions, fait inhabituel puisque Listvyanka était plutôt un port à partir duquel on acheminait des marchandises vers le reste des communes bordant le lac. En zoomant sur l'un des camions, il fut surpris d'y découvrir un étrange objet vertical sur une palette en bois, enveloppé dans une bâche en toile.

— Capitaine ? fit-il en tendant la main vers la fenêtre. Ce porte-conteneurs noir… Que savez-vous sur lui ?

Le capitaine Kharitonov s'approcha en plissant les yeux.

— Le *Primorski*. Un antique marmiton du lac Baïkal. Pendant des années, il a régulièrement fait des trajets de Listvyanka à Baikalskoe au nord, pour transporter de l'acier et du bois servant à la construction d'une voie ferrée. Lorsque les travaux ont été achevés, il est resté immobile à son mouillage pendant plusieurs mois. Puis j'ai entendu dire qu'il avait été loué pour une courte durée à une compagnie pétrolière. Ils ont fourni leurs propres employés pour le manœuvrer, à la grande contrariété de l'ancien équipage. Je ne sais pas à quoi ils s'en servent, sans doute pour transporter du matériel pour l'oléoduc.

— Une compagnie pétrolière, répéta Pitt. Ce ne serait pas par hasard le groupe Avarga ?

Kharitonov releva les yeux et réfléchit un instant.

— Si, maintenant que j'y pense, je crois que c'est ça. Pardonnez à un homme fatigué de ne pas y avoir songé plus tôt. Peut-être qu'ils savent quelque chose au sujet de la disparition des géophysiciens ? Et de celle d'Anatoly et Alexander, ajouta-t-il sur un ton furieux.

Le capitaine passa un appel radio au porte-conteneurs, dont le nom, *Primorski*, était celui d'une chaîne de montagnes sur la rive occidentale du lac Baïkal. Une voix bourrue lui répondit presque immédiatement, ne fournissant que des réponses brèves et hachées à ses questions. Pendant cette conversation, Pitt braqua ses jumelles sur le vieux navire et scruta longuement le pont arrière désert.

— Al, regarde ça.

Giordino étudia attentivement le cargo. Remarquant les bâches qui dissimulaient la cargaison, il déclara :

— Ils sont bien cachottiers pour du simple matériel, tu ne trouves pas ? Alors que si on leur posait la question, je suis sûr qu'ils nous diraient que ce n'est rien que des pièces détachées de tracteurs.

— Jette un coup d'œil au pont arrière, lui suggéra Pitt.

— Il y avait un mât de charge sur ce pont hier soir, observa Giordino. Mais il a disparu, comme nos amis.

— Je t'accorde qu'il faisait nuit quand nous avons survolé le navire mais ce mât de charge n'avait pas l'air d'être en Lego.

— Non, ce n'était pas un truc qui aurait pu être démonté rapidement sans une armée de techniciens.

— Pourtant d'après ce que j'ai vu dans les jumelles, l'équipage qui travaille sur ce navire est plutôt réduit.

La conversation fut interrompue par la voix chaude du capitaine qui venait de couper sa communication radio.

— Désolé, messieurs. Le capitaine du *Primorski* déclare qu'il n'a pris aucun passager, qu'il n'a ni vu ni entendu parler d'aucune équipe de prospection pétrolière et qu'il ignorait d'ailleurs tout de leurs activités sur le lac.

— Et je parie qu'il ignore également la couleur du cheval blanc d'Henri IV, fit Giordino.

— Est-ce qu'il a parlé du manifeste de cargaison ?

— Oh oui, répondit Kharitonov. Ils transportent des matériaux agricoles et des pièces de tracteurs d'Irkoutsk à Baikalskoe.

8

Le jeune policier chargé de s'assurer que personne
ne quittait le navire s'ennuya rapidement. Après avoir
arpenté la rive sans relâche, à quelques mètres de
l'endroit où la proue du *Vereshchagin* avait touché le
fond, il avait surveillé le navire avec zèle jusqu'au
coucher du soleil. Mais alors que la soirée s'écoulait
sans incident, son attention commença à faiblir. De
fortes basses en provenance d'un bar en haut de la rue
le détournèrent peu à peu de sa mission et au bout d'un
moment, il pivota afin de faire face à l'entrée du bar,
dans l'espoir d'y apercevoir une séduisante touriste
ou une belle étudiante venue d'Irkoutsk. Ainsi distrait,
il n'avait presque aucune chance de repérer deux
hommes vêtus de noir qui faisaient passer un petit
Zodiac par-dessus le parapet arrière du *Vereshchagin*
avant de sauter sans bruit dans l'embarcation.

Pitt et Giordino s'éloignèrent, en s'appliquant à rester à couvert derrière le *Vereshchagin*.

— A quelques coups de rames, on a des bars tout
ce qu'il y a de plus sympathique, mais toi il faut que
tu nous emmènes à la pêche, chuchota Giordino.

— Des pièges à touristes hors de prix qui refilent
de la bière tiède et des bretzels rassis, objecta Pitt.

— Hélas, une bière tiède vaut tout de même mieux
que pas de bière du tout, fut la réponse poétique de
son compagnon.

150

Bien qu'ils se soient vite fondus à la nuit, Pitt insista pour qu'ils rament plus d'un kilomètre et demi avant de tirer sur la corde de démarrage du moteur hors-bord de vingt-cinq chevaux. Le petit moteur se mit rapidement en marche en toussotant et Pitt positionna le bateau parallèlement à la rive. Giordino prit alors sur le plancher un sondeur bathymétrique d'un mètre et le balança par-dessus bord, traînant derrière lui presque toute la longueur des cent mètres de câble électronique. Ayant attaché l'extrémité au plat-bord, il ouvrit un ordinateur portable et lança l'application du sonar latéral. En quelques instants, une image du fond du lac, aux reflets jaunes, commença à défiler sur l'écran.

— Le film a commencé, annonça Giordino, avec en vedette un fond sablonneux ondulé de cinquante-deux mètres de profondeur.

Pitt continua de diriger le bateau parallèlement à la rive, jusqu'à ce qu'il soit à la hauteur du cargo noir. Il tint le cap pendant encore quatre cents mètres avant de faire demi-tour et de repartir dans la direction opposée, quelques dizaines de mètres plus loin vers l'intérieur du lac.

— Le *Primorski* semblait mouiller dans cette zone lorsque nous l'avons survolé hier, déclara Pitt en tendant le bras vers le sud-ouest.

Il se retourna afin d'étudier la rive, vers le nord, essayant de se rappeler ce qu'il voyait de l'hélicoptère.

Giordino hocha la tête.

— Je suis d'accord. Nous devons être à peu près au bon endroit.

Pitt sortit une boussole de sa poche et arrêta un cap, puis la posa sur le banc devant lui. Suivant son relèvement à l'aide d'une lampe de poche, il maintint sa direction pendant huit cents mètres, puis vira et repartit dans l'autre sens, un peu plus vers le sud. Pendant une heure, ils poursuivirent ainsi leur quadrillage en s'éloignant du rivage, tandis que Giordino surveillait le relief du fond sur l'écran de son ordinateur.

Pitt tourna les yeux vers la rive, se préparant à faire demi-tour au bout d'une allée imaginaire, lorsque Giordino lui dit :

— J'ai quelque chose.

Pitt maintint son cap, tout en se penchant pour examiner l'image. Un objet sombre allongé commençait à se dérouler sur l'écran, suivi d'une autre ligne qui le rejoignait. L'image mit en valeur une sorte de grand A, strié de quelques barres supplémentaires.

— La longueur est d'environ douze mètres, dit Giordino. C'est sûrement la structure que nous avons vue à la poupe du *Primorski* la nuit dernière. C'est honteux de jeter ses déchets ainsi dans le lac.

— Honteux en effet, répondit Pitt en scrutant le cargo noir. La question, mon cher Watson, est : « Pourquoi ? ».

Lorsque Pitt se pencha pour couper le moteur, Giordino comprit qu'ils devaient chercher la réponse. Depuis le début, quelque chose dans ce cargo dérangeait Pitt. Découvrir qu'il avait été loué par le consortium Avarga avait confirmé ses soupçons. Il ne faisait guère de doute que ce navire était lié d'une manière ou d'une autre à la disparition de Sarghov et des prospecteurs pétroliers. Tandis qu'il l'étudiait de loin, Giordino remonta le sonar flottant et referma son ordinateur, puis reprit prestement les rames pour le petit voyage de retour.

Le *Primorski* mouillait, immobile et sombre, à l'extrémité de la promenade du bord de l'eau. Les grands semi-remorques étaient toujours garés sur la jetée adjacente, avec leurs plateaux chargés du mystérieux matériel. Un haut grillage isolait le quai des passants, dispositif renforcé par deux gardes assis dans une guérite à l'entrée. Près des camions, deux hommes étudiaient une carte étalée sur un pare-chocs, mais le navire lui-même semblait désert.

Pitt et Giordino approchèrent silencieusement par la poupe en se laissant doucement dériver sous l'ombre de la dunette. Pitt attrapa alors une aussière qui descendait jusqu'à l'eau et s'en servit pour avancer le long du ponton. Tandis que Giordino accrochait un cordage à un poteau fendu, Pitt descendait du Zodiac et se glissait sur le ponton en bois.

Les camions étaient garés à l'extrémité opposée, près de la proue, mais Pitt entendait néanmoins les voix des hommes sur la jetée déserte. Ayant repéré deux barils de pétrole rouillés, il alla s'accroupir derrière les deux masses sombres au bord du ponton. Un instant plus tard, Giordino apparaissait derrière lui.

— Aussi vide qu'une église un lundi, chuchota Giordino en scrutant le navire au calme fantomatique.

— Oui, un peu trop tranquille.

Pitt sortit la tête de sa cachette et avisa une passerelle qui menait à la cale avant. Il observa ensuite le parapet du cargo, qui se trouvait à deux mètres cinquante au-dessus du quai.

— Entrer par la passerelle ne serait pas très discret, chuchota-t-il à Giordino. Je pense qu'on peut s'aider des barils pour monter.

Pitt fit rouler adroitement l'un des deux bidons jusqu'au bord du ponton, puis grimpa dessus. Pliant les genoux, il s'élança et attrapa le barreau le plus bas du garde-fou. Il resta suspendu un instant avant de balancer son corps sur le côté, se servant de son élan pour se glisser à travers les barreaux et se hisser sur le pont. Le saut fut plus difficile pour Giordino, plus petit, qui faillit rater le parapet et resta accroché par une seule main pendant quelques secondes avant que Pitt le hisse à bord.

— La prochaine fois, je prendrai l'ascenseur, maugréa-t-il.

Ils reprenaient leur souffle tapis dans l'ombre, ce qui leur permit d'examiner le navire silencieux. Il était plus petit qu'un cargo au long cours, à peine plus de soixante-dix mètres de long. De modèle classique, il avait en son centre une superstructure encadrée d'un vaste pont à l'avant et à l'arrière. Si la coque était en acier, les ponts en teck empestaient le pétrole et le carburant diesel, pestilences assorties de vapeurs chimiques incrustées dans le bois depuis quatre décennies. Pitt observa le pont arrière qui était encombré de conteneurs en métal rassemblés près d'une seule cale. Traversant le pont sans bruit, il se glissa avec Giordino dans l'ombre d'un de ces conteneurs et les deux hommes jetèrent un coup d'œil dans la cale ouverte.

D'un côté, l'espace était occupé par des tas de tuyaux en fer de petit diamètre. Le centre de la cale était vide, mais même dans l'obscurité, on distinguait encore au sol les traces du mystérieux trépied qui s'y trouvait auparavant. Plus étonnante était une plaque de près de deux mètres de diamètre, qui scellait une bouche d'accès dans le pont au centre exact des marques au sol.

— On dirait le puits central d'un pétrolier en mer du Nord.

— Et voilà la tige de forage qui va avec, répliqua Giordino. Sauf que nous ne sommes pas sur un navire de forage.

Voilà qui était frappant. Un navire de forage contient peut-être l'équipement nécessaire pour forer la terre à la recherche de pétrole et ainsi pomper le liquide à bord, mais ce vieux cargo ne pouvait manifestement pas recueillir une goutte de pétrole, si c'était bien là son but.

154

Pitt ne prit pas le temps de méditer sur la question et continua plutôt en direction de la coursive bâbord. Une fois au bout, il s'arrêta et se colla contre une cloison d'étanchéité, puis jeta un regard de l'autre côté. Toujours aucun signe des occupants du navire. Il continua à progresser lentement, Giordino sur les talons, en respirant plus librement maintenant qu'ils étaient hors de vue du quai.

Ils avancèrent jusqu'à une coursive perpendiculaire qui courait sur toute la largeur de la superstructure. Une unique lumière éclairait le couloir désert d'une terne lueur jaune. Quelque part, on percevait le bourdonnement d'un générateur électrique qui rappelait celui d'un essaim de cigales. Pitt s'avança et, gantant sa main droite à l'aide de sa manche, il dévissa l'ampoule jusqu'à ce que la lumière s'éteigne. Comme il n'y avait pas d'éclairage sur le quai, la coursive fut plongée dans une obscurité quasi totale.

Alors qu'ils se trouvaient à la croisée des coursives, le loquet de la porte d'une cabine se fit entendre derrière eux. Les deux hommes tournèrent vivement dans la coursive latérale, hors de vue. Sur la gauche, un compartiment faiblement éclairé attira l'œil de Pitt et il y entra, suivi de Giordino qui referma la porte derrière eux. Debout derrière la porte, guettant des bruits de pas, ils détaillèrent la pièce. Ils se trouvaient dans une salle à manger, qui semblait servir aussi de salle de réunion. Cette somptueuse pièce détonnait avec le reste du navire, en piteux état. Un tapis persan de grande valeur se déroulait sous une longue table en acajou entourée de belles chaises au dossier en cuir. Une tapisserie épaisse, des œuvres d'art choisies avec goût et quelques plantes artificielles complétaient le décor, évoquant le hall d'entrée du Waldorf-Astoria. Face à l'entrée, une double porte menait à la cuisine du navire. Sur la cloison près de Pitt, ils remarquèrent un grand écran installé à hauteur des yeux, probablement pour pouvoir visionner les vidéos envoyées par satellite.

— Agréable atmosphère pour avaler de la soupe de poisson et du bortch, murmura Giordino.

Pitt ignora le commentaire et s'approcha d'une série de cartes épinglées à un mur. Il s'agissait d'agrandissements par ordinateur de certaines parties du lac Baïkal. A plusieurs endroits, des cercles concentriques avaient été tracés à la main en rouge. Une carte de la frange nord du lac montrait une forte concentration de cercles, dont certains débordaient sur le rivage, où l'on voyait un pipeline courir d'ouest en est.

— Des projets de site de forage ? demanda Giordino.

— Sans doute. Voilà qui ne va pas faire plaisir aux écolos de *Earth First !*, répondit Pitt.

Giordino s'immobilisa jusqu'à ce qu'un bruit de pas, qui descendaient un escalier non loin de là, s'évanouisse. Il entrouvrit alors la porte et jeta un coup d'œil sur la coursive à présent déserte.

— Personne. Aucun signe de passagers à bord.

— Je voudrais jeter un coup d'œil à l'annexe, chuchota Pitt.

Ouvrant la porte lentement, ils se glissèrent dans le couloir et revinrent à la coursive bâbord. A l'avant, la superstructure du cargo cédait la place au vaste pont, sur lequel s'ouvraient deux cales séparées. Le long du parapet de bâbord, près de la proue, se trouvait une vieille annexe, juchée sur un ber fixé au pont. A côté se trouvait un treuil dont les câbles, encore attachés à l'annexe, témoignaient de son utilisation récente.

— Elle est dans le champ de vision du poste de pilotage, dit Giordino en indiquant une lueur trouble qui brillait par la fenêtre saillante de la timonerie à six mètres au-dessus de leur tête.

— Seulement si quelqu'un regarde par ici, répondit Pitt. Je vais faire un saut pour jeter un bref coup d'œil.

Tandis que Giordino restait dans l'ombre, Pitt parcourut en courant le pont avant, courbé en deux, en prenant garde à rester tout près du parapet. Les lumières du quai et de la timonerie baignaient le pont d'un halo terne, traversé faiblement par les mouvements de Pitt. Du coin de l'œil, il aperçut les camions sur le quai et une poignée d'hommes qui flânaient autour. Avec ses vêtements noirs et à cette distance, il devait être presque invisible pour eux. C'étaient les occupants du poste de pilotage qui l'inquiétaient davantage.

Il atteignit le petit bateau en une vitesse record, se baissa près de la proue et s'agenouilla dans l'ombre à côté du parapet. Tandis que les battements de son cœur ralentissaient, il dressa l'oreille, à l'affût d'éventuels signes d'alarme, mais le navire demeurait silencieux. Seuls les bruits d'activité étouffés du village tout proche résonnaient sur le quai. Pitt leva les yeux vers le poste de pilotage et vit deux hommes en pleine conversation. Aucun d'eux ne prêtait attention au pont avant.

A plat ventre, Pitt sortit sa fine torche électrique et la posa contre la coque de l'annexe, puis il poussa l'interrupteur pendant juste une seconde. Le minuscule faisceau illumina une coque en bois délabrée peinte d'un rouge écarlate. Passant la main contre la coque, il sentit des copeaux de peinture s'effriter sous ses doigts. Ainsi qu'il l'avait soupçonné, c'était bien la même teinte de rouge que celle qui avait marqué le flanc tribord du *Véreshchagin*.

Se relevant, il s'avançait vers la proue de l'annexe lorsque quelque chose attira son regard. Il ralluma sa lampe et le bref éclair de lumière lui permit d'identifier une vieille casquette de base-ball portant l'emblème d'un sanglier cousu sur le devant. Pitt reconnut la mascotte de l'université de l'Arkansas et se rappela avoir déjà vu cette casquette : elle appartenait à Jim Wofford. Il n'y avait à présent plus aucun doute. Le *Primorski* était impliqué dans la tentative de naufrage du *Vereshchagin* et la disparition des scientifiques.

Ayant rangé sa lampe, il se releva et scruta de nouveau la passerelle. Les deux hommes étaient toujours en pleine conversation et ne prêtaient pas attention au pont en dessous d'eux. Pitt contourna lentement la proue de l'annexe, puis se figea sur place, le cerveau en alarme : son sixième sens avait détecté une présence. Une seconde plus tard, une torche halogène éclairait son visage puis un hurlement en russe, « *Ostanovka !* », déchira l'air.

9

A la lueur des lumières du quai, un homme sortit de l'ombre et s'approcha à moins de deux mètres de Pitt. Il était de corpulence moyenne, avec des cheveux noirs et gras qui se fondaient à la couleur de sa combinaison de travail. Il se basculait nerveusement d'avant en arrière sur ses pieds, tout en braquant avec détermination un pistolet automatique Yarigin PYa 9 mm sur la poitrine de Pitt. L'homme se trouvait tranquillement assis dans le château avant près du cabestan d'où il surveillait la passerelle d'accès. De cette position, il avait aperçu la lueur de la torche de Pitt et s'était avancé sans bruit pour voir ce qu'il en était.

Le garde, tout juste sorti de l'adolescence, regardait Pitt de ses yeux marron furtivement. Garde professionnel ne devait pas être son métier d'origine, songea Pitt en remarquant les doigts tachés de graisse refermés sur le pistolet et qui évoquaient plutôt ceux d'un mécanicien. Pourtant, il tenait l'arme parfaitement pointée sur Pitt et il n'y avait guère de doute qu'il presserait la détente s'il le fallait.

Pitt se trouvait dans une position inconfortable, coincé entre l'annexe et le bastingage, séparé du garde d'à peine quelques mètres. Lorsque ce dernier porta une radio à ses lèvres de sa main gauche, Pitt décida d'agir. Il fallait soit lui sauter dessus en risquant d'être touché par une balle, soit passer par-dessus le parapet et tenter sa chance dans l'eau froide du lac. Ou bien, espérer que Giordino apparaisse. Mais celui-ci se trouvait à une quinzaine de mètres et entrerait immédiatement dans le champ de vision du garde dès qu'il mettrait le pied sur le pont avant.

Tandis qu'il prononçait quelques mots dans l'émetteur, le garde ne quittait pas Pitt des yeux. Celui-ci demeurait parfaitement immobile, imaginant la peine encourue pour effraction en Russie et concluant qu'un exil en Sibérie n'exigerait pas un trop long voyage. Il songea ensuite au capitaine du bateau de pêche mort à bord du *Vereshchagin* et se dit que le goulag sibérien était peut-être une hypothèse trop optimiste.

Il plia imperceptiblement les genoux en attendant que la réponse crépite dans la radio, espérant voir ainsi se créer une infime distraction. Lorsqu'une voix grave se fit entendre dans le combiné, Pitt approcha sa main gauche du parapet et ramassa ses jambes pour sauter par-dessus bord. Mais il n'alla pas plus loin.

L'éclair sortit du canon du Yarigin alors que la détonation fit légèrement tressaillir l'arme dans la main du garde. Pitt se figea tandis qu'un éclat de teck de la taille d'une balle de base-ball se détachait du plat-bord en bois à quelques centimètres de sa main et tombait à l'eau.

Pitt ne fit plus un seul mouvement quand il entendit un concert de cris sur le quai, provoqués plus par le coup de feu que par l'appel radio. Deux hommes déboulèrent sur la passerelle d'accès, armés chacun du même type de pistolet Yarigin qui avait failli emporter la main gauche de Pitt. Celui-ci reconnut immédiatement le deuxième individu, l'homme de barre qui avait disparu du *Vereshchagin*, un glaçon sans humour répondant au nom d'Anatoly. Un troisième émergea bientôt de la descente de passerelle et s'approcha, l'air autoritaire. Il avait de longs cheveux ébène et évalua la situation en un éclair de son regard sombre plein de dureté. A la lumière des quais, Pitt remarqua une longue cicatrice qui parcourait sa joue gauche, stigmate d'un combat au couteau dans sa jeunesse.

— J'ai découvert cet intrus caché derrière l'annexe, annonça le garde.

L'homme dévisagea brièvement Pitt, puis il se tourna vers deux matelots.

— Fouillez les environs à la recherche de complices. Et plus de coups de feu. Inutile d'attirer l'attention.

Les deux hommes du quai s'exécutèrent immédiatement et se séparèrent rapidement pour fouiller le pont avant, scrutant l'ombre. Pitt fut conduit au centre du pont, sous un lampadaire qui illuminait la scène.

— Où est Alexander ? demanda calmement Pitt. Il m'a dit de le retrouver ici.

Pitt ne s'attendait pas à ce que son coup de bluff fonctionne, mais il était curieux de voir comment le responsable réagirait. Celui-ci resta silencieux, se contentant de hausser les sourcils.

— Anglais ? dit-il enfin sans paraître intéressé. Vous devez être du *Vereshchagin*. Dommage que vous vous soyez perdu.

— Mais j'ai trouvé les responsables de la tentative de naufrage, répondit Pitt.

Dans la pénombre, Pitt put voir les joues de l'homme s'empourprer. Il retint sa colère à l'approche d'Anatoly et des autres hommes d'équipage, qui secouaient la tête.

— Pas de complices ? Alors mettez-le avec l'autre et jetez-les à l'eau sans bruit là où personne ne pourra les retrouver.

Le garde s'avança, planta le canon de son pistolet entre les côtes de Pitt et indiqua d'un signe de tête la coursive bâbord. Pitt avança à contrecœur vers la zone d'ombre où il avait laissé Giordino et emprunta la coursive, suivi du garde et des deux hommes d'équipage. Du coin de l'œil, il aperçut le chef balafré regagner la timonerie par un escalier latéral.

Une fois l'embranchement dépassé, il s'attendait à moitié à voir Giordino bondir de l'ombre sur ses assaillants, mais aucun signe de son partenaire. Une fois sur le pont arrière, il fut poussé contre l'un des conteneurs rouillés alignés contre le parapet. Il attendit calmement, sans opposer de résistance, tandis qu'un des hommes d'équipage se débattait avec un cadenas accroché au conteneur, avant de passer à l'attaque. Le garde tenait toujours un pistolet braqué sur lui, ce qui le déséquilibrait. A la vitesse de l'éclair, Pitt écarta le canon de l'arme d'un mouvement du coude gauche. Avant que le garde ait compris ce qui se passait, Pitt lui avait décoché un coup de poing circulaire en prenant tout son élan. Le coup martela la mâchoire du garde, qui fut à un cheveu du KO. Il s'écroula en reculant dans les bras d'Anatoly, et dans un cliquetis le pistolet tomba à terre.

L'autre homme tenait toujours le cadenas à la main, aussi Pitt prit-il le risque de plonger pour récupérer l'arme. Lorsqu'il heurta le sol, il eut juste le temps de tendre la main droite pour s'emparer de la crosse en polymère du Yarigin avant qu'une masse de quatre-vingt-cinq kilos lui atterrisse sur le dos. Avec un cruel sang-froid, Anatoly avait eu l'astuce de balancer le garde groggy sur Pitt, qui se retrouvait coincé sous le corps. Le temps que Pitt essaie de rouler sur le côté pour s'en débarrasser, il sentit le canon froid en acier d'un pistolet automatique pressé contre son cou. Bien qu'il eût reçu l'ordre de ne pas tirer, Pitt lâcha son arme sur le pont.

Pitt fut contraint de rester à genoux, toujours sous la menace du pistolet, jusqu'à ce que le cadenas soit détaché et que la double porte du conteneur de six mètres de long s'ouvre. Poussé sans ménagement d'une bourrade dans le dos, Pitt entra en titubant dans le conteneur et tomba sur un objet mou. A la faible lueur, il vit qu'il était tombé sur un homme, recroquevillé sur le sol du conteneur. Le corps bougea, un coude se détacha du torse et l'homme tourna son visage vers Pitt.

— Dirk... c'est gentil à vous d'être passé me voir, articula la voix rauque et fatiguée d'Alexander Sarghov.

*
* *

Lorsque Pitt se fit surprendre à la proue, Giordino jura silencieusement dans l'ombre. Sans arme, il était impuissant. Il hésita à se précipiter sur le garde mais, au vu de la trop grande distance à traverser à découvert, il se ravisa. Quand il vit le garde tirer un coup de feu d'avertissement tout près de Pitt, il abandonna l'idée de jouer les héros. Puis, en entendant les hommes du quai monter à bord, il décida de battre en retraite et d'emprunter la coursive transversale pour aller à tribord. Peut-être ainsi pourrait-il se fondre parmi les hommes qui montaient par la passerelle en planches et s'attaquer au garde à l'approche des autres.

Avançant silencieusement contre la cloison, il traversa rapidement le pont bâbord et prit la coursive transversale. Au moment où il tournait, une silhouette vêtue de noir qui arrivait en courant dans l'autre sens le percuta de plein fouet. On aurait dit une scène tirée du film muet *Keystone Kops*, ces deux hommes rebondissant l'un contre l'autre comme des balles en caoutchouc et tombant à la renverse sur le dos était comique. Agile comme un chat, Giordino se remit le premier du choc et sauta sur l'autre homme au moment où il se relevait péniblement. En le tenant par le torse, Giordino le cogna contre la cloison. Le crâne heurta le mur en acier avec un bruit mat et l'homme s'affaissa immédiatement entre les bras de Giordino.

A peine quelques secondes plus tard, un bruit de pas résonna sur le pont à bâbord. En se retournant vers le pont avant éclairé, il vit que Pitt était emmené vers l'arrière. Traînant vivement l'homme inconscient dans la coursive, Giordino alla se réfugier dans la salle de conférences. Il hissa le corps inanimé sur la table de réunion tout en remarquant que l'homme avait la même stature et la même salopette noire que le garde. Une fouille rapide lui apprit qu'il n'était pas armé, l'homme se trouvant être le technicien radio. Giordino lui ôta sa combinaison et la passa sur ses propres vêtements, puis il se coiffa de la casquette de pêcheur en laine noire. Satisfait de constater que dans le noir il pouvait passer pour un homme de l'équipage, il s'élança dans le corridor vers l'arrière du navire, sans la moindre idée de ce qu'il allait entreprendre par la suite.

*

* *

Les vêtements de Sarghov étaient chiffonnés, ses cheveux emmêlés et son front tuméfié. Malgré son épuisement, ses yeux retrouvèrent leur vivacité lorsqu'il reconnut Pitt.

— Alexander, vous êtes blessé ? demanda Pitt en l'aidant à s'asseoir.

— Ça va, répondit-il d'une voix un peu plus ferme. Ils m'ont seulement rudoyé un peu après que j'ai envoyé au tapis un de leurs hommes, ajouta-t-il avec un léger sourire de satisfaction.

Derrière eux, les doubles portes du conteneur se refermèrent brutalement, les plongeant dans une obscurité totale. Un générateur Diesel ronronna lorsqu'un marin prit les commandes d'une grue embarquée. Le conducteur manœuvra le bras au-dessus du pont et le positionna au-dessus du conteneur ; le crochet métallique oscillait violemment. Relâchant le câble, le conducteur le laissa tomber jusqu'à ce qu'il atterrisse sur le conteneur avec un bruit métallique, puis il arrêta la machine.

A l'intérieur, Pitt saisit sa minilampe torche pour y voir plus clair, tandis que Sarghov reprenait des forces.

— Ils ont essayé de couler le *Vereshchagin*, dit le Russe. J'espère que votre présence ici prouve qu'ils ont échoué ?

— Il s'en est fallu de peu, répondit Pitt. Nous avons pu remorquer le navire à terre avant qu'il coule dans la baie. Les géophysiciens de Shell ont disparu. Est-ce qu'on les a embarqués ici avec vous ?

— Oui, mais nous avons été séparés en montant à bord. C'est après avoir entendu un bruit dans la coursive alors que j'étais dans ma cabine que je suis sorti, mais j'ai été accueilli par le canon d'un pistolet. Pointé par l'officier de barre, Anatoly. Lui et Tatiana nous ont conduits, sous la menace, jusqu'à une petite annexe et nous ont amenés ici. Dans quel but, ça c'est un mystère, ajouta-t-il en secouant la tête.

— Pour le moment, le plus important c'est de trouver le moyen de sortir de là, dit Pitt en se mettant sur pied.

Il étudia le conteneur, qui était vide à part quelques chiffons sur le sol.

A l'extérieur, Anatoly prenait les deux boucles de câble et en entourait le bas du conteneur. L'autre matelot, un homme mince aux cheveux gras, monta sur le conteneur et accrocha les câbles ensemble, puis il les passa dans le crochet de la grue. Le garde qui avait reçu le coup à la mâchoire se remit debout en titubant, récupéra son arme et observa le spectacle à distance.

Sautant du conteneur, l'homme mince revint aux commandes de la grue, située dans un coin sombre à quelques mètres. Posant les doigts sur la manette élévatrice, il souleva d'abord le bras jusqu'à ce que les câbles soient tendus, puis le conteneur, lentement, jusqu'à ce qu'il se balance doucement dans les airs. Les yeux rivés sur le conteneur, il ne remarqua pas la silhouette qui traversait silencieusement le pont et approchait vers lui sur le côté. Il ne vit même pas le poing qui surgit soudain de l'obscurité et le frappa sous l'oreille avec l'énergie cinétique d'un boulet de démolition. Si le coup porté à la carotide ne lui avait pas fait perdre immédiatement connaissance, il aurait pu voir le visage d'Al Giordino qui l'arrachait du poste de commande comme une poupée de chiffon et le laissait tomber sur le pont.

Giordino n'eut pas le temps de se familiariser avec les commandes. De la main droite, il actionna un levier. La chance lui sourit : le conteneur se souleva encore de quelques centimètres. Pour tester les commandes latérales, il balança de sa main gauche le bras vers l'intérieur du navire d'une cinquantaine de centimètres puis changea de sens et le dirigea vers bâbord ; le conteneur métallique effleura tout juste le parapet. Giordino maintint la grue immobile un instant, tandis que le conteneur se balançait périlleusement au-dessus de l'eau. Comme il l'avait espéré, Anatoly et l'autre garde suivaient des yeux la trajectoire du conteneur et restaient debout près du parapet pour assister à la noyade imminente. Malgré la fraîcheur de l'air de la nuit, la sueur perlait au front de Giordino tandis qu'il attendait calmement, les mains sur les commandes, le moment où Anatoly lui ferait signe de lâcher. Giordino fit lentement pivoter la grue un peu plus loin du navire, puis il attendit que le conteneur se trouve au point le plus éloigné avant d'inverser les commandes et braquer le bras sur le pont le plus violemment qu'il put.

Les deux hommes accoudés au parapet regardèrent avec stupéfaction le bras passer au-dessus d'eux tandis que le conteneur resta suspendu dans les airs une fraction de seconde. Puis Giordino le positionna afin que la masse de deux tonnes d'acier s'abatte soudain droit sur eux.

Le garde parvint à se jeter en arrière juste à temps tout en jurant vers le conteneur qui avait frôlé son visage. Anatoly n'eut pas cette chance. Plutôt que de plonger, il essaya d'esquiver l'énorme projectile. Mais en raison de sa taille il n'eut le temps de faire qu'un petit pas avant que le conteneur ne le pulvérise. Ses poumons compressés gargouillèrent avant qu'il soit projeté à l'autre bout du pont comme une poupée de chiffon.

Le garde, ébahi, regarda vers le poste de commande de la grue et jura comme un dément lorsqu'il constata que l'homme aux manettes n'était pas son collègue. Tandis qu'il cherchait son arme, Giordino poussa la manette vers la droite pour orienter la grue vers le parapet bâbord. Giordino plongea quand il vit le garde viser et tirer, évitant la balle qui passa en sifflant au-dessus de sa tête. Même accroupi, il gardait les mains sur les commandes de la grue. Le conteneur se balançait sur le côté du bateau et suivait à présent une trajectoire en arc de cercle vers le parapet. L'homme qui s'était avancé pour tirer se baissa pour esquiver le conteneur. Mais Giordino abaissa les commandes de levage, faisant descendre le bras vers le pont. Le conteneur plongea vers le pont au-dessus du tireur.

Un cri perçant retentit à la poupe tandis que le conteneur percutait le pont, se renversant sur le côté, déséquilibré par la vitesse. Ce faisant, il accrocha la jambe gauche du garde qui essayait de s'écarter. Ecrasé sous le conteneur avec une jambe en bouillie, le garde hurla de douleur. Giordino sauta de la cabine, courut vers lui et posa le pied sur son poignet afin de se saisir du pistolet qui tomba de ses doigts crispés. Il ôta ensuite la casquette en laine qu'il avait empruntée et la fourra dans la bouche du garde pour étouffer temporairement ses cris.

— Prenez garde aux objets volants, marmonna Giordino à l'homme qui le regardait, les yeux vitreux emplis de douleur.

Visant le cadenas, Giordino tira deux coups à bout portant pour le faire sauter. Empoignant le levier, il ouvrit une des portes qui tomba sur le pont. Pitt et Sarghov en sortirent en roulant comme une paire de dés, puis se remirent debout en chancelant, frottant leurs membres endoloris.

— Dis-moi, tu as été opérateur de manèges de foire dans une vie antérieure ? demanda Pitt avec un sourire forcé.

— Non, je m'entraînais juste pour le bowling, rétorqua Giordino. Si vous êtes en état, les gars, je suggère de quitter les lieux en vitesse.

A l'avant du bateau, les hommes couraient en tous sens dans un concert de cris. Pitt scruta le pont à la poupe, aperçut les corps inanimés puis tourna les yeux vers Sarghov. Le scientifique épuisé progressait lentement et ne semblait pas en état de distancer quiconque ce soir-là.

— Je vais chercher le bateau. Prends Alexander et descends par le câble de mouillage à la poupe, lança Pitt.

Giordino eut à peine le temps de hocher la tête que Pitt s'était déjà élancé vers le parapet tribord. Dès qu'il l'eut enjambé, il fléchit les genoux et sauta sur le quai. Sans élan, il manqua rater la jetée, et se rattrapa in extremis en se propulsant vers l'avant, roulé en boule pour amortir sa chute.

A bord du navire, les vociférations s'étaient amplifiées alors que des faisceaux lumineux balayaient l'obscurité. Abandonnant tout espoir de passer inaperçu, Pitt courut vers le Zodiac pour échapper à ses poursuivants. Il sauta dans le bateau et fut profondément soulagé en entendant le moteur démarrer dès le premier coup de corde. Accélérant à fond, il dirigea le Zodiac vers la poupe du cargo, en ligne droite jusqu'à ce que la proue du bateau gonflable bute contre l'arcasse en acier.

Pitt coupa les gaz et leva les yeux. Au-dessus de lui, en contre-plongée, Sarghov s'agrippait faiblement au câble.

— Laissez-vous aller, Alexander ! lui enjoignit-il.

Pitt se leva et réceptionna tant bien que mal le Russe corpulent qui s'était laissé tomber dans le bateau avec la légèreté d'un sac de farine, quand un pistolet automatique siffla soudain, arrosant le navire, et le ponton d'une demi-douzaine de balles. Une seconde plus tard, Giordino s'accrochait au câble et s'y laissait glisser pour ne plus se trouver qu'à une dizaine de centimètres du bateau. Tandis que le concert de cris reprenait sur le cargo, il se laissa tomber en silence.

— Sortie de scène par la gauche, lança-t-il.

Pitt faisait déjà vrombir le moteur, il fallait contourner la poupe du navire et revenir sur bâbord avant de s'échapper vers l'intérieur du lac. Le Zodiac s'élança bientôt sur sa coque en fibre de verre, faisant décoller les boudins de la surface pour prendre de la vitesse. Pendant quelques secondes, encore dans le champ de vision du bateau et du quai, les trois hommes durent se baisser afin d'esquiver les coups de feu.

Mais les balles se perdirent dans la nuit. Pitt jeta un regard derrière lui et vit six hommes appuyés contre le parapet bâbord, qui se contentaient de regarder le petit bateau disparaître dans l'obscurité.

— Bizarre qu'ils n'aient pas plus insisté, fit remarquer Giordino.

— Surtout que tu avais déjà réveillé tout le voisinage avec ta démonstration de tir à la Lucky Luke, renchérit Pitt.

Il ne prit pas la peine de cacher sa direction et mit le cap sur le *Vereshchagin*. Quelques minutes plus tard, à l'approche du navire de recherche, Pitt alla se ranger près d'une échelle à tribord. A terre, le jeune policier qui avait remarqué leur arrivée soudaine leur ordonna d'arrêter. Sarghov se mit debout et lui cria quelques mots en russe. L'agent sembla rapetisser, puis il tourna rapidement les talons et s'élança vers le village.

— Je lui ai dit d'aller réveiller le commissaire, expliqua Sarghov. Il va nous falloir des renforts pour fouiller ce cargo.

Rudi Gunn, qui arpentait le pont avec anxiété depuis leur départ, entendit les cris et s'élança de la passerelle à la rencontre des trois hommes qui se hissaient à bord.

— Pr Sarghov, vous allez bien ? demanda Gunn en voyant son visage enflé et ses vêtements tachés de sang.

— Je vais bien. Si vous pouviez me trouver le capitaine, ce serait très aimable à vous.

Pitt guida Sarghov jusqu'à l'infirmerie tandis que Gunn allait réveiller le médecin de bord et le capitaine Kharitonov. Giordino dénicha une bouteille de vodka et leur servit une tournée tandis que le médecin examinait Sarghov.

— On a failli y passer, déclara le scientifique russe après avoir repris des couleurs et des forces grâce à la vodka qui lui fouettait le sang.

— Je suis redevable à mes amis de la NUMA, dit-il en levant un second verre à la santé des Américains.

— A votre santé, répondit Pitt en buvant le sien.

— *Vashe zdorovié !* répondit Sarghov avant d'avaler son deuxième verre comme s'il s'agissait d'eau.

— Savez-vous ce qu'il est advenu de Theresa et des autres ? demanda Giordino, le front plissé par l'inquiétude.

— Non, nous avons été séparés au moment d'embarquer. Apparemment, moi, ils voulaient me tuer, donc je suppose qu'ils devaient vouloir les garder en vie pour une raison ou une autre. J'imagine qu'ils sont toujours sur le navire.

— Alexander, tu es sain et sauf ! s'exclama le capitaine Kharitonov en entrant en trombe dans l'infirmerie bondée.

— Il a une entorse du poignet et de nombreuses contusions, rapporta le médecin tout en appliquant un pansement sur le visage balafré de Sarghov.

— Ce n'est rien, dit Sarghov en faisant signe au médecin de s'écarter. Ecoute, Ian : le cargo du groupe pétrolier Avarga… il n'y a aucun doute sur leur responsabilité dans le sabotage de ton navire. Ton officier de pont, Anatoly, il travaillait pour eux, et probablement cette femme aussi, Tatiana.

— Anatoly ? Je l'ai engagé quand mon officier habituel est tombé gravement malade à la suite d'une intoxication alimentaire. Quelle traîtrise ! jura le capitaine. Je vais appeler les autorités immédiatement. Ces voyous ne vont pas s'en tirer comme ça.

Les autorités, c'est-à-dire le commissaire de police et son jeune assistant, arrivèrent près d'une heure plus tard, accompagnés des deux enquêteurs d'Irkoutsk. Il avait fallu tout ce temps à l'arrogant commissaire pour se lever, s'habiller et déguster un petit déjeuner matinal composé de saucisses et de café, avant de se diriger nonchalamment vers le *Vereshchagin* tout en passant prendre les deux enquêteurs à leur auberge.

Sarghov relata une nouvelle fois son enlèvement, que Pitt et Giordino complétèrent en racontant l'épisode du mât de charge manquant et leur fuite du cargo. Les deux hommes d'Irkoutsk prirent peu à peu la main sur l'interrogatoire, posant des questions plus profondes et plus intelligentes. Pitt remarqua que tous deux semblaient témoigner un certain respect au scientifique russe, mêlé d'un soupçon de familiarité.

— Il serait prudent de fouiller le cargo avec notre équipe au grand complet, annonça le commissaire avec emphase. Sergueï, veuillez réveiller les forces de sécurité auxiliaires de Listvyanka pour qu'ils viennent au rapport au quartier général.

Une nouvelle heure s'écoula encore avant que le petit contingent d'agents de police s'ébranle vers le mouillage du cargo, mené par le vaniteux commissaire. L'aube s'annonçait, jetant une lueur grise sur la brume humide qui flottait alentour. Pitt et Giordino, en compagnie de Gunn et Sarghov, passèrent à la suite des policiers par le portail ouvert du quai. Celui-ci était désert et Pitt commençait à avoir un pressentiment désagréable lorsqu'il se rendit compte que les trois camions garés près du cargo avaient disparu.

Le commissaire s'élança sur la passerelle en bois en appelant le capitaine, mais il ne rencontra aucun autre écho que le bourdonnement du générateur. Pitt le suivit jusqu'à la timonerie déserte, d'où le journal de bord et les cartes de navigation avaient disparu. Lentement et méthodiquement, les policiers fouillèrent le cargo tout entier, mais celui-ci avait été méticuleusement vidé. On ne découvrit rien qui eût pu incriminer le navire, ni personne à la ronde pour raconter son histoire.

— C'est ce qui s'appelle abandonner le navire, marmonna Giordino en secouant la tête. Même les cabines ont été débarrassées de tous les effets personnels. Ils n'ont pas perdu de temps.

172

— Ils n'ont pas pu faire cela au pied levé pendant le laps de temps où nous étions absents. Non, cela signifie qu'ils avaient déjà terminé et qu'ils s'apprêtaient à filer quand nous sommes montés à bord. Je parie que de toute façon il n'y a jamais eu d'effets personnels ou d'objets permettant d'identifier l'équipage. Ils avaient prévu de laisser un navire vide.

— En enlevant une équipe de prospecteurs pétroliers, compléta Giordino, l'esprit focalisé sur Theresa.

Après un long silence il regagna la timonerie, espérant y dénicher un indice sur la destination des camions.

Pitt se trouvait sur l'aileron de passerelle d'où il contemplait le pont arrière et ses conteneurs vides. Il s'interrogeait en vain sur l'enlèvement et le sort des géophysiciens. La lueur rose du soleil levant baigna le navire dans une lumière cotonneuse et illumina les entailles creusées dans le pont là où se dressait la nuit précédente le mât de charge désormais noyé. Les secrets qui avaient habité ce navire s'étaient évanouis avec l'équipage, et le chargement s'était volatilisé dans la nuit. Mais le mât de charge submergé, ils n'avaient pas pu le cacher. Et Pitt soupçonnait, en son for intérieur, qu'il était une des clés du mystère.

DEUXIÈME PARTIE

Sur la route de Xanadu

MOTO JAWA DE 1953

10

Le commandant Steve Howard plissa les yeux derrière sa paire de jumelles éraflée et scruta les eaux bleues et limpides du golfe Persique qui scintillaient devant lui. La voie navigable ressemblait souvent à une ruche bourdonnante de cargos, pétroliers et bâtiments militaires qui se disputaient la place, surtout dans la partie étroite du détroit d'Ormuz. Il fut d'autant plus ravi de constater qu'en cette fin d'après-midi, le trafic maritime au large du Qatar était pratiquement nul. Devant lui sur bâbord, un grand pétrolier approchait, enfoncé profondément dans l'eau sous le poids de la cargaison fraîche de pétrole brut dans ses entrailles. A sa poupe, il remarqua un petit navire noir de forage qui traînait à deux ou trois kilomètres derrière. Il avait craint un embouteillage de pétroliers et ce fut avec un certain soulagement qu'il abaissa les jumelles sur la proue de son navire.

Il avait en effet besoin de jumelles sur son propre bateau car le coqueron avant se trouvait à près de deux cent cinquante mètres. A l'avant, il remarqua des vagues de chaleur ondulantes qui miroitaient au-dessus du revêtement blanc du pont du *Marjan*. Le grand pétrolier appartenait à la catégorie des VLCC (Very Large Crude Carrier), navires très gros porteurs, et il était conçu pour transporter plus de deux millions de barils de pétrole. Plus vaste que le Chrysler Building de New York, et guère plus aisé à manœuvrer, le pétrolier était en route afin de remplir ses immenses cales de brut léger saoudien pompé dans le prolifique champ pétrolier de Ghawar.

Le passage du détroit d'Ormuz avait éveillé chez Howard une inquiétude inconsciente. Bien que la marine américaine fût visiblement présente dans le Golfe, elle ne pouvait contrôler chaque navire commercial qui pénétrait dans la voie navigable très fréquentée. Avec l'Iran de l'autre côté du Golfe, et les terroristes potentiels qui rôdaient dans une douzaine de pays de la péninsule saoudienne, il y avait en effet des raisons de s'inquiéter. Arpentant le pont en étudiant l'horizon, Howard savait qu'il serait incapable de se détendre jusqu'à ce qu'ils aient chargé le navire et rejoint les eaux profondes de la mer d'Oman.

Le regard d'Howard fut attiré par un mouvement soudain sur le pont et il ajusta ses jumelles sur un homme sec et nerveux aux cheveux blonds hirsutes qui traversait le pont sur une mobylette jaune. Esquivant et contournant les amas de tuyaux et les valves du pont, le casse-cou poussait sa mobylette à la vitesse maximum. Howard suivit des yeux sa trajectoire alors qu'il décrivait une courbe et dépassait en trombe un homme torse nu allongé sur une chaise longue, qui tenait à la main un chronomètre.

— Je vois que le maître d'équipage essaie encore de battre le record, lança Howard avec un sourire.

Le second capitaine, penché sur une carte de navigation colorée du Golfe, hocha la tête sans lever les yeux.

— Je suis sûr que votre record va tenir une journée de plus, monsieur, répondit-il.

Howard se mit à rire intérieurement. Les trente hommes d'équipage du superpétrolier ne cessaient de s'inventer des distractions pour combattre l'ennui de ces longs voyages transatlantiques et périodes de relâche pendant lesquelles on pompait le pétrole. Une mobylette branlante, utilisée pour traverser le pont immense lors des inspections, avait soudain été élue instrument de compétition. Un circuit ovale avait été improvisé sur le pont, imposant des sauts suivis d'un virage en épingle à cheveux. Un par un, les membres de l'équipage effectuaient le circuit comme s'il s'agissait des qualifications pour les 500 Miles d'Indianapolis. A la grande contrariété de l'équipage, c'était le sympathique capitaine qui avait fait le meilleur temps. Aucun d'eux ne pouvait deviner que Howard avait passé sa jeunesse à faire des courses de motocross en Caroline du Sud.

— Nous arrivons à Dhahran, monsieur, dit le second, un Afro-Américain de Houston à la voix douce du nom de Jensen. Ras Tannura est à quarante kilomètres. Dois-je désactiver le pilote automatique ?

— Oui, passons en contrôle manuel et réduisons la vitesse à seize kilomètres à l'heure. Prévenez le capitaine de port que nous serons prêts à être remorqués dans environ deux heures.

La navigation du superpétrolier nécessitait de tout prévoir largement à l'avance, spécialement ce qui concernait l'arrêt de la bête. Avec ses réservoirs vides et sa ligne de flottaison basse, le navire était un peu plus maniable, mais pour les hommes dans la timonerie, cela équivalait à déplacer une montagne.

Sur la rive ouest, le désert brun poussiéreux cédait la place à la ville de Dhahran, qui appartenait au conglomérat pétrolier Saoudi Aramco. Passant devant la ville et le port voisin de Dammam, le pétrolier se dirigea vers une mince péninsule qui s'étendait dans le golfe depuis le nord. Sur cette péninsule était implantée l'immense installation pétrolière de Ras Tannura.

Ras Tannura est la Grand Central Station de l'industrie pétrolière saoudienne. Plus de la moitié des exportations totales de brut d'Arabie Saoudite passent par ce complexe qui appartient au gouvernement, relié par un labyrinthe de pipelines aux riches gisements pétroliers du désert intérieur. Au bord de la péninsule, des dizaines d'immenses réservoirs de stockage contiennent l'or noir, stocké non loin de citernes de gaz naturel liquide et d'autres produits pétroliers raffinés qui attendent d'être expédiés vers l'Asie et l'Occident. Plus loin le long de la côte, la plus grande raffinerie du monde traite le pétrole brut à travers un jeu de filtres diffuseurs. Mais l'équipement le plus spectaculaire de Ras Tannura est sans doute le moins visible d'entre tous.

Dans la timonerie du *Marjan*, Howard ignora les réservoirs et les pipelines sur la rive pour se concentrer sur la demi-douzaine de pétroliers alignés par paires au large de la péninsule. Ces navires étaient amarrés à un terminal fixe appelé Sea Island, qui formait un épi dans l'eau sur près de deux kilomètres. Comme une oasis désaltérant une harde de chameaux assoiffés, le terminal Sea Island remplissait les superpétroliers vides de tonnes de pétrole brut pompé dans les cuves à terre. Invisibles sous les vagues, un réseau de canalisations de soixante-quinze centimètres de diamètre amenaient le liquide noir sur trois kilomètres du plancher du golfe à la station en eau profonde.

Tandis que le *Marjan* se rapprochait, Howard observa un trio de remorqueurs alignant un pétrolier grec contre Sea Island avant de se diriger vers son propre navire. Le pilote prit les commandes du superpétrolier et amena le bâtiment de biais jusqu'à un emplacement de mouillage libre à l'extrémité du terminal, juste en face du navire grec. En attendant que les remorqueurs les poussent, Howard contempla les sept autres superpétroliers installés non loin de là. Tous faisaient plus de trois cents mètres de long, bien plus que le *Titanic*, et c'étaient des bijoux de construction navale. Bien qu'il eût déjà vu des centaines de pétroliers dans sa vie et travaillé sur plusieurs d'entre eux avant le *Marjan*, la vue d'un très gros porteur ne cessait de l'impressionner.

La voile blanc cassé d'un boutre arabe attira son regard et il se tourna vers la péninsule pour admirer le voilier local. Le petit bateau longeait la côte et voguait vers le nord, dépassant le navire de forage noir qui talonnait le *Marjan* un peu plus tôt et qui stationnait maintenant près de la côte.

— Les remorqueurs sont en position à bâbord, monsieur, l'interrompit la voix du pilote.

Howard hocha simplement la tête et bientôt le navire massif fut poussé à sa place sur le terminal Sea Island. De larges conduites de transfert se mirent à pomper le pétrole brut avant de le déverser dans les cales vides du pétrolier qui commença à s'enfoncer petit à petit dans l'eau. Bien amarré au terminal, Howard s'autorisa à se détendre légèrement, sachant qu'il n'y avait rien à faire pendant quelques heures.

*
* *

Il était presque minuit lorsque Howard sortit de son somme et alla se dégourdir les jambes sur le pont avant. Le chargement était bien avancé et le départ pourrait se faire comme prévu à trois heures du matin, permettant ainsi au prochain pétrolier stationnant sagement dans la file d'attente de prendre la place du *Marjan*.

L'appel lointain d'une trompe de remorqueur lui apprit qu'un autre pétrolier à quai avait ses cuves pleines et s'apprêtait à quitter Sea Island.

Alors qu'il contemplait les lumières scintillant sur la rive saoudienne, Howard fut soudain secoué par un violent heurt des ducs-d'albe contre la coque. Les « ducs-d'albe », ces grands pilotis rembourrés montés le long de Sea Island, permettaient aux navires de s'y appuyer tandis qu'on y pompait le brut. Les coups retentissants des ducs-d'albe ne venaient pourtant pas seulement d'en dessous, se rendit-il compte, mais de tout le terminal. S'approchant du parapet, il passa la tête par-dessus bord et regarda le quai de chargement.

Sea Island la nuit, comme les pétroliers eux-mêmes, était illuminé comme un arbre de Noël. Sous une guirlande de lumières, Howard s'aperçut avec inquiétude que c'était le terminal lui-même qui oscillait d'avant en arrière contre les flancs des pétroliers. Cela n'avait aucun sens, puisque le terminal était fixé dans le plancher marin, seuls les navires qui dérivaient contre les postes d'amarrage auraient dû provoquer ces tangages. Pourtant, en observant le terminal sur toute sa longueur, il constata que celui-ci se tortillait comme un serpent, frappant une rangée de pétroliers après l'autre. Les heurts devinrent de plus en plus bruyants jusqu'à ce qu'ils martèlent le navire dans un bruit de tonnerre. Howard s'agrippa si fortement au parapet que les jointures de ses doigts devinrent blanches, sans comprendre ce qui se passait. Contemplant la scène, choqué, il vit se détacher l'un après l'autre les quatre bras de chargement articulés de soixante centimètres, qui envoyèrent des jets de pétrole brut dans toutes les directions. Un cri déchira la nuit et Howard remarqua un mécanicien qui hurlait, essayant de se raccrocher à quelque chose sur le terminal en mouvement.

Aussi loin que l'on pouvait voir, le terminal en acier se balançait et se tordait comme un serpent géant, se précipitant lui-même contre les énormes navires. Des sonneries d'alarme se mirent à retentir lorsque la violente ondulation arracha les autres conduites de transfert de pétrole, baignant de noir les flancs des navires. Plus loin le long du quai, un chœur de voix invisibles appelait à l'aide. Howard baissa les yeux et aperçut deux hommes portant un casque jaune qui couraient en rugissant le long du terminal. Derrière eux, les lumières s'éteignaient les unes après les autres. Howard resta sans ciller un instant avant de comprendre avec horreur que Sea Island tout entier sombrait sous leurs pieds.

Le martèlement du terminal contre le *Marjan* s'intensifia, les ducs-d'albe écrasant littéralement les flancs du pétrolier. Pour la première fois, Howard identifia un grondement qui semblait émaner des profondeurs sous-marines. Le bruit crût en intensité, rugit pendant quelques secondes, puis s'arrêta tout aussi brusquement. A sa place, on n'entendait plus que les cris désespérés des hommes qui couraient sur le terminal.

L'image qui vint à l'esprit de Howard fut celle d'un château de cartes en train de s'écrouler ; les pilotis du terminal cédaient tour à tour et l'île d'un kilomètre et demi de long disparaissait sous les vagues, inexorablement et implacablement. Lorsqu'il comprit avec horreur que les hommes criaient car ils avaient été jetés à la mer, il fut saisi d'une soudaine angoisse pour la sécurité de son navire. Traversant le pont en courant, il sortit une radio de sa ceinture et hurla des ordres à la timonerie.

— Coupez les amarres ! Bon sang, coupez les amarres ! s'écria-t-il hors d'haleine.

Sous la poussée d'adrénaline, en proie à la terreur, il courait sur le pont à une vitesse folle. Il était encore à une centaine de mètres de la timonerie lorsque ses jambes commencèrent à le faire souffrir, mais il ne décéléra pas, même lorsqu'il traversa le flot de pétrole qui avait éclaboussé le pont.

— Dites… au chef… mécanicien… que nous avons besoin… de toute la puissance… immédiatement, articula-t-il d'une voix rauque dans la radio, les poumons brûlants.

Lorsqu'il atteignit la superstructure à la poupe du pétrolier, il se dirigea vers l'escalier le plus proche, dédaignant l'ascenseur à quelques couloirs de là. Après avoir grimpé les huit niveaux jusqu'à la passerelle, il fut réconforté en sentant soudain vibrer le moteur du navire sous ses pieds. Quand il entra en titubant dans la timonerie il se précipita à la fenêtre avant, voyant que ses pires craintes s'étaient réalisées.

Devant le *Marjan*, huit autres superpétroliers étaient amarrés par paires, séparés quelques instants auparavant par Sea Island. Mais désormais le terminal avait disparu et plongeait vers le plancher du golfe, à trente mètres sous la surface. Les amarres des pétroliers étaient toujours attachées mais le terminal, en sombrant, entraînait chaque navire l'un vers l'autre. Dans l'obscurité du milieu de la nuit, Howard vit les lumières des deux pétroliers devant lui se confondre, avant que les navires se percutent dans un hurlement métallique.

— Urgence, en arrière toute ! lança Howard à son second. Où en sont les amarres ?

— Les amarres de poupe sont dégagées, répliqua Jensen, l'air morose. En ce qui concerne celles de proue, il semblerait qu'au moins deux soient encore attachées, ajouta-t-il en observant grâce à ses jumelles deux lignes tendues qui s'étendaient à partir de la proue.

— L'*Ascona* est entraîné vers nous ! lança le timonier en tournant vivement la tête vers la droite.

184

Howard suivit son regard, et observa le navire battant pavillon grec qui mouillait à côté d'eux, un super-pétrolier noir et rouge qui comme le *Marjan* mesurait trois cent trente-trois mètres. Alors qu'à l'origine ils étaient amarrés à vingt mètres de distance, les deux navires semblaient lentement entraînés latéralement, comme aimantés l'un vers l'autre.

Les hommes dans la timonerie du *Marjan* restaient debout à observer le carnage, impuissants ; la respiration hachée de Howard répondait aux battements de cœur de l'équipage. Sous leurs pieds, les énormes hélices se mirent enfin à battre l'eau avec une fureur désespérée, une fois que les moteurs du navire eurent été poussés à fond par un chef mécanicien affolé.

La marche en arrière fut imperceptible, puis, lentement, le grand navire se mit à reculer à un rythme d'escargot, ralenti un instant lorsque l'amarre fut tendue. Quand elle se rompit, le navire reprit sa trajectoire à reculons. Sur son flanc tribord, l'*Ascona* se rapprochait. Le pétrolier, construit en Corée, avait presque fait le plein de pétrole brut et était enfoncé dans l'eau quatre mètres plus bas que le *Marjan*. De là où Howard était placé, il avait l'impression qu'il aurait pu aisément enjamber le pont pour se retrouver sur le pétrolier voisin.

— Vingt degrés tribord ! ordonna-t-il au timonier afin de tenter d'esquiver la proue du pétrolier qui dérivait.

Howard était peut-être parvenu à écarter le *Marjan* d'une centaine de mètres du terminal qui sombrait, mais pas assez pour échapper au navire voisin.

Le choc fut plus doux que celui auquel il s'attendait, tellement qu'on ne le ressentit même pas dans la timonerie. Seul un long et grave hurlement de métal témoignait de la collision. La proue du *Marjan* se trouvait presque au milieu de l'*Ascona* lorsque tous deux se

185

heurtèrent, mais grâce à la marche arrière du navire l'impact fut grandement atténué. Pendant une demi-minute, l'étrave du *Marjan* racla le parapet bâbord de l'autre pétrolier avant qu'ils ne se séparent l'un de l'autre.

Howard fit immédiatement couper les moteurs et ordonna que l'on mette à l'eau deux canots de sauve-tage pour partir à la recherche des dockers qui ris-quaient de se noyer. Puis, il fit prestement reculer le *Marjan* à trois cents mètres de la mêlée afin d'estimer les dégâts.

Sur les dix superpétroliers, tous étaient endom-magés. Les ponts de deux d'entre eux s'étaient si étroi-tement imbriqués qu'il faudrait deux jours à une armée de soudeurs pour parvenir à les séparer. Trois avaient eu leur double coque perforée, ce qui provoquait la fuite de milliers de mètres cubes de pétrole brut qui coulait librement dans le golfe et faisait gîter les navires en question. Mais le *Marjan*, grâce à Howard qui avait réagi au quart de tour, s'en tirait plutôt bien, puisque aucun réservoir n'avait été percé lors de la collision. Son soulagement fut toutefois de courte durée, car une série d'explosions assourdies se réper-cutaient à la surface de l'eau.

— Monsieur, c'est la raffinerie ! déclara le timonier en tendant la main vers la rive occidentale.

Une lueur orange embrasait l'horizon comme un soleil levant, tandis que de fortes explosions retentis-saient. Howard et son équipage contemplèrent pendant des heures le spectacle du brasier qui s'étendait le long de la rive. En peu de temps, d'épais nuages de fumée noire chargés d'effluves de pétrole brûlé envahirent toute la baie.

— Comment ont-ils pu faire ça ? bégaya le second. Comment des terroristes ont-ils pu pénétrer ici avec des explosifs ? C'est une des installations les plus sécurisées au monde.

Howard secoua la tête en silence. Jensen avait raison. Une milice privée gardait tout le complexe et la sécurité était étroite. Seul un commando hyperorganisé avait pu s'y infiltrer et détruire le terminal Sea Island sans qu'aucune explosion ne survienne en mer. Heureusement, son navire et son équipage étaient indemnes et Howard ferait tout pour que cela continue. Après s'être assuré qu'il n'y avait plus d'homme à la mer, Howard fit avancer le pétrolier à plusieurs kilomètres du golfe, où il lui fit décrire des cercles jusqu'à l'aube.

Au lever du jour, l'étendue des dégâts apparut dans toute son ampleur et des équipes de secours d'urgence arrivèrent sur les lieux. La raffinerie de Ras Tannura n'était plus qu'un champ de ruines fumantes. Le terminal maritime Sea Island, capable d'approvisionner dans le même temps dix-huit superpétroliers en brut, avait complètement disparu sous les eaux. Non loin de là, le champ de réservoirs capables de stocker près de trente millions de barils de produits pétroliers, était embourbé dans une mer de pétrole noire et visqueuse d'un mètre de haut, provenant des citernes fissurées et brisées. Plus loin dans le désert, d'innombrables oléoducs avaient été cassés en deux comme des brindilles, inondant les sables de grandes mares de pétrole brut.

En une nuit, près d'un tiers des exportations pétrolières d'Arabie Saoudite avaient été détruites. Pourtant cela n'avait rien à voir avec une quelconque offensive terroriste. Dans le monde entier, les sismologues avaient déjà mis le doigt sur la cause de la catastrophe : un tremblement de terre massif, d'une amplitude de 7.3 sur l'échelle de Richter, qui avait ébranlé la côte est de l'Arabie Saoudite. Les analystes et les experts déploreraient ce mauvais tour joué par Mère Nature :

l'épicentre était situé à seulement trois kilomètres de Ras Tannura. Les ondes de choc provoquées par une catastrophe à un endroit aussi critique s'étendraient finalement bien au-delà du golfe Persique, ébranlant le globe pour les mois à venir.

11

Hang Zhou tira une dernière bouffée sur sa cigarette sans filtre bon marché, puis il envoya d'une pichenette le mégot par-dessus le parapet. Il regarda avec une curiosité paresseuse la cendre rougeoyante qui allait tomber dans l'eau souillée en dessous, s'attendant presque à voir la surface huileuse s'embraser. Dieu sait qu'il y avait assez de pétrole dans l'eau pour faire exploser une petite ville, pensait-il tandis que la cigarette mourait en grésillant à côté d'un maquereau ventre à l'air.

Comme le poisson mort pouvait en témoigner, les eaux saumâtres fortement polluées qui entouraient le port chinois de Ningbo étaient tout sauf hospitalières. Non seulement en raison de la forte concentration de porte-conteneurs, cargos et pétroliers en piteux état, mais aussi à cause des innombrables constructions le long du front de mer commerçant. Situé dans le delta du Yangtsé non loin de Shanghai, Ningbo était en train de devenir l'un des plus grands ports maritimes de Chine, en partie grâce à son profond chenal qui permettait la circulation des superpétroliers géants de trois cent mille tonnes.

— Zhou ! aboya un homme aux allures de bouledogue sur un ton péremptoire.

Zhou se retourna et vit son superviseur, le directeur des opérations du terminal conteneurs n° 3 de Ningbo, qui parcourait le quai à grandes enjambées dans sa direction. Ce tyran peu aimable du nom de Qinglin au visage joufflu affichait une moue perpétuellement agressive.

— Zhou ! répéta-t-il en s'approchant du docker. Changement de programme. L'*Agagisan Maru*, en provenance de Singapour, a du retard en raison de problèmes de moteur. Nous allons donc autoriser le *Jasmine Star* à prendre son poste sur le quai 3 A. Il doit arriver à sept heures et demie. Assurez-vous que votre équipe soit là pour l'accueillir.

— Je transmettrai, dit Zhou avec un signe de tête.

Le terminal pour porte-conteneurs où ils travaillaient était en activité vingt-quatre heures sur vingt-quatre. Dans les eaux toutes proches à l'est de la mer de Chine, les nombreux navires de transport tournaient en rond, attendant leur tour d'accoster. En effet, le marché chinois promettait un approvisionnement infini en matériel électronique, jouets d'enfants et vêtements, que les nations industrialisées achetaient à très bas prix. Grâce au porte-conteneurs, on avait pu étendre ces échanges au niveau mondial, ce qui avait permis à l'économie chinoise d'atteindre des sommets.

— Occupez-vous-en. Et ne lâchez pas les équipes de déchargement. J'ai encore reçu des plaintes, le débit est trop lent, marmonna Qinglin.

Il leva les yeux de son bloc-notes et glissa un crayon jaune derrière son oreille, puis s'éloigna. Mais au bout de deux pas il s'immobilisa et pivota lentement, les yeux écarquillés. Zhou crut qu'il le dévisageait.

— Il est en flammes, murmura Qinglin.

Zhou se rendit compte que son chef regardait derrière lui et il se retourna pour voir ce qui se passait.

Dans le port qui abritait le terminal, zigzaguaient une dizaine de navires, de gros porte-conteneurs, des superpétroliers ainsi qu'une poignée de plus petits cargos. C'était l'un de ces derniers qui attirait l'attention, suivi d'un lourd nuage de fumée noire.

Pour Zhou, ce navire n'était qu'une épave, qui avait différé depuis trop longtemps son rendez-vous avec le chantier de démolition. Il avait au moins quarante ans, estima-t-il en avisant sa coque bleue fatiguée mangée par la rouille. La fumée noire, qui s'épaississait à chaque seconde et s'échappait en tourbillons de la cale avant comme un nuage radioactif, obscurcissait la plus grande partie de la superstructure. Des flammes jaunes bondissaient de la cale en dansant, de façon désordonnée, éclatant parfois à six mètres de haut. Zhou tourna les yeux vers la proue du navire, qui fendait les flots laissant derrière elle un sillage blanc écumant.

— Il avance vite… et il se dirige vers les terminaux de commerce, balbutia-t-il.

— Les abrutis ! jura Qinglin. Il n'y a pas de place pour s'échouer à terre dans cette direction.

Lâchant le bloc-notes dont il ne se séparait jamais, il s'élança en direction des bureaux du port dans l'espoir d'avertir par radio l'imprudent navire en perdition.

D'autres navires et installations portuaires avaient eux aussi constaté l'incendie et offraient leur aide au vieux cargo, saturant les ondes. Pourtant tous les appels radio restaient sans réponse.

Zhou resta perché à l'extrémité de la jetée, observant le navire qui se rapprochait de la rive. L'épave slalomait dangereusement entre une barge ancrée et un porte-conteneurs chargé, montrant une adresse que Zhou jugea miraculeuse étant donné la couverture de fumée qui enveloppait la timonerie du navire. Pendant un instant, il sembla se diriger vers le terminal à conteneurs adjacent à celui de Zhou, mais obliqua vers bâbord. Tandis qu'il semblait redresser sa trajectoire, Zhou s'aperçut que le navire se dirigeait maintenant vers la principale installation de chargement de pétrole brut de Ningbo, Cezi Island.

Curieusement, il n'y avait aucun homme sur le pont pour combattre les flammes. Zhou scruta le navire sur toute sa longueur ainsi qu'une partie de la timonerie, visible à travers la fumée au moment où le bateau s'éloignait de lui, mais il ne distinguait toujours aucun membre d'équipage à bord. Un frisson descendit le long de sa colonne vertébrale lorsqu'il se demanda s'il s'agissait d'un vaisseau fantôme.

Deux pétroliers étaient amarrés de part et d'autre du principal terminal de déchargement de brut de Ningbo, qui avait récemment été agrandi pour accueillir les gros porteurs. L'épave enflammée fonça tout droit sur le pétrolier qui était sous le vent, un mastodonte noir et blanc appartenant au gouvernement saoudien. Alerté par les innombrables messages radio, son second capitaine lança un coup de trompe assourdissant. Mais le petit cargo maintenait son cap. Incrédule, le second restait à contempler les flammes depuis son aileron de passerelle, impuissant.

Alerté par la trompe, les matelots du pétrolier détalèrent comme des fourmis pour fuir le brûlot, convergeant vers l'unique passerelle de débarquement. Le second resta à regarder le spectacle apocalyptique sans ciller, rejoint par le commandant au visage ravagé, qui attendait lui aussi que le navire rouillé les coupe en deux.

Mais le choc fut évité. A la dernière seconde, le navire en flammes changea encore de cap grâce à un virage aigu sur bâbord et évita à quelques mètres près la coque du superpétrolier. Le cargo parut se redresser, suivre parallèlement le pétrolier et foncer sur le terminal voisin. Sur cette rampe semi-flottante construite sur pilotis et qui courait sur deux cents mètres à l'intérieur du port, partaient les conduites et les pompes utilisées pour décharger le pétrole brut.

L'épave rouillée filait maintenant droit devant, et le pont avant était entièrement sous les flammes. Rien n'avait été tenté pour ralentir le navire, qui semblait même avoir pris de la vitesse. Lorsqu'elle percuta l'extrémité du terminal, la proue du navire découpa la plate-forme en bois comme s'il s'agissait d'une boîte d'allumettes, envoyant voler des éclats de bois dans toutes les directions. Les pilotis se désintégraient les uns après les autres, ralentissant à peine le cargo dans sa course. Une centaine de mètres plus loin, plusieurs membres d'équipage qui avaient fui le pétrolier s'immobilisèrent sur la passerelle de débarquement, hésitant sur la direction à prendre pour être en sécurité. La réponse leur parut évidente quelques secondes plus tard, lorsque le cargo coupa la base de la passerelle en planches.

Derrière un écran de fumée et de flammes, la passerelle, transformée en un enchevêtrement d'acier, de bois et de chair, plongea sous l'eau et se perdit rapidement sous les hélices tourbillonnantes du navire.

Celui-ci poursuivait sa course, mais il fut bientôt freiné par une masse inextricable de débris qui s'étaient amoncelés devant la proue. Le vieux navire, têtu, lutta pourtant jusqu'à son dernier souffle pour atteindre la rive. Ecrasant le dernier pilotis, il lança son assaut final sur l'aire de déchargement et de stockage. Un coup de tonnerre, accompagné de vagues de fumée noire, ébranla toute l'île au moment où le mystérieux cargo s'arrêtait dans un grincement. Ceux qui avaient assisté au triste spectacle poussèrent un soupir de soulagement, certains que le pire était passé. Mais c'est alors qu'une déflagration assourdie retentit du fond du navire, faisant exploser la proue en un mur de feu orange. En quelques secondes, les flammes étaient partout, dévorant le pétrole renversé autour du bateau. Il gagna la couche de pétrole qui flottait à la surface du port et embrasa de tous côtés le pétrolier immobile. L'île tout entière fut bientôt enveloppée d'un épais nuage de fumée noire, qui dissimulait l'enfer au-dessous.

En face, Zhou voyait avec stupeur les flammes s'étendre sur les installations du terminal. Regardant le cargo décrépit chavirer et rouler sur le côté après que le feu intérieur eut fait fondre ses entrailles, il se demanda, incrédule, quel genre de fou suicidaire avait bien pu le détruire avec une telle rage.

*

* *

A un kilomètre et demi du quai sur lequel se tenait Zhou, un petit canot à moteur d'un blanc passé s'éloigna lentement de Cezi Island. Un homme à la peau couleur café était dissimulé à l'avant sous une bâche en toile et contemplait le brasier sur la rive à travers la lentille d'un petit télescope fixé à un viseur laser. Evaluant les dégâts avec un sourire de satisfaction, il démonta l'instrument laser et l'émetteur sans fil qui y était relié, grâce auquel il avait quelques instants auparavant transmis des ordres au système de navigation automatique de l'épave. Tandis que la fumée obscurcissait la surface de l'eau, l'homme fit basculer une valise en inox par-dessus le plat-bord et la laissa doucement glisser entre ses doigts. Quelques secondes plus tard, la valise et tous ses appareils high-tech rejoignaient leur dernière demeure sous dix centimètres de boue dans les profondeurs vaseuses du port de Ningbo.

L'homme se tourna vers le pilote du bateau, dévoilant une longue cicatrice qui barrait le côté gauche de son visage.

— A la marina, lança-t-il à voix basse. J'ai un avion à prendre.

*
* *

Dans le port, l'incendie fit rage pendant un jour et demi avant que les services d'urgence ne réussissent à le maîtriser. Un trio de remorqueurs proposèrent promptement de haler le pétrolier en flammes jusqu'à la baie, où les incendies à bord purent être rapidement éteints.

Les installations à terre eurent moins de chance. Le terminal de Cezi Island fut entièrement détruit, coûtant la vie à dix ouvriers. Six autres membres d'équipage du pétrolier étaient toujours portés disparus et présumés morts.

Lorsque les enquêteurs purent enfin monter à bord de la mystérieuse épave, ils furent stupéfaits de n'y trouver aucun cadavre. Les récits des différents témoins commençaient à se vérifier : un navire désert qui semblait se gouverner lui-même. L'enquête ne permit pas d'identifier les propriétaires de ce navire inconnu dans les eaux territoriales locales ; les agents d'assurances remontèrent jusqu'à un courtier maritime malaisien qui l'avait vendu aux enchères à un chantier de démolition. L'acheteur avait disparu et le chantier s'était révélé être une société écran avec fausse adresse, ne fournissant aucune piste.

Les enquêteurs émirent la thèse d'un ancien équipage mécontent, en colère contre le capitaine, et qui aurait mis le feu au cargo par mesure de représailles. Le « mystérieux navire en flammes de Ningbo », comme on l'appela dans la région, avait filé droit sur Cezi Island pour y mourir par un pur hasard. Cependant, Hang Zhou soupçonnait que ce n'était pas le cas et il restait à jamais persuadé que quelqu'un avait guidé ce navire de mort vers le rivage.

12

— On commence dans dix minutes dans la salle de conférences Or. Tu veux un café avant ?

Jan Montague Clayton dévisagea son collaborateur, debout à la porte de son bureau, comme s'il arrivait tout droit de Mars.

— Harvey, mon urine est déjà couleur cappuccino et j'ai assez de caféine dans le sang pour approvisionner une navette spatiale. Mais merci quand même. Je te rejoins dans un instant.

— Je vais m'assurer que le projecteur est installé, répondit Harvey en disparaissant dans le couloir, penaud.

Clayton ne comptait plus le nombre de cafés qu'elle avait avalés au cours des deux derniers jours, consciente cependant qu'ils avaient été sa principale source d'alimentation. Depuis la nouvelle, la veille, du tremblement de terre de Ras Tannura, elle était restée scotchée à son bureau afin de réaliser des études sur l'impact économique qui s'ensuivrait, tout en répertoriant calmement les réactions des compagnies pétrolières grâce à la liste de contacts qui remplissaient son Rolodex. Seule une brève escapade à son élégant appartement de l'East Village à deux heures du matin, histoire de piquer un somme et de se changer, lui avait offert un bref répit dans le chaos ambiant.

En tant qu'analyste senior en matières premières pour la banque d'affaires Goldman Sachs, Clayton avait l'habitude de travailler douze heures par jour. Toutefois, son expérience sur les marchés à terme du pétrole et du gaz naturel ne l'avait pas préparée à une catastrophe de l'envergure de Ras Tannura. On aurait dit que chaque trader et gérant de fonds de l'entreprise lui téléphonait, quémandant des conseils sur la manière de gérer leurs portefeuilles clients. Elle avait été obligée de couper son téléphone afin de pouvoir se concentrer et n'avait pas non plus ouvert sa messagerie électronique. Après un dernier regard sur des chiffres d'exportation du pétrole, elle se leva et lissa son tailleur beige Kay Unger, puis elle se saisit d'un ordinateur portable et se dirigea vers la porte. Tout en se morigénant, elle fit demi-tour et revint à son bureau pour rafler une tasse en porcelaine à moitié pleine de café.

La salle de conférences était comble et cette foule principalement masculine attendait son rapport avec impatience. Tandis que Harvey ouvrait la réunion par un bref topo économique, Clayton étudia l'assistance. Les quelques associés et senior managers étaient faciles à repérer grâce à leurs cheveux prématurément gris et leurs estomacs bedonnants qui trahissaient une vie entière passée à l'intérieur de ces murs. A l'autre extrémité du spectre se trouvaient les traders, plus jeunes, impitoyables et agressifs, animés par leur désir de grimper les échelons de la banque jusqu'au statut sacré de « senior », qui incluait des primes de fin d'année à six zéros. La moitié de ces professionnels de l'investissement, surpayés et surchargés de travail, ne se souciaient guère que les prévisions de Clayton s'avèrent justes, ils voulaient seulement un bouc émissaire pour justifier leurs transactions. Pourtant, ceux qui prêtèrent attention à Clayton se rendirent vite compte qu'elle connaissait bien son domaine. En peu de temps, elle avait acquis une réputation d'analyste perspicace, dotée d'une capacité incroyable à prévoir les tendances du marché.

— Et Jan va maintenant nous présenter l'état actuel des marchés pétroliers, conclut Harvey, laissant la place à Clayton.

Elle connecta son ordinateur au projecteur et attendit un instant que sa présentation Power Point apparaisse à l'écran. Harvey passa sur le côté de la salle de conférences pour fermer les stores de la grande baie panoramique qui offrait, depuis ce perchoir situé sur Broad Street, une vue impressionnante de Lower Manhattan.

— Mesdames, messieurs, voici Ras Tannura, commença-t-elle d'une voix douce, mais assurée.

Une carte d'Arabie Saoudite s'afficha à l'écran, suivie de photos d'une raffinerie et de réservoirs de stockage.

— Ras Tannura est le plus gros terminal d'exportation de pétrole et de gaz naturel liquide d'Arabie Saoudite. Ou plutôt, il l'était, jusqu'au séisme d'hier. L'évaluation des dégâts est actuellement en cours, mais il semblerait que pratiquement soixante pour cent de la raffinerie aient été détruits par le feu et qu'au moins la moitié des installations de stockage aient subi des dégâts structurels majeurs.

— A quel point cela va-t-il impacter les exportations ? l'interrompit un homme aux grandes oreilles, du nom d'Eli, qui mastiquait un beignet tout en parlant.

— Pratiquement aucun, répondit Clayton en s'interrompant pour laisser Eli mordre à l'hameçon.

— Alors pourquoi ce gros choc pétrolier ? demanda-t-il en postillonnant.

— La plus grande partie de la production de cette raffinerie est consommée par les Saoudiens eux-mêmes. Ce qui va avoir un impact sur les exportations, ce sont les dégâts causés aux oléoducs et aux terminaux d'exportation.

Une autre image apparut à l'écran, montrant une dizaine de superpétroliers amarrés au terminal de Sea Island.

— Ces terminaux flottants auraient dû échapper au séisme en mer, commenta quelqu'un au fond de la salle.

— Non, car l'épicentre se trouvait à moins de trois kilomètres, rétorqua Clayton. Et ce ne sont pas des terminaux flottants ; ils sont fixés dans le plancher marin. Le déplacement des sédiments dû au séisme a causé l'effondrement total de ce terminal offshore, connu sous le nom de Sea Island. Il accueillait les plus grands des superpétroliers, mais cette installation est désormais rayée de la carte. Plusieurs jetées supplémentaires sur la rive ont également été détruites. Il semble que plus de quatre-vingt-dix pour cent de l'infrastructure d'exportation de Ras Tannura aient été endommagés ou détruits. C'est pour cette raison qu'il y a eu un « gros choc pétrolier », conclut-elle en regardant Eli.

Un silence lugubre s'abattit. Eli, qui avait enfin terminé son beignet, rompit le silence.

— Jan, de quel volume on parle ?

— Presque six millions de barils par jour vont être retirés du marché.

— Est-ce que ça ne représente pas presque dix pour cent de la demande mondiale quotidienne ? demanda un associé senior.

— Plutôt sept pour cent, mais vous voyez le problème.

Clayton cliqua sur la diapo suivante, qui illustrait le récent pic du prix d'un baril de pétrole brut de West Texas « intermediate », à la New York Mercantile Exchange.

— Comme vous le savez, les marchés ont réagi avec leur hystérie habituelle, faisant exploser le prix

200

au comptant du brut à plus de cent vingt-cinq dollars le baril au cours des dernières vingt-quatre heures. Concernant le marché des actions, la conséquence en est l'effondrement du Dow Jones, ajouta-t-elle dans un chœur de grognements et de hochements de tête.

— Mais maintenant, à quoi peut-on s'attendre ? demanda Eli.

— C'est la question à soixante-quatre dollars, ou plutôt, dans notre cas, à cent vingt-cinq. Actuellement, la peur domine, car il y a incertitude. Et la peur a pour habitude de susciter des comportements irrationnels, pas très faciles à anticiper.

Clayton s'interrompit pour boire une gorgée de café. L'assistance était suspendue à ses lèvres. Bien que sa beauté ait toujours charmé ses interlocuteurs, c'était son expertise qui les tenait maintenant en haleine. Elle savoura un instant le goût du pouvoir, puis poursuivit.

— Ne vous y trompez pas. La destruction de Ras Tannura entraînera de lourdes séquelles de par le monde. Chez nous, l'économie sera immédiatement touchée, phénomène qui rivalisera avec la récession du 11-Septembre. Quand ce baril à cent vingt-cinq dollars va se traduire à la pompe en un gallon de carburant à sept dollars, le consommateur va laisser son Hummer au garage et prendre le bus. Les prix vont grimper, depuis les couches-culottes jusqu'aux billets d'avion, et se répercuter sur toute notre économie. Personne n'est préparé à une inflation si brutale, et la consommation à court terme en pâtira fortement.

— Y a-t-il quelque chose que le président puisse faire ?

— Pas vraiment, mais il y a deux choses qui pourraient adoucir la crise. La réserve stratégique de pétrole de notre pays est actuellement à son maximum. Si le président le décide, il pourrait puiser dans les réserves pour compenser en partie la pénurie saoudienne. De plus, les forages dans la réserve naturelle nationale arctique, approuvés par la précédente administration, sont désormais prêts à fonctionner, comme l'oléoduc d'Alaska, à présent à plein rendement. Cela boostera légèrement les chiffres de production nationaux. Cependant, tout cela ne suffira pas à éviter des pénuries de carburant qui toucheront certaines régions du pays.

— Quelles sont les conséquences sur le long terme ?

— Si nous ne pouvons pas anticiper celles engendrées par la peur, nous pouvons le faire pour tout ce qui concerne l'offre et la demande. Le pic des prix devrait aplanir la demande actuelle sur les prochains mois, ce qui relâcherait la pression sur les prix du pétrole. De plus, les dix autres pays de l'OPEP vont sûrement affirmer qu'ils peuvent compenser la baisse des exportations saoudiennes, même s'il n'est pas certain que leurs infrastructures le permettent.

— Mais n'est-ce pas plus intéressant pour l'OPEP de conserver un baril à plus de cent dollars ? la harcela Eli.

— Bien sûr, mais uniquement si la demande restait constante. Nous allons devoir faire face à de nombreuses contradictions économiques. Si le prix était maintenu arbitrairement à cent vingt-cinq dollars, on assisterait à une crise économique de l'ampleur de celle de la Grande Dépression.

— Vous croyez que c'est envisageable ?

— C'est possible. Mais l'OPEP le redoute autant que les nations industrialisées, car leurs revenus baisseraient sensiblement. Le problème à résoudre concerne l'approvisionnement. Si nous assistons à une nouvelle réduction de l'offre, le pire est possible.

— Alors, que faut-il jouer ? demanda Eli avec insistance.

— Concernant Ras Tannura, on estime que le terminal d'exportation sera réparé ou remplacé d'ici six à neuf mois. Je conseillerais de vendre le pétrole à découvert au prix actuel, en attendant que les positions reviennent à des niveaux plus modérés dans les neuf à douze mois.

— Vous êtes sûre de cela ? demanda Eli avec une pointe de scepticisme.

— Absolument pas, rétorqua Clayton. Le Venezuela pourrait être frappé demain par une météorite. Un dictateur fasciste pourrait prendre le contrôle du Nigeria la semaine prochaine. Il y a mille et une forces politiques ou environnementales qui pourraient bouleverser les marchés pétroliers en un claquement de doigts. Et c'est là que réside l'incertitude. Une mauvaise nouvelle supplémentaire et ce serait alors bien plus qu'une récession, c'est-à-dire une dépression dont nous mettrions des années à nous remettre. Mais il me semble assez improbable qu'une autre catastrophe naturelle de l'ampleur de celle de Ras Tannura frappe bientôt le monde. Y a-t-il d'autres questions ? demanda Clayton qui avait passé sa dernière diapo.

— Jan, mon équipe s'occupe des marchés d'actions étrangers, énonça une petite femme blonde vêtue d'un chemisier grenat. Pouvez-vous me dire quels pays sont les plus vulnérables à la réduction des exportations saoudiennes ?

— Sandra, je peux seulement vous dire où les exportations saoudiennes vont actuellement. Les USA, comme vous le savez, sont un client important et importent du pétrole saoudien depuis les années 1930. Washington a longtemps essayé de réduire notre dépendance à l'égard du Moyen-Orient, mais le brut saoudien représente toujours près de quinze pour cent de nos importations totales de pétrole.

— Et l'Union européenne ?

— L'Europe de l'Ouest tire la plupart de son pétrole de la mer du Nord, mais les importations saoudiennes ne sont pas à négliger. Leur proximité avec les autres pays exportateurs devrait atténuer les pénuries, je crois. Non, les pays le plus durement frappés vont être ceux d'Asie.

Clayton avala sa dernière gorgée de café tandis qu'elle ouvrait un fichier sur son ordinateur. Elle nota avec intérêt que les personnes présentes pour la conférence demeuraient assises, attentives à la moindre de ses paroles.

— Le Japon va être durement touché, dit-elle en parcourant le rapport, car ils importent cent pour cent de leur pétrole et qu'ils ont déjà été malmenés par le récent séisme en Sibérie, détruisant une section de l'oléoduc Taishet-Nahodka. Bien que l'on en ait peu parlé, cet accident avait déjà fait monter le prix du baril de trois ou quatre dollars, fit-elle observer. Vingt-deux pour cent de leur pétrole vient d'Arabie Saoudite, les conséquences seront donc significatives. Toutefois, une augmentation temporaire des exportations russes pourrait adoucir la pénurie une fois que le pipeline sibérien sera réparé.

— Et la Chine ? demanda une voix anonyme. Cet incendie près de Shanghai ?

Poursuivant sa lecture, Clayton plissa le front.

— Ce sera pareil pour les Chinois, puisque près de vingt pour cent de leurs importations viennent d'Arabie Saoudite, dit-elle, dépendant entièrement des pétroliers. Je n'ai pas évalué l'impact après l'incendie du terminal de Ningbo, mais je suppose que, combiné à la catastrophe de Ras Tannura, cela va être un obstacle majeur pour la Chine à moyen terme.

— Est-ce que d'autres sources d'approvisionnement sont accessibles aux Chinois ? demanda quelqu'un au fond de la salle.

— Pas dans l'immédiat. La Russie serait la mieux placée, mais ils ont plus tendance à vendre leur pétrole à l'Occident et au Japon. Le Kazakhstan pourrait également les aider un peu, mais leur oléoduc marche déjà à plein régime pour approvisionner la Chine. L'impact serait dramatique sur l'économie chinoise, qui souffre déjà d'une pénurie de ressources énergétiques.

Clayton se dit qu'elle devrait étudier la situation de la Chine plus en profondeur une fois de retour à son bureau.

— Vous avez mentionné des pénuries de carburant ici, aux Etats-Unis, demanda un homme au teint terreux à la cravate violette. Quelle en sera l'ampleur ?

— Je m'attends seulement à des pénuries momentanées dans des zones bien délimitées, mais à condition que le marché ne subisse pas d'autre choc. Ici encore, le problème principal c'est la peur. La peur concernant une nouvelle interruption d'approvisionnement, qu'elle soit réelle ou imaginaire, est le vrai danger.

La réunion s'acheva et les financiers regagnèrent leurs postes de travail gris, la mine sombre. Clayton referma son ordinateur et se dirigeait vers la porte lorsqu'une silhouette s'approcha d'elle. Tournant la tête, elle avisa avec appréhension la silhouette débraillée d'Eli, la cravate pleine de miettes de beignet.

— Bravo pour ta présentation, Jan, fit Eli avec un grand sourire. Je t'offre un café ?

Serrant les dents, elle ne put rien faire d'autre que sourire et hocher la tête.

13

La chaleur était étouffante à Pékin. Températures, pollution et humidité faisaient suffoquer la ville, fortement congestionnée. Les altercations allaient bon train entre conducteurs de voitures et motards sur les boulevards embouteillés. Les mères prenaient leurs enfants et fuyaient vers l'un des nombreux lacs de la ville pour tenter d'y trouver une relative fraîcheur. Les adolescents qui vendaient du Coca-Cola glacé dans la rue faisaient des bénéfices inimaginables en étanchant la soif des touristes et des hommes d'affaires en sueur.

La température était un peu moins accablante dans la vaste salle de réunion du siège du Parti communiste chinois, situé dans un complexe sécurisé, à l'ouest de la Cité interdite. Enfouie au sous-sol d'un ancien édifice nommé de façon peu appropriée le Palais Imprégné de Compassion, la salle sans fenêtres offrait un curieux mélange de beaux tapis et de tapisseries anciennes d'une part, et de mobilier de bureau bon marché des années 1960 d'autre part. Une demi-douzaine d'hommes dépourvus d'humour, dont les membres d'élite du Comité permanent du Bureau politique, le corps le plus influent du gouvernement, étaient assis autour d'une table ronde éraflée en compagnie du secrétaire général et président de la Chine, Qian Fei.

La température quelque peu étouffante de la pièce paraissait bien plus insupportable encore au ministre du Commerce, un homme au crâne dégarni et aux petits yeux du nom de Shinzhe, qui se tenait devant les dirigeants du parti, une jeune assistante à ses côtés.

— Shinzhe, l'Etat vient d'approuver le plan quinquennal de progrès économique en novembre dernier, le sermonna le Président Fei sur un ton intimidant. Ne me dites pas que quelques incidents ont rendu nos objectifs nationaux irréalisables ?

Shinzhe s'éclaircit la gorge tout en essuyant une paume moite sur sa jambe de pantalon.

— M. le secrétaire général, membres du Politburo, répondit-il en faisant un salut de la tête aux autres bureaucrates rassemblés, les besoins énergétiques de la Chine ont considérablement augmenté au cours des dernières années. Notre croissance économique, rapide et dynamique, a accentué nos besoins. Il y a encore quelques années, notre pays était exportateur net de pétrole brut. Aujourd'hui, notre consommation dépend pour moitié des importations. C'est un fait regrettable pour un pays aussi vaste. Que cela nous plaise ou non, nous sommes dépendants des forces économiques et politiques qui entourent le marché pétrolier mondial, tout comme le sont les Américains depuis quatre décennies.

— Oui, nous sommes bien conscients de nos besoins énergétiques grandissants, énonça Fei.

La tête du parti, un sémillant quinquagénaire récemment élu, satisfaisait les traditionalistes du système bureaucratique en usant à parts égales de charme et de ruse. Il avait la réputation d'être coléreux, Shinzhe le savait, mais il était réaliste.

— Quelle est la gravité du choc ? demanda un autre membre du parti.

— C'est comme si on nous avait amputés de deux de nos membres. Le tremblement de terre en Arabie Saoudite va réduire drastiquement leur capacité d'exportation de pétrole au cours des mois à venir, et même si nous trouvons d'autres fournisseurs, il nous faudra du temps. L'incendie de Ningbo est peut-être encore plus handicapant. Près d'un tiers de nos importations de pétrole passent par ces installations. L'infrastructure requise pour ces importations de pétrole n'est pas quelque chose qui se récupère rapidement. Je peux malheureusement affirmer que nous allons faire face à une pénurie immédiate et radicale, à laquelle on ne pourra pas facilement remédier.

— On m'a dit qu'il faudrait peut-être un an de réparations avant de retrouver le niveau actuel d'importations, ajouta un membre du Politburo aux cheveux blancs.

— Je ne peux pas réfuter cette estimation, dit Shinzhe en baissant la tête.

Au plafond, les néons de la pièce s'éteignirent soudain en un éclair, tandis que la climatisation, bruyante et peu efficace, devenait silencieuse. Le calme envahit la pièce plongée dans l'obscurité, puis les lumières se rallumèrent en vacillant et l'air conditionné se remit doucement en marche. Cela provoqua immédiatement la colère du président.

— Ces coupures de courant doivent cesser ! s'emporta-t-il. La moitié de Shanghai a été privée d'électricité pendant cinq jours. Nos usines ont aménagé leurs horaires afin d'économiser l'électricité, du coup nos ouvriers n'ont même pas de courant pour faire cuire leur dîner le soir. Et maintenant, vous nous dites qu'il y a pénurie des importations et que notre plan quinquennal est bon à mettre à la poubelle ? J'exige de savoir ce que vous comptez faire pour résoudre ces problèmes !

Shinzhe se ratatina visiblement mais, après un coup d'œil circulaire, constatant qu'aucun autre membre du comité n'avait le courage de répondre, il prit une grande inspiration et expliqua calmement.

— Comme vous le savez, des générateurs supplémentaires seront très bientôt mis en service au barrage hydroélectrique des Trois Gorges, tandis qu'une demi-douzaine de nouvelles centrales à charbon et à gaz sont en construction. Mais les ressources en pétrole et en gaz étaient déjà insuffisantes, ce sera pire maintenant je le crains… Nos compagnies pétrolières, sous contrat avec l'Etat, ont commencé à prospecter dans la mer de Chine méridionale, en dépit des protestations du gouvernement vietnamien. Nous continuons aussi à chercher de nouveaux exportateurs étrangers. Je rappelle au comité que le ministère des Affaires étrangères a mené des négociations fructueuses avec l'Iran, dans le but de leur acheter des quantités significatives de pétrole. Et nous poursuivons nos efforts pour acheter des compagnies pétrolières occidentales qui possèdent de gros stocks en réserve.

— Le ministre Shinzhe a raison, fit le ministre des Affaires étrangères, un homme aux cheveux gris, après avoir toussoté. Toutefois, ces projets sont destinés à résoudre le problème concernant l'approvisionnement d'énergie à long terme et ne nous seront d'aucun secours dans l'immédiat.

— Je demande encore une fois ce qui est fait pour remédier à la pénurie ? demanda Fei en criant presque, sa voix montant d'un octave.

— En plus de l'Iran, nous sommes en pourparlers avec plusieurs pays du Moyen-Orient pour qu'ils augmentent leurs exportations. Nous sommes bien sûr en compétition directe avec les pays occidentaux pour ce qui concerne les tarifs, dit doucement Shinzhe. Mais les dégâts du port de Ningbo réduisent notre capacité d'importation par voie maritime.

— Et les Russes ?

— Ils sont amoureux des Japonais, s'exclama le ministre des Affaires étrangères. Notre tentative de développer un oléoduc en provenance des champs de pétrole de Sibérie occidentale a été rejetée par les Russes au profit d'une liaison vers le Pacifique qui approvisionnera le Japon. Nous pouvons seulement accroître le fret ferroviaire en provenance de Russie, ce qui est bien sûr limité.

— Donc nous n'avons aucune vraie solution, grogna Fei, encore bouillant de colère. Notre croissance économique va être stoppée, notre progression sur l'Occident va cesser, et nous pourrons tous retourner à nos coopératives dans les provinces, où nous profiterons pleinement des coupures de courant continuelles.

Le silence envahit de nouveau la pièce ; personne n'osait même respirer devant la colère du secrétaire général. Seul le faible bruit de la climatisation en fond sonore troublait l'atmosphère morose. C'est alors que l'assistante de Shinzhe, une femme menue du nom de Yi, s'éclaircit la gorge.

— Excusez-moi, monsieur le secrétaire général, monsieur le ministre, dit-elle avec un signe de tête à l'intention des deux hommes. L'Etat vient de recevoir aujourd'hui même une offre assez spéciale d'assistance énergétique par l'intermédiaire de notre ministère. Je suis désolée de ne pas avoir eu le temps de vous prévenir, monsieur le ministre, dit-elle à Shinzhe. Je n'en ai pas saisi l'importance sur le moment.

— Quelle est cette proposition ? demanda Fei.

— Cela concerne l'offre d'une société en Mongolie qui serait à même de fournir du pétrole brut de haute qualité.

— En Mongolie ! l'interrompit Fei. Mais il n'y a pas de pétrole en Mongolie !

210

— L'offre d'approvisionnement est d'un million de barils par jour, poursuivit Yi. L'approvisionnement commencerait dans quatre-vingt-dix jours.

— C'est ridicule ! s'exclama Shinzhe en foudroyant Yi du regard, irrité qu'elle ait rendu public le communiqué.

— Peut-être, répondit Fei, son visage rusé soudain éclairé, que cela vaudrait la peine de mener une enquête. Que stipule la proposition ?

— Elle pose certaines conditions, répondit Yi, l'air tout à coup nerveuse.

S'interrompant dans l'espoir que la discussion s'arrêterait là, elle fut forcée de poursuivre, constatant que tous les regards convergeaient sur elle.

— Le prix du pétrole sera fixé au prix actuel du marché et verrouillé pendant une période de trois ans. De plus, il faudra leur accorder l'usage exclusif de l'oléoduc du nord-est qui arrive au port de Qinhuangdao, et enfin, les territoires chinois, c'est-à-dire l'actuelle Mongolie-Intérieure, devront être formellement rétrocédés au gouvernement de la Mongolie.

Un vacarme de protestations s'éleva alors dans l'assistance jusque-là pondérée. Cette exigence choquante provoquait l'indignation. Après quelques minutes de tumulte, Fei martela la table avec un cendrier pour réclamer le silence.

— Silence ! cria le président, tempérant immédiatement l'assistance.

Alors que son visage prenait une expression peinée, il s'exprima calmement et doucement.

— Renseignez-vous sur la crédibilité de cette offre, assurez-vous que le pétrole existe bel et bien. Ensuite, nous nous occuperons des négociations.

— Comme vous voudrez, monsieur le secrétaire général, dit Shinzhe en s'inclinant.

— Mais d'abord dites-moi, qui nous impose cette exigence impudente ?

Shinzhe, impuissant, regarda Yi.

— Une petite entité inconnue de notre ministère, répondit-elle en s'adressant au président. Il s'agit du consortium Avarga.

14

Ils étaient complètement perdus. Deux semaines après être partis d'Oulan-Oude avec l'ordre d'explorer le haut de la vallée de la Selenga, l'équipe d'exploration sismique – cinq hommes au total – avait perdu son chemin. Aucun de ces employés de la compagnie pétrolière russe Lukoil n'était de la région, ce qui ajoutait à leur infortune. Les ennuis avaient commencé lorsque quelqu'un avait renversé une tasse de café brûlant sur le GPS, noyant les circuits. Ils n'interrompirent pas pour autant leur progression vers le sud et, même après avoir passé la frontière mongole hors du champ des cartes topographiques de Sibérie qu'ils avaient avec eux, ils continuèrent. Grâce à leur « camion vibreur », ils avaient pu détecter une série de plis souterrains, signes de la présence de pièges structuraux dans la couche sédimentaire, c'est-à-dire de réservoirs naturels qui peuvent renfermer des poches de gaz ou de pétrole. L'équipe de prospection s'était égarée vers le sud-est et avait complètement perdu la trace du fleuve.

— Tout ce que nous pouvons faire, c'est remonter vers le nord et suivre nos propres traces, si elles sont encore visibles, déclara un petit homme chauve du nom de Dimitri.

Le chef d'équipe, debout et tourné vers l'ouest, contemplait les ombres allongées des arbres à l'approche du soleil couchant.

213

— Je savais que nous aurions dû jalonner notre parcours de miettes de pain, lança en riant Vlad, un jeune ingénieur.

— Je ne crois pas que nous aurons assez de carburant pour atteindre Kyakhta, répondit le conducteur du camion.

Comme le véhicule lui-même, c'était un homme grand, carré, aux jambes robustes et aux bras costauds. Il grimpa à l'intérieur de la cabine par la portière ouverte et s'étendit pour y faire un somme, ses grosses mains coincées derrière la tête. Le gros trente-tonnes était équipé d'une plaque en acier sous son ventre, afin de sonder le sous-sol en envoyant des ondes sismiques dans les couches sédimentaires. De petits capteurs, placés à divers endroits du camion, enregistraient les signaux qui rebondissaient sur les couches sédimentaires souterraines. L'ordinateur s'occupait de convertir les signaux en cartes et imageries souterraines.

Une camionnette 4 × 4 rouge et sale vint se garer à côté du camion ; ses deux occupants sautèrent du véhicule pour venir se joindre au débat.

— Nous n'avions pas l'autorisation de franchir la frontière, et maintenant nous ne savons même plus où elle se trouve, cette frontière, se plaignit le chauffeur de la camionnette.

— Les relevés sismiques nous donnent raison, répondit Dimitri. En plus, nous avons reçu l'ordre d'étudier le terrain pendant deux semaines. Laissons les bureaucrates s'inquiéter des permis de forer à obtenir. Quant à la frontière, nous savons qu'elle est quelque part au nord, mais il nous faut du carburant pour nous y rendre.

Le chauffeur ouvrait la bouche pour se plaindre lorsqu'il fut distrait par le bruit étouffé d'une détonation.

— Là, sur la colline ! s'exclama Vlad.

Au-dessus de la colline rocailleuse sur laquelle ils se tenaient s'élevait une petite chaîne de montagnes, dont les rochers, couverts de pins, étincelaient de vert. A quelques kilomètres, une fumée grise dérivait dans un ciel sans nuages, au-dessus d'une crête densément boisée. Lorsque l'écho de l'explosion se fut atténué, le bruit d'une lourde machinerie se répercuta faiblement sur les pentes.

— Mais au nom de Mère Russie, qu'est-ce que c'est que ça ? grommela le chauffeur, réveillé par la détonation.

— Une explosion sur la montagne, répliqua Dimitri. Sans doute une opération minière.

— C'est sympa de savoir que nous ne sommes pas tout seuls dans cette immensité, marmonna le chauffeur avant de reprendre sa sieste.

— Peut-être que là-haut quelqu'un pourrait nous indiquer le chemin du retour ? suggéra Vlad.

La réponse ne tarda pas. Le ronronnement d'un moteur se fit entendre alors qu'un 4 × 4 dernier modèle apparaissait au loin. Le véhicule contourna une colline, puis descendit à tombeau ouvert la prairie dégagée en direction des prospecteurs. La voiture ralentit à peine et fonça sur eux, avant de s'arrêter brusquement dans un nuage de poussière. Les deux passagers restèrent un instant sans bouger, puis en sortirent avec précaution.

Les Russes reconnurent immédiatement des Mongols, avec leur nez plat et leurs hautes pommettes. Le plus petit des deux s'avança et aboya sans ménagement :

— Qu'est-ce que vous fichez ici ?

— Nous nous sommes un peu égarés, répondit le flegmatique Dimitri. Nous avons perdu de vue la route alors que nous prospections dans la vallée. Nous devons repasser la frontière pour regagner Kyakhta, mais nous ne sommes pas sûrs d'avoir assez d'essence. Pourriez-vous nous aider ?

Les yeux du Mongol s'élargirent en entendant le mot « prospecter » et, pour la première fois, il étudia attentivement le camion vibreur garé derrière les hommes.

— Vous faites de la prospection pétrolière ?

L'ingénieur fit un signe de tête affirmatif.

— Il n'y a pas de pétrole ici, aboya le Mongol. Vous bivouaquerez ici pour la nuit, déclara-t-il en tendant le bras. Restez à cet endroit. J'apporterai du carburant pour votre camion demain matin et je vous montrerai le chemin vers Kyakhta.

Sans un adieu, faisant fi des politesses d'usage, il tourna les talons et grimpa en voiture avec son chauffeur, puis les deux hommes remontèrent la pente en faisant rugir le moteur.

— Nos problèmes sont résolus, lança Dimitri, satisfait. Nous allons monter le camp ici et partir tôt demain matin. J'espère seulement que tu nous as laissé de la vodka, ajouta-t-il en tapotant l'épaule de son chauffeur ensommeillé.

*
* *

L'obscurité tomba rapidement une fois le soleil passé derrière les montagnes, apportant avec elle une humidité glacée. Ils firent un feu devant la grande tente en toile, dans laquelle tous les hommes se serrèrent pour le dîner, composé de riz et d'un ragoût en conserve insipide. Puis ils sortirent sans attendre cartes et vodka, ainsi que des cigarettes et de la petite monnaie pour les mises.

— Trois bonnes mains de suite ! lança Dimitri en riant, tout en ratissant ses gains d'une main de « préférence », un jeu de cartes russe semblable au rami. Ses yeux brillaient sous des paupières lourdes, et un filet de vodka coulait sur son menton alors qu'il se vantait auprès de ses collègues tout aussi ivres.

— Continue comme ça et tu auras assez pour t'acheter une datcha sur la mer Noire, se moqua l'un d'eux.

— Ou bien un teckel noir sur la mer Caspienne, lança un autre en riant.

— Ce jeu est trop pour moi, je crois, ronchonna Vlad en réalisant qu'il avait perdu une centaine de roubles. Je vais retrouver mon sac de couchage pour oublier ce tricheur de Dimitri.

Le jeune ingénieur ignora les moqueries qui fusèrent lorsqu'il se releva en titubant. Après avoir jeté un coup d'œil à la tente, il se dirigea vers l'arrière du camion vibreur et se soulagea avant d'aller se coucher. Il était dans un tel état d'ébriété qu'il trébucha et roula dans un petit ravin à côté du camion, dévalant la pente sur quelques mètres avant de heurter un rocher. Il était là, à tenir son genou endolori et à maudire sa maladresse, lorsqu'il entendit le clip-clop de sabots de chevaux approcher du campement. Roulant pour se retrouver à quatre pattes, il remonta péniblement jusqu'en haut du ravin, d'où il pouvait apercevoir le feu de camp en regardant sous le camion.

Ses camarades se turent lorsqu'un petit groupe s'approcha du campement. Quand ils se trouvèrent assez près pour être illuminés par la lumière du feu de camp, Vlad se frotta les yeux, incrédule. Six cavaliers à l'air farouche se tenaient droit en selle, comme s'ils sortaient d'une tapisserie médiévale. Chacun d'eux portait une tunique en soie orange qui descendait jusqu'aux genoux et couvrait un pantalon blanc bouffant rentré dans de grosses bottes en cuir. Une ceinture-écharpe bleu vif autour de leur taille soutenait une

217

épée dans son fourreau, tandis qu'à l'épaule ils portaient un arc à poulie et un carquois rempli de flèches empennées. Leur tête était couverte d'un casque arrondi en métal, avec une touffe de crins de chevaux en son sommet. Accentuant leur apparence déjà menaçante, les hommes portaient tous de longues moustaches fines qui descendaient jusque sous leur menton.

Dimitri se leva, une bouteille de vodka presque pleine à la main, et invita les cavaliers à les rejoindre.

— A la santé de vos magnifiques montures, camarades, lança-t-il d'une voix pâteuse, en levant la bouteille en l'air.

Son offre fut accueillie par un lourd silence, les six cavaliers dévisageant froidement l'ingénieur. Puis, l'un d'eux porta la main à son flanc. En un mouvement vif comme l'éclair que Vlad se repasserait un millier de fois dans sa tête, le cavalier banda l'arc sur sa poitrine et envoya voler une flèche en bois. Vlad ne vit pas la direction prise par la flèche, seulement la bouteille de vodka qui tombait brusquement de la main de Dimitri et éclatait en mille morceaux sur le sol. A quelques pas de là, Dimitri avait porté l'autre main à sa gorge, dans laquelle s'était fichée la tige empennée. L'ingénieur émit un gargouillement puis tomba à genoux, avant de s'effondrer sur le sol, un torrent de sang maculant sa poitrine.

Sous le choc, les trois autres hommes autour du feu se levèrent d'un bond, mais ce fut leur dernier mouvement. En un instant, une pluie de flèches s'abattit sur eux avec la force d'une tempête. Les cavaliers étaient des machines à tuer, capables de bander leur arc et de tirer six flèches chacun en quelques secondes. Les prospecteurs, ivres, n'avaient aucune chance, les archers atteignant leur cible sans difficulté à une distance aussi proche. Quelques cris trouèrent brièvement la nuit et ce fut terminé, tous les hommes étaient étendus, morts, criblés de flèches.

Vlad contemplait le massacre, les yeux écarquillés par l'effroi, manquant de hurler d'horreur lorsque les premières flèches avaient volé. Il avait l'impression que son cœur allait sortir de sa poitrine mais, mû par une poussée d'adrénaline, il se releva et fila comme l'éclair. Dévalant le ravin, il se mit à courir, plus vite qu'il n'avait jamais couru de toute sa vie. La douleur de son genou, l'alcool qu'il avait dans le sang, tout s'était évanoui sous le coup de la panique. Il descendit la pente en courant, sans s'inquiéter des obstacles invisibles dans la nuit, poussé par une peur incontrôlable. Plusieurs fois il tomba, s'entaillant les bras et les jambes, mais immédiatement il se remettait debout et reprenait sa course. Par-dessus les battements de son cœur et sa respiration sifflante, il tendait l'oreille, guettant le bruit des sabots de ses poursuivants. Mais ils n'arrivèrent jamais.

Pendant deux heures il courut, trébuchant et titubant jusqu'à ce qu'il atteigne les eaux tumultueuses de la Selenga. En suivant la rive, il découvrit deux gros rochers qui lui offriraient à la fois un abri et une cachette. Rampant dans la crevasse entre les rochers, il s'endormit rapidement, peu désireux de se réveiller et de retrouver le cauchemar qu'il venait de vivre.

15

Le trajet, songea Theresa, était digne d'une traversée du Sud-Ouest américain en diligence Butterfield en 1860. Chaque bosse et chaque ornière semblaient se répercuter directement depuis les roues jusqu'à l'arrière de la fourgonnette, meurtrissant son dos avec une telle force qu'elle avait l'impression que ses vertèbres s'entrechoquaient. Le fait d'être ligotée, bâillonnée et assise sur un banc en bois face à deux gardes armés n'améliorait pas sa condition. Seule la présence de Roy et Wofford, recroquevillés près d'elle, lui offrait une mince consolation.

Fatiguée et affamée, le corps endolori, elle s'efforçait de comprendre ce qui s'était passé au lac Baïkal. Tatiana, avec qui elle partageait sa cabine, avait dit très peu de choses après l'avoir réveillée, se contentant de lui braquer un pistolet froid contre le menton. Conduits sous la menace hors du *Vereshchagin* jusqu'à un canot, elle et les autres avaient été brièvement transportés à bord du porte-conteneurs noir, puis ramenés à terre et attachés à l'arrière d'une fourgonnette. Ils avaient attendu sur le quai près de deux heures, percevant des coups de feu et du bruit sur le bateau, avant d'être emmenés au loin.

Elle se demanda tristement ce qu'il était advenu de Sarghov, le scientifique russe. Il avait été séparé du groupe sans ménagement lorsqu'ils étaient arrivés à bord du porte-conteneurs, et conduit dans une autre partie du navire. Cela était de mauvais augure et elle craignait pour la sécurité de l'aimable scientifique. Et le *Vereshchagin* ? Il semblait enfoncé dans l'eau lorsqu'ils en avaient été débarqués. Al, Dirk et les autres passagers étaient-ils en danger eux aussi ?

La question principale restait : pourquoi cet enlèvement ? Elle craignait pour sa vie, mais cessa de s'apitoyer lorsqu'elle avisa Roy et Wofford. Les deux hommes souffraient bien davantage. Wofford tenait sa jambe blessée, sans doute fracturée lorsqu'il avait été poussé avec rudesse hors du porte-conteneurs noir. La jambe raide, il grimaçait de douleur à chaque embardée.

Elle constata que Roy, pour le moment assoupi, avait une petite tache de sang séché sur sa chemise. Alors qu'il s'était arrêté pour relever Wofford de sa chute, un garde lui avait méchamment donné un coup de crosse, lui entaillant largement le cuir chevelu. Il était resté inconscient pendant plusieurs minutes, pendant qu'on le jetait brutalement à l'arrière de la camionnette.

Une nouvelle secousse fit taire son angoisse, et Theresa essaya de fermer les yeux pour échapper à ce cauchemar et s'endormir.

Le camion continua sa route cahoteuse pendant encore cinq heures, traversant apparemment une ville importante à en juger par le nombre d'arrêts et de bruits d'autres véhicules. Le vacarme de la circulation cessa bientôt et ils reprirent de la vitesse, ballottés sur une route en terre qui serpenta pendant encore quatre heures. Enfin, le camion ralentit et, en raison de l'agitation dont firent soudain preuve les deux gardes, Theresa sut qu'ils arrivaient à destination.

— On aurait aussi bien pu prendre l'avion, vu le temps qu'on a passé dans les airs, lança Wofford avec une grimace alors qu'ils étaient tous soulevés du banc par un énième nid-de-poule.

Ce trait d'humour fit sourire Theresa mais, comme le camion s'arrêtait, elle ne répondit pas. Le bruyant moteur diesel s'éteignit et on ouvrit les portes, ce qui inonda de soleil l'arrière de la fourgonnette. Sur un signe des gardes, Theresa et Roy aidèrent Wofford à sortir avant d'observer les lieux.

Ils se trouvaient au milieu d'un domaine ceint de hauts murs composé de deux bâtiments distincts. Sous un ciel bleu vif, la température était bien plus douce qu'au lac Baïkal, malgré une légère brise qui soufflait sur leur visage. Theresa prit une profonde inspiration et identifia une senteur sèche et poussiéreuse. Des collines herbeuses ondulaient au loin en contrebas, la propriété étant adossée à une montagne de couleur gris-vert. Les bâtiments semblaient en effet creusés dans le flanc de la montagne, qui était couvert de buissons et d'épais bouquets de grands pins.

A leur gauche, à demi dissimulé derrière une longue haie, se trouvait un bâtiment bas en briques, semblables à ceux que l'on trouve dans les zones industrielles modernes. Détail en apparence anachronique : une écurie accolée à l'un des murs du bâtiment. Une demi-douzaine de robustes chevaux tournaient en rond dans un vaste corral, mordillant les quelques touffes d'herbes qui subsistaient dans la poussière. L'autre extrémité du bâtiment était prolongée par un grand garage en acier, qui abritait une flotte de camions et tout l'équipement mécanique requis. S'y affairaient une poignée d'ouvriers en combinaison noire, occupés à la réparation des engins de terrassement.

— Je croyais que le Taj Mahal était en Inde, déclara Roy.

— Eh bien, peut-être que nous sommes en Inde, répliqua Wofford avec un rictus douloureux.

Theresa se retourna pour observer le deuxième bâtiment de la propriété. Elle était forcée d'admettre qu'il y avait bien une certaine ressemblance avec le célèbre monument indien, bien qu'en modèle réduit. En dépit de sa fonction purement utilitaire, l'édifice qui s'élevait devant elle possédait une originalité et une sophistication spectaculaires. D'épaisses colonnes formaient une galerie devant l'édifice de plain-pied en marbre blanc étincelant. En son centre, un portique circulaire entourait l'entrée principale. Un dôme blanc surmontait le hall d'entrée, coiffé par une flèche dorée plantée en son sommet. La silhouette d'ensemble était en fait peu éloignée de celle du dôme du Taj Mahal. Bien qu'élégante, cette image évoqua pourtant à Theresa un cône géant à la vanille, comme tombé des cieux.

Les jardins étaient également dignes de ceux qui entourent un palais. Deux canaux les traversaient, puis se déversaient dans un large bassin miroitant, avant de disparaître sous terre devant le bâtiment. Theresa entendait le grondement d'une rivière toute proche, qui alimentait les canaux à quelque distance de la propriété. Autour des canaux et du bassin s'étendait un jardin vert luxuriant, entretenu avec un tel soin qu'il aurait fait pâlir un aristocrate anglais.

De l'autre côté de la pelouse, Theresa repéra Tatiana et Anatoly qui conversaient avec un homme portant un étui à revolver sur le flanc. L'homme hocha la tête, puis il s'approcha de l'arrière de la fourgonnette et lança « Par ici », avec un fort accent. Les deux gardes se collèrent derrière Roy et Wofford pour donner plus de poids à l'ordre.

Theresa et Roy donnèrent chacun un bras à Wofford et suivirent l'homme trapu qui avait emprunté un sentier courant jusqu'au splendide bâtiment. Ils approchèrent du portique, et avisèrent une grande porte en bois sculpté qui menait à l'intérieur. De chaque côté de la porte, comme les grooms de l'hôtel Savoy, se tenaient des hommes vêtus de longs manteaux orange en soie brodés et richement décorés. Theresa comprit qu'ils étaient des gardes, car ils ne firent pas un geste pour ouvrir la porte, se contentant de rester immobiles la main fermement serrée sur leur lance au bout acéré.

La porte s'ouvrit et ils entrèrent dans le grand hall surmonté du dôme, décoré de tableaux bucoliques anciens représentant des chevaux au pré. Un petit domestique, le sourire en coin, sortit de l'ombre et fit signe au groupe de le suivre. Glissant sur le sol en marbre poli, il les conduisit dans un couloir latéral qui menait à trois chambres d'amis. L'un après l'autre, Theresa, Roy et Wofford furent escortés jusque dans ces chambres confortables et joliment meublées, puis le domestique ferma à double tour chacune des portes avant de les laisser.

Theresa découvrit, sur la desserte à côté du lit, un bol de soupe fumante accompagné d'un morceau de pain. Après s'être rapidement rafraîchi le visage et lavé les mains, elle s'assit et dévora la nourriture. Puis, l'épuisement prenant le pas sur la peur, elle s'allongea sur le lit moelleux et s'endormit rapidement.

Trois heures plus tard, un coup violent à la porte la tira brusquement d'un profond sommeil.

— Par ici, s'il vous plaît, dit le petit majordome, dévisageant Theresa avec une pointe de lubricité.

Roy et Wofford attendaient déjà dans le couloir. Theresa fut surprise de voir que la jambe de Wofford avait été bandée et qu'il s'appuyait à présent sur une canne en bois. L'entaille à la tête de Roy avait également été soignée et il portait un pullover en coton lâche à la place de sa chemise tachée de sang.

— Eh bien, vous avez l'air en pleine forme ! s'exclama-t-elle.

— Bien sûr. Tout dépend en forme de quoi, répliqua Roy.

— L'hospitalité s'est légèrement améliorée, dit Wofford en tapant sa canne sur le plancher.

On les fit tous traverser à nouveau le hall, puis emprunter le couloir principal qui menait à un immense salon aux étagères remplies de livres reliés en cuir, une cheminée dans un coin et un bar sur un côté. Theresa leva nerveusement les yeux vers un ours noir dont le torse sortait du mur au-dessus d'elle, figé pour toujours dans une posture d'attaque : griffes aiguisées et crocs découverts. La pièce était un véritable antre de taxidermiste. Cerfs, mouflons, loups et renards empaillés gardaient l'enclave, accueillant les visiteurs d'un regard mauvais. Tatiana se tenait au milieu de la pièce, à côté d'un homme qui aurait parfaitement orné le mur lui aussi.

C'était à cause de son sourire, songea Theresa, qui découvrait des dents pointues étincelantes comme celles d'un requin, et qui semblaient avoir hâte de dévorer de la chair crue. Pourtant, son apparence générale était moins imposante. De carrure mince bien que musclée, il avait des cheveux noirs coiffés lâchement vers l'arrière. Il était d'une beauté mongole classique, avec de hautes pommettes et des yeux en amande qui brillaient d'une étrange teinte mordorée. Quelques rides dues au vent et au soleil rappelaient qu'il avait dû passer sa jeunesse à travailler en plein air. Toutefois, tout dans les manières de cet homme, vêtu d'un costume gris à la mode, suggérait que cette période était bien révolue.

— C'est gentil de vous joindre à nous, déclara Tatiana d'une voix monocorde. Puis-je vous présenter Tolgoï Borjin, président du Groupe Avarga.

— Ravi de vous rencontrer, déclara Wofford en clopinant vers l'homme pour lui serrer la main, comme s'il était un vieil ami. Et maintenant ça vous dérangerait de nous dire où nous sommes et ce que nous foutons là ? demanda-t-il en lui broyant presque la main.

La question soudaine de Wofford sembla prendre le Mongol au dépourvu. Il hésita avant de répondre, lâchant rapidement la main de l'Américain.

— Vous êtes à mon domicile, qui est aussi le siège de mon entreprise.

— En Mongolie ? demanda Roy.

— Tous mes regrets pour votre départ précipité de Sibérie, répondit Borjin en ignorant la remarque de Roy. Tatiana me dit que votre vie était en danger.

— Vraiment ? fit Theresa en jetant un regard circonspect à son ancienne camarade de cabine.

— Ce départ forcé était tout à fait nécessaire pour notre sécurité, expliqua-t-elle. Les écologistes radicaux du Baïkal sont très dangereux. Ils avaient apparemment infiltré le navire de recherche de l'Institut et essayé de le couler. J'ai heureusement réussi à contacter un navire charter non loin de là qui a permis notre évacuation. Mieux valait partir discrètement, de manière à ne pas attirer l'attention et risquer ainsi de nouvelles attaques.

— Je n'ai jamais entendu parler de méthodes aussi violentes de la part des écologistes du lac Baïkal, répondit Theresa.

— C'est un nouveau genre de jeunes radicaux. Avec la réduction des contrôles administratifs au cours des dernières années, les jeunes rebelles sont devenus de plus en plus têtes brûlées et violents.

— Et le Pr Sarghov, le scientifique qui a été embarqué avec nous dans le navire ?

— Il a insisté pour regagner le navire de recherche et alerter les autres membres de l'Institut. J'ai bien peur que nous ne puissions plus répondre de sa sécurité.

— Est-ce qu'il est mort ?

— Et les autres sur le navire ?

— Nous avons été contraints d'évacuer les lieux par mesure de sécurité. Je n'ai pas d'autre information concernant le navire de recherche ou le Pr Sarghov.

Theresa pâlit en ruminant ces paroles.

— Et pourquoi nous avoir traînés ici ? demanda Roy.

— Nous avons abandonné le projet du lac Baïkal pour le moment, mais trouver des gisements potentiels nous intéresse toujours. Nous vous avons engagés pour six semaines, donc nous honorerons ce contrat, même par un autre projet.

— Est-ce que notre entreprise a été informée ? demanda Theresa en se rendant compte que son téléphone portable était resté à bord du *Vereshchagin*. Il faudra que je contacte mon superviseur pour en discuter.

— Malheureusement, notre antenne téléphonique est actuellement en panne. Un problème courant dans ces régions reculées, comme vous pouvez certainement le comprendre. Une fois que la liaison sera rétablie, vous serez bien entendus libres de passer tous les appels que vous souhaitez.

— Pourquoi nous enfermez-vous dans nos chambres comme des animaux ?

— Nous avons un certain nombre de projets sensibles en cours de développement. Nous ne pouvons pas prendre le risque de laisser des étrangers se promener dans la propriété. Nous vous ferons faire une visite appropriée au moment opportun.

— Et si nous souhaitons plutôt partir tout de suite ? questionna Theresa.

— Un chauffeur vous conduira à Oulan-Bator, où vous pourrez prendre un avion pour rentrer chez vous, répondit Borjin en souriant de toutes ses dents pointues et étincelantes.

Encore fatiguée du voyage, Theresa ne savait que penser. Peut-être valait-il mieux ne pas tenter le diable pour l'instant, songea-t-elle.

— Que souhaitez-vous que nous fassions ?

Des tonnes de classeurs furent apportées sur un chariot dans le bureau, ainsi que plusieurs ordinateurs portables afin de consulter les analyses géologiques et les profils sismiques du sous-sol. La requête de Borjin était simple.

— Nous souhaitons étendre nos opérations de forage à une nouvelle zone géographique. Les études du sous-sol sont à votre disposition. Dites-nous quels sont les meilleurs sites pour forer.

Sans rien ajouter de plus, il tourna les talons et quitta la pièce, suivi de Tatiana.

— C'est un tas de foutaises ! maugréa Roy en se relevant.

— Non, cela m'a plutôt l'air de données recueillies de façon très professionnelle, répondit Wofford en saisissant une carte des isopaques pour connaître l'épaisseur des différentes couches sédimentaires souterraines.

— Je ne parle pas des données ! lança Roy en abattant vivement un dossier sur la table.

— Doucement, mon vieux, chuchota Wofford en tournant la tête vers un coin du plafond. Souriez, vous êtes filmés.

Roy leva les yeux et remarqua une minuscule caméra vidéo juste à côté de la tête souriante d'un renne empaillé.

— Il vaudrait mieux faire au moins semblant d'étudier les dossiers, continua Wofford à voix basse, la carte devant les lèvres.

Roy s'assit et ouvrit un des ordinateurs, puis il se voûta dans son fauteuil de manière à ce que l'écran dissimule son visage.

— Je n'aime pas du tout ça. Ces gens sont tordus.

Et n'oublions pas que nous avons été amenés ici de force.

— Je suis d'accord, murmura Theresa. Toute cette histoire du lac Baïkal, de protection, ça ne tient pas debout.

— Si je me souviens bien, Tatiana a menacé de me dégommer l'oreille si je ne quittais pas le *Vereshchagin* avec elle, déclara Wofford en se tirant le lobe. Pas franchement les paroles de quelqu'un qui se soucie de mon bien-être, non ?

Theresa déplia la carte topographique d'une chaîne de montagnes et indiqua à Wofford des points au hasard tout en parlant.

— Et le Pr Sarghov ? Il a été emmené avec nous par erreur… Peut-être l'ont-ils tué ?

— Nous n'en sommes pas sûrs, mais c'est envisageable, dit Roy. Je crains fort qu'ils ne nous réservent le même sort, une fois que nous leur aurons fourni les informations qu'ils demandent.

— C'est tellement insensé, fit Theresa avec un léger hochement de tête, il faut trouver un moyen de sortir d'ici.

— Le garage, près du bâtiment en briques de l'autre côté de la pelouse. Il est plein de véhicules, dit Wofford. Si nous réussissions à voler un camion et sortir d'ici, je suis sûr que nous pourrions trouver le chemin d'Oulan-Bator.

— Oui, sauf que nous sommes soit enfermés dans nos chambres, soit sous surveillance. Il faudra se tenir prêts à saisir la première occasion.

— J'ai peur de n'être d'attaque ni pour le sprint ni pour le saut à la perche, déclara Wofford en tenant sa jambe blessée. Vous devrez tenter votre chance tous les deux sans moi.

— J'ai une idée, dit Roy en se tournant vers un bureau à l'opposé.

Feignant de chercher son stylo perdu au milieu des cartes, il se dirigea vers le bureau où il prit un crayon dans un pot en cuir rond. Tournant le dos à la caméra, il s'empara d'un coupe-papier en argent dans le pot à crayons et le glissa dans sa manche. Une fois rassis à table, il fit mine de prendre quelques notes tout en chuchotant avec Theresa et Wofford.

— Ce soir, nous partons en reconnaissance. Avec Theresa, nous allons étudier les lieux et trouver un moyen de sortir d'ici. Ensuite, demain soir, nous prendrons la fuite. En remorquant l'invalide, ajouta-t-il en souriant à Wofford.

— Je vous en saurais gré, fit Wofford avec un signe de tête. Vraiment, ce serait très aimable.

16

Roy se réveilla comme prévu à deux heures du matin et s'habilla rapidement. Sortant le coupe-papier caché sous son matelas, il tâtonna dans l'obscurité jusqu'à la porte fermée. En passant les doigts sur le chambranle, il sentit les bords de trois charnières métalliques qui dépassaient à l'intérieur. Glissant le coupe-papier dans le gond du haut, il enleva précautionneusement la longue broche métallique qui maintenait la charnière en place. Après avoir ôté les broches des deux autres charnières, il souleva doucement la porte et la tira latéralement dans la chambre afin de faire coulisser le pêne dormant hors du cadre du verrou. Roy se glissa alors dans le couloir et reposa la porte contre l'encadrement de manière à maintenir l'illusion.

Le couloir étant désert, il se rendit sur la pointe des pieds jusqu'à la chambre de Theresa. Déverrouillant le loquet, il ouvrit la porte et la trouva qui attendait, assise sur le lit.

— Tu as réussi, chuchota-t-elle, en apercevant sa silhouette à la lumière du couloir.

Roy lui décocha un petit sourire, puis lui fit signe de le suivre. Ils se glissèrent dans le couloir parfaitement désert et marchèrent lentement jusqu'au grand hall, éclairés par une rampe de lumières de faible puissance. Les semelles en caoutchouc de Theresa se mirent à grincer sur le sol en marbre poli, si bien qu'elle dut s'arrêter pour les enlever et continuer en chaussettes.

Le hall était vivement illuminé par un grand lustre en cristal, ce qui incita Roy et Theresa à avancer prudemment en longeant les murs. Roy s'accroupit et s'approcha d'une étroite fenêtre qui donnait sur la façade principale. Après avoir jeté un coup d'œil à l'extérieur, il fit un signe de tête négatif à Theresa. En dépit de l'heure tardive, il y avait toujours deux gardes postés devant l'entrée principale. Il leur faudrait donc trouver une autre issue.

Le hall, en forme de T inversé, offrait deux directions possibles. Les chambres d'amis se trouvaient sur la gauche et celles des maîtres des lieux, sans doute sur la droite. Ils choisirent alors le couloir principal qui menait vers le bureau.

La maison restait silencieuse, à l'exception du bruyant tic-tac d'une vieille horloge comtoise. Laissant derrière eux le bureau, ils passèrent sur la pointe des pieds devant la salle à manger principale et deux petites salles de réunion attenantes, toutes décorées par une collection impressionnante d'antiquités datant des dynasties Song et Jin. Theresa scrutait les plafonds à la recherche d'autres caméras mais elle n'en vit aucune. Percevant un chuchotement, elle s'agrippa instinctivement au bras de Roy jusqu'à ce qu'il grimace de douleur en raison de ses ongles pointus. Ils se détendirent tous deux lorsqu'ils se rendirent compte que ce murmure n'était autre que celui du vent qui soufflait au-dehors.

Ils parvinrent enfin au bout du couloir, qui menait à un grand salon doté de baies vitrées sur trois côtés. Bien qu'il n'y ait pas grand-chose à voir de nuit, Theresa et Roy devinaient la vue grandiose offerte par ce perchoir, qui surplombait les steppes vallonnées. Près de l'entrée, Roy remarqua un escalier recouvert de moquette qui descendait à un étage inférieur. Il fit un signe à Theresa qui le suivit sans bruit. Elle fut soulagée de fouler une moquette épaisse, ses pieds nus commençant à se lasser du carrelage en marbre dur. Alors qu'elle atteignait un coude de l'escalier, elle se trouva nez à nez avec un immense portrait représentant un guerrier de l'ancien temps. L'homme était assis bien droit sur son cheval et il portait un manteau bordé de fourrure, une ceinture orange, et le casque mongol rond classique. Il lui lançait un regard triomphant de ses yeux noirs et dorés. Sa bouche légèrement entrouverte révélait des dents pointues, comme celles de Borjin. L'intensité du portrait la fit frissonner et elle lui tourna vivement le dos pour descendre la volée de marches suivante.

Le palier débouchait sur un seul couloir, qui partait dans une direction opposée à la maison. D'un côté, des fenêtres donnaient sur une grande cour. Theresa et Roy regardèrent par la fenêtre la plus proche, remarquant une dépendance.

— Il doit bien y avoir une porte qui ouvre sur cette cour, chuchota Roy. Si nous pouvons sortir par ici, nous devrions pouvoir longer l'aile des invités et revenir vers le garage.

— Ce sera un peu long pour Jim sur une seule jambe mais en tout cas, il ne semble pas y avoir de garde par ici. Trouvons une issue.

Ils avancèrent vivement jusqu'au bout du couloir où ils tombèrent enfin sur une porte.

Theresa appuya sur la poignée non verrouillée, s'attendant presque à déclencher une alarme, mais tout resta silencieux. Ils traversèrent ensemble la cour, partiellement éclairée par quelques bornes enterrées dans le sol. Theresa remit vite ses chaussures sous l'effet du sol froid. L'air de la nuit était vif et elle frissonna sous la brise glacée qui transperçait ses vêtements légers.

Ils suivirent un sentier en ardoise qui traversait la cour en diagonale, jusqu'à une construction en pierre au fond de la propriété. Cela ressemblait à une petite chapelle circulaire et surmontée d'un dôme. L'architecture était différente de celle de la grande demeure en marbre et paraissait ancienne. Roy se rapprocha, passa devant les arcades de l'entrée et suivit les murs incurvés jusqu'à l'arrière.

— Je crois que j'ai vu un véhicule par là-bas, chuchota-t-il à Theresa, qui le suivait de près.

Une fois derrière la bâtisse en pierre, ils découvrirent un enclos couvert. Dans cet ancien corral s'entassaient à présent une demi-douzaine de vieilles voitures à cheval débordant de pelles, de pioches et de caisses vides. Sous une bâche en toile dépassait la roue avant d'une moto couverte de poussière, et, à l'arrière de l'enclos, Roy tomba sur la voiture massive qu'il avait aperçue depuis l'autre côté de la cour. C'était une antiquité, couverte par des décennies de poussière, les deux pneus à plat.

— Il n'y a rien ici qui puisse nous emmener à Oulan-Bator, fit Theresa, déçue.

Roy hocha la tête.

— Le garage de l'autre côté de la grande maison sera donc notre seule porte de sortie.

Il se figea soudain en entendant un gémissement perçant porté par la brise. Il avait reconnu le hennissement d'un cheval, qui se trouvait non loin de la cour.

— Derrière la voiture, chuchota-t-il en tendant la main vers le corral.

Ils se jetèrent au sol et rampèrent en silence sous la clôture, pour se faufiler derrière la voiture à cheval la plus proche. Cachés derrière une des vieilles roues en bois, ils regardèrent prudemment à travers les rayons.

Deux cavaliers apparurent bientôt, annoncés par le clip-clop des sabots sur le sentier en ardoise. Ils firent le tour de la bâtisse en pierre et s'arrêtèrent. Le cœur de Theresa faillit lâcher lorsqu'elle les aperçut. Ils étaient vêtus presque comme le guerrier du portrait dans l'escalier. Leur tunique en soie orange se parait de reflets d'or sous la lumière de la nuit. Pantalon bouffant, bottes à semelle épaisse et casque métallique rond avec touffe de crin complétaient leur tenue guerrière. Les deux hommes restèrent un bref moment à quelques pas de l'endroit où étaient cachés Roy et Theresa. Ils étaient si près que Theresa sentait l'odeur de poussière soulevée par les sabots des chevaux qui piaffaient.

L'un des hommes aboya quelque chose d'inintelligible, et les chevaux s'élancèrent. En un instant, les deux cavaliers disparurent dans la nuit, dans un martèlement de sabots.

— Les veilleurs de nuit, déclara Roy dès que le silence fut revenu.

— Un peu trop proches à mon goût, dit Theresa en se relevant pour épousseter ses vêtements.

— Nous n'avons sans doute pas beaucoup de temps avant qu'ils reviennent. Voyons si nous pouvons passer de l'autre côté de la maison et atteindre le garage.

— D'accord, mais dépêchons, je n'ai pas envie de tomber une nouvelle fois sur ces types.

Ils repassèrent la clôture et s'élancèrent vers l'aile ouest de la maison. Mais à mi-chemin, au milieu de la cour, un cri aigu suivi d'un galop soudain les fit sursauter. Se retournant, horrifiés, ils virent les chevaux à seulement quelques mètres, qui chargeaient sur eux. Les deux cavaliers s'étaient dissimulés sans bruit derrière le bâtiment en pierre et s'étaient élancés en voyant Theresa et Roy courir.

Ils se figèrent tous deux, ne sachant s'ils devaient

courir vers la maison ou fuir la cour. Cela ne faisait malheureusement aucune différence car les deux cavaliers, déjà dans la cour, les avaient en plein dans leur champ de vision. Theresa regarda l'un des chevaux se cabrer tandis que son cavalier tirait sur ses rênes pour le lancer. L'autre continuait au galop, droit sur elle et Roy.

Ce dernier comprit immédiatement que le cavalier allait essayer de les renverser. Il jeta un coup d'œil sur Theresa, figée sur place, le visage marqué par la peur, en proie à une grande confusion.

— Bouge ! cria Roy, en attrapant Theresa par le coude pour l'écarter du passage.

Le cavalier était presque sur eux, et Roy esquiva de peu l'animal, bousculé par l'étrier du cavalier. Retrouvant son équilibre, Roy fit l'impensable. Plutôt que de chercher une cachette, il se retourna et s'élança à la poursuite du cheval au galop.

Le cavalier, ne se doutant de rien, galopa encore quelques mètres, puis fit ralentir sa monture et pivota vers la droite, dans l'intention de charger de nouveau. Alors que le cheval pivotait, le cavalier eut la surprise de découvrir Roy qui bondissait sur lui. L'ingénieur attrapa d'une main les rênes qui pendaient sous la bouche du cheval et les tira vigoureusement vers le bas.

— Assez joué au dada, marmonna Roy.

Le cavalier ne manifesta aucune émotion tandis que Roy tentait de maîtriser le cheval dressé, qui soufflait de petits nuages de vapeur par les naseaux.

— Nooooon !

Ce cri perçant venait de Theresa, d'une telle intensité qu'on devait l'entendre jusqu'au Tibet.

Roy regarda Theresa, étendue au sol, mais qui ne semblait pas en danger. Puis il vit quelque chose arriver droit sur lui. Un étau lui enserra soudain la poitrine, tandis qu'un feu ardent le brûlait de l'intérieur. Il tomba à genoux, pris de vertige, et Theresa le rejoignit immédiatement, entourant ses épaules.

La flèche aiguisée comme un rasoir qu'avait tirée le second cavalier avait manqué de peu le cœur de Roy. Le projectile s'était fiché juste à côté du cœur dans sa poitrine, perforant l'artère pulmonaire. L'effet était similaire, car une forte hémorragie interne pouvait également mener à un arrêt cardiaque.

Theresa essaya désespérément d'endiguer le flot de sang au point d'entrée de la flèche, mais c'était tout ce qu'elle était capable de faire. Elle le serra dans ses bras tandis que son visage se vidait progressivement de toute couleur. Il ouvrit la bouche, son corps commençait à s'affaisser. Un instant, ses yeux retrouvèrent leur éclat et Theresa crut qu'il tiendrait le coup. Il la regarda et prononça péniblement ces mots : « Sauve-toi. » Puis ses yeux se fermèrent pour l'éternité.

17

L'avion de tourisme Aeroflot TU-154 vira doucement au-dessus de la ville d'Oulan-Bator avant de tourner sous le vent et de s'aligner sur la piste principale
de l'aéroport Buyant Ukhaa en vue de l'atterrissage.
Sous un ciel sans nuage, Pitt profitait par son petit
hublot d'une vue panoramique de la ville et des
environs. Elle était en plein essor, comme en témoignait
un nombre impressionnant de grues et de bulldozers.

Au premier abord, Oulan-Bator évoque une métro-
pole du bloc de l'Est des années 1950. Abritant un
million deux cent mille habitants la ville, selon le
modèle soviétique, a été bâtie dans l'uniformité et la
monotonie classique qui le caractérisent. Les dizaines
d'immeubles gris et mornes qui la parsèment lui donnent un aspect aussi chaleureux qu'un dortoir de prison. La beauté architecturale n'avait pas été une
priorité, comme l'illustraient la plupart des grands
blocs d'immeubles du gouvernement autour du centre.
Pourtant, une récente autonomie alliée au goût de la
démocratie et à la croissance économique avait quelque
peu réveillé cette ville qui cherchait de toute évidence
à se moderniser. Boutiques colorées, restaurants haut
de gamme et boîtes de nuit pullulaient dans cette cité
autrefois trop sage.

Le cœur d'Oulan-Bator offre une agréable juxtapo-
sition d'ancien et de nouveau, tandis que les banlieues

périphériques sont toujours plantées de yourtes, ces tentes en feutre qui sont l'habitat des éleveurs mongols nomades et de leur famille. Des centaines de ces yourtes grises ou blanches essaiment les prairies autour de la capitale, qui reste la seule grande ville du pays.

A l'Ouest, on connaît peu de choses de la Mongolie, à part Gengis Khan et le bœuf mongol. Ce pays peu peuplé, coincé entre la Russie et la Chine, s'étend sur un immense territoire à peine plus petit que l'Alaska. Des montagnes escarpées bordent les franges nord et ouest du pays, tandis que le désert de Gobi s'ouvre au sud. Au cœur du pays se déroulent les vénérables steppes, d'immenses prairies ondoyantes foulées sans doute par les meilleurs cavaliers que le monde ait connus. Mais les jours de gloire de la horde mongole sont aujourd'hui un lointain souvenir. Des années de domination soviétique, durant lesquelles la Mongolie est devenue l'une des plus grandes nations communistes, ont étouffé l'identité et le développement du pays. C'est seulement au cours des dernières années que les Mongols se sont réapproprié leur pays.

Pitt, tout en regardant les montagnes qui encerclaient Oulan-Bator, se demanda si ce voyage en Mongolie était vraiment une si bonne idée. Après tout, c'est un navire russe qui avait failli être coulé au lac Baïkal et non de ceux de la NUMA. Aucun membre de son équipe n'avait été blessé, et l'équipe de prospecteurs n'était en aucun cas sous sa responsabilité, même s'il était sûr de leur innocence. Pourtant, c'était leur mission qui avait mené à ce sabotage et aux enlèvements. Il se tramait quelque chose et il voulait savoir quoi.

Lorsque les pneus de l'avion crissèrent sur la piste, Pitt donna un coup de coude au passager voisin. Al Giordino s'était endormi quelques secondes après le décollage d'Irkoutsk et ne s'était pas réveillé, même lorsque le steward lui avait renversé du café sur le pied.

Entrouvrant une paupière lourde, il regarda par le hublot. En voyant le bitume du tarmac, il se redressa dans son siège, parfaitement réveillé.

— Est-ce que j'ai raté quelque chose pendant la descente ? demanda-t-il en réprimant un bâillement.

— Comme d'hab'. Des vastes plaines, des moutons et des chevaux. Des camps de naturistes…

— C'est bien ma veine, répondit-il en regardant avec suspicion la tache brune sur sa chaussure.

— Bienvenue en Mongolie et dans la ville du Héros Rouge, ainsi qu'on appelle Oulan-Bator, lança la voix joviale de Sarghov, de l'autre côté du couloir.

Coincé dans un fauteuil minuscule, le visage couvert de pansements, Giordino se demanda comment il pouvait être aussi gai. Mais, en observant le corpulent scientifique glisser une flasque de vodka dans sa valise, il comprit rapidement pourquoi.

Le trio passa le service de l'immigration et Pitt et Giordino furent longuement interrogés. Selon les critères internationaux l'aéroport était petit et, avant de pouvoir récupérer leurs bagages, en attendant son taxi, Pitt remarqua sur le trottoir d'en face un homme dégingandé portant une chemise rouge qui le dévisageait. Balayant l'aérogare des yeux, il constata que de nombreux habitants l'observaient, n'ayant pas tous les jours l'occasion de voir un Occidental d'un mètre quatre-vingt-dix.

Ils hélèrent un taxi délabré qui couvrit rapidement la courte distance vers la ville.

— Oulan-Bator, comme le reste de la Mongolie d'ailleurs, a beaucoup changé ces dernières années, dit Sarghov.

— On dirait pourtant que cela n'a pas bougé depuis des siècles, déclara Giordino en désignant un grand campement de yourtes.

— La Mongolie a pour ainsi dire raté l'arrêt au vingtième siècle, dit Sarghov en hochant la tête, mais elle se rattrapera au vingt et unième. Tout comme en Russie, la police d'Etat ne contrôle plus la vie quotidienne et les gens apprennent à profiter de leur nouvelle liberté. La ville peut vous paraître austère, mais elle est déjà bien plus vivante qu'il y a dix ans.

— Vous y êtes souvent venu ? demanda Pitt.

— J'ai travaillé sur plusieurs projets avec l'Académie des sciences mongole sur le lac Khovsgol.

Le taxi évita un nid-de-poule de la taille d'un cratère, puis s'arrêta dans un crissement de pneus devant l'hôtel Continental. Tandis que Sarghov s'occupait des formalités, Pitt admirait une collection de reproductions d'art médiéval qui ornait le vaste hall. Par la grande baie vitrée, il aperçut un homme en chemise rouge sortir d'une voiture. Le même homme qu'il avait vu à l'aéroport.

Pitt scruta l'individu qui s'attardait près de sa voiture. Il avait les traits d'un Occidental, ce qui laissait penser qu'il ne faisait pas partie de la police mongole ni des services d'immigration. Pourtant, il semblait à l'aise dans cet environnement, son visage sympathique fendu d'un grand sourire. Pitt remarqua qu'il se déplaçait avec prudence, comme un chat marchant sur le haut d'une clôture. Mais il n'avait pas franchement l'air d'un danseur de claquettes. Dans le creux de son dos, juste au-dessus de sa ceinture, Pitt remarqua une protubérance qui ne pouvait être qu'un étui de revolver.

— C'est bon, dit Sarghov en tendant des clés à Pitt et Giordino. Nous sommes dans des chambres contiguës au troisième étage. Les grooms ont monté nos bagages. Si nous allions déjeuner dans le café de l'hôtel tout en élaborant notre stratégie ?

— S'il y a possibilité de boire une bière fraîche

dans cet endroit, c'est comme si j'y étais déjà, répondit Giordino.

— Je suis encore un peu raide après ce voyage en avion, dit Pitt. Je crois que je vais me dégourdir un peu les jambes en faisant le tour du quartier. Commandez-moi un sandwich au thon, et je vous rejoindrai dans quelques minutes.

Lorsque Pitt sortit de l'hôtel, l'homme à la chemise rouge se détourna précipitamment et s'appuya contre sa voiture, faisant mine de consulter sa montre. Pitt partit dans la direction opposée, esquivant de justesse un groupe de touristes japonais qui entraient dans l'hôtel. Marchant à vive allure, il parcourut rapidement deux pâtés de maisons. Puis il tourna dans une rue latérale, jetant un rapide regard sur le côté. Comme il le soupçonnait, l'homme en chemise rouge le filait à quelques dizaines de mètres de lui.

La rue était pleine de minuscules boutiques qui proposaient leurs produits le long du trottoir. Temporairement hors de vue de son poursuivant, Pitt se mit à courir et dépassa les six premières échoppes. Après être passé devant un marchand de journaux, il ralentit devant une boutique de vêtements. Un portant rempli de gros manteaux d'hiver dépassant du mur de la boutique lui offrait la cachette idéale. Pitt se faufila derrière le portant, dos contre le mur.

Une vieille femme ridée, un tablier autour de la taille, surgit de derrière un comptoir encombré de chaussures et regarda Pitt.

— Chut ! fit-il en souriant, un doigt sur les lèvres.

La vieille femme lui décocha un regard curieux, puis elle retourna vers l'arrière de sa boutique en secouant la tête.

Pitt n'eut que quelques secondes à attendre avant que l'homme à la chemise rouge arrive en courant, balayant nerveusement chaque boutique du regard.

Percevant ses pas, Pitt l'entendit s'arrêter devant le magasin. Il se tint parfaitement immobile, attendant de percevoir de nouveau le bruit des lourdes semelles en cuir sur la chaussée. Puis, il sauta de derrière le portant comme un lutin hors de sa boîte.

L'homme avait commencé à se diriger en courant vers la boutique suivante lorsqu'il perçut un mouvement derrière lui. Il se retourna et découvrit Pitt, qui le dépassait d'une bonne tête, à un mètre seulement derrière lui. Avant qu'il ait pu réagir, il sentit les grandes mains de Pitt enserrer ses épaules.

Pitt aurait pu plaquer l'homme au sol, le retourner de force ou encore le projeter à terre. Mais, fort de son élan, il se contenta de pousser l'homme vers un présentoir à chapeaux métallique rond. L'homme s'écrasa la tête la première dans le présentoir et tomba sur le ventre, renversant tout un lot de casquettes de baseball. La chute aurait suffi à en neutraliser beaucoup, mais Pitt ne fut guère surpris de le voir se relever immédiatement et ramper pour le frapper avec sa main gauche tandis que sa main droite passait dans son dos.

Pitt fit un pas en avant et sourit à l'homme.

— C'est ça que vous cherchez ? lui demanda-t-il.

D'une petite flexion de poignet, il découvrit un pistolet automatique Serdyukov SPS, et l'éleva à hauteur de la poitrine de l'homme. Interloqué, l'homme constata que son holster était vide. Il regarda froidement Pitt dans les yeux, puis lui adressa un grand sourire.

— M. Pitt, je crois que vous m'avez bien eu, dit-il en anglais, avec un léger accent russe.

— Je n'aime pas me sentir envahi, répondit Pitt en maintenant l'arme braquée sur son interlocuteur.

Celui-ci balaya nerveusement la rue du regard, puis il parla à voix basse.

— Il ne faut pas avoir peur de moi. Je suis un ami qui veille sur vous.

— Bien. Dans ce cas, joignez-vous à moi pour déjeuner avec certains de mes amis qui seront ravis de vous rencontrer.

— A l'hôtel Continental.

L'homme sourit, se débarrassant d'une casquette d'enfant décorée d'un chameau en pleine course qui lui avait atterri sur le crâne pendant la bagarre. Il se dégagea doucement et se mit à marcher vers l'hôtel. Pitt le talonna, le pistolet dissimulé dans sa poche, en se demandant quel genre d'excentrique était cet homme.

Le Russe ne fit pas mine de s'échapper, et marcha crânement jusqu'à l'hôtel et à la salle de restaurant. A la surprise de Pitt, il se dirigea directement vers la large banquette sur laquelle Giordino et Sarghov prenaient un verre.

— Alexander, espèce de vieux bouc ! s'exclama-t-il dans un rire en voyant Sarghov.

— Corsov ! Ils ne t'ont pas encore expulsé de ce pays ? demanda Sarghov en se levant pour donner une accolade à l'homme, plus petit que lui.

— Je remplis une mission d'une valeur inestimable pour l'Etat, répliqua-t-il avec un sérieux feint.

Puis, voyant le visage amoché de Sarghov, il fronça les sourcils.

— On dirait que tu viens de t'échapper du goulag, lança-t-il.

— Pas vraiment, c'est seulement les bâtards peu hospitaliers dont je t'ai parlé. Excuse-moi, je ne t'ai pas présenté correctement à mes amis américains. Dirk, Al, voici Ivan Corsov, attaché spécial à l'ambassade russe ici à Oulan-Bator. Ivan et moi avons travaillé ensemble il y a des années. Il a accepté de nous aider à enquêter sur Avarga.

— Il nous a filés depuis l'aéroport, dit Pitt à Sarghov pour dissiper ses derniers doutes.

— Alexander m'avait prévenu de votre arrivée. Je m'assurais seulement que personne d'autre ne vous suivait.

— On dirait que je vous dois des excuses, dit Pitt en souriant et en rendant discrètement à Corsov son arme avant de lui serrer la main.

— Ça ne fait rien, dit-il. Même si je doute que ma femme apprécie mon nouveau nez, ajouta-t-il en frottant l'ecchymose déjà violette due au choc reçu en tombant sur le présentoir.

— Ah bon, parce qu'elle aimait le précédent ? fit Sarghov en riant.

Les quatre hommes s'assirent et commandèrent à déjeuner, reprenant une conversation sérieuse.

— Alexander, tu m'as parlé de la tentative pour couler le *Vereshchagin* et de l'enlèvement des prospecteurs pétroliers, mais je ne savais pas que tu avais été blessé, dit Corsov en indiquant de la tête le bandage au poignet de Sarghov.

— Mes blessures auraient été bien pires si mes amis n'étaient pas intervenus, répondit-il en levant son verre de bière vers Pitt et Giordino.

— Nous n'étions pas ravis de nous réveiller en pleine nuit avec les pieds dans l'eau, expliqua Giordino.

— Qu'est-ce qui vous fait penser que les prisonniers ont été emmenés en Mongolie ?

— Nous savons que le porte-conteneurs a été loué par Avarga et que les prospecteurs pétroliers travaillaient aussi pour cette société. La police de la région n'a trouvé aucune filiale de cette entreprise en Sibérie, donc nous avons supposé qu'ils étaient rentrés en Mongolie. La sécurité frontalière a confirmé qu'un convoi de camions correspondant à celui vu à Listvyanka était passé en Mongolie, à Naushki.

— Est-ce que la police et les autorités ont été prévenues ?

— Oui, une demande formelle a été envoyée à la police nationale mongole. Tous semblent coopérer, même aux échelons les plus bas. Un officier de police d'Irkoutsk m'a cependant averti que le processus ne se ferait pas sans mal.

— C'est vrai. L'influence russe en Mongolie a considérablement faibli, dit Corsov en secouant la tête. Et la sécurité n'est plus ce qu'elle était. En raison de ces réformes démocratiques et des problèmes économiques actuels, l'Etat n'a plus la mainmise sur les citoyens, dit-il en haussant les sourcils en direction de Pitt et Giordino.

— C'est le prix à payer pour la liberté, mon ami, et je ne voudrais pas qu'il en soit autrement, répliqua Giordino.

— Camarade Al, croyez-moi, nous nous réjouissons tous que ces réformes obéissent au principe de liberté. C'est juste que cela rend parfois mon travail plus difficile.

— Et en quoi consiste exactement votre travail à l'ambassade ? demanda Pitt.

— Attaché spécial et directeur adjoint de l'information, à votre service. Je veille à ce que l'ambassade soit bien informée des événements et des activités dans ce pays.

Pitt et Giordino échangèrent un regard entendu, mais ne dirent rien.

— Tu te vantes encore, Ivan ? fit Sarghov en souriant. Assez parlé de toi. Que peux-tu nous dire sur Avarga ?

Corsov se cala dans son fauteuil et attendit que la serveuse s'éloigne avant de parler à voix basse.

— Le groupe pétrolier Avarga. Un étrange animal.

— C'est-à-dire ? demanda Sarghov.

— Eh bien, le concept d'entreprise est encore assez nouveau en Mongolie. Cela ne fait qu'une quinzaine d'années, c'est-à-dire depuis la fin du joug communiste, que l'on voit surgir des entreprises mongoles autonomes. Excepté les entreprises privées et publiques des cinq dernières années, toutes ont toujours été créées en partenariat avec l'Etat ou des entreprises étrangères. C'est le cas des entreprises minières, puisque les Mongols ne détenaient aucun capital et que les terres restaient la propriété de l'Etat. Pourtant, Avarga n'est pas dans ce cas.

— Ils ne sont pas en partenariat avec le gouvernement mongol ? demanda Pitt.

— Non, leurs statuts montrent qu'ils sont une entreprise entièrement privée. C'est très intéressant, puisqu'il s'agit de l'une des premières entreprises montées sous le nouveau gouvernement mongol autonome au début des années 1990. Son nom, soit dit en passant, semble être celui d'une ville de l'Antiquité dont on pense qu'elle était la première capitale de la Mongolie.

— Pour la création d'une compagnie pétrolière, seul un bail pour le terrain suffit, dit Giordino. Peut-être qu'ils ont commencé avec un bout de papier et une camionnette.

— Peut-être, mais ça, je ne peux pas le savoir… En tout cas, je peux vous affirmer qu'ils sont bien loin de leurs modestes débuts.

— Qu'est-ce que tu as découvert ? demanda Sarghov.

— On sait qu'ils ont un champ de pétrole, dont la production est minime, dans le Nord près de la frontière sibérienne, ainsi que quelques puits exploratoires dans le désert de Gobi. Ils possèdent aussi des permis d'exploration sur de vastes terrains autour du lac Baïkal. Mais leur véritable richesse, c'est un entrepôt d'équipement pétrolier au sud d'Oulan-Bator, près du dépôt ferroviaire, qui existe depuis des années. Ils ont également annoncé le début d'opérations minières dans une petite mine de cuivre près du Karakorum.

— Tout ça ne prouve pas en quoi leurs ressources sont phénoménales, fit remarquer Pitt.

— Certes, il s'agit seulement de leurs propriétés déclarées. Mais j'ai pu acquérir auprès du ministère de l'Agriculture et de l'Industrie une liste de certains de leurs biens, pour le moins étonnante.

Corsov fit rouler ses yeux pour leur signifier que le ministre n'était pas précisément au courant que l'information lui avait été transmise.

— Avarga a acquis les droits d'exploitation des mines et du pétrole sur de vastes étendues à travers le pays. Et, plus incroyable, ils se sont rendus propriétaires de milliers d'hectares de terres qui appartenaient à l'Etat. C'est un privilège inhabituel en Mongolie. Mes sources ont révélé que l'entreprise a payé une somme considérable au gouvernement mongol pour ces droits. Pourtant, à première vue, les finances de cette entreprise ne sont guère brillantes...

— Il y a toujours une banque quelque part désireuse de prêter de l'argent, dit Pitt. Peut-être ont-ils agi sous le couvert d'une autre compagnie minière ?

— Oui, c'est possible, mais je n'ai trouvé aucune preuve de cela. Ce qui est bizarre, c'est que la plupart de ces terrains se trouvent dans des régions dans lesquelles il n'y a a priori ni gisement de pétrole connu, ni mines. La plupart traversent le désert de Gobi, par exemple.

La serveuse réapparut, posant une assiette d'agneau rôti devant Corsov. Le Russe fourra un gros morceau de viande dans sa bouche, puis continua à parler.

— J'ai trouvé intéressant le fait que l'entreprise semble ne bénéficier d'aucun appui ni avoir de filiation politique, et qu'elle soit inconnue d'ailleurs de la majorité des membres du gouvernement mongol. Les affaires que cette entreprise a conclues l'ont apparemment été en liquide, mais la source est un mystère pour moi. En ce moment, le chef de l'entreprise se terre à Xanadu.

— Xanadu ? demanda Pitt.

— C'est le nom de la résidence du PDG, et également le siège de l'entreprise. Située à environ deux cent cinquante kilomètres au sud-est d'ici. Je ne l'ai jamais vue, mais un cadre de Yukos Oil m'en a parlé après y avoir été invité il y a quelques années. Il s'agit d'un palais, petit certes, mais richement décoré et construit sur le modèle de la résidence d'été d'un empereur mongol du treizième siècle. Elle reste une exception en Mongolie et, bizarrement, je ne connais aucun Mongol qui y soit entré.

— Encore les preuves d'une richesse dont on ne connaît pas la source, dit Sarghov. Alors, où sont nos prisonniers ? Est-ce qu'on les aurait emmenés dans l'entrepôt d'Oulan-Bator, ou bien à Xanadu ?

— C'est difficile à dire. Les camions pourraient facilement passer inaperçus à l'entrée et à la sortie de l'entrepôt, ce qui serait un bon point de départ. Dites-moi tout de même pourquoi ces géophysiciens auraient été enlevés ?

— C'est une bonne question, à laquelle nous aimerions trouver une réponse, répondit Pitt. Commençons par le site industriel. Est-ce que vous pouvez nous y faire entrer pour que nous jetions un coup d'œil ?

— Bien sûr ! répondit Corsov comme insulté par cette question. J'ai déjà étudié les lieux. La surveillance est assurée par deux gardes ; toutefois on devrait pouvoir y accéder par voie ferroviaire.

— Un petit coup d'œil en pleine nuit ne devrait gêner personne, déclara Giordino.

— Oui, je pensais bien que vous diriez ça. Vous avez seulement besoin de vérifier si oui non les prospecteurs de pétrole y sont bien. Une fois que nous en serons sûrs, nous pourrons pousser la police mongole à agir. Sinon, nous serons tous des vieillards quand les choses bougeront. Croyez-moi, camarades, le temps peut vraiment s'arrêter en Mongolie.

— Et cette femme, Tatiana, est-ce que vous avez des informations sur elle ?

— Malheureusement, non. Elle a pu voyager en Sibérie sous un faux nom, si l'on en croit les services d'immigration. Mais si elle fait partie d'Avarga et qu'elle se trouve en Mongolie, nous allons la trouver.

Corsov finit de dévorer son agneau et avala une deuxième bière chinoise.

— Minuit ce soir. Retrouvez-moi derrière l'hôtel et je vous conduirai à l'entrepôt. Bien sûr, vu mes fonctions, il est trop dangereux pour moi de vous accompagner, ajouta-t-il avec un sourire qui fit briller ses grandes dents.

— J'ai bien peur de ne pas pouvoir jouer les détectives moi non plus, dit Sarghov en brandissant son poignet bandé. Je ferai de mon mieux pour vous aider d'une autre manière, ajouta-t-il, contrarié.

— Ce n'est pas un problème, répondit Pitt. Il n'y a pas de raisons de créer un incident diplomatique entre nos deux pays. S'il se passe quelque chose, nous jouerons seulement les touristes égarés.

— Une petite intrusion inoffensive comme celle-là ne devrait pas présenter de grand danger, renchérit Sarghov.

Le visage jovial de Corsov devint soudain solennel.

— J'ai une nouvelle tragique à vous apprendre. Une équipe de prospecteurs pétroliers du groupe russe Lukoil a été prise au piège et tuée par des hommes à cheval dans les montagnes au nord, il y a près de deux jours. Quatre hommes ont été brutalement assassinés sans raison apparente. Un cinquième homme a assisté aux meurtres mais a réussi à s'enfuir sans être vu. Un gardien de moutons l'a retrouvé épuisé et terrifié non loin du village d'Erõõ. Lorsque l'homme est retourné sur les lieux avec la police locale, tout avait disparu : les corps, les camions, l'équipement technique, tout s'était volatilisé. Un représentant de l'ambassade est allé le chercher et l'a ramené en Sibérie, tandis que des dirigeants de Lukoil confirmaient la disparition de tout le reste de l'équipe.

— Y a-t-il un lien avec Avarga ? demanda Giordino.

— En l'absence de preuves, nous l'ignorons. Mais la coïncidence semble étrange, vous en conviendrez.

Le silence s'installa quelques instants, puis Pitt reprit la parole.

— Ivan, vous nous avez dit peu de choses au sujet des propriétaires d'Avarga. Qui est le visage derrière cette entreprise ?

— Les visages, en fait, corrigea Corsov. La société est immatriculée sous le nom d'un homme, Tolgoï Borjin. On dit qu'il a un frère et une sœur plus jeunes, mais je n'ai pas pu trouver leurs noms. La fameuse Tatiana pourrait bien être la sœur. Je vais tenter de réunir de plus amples informations. L'administration étant ce qu'elle est en Mongolie, on sait peu de choses sur cette famille, aussi bien au niveau public que privé. Les fichiers de l'Etat indiquent que Borjin a grandi dans une colonie de la province de Khentii. Sa mère est morte jeune et son père était un ouvrier contremaître. Comme je l'ai dit, la famille ne semble pas avoir d'influence politique particulière et ne brille pas par sa présence parmi la haute société d'Oulan-Bator. Je peux seulement répéter la rumeur selon laquelle cette famille se dirait apparentée à la Horde d'Or.

— Des riches, hein ? fit Giordino.

— Non, dit Corsov en secouant la tête. La Horde d'Or n'a rien à voir avec la fortune. C'est une référence généalogique.

— Avec un nom comme ça, ils ont bien dû avoir de l'argent à une époque.

— Oui, on peut dire ça comme ça. Une richesse ancienne et des terres. Beaucoup de terres. Presque tout le continent asiatique, à vrai dire.

— Vous ne voulez pas dire… commença Pitt.

Corsov le coupa avec un signe de tête.

— Mais si. Les livres d'histoire vous diront que les membres de la Horde d'Or étaient les descendants directs de Chinggis.

— Chinggis ? fit Giordino.

— Un conquérant et un tacticien accompli, peut-être le plus grand chef de l'époque médiévale, intervint Pitt avec respect. Mieux connu du monde sous le nom de Gengis Khan.

18

Vêtus de vêtements sombres, Pitt et Giordino quittèrent l'hôtel peu avant minuit, le dîner s'étant prolongé fort tard, non sans s'être fait remarquer en demandant à la réception où trouver les meilleurs bars de la ville. Bien que les touristes étrangers ne soient plus si rares à Oulan-Bator, Pitt, préférant ne pas attirer les soupçons, contourna, faussement nonchalant, le pâté de maisons, puis s'installa en compagnie de son ami dans un petit café face à l'entrée arrière de l'hôtel. Le café était bondé. Ils s'assirent à une des rares tables libres, dans un coin de la salle, et commandèrent deux bières en attendant que sonne minuit. Non loin d'eux, un groupe d'hommes d'affaires éméchés accompagnait bruyamment la barmaid rousse, qui jouait d'un instrument à cordes appelé « yattak », marmonnant des ballades. Pitt, amusé, remarqua qu'elle semblait jouer toujours la même chanson.

Corsov apparut à l'heure convenue au volant d'une berline grise Toyota. Il ralentit à peine lorsque Pitt et Giordino s'avancèrent pour monter dans le véhicule, puis accéléra de nouveau. Corsov prit l'itinéraire touristique et passa devant la grande place Sukhe-Bator, du nom de ce chef révolutionnaire qui avait vaincu les Chinois et déclaré l'indépendance mongole en 1921, sur cette même place, lieu de rassemblements et manifestations diverses. L'homme politique aurait sans doute été déçu de voir que l'attraction principale, à cette heure tardive, n'était qu'un groupe de rock local et leurs fans, vêtus à la mode grunge.

La voiture tourna vers le sud et quitta bientôt la circulation du centre-ville pour emprunter de petites rues latérales plongées dans l'obscurité.

— J'ai un cadeau pour vous sur la banquette arrière, dit Corsov en souriant de toutes ses dents.

Giordino fouilla derrière lui et trouva deux vieilles vestes en cuir pliées sur la banquette, ainsi que deux vieux casques de chantier jaunes.

— Cela vous protégera du froid et vous fera ressembler à deux ouvriers.

— Ou à deux clochards des bas quartiers, dit Giordino en enfilant une des vestes.

Le manteau était mité et Giordino crut bien qu'il allait faire exploser les coutures aux épaules. Il sourit en voyant que les manches de la veste de Pitt, elle-même bien trop petite pour lui, lui arrivaient au milieu des avant-bras.

— Pas de retoucheur ouvert 24 heures sur 24 dans le quartier ? demanda Pitt en levant un bras.

— Ha, ha, très drôle ! fit Corsov.

Il se baissa pour ramasser une grande enveloppe ainsi qu'une lampe de poche, qu'il tendit à Pitt.

— Voici une photo aérienne de la zone, avec les compliments du ministère de l'Urbanisme. Pas très détaillé, mais cela vous donnera une idée des lieux.

— Vous n'avez pas chômé ce soir, Ivan, dit Pitt.

— Avec une femme et cinq enfants, lança-t-il en riant, vous croyez que j'ai envie de rentrer à la maison après le travail ?

Comme ils atteignaient la limite sud de la ville, Corsov tourna vers l'ouest, suivant les rails de chemin de fer. Alors qu'ils passaient devant la gare principale d'Oulan-Bator, Corsov ralentit. Pitt et Giordino étudièrent rapidement la photographie à la lumière de la lampe-torche.

Le cliché aérien, en noir et blanc et légèrement flou, couvrait trois kilomètres carrés, Corsov ayant entouré en rouge l'usine Avarga. Il n'y avait pas grand-chose à voir. Deux grands entrepôts bordaient chaque extrémité du site rectangulaire, au milieu duquel avaient été construits de petits bâtiments. La plus grande partie de la cour, ceinte par un mur côté rue et grillagée sur l'arrière et les côtés, semblait être une zone de stockage en plein air pour les équipements divers. Pitt remarqua une voie ferrée qui partait de l'extrémité est de la cour et rejoignait la voie principale de la ville.

Corsov coupa les phares et se gara sur un parking vide. Le petit bâtiment attenant, sans toit, était maculé de suie. C'était une ancienne boulangerie, qui avait pris feu il y a bien longtemps, et dont il ne restait que des murs roussis et décrépits.

— La voie ferrée est juste derrière ce bâtiment. Suivez-la jusqu'à la cour. L'entrée est seulement protégée par une porte grillagée, expliqua Corsov à Pitt en lui tendant une paire de cisailles. Je vous attendrai au dépôt de chemin de fer jusqu'à trois heures, puis je ferai un bref passage ici vers trois heures quinze. Ensuite, vous serez seuls.

— Merci, Ivan, ne vous inquiétez pas, nous serons de retour, répondit Pitt.

— D'accord. Et rappelez-vous : si quelque chose tourne mal, c'est l'ambassade américaine que vous devez appeler, pas l'ambassade russe !

Pitt et Giordino se dirigèrent vers le bâtiment incendié et attendirent dans l'ombre que les feux de la voiture de Corsov aient disparu avant d'en faire le tour. A quelques mètres, ils trouvèrent le rail surélevé qui courait dans l'obscurité, qu'ils suivirent en direction de l'entrepôt éclairé un peu plus loin.

— Tu sais qu'on pourrait être en train de déguster la vodka locale dans ce petit café sympa, fit remarquer Giordino sous les rafales de vent glacé.

— Mais la barmaid était mariée, répondit Pitt. Tu aurais perdu ton temps.

— Je n'ai jamais trouvé que c'était une perte de temps de boire un coup. D'ailleurs, j'ai remarqué que le temps s'arrête souvent, dans les bars.

— Seulement jusqu'à l'addition. Ecoute, retrouvons Theresa et ses amis, et la première bouteille de Stoli sera pour moi.

— Ça marche.

Longeant la voie de chemin de fer, ils progressèrent rapidement vers le site. Le portail qui barrait la voie était tel que Corsov l'avait décrit : une porte grillagée cadenassée à un épais poteau en acier. Pitt sortit de sa poche les cisailles et découpa rapidement le grillage en L inversé. Giordino n'eut plus qu'à le soulever pour aider son ami à passer dans l'ouverture, puis se faufila derrière lui.

L'aire de stockage était bien éclairée et, en dépit de l'heure tardive, on percevait une forte activité. Restant autant que possible dans l'ombre, Pitt et Giordino longèrent le mur du grand hangar en tôle côté est. Les portes coulissantes du bâtiment donnaient sur l'intérieur de la cour. Les deux hommes entrèrent discrètement, puis s'immobilisèrent, se cachant derrière l'une des immenses portes.

Depuis ce poste, ils avaient une vue très claire des lieux. A leur gauche, près de la voie ferrée, une bonne dizaine d'hommes s'affairaient autour de quatre wagons de fret équipés de plateaux. Une grue déposait des tubes d'un mètre vingt de long sur le premier wagon découvert, tandis que deux chariots élévateurs, munis de fourches, chargeaient des tiges de forage plus petites et des tubes de cuvelage sur les autres plates-formes. Pitt fut soulagé de constater que plusieurs hommes portaient des vestes marron miteuses et des casques de chantier semblables aux leurs.

— Tiges de forage pour un puits de pétrole et conduites de transfert au point de stockage, chuchota Pitt en observant le chargement. Rien d'inhabituel pour le moment.

— Sauf qu'ils ont assez de matos pour creuser jusqu'au centre de la terre et expédier le pétrole jusqu'à la lune, remarqua Giordino, balayant la cour du regard.

Pitt suivit son regard et hocha la tête. La zone de stockage était jonchée de larges tubes de douze mètres de long, empilés à la façon de gigantesques pyramides plus hautes qu'eux. On aurait dit une vaste forêt horizontale et métallique, très structurée.

Dans une partie latérale de la cour, une quantité tout aussi impressionnante de tubes de plus petit diamètre et de cuvelage étaient entassés.

Tournant la tête vers le hangar, Pitt se rapprocha et jeta un coup d'œil à l'intérieur. Il ne vit personne. Seule une radio portable, qui diffusait un tube pop méconnaissable dans un bureau latéral, indiquait la présence d'ouvriers dans le bâtiment. Entrant à grandes enjambées, il se dissimula derrière un camion garé près du mur. Bientôt rejoint par Giordino, les deux hommes passèrent les lieux en revue.

Une demi-douzaine de grands semi-remorques à plateau occupaient l'avant du bâtiment, coincés entre deux camions-bennes. Une profusion de pelles mécaniques et de bulldozers Hitachi étaient alignés contre un mur, tandis que le fond du hangar servait d'usine de fabrication. Pitt observa un tas de bras et d'axes de roulement en métal préfabriqués à divers stades d'assemblage. Un modèle presque achevé se tenait au centre, ressemblant à un grand cheval à bascule.

— Des pompes de puits de pétrole, dit Pitt en se

rappelant les pompes de surface qu'il voyait étant enfant dans les champs en friche de Californie du Sud. Cependant, celles-ci semblaient plus petites et plus compactes que dans son souvenir quand, pour pomper le pétrole de puits à faible pression, on y avait recours pour extraire le liquide noir.

— On dirait plutôt un manège pour soudeurs, répliqua Giordino.

Il fit soudain un signe de tête en direction d'un bureau dans le fond, dans lequel on voyait un homme téléphoner.

Pitt et Giordino avançaient doucement, cachés par l'un des semi-remorques, et se dirigeaient vers l'entrée de l'entrepôt lorsque deux voix près de la porte les firent sursauter. Les deux hommes se baissèrent précipitamment et reculèrent vers l'arrière du camion pour s'accroupir derrière une large roue. Par les interstices de la roue, ils virent deux ouvriers passer de l'autre côté du camion, lancés dans une conversation animée, et qui se dirigeaient vers le bureau du fond. Pitt et Giordino longèrent rapidement la file de camions pour se retrouver à l'extérieur du bâtiment, se dissimulant au dos d'une pile de palettes vides.

— N'importe lequel de ces semi-remorques aurait pu se trouver au lac Baïkal, sauf qu'aucun ne ressemblait au camion couvert que nous avons vu sur le quai, chuchota Giordino.

— Nous n'avons pas encore exploré l'autre côté de la cour, répondit Pitt en indiquant le deuxième entrepôt.

Celui-ci se trouvait plongé dans l'obscurité, toutes portes fermées. Ils se frayèrent un passage entre divers cabanons de stockage qui encombraient la partie nord de la cour. A mi-chemin, ils tombèrent sur plusieurs autres cabanons et remarquèrent une petite loge de gardien qui marquait l'entrée principale du complexe.

Giordino sur les talons, Pitt la contourna, restant à distance, puis se rapprocha. S'arrêtant à la dernière remise, dans laquelle se trouvait une caisse pleine d'outils de chantier tachés de graisse, ils étudièrent le second hangar.

Il était de même dimension que le premier, mais dépourvu d'activité. La grande porte d'entrée coulissante était cadenassée, tout comme la petite porte latérale. Différence notable cependant : un garde armé était posté à l'entrée.

— Qu'est-ce qu'il y a à garder dans un dépôt de matériel de forage ? fit Giordino.

— Si on essayait de le découvrir ?

Pitt s'approcha de la caisse et fouilla parmi les outils.

— Autant avoir la tête de l'emploi, dit-il en soulevant une masse et la posant sur son épaule.

Giordino s'empara d'une boîte à outils métallique verte dont il vida le contenu, à l'exception d'une scie à métaux et d'une clé anglaise.

— Allons réparer la plomberie, patron, murmurat-il en suivant Pitt.

Le duo s'avança à découvert en direction de la façade du bâtiment comme s'ils étaient chez eux. Au départ, le garde prêta peu d'attention aux deux hommes, qui, dans leurs manteaux élimés et avec leurs casques cabossés, ressemblaient à n'importe quels autres ouvriers du chantier. Mais lorsqu'ils se dirigèrent vers la petite porte d'entrée sans lui prêter la moindre attention, il s'exclama :

— Arrêtez ! leur lança-t-il en mongol. Où croyez-vous aller ?

Giordino s'arrêta, faisant mine de refaire son lacet. Pitt poursuivit son chemin comme si le garde n'existait pas.

— Arrêtez ! cria une nouvelle fois le garde qui se mit à avancer vers Pitt à pas traînants tout en sortant son arme de son holster.

Pitt continua de marcher jusqu'à ce que le garde ne soit plus qu'à un mètre de distance, puis il se retourna lentement et lui fit un grand sourire.

— Désolé, *no habla*, dit-il en haussant les épaules d'un air désarmant.

Le garde étudia les traits occidentaux de Pitt, méditant sa phrase, l'air confus. C'est alors qu'une boîte à outils verte surgie de nulle part le heurta à la tempe, lui faisant perdre connaissance avant même d'avoir touché terre.

— Je crois qu'il a cabossé ma boîte à outils, grommela Giordino, frottant une petite bosse sur un coin de l'objet.

— Peut-être qu'il est assuré. Bon, on ferait bien de changer de place le Bel au bois dormant.

Il essaya de tourner la poignée de la porte, mais cette dernière était verrouillée. Soulevant la masse, il abattit rageusement la tête en métal contre la poignée. La serrure se détacha avec fracas de l'encadrement de la porte qui s'ouvrit sur un simple coup de pied. Giordino avait déjà soulevé le garde par les aisselles, puis il le tira à l'intérieur pendant que Pitt refermait la porte.

Il faisait sombre, aussi Pitt appuya sur les interrupteurs de l'entrée, les néons illuminant le hangar. A sa grande surprise, le bâtiment était presque vide. Seules deux remorques à plateau occupaient une partie de l'immense entrepôt. L'un des plateaux était vide, mais l'autre abritait un grand objet dissimulé par une bâche en toile. Sa forme, aérodynamique, évoquait un wagon de métro. Il était presque le contraire de l'objet vertical immense qu'ils avaient découvert, caché sur le camion du lac Baïkal.

— Ça ne ressemble pas au joujou que l'on cherchait, fit remarquer Pitt.

— On pourrait tout de même essayer de percer le grand secret, répondit Giordino en sortant la scie à métaux de sa boîte à outils cabossée.

Sautant sur le plateau, il s'attaqua à l'amas de cordes qui emmaillotaient l'objet dans la toile comme une momie. Une fois coupées, Pitt tira sur la bâche.

Lorsqu'elle glissa sur le sol, ils découvrirent une machine en forme de tube, longue de près de dix mètres. Un enchevêtrement de tubes et de conduites hydrauliques reliaient la grande tête cylindrique à l'avant à un cadre tout au bout. Pitt fit le tour de la proue de l'engin pour l'étudier : un disque de deux mètres de diamètre garni de petits disques biseautés.

— Un tunnelier, déclara-t-il en passant la main sur l'une des têtes de coupe émoussées.

— Corsov a affirmé que cette société s'intéressait aussi aux mines. J'ai entendu dire qu'il y avait de belles réserves de cuivre et de charbon dans le pays.

— C'est un outil plutôt coûteux pour une compagnie pétrolière de deuxième ordre.

Un sifflement strident parcourut soudain toute la cour. Pitt et Giordino jetèrent un coup d'œil près de la porte et constatèrent que le garde avait disparu.

— Quelqu'un s'est réveillé et a appelé le service d'étage sans nous prévenir.

— Et moi qui n'ai même pas de monnaie pour le pourboire !

— Nous avons vu tout ce qu'il y avait à voir. Allons nous mêler à la foule.

Ils s'élancèrent vers la porte, que Pitt entrebâilla. De l'autre côté de la cour, trois gardes armés se dirigeaient vers eux à bord d'une Jeep. Pitt reconnut l'homme assis à l'arrière, se frottant la tête, qui n'était autre que celui que Giordino avait assommé.

Pitt n'hésita pas ; il ouvrit grand la porte et s'élança hors du bâtiment, Giordino sur les talons. Ils le contournèrent et coururent en direction du labyrinthe de tubes, entassés à côté de la voie ferrée. Leurs poursuivants leur criaient après, mais Pitt et Giordino disparurent rapidement derrière le premier empilement de tuyaux.

— J'espère qu'ils n'ont pas de chiens, murmura Giordino tandis qu'ils s'arrêtaient pour reprendre leur souffle.

— Je n'entends pas d'aboiement.

Avant de s'enfuir, Pitt s'était instinctivement emparé de la masse, qu'il leva pour rassurer Giordino. Puis il observa les tas de tuyaux autour d'eux afin d'élaborer une stratégie.

— Passons en zigzag au milieu des tuyaux pour atteindre la voie ferrée. Si nous réussissons à contourner la plate-forme de chargement sans nous faire voir, nous devrions réussir à gagner la sortie alors qu'ils nous chercheront encore de ce côté.

— Je suis derrière toi, répondit Giordino.

Ils repartirent, tournant à droite et à gauche des immenses tubes, l'édifice haut de plus de six mètres. A quelques mètres derrière eux, ils entendaient les gardes qui criaient, se lançant à leur poursuite. Les gigantesques palettes formaient un labyrinthe qui rappelait une forêt dense de séquoias, handicapant leurs poursuivants.

S'efforçant de progresser le plus possible en ligne droite, Pitt les emmena dans la direction des voies de chemin de fer, s'arrêtant une nouvelle fois derrière le dernier alignement de palettes. La voie finissait à quelques pas, et juste derrière se trouvait la limite sud du complexe, marquée par un mur en brique de quatre mètres de haut.

— Aucune chance de franchir ça, souffla Pitt. Il va falloir suivre la voie ferrée.

Ils bondirent vers les traverses et avancèrent vers la rampe de chargement à un pas rapide, essayant de ne pas attirer l'attention. Devant eux, on continuait à charger les wagons. Les ouvriers s'étaient brièvement interrompus lorsque l'alarme avait retenti, puis avaient repris leur travail en voyant les vigiles se diriger vers l'entrepôt.

Pitt et Giordino s'approchèrent de la plate-forme et longèrent la file de wagons, le casque baissé sur les yeux. Ils avaient presque dépassé le premier lorsqu'un contremaître en sauta pour atterrir devant Giordino. L'homme en touchant le sol perdit l'équilibre et trébucha contre Giordino, rebondissant contre le robuste Italien comme s'il s'était heurté à un mur en béton.

— Désolé, murmura l'homme en mongol, puis il regarda Giordino dans les yeux : Qui êtes-vous ?

Giordino vit une imperceptible inquiétude se peindre sur le visage de l'homme, à laquelle il mit prestement fin par un crochet du droit au menton. L'homme s'effondra, et sa chute fut immédiatement suivie d'un cri. Debout sur la voiture suivante, deux Mongols avaient surpris le geste de Giordino. Les ouvriers firent demi-tour et se mirent à courir vers la cour en hurlant afin d'attirer l'attention des vigiles à bord de la Jeep qui sortait tout juste du hangar.

— Pour une sortie discrète, c'est raté, fit Pitt.

— Je te jure que je n'ai rien demandé à personne, murmura Giordino.

Pitt regarda en direction de la grille qu'ils avaient découpée en entrant. S'ils couraient, ils avaient une chance de l'atteindre avant que la Jeep les rattrape, mais les gardes étaient juste derrière eux.

— Il nous faut faire diversion, dit vivement Pitt.

Essaie d'attirer la Jeep pendant que je trouve une solution…

— Attirer l'attention ne posera pas de problème.

Ils se glissèrent alors sous le wagon et rampèrent jusqu'à l'autre côté. Pitt resta dans l'ombre tandis que Giordino bondissait à découvert et se mettait à courir en direction des tuyaux. Une seconde plus tard, plusieurs ouvriers s'élancèrent à sa poursuite, éclaboussant de poussière et de gravillons le visage de Pitt. En relevant la tête, il vit la Jeep tourner brusquement, ses phares capturant la silhouette de Giordino au loin.

C'était à Pitt de jouer à présent. Il sortit prestement de sa cachette et courut jusqu'au wagon suivant. L'un des chariots élévateurs à fourche s'occupait de charger une palette de tubes de cuvelage sur le plateau lorsque Pitt fonça vers la cabine du chauffeur. Brandissant la masse, il bondit à l'intérieur de la cabine et abattit la lourde tête de l'outil sur le pied du conducteur avant même de toucher le plancher. Celui-ci, interloqué, regarda Pitt avec de grands yeux avant même de sentir la douleur. Pitt souleva à nouveau la masse au moment où l'homme, les deux orteils brisés, poussait un premier cri.

— Désolé, mon vieux, mais j'ai besoin d'emprunter votre machine, dit Pitt.

L'opérateur, abasourdi, s'enfuit hors de la cabine par la porte opposée comme s'il avait des ailes et disparut dans l'obscurité avant que Pitt ne le frappe une deuxième fois. Pitt lâcha la masse et se glissa sur le siège, puis éloigna rapidement le chariot élévateur du wagon. Ayant déjà manœuvré cet engin des décennies plus tôt, alors qu'il était lycéen et travaillait chez un vendeur de pièces détachées, il se rappela rapidement le fonctionnement des commandes. Il fit pivoter le chariot sur son unique roue arrière et appuya sur l'accélérateur, dirigeant la fourche vers Giordino.

Le partenaire de Pitt avait zigzagué dans le labyrinthe de tuyaux jusqu'à ce qu'il voie un garde armé lui barrer la route. La Jeep arrivait du centre de la cour, les deux autres gardes à bord, suivie de trois ouvriers. Ceux-ci n'étant pas armés, Giordino avait donc toutes ses chances. Il s'immobilisa puis fit volte-face, chargeant frontalement son premier poursuivant. L'homme, surpris, hésita quelques secondes, mais fut pris de court par Giordino qui lui fonça dedans, lui donnant un coup d'épaule dans l'estomac. On aurait dit un taureau déchaîné chargeant une poupée de chiffon. Un souffle d'air sortit des lèvres de l'homme, puis son visage devint bleu et il s'affaissa sur l'épaule de Giordino. Le solide Italien ne perdit pas un instant et projeta le poids mort en avant sur le deuxième ouvrier, qui le talonnait d'un pas. Les trois corps entrèrent en collision violemment, Giordino se servant de l'homme qu'il portait sur l'épaule comme d'un bélier. Dans un enchevêtrement de bras et de jambes, tous trois tombèrent sur le sol, Giordino sur les deux ouvriers.

En un instant il se remit sur pied, prêt à affronter le suivant. Cependant le troisième ouvrier, un homme longiligne avec de grands favoris, les avait adroitement évités pour se positionner derrière Giordino. Quand Giordino se releva, « Favoris » lui sauta sur le dos, passant un bras autour de son cou, lui bloquant la respiration. L'Italien était traqué : la Jeep s'arrêtant dans un crissement de pneus tandis que le garde à pied s'approchait en criant, son arme à la main. Se rendant compte qu'il ne pouvait s'échapper, Giordino se détendit sous l'étranglement, songeant que sa diversion n'avait pas franchement réussi.

Derrière le pare-brise, il aperçut le conducteur qui le regardait d'un air triomphant comme s'il venait d'attraper un gibier de choix. Le garde satisfait, manifestement le chef de l'équipe de sécurité, s'apprêtait à descendre de la Jeep, quand, tout d'abord intrigué puis paniqué, il vit une silhouette jaune bondir de l'obscurité.

Pitt, traversant la cour à vive allure, avait abaissé la fourche de son chariot et se dirigeait droit sur le conducteur de la Jeep. Le passager laissa échapper un cri et tenta de se dégager, mais le chauffeur, lui, ne pouvait faire grand-chose. La fourche s'enfonça dans la Jeep comme dans du beurre, les deux bras enserrant le siège du conducteur. Le nez du chariot élévateur s'écrasa alors contre la portière, traînant la Jeep de guingois sur plus d'un mètre et projetant ses occupants dans les airs par l'autre côté. Les deux gardes roulèrent au sol tandis que le véhicule s'immobilisait à côté d'eux. Pitt passa rapidement la marche arrière et s'écarta de la voiture écrabouillée.

Profitant du choc dû à la collision, Giordino réagit immédiatement lorsque le bras de « Favoris » faiblit. Saisissant le poignet de l'homme, Giordino lui flanqua un coup de coude dans les côtes. Ce fut suffisant pour désarçonner l'ouvrier et permettre à Giordino de lui échapper. Il se retourna et évita de justesse le coup de pied circulaire de « Favoris », qu'il contra par un direct du droit juste sous l'oreille de son adversaire. Celui-ci tomba à genoux, fixant Giordino d'un air éberlué.

Il restait encore le garde à pied, et armé. Giordino fut soulagé de constater qu'il ne pointait plus son arme dans sa direction. En effet, il se concentrait sur le chariot élévateur, qui fonçait à présent droit sur lui. En proie à la panique, le garde tira deux coups en direction de la cabine, puis s'écarta de la trajectoire du véhicule. Pitt, tapi au fond de la cabine, entendit les balles siffler au-dessus de sa tête. Alors il braqua à fond le volant en passant près du garde. Le chariot maniable pivota immédiatement et en un instant, Pitt fut de nouveau sur les talons de l'homme. Celui-ci, surpris, trébucha en essayant d'échapper à la fourche, tombant la tête la première sur son chemin. Pitt abaissa vivement la fourche, se préparant à frapper.

L'homme aurait dû rouler sur le côté, pourtant il essaya de se relever et courir. Lorsqu'il y parvint, une dent de la fourche lui effleura le dos et se prit dans sa veste. Pitt abaissa le levier et fit monter la fourche au-dessus de la cabine, soulevant le garde dans les airs. Battant des bras et des jambes, le vigile lâcha son arme en essayant désespérément de s'accrocher à la fourche pour ne pas tomber.

— Tu sais que tu risques de blesser quelqu'un avec ce truc, si tu ne fais pas attention, dit Giordino en sautant dans la cabine, s'accrochant à un arceau au plafond.

— La sécurité en premier, telle est ma devise, fit Pitt. Mais peut-être l'ai-je oublié ?

Il avait déjà fait demi-tour et accélérait le long de la voie ferrée en direction de la grille. Alors qu'il passait devant l'aire de chargement, plusieurs ouvriers s'avancèrent, menaçants, avant de battre en retraite devant le chariot élévateur lancé à vive allure, le garde toujours accroché à la fourche qui appelait à l'aide.

Pitt aperçut une haute pile de barils de pétrole devant eux et il vira dans cette direction.

— Terminus pour les passagers de première classe, murmura-t-il.

Fonçant droit sur les fûts, il écrasa les freins à seulement quelques mètres. Le chariot émit un grincement et patina, puis s'arrêta cahin-caha contre la rangée inférieure de barils. Le choc projeta en avant le garde, qui atterrit comme un ballot de foin sur la rangée supérieure. Tout en faisant marche arrière, Pitt l'entendit jurer : le garde était toujours en vie.

Pitt positionna le chariot en direction du portail et écrasa la pédale d'accélérateur ronde, pied au plancher.

On entendait des cris près de la Jeep accidentée, et Pitt, jetant un coup d'œil derrière lui, put voir les deux hommes se relever, se lançant à sa poursuite. Malgré les salves de coups de feu, qui s'abattirent sur le chariot dans un bruit métallique, Pitt poursuivit sa route, distançant ses assaillants.

A l'approche de la grille, Pitt colla le chariot à la voie ferrée jusqu'à ce que la roue droite rencontre les traverses en bois.

— Ah, je vois qu'on va jouer les béliers, dit Giordino en surveillant les manœuvres de Pitt, se préparant au choc.

Pitt visa la partie gauche de la grille et s'accrocha au volant. La dent gauche de la fourche percuta de front le poteau et trancha le gond inférieur, tandis que la droite découpait le grillage. Le nez du chariot emboutit ensuite la grille de plein fouet. Sous la violence du choc, il fut soulevé un instant dans les airs puis la grille sortit de ses gonds avant de voler sur le côté.

Pitt dut se débattre avec les commandes pour empêcher le chariot de basculer, lancé à grande vitesse. Le chariot cabossé rebondit sur les voies et sur la piste gravillonnée qui les bordait, avant de retomber sur ses trois roues. Pitt suivit le sentier, sans relever le pied de l'accélérateur.

— J'espère que notre chauffeur est en avance, s'écria Pitt.

— Il a intérêt. On ne devrait plus les tenir très longtemps à distance.

Giordino, qui s'était retourné, aperçut les phares d'un autre véhicule qui longeait la voie ferrée en direction de la grille défoncée.

Pitt força encore sur les commandes du chariot qui cahotait dans les nids-de-poule et les cailloux sous l'obscurité étoilée. Pour éviter d'être une cible trop parfaite, il roulait tous phares éteints. Quand l'ombre de la boulangerie incendiée apparut enfin au sommet de la colline, Pitt coupa les gaz.

— Tout le monde descend, dit-il en appuyant sur le frein jusqu'à l'arrêt complet.

Il sauta hors du véhicule à la recherche d'une grande pierre plate. Faisant pivoter le volant du chariot afin de le diriger à nouveau vers le sentier, il posa la pierre sur l'accélérateur et sauta hors du véhicule. Le chariot jaune dévala la pente, bourdonnant tranquillement tout en disparaissant dans la nuit.

— Quel dommage ! Je commençais à m'attacher à cette machine, murmura Giordino tout en remontant rapidement la colline.

— Espérons qu'un éleveur de chameaux du désert de Gobi en fera bon usage.

Une fois au sommet, ils s'abritèrent derrière un mur en ruine de l'ancienne boulangerie et observèrent le parking. Aucun signe de Corsov.

— Fais-moi penser à dire du mal du KGB la prochaine fois que nous serons en public, lança Giordino.

A sept cents mètres de là, ils aperçurent soudain la lueur rouge de feux de stop.

— Espérons que c'est notre homme, fit Pitt.

Le duo s'élança et descendit la rue en courant. En entendant le bruit des pneus sur les gravillons, ils sautèrent sur le bas-côté, hésitants, tandis qu'une voiture surgissait dans le noir, tous feux éteints. C'était la Toyota grise.

— Bonsoir, messieurs, lança Corsov avec un grand sourire tandis que Pitt et Giordino montaient dans le véhicule.

Son haleine saturait l'habitacle de vapeurs de vodka.

— La soirée a été bonne ?

— A tel point que nos hôtes ont eu envie de nous raccompagner.

Derrière la boulangerie, ils virent les phares des Jeep arriver au sommet de la colline. Sans un mot, Corsov fit demi-tour et s'élança à toute allure. Quelques minutes plus tard, il fonçait dans un dédale de petites ruelles pour se retrouver soudain derrière leur hôtel.

— Bonne nuit, messieurs, lança Corsov d'une voix pâteuse. Nous nous réunirons demain afin que vous puissiez me faire votre rapport.

— Merci, Ivan, dit Pitt. Soyez prudent.

— Ne vous en faites pas.

Tandis que Pitt claquait la portière, la Toyota s'élança et disparut au coin de la rue dans un hurlement de pneus. Tandis qu'ils regagnaient l'hôtel à pied, Giordino s'arrêta brusquement, la main tendue. De l'autre côté de la rue, de la musique et des rires s'échappaient du petit café, toujours plein à cette heure tardive.

Giordino se tourna vers Pitt en souriant.

— Je crois, chef, que tu me dois bien cette petite diversion.

19

Theresa, assise dans le bureau, lisait un rapport sur l'activité sismique, le regard perdu à des milliers de kilomètres de là. Une déprime mélancolique, teintée de colère, s'était peu à peu installée, due au choc qu'elle avait éprouvé à la mort brutale de Roy. Il avait été comme un frère pour elle et son exécution la nuit précédente était douloureuse et inacceptable. Le cauchemar s'était précisé lorsque Tatiana était apparue dans la cour quelques instants après la mort de Roy. Avec des yeux furieux qui crachaient des flammes, elle l'avait menacée :

— Si vous n'obéissez pas, c'est le même sort qui vous attend !

Le garde qui avait tué Roy avait reçu l'ordre de ramener brutalement Theresa à sa chambre et de ne pas la laisser sans surveillance.

Depuis, elle et Wofford avaient été sous surveillance constante. Elle regarda vers l'entrée du bureau, devant laquelle étaient postés deux gardes à la mine patibulaire qui la dévisageaient. Leurs *dels*, tuniques de soie aux couleurs vives, étaient trompeuses : ils restaient des tueurs hautement entraînés.

A ses côtés, Wofford, sa jambe blessée posée sur une chaise, étudiait un rapport géologique. Il avait été choqué par la mort de Roy mais semblait s'en être rapidement détourné. Sans doute se concentrait-il sur sa tâche pour dissimuler ses émotions, songea Theresa.

— Autant leur fournir le travail qu'ils attendent, lui avait-il dit. C'est probablement la seule chose qui nous maintient en vie.

Peut-être avait-il raison, pensait-elle en essayant de décrypter le rapport qu'elle avait en main. Il s'agissait de l'étude stratigraphique d'un bassin dans une zone non identifiée. C'était précisément le type de géologie idéale qui laissait espérer la probabilité de la présence de réserves de pétrole souterraines.

— Ce sous-sol semble prometteur, où que ce soit, dit-elle à Wofford.

— Regarde ça, répondit-il en déroulant un document imprimé.

Il s'agissait d'une « coupe sismique », une image retravaillée sur ordinateur montrant plusieurs couches sédimentaires dans une zone restreinte. La carte avait été élaborée par une équipe de prospection sismique qui s'occupait d'envoyer artificiellement des chocs dans le sous-sol afin d'enregistrer la propagation du son. Theresa se leva pour avoir une meilleure vue de l'ensemble et examina la carte avec un intérêt renouvelé. Cela ne ressemblait à aucun relevé sismique qu'elle avait pu voir auparavant. La plupart des profils étaient d'ordinaire opaques et flous, comme une tache de Rorschach laissée sous une averse, mais cette image-ci était nette, les strates souterraines clairement délimitées.

— Incroyable, fit-elle remarquer. Cela a dû être réalisé grâce à une toute nouvelle technologie. Je n'ai jamais rien vu d'aussi précis.

— Cela surpasse de loin ce que nous avons l'habitude d'utiliser sur le terrain. Mais il y a encore mieux, ajouta-t-il.

Wofford posa le doigt sur une forme bulbeuse au

bas de la page qui s'étendait au-delà des limites du relevé. Theresa se pencha pour l'étudier attentivement.

— Cela ressemble à un piège anticlinal classique de très bonne taille, dit-elle en montrant la couche de sédiments en forme de dôme.

Cette forme particulière ne trompait pas les géophysiciens : elle révélait la présence plus que probable de gisements de pétrole.

— De très bonne taille, en effet, répondit Wofford.

Il s'empara de plusieurs profils semblables et les étala sur la table.

— Ce piège anticlinal s'étend sur plus de quarante kilomètres, et il y en a six autres plus petits dans la même région.

— Ce sont les conditions idéales pour un gisement.

— Oui, ces images sont prometteuses... bien qu'on ne puisse jamais en être totalement sûr.

— Et tu dis qu'il y en a six autres ? Mais alors c'est une réserve potentielle gigantesque !

— Au moins six autres. Je n'ai pas encore passé en revue tous les rapports mais c'est hallucinant. A vue de nez, cette seule image nous informe qu'il pourrait y avoir deux milliards de barils dans cet unique piège. Si tu y ajoutes les autres, ça te fait plus de dix milliards de barils. Et ce seulement sur un champ. Impossible de dire combien cela ferait sur la région entière.

— Incroyable. Où ce champ est-il situé ?

— C'est là le hic. Quelqu'un a enlevé soigneusement toutes les références géographiques concernant les données. Je peux seulement dire que ce champ est souterrain et que sa surface est plate et principalement composée de grès.

— Tu veux dire que nous venons peut-être de découvrir des gisements aussi importants que ceux de la mer du Nord et que tu ne sais pas où ils se trouvent ?

— Effectivement, je n'en ai pas la moindre idée.

Entre deux gorgées de thé, Sarghov riait tellement que son gros estomac tressautait.

— Vous avez chargé en pleine nuit aux commandes d'un chariot élévateur et embroché un garde d'Avarga dans les airs ! s'esclaffa-t-il. Vous autres Américains avez toujours le goût de la mise en scène !

— J'aurais préféré une sortie un peu plus discrète, répondit Pitt, assis face au professeur à la table du café, mais Al n'avait pas envie de marcher et préférait être véhiculé.

— Et pourtant nous avons quand même failli rater le dernier appel, fit Giordino avec un sourire tout en sirotant son café du matin.

— Je suis sûr que les responsables sont en train de se creuser les méninges, à se demander pourquoi deux Occidentaux se baladaient la nuit dans leur entrepôt. Dommage que cela n'ait rien donné concernant la disparition de nos amis...

— Le seul élément intéressant était ce tunnelier. Il était caché sous une bâche en toile, tout comme l'objet qui s'est mystérieusement envolé du cargo au lac Baïkal.

— Il est possible que la machine ait été dérobée et qu'on l'ait fait entrer clandestinement dans le pays. La Mongolie n'a pas facilement accès à la haute technologie, peut-être l'entreprise ne veut-elle pas que le gouvernement soit au courant de son équipement perfectionné.

— Oui, c'est possible, répondit Pitt. J'aimerais tout de même savoir ce qu'ils cachaient sur ce navire.

— Alexander, l'enquête sur les enlèvements a-t-elle

progressé ? demanda Giordino avant de mordre dans un petit pain beurré.

Sarghov leva les yeux et aperçut Corsov qui entrait dans ce café animé face à la place Sukhe-Bator.

— Je vais laisser notre expert local répondre à cette question, dit-il en se levant pour saluer son ami de l'ambassade.

Corsov leur fit son sourire de loup et approcha une chaise de la table.

— Je suppose que tout le monde a passé une bonne nuit, dit-il à Pitt et Giordino.

— Seulement jusqu'à ce que la vodka ne fasse plus effet, dit Pitt avec un sourire narquois, voyant Giordino qui souffrait d'un léger mal de crâne.

— Ivan, nous discutions justement de l'enquête. Y a-t-il des nouvelles officielles ? demanda Sarghov.

— Niet, lança Corsov, son visage jovial soudain solennel. La police nationale n'a toujours pas été chargée de l'affaire, puisque la requête d'investigation est encore bloquée au ministère de la Justice. Toutes mes excuses, messieurs, je me suis apparemment trompé en déclarant qu'Avarga n'avait aucune influence sur le gouvernement. Il est clair que les hautes instances sont corrompues.

— Chaque heure compte pour Theresa et les autres, dit Giordino.

— Notre ambassade fait tout son possible par voie officielle. Et de mon côté bien sûr, je suis des pistes par des moyens plus officieux. Ne vous inquiétez pas, mon ami, nous allons les retrouver.

Sarghov termina sa tasse de thé et la reposa sur la table.

— J'ai peur que nous ne puissions guère exiger plus d'Ivan. Les autorités mongoles n'en font qu'à leur tête, mais elles vont bien finir par devoir répondre aux demandes répétées de notre ambassade, et ce en dépit

275

des pots-de-vin qui ralentissent l'enquête. Il serait mieux de rester en retrait et d'attendre que l'écheveau bureaucratique soit démêlé avant de faire quoi que ce soit d'autre. De mon côté, je dois regagner Irkoutsk afin d'y faire mon rapport sur les dommages du *Vereshchagin*. Je me suis permis de réserver des billets d'avion pour nous trois cet après-midi.

Pitt et Giordino lancèrent un regard entendu à Corsov, puis se tournèrent vers Sarghov.

— En fait, nous avons déjà d'autres projets de voyage, Alexander, déclara Pitt.

— Vous retournez directement aux Etats-Unis ? Je pensais que vous repassiez d'abord en Sibérie pour y retrouver votre camarade Rudi.

— Non, nous n'allons ni aux Etats-Unis, ni en Sibérie pour l'instant.

— Je ne comprends pas. Quelle est votre destination ?

Les yeux verts de Pitt pétillèrent tandis qu'il répondait :

— Un lieu mythique appelé Xanadu.

20

Le réseau d'informateurs de Corsov avait de nouveau fonctionné à merveille. Bien que le gouvernement central d'Oulan-Bator soit devenu plus démocratique après la chute de l'Union soviétique, il y avait encore une minorité communiste non négligeable dans les rangs du gouvernement, dont certains restaient pro-Moscou. C'était un petit analyste du ministère des Affaires étrangères qui avait prévenu Corsov de la visite imminente d'un officiel chinois, une opportunité en or pour Pitt et Giordino, avait pensé Corsov.

On attendait très prochainement l'arrivée du ministre chinois du Commerce, venu officiellement pour visiter une nouvelle usine d'énergie solaire récemment ouverte aux abords de la capitale. Pourtant, officieusement, la plus grande partie de l'emploi du temps du ministre serait dévolue à une visite privée chez le président du groupe Avarga, dans sa résidence personnelle au sud-est d'Oulan-Bator.

— Je peux vous faire rejoindre son escorte motorisée, ce qui vous permettra de passer la porte d'entrée de Borjin. Pour le reste, ce sera à vous de jouer, avait dit Corsov à Pitt et Giordino.

— Sans vouloir vous vexer, personne ne croira que nous appartenons à la délégation chinoise.

— Ce n'est pas un problème, puisque vous ferez partie de l'escorte de l'Etat mongol.

Giordino plissa le front : il ne voyait pas ce que cela changeait.

Corsov s'expliqua. En vue de la réception organisée en fin de journée pour l'arrivée du ministre, une escorte envoyée par le ministère des Affaires étrangères accompagnerait la délégation chinoise pour la soirée. Mais le lendemain, lorsque la délégation visiterait l'usine avant de se rendre au siège d'Avarga, seule une petite équipe de sécurité mongole escorterait le ministre.

— Donc nous rejoignons les Services secrets mongols ? demanda Pitt.

Corsov hocha la tête.

— Il s'agit en réalité d'officiers de la police nationale. J'ai dû légèrement les inciter à vous intégrer dans l'escorte de sécurité. Vous prendrez la place de vrais gardes du corps à l'usine d'énergie solaire et vous suivrez le cortège jusqu'à Xanadu. Comme je vous l'ai dit, je serais ravi d'envoyer mes propres hommes pour cette mission.

— Non, répondit Pitt, dorénavant nous prendrons seuls les risques. Vous vous êtes déjà assez mouillé pour nous.

— Je pourrai tout nier en bloc. Quant à vous, je vous fais confiance pour ne pas révéler vos sources, ajouta-t-il dans un sourire.

— Promis-juré.

— Bien. Surtout, rappelez-vous de garder un profil bas et essayez d'obtenir les preuves que vos amis sont encore sur les lieux. C'est la seule façon d'obliger les autorités mongoles à agir.

— C'est ce que nous comptons faire. A combien s'élèvent les pots-de-vin ?

— Quel affreuse expression, répondit Corsov l'air peiné. Je suis dans le business du renseignement, donc sachez que tout ce que vous pourrez m'apprendre sur

Avarga, M. Borjin et ses aspirations me dédommagera largement de ce que j'ai déboursé pour vous intégrer à l'escorte de police. Ce qui signifie que je vous attends ici demain soir pour le bortch.

— Voilà qui est tentant, fit Giordino avec un grognement.

— Une dernière chose, ajouta Corsov avec un large sourire. Essayez de ne pas oublier de garder le ministre chinois en vie.

*
* *

Pitt et Giordino se rendirent en taxi à l'usine d'énergie solaire, y arrivant une heure avant l'apparition du ministre chinois. Souriant au garde ensommeillé posté à l'entrée, ils montrèrent les deux fausses cartes de presse fournies par Corsov et entrèrent sans difficulté dans l'usine. Elle était construite sur un terrain d'à peine plus de quatre hectares, couvert de dizaines de panneaux solaires noirs afin d'augmenter la production d'électricité de la grande centrale à charbon voisine. Conçue par la compagnie d'électricité dans un but expérimental, elle fournissait à peine la lumière nécessaire pour éclairer un stade de football. Avec plus de deux cent soixante jours de soleil par an, la Mongolie était à même de produire l'énergie solaire dont elle avait besoin, mais cela demandait une technologie très coûteuse qui contrastait fortement avec le niveau de vie de la population.

Se tenant à l'écart de l'estrade, montée à la va-vite, sur laquelle attendaient nerveusement une poignée de représentants du gouvernement et de dirigeants de la centrale, Pitt et Giordino purent aisément se dissimuler derrière un grand panneau solaire proche de l'entrée. Vêtus de manteaux de sport sombres de coupe chinoise et portant des lunettes de soleil en plus de bérets en laine noirs, ils pouvaient facilement passer pour des agents de sécurité locaux aux yeux de quiconque les apercevait de loin. Ils n'eurent pas longtemps à attendre avant que l'escorte motorisée ne passe les grilles avec quelques minutes d'avance et s'approche de l'estrade.

Pitt sourit intérieurement au passage des véhicules peu luxueux qui constituaient le cortège, bien loin de la magnificence des limousines noires de Washington. Un trio de Toyota Land Cruiser, d'une propreté impeccable bien qu'ayant déjà pas mal de kilomètres au compteur, transportaient le ministre chinois et sa petite cohorte d'assistants et d'agents de sécurité. Ce contingent était précédé d'une escorte de sécurité mongole à bord d'une Jeep jaune UAZ quatre portes. Une autre Jeep, équipée d'un pare-buffles probablement abîmé à la suite d'un accident, fermait le cortège. Ces UAZ de construction russe, version civile du véhicule militaire, ressemblaient aux massifs 4 × 4 International Harvester construits aux Etats-Unis à la fin des années 1960, pensa Pitt.

— Voilà la nôtre, lança Pitt en indiquant la Jeep déglinguée à l'arrière.

— J'espère qu'elle a une radio satellite et un GPS, lança Giordino.

— Je me contenterai quant à moi d'espérer que ses pneus ne datent pas du siècle dernier, murmura Pitt.

Il regarda les deux hommes descendre nonchalamment de voiture avant de disparaître dans le champ de panneaux solaires, tandis que le comité d'accueil venait à la rencontre du ministre chinois. Profitant de cette diversion, Pitt et Giordino gagnèrent la voiture discrètement et s'installèrent à la place des gardes.

— Le voilà, ton GPS, dit Pitt en attrapant une carte

routière sur le tableau de bord, qu'il lança sur les genoux de Giordino.

Il sourit en voyant que la voiture n'avait même pas de radio.

A quelques mètres devant eux, le ministre du Commerce M. Shinzhe en finissait déjà avec le comité d'accueil. Après quelques rapides poignées de main, il se dirigea vers les panneaux solaires afin d'écourter sa visite. En moins de dix minutes, il avait remercié les représentants de l'Etat et remontait dans sa voiture.

— On peut dire qu'il a des fourmis dans les jambes, dit Giordino, surpris par la brièveté de la visite.

— Sans doute a-t-il hâte d'arriver à Xanadu. Cette usine n'est apparemment pas la raison de son déplacement en Mongolie.

Pitt et Giordino se recroquevillèrent sur leur siège tandis que les premières voitures du cortège faisaient demi-tour et repassaient devant eux. Alors Pitt démarra, rattrapant rapidement la troisième Toyota de la file.

La caravane sortit d'Oulan-Bator vers l'est et contourna les monts Bayanzurkh. Le mont Bayanzurkh, un des quatre sommets sacrés qui entourent Oulan-Bator à la façon de points cardinaux, surmontait la chaîne de montagnes de toute sa hauteur. Les splendides montagnes cédèrent peu à peu la place à des prairies vallonnées et désertes, qui se déroulaient à perte de vue. C'était la célèbre steppe au glorieux passé, une étendue de riches pâturages, plate et sans un seul arbre, qui enserrait la Mongolie centrale d'une large ceinture verte. Sous l'effet d'une légère brise, l'herbe d'été, grasse et épaisse, y ondulait, rappelant le mouvement des vagues sur l'océan.

Le véhicule de tête emprunta une route non goudronnée, irrégulière, qui se transforma bientôt en petite route de terre, avant de ne devenir guère plus que deux ornières fendant la prairie. Pitt, en queue de cortège, était obligé de naviguer dans le nuage de poussière soulevé par les autres voitures et balayé par le vent.

La caravane voyagea vers le sud-est, avançant cahin-caha pendant trois heures au milieu des collines herbeuses avant de s'engager sur un petit sentier montagneux. Devant un portail anonyme, la délégation prit une autre route, celle-ci bien entretenue, remarqua Pitt. Elle montait sur plusieurs kilomètres, puis longeait une crête, se rapprochant d'un torrent. Un aqueduc avait été construit sur le cours d'eau et la caravane le suivit, empruntant un virage en épingle à cheveux avant de se trouver au pied d'une propriété ceinte de hauts murs. L'aqueduc perçait la propriété sous le mur de façade non loin de l'arche d'entrée. Deux gardes vêtus de *dels* en soie colorée se tenaient de chaque côté du massif portail en fer de l'entrée. Comme les véhicules ralentissaient et s'arrêtaient devant la porte, Pitt se mit à réfléchir.

— Tu sais, on ne devrait peut-être pas se joindre au groupe pour la cérémonie d'entrée.

— Tu n'as jamais aimé les bains de foule, fit remarquer Giordino. Est-ce que les autres gardes mongols savent que nous remplaçons leurs copains pour l'après-midi ?

— Je ne sais pas. Et mieux vaut ne pas essayer de le découvrir.

Giordino regarda l'entrée et plissa les yeux.

— Un problème mécanique ? demanda-t-il.

— Je pensais à un pneu crevé.

— C'est comme si c'était fait.

Se glissant hors du véhicule, Giordino rampa derrière le pneu avant et ôta le bouchon de la valve. Après y avoir enfoncé une allumette, il attendit patiemment qu'un souffle d'air s'en échappe en sifflant. En quelques secondes, le pneu était complètement à plat.

Giordino revissa le bouchon et à peine était-il remonté dans la Jeep que les portes s'ouvrirent.

Pitt suivit la file de voitures mais s'arrêta au portail. Lorsque l'un des gardes le dévisagea, l'air mécontent, il montra le pneu à plat. Le garde hocha la tête et aboya quelques mots en mongol à l'intention de Pitt, tout en lui faisant signe de tourner à droite juste après l'entrée de la propriété.

Pitt roula ostensiblement lentement derrière les autres voitures tout en étudiant rapidement le domaine. Face à eux se dressait la magnifique résidence en marbre, devant laquelle s'étendaient les jardins à la française. Pitt n'avait pas la moindre idée de ce à quoi ressemblait le véritable Xanadu des siècles auparavant, mais l'édifice qui s'offrait à sa vue était en lui-même spectaculaire. L'arrivée du ministre avait été préparée avec tous les honneurs : deux gardes montés sur des chevaux blancs comme neige conduisirent le cortège jusqu'au portique à colonnes. Un drapeau chinois claquait au vent près d'un ensemble composé de neuf grands mâts en bois. Pitt remarqua qu'une touffe de fourrure blanche ressemblant à une queue de renard se balançait au sommet de chaque mât. Tandis que le cortège approchait de la résidence, Pitt détailla les hôtes du comité d'accueil afin d'y distinguer Borjin, mais il se trouvait trop loin pour voir les visages.

— Tu vois Tatiana quelque part ? demanda-t-il en tournant vers le bâtiment sur la droite.

— Je vois au moins une femme debout sur le perron, mais impossible de savoir si c'est elle, dit Giordino en plissant les yeux.

Pitt conduisit la voiture vers le garage après avoir passé la grande porte coulissante et s'arrêta à côté d'un atelier flanqué de coffres à outils. Arrivée bruyante en raison du pneu à plat qui résonnait fortement sur le sol en béton. Un mécanicien coiffé d'une casquette rouge arriva en courant, criant et faisant des signes aux occupants de la Jeep. Pitt ignora les discours de l'homme et lui dédia son plus beau sourire.

— Pffft, dit-il en montrant le pneu.

Le mécanicien fit le tour de la voiture et examina l'œuvre de Giordino, puis il regarda les deux hommes par le pare-brise et hocha la tête. Se détournant, il alla au fond de l'atelier, d'où il revint avec un cric rouleur.

— C'est le moment d'aller faire un tour, dit Pitt en sortant de la voiture.

Giordino le suivit vers l'entrée du garage, devant laquelle ils firent mine de patienter en attendant que le pneu soit réparé. Mais plutôt qu'observer le mécanicien, ils étudièrent attentivement l'intérieur du garage qui, contrairement aux 4 × 4 dernier cri garés juste devant, était rempli de grosses camionnettes et de matériel de terrassement. Giordino posa le pied sur un chariot de maintenance garé près de la porte et étudia une fourgonnette marron poussiéreuse.

— Regarde celle-ci, dit-il à mi-voix. Elle ressemble bien à celle du lac Baïkal.

— Oui, en effet. Et le semi-remorque là-bas ? fit Pitt avec un geste de la main.

Giordino regarda le véhicule, qui était vide à l'exception d'une bâche et de quelques cordes roulées sur le côté.

— Notre camion mystère !

— Peut-être, répondit Pitt, qui se mit à observer le jardin et le bâtiment voisin.

— Notre immunité ne durera pas longtemps, dit-il en faisant un geste vers le bâtiment. Allons voir à côté.

Adoptant une allure décidée comme s'ils connaissaient le complexe comme leur poche, ils se dirigèrent vers le bâtiment en briques. Dépassant une grande plate-forme de chargement, ils poussèrent la porte vitrée. Pitt s'attendait à tomber sur un bureau d'accueil, mais ils étaient au milieu d'un grand atelier qui communiquait avec le quai de chargement vide. Des machines de contrôle et des circuits imprimés étaient répartis devant les postes de travail, auxquels bricolaient des hommes en blouse blanche antistatique. L'un d'eux, aux petits yeux perçants cachés derrière des lunettes à monture d'acier, se releva pour observer Pitt et Giordino d'un air soupçonneux.

— *Stualét* ? demanda Pitt en se rappelant le mot « toilettes » en russe qu'il avait retenu en Sibérie.

L'homme étudia Pitt un instant, puis hocha la tête en désignant un couloir qui partait du centre de la pièce.

— Sur la droite, dit-il en russe, avant de se rasseoir et de recommencer à travailler.

Pitt et Giordino passèrent devant les deux hommes et empruntèrent le couloir.

— Quelles compétences linguistiques impressionnantes, souffla Giordino.

— Ce n'est que l'un des presque cinq mots que je connais en russe, se vanta Pitt. Je me suis souvenu de Corsov affirmant que la plupart des Mongols parlaient un peu russe.

Ils progressèrent doucement dans le couloir pavé, qui faisait six mètres de large et presque autant de haut. Des traces noires au sol indiquaient que l'on avait dû y traîner de lourds objets. Bordé par de grandes portes vitrées, on y apercevait de petits laboratoires débordant de matériel électronique. Parfois, un bureau spartiate interrompait cette succession de locaux techniques. Le bâtiment tout entier était étrangement froid et silencieux, excepté la poignée de techniciens qui semblaient y travailler.

— On se croirait plus chez Radio Shack[1] que dans une station-service Exxon, fit Giordino.

---

1. Grande entreprise américaine spécialisée dans la vente de composants électroniques *(NdT)*.

— J'ai l'impression qu'il y a autre chose qui les intéresse que pomper du pétrole. Ce qui laisse peu de chances de tomber sur Theresa et les autres.

Passant devant les toilettes, ils suivirent le couloir jusqu'à tomber sur une épaisse porte métallique surélevée. Après un coup d'œil alentour, Pitt tourna la poignée et poussa la lourde porte qui s'ouvrit sur une vaste salle. Celle-ci occupait toute l'extrémité du bâtiment, et son plafond s'élevait à près de dix mètres. D'innombrables rangées de piques de forme conique dépassaient des murs, du plafond et même du sol, donnant au lieu l'apparence d'une chambre médiévale dédiée à la torture. Mais ces pointes-là étaient en caoutchouc mousse et ne présentaient aucun danger, ce qui soulagea Pitt lorsqu'il les pinça.

— Une chambre anéchoïque, dit-il.

— Construite pour absorber les ondes radio électromagnétiques, ajouta Giordino. On trouve plutôt ces trucs-là dans des entreprises d'aéronautique et de défense, afin de tester le matériel électronique sophistiqué.

— Eh bien le voilà, ton matériel sophistiqué, dit Pitt.

Au-dessus du sol en mousse, au milieu de la pièce, se dressait une grande plate-forme sur pilotis. Une dizaine de grands meubles en métal y étaient entassés, à côté de plusieurs baies de matériel informatique. Un instrument en forme de torpille était suspendu à un portique au centre de la plate-forme, ouverte. Pitt et Giordino traversèrent la passerelle qui menait de la porte à la plate-forme.

— Ce n'est pas un équipement pétrolier, lança Pitt en observant le matériel.

Les meubles et les étagères contenaient plus de quarante modules de la taille d'un ordinateur reliés les uns aux autres par plusieurs mètres de gros câble noir.

Chaque baie était équipée d'un petit affichage à diode électroluminescente et de plusieurs appareils de mesure de puissance. Une grande boîte, enfermant des cadrans sur lesquels étaient inscrits ERWEITERUNG et FREQUENZ, se trouvait à l'extrémité, à côté d'un moniteur et d'un clavier.

Pitt étudia les inscriptions sur le matériel et fronça les sourcils, en proie à la curiosité.

— Mes compétences en langues étrangères datent du lycée et sont assez limitées, mais ces cadrans sont allemands. Je crois que le deuxième mot, c'est fréquence.

— De l'allemand ? J'aurais cru que le russe et le chinois seraient plus en vogue ici.

— La plupart du matériel électronique semble aussi de fabrication allemande.

— Il y a une grande puissance là-dedans, dit Giordino en observant la rangée d'armoires radio câblées en série. Qu'est-ce que tu en penses ?

— Je ne peux que jouer aux devinettes. Les grandes armoires semblent être des émetteurs radio standards. Les ordinateurs, eux, doivent être utilisés pour traiter certaines données. Puis nous avons le trépied suspendu.

Il se retourna pour examiner l'appareil, qui était constitué de trois tubes attachés ensemble et qui mesurait plus de trois mètres de haut. Les extrémités inférieures s'évasaient à la base, attachées au sol par un épais matériau en feutre. De celles du haut, bien au-dessus de la tête de Pitt, émergeait un épais faisceau de câbles reliés aux baies d'ordinateurs.

— Cela ressemble à des espèces de capteurs amplifiés, mais plus gros que ce que j'ai jamais vu. Cela pourrait être un système d'imagerie sismique amélioré utilisé pour la prospection pétrolière, dit-il en étudiant l'appareil en forme de tripode qui pendait à la verticale de la plate-forme.

— Ce serait du matériel plus sophistiqué que celui que j'ai l'habitude de voir sur des forages.

Pitt regarda quelques manuels et carnets que l'on avait posés à côté. En les feuilletant rapidement, il remarqua qu'ils étaient tous rédigés en allemand. Il ouvrit ce qui semblait être le manuel d'utilisation principal et en déchira les premières pages, qu'il fourra dans sa poche.

— Un peu de lecture pour le trajet de retour ? s'enquit Giordino.

— Un peu de pratique pour mes conjugaisons allemandes.

Pitt referma le manuel, puis ils repassèrent la passerelle et sortirent de la pièce. Dans le couloir, ils entendirent un bruit soudain qui provenait du labo à l'autre extrémité.

— L'indic a dû nous balancer, fit Giordino.

— Il y a des chances, dit Pitt en scrutant le couloir.

Il recula de quelques pas, laissant ouverte la porte de la chambre anéchoïque, puis se retourna vers Giordino.

— Peut-être que nous pouvons nous faufiler sans qu'ils nous voient.

Ils remontèrent rapidement le couloir, puis Pitt ouvrit la porte d'un des labos vitrés et se glissa à l'intérieur. Giordino le suivit, referma derrière lui et éteignit la lumière. Alors qu'ils se dissimulaient pour ne pas être vus depuis la fenêtre du couloir, ils furent pris à la gorge par une étrange odeur chimique qui imprégnait la pièce. Dans la pénombre, Pitt distingua un certain nombre de cuves en acier, ainsi qu'une table pleine de petites brosses et de cure-dents.

— Je crois qu'ils mordent à l'hameçon, chuchota Giordino.

Le bruit de pas s'était rapproché d'eux, mais l'homme les dépassa et s'éloigna. Giordino, à travers la vitre, en voyait deux autres se diriger vers la chambre anéchoïque.

— Trouve-moi un balai, chuchota-t-il à Pitt avant d'ouvrir la porte en grand.

En un éclair, il s'élança dans le couloir. Mais au lieu de gagner la sortie, il se précipita sur les deux hommes. Comme un joueur de deuxième ligne effectuant une rotation backside à l'aveugle, il percuta le dos des deux hommes tandis qu'ils étaient tournés vers la chambre. On aurait dit une balle de bowling renversant les deux dernières quilles pour réaliser un « spare », se dit Pitt. Les deux hommes tombèrent la tête la première sur le sol rembourré. Avant même qu'ils aient compris ce qui leur arrivait, Giordino s'était relevé et avait refermé la porte sur eux. Pitt arriva un instant plus tard armé d'un balai-serpillière trouvé près des toilettes, dont il cassa un bon mètre du manche. Giordino le passa dans la poignée de la porte afin de le coincer dans l'encadrement.

— Cela devrait nous donner un peu d'avance, dit-il en frottant son épaule endolorie.

Pitt sourit en entendant les cris des hommes, qui leur parvenaient transformés en murmures en raison de l'insonorisation de la pièce.

Ils longeaient le couloir lorsque Pitt s'arrêta brusquement devant le labo où ils s'étaient cachés.

— Simple curiosité, dit-il en allumant les lumières avant d'entrer.

— Voilà ce qui te perdra !

Pitt se dirigea droit sur les cuves remplies d'un liquide clair qui sentait le formol. Il s'arrêta devant l'une d'elles, remarquant un objet brillant qui reposait tout au fond, sur un plateau. Trouvant une paire de pinces, il sortit l'objet et l'essuya sur une serviette.

C'était un pendentif en argent, sculpté en forme de diamant. Un faucon ou un aigle à deux têtes était gravé sur le bord supérieur, au-dessus d'une pierre rouge brillante qui étincelait au centre du bijou. Une fine inscription en caractères arabes courait sous la pierre. Il semblait antique et précieux, comme s'il avait été fabriqué pour une femme de la noblesse.

— Un laboratoire de conservation de reliques archéologiques en plein milieu d'une usine électrotechnique ? fit Pitt. C'est étrange comme alliance.

— Peut-être que le propriétaire est un grand collectionneur... Et maintenant, si on sortait d'ici avant que nos amis se souviennent qu'ils sont armés ?

Pitt glissa le pendentif dans sa poche, puis éteignit la lumière et suivit Giordino dans le couloir à vive allure. Lorsqu'ils atteignirent le grand atelier, ils se dirigèrent directement vers la sortie tandis que l'ingénieur en blouse blanche les dévisageait avec surprise.

— Merci pour l'arrêt pipi, lança Pitt en souriant avant de disparaître.

A l'extérieur, le vent avait forci, balayant la propriété de rafales tourbillonnantes de poussière épaisse. Pitt et Giordino regagnèrent le garage, où le mécano se débattait encore avec les écrous pour démonter la roue avant. Pitt sortit sur le seuil afin d'observer la résidence principale de l'autre côté de la pelouse, à une telle distance qu'il distinguait à peine les deux agents de sécurité mongols discutant nonchalamment sur le perron. Deux autres hommes se tenaient de part et d'autre de la grande porte d'entrée.

— S'ils n'ont pas laissé entrer nos camarades de la sécurité mongole, je ne crois pas qu'ils feront une exception pour nous.

— Il va falloir trouver une autre entrée. Si Theresa et les autres sont détenus ici, c'est forcément dans ce bâtiment, déclara Giordino en scrutant le jardin. Nous n'aurons pas beaucoup de temps pour faire le tour de la propriété avant que nos femmes de chambre ne s'échappent.

— On n'est pas obligés de faire le tour à pied, précisa Pitt.

De retour au garage, il fit un signe de tête vers la voiturette de jardinage garée près de la porte tout en vérifiant que la clé était bien dessus. Alors que personne ne faisait attention à eux, il attrapa le volant et dirigea le petit véhicule vers la sortie. Giordino vint l'aider, soulevant presque la voiturette. Une fois hors de vue des ouvriers, Pitt sauta à l'intérieur et démarra.

Réservée habituellement à l'entretien du parcours de golf, la voiture verte ne possédait qu'un minuscule coffre. Pitt appuya à fond sur l'accélérateur, les pneus arrière projetant une gerbe de gravillons. Il remarqua sur la droite deux hommes à cheval sortant de l'écurie située à l'extrémité du bâtiment du laboratoire, et qui disparurent soudainement derrière un tourbillon de poussière. Il tourna alors rapidement le volant vers la gauche pour se diriger vers l'autre côté de la propriété.

La voiturette passa devant l'entrée principale en suivant un petit chemin sans que les gardes lui prêtent attention. Pitt ralentit lorsqu'ils arrivèrent face à un petit pont ornemental. En dessous, les eaux profondes amenées par l'aqueduc du torrent tout proche coulaient par les nombreux canaux qui sillonnaient les jardins.

— Joli système d'irrigation, fit remarquer Giordino lorsque Pitt arrêta la voiturette sur le pont.

Sur leur gauche, ils apercevaient la partie supérieure de deux grandes canalisations qui permettaient à l'eau de passer sous le mur de la propriété avant de rejoindre les différents canaux. Pitt longea le mur extérieur jusqu'à l'aile gauche de la résidence. A l'exception du portique à colonnes principal devant lequel étaient toujours postés les deux agents de sécurité et les gardes, il ne semblait pas y avoir d'autre accès au bâtiment.

Devant eux, le mur d'enceinte se terminait brutalement au bord d'un précipice. De l'autre côté du mur, une canalisation souterraine recrachait l'eau sortant des canaux en une cascade artificielle qui dégringolait le long de la montagne avant de rejoindre le cours d'eau. Pitt gara la voiturette derrière un arbre et s'approcha du bord. Un fossé séparait le mur de la résidence, trop profond pour y faire passer la voiturette mais pas aussi abrupt que le précipice de la cascade. Un petit sentier descendait en lacet jusqu'à un étroit plateau qui constituait la fondation du bâtiment. Au-delà de l'étroit plateau, le terrain descendait en pente raide sur plus de cinq cents mètres, rendant inutile un mur d'enceinte à l'arrière.

— Tu penses à la porte de derrière ? fit Giordino.

— C'est soit ça, soit repasser par la porte d'entrée. Espérons juste qu'il y a bien une autre porte.

Ils se mirent à dévaler la courte piste fortement inclinée trouée d'empreintes de sabots. Sous l'effet des rafales de vent, l'air était saturé de petites gouttes issues de la cascade toute proche. L'humidité les transperçait jusqu'aux os. Une fois arrivés à l'arrière de la résidence, ils constatèrent qu'elle était construite sur une petite saillie bordée par une paroi rocheuse.

— Il n'y a pas vraiment de sorties de secours dans cet endroit presque inaccessible, hein ? fit Giordino en découvrant le mur rocheux qui semblait courir sur toute la longueur du bâtiment.

— Les pompiers ne doivent pas venir souvent… Pas sûr que ça réponde aux normes de sécurité !

Ils s'approchèrent du centre de la maison, collés à la roche de manière à rester hors de vue. Le vent soufflait fort à présent et les deux hommes enfoncèrent leur béret afin de protéger leurs yeux de la poussière.

Une fois au bout de la cour, ils se glissèrent derrière une petite haie pour étudier les lieux. Ils remarquèrent immédiatement la porte d'entrée qui bordait la cour et les deux gardes qui s'y tenaient.

— Tu veux tester tes compétences linguistiques avec ces deux-là ? demanda Giordino soudain sérieux.

N'ayant aucune certitude que Theresa ou les autres s'y trouvaient, Pitt n'avait pas vraiment envie de se battre. Mais leur situation était déjà fortement compromise, ils n'avaient donc plus grand-chose à perdre. Il fallait en avoir le cœur net.

— Cette haie qui traverse la cour s'étend presque jusqu'à la porte, fit-il remarquer. Si on peut passer jusqu'à ce bâtiment en pierre et contourner par l'arrière, peut-être pourrons-nous nous approcher doucement pour les surprendre.

Giordino hocha la tête en observant le vieux bâtiment en pierre de l'autre côté de la cour. Ils attendirent qu'un épais tourbillon de poussière soit soulevé par le vent pour s'élancer. Une fois arrivés au bâtiment rond, ils se recroquevillèrent sous l'arcade, ne quittant pas du regard les deux gardes de l'autre côté de la cour. Les agents de sécurité étaient toujours debout à côté de la grande porte, légèrement en retrait pour échapper à la morsure du vent. Pitt et Giordino avaient réussi à passer sans être vus.

Du moins le croyaient-ils.

21

Après un trajet cahoteux de quatre heures à travers
les montagnes et les steppes de Mongolie centrale, sur
une route qui n'en était même pas une, le ministre du
Commerce, M. Shinzhe, était convaincu de l'inutilité
d'un tel voyage. Il n'y avait aucun gisement de pétrole
miraculeux en Mongolie. Il n'avait pas vu un seul puits
pendant tout son périple. C'était la faute du président
Fei, qui préférait souvent se battre contre des moulins
à vent plutôt que d'accepter la réalité. Sauf que c'était
Shinzhe qui avait hérité du costume de don Quichotte.

Le ministre du Commerce, irrité, s'attendait à ce
que son chauffeur le dépose devant une yourte, et ima-
ginait presque le président d'Avarga venant à sa rencontre monté sur un poney galeux. Sa colère et son
dégoût s'adoucirent néanmoins rapidement lorsque le
cortège poussiéreux passa les grilles de l'imposante
propriété de Tolgoï Borjin. Arriver en un tel lieu au
milieu de nulle part justifiait peut-être leur voyage. En
s'arrêtant devant l'élégante demeure, Shinzhe eut la
confirmation que Borjin n'était pas un simple gardien
de troupeau.

Son hôte, vêtu d'un costume européen bien coupé,
s'inclina profondément lorsque Shinzhe descendit de
voiture. L'interprète à ses côtés traduisit les salutations
en mandarin.

— Bienvenue, monsieur le ministre. J'espère que vous avez fait un agréable voyage.

— La nature mongole est si magnifique, répondit Shinzhe, diplomate, tout en frottant la poussière de ses yeux.

— Puis-je vous présenter ma sœur, Tatiana, qui dirige les opérations.

Tatiana s'inclina gracieusement devant Shinzhe, qui nota au passage qu'elle affichait le même air méprisant que Borjin. Shinzhe sourit chaleureusement, puis se mit en devoir de présenter son entourage. En se retournant, il put admirer un groupe de cavaliers en tenues de guerriers de part et d'autre de l'allée.

— J'ai beaucoup entendu parler des chevaux mongols, dit Shinzhe. Elevez-vous des chevaux, M. Borjin ?

— Seulement quelques-uns qui sont montés par mon équipe de sécurité. J'exige de tous mes employés qu'ils soient bons cavaliers et experts au tir à l'arc.

— Un hommage au passé tout à fait fascinant, dit Shinzhe.

— C'est également très pratique. Dans ces régions reculées, un cheval mongol peut aller là où aucun véhicule ne passe. Et certaines techniques guerrières restent fort utiles. La technologie moderne est nécessaire et irremplaçable, mais mes ancêtres ont conquis la moitié du monde grâce au cheval et à l'arc. Ces compétences sont encore tout à fait bienvenues aujourd'hui. Je vous en prie, échappons à ce vent infernal et détendons-nous à l'intérieur, dit Borjin en conduisant le groupe vers la porte principale.

Ils empruntèrent ensuite le long couloir jusqu'à la grande pièce du fond. Admirant les nombreuses antiquités qui décoraient le couloir, Shinzhe s'arrêta devant une sculpture en bronze représentant un cheval qui caracolait. L'étalon d'un vert patiné se reflétait sur une mosaïque colorée encadrée sur le mur.

— Quelle magnifique sculpture, fit Shinzhe qui avait reconnu sa facture chinoise. Dynastie Yuan ?

— Non, dynastie Song, un peu plus ancien, répliqua Borjin, impressionné par l'œil du ministre. La plupart des pièces de cette maison datent du début du treizième siècle, de l'époque des grandes conquêtes dans l'histoire mongole. La mosaïque sur le mur est une œuvre ancienne qui vient de Samarcande, et le piédestal sculpté sur lequel repose la statue est indien, aux alentours de 1200. Etes-vous collectionneur ?

— Pas à proprement parler, dit le ministre avec un sourire. Je possède quelques modestes pièces de porcelaine des dynasties Yuan et Ming, mais c'est tout. Je suis très impressionné par votre collection. Les objets de cette époque sont plutôt rares.

— Je connais un antiquaire à Hong Kong, expliqua Borjin, le visage fermé.

Le groupe parvint à la salle de réunion au bout du couloir. Ses immenses fenêtres qui allaient du sol au plafond offraient une vue panoramique exceptionnelle, sauf qu'on ne voyait que peu de choses au-delà de la cour et du sanctuaire juste en dessous. Les vents violents obscurcissaient tout, et en raison des fortes rafales les lointaines steppes n'apparaissaient à travers la brume que par intermittence. Borjin passa devant un salon pourvu de canapés et d'un bar, pour inviter le groupe à prendre place autour d'une table de réunion en acajou.

Borjin s'assit en bout de table, dos au mur. Derrière lui, un ensemble impressionnant d'étagères exposait tout un arsenal médiéval. Une collection de lances et d'épées anciennes occupaient la moitié du mur tandis que plusieurs arcs en composite et des flèches à pointe en métal, fabriqués à la main, se partageaient l'autre moitié. Des casques en métal ronds surmontés de plumeaux de crin s'alignaient sur l'étagère supérieure, derrière quelques objets ronds en terre cuite ressemblant à des grenades primitives. Tel un gardien, un immense faucon empaillé déployait ses ailes de toute leur envergure. La tête de l'oiseau était inclinée vers l'arrière et son bec acéré entrouvert laissaient penser qu'il lançait un ultime cri d'agonie.

Shinzhe promena son regard des armes au faucon, puis du faucon au collectionneur, frémissant involontairement. Il y avait chez lui quelque chose de sauvage qui l'apparentait au faucon. Ses yeux froids trahissaient une brutalité cachée. Shinzhe n'aurait pas été surpris de voir son hôte décrocher une des lances du mur et transpercer un homme sans la moindre hésitation. Alors que l'on posait une tasse de thé devant lui, le ministre du Commerce tenta de chasser cette pensée afin de se concentrer sur l'objet de sa visite.

— Mon gouvernement a bien reçu votre proposition qui est de fournir à notre pays une quantité importante de pétrole brut. Les dirigeants du parti vous sont reconnaissants pour cette offre mais restent très intrigués par votre générosité. J'ai été mandaté par le parti pour valider votre proposition et discuter des aspects financiers qui scelleront notre accord.

Borjin se pencha en arrière dans son fauteuil et se mit à rire.

— Oui, bien sûr. Pourquoi la Mongolie, ennemie haïe de Cathay depuis un millier d'années, désirerait-elle soudain soutenir sa voisine du Sud aujourd'hui en détresse ? Comment un territoire poussiéreux de sable et d'herbe, habité par des paysans et des gardiens de troupeaux en haillons, se révélerait-il soudain riche en ressources naturelles ? Eh bien je vais vous le dire. C'est parce que vous nous avez faits prisonniers de notre propre terre. Vous et les Russes nous avez barricadés contre le reste du monde pendant des décennies. Nous sommes devenus une terre isolée, une île figée dans une époque et un lieu oubliés. Mais j'ai bien peur, monsieur le ministre, que cette époque ne soit révolue. Voyez-vous, la Mongolie est à bien des égards un pays riche, sauf que vous n'avez pas pris le temps ni fourni les efforts nécessaires pour en bénéficier lorsque vous en aviez l'occasion. C'est seulement aujourd'hui que des entreprises occidentales se bousculent pour venir s'installer ici et développer nos mines, couper le bois de nos forêts. Mais ils arrivent trop tard pour le pétrole. Car alors que personne ne s'intéressait à l'exploration de nos sols, nous redoublions d'efforts pour en récolter les fruits. Et cette heure est arrivée.

Il fit un signe à Tatiana, qui prit une carte sur un bureau puis la déroula devant le ministre chinois. Saisissant deux sculptures en jade sur la table, elle s'en servit pour faire tenir le document.

Il s'agissait d'une carte de la Mongolie. Un ovale rouge irrégulier couvrait une section proche de la frontière sud-est, faisant penser à une amibe qui se serait noyée dans du merlot bon marché. La zone s'étendait sur près de quatre-vingts kilomètres et son extrémité inférieure longeait la frontière de la Mongolie-Intérieure, territoire chinois.

— Le gisement Temüdjin. Un bassin naturel à côté duquel votre vieux gisement Daqing ressemble à un crachoir, dit Borjin en faisant allusion au plus grand gisement chinois, aujourd'hui sur le déclin. Nos puits expérimentaux prédisent des réserves potentielles allant jusqu'à quarante milliards de barils de brut, soit plus d'un trillion de mètres cubes de gaz naturel. Les millions de barils que nous pouvons vous vendre ne représentent qu'une faible part...

— Pourquoi une telle découverte n'a-t-elle eu

298

aucun écho ? demanda Shinzhe avec une pointe de scepticisme dans la voix. Je n'ai entendu parler d'aucune trouvaille de ce genre si près de notre frontière.

Borjin sourit de ses dents de requin.

— Peu de gens hors de cette pièce sont au courant de ces gisements, dit-il de façon énigmatique. A commencer par mon propre gouvernement. Sinon comment aurais-je pu acquérir un permis d'exploitation sur toute la région ? Il y a bien eu quelques tentatives d'exploration mineures en Mongolie, mais elles ont toutes manqué le jackpot, si je puis dire. Une certaine technologie, aujourd'hui brevetée, nous a permis presque accidentellement de découvrir ces richesses, dit-il avec un sourire. Les réserves sont si profondes que cela explique en partie pourquoi elles n'ont pu être détectées par les équipes de prospection précédentes. Mais je n'ai pas besoin de vous ennuyer avec les détails. Disons seulement qu'un certain nombre de puits tests ont confirmé les premières estimations.

Le visage de Shinzhe avait blêmi. Il n'avait guère d'autre choix que d'accepter l'existence de ce vaste gisement de pétrole. Le fait qu'il soit en la possession d'un charlatan arrogant à la moralité douteuse le rendait malade. Shinzhe avait une mauvaise main, quand Borjin avait toutes les cartes.

— Qu'il y ait du pétrole dans votre sous-sol est une chose, mais que vous soyez en mesure de le livrer sous quatre-vingt-dix jours en est une autre, répondit sobrement le ministre chinois. Vous affirmez néanmoins que cela est possible, or je ne vois pas comment.

— Vous y avez un rôle important à jouer, mais c'est tout à fait faisable, répondit Borjin.

Il se tourna vers Tatiana pour lui demander de dérouler la deuxième carte. Celle-ci concernait la Mongolie et le nord de la Chine. Un réseau de lignes rouges sillonnaient les possessions chinoises.

— Voici les oléoducs existant en Chine, expliqua Borjin. Si vous regardez celui du nord-est récemment achevé, de Daqing à Pékin, vous pouvez voir cet embranchement vers le terminal portuaire de Qin-huangdao.

Shinzhe, en étudiant la carte, remarqua une petite croix que l'on avait tracée le long d'un pipeline qui parcourait la Mongolie-Intérieure.

— La croix est à trente kilomètres de la frontière mongole et à quarante kilomètres d'un oléoduc dont je suis moi-même la construction jusqu'à la frontière. Vous n'aurez qu'à prolonger l'oléoduc jusqu'à ce qu'il atteigne l'axe Daqing-Pékin pour que le pétrole coule à flots.

— Quarante kilomètres d'oléoduc ? Cela ne pourra pas se faire en quatre-vingt-dix jours.

Borjin se leva et fit les cent pas autour de la table.

— Allons donc, les Américains posaient dix kilo-mètres de rail par jour dans les années 1860 pour construire leur ligne de chemin de fer transcontinen-tale. J'ai pris la liberté de tracer l'itinéraire et même déjà commandé chez un fournisseur la quantité néces-saire de tuyau. Si vous le souhaitez, je peux aussi vous fournir temporairement le matériel de terrassement. Franchement, pour le pays qui a construit le barrage des Trois Gorges, cela ne devrait être qu'un jeu d'enfant.

— Vous semblez avoir bien étudié nos besoins, déclara Shinzhe avec un mépris voilé.

— Comme il se doit de la part d'un bon partenaire en affaires, fit Borjin en souriant. Et mes exigences en retour sont simples. Vous devrez payer chaque baril cent quarante-six mille togrogs ou cent vingt-cinq dollars américains, et rétrocéder les territoires de la Mongolie du Sud, ou la région autonome de la Mongolie-Intérieure, comme vous préférez sottement l'appeler. De plus, je demande que vous me fournissiez un oléoduc direct et exclusif jusqu'au port de Qinhuangdao, ainsi qu'une installation portuaire d'où je pourrai exporter les surplus de pétrole.

Tandis que Shinzhe restait bouche bée devant ces demandes, le Mongol lui tourna le dos et regarda par la fenêtre les vents tourbillonnant comme des langues de feu. Son regard fut soudainement attiré par un mouvement dans la cour. Deux hommes vêtus de costumes sombres couraient vers le sanctuaire. Borjin observa les deux silhouettes qui faisaient le tour du bâtiment, puis réapparaissaient près de l'entrée avant de pénétrer dans le bâtiment. Il lança d'une voix étranglée en se retournant :

— Si vous voulez bien m'excuser un instant, j'ai une affaire urgente à régler.

Tournant les talons avant que Shinzhe n'ait pu dire un mot, Borjin quitta la pièce à grandes enjambées.

22

Les vents ayant brusquement faibli, Pitt et Giordino furent contraints de rester cachés sous le porche de l'édifice en pierre. Pitt leva les yeux afin d'admirer la grande galerie qui menait à la pièce principale. Bien que la construction semblât ancienne, elle avait manifestement été refaite à l'identique ou restaurée, comme le montrait la couche lisse de mortier entre les pierres. Etant située au centre de la cour, la résidence principale avait sans doute été construite tout autour.

— Un temple bouddhiste ? demanda Giordino, en remarquant la lueur vacillante de bougies au bout du couloir.

— Probablement, répondit Pitt qui savait que le bouddhisme était la religion principale en Mongolie.

Piqués par la curiosité, et attendant que le vent se lève de nouveau, les deux hommes empruntèrent le large couloir jusqu'à la pièce principale.

La salle, éclairée par une dizaine de torches et de bougies, ressemblait davantage à un mausolée qu'à un temple. En plus du petit autel en bois érigé au fond de la pièce, les deux hommes furent surpris d'y découvrir deux sarcophages en marbre. Le marbre blanc des tombeaux semblait récent, laissant supposer que les occupants y avaient été enterrés dans les trente dernières années. Bien que Pitt ne sût pas lire les caractères cyrilliques gravés sur les blocs, il devina, d'après le récit que lui avait fait Corsov de la vie de Borjin, qu'il s'agissait des tombeaux des parents de ce dernier.

Il ne pouvait toutefois imaginer qui était celui qui se trouvait au centre de la crypte. En effet, posé verticalement sur un piédestal en marbre poli se dressait un sarcophage en granit sculpté qui semblait bien plus vieux que les deux autres. Bien qu'il ne soit pas immense, il était recouvert de fresques sculptées de chevaux et d'animaux sauvages protégées par une couche de peinture, qui s'était fortement élimée avec le temps.

A la tête du tombeau, neuf poteaux s'élevaient dans les airs, un morceau de fourrure blanche accroché à chacun d'eux, tout comme ceux qu'ils avaient vus à l'entrée de la résidence.

— C'est une bien belle dernière demeure, dit Giordino en observant le tombeau.

— L'illustre M. Borjin doit être de haut lignage, répondit Pitt.

Giordino remarqua derrière le sarcophage un objet caché sous l'autel.

— On dirait qu'ils vont avoir besoin d'un autre cercueil, dit-il en faisant un signe de tête vers l'objet.

Le corps, qu'ils n'avaient pas vu en entrant dans la pièce, était allongé sur un banc en dessous de l'autel. Pitt et Giordino s'approchèrent et furent choqués de reconnaître Roy, à demi caché sous une fine couverture, le manche de la flèche dépassant encore de sa poitrine.

— Theresa et Wofford sont ici, fit Giordino d'une voix éteinte.

— Espérons qu'ils n'ont pas subi le même sort, dit Pitt à voix basse en remontant la couverture pour cacher le visage de Roy.

Alors qu'ils espéraient ne pas être arrivés trop tard, le silence de la pièce fut soudain brisé par un bruit de sabots sur les dalles en pierre. Une seconde plus tard, les deux gardes que Pitt avait vus de l'autre côté de la cour entraient avec fracas dans le mausolée. Habillés de la même façon que ceux qui gardaient l'entrée de la propriété, ils n'étaient pas munis d'armes à feu habituelles. Chacun d'eux avait à la main une lance en bois qui se terminait par une flèche de métal aiguisée comme un rasoir. Un petit poignard glissé dans un fourreau pendait à leur taille, tandis qu'ils portaient dans le dos un petit carquois et un arc. Il s'agissait d'armes de guerre à courte portée utilisées par les cavaliers mongols d'antan, tout aussi meurtrières qu'un pistolet ou un fusil modernes.

Les gardes ralentirent en entrant dans la pièce jusqu'à ce qu'ils repèrent Pitt et Giordino, debout près de l'autel. Ils s'élancèrent alors autour de la crypte centrale, leurs lances pointées en avant. Par chance, ils avaient décidé d'empaler Pitt et Giordino, ce qui les força à se rapprocher.

Giordino réagit le premier et s'empara d'un petit banc en bois près de l'autel afin de le projeter dans les jambes des gardes. Il visa juste et le siège percuta violemment les tibias de l'homme, lui faisant perdre l'équilibre. Il tomba la tête la première sur le sol et laissa échapper sa lance.

Le deuxième garde bondit par-dessus le banc comme pour un saut de haies et poursuivit sa course, se dirigeant droit sur Pitt à pleine vitesse. Pitt se tenait en équilibre sur la pointe des pieds, les jambes fléchies et les yeux fixés sur l'extrémité de la lance qui arrivait droit sur lui. Contre toute attente, il resta parfaitement immobile, fournissant une cible de choix. Le garde supposa que Pitt était paralysé par la peur et fut soulagé de voir qu'il ferait une proie facile. Mais Pitt attendait que le garde ne soit plus qu'à un pas et recule sa lance pour porter le coup mortel. Alors il bondit sur le côté, tout en tendant la main gauche pour faire dévier le manche de la lance dans la direction opposée. Le garde, tout à son élan, se rendit compte avec stupéfaction qu'il pourfendait l'air. Il tenta de faire pivoter la lance, mais il était déjà trop tard. Pitt essaya en vain de lui arracher le manche mais l'arme lui échappa tandis que le garde fonçait à nouveau vers lui, la pointe le ciblant en plein cœur. Le côté du manche fouetta l'air et heurta Pitt à l'épaule, lui glissant entre les doigts.

Les deux hommes furent déséquilibrés et chance-lèrent chacun d'un côté, le garde tombant sur l'autel tandis que Pitt était poussé vers la crypte. Pitt se remit rapidement sur pied pour faire face à son assaillant, puis recula jusqu'au tombeau à seulement quelques centimètres derrière lui. Le garde, désormais méfiant, l'observait en reprenant son équilibre. Raffermissant son emprise sur la lance, il prit une grande inspiration et chargea de nouveau, les yeux rivés sur sa cible afin de ne pas rater son coup.

Pitt, désarmé, dos à la crypte, cherchait désespéré-ment un moyen de se défendre. Sur le côté, il vit Gior-dino se jeter sur le deuxième garde à terre. Occupé à neutraliser ce dernier, Giordino n'était pas en mesure d'aider son ami dans l'immédiat. C'est alors que Pitt se souvint des poteaux portant les fourrures.

Les neuf grands mâts en bois étaient insérés dans des socles en marbre, à la tête de la tombe. Pitt battit vivement en retraite vers les piquets afin d'en attraper discrètement un de sa main droite, qu'il cacha derrière son dos. Le garde, n'ayant rien vu, ajusta simplement sa course et accéléra sur Pitt. Pitt attendit que le garde ne soit plus qu'à une dizaine de pas avant de brandir le poteau devant lui. Le poteau de deux mètres quarante de long surpassait aisément la lance du garde. Paniqué, celui-ci essaya vainement de ralentir sa course mais trop tard car l'extrémité du poteau, projetée par Pitt de toutes ses forces, le heurta à l'estomac. Le garde, sous le choc, vacilla et tomba sur un genou, le souffle coupé. L'attaque lui avait fait lâcher la lance qui était tombée en rebondissant sur le sol lisse. Ignorant Pitt, il rampa désespérément vers l'arme avant de lever les yeux, horrifié. Pitt avait saisi l'autre extrémité du mât et à présent c'était le socle en marbre qui lui arrivait dessus comme un boulet. Tentant de l'esquiver, le garde reçut le coup sur le sommet du crâne et s'écroula sur le sol, sans connaissance.

— Aucun respect pour le mobilier, marmonna Giordino lorsque le poteau et son socle en marbre s'écrasèrent par terre.

Pitt, levant les yeux, vit Giordino frotter son poing, debout au-dessus du premier garde, KO.

— Ça va ?

— Mieux que mon ami ici présent. Qu'est-ce que tu dirais qu'on sorte d'ici avant que d'autres lanciers royaux ne se ramènent ?

— Accordé.

Les deux hommes sortirent précipitamment de la salle, Pitt s'emparant au passage d'une des lances. Le vent sifflait à nouveau lorsqu'ils arrivèrent sous l'arcade et Pitt et Giordino observèrent attentivement les alentours. Le spectacle n'était guère encourageant.

Deux cavaliers, vêtus de tuniques en soie aux couleurs vives et de casques métalliques ronds, étaient en selle près de la porte de la résidence, relevant les gardes à pied. Non loin d'eux, un autre cavalier passait la cour au peigne fin à la recherche d'indices signalant la présence de Giordino et Pitt. Sachant que rien de bon ne leur arriverait en traînant là trop longtemps, les deux hommes s'enfuirent à l'opposé du mausolée en pierre. Alors qu'ils rejoignaient l'arrière du bâtiment, ils se trouvèrent face à l'aile droite de la résidence. Longeant l'extrémité de l'édifice, ils repérèrent une demi-douzaine de cavaliers vêtus de leurs tuniques de soie qui arrivaient dans leur direction. Contrairement à ceux qu'ils avaient rencontrés jusque-là, ces hommes semblaient porter des fusils en bandoulière.

— Et maintenant, voilà la cavalerie qui débarque, dit Giordino.

— Bon, comme ça au moins l'itinéraire à suivre jusqu'à la sortie est très clair, répondit Pitt en comprenant qu'ils devraient traverser rapidement la cour et reprendre le chemin par lequel ils étaient venus pour éviter la patrouille.

Une fois arrivés au corral couvert près de l'arrière de la crypte, ils firent une pause avant de filer vers le côté opposé. Puis, serpentant à travers un labyrinthe de caisses et de matériels divers, Pitt fut surpris de découvrir une grande voiture de collection couverte de poussière, une Rolls-Royce des années 1920. Il s'apprêtait à avancer vers la barrière opposée lorsqu'un sifflement frôla son oreille, suivi d'une vibration aiguë. Tournant la tête, il avisa une flèche plantée dans une caisse à quelques centimètres de la tête de Giordino.

— Chaud devant ! cria-t-il, tandis qu'une autre flèche arrivait en sifflant.

Giordino s'était déjà couché derrière un tonneau en bois lorsque la flèche se ficha dans un poteau.

— Un quatrième cavalier, dit Giordino après avoir jeté un coup d'œil par-dessus le tonneau.

Pitt, en observant la cour, vit le cavalier caché derrière une haie, qui bandait son arc pour décocher sa troisième flèche. Cette fois il visait Pitt, qui eut tout juste le temps de plonger derrière une voiture à cheval avant que la flèche ne passe en sifflant. Dès qu'elle eut atteint la voiture, Pitt se releva face au garde. C'était à son tour de riposter. Tandis que le cavalier attrapait une flèche dans son carquois, Pitt projeta la lance qu'il n'avait pas quittée depuis la crypte.

Le cavalier se trouvait à près de quinze mètres, mais le lancer de Pitt était précis. Seule une volte rapide permit au garde d'éviter d'être empalé, mais la pointe acérée transperça tout de même la chair de son bras, au-dessus du coude droit. Il serra aussitôt la blessure de sa main valide pour stopper l'hémorragie, lâchant son arc. Mais le répit fut toutefois de courte durée. Les trois autres cavaliers arrivèrent rapidement en renfort et chargèrent à nouveau. De l'autre côté du corral, sous les hurlements du vent, on pouvait entendre la deuxième patrouille arriver au galop. En quelques minutes, l'enclos fut saturé par une tempête de flèches acérées qui se plantaient dans les caisses et les voitures en bois avec une force meurtrière. Les archers étaient habiles et pointaient leurs flèches sur Pitt et Giordino, suivant leurs moindres mouvements. Sans les rafales de vent, les deux hommes auraient rapidement été tués. Mais les tourbillons de poussière gênaient la vision des archers et faisaient dévier leurs flèches. Quant à Pitt et Giordino, ils se contentaient d'essayer d'empêcher leurs assaillants d'approcher trop près.

Bien que désarmés, les deux hommes avaient organisé de leur mieux une défense improvisée. Les voitures étaient remplies d'outils divers qu'ils utilisèrent comme projectiles. Giordino, particulièrement doué pour soulever des pioches, réussit à blesser un garde à la cuisse tout en le désarçonnant par un lancer tourbillonnant. Les pelles et les pioches ne faisaient que repousser temporairement les cavaliers qui savaient que les deux intrus étaient piégés.

Dans cette bataille, les vents étaient les seuls alliés de Pitt et Giordino, qui se cachaient derrière les tourbillons de poussière. Mais soudain, comme si les dieux du ciel avaient décidé de calmer leur colère, le vent faiblit. Alors que la poussière retombait et que le hurlement du vent s'apaisait, les deux hommes se sentirent perdus. Parfaitement visibles au milieu du corral, ils luttaient contre un flot furieux et ininterrompu de flèches. Sachant que s'ils se levaient pour riposter, ils seraient immédiatement tués, ils lâchèrent tous deux leurs armes pour se mettre à l'abri. Ils roulèrent ensemble sous un grand chariot, se protégeant derrière les larges roues à barreaux. Une demi-douzaine de flèches se fichèrent dans les flancs de la voiture à quelques centimètres au-dessus de leur tête. Du côté opposé du corral, des coups de feu éclatèrent : la seconde patrouille avait abandonné les arcs et décidé d'en finir.

— Je n'ai pas franchement envie d'une scène à la Custer, marmonna Giordino, un filet de sang ruisselant le long de sa joue, quand une flèche fendue en deux avait ricoché. Tu crois qu'ils accepteraient un drapeau blanc ?

— Peu probable, répondit Pitt en pensant à Roy.

Quand une flèche s'écrasa dans la roue du wagon proche de lui, Pitt roula instinctivement sur le côté. Sentant dans son dos un objet fin métallique, il s'immobilisa. Ce dernier était recouvert par une bâche en toile sale. Mais une nouvelle volée de flèches le força à se rallonger au sol.

— Dès le prochain nuage de poussière, qu'est-ce que tu penserais de foncer sur un des cavaliers là-bas ? demanda Giordino. Tu attrapes les rênes, je me charge du bonhomme et à nous la monture... Le cheval est notre seule chance de sortir d'ici.

— Risqué, répondit Pitt, mais tu as sans doute raison.

Glissant sur le côté afin d'examiner les environs, il donna accidentellement un coup de pied dans la bâche et aperçut l'objet au sol. Giordino remarqua soudain le regard étincelant de Pitt.

— Changement de plan ?

— Non, répondit Pitt. On a notre cheval.

23

La radio intégrée au mur se mit soudain à biper, puis une voix se fit entendre. Le souffle du vent créait des parasites qui étouffaient la voix rauque malgré la faible distance.

— Nous les avons encerclés derrière le sanctuaire. Ces deux imposteurs sont arrivés avec la délégation chinoise, se faisant passer pour des agents de sécurité mongols. Mes gardes, qui ont été enfermés dans la chambre de contrôle, déclarent qu'ils ne sont pas chinois mais qu'ils ont l'air russes.

— Je vois, fit Borjin en parlant dans le combiné d'une voix irritée. Des agents du gouvernement, ou plus vraisemblablement des espions envoyés par une compagnie pétrolière russe. Veillez à ce qu'ils ne quittent pas la propriété vivants, mais ne tirez pas de coups de feu avant le départ de la délégation. J'attends un rapport détaillé de la sécurité sur les raisons qui pourraient expliquer pourquoi ils n'ont pu être repérés dès leur arrivée.

Borjin reposa le combiné, puis claqua la porte du placard en merisier qui dissimulait le poste de radio. Une fois sorti de l'antichambre, il s'engagea dans le couloir en direction de la salle de conférences. Le ministre chinois, debout devant la fenêtre, contemplait perplexe les nuages de poussière soulevés par le vent comme s'ils illustraient ses propres émotions.

— Excusez-moi pour cette interruption, dit Borjin en se rasseyant avec un sourire forcé, juste un petit problème concernant deux membres de votre escorte. Je crains qu'ils ne puissent plus se joindre à vous pour le retour. Bien entendu, je mets à votre disposition deux de mes hommes si vous le désirez.

Shinzhe hocha vaguement la tête.

— Et les coups de feu que nous avons entendus à l'extérieur ?

— Un exercice de manœuvres. Aucune raison de s'inquiéter.

Le ministre, le visage inexpressif, regarda à nouveau par la fenêtre, l'esprit visiblement ailleurs. Comme au ralenti, il se tourna mollement vers Borjin et vint se rasseoir face à lui.

— Votre offre est une forme de chantage et vos exigences sont inacceptables, déclara-t-il, laissant éclater sa colère.

— Mes exigences ne sont pas négociables. Et peut-être ne sont-elles pas si inacceptables pour un pays au bord de l'effondrement économique, persifla Borjin.

Shinzhe dévisagea son hôte avec mépris. Il avait détesté ce magnat arrogant et exigeant dès qu'il l'avait vu. Sous un abord cordial, il n'avait manifestement aucun respect pour la Chine et sa position prépondérante dans le monde. Cette négociation faisait souffrir Shinzhe mais tous les dirigeants, à commencer par le président lui-même, en attendaient beaucoup. Il avait raison de craindre que son pays, en proie au désespoir, ne se voie obligé d'accepter l'abominable proposition. Si seulement il y avait un autre moyen.

— Monsieur le ministre, vous devez vous rendre compte que c'est une transaction qui sert les deux parties, poursuivit Borjin en essayant de rester calme. La Chine obtient le pétrole dont elle a besoin pour faire fonctionner son économie, et moi un contrat à long

311

terme en tant que fournisseur avec l'assurance que la république autonome mongole retrouve sa place légitime au sein de la Mongolie.

— Rétrocéder un territoire souverain n'est pas un acte à prendre à la légère.

— Il ne s'agit pas d'un territoire stratégique. Nous savons tous deux que cette région n'est guère plus qu'un bassin rural poussiéreux principalement habité par des éleveurs mongols. Je suis pour la réunification culturelle et il me semble normal que des terres qui ont autrefois appartenu à notre nation nous soient rendues.

— Je vous le concède, cette région a peut-être peu de valeur, mais interférer dans des échanges territoriaux n'est pas de votre domaine.

— C'est vrai. D'ailleurs mon gouvernement ne sait rien de notre accord. Il trouvera ce cadeau politique fort appréciable, qui aura la faveur du peuple.

— Et vous en bénéficierez largement, bien entendu ?

— En tant qu'intermédiaire, une partie des droits fonciers seront reversés à mon entreprise, mais il ne s'agit que d'un petit pourcentage. (Il eut un sourire machiavélique en tendant un classeur en cuir à Shinzhe.) J'ai déjà préparé les accords à faire signer par les représentants de nos deux Etats. J'aimerais que vous me confirmiez dès que possible si votre pays accepte mon offre.

— Je ferai mon rapport auprès du conseil du secrétaire général demain après-midi. La décision sera rapide. Toutefois, sans négociation possible de votre part, je ne suis sûr de rien.

— Qu'il en soit ainsi. Ce sont mes conditions.

Borjin se leva.

— J'espère que ce rendez-vous marque le début d'une longue et fructueuse entente entre nos deux pays, monsieur le ministre, dit-il avec une révérence aussi gracieuse qu'hypocrite.

Shinzhe se leva et s'inclina avec raideur à son tour, puis il quitta la pièce suivi de ses collaborateurs. Borjin et Tatiana accompagnèrent la délégation chinoise jusqu'à la porte et regardèrent les visiteurs regagner leurs voitures en luttant contre le vent. Alors que les feux arrière passaient la grille gardée, Borjin referma la porte et se tourna vers Tatiana.

— Voilà qui va nous tomber tout cuit dans le bec, dit-il en regagnant le couloir.

— Oui, mais les risques sont nombreux. Il ne leur sera pas facile de rétrocéder les territoires de Mongolie-Intérieure. Peut-être vont-ils soupçonner quelque chose ?

— Mais non, voyons. Les Chinois peuvent comprendre que d'un point de vue culturel la Mongolie cherche à réunifier tous ses territoires. C'est une couverture parfaite. Et quelle ironie de penser qu'ils vont nous redonner des terres que nous exploiterons nous-mêmes pour leur vendre le pétrole.

— Ils ne seront pas ravis d'apprendre la vérité. Et ils ne voudront pas payer des prix au-dessus de ceux du marché.

— Ne t'inquiète pas pour ce dernier point, car avec notre nouvelle technologie, nous pouvons rendre le marché instable pendant des années et ainsi en tirer un vaste profit. Nous l'avons déjà prouvé dans le golfe Persique et nous le ferons encore.

Ils s'approchèrent du petit bar qui renfermait des dizaines de bouteilles d'alcool. Borjin attrapa une bouteille de cognac et servit deux verres.

— Ma chère sœur, nous avons déjà gagné. Une fois que le pétrole commencera à couler, nous tiendrons les Chinois à la gorge et ils n'oseront pas se venger. S'ils venaient à changer d'avis, nous ferons tout simplement dévier l'oléoduc vers la Sibérie pour le relier à Nakhodka. Ainsi nous pourrons vendre notre pétrole au Japon ainsi qu'au reste du monde et leur rire au nez.

— Oui, grâce à notre frère et à l'accident de Ningbo, les Chinois sont aujourd'hui dans une situation désespérée.

— Temuge a fait des miracles, n'est-ce pas ?

— Dois-je te rappeler qu'il a failli causer ma mort sur le lac Baïkal ? dit-elle, irritée.

— Cette vague a eu un effet collatéral imprévisible. Mais ce qui compte, c'est que tu sois indemne, dit-il sur un ton légèrement condescendant. Tu dois avouer qu'il s'est montré très efficace. Coordonner la destruction de l'oléoduc en Sibérie, puis déclencher l'incendie en Chine en l'absence d'une ligne de faille adéquate, ce n'est pas rien ! Quant à l'équipe qu'il a réunie dans le golfe Persique, c'était du beau travail aussi. Après notre prochaine démonstration au Moyen-Orient, les Chinois ramperont à genoux devant nous.

— Et Temuge est en train de traverser le Pacifique pour porter le coup fatal à l'Amérique du Nord ?

— Ils sont déjà en mer. L'équipement du Baïkal étant arrivé à Séoul il y a deux jours, ils sont partis peu après. J'ai envoyé l'équipe de terrassement des Khentii avec Temuge, puisque nous avons dû cesser les opérations là-bas à la suite de l'incident survenu avec l'équipe de prospection russe.

— Les recherches n'ont encore rien donné. Comme nous avons trouvé la crypte à côté de celle de Gengis vide, il nous reste deux possibilités : soit l'autre tombe a été pillée, soit personne n'y a jamais été enterré. Où sont passées toutes ces richesses ? C'est un mystère.

— Peu importe, puisque les Chinois vont bientôt nous offrir les moyens de poursuivre nos recherches. Attendons une semaine ou deux jusqu'au prochain choc pétrolier, et là ils seront prêts à tout.

Sortant de la salle de réunion, il prit l'escalier voisin, suivi de sa sœur. S'arrêtant en haut des marches, il leva son verre en direction de l'immense portrait du guerrier mongol accroché au mur opposé.

— Fin de la première étape. Nous sommes désormais bien partis pour mettre la main sur les richesses qui ont fait la gloire de la Horde d'Or.

— Notre père serait fier, dit Tatiana. C'est lui qui a rendu cela possible.

— A notre père et à notre seigneur Chinggis, dit-il en avalant une gorgée de cognac. Puissent les conquêtes recommencer.

24

Derrière la résidence, le chef de la sécurité replaça sa radio portative à sa ceinture. Cet homme taillé comme un ours et répondant au nom de Batbold venait d'apprendre que la délégation chinoise avait quitté la propriété. Si les deux intrus étaient toujours vivants dans le corral, on pourrait maintenant les achever à coups de fusil.

La poussière tourbillonnante obscurcissait à nouveau l'intérieur du corral mais la pluie de flèches précédente avait dû clouer au sol les deux espions. Terminés, les lancers de projectiles improvisés ! D'ailleurs, il n'y avait plus aucun signe des deux hommes depuis quelques minutes. Ils étaient certainement morts maintenant, supposa-t-il. Afin de s'en assurer, il envoya deux volées de tirs supplémentaires au centre du corral, puis cessa le feu.

Armé d'une épée courte qu'il portait à la ceinture, Batbold descendit de cheval accompagné de trois hommes et se dirigea vers le corral pour constater la mort des intrus. Ils ne se trouvaient plus qu'à trois mètres de la barrière lorsqu'ils entendirent un bruit, comme d'une caisse en bois que l'on écrase. Tandis qu'ils se figeaient sur place, un nouveau son se fit entendre, pareil à un vrombissement mécanique, puis le bruit mourut doucement. Batbold, la démarche hésitante, détecta un mouvement derrière l'un des wagons tandis que le ronronnement se répétait encore et encore.

— Là ! s'écria-t-il en tendant la main vers le chariot. En joue, feu !

Les trois gardes levaient leurs carabines à hauteur de l'épaule quand un claquement sec résonna dans le corral. Tandis qu'ils essayaient de viser, un mur de caisses s'effondra soudain sur le côté, démolissant une partie de la barrière en bois. Un instant plus tard, un objet bas arriva sur eux dans un bruit strident.

Batbold regarda, les yeux écarquillés, une moto d'un rouge passé et son side-car bondir droit sur lui. La moto, une caisse sur le siège et une autre à bord du side-car, semblait n'être conduite par aucun homme. Alors qu'il s'écartait de la trajectoire de l'engin, Batbold, la main sur l'épée, se rendit compte, mais trop tard, qu'il avait été abusé.

Car au moment où la moto passait près de lui, Al Giordino sortit de la caisse du side-car comme un diable de sa boîte. Il brandissait une pelle à lame carrée qu'il balança sur Batbold. La pelle s'abattit avec force sur la mâchoire du chef de la sécurité. Batbold s'effondra au sol, un air ahuri figeant à jamais ses traits.

La moto fonça alors vers les trois gardes qui essayaient de s'échapper, paniqués, sans même tirer une seule balle. L'un d'eux glissa et tomba, et eut les jambes écrasées par les roues du side-car. Le second plongea à terre pour échapper à Giordino tandis que le troisième, recevant un coup de pelle sur la nuque, roulait au sol.

Toujours caché derrière la caisse en bois, Pitt évita les cavaliers armés et se dirigea vers les archers. A présent dispersés, il fonça sur eux de façon à percer la ligne de siège.

— Baisse-toi, ça va chauffer ! cria-t-il à Giordino.

Une seconde plus tard, une volée de flèches s'abattait sur le side-car et déchiquetait leurs armures de fortune. Pitt sentit un picotement au tibia gauche, là où la flèche l'avait entaillé, mais dans le feu de l'action, il ne remarqua même pas le filet de sang qui serpentait autour de sa jambe.

La vieille motocyclette fonçait maintenant vers la ligne de cavaliers, laissant derrière elle une traînée de fumée noire. Ainsi que Pitt l'avait espéré, les cavaliers derrière lui ne tirèrent pas de crainte de toucher les archers. Mais les archers, eux, pouvaient s'en donner à cœur joie et envoyèrent une pluie de flèches.

Pitt fonça directement sur un des chevaux, désireux de faire cesser les tirs. Le cheval, effrayé, se cabra sur ses jambes arrière et fit un écart sur le côté pour laisser passer l'engin, son cavalier essayant désespérément de rester en selle. Pitt vit l'éclat d'une lance passer à un cheveu de son visage et qui se planta dans le sol non loin de lui. Puis, dégagé du cheval et de la ligne d'archers, il s'éloigna de la cour à toute allure.

Giordino pivota vers l'arrière du side-car et risqua un regard par-delà la caisse qui le protégeait. Les cavaliers, à nouveau regroupés, s'élançaient à leur poursuite.

— Ils nous talonnent ! cria-t-il. Je vais m'amuser un peu, préviens-moi quand on arrivera au tremplin.

— C'est imminent, répondit Pitt.

Avant de grimper sur la moto, Giordino s'était emparé d'un sac en toile de jute bourré de fers à cheval qui pendait au wagon. Il avait judicieusement balancé le sac dans le side-car et se servait à présent des fers comme projectiles. Sortant de sa caisse, il se mit à viser la tête du cavalier le plus proche. Les anneaux métalliques n'étaient pas évidents à lancer mais Giordino s'adapta bientôt à leur aérodynamisme et commença à atteindre ses cibles. En moins de deux, il avait réussi à assommer deux cavaliers et pu déjouer quelques tirs, forçant les Mongols à prendre de la distance.

Accroché au siège du conducteur, Pitt sortit de la cour en accélérant à fond. Lorsqu'il avait découvert cette moto tchécoslovaque, il l'avait prise pour une épave. Mais cette OHC 500 Jawa de 1953 n'avait pas les pneus à plat, le réservoir vide ou le moteur grippé. A la septième poussée sur le kick-starter, la vieille moto à deux cylindres avait démarré en hoquetant, offrant ainsi à Pitt et Giordino leur unique promesse de liberté.

Maintenant, grâce au lancer de fers à cheval de Giordino, ils disposaient d'une avance confortable sur leurs poursuivants. Pitt braqua soudain le guidon et se dirigea vers l'arrière de la propriété.

— Attache ta ceinture, paré au décollage ! cria-t-il à Giordino.

Celui-ci se tapit dans le side-car, s'accrochant à une poignée à l'avant du compartiment. Dans l'autre main, il tenait le dernier fer à cheval qu'il s'était préparé à lancer.

— Pour nous porter chance, marmonna-t-il en le coinçant dans la capote du side-car.

Comme il n'y avait pas de mur ceignant l'arrière de la propriété qui s'arrêtait au bord d'un précipice, Pitt savait que leur fuite pourrait s'avérer suicidaire. Il n'y avait hélas pas d'autre échappatoire possible. Quand ils furent au bord du gouffre, Pitt freina légèrement avant de s'élancer.

Pitt sentit son estomac se soulever au moment où le sol disparaissait sous les roues et où la moto était projetée en avant. Les dix premiers mètres étaient presque à la verticale et ils plongèrent dans les airs avant que la roue avant ne touche terre à nouveau. La moto se rétablit sur le sol avec violence, arrachant les caisses qui protégeaient le conducteur et le passager. Ces boucliers en bois, criblés de flèches, s'écrasèrent au sol et Pitt fut content de se retrouver libre de ses mouvements, conscient que ces caisses leur avaient sans doute sauvé la vie. Il se concentra de nouveau sur le meilleur moyen de stabiliser la moto.

Alourdie par le side-car, elle aurait dû se retourner en heurtant le sol. Mais Pitt, cramponné au guidon, avait réussi à leur éviter le pire. Réfrénant le réflexe naturel qui consistait à tirer vers l'arrière, il avait maintenu la roue avant en direction de la pleine pente, ce qui avait eu pour effet de stabiliser la moto et le side-car, qui dégringolaient à présent la pente à une vitesse folle. Le fer à cheval de Giordino avait dû leur porter chance, car ils ne butèrent sur aucune grosse pierre ou obstacle majeur. Des gravillons jaillissaient de temps à autre du sol devant eux et Pitt comprit qu'on leur tirait dessus depuis le haut du ravin, salves inaudibles en raison du bruit du moteur et du hurlement du vent. Ils connurent un moment de répit en traversant un nuage de poussière. Mais les vents aveuglaient également Pitt. Il maintint le guidon fermement, priant pour ne pas entrer en collision avec un arbre ou un rocher.

Du haut du précipice, plusieurs gardes tiraient à la carabine sur les fuyards et jurèrent lorsqu'ils disparurent dans un nuage de poussière. Une demi-douzaine de cavaliers se lancèrent alors à leur poursuite, engageant leurs montures dans la pente raide. Les chevaux descendaient lentement mais, passé la première falaise, ils se mirent à galoper.

Pitt et Giordino essayaient tant bien que mal de ne pas être éjectés de la moto qui dégringolait la montagne à cent vingt kilomètres à l'heure. Pitt finit par lâcher le frein arrière, qu'il avait verrouillé instinctivement lorsqu'ils avaient plongé dans le vide, avant de se rendre compte que cela ne les ralentissait en rien.

Après plusieurs secondes d'une échappée presque verticale, la pente se fit plus douce. Elle était évidemment toujours très raide, mais la sensation de chute libre avait disparu. Pitt fut alors en mesure de reprendre le contrôle du deux-roues afin d'éviter les buissons et rochers qui parsemaient la colline. Rebondissant sur une profonde ornière, les deux hommes furent soulevés de leur siège avant de retomber à leurs places violemment jusqu'au bond suivant. Pitt avait l'impression qu'on lui broyait les reins à chaque bosse, les amortisseurs et le siège en cuir raide les mettant à rude épreuve.

A plusieurs reprises, la moto dérapa dans un sens puis dans l'autre, manquant se coucher au sol. Chaque fois, Pitt ajustait la roue avant pour éviter l'accident, tandis que Giordino jouait de son poids afin de l'aider à retrouver l'équilibre. Pitt ne pouvait pas esquiver chaque obstacle et le side-car, inévitablement, racla plusieurs rochers. Le nez aérodynamique du side-car eut bientôt l'air d'avoir été aplati par une massue.

Bientôt, la pente raide s'adoucit et les rochers, buissons et rares arbres laissèrent place à de l'herbe sèche. Comme le terrain s'aplanissait, Pitt dut remettre les gaz afin de ne pas ralentir leur allure. Le vent était plus rude que jamais et il semblait tout entier concentré sur le visage de Pitt. La poussière tourbillonnante était épaisse et constante, ce qui réduisait la visibilité à seulement quelques mètres.

— Ils nous suivent toujours ? cria Pitt.

Giordino opina. Se retournant toutes les cinq secondes, il avait observé le contingent initial de cavaliers amorcer la descente. Bien que les tueurs fussent maintenant à la traîne et dissimulés depuis longtemps par des tourbillons de poussière, Giordino savait que la poursuite ne faisait que commencer.

Pitt aussi en était conscient. Tant que la vieille moto

ne les lâcherait pas, ils conserveraient leur avance sur les chevaux. Mais il leur fallait disparaître pour de bon et Pitt espérait que leurs traces seraient effacées par la poussière. Il n'en demeurait pas moins que leur vie dépendait d'une vieille moto au réservoir presque vide.

Pitt songeait à cette moto tchèque. Les Jawa dataient d'avant la guerre et étaient fabriquées dans une usine qui s'occupait également de grenades et autres armes. Réputées pour leurs moteurs légers mais puissants, les Jawa d'après guerre étaient des engins rapides et modernes censés être increvables, au moins jusqu'à ce que l'entreprise soit nationalisée. Bien que tournant sur un réservoir d'essence éventée, la moto avançait en ronronnant sans presque un hoquet. Je prends tout ce que tu as à me donner, priait Pitt qui avait conscience que plus il mettrait de kilomètres entre lui et les cavaliers, mieux ce serait. Serrant les dents, il plissa les yeux dans la poussière et tourna à fond la manette des gaz, s'accrochant de toutes ses forces à la moto qui fonçait dans l'obscurité tourbillonnante.

25

La nuit tomba rapidement sur les vastes steppes vallonnées. De hauts nuages flottaient au-dessus de la poussière et masquaient la lune et les étoiles, plongeant la prairie dans une noirceur d'encre. Seule une faible lumière perçait par intermittence les ténèbres. Puis le rayon disparaissait, dévoré par une couche de poussière. Le rugissement du moteur à deux cylindres quatre-temps ronronnait à plein régime.

La moto tchèque et son side-car avançaient en bondissant dans l'océan de verdure comme un jet-ski chevauchant les vagues. Le vieil engin grognait à chaque bosse et chaque ornière mais poursuivait vaillamment sa course à travers les collines. Pitt avait à présent la main douloureuse, mais il avait bien l'intention de pousser la vieille machine au bout de ses limites. Malgré l'absence de route et les embardées du side-car, ils traversaient les prairies désertes à plus de soixante-quinze kilomètres à l'heure, augmentant sans cesse la distance entre eux et les poursuivants. Sauf que pour l'instant, leurs efforts étaient vains. Les pneus de la moto laissaient une trace indélébile dans l'herbe d'été, facilitant la tâche des poursuivants.

Pitt avait espéré tomber sur une intersection et rejoindre une autre route afin de brouiller leurs traces, mais à part des pistes équestres trop étroites, il n'y avait rien. A un moment pourtant, il aperçut une lumière au loin qu'il s'efforça de suivre. Mais le bref rayon disparut, les laissant seuls dans l'immensité obscure. Bien qu'il n'y ait toujours aucune autre direction possible, Pitt s'aperçut que le paysage changeait peu à peu. Le relief s'était adouci et l'herbe se clairsemait. Le terrain avait dû s'aplanir, songea Pitt qui n'entendait plus depuis quelque temps Giordino jurer sous les secousses. Bientôt les collines disparurent et les hautes herbes de la prairie se transformèrent en une étendue caillouteuse parsemée de quelques buissons.

Ils avaient pénétré par le nord dans le désert de Gobi, qui était à l'origine une ancienne mer intérieure très vaste couvrant le tiers inférieur de la Mongolie. Ce paysage aride, de plaine rocailleuse plutôt que de dunes de sable, abritait une population nombreuse de gazelles, faucons et autres animaux sauvages, qui peuplaient cette région autrefois grouillante de dinosaures. Mais Pitt et Giordino ne s'en souciaient guère, tout occupés qu'ils étaient à éviter les massifs de granit et les graviers d'alluvions. Pitt s'appuya de toutes ses forces sur le guidon et contourna une masse rocheuse déchiquetée avant de suivre un canyon sec qui serpentait entre deux immenses parois pour déboucher sur une large vallée.

La moto prit de la vitesse lorsque ses pneus se retrouvèrent sur un sol plus ferme. Pitt était cinglé par des rafales de poussière de plus en plus épaisses, rendant la visibilité pire qu'avant. L'engin à trois roues fonça à travers le désert pendant une heure, heurtant régulièrement buissons et petites pierres. Enfin le moteur se mit à hoqueter, puis toussa de plus en plus. Pitt réussit à parcourir encore un kilomètre avant que le réservoir ne soit aussi sec que le désert alentour et que le moteur s'arrête dans un éternuement final.

Après quelques mètres en roue libre, ils s'arrêtèrent le long d'une alluvion plate et sablonneuse, enveloppés par le silence du désert. Seules les rafales de vent s'engouffrant dans les petits buissons et les tourbillons de sable balayant le sol écorchaient leurs tympans, déjà fortement malmenés par le moteur tonitruant de la moto.

Le ciel commença alors à s'éclaircir et le vent se calma, espaçant les rafales. Les étoiles apparurent même par endroits, trouant l'obscurité.

Pitt se tourna vers le side-car et découvrit Giordino gris de poussière. Dans la pénombre, il pouvait distinguer le visage, les cheveux et les vêtements de son ami recouverts d'une fine couche de poussière kaki. Pitt, incrédule, vit que Giordino s'était carrément endormi dans le side-car, les mains encore fermement cramponnées à la poignée. N'étant plus bercé par le bruit du moteur et les cahots de la route, Giordino se réveilla. Ouvrant les yeux en cillant, il observa l'immensité désertique autour d'eux.

— J'espère que tu ne m'as pas fait venir ici pour assister à une course sous-marine, dit-il.

— Non, ce soir je crois qu'il y a une course hippique au programme.

Giordino s'extirpa du side-car puis s'étira, tandis que Pitt examinait sa blessure au tibia. La flèche avait seulement entaillé le tibia avant de se ficher dans une ailette de ventilation du moteur. La blessure avait cessé de saigner depuis quelque temps, mais une éclaboussure rouge courait jusqu'à son pied comme une couche de glaçage à la cerise.

— Ta jambe, ça va ? demanda Giordino en remarquant la blessure.

— Ils ont manqué leur coup, mais elle a failli me clouer à la moto, dit Pitt en arrachant la flèche cassée du moteur.

Giordino se tourna vers l'endroit d'où ils venaient.

— Tu crois qu'ils sont à combien de temps derrière nous ?

Pitt fit un rapide calcul mental depuis leur départ de Xanadu.

— Tout dépend de leur rythme. Nous devrions avoir une avance d'au moins trente kilomètres. Et puis de toute façon, ils ne peuvent pas faire galoper les chevaux éternellement.

— Je suppose qu'il n'existe aucun raccourci par la route pour descendre cette montagne, sinon ils auraient déjà envoyé des véhicules…

— L'hélicoptère était également envisageable, mais avec ce temps… impossible !

— Espérons qu'ils ont bien eu mal aux fesses et qu'ils ont jeté l'éponge. En tout cas, ils vont probablement faire une pause pour se reposer, ce qui nous donne un peu plus de temps pour trouver un chauffeur…

— Je ne suis pas sûr qu'il y ait une station de taxis par ici, répondit Pitt.

Il se retourna et fit pivoter le guidon de la moto en arc de cercle, éclairant faiblement le désert. A l'exception d'un haut promontoire rocheux qui se dressait sur leur gauche, le terrain était vide et plat comme une table de billard.

— Personnellement, dit Giordino, après cette descente de la montagne qui m'a donné l'impression d'être une bille dans une machine à laver, ça ne me déplairait pas de me dégourdir les jambes. Tu veux continuer à marcher dans le sens du vent ? demanda-t-il avec un geste de la main.

— Nous avons d'abord un tour de magie à exécuter, déclara Pitt.

— C'est-à-dire ?

— Eh bien, fit Pitt avec un sourire rusé, comment faire disparaître une moto en plein désert ?

*
* *

Les six cavaliers avaient bientôt renoncé à suivre la moto pour épargner leurs montures, adoptant une vitesse qu'elles pourraient conserver pendant des heures. Les chevaux mongols avaient la réputation d'être extrêmement endurants, qualité qui les rendait exceptionnels. Les descendants des troupeaux qui avaient conquis toute l'Asie étaient coriaces, et renommés pour survivre en dépit de maigres rations, et ce tout en galopant à travers les steppes des journées entières. Petits, robustes et d'apparence plutôt ordinaire, ils étaient plus endurants que n'importe quel pur-sang occidental.

Lorsque l'imposante troupe atteignit le bas de la montagne, le premier cavalier fit signe au groupe de s'arrêter. Le chef de patrouille, le visage austère, scruta le sol à travers ses lourdes paupières de grenouille-taureau. En promenant le faisceau de sa lampe torche sur les deux ornières profondes qui aplatissaient l'herbe, il eut sa réponse. Puis, satisfait, il rangea sa lampe et remit son cheval au trot, suivi des autres cavaliers.

L'homme savait bien que cette vieille moto ne pourrait guère faire plus de cinquante kilomètres et devant eux, il n'y avait rien d'autre que l'immense steppe et le désert, n'offrant aucune cachette sur des centaines de kilomètres. S'ils ménageaient leurs chevaux, ils rattraperaient les fugitifs en moins de huit heures, estimat-il. Il n'était nul besoin d'appeler les 4 × 4 en renfort. Cela constituerait un petit défi sportif pour ses camarades et lui, qui avaient tous appris à monter à cheval avant même de savoir marcher, comme en témoignaient leurs jambes arquées. Il n'y avait donc aucune échappatoire pour les fugitifs. Dans quelques heures, les hommes qui avaient couvert de honte les gardes de Xanadu seraient comme morts.

Enveloppés dans la nuit noire, fouettés par les rafales de vent, les cavaliers suivaient sans relâche les traces de pneus. Au début, ils pouvaient entendre, entre deux bourrasques, le vrombissement du moteur. Mais bientôt le bruit cessa et les cavaliers se retrouvèrent seuls avec leurs pensées. Ils avancèrent pendant cinq heures, ne s'arrêtant qu'une fois au bord de la plaine caillouteuse du désert.

Les traces de pneus étaient à partir de là plus difficiles à suivre. Les cavaliers perdaient fréquemment la piste et devaient ralentir leur progression jusqu'à ce qu'ils retrouvent à l'aide d'une lampe les traces laissées par Pitt et Giordino. A l'aube, les vents violents commencèrent à diminuer et, à la lumière du matin, les traces furent à nouveau visibles. Le chef de patrouille envoya un éclaireur tandis que la troupe forçait l'allure.

Les cavaliers suivirent les traces jusqu'à un ancien cours d'eau asséché et sablonneux, bordé par une falaise escarpée. Droit devant, le terrain s'élargissait en une vaste plaine. Les traces de la moto serpentaient dans l'alluvion puis filaient vers la plaine, aisément repérables sur la surface dure et plate. Les cavaliers galopaient à présent lorsque le chef vit l'éclaireur s'arrêter à quelques dizaines de mètres. Quand il s'approcha, l'éclaireur se tourna vers lui, l'air déconcerté.

— Pourquoi t'es-tu arrêté ? aboya le chef.

— Les traces... elles ont disparu ! bégaya l'éclaireur.

— Eh bien pars devant, et trouve où elles reprennent.

— Je ne vois rien. Le sable... elles devraient être imprimées sur le sable mais elles s'arrêtent là, répondit l'éclaireur en montrant le sol.

— Imbécile ! marmonna le chef en dirigeant son cheval vers la droite. Décrivant un grand arc de cercle, il revint vers ses hommes, déconcerté à son tour.

Descendant de cheval, il suivit à pied les traces de la moto. Les talons de ses bottes s'enfonçaient facilement dans la fine couche de sable qui recouvrait la plaine rocailleuse. Suivant les lignes laissées par la moto et le side-car, il scruta le sol jusqu'au moment où elles disparaissaient brutalement. Observant les environs, il ne vit que du sable. Pourtant, rien, ni traces de moto, ni traces de pas, ni aucun signe du véhicule lui-même.

C'était comme si la moto et ses passagers avaient été soulevés du sol pour s'évanouir dans les airs.

26

Perchés comme des aigles dans leur aire, Pitt et Giordino regardaient la scène qui se déroulait à vingt mètres en contrebas sur le sable du désert. En escaladant prudemment le rocher dans le noir, ils étaient tombés sur une petite surface plane en hauteur, parfaitement invisible d'en bas. Allongés dans le bassin de pierre, tous deux avaient dormi par intermittence jusqu'à l'arrivée des cavaliers peu après le lever du jour. Comme ils étaient cachés à l'est, le soleil levant avait joué en leur faveur, aveuglant leurs poursuivants tandis que leur cachette restait dans l'ombre.

Pitt et Giordino sourirent en voyant errer les Mongols, décontenancés, cherchant leurs traces. Mais ils étaient encore loin d'être tirés d'affaire. Ils observèrent avec intérêt deux cavaliers s'élancer droit devant alors que les quatre autres se séparaient dans deux directions pour fouiller les environs. Comme Pitt l'avait espéré, ils n'avaient pas envisagé le fait que les fugitifs aient pu faire marche arrière et grimper en haut du rocher.

— Tu te rends bien compte, Houdini, que tu vas les mettre très en colère, chuchota Giordino.

— Tant mieux. S'ils sont en colère, peut-être qu'ils seront moins malins.

Ils attendirent une heure tout en regardant les gardes écumer les environs puis se regrouper à l'extrémité de la piste. Sur un signal du chef, ils firent demi-tour. De nouveau, une paire de cavaliers partit de chaque côté, tandis que les deux autres s'approchaient du bord de la falaise.

— C'est le moment de se faire tout petits, chuchota Pitt en se recroquevillant au maximum.

Ils écoutèrent le martèlement des sabots se rapprocher, et se figèrent lorsqu'ils s'arrêtèrent au pied de leur cachette. Ils avaient fait de leur mieux pour dissimuler leurs traces, mais dans l'obscurité ce n'était guère facile. La moto et le side-car risquaient aussi d'être découverts.

Le cœur de Pitt se mit à battre un peu plus vite quand il entendit les cavaliers discuter quelques instants. Puis l'un d'eux mit pied à terre et escalada le rocher. L'homme se déplaçait lentement mais Pitt comprit, au raclement des bottes contre la roche, qu'il se rapprochait. Pitt regarda Giordino, qui avait saisi une pierre de la taille d'une balle de base-ball à côté de sa jambe.

— Rien ! s'écria l'homme qui ne se trouvait plus qu'à quelques pas de la cavité.

Giordino fléchit le bras, mais Pitt retint son geste en lui attrapant le poignet. Une seconde plus tard, un cavalier cria quelque chose à son compagnon. A son ton, Pitt devina qu'il lui disait de se dépêcher. Le frottement du cuir souple sur la roche dure commença à faiblir, et quelques instants plus tard, l'homme remontait à cheval. Les sabots martelèrent à nouveau le sol avant de s'estomper peu à peu.

— On a eu chaud, fit Giordino.

— Heureusement que notre grimpeur a changé d'avis. Cette balle papillon lui aurait fait mal, déclara Pitt avec un coup d'œil en direction de la pierre que serrait encore Giordino.

— Balle rapide. Mon meilleur lancer, c'est la balle rapide, corrigea-t-il.

Observant la poussière soulevée par les cavaliers, il demanda :

— On reste peinards ?

— Oui. Mon petit doigt me dit qu'ils vont nous rendre une deuxième visite.

Pitt repensait à ce qu'il avait lu à propos des conquêtes mongoles du treizième siècle. Feindre une retraite était la tactique favorite de Gengis Khan lorsqu'il se trouvait face à un adversaire puissant impossible à dominer sur le champ de bataille. Son armée mimait alors une retraite, qui pouvait durer parfois plusieurs jours. L'ennemi, qui ne se doutait de rien, défendait alors moins fortement ses positions, et c'est là qu'une contre-attaque surprise les anéantissait. Pitt savait que partir à pied dans le désert les mettrait dans une position semblable, et qu'ils courraient ainsi un risque mortel de se voir rattraper par les cavaliers. Il ne voulait pas s'y résoudre avant d'être sûr qu'ils étaient partis pour de bon.

Recroquevillés dans leur tanière de pierre, les deux hommes se reposèrent de leur aventure nocturne en attendant patiemment que l'horizon se dégage. Au bout d'une heure, un fracas soudain les réveilla en sursaut, comme un lointain coup de tonnerre. Observant le ciel clair et tournés vers le nord, ils aperçurent un haut nuage de poussière qui enveloppait les six cavaliers. Les chevaux galopaient à vive allure, martelant la piste comme s'il se trouvaient sur le champ de courses de Santa Anita. En quelques secondes, la horde dépassa Pitt et Giordino jusqu'à l'endroit où les traces de la moto disparaissaient. Ralentissant l'allure, ils se séparèrent en petits groupes afin de se disperser dans toutes les directions. Les cavaliers avançaient tous tête baissée, scrutant le sol à la recherche de traces ou d'indices qui pourraient expliquer la disparition de Pitt et Giordino. Ils cherchèrent pendant près d'une heure, et revinrent bredouilles. Puis, presque aussi soudainement qu'ils étaient apparus, les cavaliers se regroupèrent et repartirent vers le nord, le long de la piste, au petit galop.

— Voilà qui était un beau rappel, fit Giordino lorsque les chevaux eurent enfin disparu à l'horizon.

— Je crois que le spectacle est enfin terminé, répondit Pitt. Il est temps de regagner l'autoroute et de trouver un snack.

Les deux hommes n'avaient pas mangé depuis la veille et leurs estomacs gargouillaient dans un bel ensemble. Une fois descendus du rocher, ils se dirigèrent vers la piste et s'arrêtèrent près d'un épais bosquet de tamaris. Pitt sourit en apercevant la branche centrale, qui émergeait de la coque enfouie du side-car. Un cercle irrégulier de pierres recouvrait les parties visibles du véhicule, dissimulant ses flancs à un observateur peu averti.

— Pas mal pour un camouflage nocturne, fit Pitt.

— Je dirais qu'on a aussi eu un peu de chance, ajouta Giordino en tapotant la poche sur sa poitrine dans laquelle il avait glissé le fer à cheval.

Pitt avait eu une idée fulgurante en ensevelissant la moto, le stratagème avait fonctionné à merveille. Après la panne sèche, pas d'autre alternative que de se cacher à tout prix. En revenant sur ses pas, il était tombé sur ce petit ravin en roche dure, puis il était retourné vers la moto en balayant les traces de pneus avec une branche épaisse de buisson. Après quoi, Giordino et lui avaient poussé la moto et le side-car le long du même chemin, vers le ravin, s'arrêtant régulièrement pour effacer leurs traces à la lumière de la lampe torche. Leurs poursuivants n'avaient pu comprendre que la moto avait été tirée vers l'arrière depuis la fin des traces.

Pitt et Giordino avaient poussé la moto et le side-car dans le ravin le plus loin possible, puis s'étaient mis en devoir de les enterrer. Giordino avait découvert une petite trousse à outils sous le siège du side-car. A la lumière du phare, ils avaient détaché le side-car de la moto. Puis, déposant la moto dans une cuvette sablonneuse, ils l'avaient recouverte sous quelques centimètres de sable. La tâche était devenue moins pénible quand Pitt avait eu l'idée de fabriquer une pelle avec le dossier du siège. Le vent de sable qu'ils n'avaient fait que maudire jusqu'à présent les avait aidés, recouvrant le monticule d'une fine couche de poussière.

Le side-car fut néanmoins plus difficile à cacher. Comme il s'était avéré impossible de l'enterrer profondément sans pelle ou pioche, en raison de la roche dure sur laquelle ils butaient, ils eurent l'idée de le traîner jusqu'à un buisson de tamaris pour l'ensevelir au centre du fourré. Giordino entassa des pierres tout autour tandis que Pitt déterrait un arbuste épais et le plantait sur le siège, de manière que ses branches tombantes recouvrent les flancs du side-car. Ce camouflage approximatif avait suffi à les sauver, comme en témoignaient les traces de sabots imprimées dans le sol à quelques pas.

A présent, alors que le soleil au zénith laissait monter une brume de chaleur sur le sol du désert, les deux hommes regardaient avec nostalgie le side-car à demi enterré.

— Je ne pensais pas que ce machin me manquerait, dit Giordino.

— Oui, vu l'alternative, ce n'était pas si mal, répondit Pitt en scrutant l'horizon vierge de tout signe de vie.

Une immensité désolée s'étendait partout autour, baignée dans un silence angoissant.

Pitt ramena son bras gauche près de son visage de manière à ce que sa montre Doxa se trouve à hauteur des yeux, puis il se tourna vers le soleil jusqu'à ce que le disque d'un jaune éclatant s'aligne sur l'aiguille marquant les heures, c'est-à-dire deux. Cette vieille technique de survie permettait de retrouver le sud à mi-chemin entre l'aiguille et le chiffre douze si l'on se trouvait dans l'hémisphère Nord. Jetant un coup d'œil par-dessus la montre sur le terrain devant lui, Pitt visualisa le chiffre un pour le sud, le sept pour le nord, et l'ouest entre les deux, sur le quatre.

— Allons vers l'ouest, déclara-t-il en tendant la main vers des collines ocre qui se profilaient à l'horizon. Quelque part dans cette direction se trouve la ligne de chemin de fer transmongole, qui va de Pékin à Oulan-Bator. Si nous nous dirigeons vers l'ouest, nous finirons bien par la croiser.

— Nous finirons bien, répéta Giordino lentement. Pourquoi ai-je l'impression que nous n'avons pas la moindre idée de la distance à parcourir ?

— Parce que c'est bien le cas, fit Pitt en haussant les épaules avant de commencer à marcher en direction des collines.

27

Le désert de Gobi passe par des températures extrêmes, parmi les plus hostiles au monde. L'été, elles peuvent culminer à 47 °C pour descendre à – 25 °C en hiver. Entre le matin et la nuit, il n'est pas rare de perdre près de 30 °. Dérivé du mot mongol qui signifie « endroit sans eau », le Gobi est le cinquième désert du monde par sa taille. Ces terres arides abritaient autrefois une mer intérieure puis, au cours de l'éon suivant, s'étaient transformées en terrain de jeux marécageux pour dinosaures, le sud-ouest du Gobi restant toujours une destination appréciée des paléontologues qui parcourent le globe à la recherche de fossiles intacts.

Mais pour Pitt et Giordino, les plaines vides et ondulantes n'étaient qu'un océan de sable, de cailloux et de rochers. Des falaises en grès rose et des affleurements de roche rouge bordaient une plaine caillouteuse couverte de galets bruns, gris et ébène. Tranchant sur le ciel bleu vif, le paysage désolé offrait un certain type de beauté sauvage. Pour les deux hommes, ce site atypique leur permettait d'oublier qu'ils se trouvaient dans une zone potentiellement mortelle.

La température de l'après-midi passa les 38 °C sous un soleil ardent qui brûlait le sol rocailleux. Le vent n'était plus qu'une légère brise chaude qui ne les rafraîchissait plus depuis longtemps. En raison des forts ultraviolets, les deux hommes préféraient ne pas se découvrir pour ne pas être brûlés. Ils gardèrent également à contrecœur leurs manteaux, et les nouèrent à leur taille en prévision de la nuit fraîche à venir. Quant à la doublure de leur veste, ils la déchirèrent afin de se confectionner des bandanas pour éviter l'insolation, ce qui leur donnait l'air de pirates égarés.

Mais ce qui les attendait ne prêtait pas à sourire. Au deuxième jour sans nourriture ni eau, la traversée du désert, suffocant le jour et glacé la nuit, était éprouvante. En effet, Pitt et Giordino risquaient et la déshydratation et l'hypothermie. Etrangement, la faim avait disparu, remplacée par une soif incessante et inextinguible. Les kilos de poussière avalés lors du voyage en moto n'arrangeaient guère les choses, desséchant encore davantage leurs gorges serrées.

Pour résister à la chaleur du désert, Pitt savait qu'il était primordial de conserver leurs forces. Ils pouvaient peut-être survivre trois jours sans eau, mais s'ils s'épuisaient trop sous le soleil brûlant, ils ne tiendraient pas jusque-là. Comme ils avaient pu dormir et se reposer dans leur cachette en haut du rocher, ils pouvaient forcer un peu l'allure avant de devoir s'arrêter, se dit Pitt. Il fallait absolument retrouver la civilisation le plus vite possible.

Pitt prit un point de repère au loin, puis les deux hommes se mirent en route à un pas mesuré. Toutes les demi-heures environ, ils cherchaient l'ombre d'un rocher pour faire une halte et rafraîchir leur température corporelle. Ils répétèrent l'opération jusqu'à ce que le soleil finisse par se coucher et que les températures retombent.

Le Gobi est certes vaste et assez peu peuplé, mais pas entièrement inhabité. De minuscules villages se sont établis dans les régions où l'on peut creuser des puits, et des troupeaux nomades parcourent les franges où l'herbe pousse. En continuant à avancer, ils finiraient bien par rencontrer quelqu'un. De plus Pitt avait vu juste : quelque part à l'ouest se trouvaient la ligne de chemin de fer qui reliait Pékin à Oulan-Bator et la piste de terre parallèle. Mais à quelle distance ?

Pitt continuait à progresser en direction de l'ouest, vérifiant constamment leur position grâce à sa montre. Alors qu'ils marchaient à travers la plaine, ils tombèrent sur des ornières qui croisaient leur chemin.

— Alléluia ! fit Giordino. Un signe de vie sur cette planète !

Pitt se pencha afin d'étudier les traces. Elles avaient manifestement été laissées par une Jeep ou une camionnette, mais les bords de l'ornière étaient déjà émoussés et recouverts d'une fine couche de sable.

— Ils ne sont pas passés hier, dit Pitt.

— Cela ne vaut pas la peine de les suivre ?

— Ces traces pourraient avoir cinq jours ou cinq mois, dit Pitt en secouant la tête.

Résistant à la tentation, les deux hommes les ignorèrent et poursuivirent vers l'ouest. Parfois, ils rencontraient d'autres traces de pneus qui partaient dans différentes directions. Dans ce désert, comme d'ailleurs pour une grande partie de la Mongolie, il y avait peu de vraies routes. Se rendre quelque part consistait à choisir une direction et la suivre. Si un satellite photographiait la myriade de routes et de pistes qui sillonnaient la Mongolie, cela ressemblerait à une assiette de spaghettis tombés par terre.

Lorsque le soleil se cacha, l'air commença à se rafraîchir. Exténués par la chaleur et souffrant du manque d'eau, les hommes affaiblis en furent revigorés et se mirent à allonger le pas. Pitt avait pris comme point de repère un rocher à trois pics, qu'ils atteignirent peu après minuit. Sous un ciel clair, une demi-lune brillante éclairait leur chemin.

338

Ils s'arrêtèrent et s'allongèrent sur un bloc de grès lisse, regardant les étoiles au-dessus de leur tête.

— La Grande Ourse est juste là, fit Giordino en tendant la main vers la partie la plus facilement identifiable de la constellation. La Petite est juste au-dessus.

— Et l'étoile polaire au bout de la queue.

Pitt se leva et se tourna vers l'étoile, tendant le bras gauche.

— Voilà l'ouest, dit-il en désignant une falaise sombre à quelques kilomètres.

— Dépêchons-nous pour arriver avant la fermeture, répondit Giordino, grognant un peu en se mettant debout.

Le fer à cheval dans sa poche cogna sur sa hanche lorsqu'il se leva, et Giordino le tapota inconsciemment avec un sourire entendu.

A présent certains de la direction à suivre, ils se mirent en route. Pitt regardait le ciel toutes les cinq minutes pour s'assurer que l'étoile polaire restait sur leur droite. Le manque d'eau et de nourriture se faisait cruellement sentir, les forçant à ralentir le pas et les murant dans un lourd silence. La blessure de Pitt à la jambe gauche commençait à le lancer, lui envoyant de douloureuses décharges. L'air frais de la nuit devenant glacé, ils enfilèrent leurs manteaux. La marche les réchauffait peut-être, mais pompait également leur énergie.

— Tu m'avais pourtant promis que nous n'irions plus dans le désert après le Mali, dit Giordino en évoquant la fois où ils avaient frôlé la mort dans le Sahara en recherchant une décharge de déchets radioactifs.

— Je parlais seulement des déserts subsahariens, répondit Pitt.

— Un détail. Bon, à partir de quand pouvons-nous espérer que Rudi appelle les gardes-côtes à la rescousse ?

339

— Je lui ai dit de décharger notre équipement du *Vereshchagin* et, s'il trouvait un camion, de nous retrouver à Oulan-Bator à la fin de la semaine. J'ai peur que notre mère poule ne s'inquiète pas avant encore trois jours.

— Et d'ici là nous serons déjà à Oulan-Bator.

Pitt sourit à cette idée. Avec de l'eau, il ne doutait pas que le coriace petit Italien aurait été capable de marcher jusqu'à Oulan-Bator en le portant sur son dos. Mais sans une source d'eau, leur sort était scellé.

Un vent mordant soufflait du nord, faisant dégringoler la température. Le meilleur moyen pour lutter contre le froid était de continuer à avancer, et ils se réconfortaient en songeant que les nuits d'été étaient courtes. Pitt continuait à les guider vers la montagne à l'ouest mais c'était comme s'ils faisaient du sur-place. Au bout de deux heures de marche au fond d'une vallée pierreuse, ils durent gravir plusieurs petites collines. Celles-ci devinrent de plus en plus escarpées jusqu'à ce qu'ils atteignent un promontoire, contrefort de la chaîne de montagnes. Après un bref repos, ils partirent à l'assaut de la montagne, devant s'aider de leurs mains et progresser parfois à genoux pour franchir une section de rochers déchiquetés. Cette ascension les avait épuisés et, une fois arrivés au sommet, ils firent une pause.

Un nuage qui se déplaçait lentement obscurcit la lune pendant quelques minutes, plongeant la montagne dans une noirceur d'encre. Pitt s'assit sur un rocher en forme de champignon pour reposer ses jambes tandis que Giordino se courbait en deux afin de reprendre son souffle. S'ils étaient encore des durs à cuire, aucun des deux n'était plus l'étalon fougueux de la décennie passée. Chacun supportait en silence la kyrielle de maux et de douleurs qui incombaient à leur âge.

— Mon royaume pour un téléphone satellite, déclara Giordino d'une voix rauque.

— J'envisagerais même le cheval, répondit Pitt.

Tandis qu'ils se reposaient, la demi-lune argentée sortit doucement du nuage, baignant les environs dans une clarté bleutée. Pitt se leva et s'étira, puis observa l'autre côté de la montagne. Une pente raide dévalait le long de petites falaises escarpées qui surplombaient une vallée en forme de cuvette. Pitt scruta le petit bassin, y décelant plusieurs formes sombres et rondes disséminées çà et là.

— Al, regarde en bas et dis-moi si tu vois le même mirage que moi.

— S'il s'agit d'une bière et d'un sandwich géant, je peux déjà te dire que la réponse est oui, répondit Giordino en se relevant.

Après avoir observé attentivement la plaine, il finit par confirmer qu'il voyait bien une vingtaine de points noirs dispersés dans la vallée.

— Ce n'est pas Manhattan, mais c'est tout de même un début de civilisation.

— Les taches sombres pourraient bien être des yourtes. Un petit campement sans doute, ou un groupe d'éleveurs nomades, supposa Pitt.

— Assez important néanmoins pour que quelqu'un ait une cafetière, répondit Giordino en se frottant les mains pour se réchauffer.

— Je compterais plutôt sur du thé, si j'étais toi.

— S'il est chaud, je le boirai.

Pitt jeta un regard à sa montre et vit qu'il était presque trois heures du matin.

— Si nous partons maintenant, nous y serons au lever du soleil.

— Juste à temps pour le petit déj'.

Les deux hommes se mirent en route vers le campement, descendant précautionneusement le petit ravin puis serpentant parmi les collines rocailleuses. Ils avançaient avec une vigueur renouvelée, sûrs que le pire était derrière eux. Le petit village, à présent en vue, promettait eau et nourriture. Ils durent toutefois contourner plusieurs parois verticales, détour qui ralentit leur progression. Puis les rochers escarpés laissèrent place à de plus petits blocs de grès qu'ils pouvaient escalader et enjamber. Arrivés à un petit plateau, ils s'arrêtèrent pour se reposer. En dessous, le campement se trouvait à peine à plus d'un kilomètre.

Les premières lueurs du jour commençaient à éclairer le ciel à l'est, mais la luminosité était encore trop faible pour découvrir le paysage alentour. Les structures principales du campement étaient néanmoins visibles : des formes gris sombre qui se détachaient sur le sol clair du désert. Pitt dénombra vingt-deux yourtes. De loin, elles semblaient plus grandes que celles qu'il avait vues à Oulan-Bator ou dans la campagne environnante. Etrangement, il n'y avait ni lumières, ni lanternes, ni feux. Le camp était plongé dans l'obscurité.

Tout autour du campement, Giordino et Pitt pouvaient distinguer des ombres d'animaux, mais ils étaient trop loin pour voir s'il s'agissait de chevaux ou de chameaux. Un corral fermé par une barrière en bois abritait une partie du troupeau près des yourtes, tandis que d'autres déambulaient librement dans les parages.

— Il me semble que tu as demandé un cheval ? fit Giordino.

— Espérons que ce ne sont pas des chameaux.

Les deux hommes couvrirent aisément la dernière portion de terrain. Arrivés à cent mètres du campement, Pitt se figea sur place. Giordino l'imita instinctivement, ouvrant grand les yeux et les oreilles, en alerte, mais ne remarqua rien d'anormal. Mis à part le sifflement du vent, la nuit était parfaitement calme et le camp silencieux.

— Que se passe-t-il ? chuchota-t-il enfin à Pitt.

— Le troupeau, répondit doucement Pitt. Il ne bouge pas.

Giordino observa les animaux disséminés alentour, mais ils étaient immobiles. A quelques mètres, il remarqua trois chameaux bruns qui se tenaient groupés, la tête levée, comme statufiés.

— Peut-être qu'ils sont endormis, suggéra-t-il.

— Je ne crois pas, répondit Pitt, et il n'y a aucune odeur animale non plus.

Pitt avait visité assez de fermes et de ranchs dans sa vie pour savoir que l'odeur du fumier suivait toujours le bétail. Il fit quelques pas en avant, se glissant doucement dans l'ombre pour se retrouver près des animaux. Les créatures ne montraient aucune peur et restèrent de marbre sous les caresses de Pitt. Giordino fut choqué lorsque Pitt attrapa l'un des animaux par le cou et le poussa violemment. Le chameau ne résista pas et bascula, raide, sur le côté. Giordino accourut et regarda l'animal, étendu immobile, les pattes en l'air. Sauf que ce n'étaient pas des pattes mais des planches de bois.

Le chameau tombé à la renverse, comme le reste du troupeau, était fait de bois.

28

— Disparus ? Comment cela, disparus ?

La colère de Borjin faisait jaillir une veine de la taille d'un ver de terre dans son cou.

— Mais vos hommes les ont traqués jusqu'au désert !

Bien que dépassant Borjin d'une bonne tête, le chef de la sécurité se ratatina comme une violette flétrie sous la fureur qui s'était emparée de son patron.

— Leurs traces se sont tout simplement évanouies dans le sable, monsieur. On n'a trouvé aucun indice nous signalant qu'un autre véhicule aurait pu les récupérer. On les a perdus alors qu'ils se trouvaient à cinquante kilomètres à l'est du village le plus proche. Leurs chances de survie dans le désert de Gobi sont quasi nulles, murmura Batbold.

Tatiana, debout près du bar, écoutait la conversation tout en préparant deux vodkas-martini. Elle tendit un verre à son frère, puis but une gorgée du sien.

— Etaient-ce des espions chinois ? demanda-t-elle.

— Non, répondit Batbold. Je ne crois pas. Apparemment, ils ont dû acheter quelqu'un pour entrer dans l'escorte mongole. La délégation chinoise n'a pas semblé remarquer leur disparition du convoi. Il est à noter qu'ils correspondent également à la description des deux hommes qui se sont introduits dans notre entrepôt de stockage à Oulan-Bator il y a deux jours.

— Les Chinois n'auraient pas été si maladroits, commenta Borjin.

— Pour les avoir vus, je peux vous assurer que ces hommes n'étaient pas chinois. Ils avaient l'air russes. Même si le professeur Gantumur, au labo, prétend qu'ils lui ont parlé anglais avec un accent américain.

Tatiana s'étrangla soudain, reposa son verre et toussa pour s'éclaircir la gorge.

— Des Américains ? bégaya-t-elle. De quoi avaient-ils l'air ?

— D'après ce que j'ai vu par la fenêtre, répondit Borjin, l'un d'eux était grand et mince avec les cheveux noirs et l'autre petit et robuste avec des cheveux bruns bouclés.

Batbold hocha la tête.

— Oui, c'est exact, marmonna-t-il en omettant de préciser qu'il leur avait fait face avant d'avoir été assommé par la pelle.

— Ça ressemble bien aux hommes de la NUMA, fit Tatiana, le souffle coupé. Dirk Pitt et Al Giordino. Ceux qui nous ont sauvés sur le lac Baïkal. Les mêmes qui sont montés à bord du *Primorski* et ont capturé le scientifique russe peu avant notre départ de Sibérie.

— Comment sont-ils remontés jusqu'ici ? demanda Borjin, l'air sévère.

— Je ne sais pas. Peut-être grâce au contrat de location du *Primorski*.

— Ils se mêlent de ce qui ne les regarde pas. Où sont-ils allés dans la propriété ? demanda-t-il à Batbold.

— Ils sont arrivés dans le garage sous l'excuse d'un pneu crevé, puis ils sont entrés dans les locaux de recherche. Le Pr Gantumur ayant téléphoné immédiatement à la sécurité, ils n'ont pu rester dans le labo que quelques minutes. Après, ils se sont débrouillés pour échapper aux gardes et observaient probablement la résidence lorsque vous les avez surpris entrant dans le sanctuaire.

Le visage de Borjin s'empourpra et la veine de son cou gonfla plus encore.

— Ils sont à la recherche des prospecteurs de la compagnie pétrolière, j'en suis sûre, dit Tatiana. Ils ne savent rien de notre travail. Ne t'inquiète pas, mon frère.

— Tu n'aurais jamais dû amener ces gens ici, persifla-t-il.

— C'est ta faute ! rugit Tatiana. Si tu n'avais pas tué les Allemands avant qu'ils aient fini d'analyser les données, nous n'aurions pas eu besoin d'une aide supplémentaire !

Borjin foudroya sa sœur du regard, refusant de reconnaître ses torts.

— Peut-être que tu as raison, répondit-il en recouvrant son sang-froid. Ces hommes de l'eau sont bien loin de leur milieu naturel maintenant. Mais pour s'en assurer, envoie le moine là-bas par mesure de précaution, ordonna-t-il à Batbold.

— Une décision prudente, mon frère.

— A leur décès dans la poussière et la soif, lança-t-il avec amusement en levant son verre avant de siroter le martini.

Tatiana termina le sien, préoccupée. Comme elle avait pu le constater, ces hommes étaient déterminés et ne se laisseraient pas tuer si facilement.

*
* *

Bien qu'ils fussent entourés de chameaux, Pitt et Giordino avaient l'impression d'être dans un décor de western. Escaladant une clôture, ils furent amusés de tomber sur un grand abreuvoir destiné à ce troupeau en bois. Ces animaux, stratégiquement placés autour du village, projetaient de longues ombres sur le sol. Pitt en dénombra au moins cent.

— Ça me rappelle ce type au Texas avec toutes ces Cadillac à moitié enterrées dans son jardin, lança Giordino.

— Je ne crois pas que nous ayons affaire ici à une mise en scène artistique, si c'est ce que tu veux dire.

Ils se rendirent à la yourte la plus proche, qui faisait plus de deux fois la taille habituelle. La tente ronde en feutre mesurait près de trente mètres de diamètre et s'élevait à plus de trois mètres de haut. Pitt chercha la porte peinte en blanc, qui, comme dans toutes les yourtes mongoles, faisait face au sud. Après avoir frappé quelques coups, il lança un « Bonjour » enjoué. La porte était rigide et vibra profondément. Pitt posa les mains contre le mur en peau et poussa. Plutôt qu'une simple épaisseur de toile sur le feutre, le mur s'appuyait sur une surface dure et solide.

— Le grand méchant loup n'aurait pas pu détruire cette tente en soufflant dessus, dit-il.

Saisissant un morceau de toile, il en déchira un petit bout. Il tomba alors sur une épaisseur de feutre qu'il déchira également, découvrant une surface métallique froide peinte en blanc.

— C'est une citerne, fit Pitt en touchant le métal.

— D'eau ?

— Ou de pétrole, répondit-il en reculant pour examiner les autres fausses yourtes qui constituaient le campement.

— Elles sont peut-être grandes pour de vraies tentes de nomades, mais un peu petites pour être des cuves de pétrole, fit remarquer Giordino.

— Je parie que ce n'est que la partie émergée de l'iceberg. Les cuves sont peut-être enterrées sur dix ou quinze mètres de profondeur.

Giordino racla le sol pour en détacher une petite pierre, qu'il ramassa et cogna contre le réservoir. Un son creux se fit entendre.

— Elle est vide.

Avançant d'un pas, il lança la pierre vers la yourte suivante. Elle rebondit sur un côté, produisant la même résonance creuse.

— Vide également, dit-il.

— Comme ta tasse de café, fit Pitt.

— Pourquoi des cuves de stockage de pétrole vides au milieu de nulle part sont-elles déguisées en faux campement ?

— Nous ne sommes peut-être pas très loin de la frontière chinoise, dit Pitt. Quelqu'un a peut-être peur que les Chinois ne lui volent son pétrole... Je suppose que cette mise en scène est un leurre en cas de survol aérien ou de photo par satellite, sur laquelle tout cela semblerait authentique.

— Les puits n'ont rien dû donner si ces réservoirs sont tous à sec.

Le faux village perdit tout son attrait lorsque les deux hommes se rendirent compte qu'ils n'y trouveraient ni eau ni nourriture. Ils fouillèrent néanmoins chaque yourte, espérant y découvrir des réserves de secours ou tomber sur autre chose qu'une cuve vide. Mais toutes les tentes étaient identiques, ne servant qu'à masquer les vastes citernes en métal à demi ensevelies dans le sable. C'est seulement à la dernière tente qu'ils tombèrent sur une vraie porte. En la poussant, ils reconnurent une station de pompage creusée à six mètres dans le sol. Un labyrinthe de conduites semblait mener aux autres cuves, partant d'un seul tuyau d'alimentation d'un mètre vingt de diamètre qui sortait du sol du désert.

— Un oléoduc souterrain, observa Pitt.

— Creusé et installé à l'aide d'un tunnelier ? fit Giordino. Hum, où ai-je donc vu un de ces engins dernièrement ?

— Il est possible que ce soit encore un coup de nos amis d'Avarga. Cela pourrait avoir un rapport avec le contrat qu'ils veulent conclure avec les Chinois ; quant à leur but, je ne peux faire que des suppositions.

Les deux hommes, fatigués et déçus, redevinrent silencieux. Au-dessus d'eux, le soleil levant commençait à cuire à nouveau le sol pierreux autour du faux village. Epuisés par leur longue marche et affaiblis par le manque d'eau et de nourriture, ils prirent la sage décision de se reposer. Ils arrachèrent des morceaux de feutre de l'une des yourtes pour se confectionner des matelas de fortune et s'allongèrent à l'ombre de la station de pompage. Les lits improvisés semblèrent moelleux pour leurs corps meurtris et ils s'endormirent rapidement.

Le soleil tombait vers l'horizon comme une balle de billard fluorescente lorsqu'ils se réveillèrent enfin. Toutefois, ce repos n'avait que peu regonflé leur énergie et c'est dans un état comateux qu'ils quittèrent le village. Ils se mirent en marche au prix de gros efforts, avançant à un rythme d'escargot comme si chacun d'eux avait vieilli de quarante ans en quelques heures. Pitt prit un nouveau point de repère grâce à sa montre pour s'assurer qu'ils se dirigeaient bien vers l'ouest, s'interdisant toute tentation de suivre l'oléoduc souterrain. Ils marchaient en silence, animés par leur seule volonté, l'esprit embrumé en proie aux premiers signes de délire.

Le vent du nord commença à souffler, levant des bourrasques cinglantes et tourbillonnantes qui annonçaient une tempête, apportant avec elle un froid glacial. Les deux hommes, prévoyants, avaient gardé leurs couvertures de feutre, qu'ils transformèrent en ponchos.

Pitt avait visé une chaîne de montagnes en forme de S au moment du coucher du soleil et se concentrait de toutes ses forces pour atteindre son but. Lorsque le vent se leva, il comprit, inquiet, que bientôt l'étoile polaire disparaîtrait.

Un terrible mantra, « avancer ou mourir », se mit à tourner en boucle dans sa tête, le forçant à continuer. Pitt, la gorge desséchée et la langue gonflée, essayait de penser à autre chose qu'à sa soif inextinguible. Il regarda Giordino, qui cheminait droit devant lui, le regard vide. Toute leur énergie physique et mentale n'était occupée que par une pensée : poser un pied devant l'autre.

Le temps sembla se suspendre, et Pitt perdit presque conscience. Il partait à la dérive, puis sentait ses yeux se rouvrir, comme s'il s'était endormi debout. Combien de temps avait duré cet étourdissement, il ne le savait pas, mais au moins Giordino était toujours là et marchait à ses côtés. Son esprit se mit à vagabonder vers sa femme Loren, représentante au Congrès à Washington. Bien qu'amants depuis de nombreuses années, ils s'étaient mariés très récemment, lorsque Pitt avait compris que sa vie de globe-trotter était derrière lui. Elle savait pourtant bien que le goût de l'aventure ne l'avait pas quitté, même si lui ne s'en rendait pas compte. Au bout de quelques mois à la tête de la NUMA au siège de Washington, il avait commencé à avoir des fourmis dans les jambes. C'est Loren qui l'avait poussé à repartir sur le terrain, sachant qu'il était plus heureux quand il travaillait avec son premier amour : la mer. La séparation renforcerait leur amour, disait-elle, même s'il n'était pas sûr qu'elle le pense vraiment. Pourtant, peu désireux aussi de gêner sa carrière au Capitole, il avait suivi son conseil. A présent, il se demandait si cette décision n'allait pas faire d'elle une veuve.

Ce fut une heure plus tard, peut-être deux, que les vents décidèrent de se lever pour de bon, soufflant avec violence depuis le nord-ouest. Les étoiles au-dessus d'eux disparurent rapidement dans la poussière, les plongeant à nouveau dans l'obscurité. Lorsque le sable se mit à les envelopper d'une brume opaque, Pitt perdit son repère. Cela n'avait plus d'importance. Les yeux fixés à ses pieds, il était anéanti de fatigue.

Ils marchaient comme des zombies, de façon automatique, incapables de s'arrêter. Giordino calait scrupuleusement son allure sur celle de Pitt, comme si un lien invisible les reliait. Les vents s'intensifièrent et les rafales de sable, piquant leurs yeux et leurs visages, brouillaient leur vision. Pourtant ils poursuivaient, même s'ils redoutaient de perdre le cap. Les deux hommes, épuisés, étaient partis en zigzaguant vers le sud, perdant l'ouest, fuyant inconsciemment la morsure du vent.

Ils tournèrent en rond pendant un temps infini, jusqu'à ce que Pitt aperçoive Giordino trébucher sur des rochers et tomber à terre à côté de lui. Il s'arrêta pour lui tendre la main, mais alors que Giordino la saisissait afin de se relever, il bascula sur un lit de sable mou. Allongé là, étourdi, il constata qu'ils étaient au moins protégés des bourrasques. Par un pur hasard, Giordino les avait entraînés sur un rocher derrière lequel on pouvait s'abriter des vents hurlants. Pitt toucha la paroi d'une main et sentit Giordino s'effondrer. Dans un dernier effort, il déplia sa couverture en feutre et l'étendit sur leurs têtes pour qu'ils restent au chaud, puis se rallongea dans le sable et ferma les yeux.

Sous la tempête stridente du désert, les deux hommes sombrèrent dans l'inconscience.

29

Giordino rêvait. Il rêvait qu'il flottait dans une mer tropicale calme. Le liquide tiède était étrangement épais, comme du sirop, ce qui rendait ses mouvements lents et laborieux. Puis de petites vaguelettes chaudes se mirent soudain à lécher son visage. Il tourna la tête pour échapper aux vagues, mais la chaleur humide suivait son mouvement. Brutalement, la réalité le tira de son rêve. Une odeur, une odeur extrêmement déplaisante par-dessus le marché. Trop puissante pour ne pas le réveiller. La puanteur finit par le tirer du sommeil et il se força à ouvrir une paupière lourde.

Le soleil brillant lui piqua les yeux mais il réussit néanmoins à se rendre compte qu'il n'y avait aucune vague bleue qui lapait son corps. Au lieu de cela, une serpillière rose géante s'abattit sur lui et lui mouilla la joue. Détournant vivement la tête, il vit la chose se retirer derrière une barrière de grandes dents jaunes logées dans une gueule qui semblait faire un kilomètre de long. La bête avait une haleine putride qui sentait l'oignon, l'ail et le fromage limburger.

Ouvrant grand les deux yeux pour se débarrasser de ce cauchemar, il remonta le long de la gueule et découvrit deux yeux chocolat voilés par de longs cils. Le chameau dévisagea Giordino en cillant d'un air curieux, puis émit un petit blatèrement avant de reculer pour mordiller un bout de feutre qui traînait par terre.

Giordino se leva avec effort, réalisant que l'eau sirupeuse de son rêve n'était qu'une couche de sable tiédie par le soleil. Un tas de sable de près de trente centimètres s'était en effet accumulé dans la petite cavité pendant la tempête. Après avoir péniblement dégagé ses bras de l'amoncellement de sable, Giordino donna un coup de coude à la silhouette ensevelie à ses côtés, balayant au passage quelques poignées de silice brune. Pitt, les traits tirés et l'air hagard, rejeta la couverture de feutre raidi qui craqua légèrement. Son visage était brûlé par le soleil, ses lèvres boursouflées et gercées. Pourtant, ses yeux verts cernés pétillèrent en voyant son ami toujours en vie.

— Une nouvelle journée au paradis, articula-t-il d'une voix rauque, la bouche desséchée, en étudiant les lieux.

La tempête de la veille avait laissé place à un ciel bleu sans nuages.

Quand ils se relevèrent, le sable glissa des plis de leurs vêtements par paquets. Giordino passa la main dans sa poche et hocha doucement la tête, rassuré d'y sentir le fer à cheval.

— Nous avons de la compagnie, dit-il d'une voix sifflante qui évoquait le frottement de la laine d'acier sur du papier de verre.

Pitt regarda la bête de somme à quelques pas. C'était un chameau de Bactriane, comme en témoignaient les deux bosses sur son dos qui s'affaissaient légèrement sur un côté. La fourrure de l'animal était d'une belle couleur moka, plus sombre sur les flancs. Le chameau rendit à Pitt son regard et le fixa pendant quelques secondes, puis se remit à mordiller la couverture.

— Le navire du désert, dit Pitt.

— On dirait plutôt un remorqueur. On monte dessus ou on le bouffe ?

Pitt se demandait s'ils auraient la force de faire l'un ou l'autre quand un sifflement perçant retentit derrière une dune. Un petit garçon dévala la pente, monté sur un cheval pommelé. Il portait une *del* verte et ses courts cheveux noirs étaient cachés sous une vieille casquette. Le garçon s'approcha du chameau en l'appelant par son nom. Lorsque l'animal releva la tête, il lança prestement un lasso autour de son cou et resserra la corde. C'est seulement à cet instant qu'il remarqua Pitt et Giordino allongés par terre. Il sursauta et dévisagea de ses grands yeux les deux hommes hagards à l'allure fantomatique.

— Bonjour, fit Pitt avec un sourire chaleureux. Peux-tu nous aider ?

— Vous… parlez anglais, bégaya le garçon.

— Oui. Tu nous comprends ?

— J'apprends l'anglais au monastère, répondit-il fièrement en détachant chaque syllabe.

— Nous sommes perdus, déclara Giordino d'une voix sourde. As-tu un peu d'eau ou de nourriture à partager avec nous ?

Le garçon se laissa glisser de sa selle en bois et leur offrit une outre en peau de chèvre remplie d'eau. Pitt et Giordino burent tour à tour, d'abord de petites gorgées puis à grosses goulées. Pendant ce temps, le garçon avait sorti un foulard de sa poche qui enveloppait un bloc de fromage séché au soleil. Il le découpa en petits morceaux et en offrit aux deux hommes qui se les partagèrent avec joie tout en finissant l'outre.

— Mon nom est Noyon, dit le garçon. Et vous ?

— Je m'appelle Dirk et voici Al. Nous sommes très heureux de te rencontrer, Noyon.

— Vous êtes fous, Dirk et Al, de voyager dans le Gobi sans eau et sans monture, dit-il sévèrement avant de sourire pour ajouter : Venez avec moi dans ma maison, où vous serez accueillis par ma famille. C'est à moins d'un kilomètre d'ici. Pas trop long pour vous.

Le garçon ôta la petite selle et invita Pitt et Giordino à monter. Le poney mongol n'était pas grand, aussi Pitt se hissa facilement sur son dos avant de tendre la main à Giordino. Noyon attrapa les rênes et les conduisit vers le nord, suivi du chameau, la corde au cou.

Ils n'avaient parcouru qu'une courte distance quand Noyon tourna le long d'un massif de grès. De l'autre côté, ils virent un grand troupeau de chameaux dispersés dans une prairie, à la recherche de touffes d'herbe qui poussaient dans le sol pierreux. Au centre du champ se trouvait une unique yourte, couverte d'une toile blanche salie et dont la porte sud était peinte d'une teinte orange passée. A une corde tendue entre deux piquets, plusieurs chevaux bruns robustes avaient pu être attachés. Un homme rasé, au visage buriné et aux yeux noirs pénétrants, sellait l'un des chevaux lorsque la petite caravane arriva.

— Père, j'ai trouvé ces hommes perdus dans le désert, dit-il dans sa langue maternelle. Ils viennent d'Amérique.

L'homme jeta un œil sur les deux hommes en piteux état, et comprit qu'ils avaient failli faire la connaissance d'Erleg Khan, le seigneur mongol du monde des morts. Il les aida vivement à descendre du cheval et rendit à chaque homme épuisé sa faible poignée de main.

— Attache le cheval, cria-t-il à son fils en conduisant les deux hommes vers sa maison.

Pressés d'entrer dans la yourte, Pitt et Giordino furent stupéfaits de l'intérieur chaleureux, qui contrastait vivement avec le désert austère. Des tapis aux couleurs vives couvraient chaque centimètre carré du sol en terre, confondus avec les riches tapisseries florales qui couvraient le treillis en bois du mur de la tente. Coffres et tables également étaient peints de couleurs gaies : rouge, orange et bleu, tandis que les poutres de la yourte étaient jaune citron.

L'espace était aménagé comme une yourte traditionnelle, selon les principes d'une décoration symbolique qui contrait la superstition présente dans la vie quotidienne nomade. A gauche de l'entrée se trouvaient un tréteau et un coffre pour y poser la selle de l'homme de la maison et ses autres affaires. Dans la section droite de la yourte, réservée aux femmes, étaient entassés les ustensiles de cuisine. Un foyer et un poêle trônaient au centre de la yourte, reliés à un conduit qui sortait par une ouverture au sommet de la tente. Trois lits bas étaient installés le long des murs, celui du fond réservé à l'autel familial.

Le père de Noyon conduisit Pitt et Giordino vers le côté gauche de la yourte et leur fit signe de s'asseoir sur des tabourets près du foyer. Une femme menue aux longs cheveux noirs et au regard pétillant, occupée avec une vieille théière, leur sourit. En voyant à quel point ils étaient épuisés, elle leur apporta des serviettes humides afin qu'ils se lavent le visage et les mains, puis mit quelques lambeaux de mouton à bouillir dans une casserole d'eau. Ensuite, après avoir remarqué le bandage ensanglanté de Pitt, elle nettoya sa blessure tandis que les hommes buvaient tasse sur tasse de thé noir. Une fois le mouton cuit, elle servit généreusement une part gigantesque à chacun et apporta un plateau de fromages séchés. Pour ces hommes affamés cette viande, pourtant relativement fade, avait autant de saveur que la grande cuisine française. Une fois le mouton et le fromage engloutis, l'homme apporta une outre en cuir remplie de lait de jument fermenté maison, l'*airak,* et en remplit trois tasses.

Noyon entra dans la yourte et s'assit derrière les hommes pour jouer le rôle d'interprète pour ses parents, qui ne parlaient pas anglais. Son père s'exprima calmement, d'une voix grave, en regardant Pitt et Giordino dans les yeux.

— Mon père, Tsengel, et ma mère, Ariunaa, vous souhaitent la bienvenue chez eux, dit le garçon.

— Nous vous remercions pour votre hospitalité. Vous nous avez vraiment sauvé la vie, dit Pitt en levant son verre d'*airak* comme pour porter un toast.

La boisson avait le goût de la bière chaude mélangée à du babeurre, se dit-il.

— Dites-moi, que faites-vous dans le Gobi sans provisions ? demanda Tsengel par l'intermédiaire de son fils.

— Nous nous sommes trouvés séparés de notre groupe lors d'une excursion dans le désert, inventa Giordino. Nous sommes revenus sur nos pas, mais nous nous sommes perdus dans la tempête de sable la nuit dernière.

— Vous avez eu de la chance que mon fils vous retrouve. Il y a peu d'habitations dans cette région du désert.

— A quelle distance sommes-nous du prochain village ? demanda Pitt.

— Il y a un petit camp à environ vingt kilomètres d'ici. Mais assez de questions, dit Tsengel en voyant la mine fatiguée des deux hommes. Vous devez vous reposer après votre repas. Nous parlerons ensuite.

Noyon les conduisit vers deux petits lits, puis il suivit son père au-dehors pour l'aider à s'occuper du troupeau. Pitt, étendu sur le dos dans le lit moelleux, admira les poutres jaune vif au-dessus de sa tête avant de tomber dans un sommeil lourd et profond.

Giordino et lui se réveillèrent avant le crépuscule, tirés du sommeil par le fumet de mouton bouilli sur le feu. Ils sortirent se dégourdir les jambes en marchant au milieu des chameaux dociles qui déambulaient librement. Tsengel et Noyon arrivèrent bientôt au galop, après avoir passé l'après-midi à regrouper ceux qui s'égaraient.

— Vous avez l'air en forme à présent, déclara Tsengel.

— Et nous le sommes, répondit Pitt.

La nourriture, la boisson et le repos avaient rapidement requinqué les deux hommes qui se sentaient étonnamment reposés.

— La cuisine de ma femme. C'est un élixir, dit l'homme en souriant.

Après avoir attaché les chevaux et s'être lavé à l'eau savonneuse, il les raccompagna à la yourte. Un autre repas de mouton et de fromage séché les attendait, accompagné de nouilles cuites. Cette fois, Giordino et Pitt consommèrent leur repas avec moins de délectation. On leur servit de l'*airak* dès le début du dîner et en plus grande quantité, versé dans des petits bols en céramique qui semblaient ne jamais se vider.

— Vous avez un troupeau impressionnant, déclara Giordino, complimentant son hôte. Combien de têtes ?

— Nous possédons cent trente chameaux et cinq chevaux, déclara Tsengel. Oui, c'est un troupeau satisfaisant, bien qu'il ne représente que le quart de celui que nous avions autrefois de l'autre côté de la frontière.

— En Mongolie-Intérieure chinoise ?

— Oui, la soi-disant région autonome, mais qui n'est guère plus qu'une nouvelle province chinoise, dit Tsengel en contemplant le feu, une lueur de colère dans le regard.

— Pourquoi êtes-vous partis ?

Tsengel fit un signe de tête en direction d'une vieille photographie en noir et blanc sur l'autel, qui montrait un garçon sur un cheval, les rênes tenues par un homme plus vieux. Le regard pénétrant du garçon ne trompait pas, il s'agissait de Tsengel jeune, avec son propre père.

— Sur cinq générations mes ancêtres ont élevé des troupeaux dans l'est du Gobi. Mais cette époque a été chassée par le vent. Il n'y a plus de place pour un simple gardien de troupeau là-bas. Les bureaucrates chinois ne cessent de réquisitionner des terres et se soucient peu de l'environnement. A plusieurs reprises, nous avons été chassés de nos pâturages ancestraux et obligés de conduire nos troupeaux dans les parties les plus hostiles du désert. Pendant ce temps, ils pompent l'eau partout où ils le peuvent, pour la noble cause de l'industrialisation de l'Etat. Du coup, les pâturages disparaissent sous notre nez. Le désert s'accroît chaque jour, mais c'est un désert mort. Ces fous ne s'en rendront compte que lorsque le sable aura atteint leur capitale, Pékin, sauf qu'à ce moment-là il sera trop tard. Pour faire vivre ma famille, je n'ai pas eu d'autre choix que de traverser la frontière. Les conditions sont rudes mais au moins, l'éleveur est encore respecté ici, dit-il fièrement.

Pitt prit une autre gorgée de l'*airak* amer en contemplant la photographie jaunie.

— C'est toujours un crime de retirer à un homme son gagne-pain, dit-il.

Il laissa errer son regard qui s'arrêta sur un tableau au fond de l'autel. C'était un portait ancien, stylisé, d'un homme rondelet, avec une longue barbichette.

— Tsengel, qui est-ce, sur l'autel ?

— L'empereur Yuan, Koubilaï. Le souverain le plus puissant du monde, et pourtant ami bienveillant de l'homme du peuple, répondit Tsengel comme si l'empereur était toujours en vie.

— Koubilaï Khan ? demanda Giordino.

Tsengel hocha la tête.

— C'était une bien meilleure époque lorsque les Mongols régnaient sur la Chine, ajouta-t-il avec nostalgie.

— Le monde d'aujourd'hui est bien différent, je le crains, dit Pitt.

L'*airak* commençait à faire de l'effet sur Tsengel, qui avait déjà consommé plusieurs bols du puissant breuvage. Ses yeux devenaient plus vitreux et ses émotions plus explosives à mesure que le lait de jument coulait dans sa gorge. Jugeant que cette conversation géopolitique devenait un peu trop sensible pour leur hôte, Pitt essaya de changer de sujet.

— Tsengel, nous sommes tombés sur une chose étrange avant la tempête de sable. C'était un village artificiel gardé par des chameaux en bois. Vous le connaissez ?

Tsengel rit à gorge déployée.

— Ah ! oui, l'éleveur le plus riche du Gobi. Sauf que ses juments ne donnent pas une goutte de lait, dit-il en souriant et en prenant une nouvelle gorgée d'*airak*.

— Qui l'a construit ? demanda Giordino.

— Une grande équipe est arrivée un jour dans le désert avec beaucoup de matériel, des tuyaux et une machine. Ils ont creusé des tunnels sous la surface qui courent sur plusieurs kilomètres. On m'a même payé pour que j'indique au contremaître le puits le plus proche. Il m'a dit qu'il travaillait pour une compagnie pétrolière d'Oulan-Bator mais qu'on leur avait fait jurer de ne parler de leur travail à personne. Plusieurs ouvriers à la langue trop pendue avaient d'ailleurs brusquement disparu, rendant l'équipe très nerveuse. Rapidement, ils ont fabriqué ces chameaux en bois et construit les grands réservoirs déguisés en yourtes, puis ils se sont volatilisés. Les citernes du village sont toujours vides et n'ont recueilli que la poussière apportée par le vent. C'était il y a plusieurs mois, et je n'ai vu personne revenir depuis. Comme les autres. Il y a trois autres mêmes camps de yourtes en métal près de la frontière. Et ils sont tous pareils, vides et gardés par les chameaux en bois.

— Est-ce qu'il y a des puits de pétrole ou des forages dans la région ? demanda Pitt.

Tsengel réfléchit un moment, puis secoua la tête.

— Non. J'ai vu des puits de pétrole en Chine il y a plusieurs années, mais aucun dans cette région.

— Pourquoi selon vous avoir camouflé les citernes de stockage et les avoir entourées de troupeaux en bois ?

— Je ne sais pas. Certains disent que les yourtes en métal ont été construites par un riche éleveur pour y recueillir l'eau de pluie et qu'ainsi l'eau sera utilisée pour ramener les prairies. Un chaman prétend que les animaux en bois sont une offrande, déposée en signe d'apaisement après la profanation du désert par les forages. D'autres disent que c'est l'œuvre d'une tribu de fous. Mais ils ont tous tort. C'est simplement l'œuvre des puissants, qui souhaitent exploiter les richesses du désert. Pourquoi masquent-ils leurs efforts ? Pour nulle autre raison que pour masquer leurs cœurs mauvais.

L'*airak* avait presque achevé Tsengel. Il avala le reste de son bol, puis se leva en chancelant et souhaita bonne nuit à ses hôtes et à sa famille. Titubant vers l'un des lits, il s'effondra sur les couvertures et, quelques minutes plus tard, il ronflait. Pitt et Giordino aidèrent le fils et la femme à débarrasser la table, puis sortirent prendre l'air.

— Je ne comprends toujours pas, fit Giordino en contemplant le ciel. Pourquoi cacher des réservoirs de pétrole vides dans le désert qui ne recueillent que de la poussière ?

— Peut-être que quelque chose de plus important que les citernes y est caché ?

— Comme quoi par exemple ?

— Eh bien par exemple, fit Pitt en donnant un coup de pied dans le sol caillouteux, comme la source du pétrole.

30

En dépit des ronflements sonores de Tsengel, Pitt et Giordino dormirent profondément, Noyon ayant même cédé son lit pour dormir par terre sur des coussins. Tous se réveillèrent au lever du soleil et partagèrent du thé et des nouilles en guise de petit déjeuner. Tsengel s'était arrangé pour que Pitt et Giordino accompagnent Noyon jusqu'au village voisin, les enfants des environs étant conduits à l'école du monastère trois jours par semaine. Pitt et Giordino prendraient le bus avec Noyon, puis attendraient la camionnette de ravitaillement qui venait régulièrement d'Oulan-Bator.

Tout en lui glissant quelques billets poussiéreux dans la main, Pitt remercia Ariunaa pour la nourriture et son hospitalité, et fit ses adieux à Tsengel.

— Nous ne pouvons pas vous dédommager pour votre gentillesse et votre générosité.

— La porte d'une yourte d'éleveur est toujours ouverte. Passez un bon voyage et ayez une pensée de temps en temps pour vos amis du Gobi.

Les hommes se serrèrent la main, puis Tsengel s'éloigna au galop pour s'occuper du troupeau. Pitt, Giordino et Noyon enfourchèrent trois chevaux robustes et se mirent en route vers le nord.

— Ton père est un homme bon, dit Pitt en regardant disparaître à l'horizon le nuage de poussière soulevée par Tsengel.

— Oui, mais il est triste d'être loin de la terre de ses ancêtres. Nous nous débrouillons ici, mais je sais que son cœur est toujours à Hulunbuir, au sud-est.

— S'il réussit à s'en sortir ici, alors il peut réussir n'importe où, déclara Giordino en observant le paysage désolé qui les entourait.

— C'est un combat difficile, mais j'aiderai mon père quand je serai grand. Je vais aller à l'université à Oulan-Bator et devenir médecin, comme ça je pourrai lui acheter tous les chameaux qu'il voudra.

Ils traversèrent une plaine caillouteuse, puis passèrent une série de collines de grès. Les chevaux progressaient sans besoin d'être guidés, tout comme une mule au Grand Canyon qui connaît le moindre centimètre du chemin jusqu'au Colorado. Il ne fallut pas longtemps à Pitt et Giordino pour avoir mal au dos, les chevaux étant équipés de selles mongoles traditionnelles fabriquées en bois. Comme la plupart des enfants des steppes et du désert mongols, Noyon avait appris à monter avant même de savoir marcher et il était habitué à ce harnachement dur et impitoyable. Mais pour des étrangers comme Pitt et Giordino, c'était comme chevaucher un banc public qui galoperait sur une série interminable de ralentisseurs.

— Tu es sûr qu'il n'y a pas un arrêt de bus ou un aéroport dans le coin ? demanda Giordino en grimaçant.

Noyon prit le temps de réfléchir à la question.

— Pas de bus, à part au village. Mais avion, oui. Pas loin d'ici. Je vous emmène.

Avant que Giordino ait pu dire un seul mot, Noyon avait talonné son cheval et s'éloignait au galop vers une montagne à l'est.

— Exactement ce qu'il nous fallait, cette excursion supplémentaire, maugréa Pitt. Ça ne devrait pas nous coûter plus d'une ou deux vertèbres.

— Qui te dit qu'il n'y a pas un Learjet qui nous attend de l'autre côté de cette chaîne de montagnes ? rétorqua Giordino.

Ils se tournèrent vers la piste poussiéreuse que suivait Noyon et s'élancèrent derrière lui. Quand ils arrivèrent au pied du massif montagneux, contournant la partie nord, les sabots des chevaux se mirent à résonner bruyamment sur le grès. Passant quelques gros rochers, ils finirent par rattraper Noyon, déjà assis à l'ombre d'un sommet pointu. Au grand désespoir de Giordino, il n'y avait ni jet ni aéroport, ni le moindre moyen de transport aérien, et ce aussi loin que l'œil pouvait voir. Ce n'était toujours et encore que du désert plat et rocailleux, égayé par d'occasionnels promontoires rocheux. Au moins le garçon avait-il raison sur un point, songea Giordino, ils s'étaient très peu éloignés de leur point de départ.

Pitt et Giordino mirent leurs chevaux au pas en approchant de Noyon. Le garçon leur sourit, puis il tendit la main vers le flanc de la colline derrière lui.

Pitt observa la pente rocheuse, mais ne distingua rien d'autre qu'une couche de sable rouge. Seuls quelques rochers, de forme étrange, projetaient des éclats argentés.

— Joli jardin minéral, plaisanta Giordino.

Mais Pitt, intrigué, remarqua en s'approchant deux bosses symétriques. Soudain, il se rendit compte qu'il ne s'agissait pas de rochers mais de deux moteurs en étoile partiellement enterrés. L'un était attaché au nez émoussé du fuselage retourné, tandis que l'autre était monté sur une aile qui disparaissait sous le sable.

Noyon et Giordino vinrent rejoindre Pitt qui était descendu de cheval pour balayer le sable de l'un des capots enfouis. Levant la tête, stupéfait, il annonça à Giordino :

— Ce n'est pas un Learjet. C'est un Fokker trimoteur.

31

Le Fokker F. VIIB reposait là où il s'était écrasé depuis plus de soixante-dix ans. L'avion retourné avait été recouvert par des tonnes de sable, jusqu'à ce que son aile droite et la plus grande partie de son fuselage disparaissent. A quelques pas, l'aile bâbord avec son moteur avaient été également enfouis, contre les mêmes rochers qui avaient arraché l'aile lors de l'atterrissage forcé. Le nez de l'avion était plié comme un accordéon, et le cockpit rempli de sable à ras bord. Emmaillotés de poussière, les squelettes brisés du pilote et du copilote étaient toujours attachés à leur siège. Pitt balaya une épaisse couche de sable sous la fenêtre du pilote afin de pouvoir déchiffrer le nom presque illisible de l'avion, « Blessed Betty ».

— Drôle d'endroit pour se poser, fit Giordino. Je croyais que tu disais que ces vieux coucous étaient indestructibles ?

— Pratiquement. Les trimoteurs Fokker, comme les Ford, étaient des avions résistants. L'amiral Byrd en a piloté un pour survoler l'Arctique et l'Antarctique. Charles Kingsford-Smith a traversé le Pacifique dès 1928 à bord de son Fokker F. VIII, le *Southern Cross*. Avec leurs moteurs Wright Whirlwind, ils étaient pratiquement capables de voler sans s'arrêter.

Pitt connaissait bien ce vieil appareil. Il avait lui-même dans sa collection à Washington un trimoteur Ford coincé entre deux voitures anciennes.

— Peut-être qu'ils ont été pris dans une tempête de sable, supposa Giordino.

Tandis que Noyon restait respectueusement à distance et regardait la scène, Pitt et Giordino suivirent le ventre du fuselage vers l'avant incrusté de sable, jusqu'à tomber sur un petit rebord au côté. Après l'avoir dégagé, ils identifièrent le bas d'une porte. Les deux hommes s'attaquèrent au sable et creusèrent un large trou devant la porte. Au bout de longues minutes, ils avaient ouvert un passage près de la porte. Alors que Giordino enlevait une dernière pelletée de sable, Pitt remarqua plusieurs impacts de balles sur le fuselage près de la porte.

— Correction sur la cause du crash, dit-il en passant la main sur les trous. Ils ont été abattus.

— Je me demande bien pourquoi, dit Giordino, pensif.

Alors qu'il s'avançait pour pénétrer à l'intérieur du Fokker, Noyon laissa soudain échapper un petit gémissement.

— Les anciens disent qu'il y a des hommes morts à l'intérieur. Les lamas nous enseignent qu'il ne faut pas les troubler. C'est pour cela que les nomades ne sont jamais entrés dans l'appareil.

— Nous respecterons les morts, lui assura Pitt. Je veillerai à ce qu'ils aient une sépulture correcte afin que leur esprit puisse reposer en paix.

Giordino actionna la poignée et ouvrit doucement la porte. Une masse indistincte faite de morceaux de bois, de sable et de bouts de porcelaine tombèrent de la cabine plongée dans le noir, formant un petit monticule. Pitt ramassa un plat cassé de la dynastie Yuan, sur lequel était représenté un paon bleu saphir.

— Ce n'est pas de la vaisselle ordinaire, fit-il en

reconnaissant l'antiquité. A vue de nez, cela date d'au moins cinq cents ans.

Sans être un expert, Pitt avait acquis une certaine connaissance des pièces de poterie et de porcelaine à force de plonger dans les épaves. Bien souvent d'ailleurs, c'était grâce à ces découvertes qu'on parvenait à identifier l'âge d'une épave et déterminer où elle avait pu s'échouer.

— Dans ce cas, nous sommes face au plus grand mais aussi au plus vieux puzzle du monde, dit Giordino en s'écartant pour laisser Pitt regarder.

L'intérieur de l'avion renfermait un fouillis inextricable. Des caisses écrasées et fendues étaient éparpillées dans les moindres recoins de la cabine, répandant sur le sol un tapis de débris de porcelaine blanc et bleu. Seules quelques caisses coincées près de la queue de l'appareil étaient intactes.

Pitt grimpa dans la carlingue et attendit un moment que ses yeux s'habituent à l'obscurité. La cabine mal éclairée et l'air poussiéreux puant le renfermé glaçaient le sang, tout comme les rangs de sièges en osier suspendus, vides, au plafond. Baissant légèrement la tête, Pitt se dirigea d'abord vers les caisses scellées à l'arrière. Les morceaux brisés de porcelaine crissaient sous chaque pas, l'obligeant à marcher précautionneusement au milieu des décombres.

Il y avait cinq caisses, toutes marquées des mentions FRAGILE et DESTINATAIRE : BRITISH MUSEUM sur le côté. Le couvercle de l'une s'étant ouvert, Pitt le souleva. A l'intérieur, était rangé un grand saladier en porcelaine enveloppé dans un tissu. Vieux de plus de sept cents ans, le bol avait un bord dentelé et était vitrifié en bleu-vert sur une base de terre cuite blanche. Pitt ne put s'empêcher d'admirer sa trouvaille avant de la reposer dans la caisse. Tout le confirmait : l'avion transportait une cargaison de céramiques anciennes et, heureusement, pas de passagers.

Pitt recula vers la porte, bientôt rejoint par Giordino.

— Des indices sur le chargement ? demanda-t-il d'une voix couverte.

— Je sais seulement qu'il était destiné au British Museum. Quelques caisses au fond sont intactes. On dirait qu'il s'agit exclusivement de porcelaine ancienne.

Pitt continua à explorer l'appareil et se dirigea vers les premières rangées de sièges, près du cockpit. Mais la porte était bloquée, une grande partie de la cargaison y ayant été projetée lors du crash. Pitt enjamba un immense pot désormais en mille morceaux, et avisa une veste en cuir poussiéreuse qui traînait par terre au milieu des fragments. Contournant un tas de porcelaines brisées, il poussa une caisse éventrée pour regarder de plus près et se figea sur place. A la lueur qui filtrait depuis la porte, il vit que la veste était toujours portée par son propriétaire.

Les restes momifiés de Leigh Hunt reposaient là où il avait perdu la vie, des décennies après qu'il ait eu la colonne broyée par le crash. Son bras gauche était encore fermement accroché au coffret en bois jaune tandis que sa main droite osseuse était serrée sur un petit carnet. Un rictus grimaçant avait figé à jamais ses traits, sur un visage bien préservé par l'air sec du désert et la fine couche de silice.

— Pauvre diable ! Il a peut-être survécu au crash et n'est mort que plus tard, supposa Pitt à voix basse.

— On dirait qu'il tenait à ce coffret et à son carnet, répondit Giordino.

Avec un mélange de gêne et de respect, Pitt fit soigneusement glisser le coffre jusqu'à Giordino et arracha le carnet des mains dépourvues de chair. Saisissant un vieux chapeau mou usé par terre, il le posa délicatement sur le visage du mort.

— Je suppose que les pilotes ne s'en sont pas mieux tirés, dit-il en regardant vers l'avant.

Enjambant avec précaution le corps de Hunt, il avança vers le cockpit, essayant de regarder par l'entrebâillement de la porte. Mais le compartiment entier était rempli de sable.

— Cela prendrait la journée entière pour tout dégager, dit Giordino en regardant par-dessus l'épaule de Pitt.

— Ce sera pour la prochaine fois, répondit Pitt, certain que les pilotes étaient dans le même état que Hunt.

Les deux hommes regagnèrent la porte au milieu du fuselage et sortirent dans le soleil. Noyon faisait les cent pas nerveusement mais lorsqu'il vit Pitt et Giordino sortir de l'appareil, il s'arrêta et sourit. Giordino montra le coffre jaune à Noyon, puis leva délicatement le couvercle. A l'intérieur se trouvaient toujours le tube en bronze et la peau de guépard roulée, aussi bien conservés que lorsque Hunt les avaient découverts.

— Ce n'est pas franchement les joyaux de la couronne, dit-il en contemplant le contenu l'air déçu.

Soulevant le tube dans le soleil, il se rendit compte qu'il était vide.

— Cela devrait nous renseigner, dit Pitt en ouvrant le carnet et commençant à lire à voix haute : « Fouilles de Shangdu. Début le 15 mai 1937. Journal de bord du Professeur Leigh Hunt, chef de l'expédition. »

— Continue, fit Giordino. Je brûle de savoir si la peau de guépard était destinée au marchepied de la bibliothèque du Pr Hunt ou si elle était sur le point d'être transformée en coussin pour le boudoir de sa maîtresse.

— Mes amis, nous devons partir si nous voulons prendre le bus pour le monastère, interrompit Noyon.

— Le mystère attendra, dit Pitt.

Il glissa le carnet dans la poche de sa chemise, puis sortit et referma la porte.

— Et nos amis là-dedans ?

— J'appellerai le Pr Sarghov quand nous serons à Oulan-Bator. Il doit savoir qui, parmi les autorités mongoles, est capable de s'occuper correctement de cela. Nous devons rendre hommage au Pr Hunt et veiller à ce que ces objets, pour lesquels il a donné sa vie, soient restaurés dans les règles de l'art.

— Il faudra aussi veiller à ce que les pilotes et le professeur soient enterrés décemment.

Pitt poussa un tas de sable près de la porte de l'avion pour préserver au maximum son précieux chargement tandis que Giordino mettait le coffret dans une sacoche en cuir. Puis ils remontèrent sur les chevaux tenus par Noyon, retrouvant les inconfortables selles en bois.

— Tu es sûr qu'il n'y avait pas de coussins pour les fesses dans ces caisses ? demanda Giordino avec une grimace.

Pitt se contenta de secouer la tête avec un sourire. Alors qu'ils trottaient en direction du village, il se retourna pour regarder une dernière fois les vestiges poussiéreux du vieil avion, tout en se demandant quels secrets révélerait le journal de Hunt.

Après une heure de chevauchée, ils arrivèrent au petit campement de Senj. Le village, si l'on peut dire, ne figurait certainement pas sur toutes les cartes, n'étant constitué que de quelques yourtes édifiées autour d'un petit point d'eau. Comme la source coulait toute l'année, les éleveurs et leurs troupeaux n'étaient pas obligés de migrer plusieurs fois par an à la recherche de pâturages fertiles. Là encore, les chameaux et les chevaux dépassaient largement en nombre les humains.

Noyon conduisit Pitt et Giordino jusqu'à une yourte au sommet de laquelle flottait une bannière orange, et ils attachèrent les chevaux à un piquet. Plusieurs jeunes enfants, occupés à se courir après, s'arrêtèrent un instant pour dévisager les étrangers avant de reprendre leur jeu. Une fois à terre, Giordino tituba comme un marin ivre, les jambes et les fesses endolories à cause de la selle.

— La prochaine fois, je crois que j'essaierai le chameau et tenterai ma chance entre les bosses.

Pitt était tout aussi éreinté et ravi d'être sur ses pieds.

— Une saison avec le troupeau et vous chevaucherez comme un *arat*, déclara Noyon.

— Une saison sur cette selle et je serai bon pour l'hospice, marmonna Giordino.

Un vieux villageois, ayant repéré les hommes, s'approcha vivement en boitant et se mit à parler rapidement au garçon.

— Voici Otgonbayar, déclara Noyon. Il vous invite à lui rendre visite dans sa yourte et à déguster un bol d'*airak*.

Le vrombissement d'un moteur se fit entendre, précédant un petit bus d'un vert passé qui montait une colline et tournait vers le village, dans un nuage de poussière. Noyon regarda le véhicule approcher, et secoua la tête.

— Malheureusement, le bus est arrivé.

— Peux-tu dire à Otgonbayar que nous le remercions pour son invitation, mais que ce sera pour une prochaine fois, dit Pitt.

Il s'avança pour serrer la main du vieil homme, qui fit un signe de tête et sourit, compréhensif, découvrant deux gencives dépourvues de dents.

Le chauffeur klaxonna, stoppant le bus dans un hurlement de freins. Les enfants cessèrent leur course-poursuite et marchèrent en file indienne vers le bus, sautant dans le véhicule dès que la porte en accordéon fut ouverte.

— Venez, fit Noyon en guidant Pitt et Giordino.

L'autocar de fabrication russe, un KAvZ des années 80, modèle 3976, était une relique oubliée de l'armée soviétique. Comme beaucoup d'engins qui avaient fini en Mongolie, il avait été cédé par l'Etat russe alors qu'il était en bout de vie. Avec ces trois cent mille kilomètres au compteur, on ne pouvait s'attendre à autre chose qu'une vieille carcasse à la peinture délavée, aux fenêtres partiellement brisées et aux pneus lisses. Pourtant, comme un vieux boxeur qui refuse d'abandonner le ring, le bus délabré avait été retapé et renvoyé sur la route pour un dernier round.

Grimpant les marches derrière Noyon, Pitt fut surpris par le chauffeur, un Anglo-Saxon d'âge mûr à la longue barbe blanche. Il sourit à Pitt et ses yeux bleus pétillèrent d'amusement.

— Salut les gars, lança-t-il à Pitt et Giordino. Noyon m'a dit que vous veniez des Etats-Unis. Moi aussi. Asseyez-vous, on y va.

L'autocar, qui pouvait transporter vingt passagers, se trouvait presque plein après s'être arrêté aux trois campements voisins. Sur le siège derrière le chauffeur, Pitt remarqua un teckel noir et feu, allongé sur le flanc et plongé dans un profond sommeil. Pitt et Giordino prirent place à l'avant. Le chauffeur referma la porte et s'éloigna rapidement du village, écrasant l'accélérateur. En rugissant, le vieil autocar filait bientôt à près de quatre-vingts kilomètres à l'heure.

— Le monastère Bulangiin n'est pas à proprement parler une destination touristique, dit le chauffeur en regardant Pitt et Giordino par le miroir rectangulaire fixé au-dessus du rétroviseur. Vous faites partie d'un circuit à cheval du Gobi ?

— On pourrait dire ça comme ça, répondit Pitt, même si j'espère bien que nous en avons fini avec l'équitation. Tout ce que nous voulons, c'est rentrer à Oulan-Bator.

— Pas de problème. Un camion de ravitaillement d'O-B sera au monastère demain. Si cela ne vous dérange pas de passer la nuit en compagnie de moines en plein trip mystique, vous pourrez vous faire ramener par le camion demain matin.

— Ça nous ira très bien, dit Pitt, en regardant avec amusement le teckel soulevé dans les airs après une embardée, sans même lever une paupière.

— Si je puis me permettre, que faites-vous dans cette région ? demanda Giordino.

— Oh, je suis volontaire pour une fondation archéologique privée qui aide à la reconstruction des monastères bouddhistes. Avant la mainmise communiste sur la Mongolie en 1921, il y avait plus de sept cents monastères dans le pays. Presque tous ont été saccagés et brûlés dans les années 1930 après une épuration. Des milliers de moines ont disparu, soit parce qu'ils ont été exécutés, soit parce qu'ils ont été envoyés dans des camps de travail sibériens où ils sont morts en captivité. Ceux qui n'ont pas été assassinés ont été forcés à renoncer à leur religion, bien que certains aient continué à la pratiquer dans la clandestinité.

— Cela doit être difficile pour eux de repartir à zéro alors que toutes leurs reliques et leurs textes sacrés ont été détruits il y a si longtemps.

— Un nombre surprenant de textes anciens et d'objets de la vie monastique ont été enterrés par des moines prévoyants avant la purge. Des reliques importantes sont retrouvées chaque fois qu'un des vieux monastères rouvre ses portes. Les habitants commencent à reprendre confiance, certains que ce douloureux passé est désormais derrière eux.

— Comment êtes-vous passé d'archéologue à conducteur de car scolaire ? demanda Giordino.

373

— Il faut avoir beaucoup de casquettes différentes dans la cambrousse, dit le chauffeur en riant. Le groupe auquel j'appartiens ne comprend pas seulement des archéologues mais aussi des charpentiers, des enseignants et des historiens. Une partie de notre mission consiste à ouvrir des salles de classe pour les enfants du coin. L'éducation est rarement à la portée des enfants des éleveurs nomades, comme vous vous en doutez. Nous enseignons la lecture, l'écriture, les maths et les langues, dans l'espoir de donner à ces gamins du désert la chance d'une vie meilleure. Votre ami Noyon, par exemple, parle trois langues et c'est un génie en maths. Si nous réussissons à lui donner un enseignement suivi tout en évitant qu'une PlayStation lui tombe entre les mains, il a toutes les chances de devenir un bon ingénieur ou un bon médecin. Voilà ce que nous voulons offrir à ces enfants.

Le car avait maintenant atteint le sommet d'une crête, duquel ils purent admirer la vallée étroite en contrebas, traversée par une étendue d'herbe épaisse semée de buissons pourpres qui donnait une touche de couleur au désert monotone. Pitt remarqua de petits bâtiments en pierre essaimés au milieu de l'oasis, non loin de quelques yourtes blanches. Un petit troupeau de chameaux et de chèvres étaient parqués non loin de là, tandis que plusieurs 4 × 4 étaient garés à l'extrémité sud.

— Le monastère Bulangiin, annonça le chauffeur. Il abrite douze moines, un lama, dix-sept chameaux, et à l'occasion un ou deux volontaires affamés venant des USA.

Il suivit de grosses traces de pneus, puis arrêta le car devant une des yourtes.

— L'école est là, dit le chauffeur à Pitt et Giordino tandis que les enfants descendaient.

Noyon leur fit un signe de la main puis sauta à l'extérieur.

— Bon, j'ai un cours de géographie à donner, dit le chauffeur lorsque tous les enfants furent descendus. Dans le grand bâtiment coiffé d'un dragon sur l'avancée du toit, vous trouverez le lama Santanai. Il parle anglais et sera heureux de vous héberger pour la nuit.

— Est-ce que nous vous reverrons ?

— Sans doute pas. Une fois que j'aurai ramené ces enfants chez eux, j'ai promis de m'arrêter dans l'un des villages pour continuer à débattre sur les démocraties occidentales. C'était sympa de discuter avec vous. Bon voyage.

— Merci beaucoup pour le trajet et les renseignements, répondit Pitt.

Le chauffeur prit le teckel endormi sous un bras et ramassa un livre de géographie sous son siège, puis il se dirigea à grands pas vers la classe qui l'attendait dans la yourte.

— Sympa, ce type, dit Giordino en se levant pour descendre de l'autocar.

Pitt, en lui emboîtant le pas, remarqua une plaque accrochée au-dessus du rétroviseur qui disait : BIENVENUE. VOTRE CHAUFFEUR S'APPELLE CLIVE CUSSLER.

— Oui, dit-il en opinant du chef. Mais il conduit comme Mario Andretti.

Ils se dirigèrent vers trois bâtiments en forme de pagodes, dont les toits évasés étaient recouverts de vieux carreaux en céramique bleue. Le bâtiment central, le plus grand des trois, était le temple principal, flanqué d'un sanctuaire et d'un garde-manger. Pitt et Giordino montèrent la courte volée de marches qui menaient au temple en admirant les lignes courbes des deux dragons en pierre assis sur les avant-toits, et dont les longues queues épousaient la pente raide du toit. Les deux hommes passèrent discrètement l'immense porte ouverte du temple, où ils furent accueillis par une mélopée grave.

Tandis que leurs yeux s'habituaient à la pénombre du lieu éclairé par une seule bougie, ils découvrirent une demi-douzaine de vieux moines assis sur deux bancs se faisant face, vêtus de robes orange safran, leurs têtes rasées parfaitement immobiles tandis qu'ils chantaient. Pitt et Giordino firent silencieusement le tour du temple dans le sens des aiguilles d'une montre, sur la pointe des pieds, puis s'assirent près du mur du fond et écoutèrent le reste du mantra.

Le lamaïsme tibétain est la forme de bouddhisme pratiqué en Mongolie en raison des liens religieux ayant été tissés entre les deux pays il y a des siècles. Avant l'arrivée de Soviétiques, près d'un tiers des hommes mongols étaient des lamas pratiquants, menant une existence ascétique dans l'un des nombreux monastères austères du pays. Le bouddhisme ayant presque disparu durant la période communiste, toute une génération de Mongols se familiarise de nouveau avec la spiritualité de ses ancêtres.

A observer la cérémonie, qui différait peu de celles pratiquées par les lamas des siècles auparavant, Pitt et Giordino ne pouvaient s'empêcher de ressentir un élan mystique. Les effluves de l'encens ravissaient leurs narines, rendant plus exotique encore ce temple antique baigné dans la lueur chaleureuse de la bougie qui vacillait sur le plafond rouge et les bannières cramoisies pendues aux murs. Des statues ternies du Bouddha sous diverses incarnations occupaient chaque angle du temple et ornaient l'autel. Et puis cette mélopée entêtante chantée par les nobles lamas impressionnait les deux hommes.

Les moines au visage ridé répétaient à l'unisson un verset de leur livre de prières ouvert devant eux. Le mantra était répété de plus en plus fort, les voix prenant de l'intensité, jusqu'à ce qu'un lama plus âgé, portant d'épaisses lunettes, frappe soudain sur un tambour en peau de chèvre. Les autres moines se joignirent à lui en faisant tinter de petites cloches de cuivre ou en soufflant dans de grands coquillages blancs jusqu'à faire trembler les murs du temple. Alors, comme si une main invisible avait soudain baissé le volume, le son décrut doucement pour faire place au silence, les moines restant quelques instants encore à méditer avant de quitter leurs bancs.

Le lama aux épaisses lunettes posa son tambour et s'approcha de Pitt et Giordino. Il avait près de quatre-vingt-cinq ans, mais se déplaçait avec la vigueur et la grâce d'un homme bien plus jeune. Son regard sombre et profond mais chaleureux brillait d'intelligence.

— Les Américains perdus dans le désert, dit-il en anglais avec un fort accent. Je suis Santanai. Bienvenue dans notre temple. Nous avons ajouté une prière à notre cérémonie d'aujourd'hui pour que vous arriviez sains et saufs.

— Veuillez nous excuser pour cette intrusion, fit Pitt, surpris que le lama ait eu connaissance de leur visite.

— Le chemin de l'illumination est ouvert à tous, répondit-il en souriant. Venez, je vais vous montrer notre maison.

Le vieux lama entreprit de montrer le temple à Pitt et Giordino, puis il les conduisit à l'extérieur et les invita à faire le tour des lieux.

— Le monastère d'origine date des années 1820, expliqua-t-il. Les agents du gouvernement, après en avoir chassé les occupants, ont détruit les quartiers de vie et les garde-mangers, puis emmené les fidèles. Pour des raisons inconnues, le temple n'a pas été détruit et est resté à l'abandon pendant des décennies. Les textes sacrés et autres objets de culte ont été récupérés par un éleveur local puis enterrés dans le sable près d'ici. Dès que nous l'avons pu, nous avons rouvert le temple comme pièce centrale de notre monastère.

— Les bâtiments n'ont pas l'air d'avoir souffert du passage du temps, fit remarquer Giordino.

— Grâce aux éleveurs locaux et aux moines clandestins qui ont secrètement maintenu le temple en état pendant les années de répression. Comme il est isolé, cela a aidé à le dissimuler aux regards des athées les plus virulents. Mais il reste encore beaucoup de travail pour le restaurer entièrement, dit-il en désignant un tas de planches et de matériaux de construction. Nous vivons dans des yourtes pour l'instant, mais un jour nous pourrons de nouveau réintégrer nos quartiers.

— Vous et une douzaine de disciples ?

— Oui, il y a douze moines ici, plus un aspirant en visite. Mais notre but est de doubler nos capacités d'hébergement.

Le lama conduisit Pitt et Giordino vers l'un des petits bâtiments construit à côté du temple.

— Je peux vous offrir un lit dans notre garde-manger, puisque les archéologues occidentaux qui l'occupent actuellement travaillent en ce moment sur un autre site près d'ici. Ils ont laissé plusieurs lits de camp que vous pouvez utiliser. Vous souhaitez vous faire conduire demain par le camion d'approvisionnement ?

— Oui, répondit Pitt. Nous avons hâte de regagner Oulan-Bator.

— Nous allons arranger ça. Je dois retourner au temple pour y donner un enseignement. Installez-vous confortablement, et rejoignez-nous pour le repas du soir au coucher du soleil.

Le lama fit volte-face et se dirigea vers le temple à grandes enjambées, sa robe rouge flottant dans la brise. Pitt et Giordino montèrent quelques marches et entrèrent dans le garde-manger, une petite pièce sans fenêtre haute de plafond. Ils durent contourner une immense cloche métallique posée dans l'entrée qui semblait attendre son nouveau clocher. Contre un mur latéral étaient entreposées diverses denrées, comme de la farine, des nouilles ou du thé, face à des corbeilles débordant de couvertures et de fourrures en prévision de l'hiver. Au fond de la pièce, plusieurs lits en toile avaient été dépliés sous un portrait du Bouddha Sakyamuni, assis en tailleur sur un trône en fleurs de lotus.

— C'est bizarre qu'il ait su que nous étions par ici, dit Pitt.

— Le désert est petit, répondit Giordino. Regarde le côté positif. Nous n'allons pas être obligés de dormir par terre et nous avons du temps pour nous détendre avant que notre chauffeur arrive. D'ailleurs, je crois que j'aimerais tester notre nouvel hôtel dès maintenant, dit-il en s'allongeant sur l'un des lits pliants.

— J'ai un peu de lecture à faire, répondit Pitt en se dirigeant vers la porte avant que les ronflements n'emplissent le garde-manger.

Une fois assis sur le perron du bâtiment, il regarda, pensif, le vieux temple et la vallée poussiéreuse qui s'étendait au-delà. Puis il ouvrit son sac à dos et se mit à lire le journal du Pr Leigh Hunt.

32

— Au revoir, Dirk. Dis au revoir pour moi à ton ami Al.

Noyon avait bondi sur les marches et déjà s'inclinait. Pitt se leva et serra la main du garçon, s'émerveillant de la maturité de cet enfant de dix ans.

— Adieu, mon ami, répondit Pitt. J'espère que nous nous reverrons.

— Oui. La prochaine fois, vous monterez les chameaux, lança le garçon en souriant avant de s'élancer vers le car qui attendait non loin du monastère.

Les portes se refermèrent derrière lui et l'autocar démarra en vrombissant vers la colline et le soleil couchant.

Le vieux moteur réveilla Giordino qui arriva mollement sur le porche tout en s'étirant.

— Noyon et les autres enfants sont repartis chez eux ?

— Il vient de passer nous faire ses adieux. Il m'a chargé de te dire qu'il te réservait son meilleur chameau pour une excursion, dès que tu le souhaites.

Pitt plongea le nez dans le journal de Hunt, fasciné.

— Alors, cette saga de notre archéologue momifié ?

— Tu n'y croirais pas.

Giordino, en voyant le visage sérieux de Pitt, s'assit sur les marches.

— Qu'as-tu découvert ?

— Eh bien le Pr Hunt, son assistant mongol et une équipe d'ouvriers chinois fouillaient les vestiges d'une cité perdue dans le nord de la Chine, nommée Shangdu.

— Jamais entendu parler.

— Tu la connais peut-être sous son nom occidental romantique… Xanadu.

— Encore ! s'exclama Giordino en secouant la tête. Est-ce qu'elle a vraiment existé ?

— Très certainement. C'était là qu'avait été construit le palais d'Eté de Koubilaï Khan, à environ deux cents kilomètres de Pékin, afin d'échapper à la chaleur de l'été. Entouré d'un terrain de chasse privé ceint par de hauts murs, il abritait également une ville de plus de cent mille habitants. Lorsque Hunt l'a découvert, il n'était déjà plus qu'un tas de cailloux et de poussière au milieu d'une vaste plaine.

— Donc les objets trouvés dans l'avion datent du règne de Koubilaï Khan ? Ils doivent valoir une petite fortune. Enfin, ceux qui n'ont pas été cassés en mille morceaux lors du crash.

— Possible. Mais Hunt semblait déçu par sa découverte. Il écrit qu'il n'avait rien découvert de remarquable jusqu'au dernier jour, quand il est tombé sur le coffret et la peau de guépard.

Pitt avait le coffret à côté de lui sur les marches, qui renfermait la peau de guépard et le tube de bronze. Il se saisit de la peau.

— Hunt en parle peu, mais regarde, dit-il en étalant la fourrure de façon à faire apparaître l'envers, où étaient peintes huit petites fresques.

La première image montrait une grande jonque chinoise descendant une rivière, remorquée par deux plus petits navires. Sur les suivantes on pouvait voir des navires en mer, puis les mêmes ancrés dans une petite baie. La dernière mettait en scène un bateau en flammes dans la baie, une bannière déchiquetée représentant un chien bleu flottant au mât du navire, enflammée. Sur la rive, il y avait des caisses entassées près de l'embarcation, elles aussi consumées par le feu. Les flammes et la fumée dévoraient la terre autour de la baie.

— On dirait que ça raconte un voyage qui s'est fini par un violent incendie, dit Giordino. Peut-être ont-ils rencontré des adversaires qui étaient doués pour le feu grégeois… Ou alors ils se sont ancrés trop près d'un feu de forêt et pour peu qu'il y ait eu du vent… L'archéologue britannique n'en a fait aucune interprétation ?

— Aucune. Je me demande même s'il a eu le temps de découvrir ces peintures avant de mourir.

— Et le coffret ?

— Ce n'était pas le coffre qui était digne d'intérêt mais le tube en bronze. Ou plutôt, quelque chose qui se trouvait à l'intérieur. Un rouleau de soie sur lequel était peinte une carte au trésor menant à une découverte extraordinaire.

— Le tube était vide quand nous l'avons trouvé. Tu crois que la carte se trouve toujours à bord de l'avion ?

— Tiens, lis les derniers paragraphes, dit Pitt en passant le carnet à Giordino, ouvert à la dernière page.

5 août 1937 : En route pour Oulan-Bator en avion. C'est le cœur lourd que je rapporte une terrible découverte. Tsendyn, mon loyal assistant, partenaire et ami, m'a finalement trahi. Le rouleau de soie a disparu, volé dans son tube que je gardais pourtant soigneusement. Tsendyn est la seule personne qui a pu s'en emparer, me poignardant dans le dos juste avant le décollage de l'avion. Avec lui, la piste menant à G.K. est perdue. Je vais tâcher de me rappeler la carte, puis je constituerai un petit groupe à O.B. pour commencer des recherches.

Peut-être au moins rencontrerai-je Tsendyn sur les pentes du Burkhan Khaldun et obtiendrai-je réparation. Mon seul espoir

Le paragraphe s'achevait au milieu de la phrase, puis le texte reprenait d'une écriture tremblante. Giordino remarqua que la page couverte de poussière était tachée de sang.

Date inconnue : Nous nous sommes écrasés dans le désert, abattus par un avion de guerre japonais. Les pilotes sont morts. Je crains que mon dos et mes jambes soient brisés. Incapable de bouger. J'attends les secours. Je prie pour qu'on nous trouve bientôt. La douleur est insupportable.

Puis, plus tard :

Dernière communication. Plus d'espoir. Mes regrets sincères à Leeds du British Museum et mes affectueuses pensées à ma chère femme, Emily. Que Dieu sauve nos âmes.

— Pauvre diable, fit Giordino. Cela explique pourquoi il était dans cette position. Il a dû rester là plusieurs jours avant de mourir.

— Il devait souffrir d'autant plus qu'il avait été volé.

— Alors, quel est ce trésor sur la carte ? Qu'est-ce que c'est que G.K. ?

— Hunt parle du parchemin en soie un peu plus tôt, au moment où il l'a découvert. Il était convaincu tout comme son assistant, Tsendyn, qu'il s'agissait de la carte révélant l'emplacement d'une sépulture perdue. Sa situation dans les montagnes Khentii de Mongolie, les inscriptions royales et même la légende du chameau qui pleurait, tout concordait avec les données historiques. La carte en soie indiquait l'endroit de la demeure éternelle de Gengis Khan.

Giordino laissa échapper un sifflement, puis secoua la tête.

— Gengis Khan, hein ? On a dû lui fourguer une fausse carte. Le vieux Gengis n'a pas encore été retrouvé. L'emplacement de son tombeau est l'un des plus grands mystères archéologiques de la planète.

Pitt, l'esprit assailli par une flopée d'images, semblait plongé dans la contemplation d'un nuage de poussière tourbillonnant à l'horizon. Puis ce fut son tour de secouer la tête.

— Au contraire. Son tombeau a bien été retrouvé, dit-il doucement.

Giordino le regarda, incrédule, mais il s'abstint de mettre en doute l'affirmation de Pitt. Ce dernier feuilleta les premières pages du journal et montra le passage à Giordino.

— L'assistant mongol de Hunt, Tsendyn. Son nom de famille était Borjin.

— Impossible. Son père ?

— Si je ne me trompe pas, nous avons récemment visité le tombeau en marbre du défunt Tsendyn Borjin.

— Si c'était le père de Borjin dans la chapelle en pierre, alors le sarcophage au centre de la pièce…

— Exactement, fit Pitt avec solennité. Le tombeau de Gengis Khan se trouve dans le jardin de Tolgoï Borjin.

*
* *

Ils rejoignirent le lama et les moines au coucher du soleil pour dîner dans l'une des yourtes. Tout comme leurs repas précédents, le menu était frugal : soupe de légumes avec des nouilles, accompagnée d'un thé noir terreux. Les moines mangeaient dans un respectueux silence, se contentant de hocher la tête aux rares paroles du lama. Pitt étudia nonchalamment les visages ratatinés des moines qui esquissaient des gestes lents et précis. La plupart étaient âgés de plus de soixante ans et leur regard pénétrant éclairait leur visage ridé. Tous avaient le crâne rasé de près, sauf un homme plus jeune de forte corpulence. Il avala rapidement son repas, puis se tourna vers Pitt à qui il ne cessait de sourire tandis que les autres mangeaient encore.

Après le dîner, Pitt et Giordino assistèrent à la prière du soir dans le temple, puis se retirèrent dans le garde-manger. Pitt ne pouvait détacher sa pensée du journal de bord, et il était plus impatient que jamais de regagner Oulan-Bator. Alors qu'ils se préparaient à se coucher, il tira un des lits près de la porte.

— Tu ne peux plus supporter de dormir entre quatre murs ? se moqua Giordino.

— Non, fit Pitt. Quelque chose me perturbe.

— Moi, c'est l'absence d'un repas décent depuis une semaine qui me perturbe, dit Giordino en se glissant sous une couverture.

Pitt sortit d'une étagère une boîte ouverte qui contenait de l'encens, des chapelets et autres objets de prière bouddhistes. Après avoir fouillé dedans quelques minutes, il éteignit la lampe à kérosène et rejoignit Giordino, déjà dans les bras de Morphée.

*
* *

Le rôdeur vint peu après minuit. Doucement, il entrebâilla la porte du garde-manger juste assez pour se faufiler à l'intérieur, baignant l'entrée d'une clarté lunaire. Après avoir hésité un moment, essayant d'habituer ses yeux à la pénombre, il se dirigea lentement vers le lit le plus proche. En chemin, il heurta du pied une petite cloche de prière posée sur le sol. Lorsque le tintement métallique emplit la pièce silencieuse, l'intrus se figea et se retint de respirer. Tandis que les secondes s'écoulaient, il tendait l'oreille à l'affût du moindre mouvement, mais seul le silence lui répondit.

Alors l'homme s'accroupit et tâtonna autour de lui. Après avoir trouvé la cloche, il la poussa précautionneusement sur le côté. Ses doigts reconnurent une deuxième cloche, qu'il déplaça doucement avant de s'approcher du lit. Il y distinguait à peine le corps endormi, immobile sous une couverture. Il se saisit d'une épée étincelante à double lame, qu'il abattit avec force sur la forme allongée. La lame acérée comme un rasoir frappa juste sous l'oreiller, dans le but de trancher le cou du dormeur.

Mais quelque chose clochait. Il eut l'impression d'avoir raté son coup, ne vit aucune goutte de sang et ne perçut pas le râle de la victime à l'agonie. L'épée avait traversé le lit et s'était enfoncée profondément dans le montant en bois. La stupéfaction avait pétrifié le tueur au moment où il se rendait compte qu'il était tombé dans un piège. Mais il était déjà trop tard, Pitt fonçait droit sur lui, parfaitement repérable sous le rayon de lune. Entre ses mains, Pitt brandissait une pelle qu'il avait récupérée sur le site de fouilles et cachée sous son lit. A un pas du lit qu'il avait bourré d'oreillers, il prit son élan et frappa la silhouette noire.

Comme l'intrus avait entendu Pitt se rapprocher, il lança son épée devant lui à l'aveuglette, décrivant un large arc de cercle.

Mais Pitt avait été plus rapide. La tranche de la pelle s'écrasa sur sa main alors qu'il essayait de parer le coup. Le craquement des os broyés fut rapidement suivi d'un cri de souffrance à vous glacer le sang, qui retentit dans tout le monastère.

L'assassin laissa tomber l'épée qui rebondit bruyamment sur le plancher. Peu désireux de se battre en duel, il attrapa sa main meurtrie et recula en titubant vers l'entrée. Pitt frappa à nouveau, manquant de peu l'agresseur. Puis, passant par-dessus le lit vide, il frappa encore, projetant sa pelle de toutes ses forces sur l'intrus qui se dirigeait vers la porte. La tête de la pelle entailla l'arrière de la jambe de l'homme juste sous le mollet.

Sous la nouvelle douleur, le tueur perdit l'équilibre et s'écroula violemment sur le sol, incapable d'amortir sa chute de sa main brisée. Pitt entendit un craquement semblable à un coup de batte de base-ball, et comprit que l'homme s'était cogné brutalement contre la cloche, invisible dans l'obscurité.

Giordino rejoignit alors Pitt, contourna le lit et ouvrit la porte d'un coup de pied. Sous la clarté nocturne, ils virent le corps inanimé de l'homme, la tête bizarrement tournée de côté.

— Il s'est brisé le cou, dit Giordino observant la silhouette immobile.

— Un meilleur traitement que celui qu'il nous réservait, dit Pitt en posant sa pelle contre le mur pour s'emparer de l'épée.

Le perron fut soudain illuminé, puis le lama et deux moines entrèrent dans le garde-manger, portant chacun une lampe à pétrole à la main.

— Nous avons entendu un cri, dit le lama avant de baisser les yeux.

La tenue rouge vif portée par le mort étincelait sous la lumière que diffusaient les lanternes, et même Giordino était choqué de le voir habillé de la robe des moines bouddhistes, symbole de non-violence. Le lama reconnut immédiatement les courts cheveux noirs et le visage juvénile de l'homme à terre.

— Zenoui, dit-il sans émotion. Il est mort.

— Il a essayé de nous tuer, dit Pitt en lui montrant

l'épée et les couvertures lacérées. Je lui ai asséné un coup de pelle et il a trébuché, puis est tombé sur la cloche en se brisant la nuque. Je suppose qu'il a d'autres armes sur lui.

Le lama se tourna vers un des moines à qui il parla en mongol. Celui-ci s'agenouilla et fit courir sa main sur le cadavre. Soulevant un pan d'étoffe, ils virent un poignard et un petit pistolet automatique accrochés à sa ceinture.

— Ce n'est pas le chemin du dharma, fit le lama, choqué.

— Depuis combien de temps était-il au monastère ? demanda Pitt.

— Il est venu la veille de votre arrivée de l'Etat d'Orhon au nord, expliquant qu'il traversait le Gobi à la recherche de la paix intérieure.

— Il l'a trouvée maintenant, fit Giordino avec un sourire affecté.

Le lama réfléchit à la conversation qu'il avait eue avec le faux moine et regarda Pitt et Giordino d'un air soupçonneux.

— Il a posé immédiatement des questions sur deux étrangers qui traversaient le désert. Je lui ai dit que nous ne savions rien de vous mais qu'il y avait de bonnes chances pour que vous passiez par ici puisque le camion de ravitaillement hebdomadaire reste le moyen de transport le plus fiable de la région pour regagner Oulan-Bator. Après quoi, il a affirmé vouloir vouloir prolonger son séjour.

— Ce qui explique pourquoi vous étiez au courant de notre visite, dit Pitt.

— Mais pourquoi a-t-il attenté à votre vie ?

Pitt essaya d'expliquer brièvement leurs mésaventures, jusqu'à leur fuite de la propriété de Borjin où ils avaient espéré retrouver les prospecteurs pétroliers.

388

— Cet homme était certainement un employé de Borjin.

— Alors ce n'est pas un moine ?

— Je dirais que ce n'était certainement pas sa vocation première.

— Il ignorait en effet beaucoup de nos coutumes, dit le lama.

Le visage anxieux, il ajouta :

— Un meurtre au monastère, je le crains, va nous causer de gros problèmes avec les autorités.

— En réalité, sa mort est un accident. Rapportez-la en tant que telle.

— Nous nous passerions bien d'une enquête, marmonna Giordino.

— Oui, acquiesça le lama. Quand vous serez partis, c'est ce que nous rapporterons aux autorités.

Il demanda à deux moines d'envelopper le corps dans une couverture et de le transporter à l'intérieur du temple.

— Je regrette que votre visite chez nous ait mis vos vies en danger, dit-il.

— Et nous, nous regrettons de vous avoir attiré de tels ennuis, répondit Pitt.

— Puisse le reste de votre séjour s'écouler dans la paix, dit le lama avant de se diriger vers le temple pour y dire une brève prière.

— Bon travail de détective ! s'exclama Giordino en refermant la porte du garde-manger et repoussant le lit de camp endommagé. Comment savais-tu qu'il y avait un faux moine dans le tas ?

— Juste une intuition. Il n'avait pas l'air pénétré comme les autres et en plus, il n'arrêtait pas de nous regarder pendant le dîner, comme s'il connaissait notre identité. De là à faire le lien avec Borjin, tout à fait capable de déléguer un faux moine pour nous tuer, il n'y avait qu'un pas.

— J'espère qu'il n'est pas venu avec ses potes. Bon, je te dois bien une faveur maintenant.

— C'est-à-dire ?

— C'est moi qui vais être de garde pendant le reste de la nuit, dit-il en cachant la pelle cabossée sous son lit tout en se glissant sous les couvertures.

*
* *

Le camion de ravitaillement arriva le lendemain en fin de matinée, se délestant de plusieurs caisses de légumes frais ainsi que de produits lyophilisés qui furent stockés dans le garde-manger. Après avoir aidé à décharger le camion, les moines se rassemblèrent dans le temple pour un temps de méditation. Le lama s'attardait à bavarder avec le chauffeur tandis que Giordino et Pitt s'apprêtaient à partir.

— Le chauffeur est ravi d'avoir un peu de compagnie, car le voyage jusqu'à Oulan-Bator dure près de cinq heures.

— Nous vous remercions sincèrement pour votre hospitalité, dit Pitt avant de jeter un coup d'œil vers le temple dans lequel on avait installé le corps du tueur. Quelqu'un est-il venu s'enquérir de notre homme ?

— Non, répondit le lama en secouant la tête. Il sera incinéré dans quatre jours mais ses cendres ne resteront pas au monastère. Il ne portait pas l'esprit de Sakyamuni dans son cœur.

Le vieux lama se tourna vers Pitt et Giordino.

— Mon cœur me dit que vous êtes des hommes d'honneur. Que votre voyage se fasse dans la paix et que vos âmes pures vous aident à trouver ce que vous cherchez.

Le lama s'inclina profondément et Pitt et Giordino lui rendirent sa salutation avant de grimper dans le camion. Le chauffeur, un vieux Mongol édenté, les gratifia d'un large sourire puis démarra et quitta tranquillement le monastère. Le lama les suivit des yeux, tête baissée, jusqu'à ce que le camion soit hors de sa vue et que la poussière ait fini de maculer sa robe et ses sandales.

Dans le camion qui traversait en cahotant le désert, Pitt et Giordino restèrent silencieux, réfléchissant tous deux aux paroles d'adieu du lama. On aurait dit que le vieil homme ratatiné savait ce qu'ils cherchaient, et qu'il leur avait donné sa bénédiction.

— Il faut aller là-bas, murmura enfin Pitt.

— A Xanadu ? demanda Giordino.

— A Xanadu, confirma Pitt.

TROISIÈME PARTIE

Tremblements

CATAMARAN DE DIRK

33

Le mérou à taches bleues posa son regard d'acier sur la grande silhouette qui nageait à côté de lui. Elle se déplaçait trop lentement pour qu'il s'agisse d'un requin, et la peau était trop fluorescente pour le confondre avec un dauphin. Sans compter qu'elle se propulsait d'étrange manière, battant deux appendices jaunes à l'endroit où aurait dû se trouver la queue. Se désintéressant du curieux cétacé, le mérou s'éloigna et partit en quête de nourriture vers une autre partie du récif.

Summer Pitt ne prêta guère attention au gros poisson qui fonçait dans la pénombre bleutée, tout entière concentrée sur la corde en nylon jaune tendue au-dessus du plancher marin qu'elle suivait scrupuleusement. Son corps souple se mouvait gracieusement dans l'eau à un rythme régulier, et passait à une cinquantaine de centimètres au-dessus des têtes noueuses du récif corallien. Elle tenait entre ses mains une caméra numérique, afin de filmer le corail de part et d'autre de la corde jaune.

La fille de Dirk Pitt, Summer, travaillait à la NUMA qui avait pour mission d'évaluer la santé des récifs coralliens dans l'archipel d'Hawaï. La sédimentation, la pêche intensive et la prolifération d'algues due à la pollution et au réchauffement de la planète achevaient de détériorer, lentement mais sûrement, les récifs coralliens à travers le monde. Bien que ceux d'Hawaï aient pour la plupart été épargnés, rien ne garantissait leur immunité, susceptibles eux aussi de succomber à la grave décoloration et à la mortalité de masse que l'on avait observée parmi ceux environnant l'Australie, Okinawa et la Micronésie. En surveillant la santé des récifs, on pouvait contrôler, puis intervenir et corriger l'influence néfaste des activités humaines.

La méthodologie était remarquablement simple. On comparait les images vidéo prises sur tel récif avec des échantillons d'images du même site quelques années plus tôt. Un décompte des poissons et du benthos, ou « organismes du plancher marin », permettait de renseigner précisément les scientifiques. La NUMA couvrait ainsi plusieurs zones, afin de pouvoir analyser les eaux de la région tout entière.

Summer battit doucement des jambes en longeant la ligne jusqu'au piquet en inox enfoncé dans le plancher sous-marin au fond d'un ravin sablonneux. Une carte en plastique portant une inscription au marqueur y était attachée. Summer la tourna en direction de la caméra, afin de filmer les coordonnées puis d'éteindre l'appareil. Alors qu'elle lâchait la pancarte, son regard fut attiré par quelque chose à moitié enseveli dans le sable. Battant des pieds en petits ciseaux, elle passa au-dessus d'un amas de rochers. Un poulpe s'y faufilait, gonflant et dégonflant son corps en aspirant l'eau par son bec en forme d'entonnoir. Summer regarda l'invertébré intelligent changer de couleur et devenir presque translucide, ouvrant son manteau avant de regagner le récif en frétillant. Portant à nouveau son regard vers les rochers, elle remarqua un petit objet rond qui dépassait du limon. Un visage miniature semblait sourire à Summer, comme s'il était heureux d'avoir été enfin découvert. Summer balaya une petite couche de sable, puis en sortit l'objet qu'elle leva devant son masque.

C'était une minuscule figurine en porcelaine qui représentait une jeune fille à la robe rouge gonflée, et dont les cheveux noirs étaient ramassés en un chignon haut. Les joues rebondies de la statuette, teintées de rouge, rappelaient celles d'un chérubin, tandis que les yeux étaient indéniablement asiatiques. L'œuvre, d'apparence primitive, ainsi que la robe et la pose l'évoquaient, datait d'une époque ancienne. Pour en avoir le cœur net, Summer retourna la figurine mais n'y découvrit pas de tampon « made in Hong Kong ». Passant sa main dans le sable les doigts écartés à la façon d'un tamis, elle ne trouva aucun autre objet dans les environs.

A quelques mètres, les bulles d'air argentées d'un autre plongeur attirèrent son attention. Un homme, agenouillé sur le bord du récif, prélevait un échantillon de sédiment, et Summer battit des palmes afin de lui montrer la statuette en porcelaine.

Les yeux verts de son frère, Dirk Junior, brillèrent de curiosité en étudiant la figurine. Grand et mince comme leur père dont il avait hérité le prénom, Dirk déposa l'échantillon de sédiment dans un sac, puis étira ses jambes et fit signe à Summer de lui indiquer où elle l'avait trouvé. Elle s'éloigna alors du récif et traversa à nouveau le banc de sable pour arriver à la zone rocailleuse où le visage souriant l'avait appelée. Dirk la suivit et ils nagèrent tous deux en décrivant un large cercle autour du banc de sable, à environ un mètre du fond. Les ondulations sablonneuses se transformaient, à mesure qu'ils revenaient vers la rive, en coulée de lave aux têtes noueuses. A l'opposé, elles rejoignaient un tombant de plus de quatre mille mètres de fond. Une petite parcelle de corail émergeait du banc de sable, que Dirk descendit examiner.

Le corail suivait une ligne droite sur trois mètres avant de disparaître sous le sable. Dirk remarqua que, juste avant de rencontrer le mur de lave, la couche de sable s'assombrissait. Summer nagea vers une petite masse ronde en relief, puis fit signe à Dirk de venir voir. Il s'agissait d'une grande pierre rectangulaire de près de deux mètres de large. Dirk plongea et passa sa main gantée sur la surface dure incrustée d'algues et sonda la surface. La couche dure céda alors que ses doigts identifiaient une colonie dense d'oursins. Hochant la tête avec intérêt, Summer s'approcha et filma un plan rapproché de l'objet. Puis les deux plongeurs balayèrent une dernière fois les alentours, sans rien découvrir de particulier. Arrivés à un câble proche de leur point de départ, ils remontèrent à la surface en battant des jambes, dix mètres plus haut.

Ils émergèrent dans les eaux bleu saphir baignant une large anse non loin de la baie de Keliuli, sur le rivage sud-ouest de la grande île d'Hawaï. A quelques centaines de mètres, les vagues se fracassaient sur de hautes falaises de lave noire. Le bruit des vagues qui s'abattaient contre les rochers se répercutait sur les falaises en un grondement de tonnerre, faisant mousser l'écume à la surface.

Dirk nagea vers un petit bateau gonflable attaché au câble. Après s'être défait de ses bouteilles et de sa ceinture de plomb, il tendit la main à sa sœur pour l'aider à se hisser à bord. Summer recracha son détendeur et reprit à peine son souffle avant de parler.

— Que penses-tu de cet affleurement de corail au milieu du banc de sable ? demanda-t-elle.

— C'est étrange, c'est comme si y était enterré un objet linéaire.

— C'est ce que j'ai pensé. J'aimerais creuser un peu le sable autour afin de vérifier qu'il ne reste pas quelque chose qui n'ait pas été dévoré par le corail.

Elle sortit la statuette en porcelaine de son sac de plongée et l'étudia à la lumière du jour.

— Tu crois que tu as trouvé une épave prise dans

le corail, hein ? la taquina Dirk, en relâchant l'amarre avant de démarrer le petit moteur du hors-bord.

— Cela vient bien de quelque part, dit-elle en regardant la figurine entre ses doigts. Tu crois qu'elle est très ancienne ?

— Je n'en ai pas la moindre idée, répondit Dirk. Moi, ce qui m'intrigue le plus, c'est la pierre rectangulaire.

— Tu as une théorie là-dessus ?

— Oui, mais je crois que je ne la crierai pas sur tous les toits avant d'avoir fait un tour sur les ordinateurs du navire de recherche.

Dirk mit les gaz et le petit bateau bondit sur les vagues vers un navire qui mouillait un peu plus loin. Ce navire de recherche de la NUMA était peint en bleu turquoise et, en s'approchant de la poupe, on pouvait y lire son nom : MARIANA EXPLORER. Dirk approcha l'annexe de la proue, se laissant dériver jusque sous les deux câbles pendant d'une petite grue. Tandis qu'ils les fixaient aux crochets en D de l'annexe, un homme appuyait son torse contre le parapet. Musclé, avec une épaisse moustache et des yeux bleu acier, il aurait pu être la réincarnation de Wyatt Earp, mais avec un accent texan.

— Accrochez-vous ! cria-t-il en appuyant sur les commandes du treuil hydraulique.

En un éclair, Jack Dahlgren hissa le bateau sur le pont du navire. Tout en les aidant à rincer et ranger leur équipement de plongée, il demanda à Summer :

— Tu as capturé le reste du récif, là ? Le capitaine veut savoir s'il peut se préparer à partir vers notre prochain point d'étude, Leleiwi Point, sur la côte est de l'île.

— La réponse est oui et non, répondit Summer. Nous avons terminé le relevé des données, mais j'aimerais plonger de nouveau sur ce site.

Dirk brandit la figurine en porcelaine.

— Summer pense qu'elle a une précieuse épave à explorer, dit-il en souriant.

— Un trésor culturel m'irait très bien aussi.

— Quels indices avez-vous découverts ?

— Rien de précis, mais Summer a trouvé un objet en pierre intéressant, répondit Dirk. Il faut que nous regardions la vidéo.

Dirk et Summer se douchèrent puis s'habillèrent rapidement avant de retrouver Dahlgren dans le labo du navire de recherche. Ce dernier avait déjà branché la caméra à un moniteur et repassait les images sur grand écran. Lorsque la pierre rectangulaire apparut, Dirk appuya sur pause.

— Il m'est arrivé de voir quelque chose de ce genre, dit-il avant de frapper sur le clavier d'un autre ordinateur. Lors d'un colloque d'archéologie sous-marine, j'ai assisté à une conférence concernant la découverte d'une épave en Malaisie.

Au bout de quelques minutes, il finit par retrouver le site Internet et l'article scientifique en question, assorti de photographies des fouilles. Dirk les fit défiler jusqu'à ce qu'il tombe sur celle qu'il cherchait. Elle montrait un morceau de granit rectangulaire effilé à une extrémité, avec deux trous creusés au centre.

— Si on le nettoyait, je suis sûr qu'on aurait quelque chose de semblable à l'objet de la vidéo, déclara Dahlgren en comparant les images.

— Oui, ils ont non seulement la même forme mais aussi à peu près la même taille.

— OK, je suis tout ouïe, fit Summer. Qu'est-ce que c'est ?

— Une ancre, répondit Dirk. Ou plutôt, le poids en pierre que l'on insérait dans le grappin en bois. Avant l'époque du plomb et de l'acier, il était bien plus simple de construire une ancre de bois et de pierre.

— Tu fais référence aux débuts de la navigation, dit Dahlgren.

— C'est pour ça que c'est si curieux, dit Dirk en hochant la tête. L'ancre de Summer semble identique à celle-ci, dit-il en pointant l'écran.

— Nous sommes tous d'accord là-dessus, dit Summer. Mais d'où vient-elle ? Quel genre d'épave a-t-on découvert en Malaisie ?

— Eh bien, déclara Dirk en faisant défiler l'écran jusqu'à un dessin représentant un navire à quatre mâts… Si je te disais une jonque chinoise du treizième siècle ?

Au-dessus de l'île de Kharg, le ciel était obscurci par un nuage de brume marron. Depuis la destruction de Ras Tannura une semaine auparavant, la fumée huileuse assombrissait toujours le ciel du golfe Persique. Sur l'île elle-même, une flèche littorale calcaire située du côté iranien du Golfe à près de trois cents kilomètres de Ras Tannura, on subissait les émanations de cet air fortement pollué qui vous laissait un goût de pétrole dans la bouche.

Tout comme l'atmosphère, les eaux à l'est de la petite île étaient polluées par une couche de pétrole opaque. Toutefois, cette pollution, locale, n'avait rien à voir avec le désastre survenu à Ras Tannura mais provenait des fuites et débordements du terminal offshore tout proche. Une énorme jetée en forme de T, construite sur la partie est de l'île, permettait l'amarrage de dix pétroliers. Sur la côte ouest, un réseau de citernes de stockage, bâti sur les hauteurs d'une île artificielle, permettait d'approvisionner plusieurs ULCC, de gigantesques pétroliers transporteurs de brut. Bien que Kharg ne soit qu'un gros caillou, elle n'était pas moins que le plus grand terminal iranien d'exportation de pétrole et l'un des plus colossaux au monde.

Peu avant la tombée de la nuit, un bateau de forage noir passa poussivement devant la flotte de pétroliers alignée le long du terminal est. Se dirigeant vers le nord, le navire de forage vira et s'approcha de l'île, mouillant tout près des falaises à la pointe de la côte nord. Un bâtiment militaire iranien de patrouille fendit les flots sans prêter attention au vieux bateau qui arborait un pavillon indien.

Aucun des ouvriers du terminal n'y fit non plus attention, surtout lorsque l'obscurité plongea la baie dans une noirceur d'encre. C'est pourtant ce moment-là que le navire choisit pour sortir doucement de sa torpeur. Il mit les gaz, avança puis recula lentement en scrutant l'eau sombre avant de s'immobiliser. Les propulseurs avant, arrière et latéraux furent activés, maintenant le navire dans une position stationnaire contre vents et courants. A la faible lueur de l'éclairage du pont, l'équipage, en combinaisons noires, s'affairait. Ils assemblèrent le train de tiges de forage sous le mât de charge et l'abaissèrent par le puits central. A l'extrémité du train il n'y avait aucun cône rotatif utilisé habituellement dans les forages pétroliers, mais un étrange trio de cylindres oblongs assemblés à la façon d'un tripode.

L'équipage, après l'avoir abaissé jusqu'au fond, quitta tranquillement le pont et disparut. Vingt minutes plus tard, une explosion faisait frémir le navire. A la surface, on n'entendit qu'un son étouffé, à peine audible pour les navires voisins et les ouvriers de l'île. Mais à quinze mètres sous la surface, une onde acoustique de grande puissance était envoyée dans le plancher du Golfe. L'onde sismique descendante rebondit et se propagea à travers l'écorce terrestre. Sans causer le moindre dommage, sauf au point de convergence des trois cylindres oblongs, qui avaient concentré l'explosion à la profondeur et la position exactes d'une ligne de faille déterminée.

La brève explosion acoustique fut suivie d'une deuxième décharge, puis d'une troisième. Elles bombardèrent la faille souterraine, envoyant des ondes sismiques vibrantes jusqu'à atteindre le point de rupture. Comme Ella Fitzgerald capable de briser un verre de sa voix, les vibrations acoustiques martelèrent la faille à huit cents mètres de fond.

La rupture qui s'ensuivit se réverbéra à la surface avec une secousse sauvage. Le bureau d'études géologiques américain l'évaluerait à 7.2 sur l'échelle de Richter, un tremblement de terre meurtrier à tous points de vue. Les pertes humaines furent dans cette région du globe réduites au minimum, l'onde se contentant d'ébranler quelques villages côtiers iraniens près de Kharg. En effet, les eaux du golfe Persique étant trop peu profondes pour déclencher un tsunami, seule une section du rivage iranien près de la pointe du golfe fut touchée. Et Kharg.

Sur la petite île, les dégâts étaient catastrophiques. L'île tout entière trembla comme si une bombe nucléaire venait d'exploser en dessous. Des dizaines de citernes de stockage éclatèrent comme des ballons de baudruche, déversant leur contenu noir en coulées meurtrières qui dévalèrent la pente et se jetèrent dans la mer. Le grand terminal pétrolier au large de la rive est se brisa en plusieurs morceaux qui percutèrent les pétroliers amarrés, quand le terminal de la côte ouest de l'île, lui, disparaissait entièrement.

Le petit navire de forage noir, peu désireux de constater l'étendue des dégâts, partit vers le sud aux petites heures du jour. La flopée d'hélicoptères et de navires de secours affluant vers l'île rocailleuse survolèrent et dépassèrent le vieux bateau sans lui prêter attention. Pourtant, le navire de forage avait à lui tout seul dévasté les exportations iraniennes de pétrole, secouant une fois de plus le marché mondial du pétrole, et plongeant à nouveau la Chine dans le chaos.

35

Pour les marchés chancelants du pétrole, la nouvelle de la destruction de Kharg fit l'effet d'une explosion atomique, déclenchant un sauve-qui-peut désespéré. Des traders frénétiques sautaient sur les contrats à terme de pétrole, faisant monter le prix du brut au niveau stratosphérique de cent cinquante dollars le baril. A Wall Street, le Dow Jones plongeait dans les profondeurs. La Bourse, prise de vertige, fut obligée de fermer plus tôt après que des ventes massives d'actions eurent gommé vingt pour cent de la valeur du marché en une demi-journée.

Aux USA, des automobilistes inquiets réagirent aux nouvelles en se précipitant à la station-service la plus proche afin de remplir leur réservoir avant la hausse des prix. Cette course effrénée assécha rapidement le faible surplus d'essence raffinée et des pénuries de carburant fleurirent bientôt dans tous les Etats. Certaines régions durent même faire face à un fort sentiment de panique, de la part de citoyens qui recouraient à la violence pour mettre la main sur les maigres réserves de pétrole.

A la Maison-Blanche, le président convoqua une réunion extraordinaire dans le Cabinet Room, afin de prendre l'avis de ses meilleurs conseillers en sécurité et d'économistes. Ce conservateur pragmatique originaire du Montana écouta tranquillement son principal conseiller économique lui faire part des conséquences désastreuses du choc pétrolier.

— Si en moins d'un mois les prix du pétrole sont multipliés par deux, l'inflation ne manquera pas de créer des pressions sans précédent, claironna le conseiller, un homme dégarni aux épaisses lunettes. Car non seulement tout le secteur des transports sera touché, mais également les innombrables industries qui dépendent du pétrole. Le plastique, les produits chimiques, la peinture, le textile... il n'y en a pas une qui ne soit directement concernée par la hausse des prix. Cette augmentation dramatique du coût va se répercuter sur le consommateur, qui souffre déjà des prix élevés à la pompe. Conclusion inéluctable : une récession immédiate. Je crains que nous ne nous trouvions à l'aube d'une dépression économique profonde et durable d'ampleur mondiale.

— Ce pic n'est-il pas dû à une réaction démesurée de la part des Iraniens ? demanda le président. Après tout, nous n'importons pas une goutte de pétrole d'Iran.

— Probablement... Mais ce qui est arrivé à Kharg fragilise l'approvisionnement mondial en pétrole, et joue donc sur le prix du brut aux USA, même si nos propres importations elles ne sont pas touchées. Bien sûr, elles ont déjà été ralenties depuis la destruction de Ras Tannura. Résultat, les marchés sont au bord de la crise de nerfs. Cette inquiétude est en partie fondée sur les rumeurs, on parle même d'actes terroristes dirigés contre les deux terminaux du Golfe.

— Il y a du vrai là-dedans ? demanda le président à son principal conseiller sur la sécurité, un homme studieux au visage mince.

— Rien de tangible, répondit l'homme d'une voix posée. Je vais demander à Langley d'enquêter plus avant mais tout semble accuser des tremblements de terre. Le fait que deux secousses aient eu lieu non loin l'une de l'autre apparaît comme un caprice de la nature.

— Bon, très bien, mais ne laissons pas les fanatiques profiter de la situation et faire les gros titres. Dennis, j'aimerais que les services concernés renforcent la sécurité dans tous les ports. Assurons-nous que nos terminaux pétroliers soient sous haute surveillance, en particulier ceux du Golfe.

— C'est comme si c'était fait, monsieur le président, répondit le directeur des services de sécurité intérieure, qui se trouvait assis face au chef de l'exécutif.

— Garner, il me semble que le moyen le plus rapide pour calmer l'hystérie publique serait de lâcher quelques barils de la Réserve stratégique de pétrole.

C'était le vice-président James Sandecker, un amiral à la retraite et ancien chef de la NUMA, qui avait émis cette suggestion. Bien que petit, il dégageait une grande force, que confirmaient son regard de braise et sa flamboyante barbe rousse à la Van Dyck. Vieil ami du président, il s'adressait rarement à lui par son titre.

— Les marchés pétroliers devraient se calmer petit à petit. Lâcher une partie des réserves devrait calmer cette peur de pénurie et peut-être restaurer la confiance des marchés.

Le président opina.

— Rédigez un ordre présidentiel à cet effet, lança-t-il à un assistant.

— Une prise de parole à la tribune présidentielle ne ferait pas de mal non plus, ajouta Sandecker en observant le grand portrait de Teddy Roosevelt accroché au mur.

— Je m'y engage, acquiesça le président. Contactez les chaînes de télévision et prévoyez une intervention pour ce soir, ordonna-t-il. Je conseillerai aux citoyens d'y mettre du leur et de réduire leur consommation d'essence pendant un mois. Cela aidera les raffineries à refaire leurs stocks. Nous rassurerons le public d'abord, puis nous essaierons de trouver un moyen de sortir de ce chaos.

— Deux mesures sont à envisager, fit le directeur de cabinet : le gel temporaire des prix et un rationnement officiel du carburant.

— En dépit de ces mesures, il serait sage de forcer officieusement quelques mains, dit Sandecker. Nous pourrions sans doute inciter nos fournisseurs étrangers à augmenter leur production, et peut-être même nos producteurs nationaux pourront-ils faire un geste… Bien qu'apparemment, l'oléoduc d'Alaska fonctionne déjà à plein régime.

— Oui, le forage arctique a déjà accru sa production à son maximum, confirma le conseiller économique. C'est bien joli toutes ces mesures, mais elles ne peuvent répondre à la demande intérieure. Pire, elles n'auront presque aucun effet sur les marchés mondiaux. Un approvisionnement supplémentaire important, voilà ce dont nous avons besoin, et il va falloir des mois à l'Arabie Saoudite et à l'Iran pour se remettre. Je crains qu'il n'y ait très peu de choses que nous puissions faire actuellement afin d'empêcher l'inflation de façon significative.

Cette sombre déclaration fut accueillie par un silence pesant. Enfin, le président prit la parole.

— Très bien, messieurs, étalez toutes vos cartes. Je veux connaître toutes les options et tous les scénarios catastrophe possibles. Il faut agir vite. Si le prix du pétrole ne baisse pas, combien de temps avons-nous exactement avant de devoir faire face à une crise économique sans précédent ? demanda-t-il en fixant l'économiste droit dans les yeux.

— Difficile à dire, répondit nerveusement celui-ci. Peut-être disposons-nous d'un répit de trente jours avant d'assister aux premiers blocages économiques et

de devoir parer au chômage technique qui en résultera.
Pour éviter une grave récession, il faudrait que les
prix chutent de trente à quarante dollars, mais avec la
précarité actuelle des marchés… Un choc de plus,
n'importe lequel, et c'est l'effondrement.

— Un autre choc ! fit doucement le président. Que
Dieu nous en préserve.

36

La bande de sable vierge qui dissimulait la figurine en porcelaine de Summer ressemblait à présent à un chantier de construction sous-marin. Des grilles en aluminium et des cordes jaunes occupaient toute la parcelle, balisée par de petits drapeaux orange. Le simple prélèvement d'échantillons s'était transformé en fouille à grande échelle, après la découverte d'une grande poutre enterrée à cinquante centimètres sous le sable par Dick et Summer. Des tests supplémentaires avaient confirmé que la figurine en porcelaine et l'ancre en pierre n'avaient pas été jetés au hasard par-dessus bord mais appartenaient bien à une épave ensevelie entre les deux récifs coralliens.

Les magnifiques plats et bols en porcelaine bleu et blanc, ainsi que plusieurs objets décoratifs et sculptures en jade permettaient d'identifier l'épave comme d'origine chinoise. Certains morceaux provenant de la carcasse du navire correspondaient également à la forme d'une grande jonque chinoise.

A la stupéfaction – et à la contrariété – de Summer, la découverte potentielle d'un ancien navire chinois dans les eaux hawaïennes avait fait sensation. Des journalistes du monde entier avaient fondu sur elle comme des vautours, la soumettant à une série d'entretiens répétitifs desquels elle s'était échappée à ce cirque en allant plonger. L'intérêt des médias s'évanouirait rapidement, elle le savait, alors elle pourrait reprendre les fouilles sans être gênée.

Summer glissa devant les grilles puis croisa deux plongeurs en train d'ôter le sable d'une grande poutre dont on pensait qu'elle était l'étambot. A quelques mètres, des sondages avaient permis de détecter le présence d'une autre grande planche de bois qui aurait pu être le gouvernail. Après avoir fait le tour du chantier, elle regagna la surface en longeant le câble, poing serré au-dessus de la tête.

Summer parcourut à la nage les quelques mètres qui la séparaient de la barge marron en métal, signalant l'emplacement du site. Elle y jeta ses palmes, puis se hissa à bord. Le radeau, équipé d'un roof, était pourvu d'un râtelier mural sur lequel était accroché tout le matériel de plongée nécessaire, et abritait également un générateur, une pompe ainsi que plusieurs compresseurs. Deux planches de surf posées sur le toit de la cabane en fer-blanc donnaient une touche ludique à l'ensemble. Elles appartenaient à Dirk et Summer, qui ne manquaient jamais de les apporter lorsqu'ils avaient l'occasion de travailler à Hawaï.

— Elle est bonne ? lui lança la voix traînante de Jack Dahlgren, penché sur l'un des compresseurs, un tournevis à la main.

— On est à Hawaï, répondit Summer en souriant. C'est toujours un délice.

Elle rangea son équipement et enroula ses cheveux dans une serviette, puis s'approcha de Dahlgren.

— C'est bientôt prêt ? demanda-t-elle.

— On attend encore un ravitaillement de carburant et de provisions du *Mariana*. Nous avons un compresseur pour une suceuse et un autre pour nous fournir de l'air. La plongée dans ces eaux paradisiaques sera un jeu d'enfant.

— J'ai surtout hâte d'essayer la suceuse sur les derniers endroits ensevelis.

Cet appareil était tout simplement un tube creux dans lequel on faisait passer de l'air comprimé. L'air, en montant dans le tube, permettait d'aspirer sable et débris.

— *Mariana Explorer* à *Brown Bess*, entendit-on grésiller sur une petite radio accrochée au parapet.

— Ici *Bess*. A toi, Dirk, répondit Dahlgren.

— Jack, nous avons le carburant et les hot-dogs et nous ne sommes plus qu'à quinze kilomètres. Le capitaine dit que nous nous allons amarrer sous le vent afin de décharger le carburant.

— On vous attend, fit Dahlgren en avisant un point turquoise sur l'horizon.

La radio grésilla encore une fois.

— Et dis à Summer qu'elle a encore un visiteur qui voudrait lui parler de l'épave. Terminé.

— Pas encore un journaliste ! bougonna Summer en levant les yeux au ciel, agacée.

— Elle sera ravie de faire une autre interview. Terminé, répondit Dahlgren dans le micro en riant devant l'air maussade de Summer.

Le navire de la NUMA arriva dans l'heure qui suivit et s'amarra à la barge. Tandis que Dahlgren veillait à la livraison du baril de cinquante-cinq gallons d'essence, Summer monta à bord du *Mariana Explorer* et se dirigea vers le carré. Elle y trouva Dirk, en train de prendre un café avec un Asiatique à la peau sombre vêtu d'un pantalon en toile et d'un polo bleu marine.

— Summer, je te présente le Pr Alfred Tong, dit Dirk en lui faisant signe de s'approcher.

Tong se leva et serra la main tendue de Summer.

— C'est un plaisir de faire votre connaissance, Mlle Pitt, dit-il en plongeant son regard dans les yeux gris de la grande jeune femme.

Sa poignée de main était énergique et sa peau, comme celle de Summer, semblait aimer le soleil. Elle essaya de ne pas fixer la cicatrice proéminente qui barrait sa joue gauche, se concentrant sur la profondeur de ses yeux noisette et ses cheveux de jais.

— Ouf ! fit Summer en rougissant. Je m'attendais à un autre journaliste TV.

— Le Pr Tong est conservateur du Musée national de Malaisie, expliqua Dirk.

— Oui, fit Tong en hochant la tête, en poursuivant dans un anglais haché : Je suivais un séminaire à l'université d'Hawaï lorsque j'ai entendu parler de votre découverte. Un de mes confrères à l'université m'a mis en contact avec le représentant local de la NUMA. Votre capitaine et votre frère ont eu la gentillesse de m'inviter à passer la journée à bord.

— D'un point de vue logistique, votre venue tombe à pic, expliqua Dirk. Le *Mariana Explorer* se trouvait justement à Hilo pour y recevoir carburant et denrées, et reprendre la route ce soir.

— Qu'est-ce qui vous intéresse dans cette épave ? demanda Summer.

— Nous possédons déjà une collection importante de pièces d'Asie du Sud-Est, et notre musée expose à l'année de la vaisselle chinoise du quatorzième siècle découverte dans le détroit de Malacca. Bien que ce ne soit pas exactement mon domaine, j'ai une certaine connaissance concernant la poterie des dynasties Yuan et Ming. Vos découvertes m'intéressent donc tout naturellement, et je pense qu'elles peuvent m'aider, et vous aider à évaluer l'âge du navire. Comme beaucoup d'autres, je serais ravi d'identifier un navire royal chinois dans le Pacifique Ouest.

— Déterminer l'âge du navire est une question clé, répondit Summer. Hélas, nous n'avons que très peu d'objets, certains ayant même déjà été envoyés à l'Université de Californie pour analyse, mais je serais heureuse de vous montrer les autres.

— Peut-être serait-il utile de m'en dire un peu plus sur la condition et la configuration de l'épave ?

Dirk déroula un grand rouleau de papier sur la table.

— J'allais justement le faire quand Summer est arrivée.

Ils s'installèrent tous trois à la grande table afin d'examiner le croquis. Le diagramme avait été élaboré par ordinateur et montrait l'épave vue de haut, avec ses différents sections de poutres et objets disposés en fer à cheval près du coussin de lave. Tong fut surpris par le peu de vestiges qui y étaient répertoriés, doutant que l'épave eût été un jour un grand navire.

— Nous avons travaillé de concert avec les archéologues de l'Université d'Hawaï qui nous ont aidés à dégager presque toutes les parties accessibles de l'épave, ne représentant qu'environ dix pour cent de sa totalité.

— Le reste se trouve sous le corail ? demanda Tong.

— Non, mais sous un banc de sable, le nez vers le rivage et perpendiculairement aux deux récifs, expliqua Summer en montrant deux massifs coralliens de part et d'autre du champ de fouilles. Le sable a d'ailleurs empêché que le corail ne dévore ces objets. Cette section de sable a pu être, il y a des milliers d'années, un chenal naturel.

— Si le corail n'a pas emprisonné l'épave, pourquoi les vestiges ne sont-ils pas plus visibles ?

— Pour une raison très simple : la lave.

Summer pointa du doigt l'extrémité fermée du fer à cheval, qui signalait un lit rocheux s'étendant vers le rivage.

— Si vous observez cette partie de la côte, vous vous rendrez compte qu'elle n'est qu'un grand champ

414

de lave. Le reste de l'épave, je suis désolée de le dire, est ensevelie sous une couche de lave pétrifiée.

— Remarquable, fit Tong en haussant les sourcils. Alors le reste de l'épave et sa cargaison sont restés intacts sous la lave ?

— Possible, mais ils peuvent aussi avoir été consumés par elle. Si le navire a coulé et été enseveli sous le sable avant l'éruption volcanique, alors il est peut-être encore intact. Les poutres que nous avons trouvées près du champ de lave sont bien enfouies, ce qui nous laisse un petit espoir...

— Le bon côté, c'est que nous allons pouvoir analyser la lave, ce qui nous aidera à dater l'épave, déclara Dirk. Nous sommes en contact avec un vulcanologue local, spécialiste des éruptions volcaniques et des coulées de lave de cette partie de l'île. Jusqu'ici, nous savons qu'il n'y a pas eu d'activité volcanique depuis au moins deux cents ans, et peut-être plus. Nous espérons obtenir des informations plus précises d'ici quelques jours.

— Et quelles parties du navire avez-vous identifiées ?

— Seulement quelques morceaux, qui semblent provenir de la poupe. Les poutres sont épaisses, ce qui nous pousse à croire que le navire devait être assez grand, peut-être même de plus de soixante mètres. Et puis nous avons trouvé l'ancre en pierre, preuve qu'il s'agit d'un navire chinois de grande taille.

— Et qui donc serait très certainement une jonque chinoise, murmura Tong.

— Oui, répondit Dirk, les navires européens de cette époque étant moitié moins larges. Je me rappelle avoir lu la légende de l'amiral chinois Zheng He, censé avoir fait le tour du monde dans son immense Flotte au Trésor en 1405. Mais je serais étonné que soit enseveli ici un mastodonte à six mâts de cent cinquante mètres de long, comme celui que Zheng He aurait commandé, et si réellement de tels navires ont existé.

— L'Histoire tend à exagérer, déclara Tong. Mais avoir traversé la moitié du Pacifique un demi-siècle avant le voyage supposé de Zheng He serait véritablement un exploit extraordinaire.

— Les objets en céramique tendent à prouver que l'épave date bien de cette époque, dit Summer. Nous les avons comparés avec ceux découverts lors de nos précédentes recherches, nous laissant penser que le bateau pourrait dater du treizième ou quatorzième siècle. Peut-être pourriez-vous nous le confirmer en examinant les céramiques ?

— Avec joie, vous piquez ma curiosité !

Summer invita les deux hommes à la suivre au laboratoire, mieux éclairé. Contre la cloison du fond, on pouvait voir de nombreuses corbeilles en plastique dans lesquelles trempaient les divers objets sortis des profondeurs.

— Il s'agit principalement de fragments du navire, expliqua-t-elle. La cale et les quartiers de vie doivent tous se trouver sous la lave, sinon nous serions forcément tombés sur quelques effets personnels. Nous avons tout de même mis la main sur divers ustensiles de cuisine ainsi qu'une grande marmite, dit-elle en désignant une étagère, ce qui vous intéressera sans doute davantage.

Elle sortit deux plateaux des rayonnages et les posa sur une table en inox. S'y trouvaient plusieurs assiettes, un bol et de nombreux fragments de porcelaine. La plupart des objets étaient de couleur blanc sucre, sauf le bol, en terre noire. Les yeux de Tong s'illuminèrent tandis qu'il sortait une paire de lunettes grossissantes.

— Oui, magnifique, murmura-t-il en faisant un rapide inventaire.

— Que pouvez-vous en déduire ? demanda Summer.

— Les motifs et le matériau concordent avec la production des fours à céramique chinois de Jingdezhen et Jianyang. Dans l'ensemble, cela me paraît plus brut que les œuvres de la dynastie Ming. Cet emblème du poisson, regardez ici, dit-il en soulevant une assiette. Je l'ai déjà vu sur un bol de la période Yuan. Je vous confirme la justesse de votre estimation : ces céramiques sont caractéristiques des objets facturés au cours des dynasties Song et Yuan des douzième et treizième siècles.

Un large sourire illumina le visage de Summer qui adressa un clin d'œil joyeux à Dirk. Tong s'empara alors du dernier objet sur le plateau, une grande assiette bleu cobalt et blanc partiellement ébréchée, comme si on y avait découpé une part de tarte. Au centre de l'assiette vernie, on pouvait admirer un paon se pavanant, et sur les bords, de plus petits dessins montrant un guépard en train de chasser une horde de cerfs. Tong l'étudia avec une curiosité accrue, scrutant encore et encore les minutieux détails.

— L'un des conservateurs du labo a identifié un motif semblable sur des objets issus de la famille royale Yuan.

— Oui, en effet, marmonna Tong avant de reposer le plat puis de reculer de quelques mètres. Semblable peut-être, mais sans doute pas fabriqué pour la famille royale. Je dirais plutôt que cette assiette relevait du commerce, ajouta-t-il. Mais je suis d'accord sur la période Yuan qui, comme vous le savez, s'étend de 1264 à 1368. Bien avant l'amiral Zheng.

— C'est ce dont nous sommes persuadés, même s'il est singulier qu'un bateau de cette époque ait pu se trouver dans les eaux hawaïennes.

En entendant la porte du labo, ils se retournèrent et

virent entrer le capitaine du *Mariana Explorer*. Bill Stenseth, un grand blond, avait gagné le respect de tout le navire par son intelligence, sa maîtrise de la situation et son caractère affable.

— Dahlgren a fini de charger le carburant et les provisions sur votre hôtel flottant. Dès que vous serez prêts à sauter du navire, nous partirons.

— Nous avons presque fini, capitaine. Dirk et moi allons nous préparer et rejoindre Jack sur la barge.

— Vous travaillez encore sur l'épave ? demanda Tong.

— Nous devons encore nous occuper d'une section de poutre, qui pourrait être une partie du gouvernail, expliqua Summer. Si c'est le cas, cela nous donnera une meilleure idée de la dimension du navire. Le *Mariana Explorer* doit poursuivre l'étude des récifs coralliens de l'autre côté de l'île, donc Dirk, Jack Dahlgren et moi allons camper quelques jours sur la barge afin de finir les fouilles.

— Je vois, répondit Tong. Eh bien, merci de m'avoir fait partager vos découvertes. Dès mon retour en Malaisie, je ferai des recherches dans les archives de notre musée pour voir si je suis en mesure de vous fournir des informations supplémentaires sur vos céramiques.

— Merci d'avoir pris le temps de nous rendre visite et de nous avoir confirmé ce que nous pensions sur l'âge du navire et sa possible origine, répondit Dirk, enthousiasmé.

Dirk et Summer rassemblèrent rapidement leurs maigres effets personnels et sautèrent sur la barge, où Dahlgren larguait déjà les amarres. Sous un coup de trompe, le capitaine Stenseth écarta l'*Explorer* de la barge et, en peu de temps, le navire turquoise disparut derrière les rochers déchiquetés de la côte pour se diriger vers Hilo.

— Alors, qu'est-ce que vous avez découvert sur notre navire chinois enseveli ? demanda Dahlgren en fouillant dans une glacière à la recherche d'une boisson.

— Le Pr Tong est d'accord avec nous : l'âge des céramiques concorde avec nos estimations initiales, l'épave est donc vieille de sept cents ou huit cents ans, répondit Summer.

— Ce cher professeur semblait particulièrement intéressé par l'assiette qui, selon les gars du labo, semblait appartenir à la famille royale, ce qu'il ne voulait pas avouer.

— Jalousie professionnelle, à mon avis, fit Summer avec un grand sourire. C'est un navire royal, je le sais, c'est tout.

— Royal, fit Dahlgren en s'allongeant sur un fauteuil en toile les doigts serrés sur une canette de bière et les pieds sur le bastingage. Si c'est pas la classe, ça ?

37

A sept mille cinq cents kilomètres à l'est, Pitt et Giordino, tels deux rescapés, entraient dans le hall de l'hôtel Continental d'Oulan-Bator. Leurs vêtements chiffonnés étaient couverts de poussière, tout comme leurs cheveux, leur peau et leurs chaussures. Des cloques dues aux coups de soleil couvraient leur visage là où leur barbe hirsute n'avait pas poussé. Il ne manquait plus qu'un nuage de mouches tournoyant autour de leur tête.

Le réceptionniste toisa les deux étrangers qui s'approchaient de son guichet l'air hagard.

— Des messages pour la 4024 ou la 4025 ? demanda Pitt avec un beau sourire, les dents blanches étincelantes.

Le réceptionniste leva les sourcils en les reconnaissant, puis se rendit prestement dans la petite pièce latérale.

— Un message et un colis, monsieur, dit-il en tendant à Pitt une feuille de papier et un petit paquet envoyé par un service de livraison rapide.

Pitt prit le message et tendit le paquet à Giordino en s'éloignant de la réception.

— Ça vient de Corsov, lui dit-il à voix basse.

— Alors, que voulait nous dire notre agent du KGB préféré ?

— Il a été convoqué à une conférence par le ministre des Affaires étrangères à Irkoutsk. Il nous transmet ses salutations et espère que notre voyage dans le Sud a été fructueux. Il nous contactera à son retour, d'ici quelques jours.

— Très poli de sa part, fit Giordino, sarcastique. Je ne suis pas sûr que Theresa et Jim puissent se payer le luxe d'attendre qu'il revienne.

Il sortit du colis un vieux livre relié en cuir et un gros bocal de vitamines. Une petite carte en tomba. Il la ramassa et la tendit à Pitt.

— Ta femme ?

Pitt hocha la tête, lisant silencieusement la note manuscrite.

Ton livre préféré, avec quelques vitamines supplémentaires pour que tu restes en bonne santé. A consommer avec modération, s'il te plaît, mon amour.

Les enfants t'envoient le bonjour d'Hawaï. Ils ont fait sensation en découvrant une vieille épave. Washington c'est mort sans toi, alors rentre vite.

Loren

— Un livre et des vitamines ? Voilà qui n'est pas très romantique de la part de Mme Pitt, se moqua Giordino.

— Ah ! mais c'est mon roman d'aventures préféré, il regorge de surprises, déclara Pitt en montrant la reliure à Giordino.

— *Moby Dick*, de Melville. Bon choix, dit Giordino, moi je me contente des BD d'Archie et Véronica.

Pitt ouvrit le livre et le feuilleta jusqu'à tomber sur la partie évidée. Caché au centre du faux livre, se trouvait un automatique Colt .45.

— Je vois que le harpon est inclus, capitaine Achab, chuchota Giordino en émettant un sifflement.

Pitt ouvrit le couvercle du flacon de vitamines et en sortit une dizaine de balles.

— Est-ce qu'une représentante du Congrès ne risquerait pas des ennuis à envoyer des armes à feu à l'autre bout du monde ?

— Seulement si elle se fait prendre, fit Pitt en souriant avant de refermer le flacon et le livre.

— Maintenant qu'on est armés, plus besoin d'attendre Corsov, lança Giordino.

Pitt secoua lentement la tête.

— De toute façon nous ne sommes plus en sécurité ici, Borjin doit déjà s'inquiéter de ne pas voir revenir son ami bouddhiste…

— Une douche et une bière devraient nous aider à réfléchir.

— D'abord, j'ai quelques données à envoyer, dit Pitt en se dirigeant vers le petit espace professionnel jouxtant la réception.

Il sortit de sa poche le pendentif volé dans le labo de Borjin et le posa sur la photocopieuse. Après avoir griffonné quelques mots sur la copie, il l'envoya par fax aux Etats-Unis. Puis il faxa à un autre destinataire quelques pages extraites du manuel d'imagerie sismique.

— Voilà qui devrait occuper ces deux paresseux pendant quelque temps, se dit-il en se dirigeant vers sa chambre.

*
* *

De l'extérieur, l'ancienne écurie de Georgetown ressemblait à toutes les autres belles résidences du quartier chic de Washington, D.C. Les avant-toits de la demeure en briques patinées avaient été fraîchement repeints, les fenêtres-vitraux du dix-neuvième siècle étincelaient, et le petit jardin était soigneusement entretenu. Tout cela contrastait fortement avec l'intérieur, qui ressemblait au dépôt de la Bibliothèque municipale de New York. Des étagères en bois occupaient tous les murs de la maison, et étaient remplies à ras bord de livres d'histoires sur les bateaux et la navigation. D'autres ouvrages encombraient la table de la salle à manger et les plans de travail de la cuisine, quand d'autres avaient été empilés au sol en divers endroits.

L'excentrique propriétaire de cette maison, St Julien Perlmutter, n'aurait pas voulu qu'il en soit autrement. Les livres étaient la grande passion de cet éminent historien de la mer, dont la collection aurait fait saliver nombre de bibliothécaires et collectionneurs. D'une nature généreuse, il était toujours heureux de partager ses connaissances avec ceux de son entourage qui aimaient l'océan.

Le bip et le ronronnement du fax réveillèrent en sursaut Perlmutter, qui s'était assoupi dans un fauteuil trop rembourré en lisant le journal de bord du célèbre navire fantôme la *Marie-Céleste*. Dépliant sa silhouette corpulente de près de deux cents kilos, il alla chercher le fax dans son bureau et caressa son épaisse barbe grise en lisant la note sur la première page.

St Julien,
Une bouteille d'airak frais si tu peux identifier ça.
Pitt

— De l'*airak* ? Mais c'est du chantage ! murmura-t-il avec un grand sourire.

Perlmutter, en fin gourmet, aimait la nourriture riche et exotique, comme en témoignait sa panse tendue. Pitt avait touché le point sensible en lui promettant le lait fermenté de jument mongole. Perlmutter examina les

423

pages faxées par Pitt ainsi que la photocopie du pendentif en argent.

— Dirk, je ne suis pas joaillier, mais je sais justement qui pourrait te renseigner, dit-il à voix haute en décrochant son téléphone. Gordon ? Ici St Julien. Ecoute, je sais que nous devons déjeuner ensemble jeudi, mais j'aurais besoin de ton aide dès aujourd'hui. Est-ce que nous pourrions nous voir tout à l'heure ? Très bien, parfait, je m'occupe de la réservation ; retrouvons-nous à midi.

Perlmutter raccrocha et contempla de nouveau l'image du pendentif. Venant de Pitt, cela voulait sûrement dire qu'il y avait une folle histoire derrière. Folle et dangereuse.

*
* *

Le Monocle, près du Capitole, était à midi et en pleine semaine en complète effervescence. Dès qu'il eut passé les portes de ce restaurant fort apprécié des politiciens de Washington, sénateurs, lobbyistes accompagnés de leurs assistants, Perlmutter repéra rapidement son ami Gordon Eeten, l'un des seuls à ne pas porter de costume bleu, et qui s'était installé dans un box latéral.

— St Julien, ça fait plaisir de te revoir cher ami, l'accueillit Eeten.

Affichant lui-même une corpulence respectable, Eeten avait un air bienveillant au regard acéré du détective.

— Je vois qu'il faut que je te rattrape, dit Perlmutter avec un sourire en observant le verre de martini presque vide sur la table.

Perlmutter héla le barman et demanda un Sapphire Bombay Gibson, après quoi ils passèrent leur commande. Pendant qu'ils attendaient leurs plats, Perlmutter tendit le fax de Pitt à Eeten.

— Désolé, fit Perlmutter, mais les affaires avant tout. Un de mes amis a trouvé ce bijou en Mongolie et il voudrait en savoir plus. Pourrais-tu nous éclairer ?

Eeten observa la photocopie, le visage aussi impassible que celui d'un joueur de poker. En tant que commissaire-priseur à la célèbre maison Sotheby's, il avait estimé des milliers d'œuvres d'art avant qu'elles ne soient mises aux enchères, position qui lui permettait de prévenir son ami d'enfance lorsqu'une vente proposait des articles intéressants sur la marine.

— Difficile à évaluer, commença Eeten. Je déteste donner une estimation sur un simple fax.

— Connaissant mon ami, il ne se soucie guère de sa valeur marchande mais plutôt de sa datation et de ce qu'il représente.

— Pourquoi tu ne l'as pas dit dès le début ? répondit Eeten, visiblement soulagé.

— Alors tu sais ce que c'est ?

— Oui, je crois. J'ai vu quelque chose de semblable dans un lot que nous avons vendu il y a quelques mois. Bien sûr, il faudrait que j'examine la pièce de visu pour vérifier son authenticité.

— Que peux-tu m'en dire ? demanda Perlmutter qui s'apprêtait à prendre des notes.

— On dirait qu'elle est d'origine seldjoukide. L'aigle à double tête, un motif très particulier, était le symbole favori de cette dynastie.

— Si je me souviens bien, les Seldjoukides étaient une tribu de musulmans turcs qui ont brièvement régné sur une grande partie de l'Empire byzantin, fit Perlmutter.

— Oui, ils ont conquis la Perse autour de l'an 1000 et leur puissance a décliné environ deux cents ans plus tard. Ensuite, ils ont été anéantis par l'empire rival

Kharezm sous Ala al-Din Muhammad qui, à son tour, fut battu par Gengis Khan autour de 1220. Ceci pourrait très bien faire partie d'un des butins rapportés en Mongolie par les armées de Gengis Khan.

Un serveur arriva et posa sur la table un faux-filet pour Eeten et du foie de veau pour Perlmutter.

— Quelles connaissances remarquables, Gordon. Je suppose qu'il n'y a pas souvent d'objets d'art asiatiques des douzième et treizième siècles sur le marché.

— C'est drôle, car en effet nous avons très rarement des pièces de cette époque mais, il y a huit ou neuf ans, nous avons justement été contactés par un courtier en Malaisie qui en avait un lot à vendre. Depuis, il nous fournit de nombreux objets comme celui-ci. Je dirais que nous avons vendu pour plus de cent millions de dollars de ce genre de marchandises au cours de cette période. Et c'est pareil pour Christie's.

— Ma parole ! Vous avez une idée d'où ils proviennent ?

— Je ne peux que faire des suppositions, dit Eeten en mastiquant son steak. Le vendeur malaisien est un type très secret qui refuse de divulguer ses sources. Je n'ai jamais pu le rencontrer, mais il ne nous a jamais rien envoyé qui ne soit pas authentique.

— Cela semble un peu étrange que toutes ces pièces viennent de Malaisie.

— Certes, mais ces marchandises peuvent avoir été envoyées de n'importe où. Lui, c'est juste un intermédiaire. D'ailleurs, le nom de son entreprise ne sonne pas malaisien.

— Et quel est-il ? demanda Perlmutter en finissant son assiette.

— Un nom étrange. La Buryat Trading Company.

38

Theresa fut soulagée lorsqu'un garde l'invita à sortir de sa chambre. S'ils se décidaient à la tuer, eh bien soit, songea-t-elle. Ce serait préférable à cet emprisonnement qui lui faisait craindre le pire.

Cela faisait deux jours qu'elle était enfermée. On ne lui avait donné aucune explication et elle n'avait eu de contact avec personne, à l'exception de celui qui lui passait un plateau de nourriture. Bien qu'elle n'ait rien su de la visite de la délégation chinoise, elle avait entendu le cortège de voitures arriver et repartir. Plus mystérieux encore, les coups de feu qui avaient retenti à l'arrière de la propriété. Elle s'était hissée jusqu'à la minuscule fenêtre du fond de sa chambre, les yeux écarquillés, mais n'avait pas vu grand-chose excepté la poussière tourbillonnante. Le lendemain matin, désœuvrée, elle avait aperçu par la lucarne les gardes à cheval passer au trot.

Dès qu'elle fut dans le corridor elle vit, heureuse, Wofford, appuyé sur sa canne.

— Les vacances sont finies, dit-il. On dirait qu'on va devoir se remettre au travail.

Ses paroles se révélèrent prophétiques, puisqu'on les escorta jusqu'au bureau dans lequel Borjin les attendait, tirant sur un épais cigare. Il semblait plus détendu que la dernière fois qu'ils l'avaient vu et son arrogance était plus palpable que jamais.

— Venez vous asseoir, chers amis, dit-il en faisant un geste vers la table. Je suis sûr que vous avez apprécié cette petite détente.

— Bien sûr, lança Wofford. Regarder mes quatre murs a été particulièrement relaxant.

Borjin ignora le commentaire et tendit la main vers une nouvelle pile de rapports traitant d'activité sismique.

— Votre travail ici est presque terminé, déclara-t-il, il est urgent maintenant d'enfin sélectionner les bons sites de forage dans cette région.

Il déplia une carte topographique qui couvrait cinq cents kilomètres carrés. Theresa et Wofford virent sur la légende qu'il s'agissait d'une zone chinoise du désert de Gobi, juste au sud-est de la frontière mongole.

— Vous nous avez déjà fourni des données concernant certains sites détaillés. Je dois dire que vos propositions étaient tout à fait judicieuses, dit-il sur un ton condescendant. Comme vous le voyez, les zones que vous avez examinées figurent sur cette carte régionale. Je vous demande de vous y pencher à nouveau avec attention afin de déterminer quels sont les meilleurs puits-tests à exploiter.

— Ces sites ne se trouvent-ils pas en Chine ? demanda Wofford pour le pousser dans ses retranchements.

— Si, en effet, répondit Borjin nonchalamment, sans étayer son propos.

— Vous savez que ces réserves potentielles sont profondes ? demanda Wofford. C'est sans doute pour cela qu'elles n'ont pas été découvertes par le passé.

— Oui. Nous possédons l'équipement approprié pour forer à cette profondeur, répondit Borjin avec impatience. J'ai besoin que deux cents puits tournent à plein régime d'ici six mois. Localisez-les.

Wofford, le rouge aux joues, cachait mal sa colère

428

devant l'arrogance de Borjin. Evitant le pire, Theresa prit la parole.

— Nous pouvons le faire, lança-t-elle précipitamment, mais nous avons besoin de trois ou quatre jours, ajouta-t-elle pour gagner du temps.

— Vous avez jusqu'à demain. Mon directeur des champs pétroliers vous retrouvera dans l'après-midi pour un compte rendu détaillé de vos analyses.

— Lorsqu'elles seront finies, serons-nous libres de rentrer à Oulan-Bator ? demanda-t-elle.

— Je vous ferai conduire là-bas dès le lendemain matin.

— Alors dans ce cas, mettons-nous au travail, fit Theresa en attrapant le dossier, étalant le contenu sur la table.

Borjin hocha la tête, la bouche tordue par un rictus de méfiance, puis se leva et quitta la pièce. Tandis qu'il disparaissait dans le couloir, Wofford se tourna vers Theresa et secoua la tête.

— Bravo, chuchota-t-il. Tu es prête à coopérer ?

— Mieux vaut qu'il le pense, répondit-elle en levant un papier devant ses lèvres. En plus, je n'avais pas envie que tu lui sautes dessus et que tu nous fasses tuer tous les deux.

Wofford sourit, penaud, sachant bien qu'elle avait raison.

Se méfiant toujours des caméras de surveillance, Theresa s'empara d'une carte qu'elle retourna discrètement au milieu d'autres documents. Sur le côté vierge, elle écrivit « Idées pour fuir ». Après avoir griffonné quelques notes, elle le tendit à Wofford. Il prit la carte et fit mine d'étudier les commentaires de Theresa avec intérêt. Alors qu'il la tenait devant lui, Theresa remarqua qu'elle représentait le golfe Persique. Une série de lignes rouges en dents de scie avaient été dessinées sur plusieurs sections de la carte. Theresa avisa deux endroits, situés sur les lignes de faille les plus importantes, encerclées d'un trait rouge : l'un pour la ville de Ras Tannura, l'autre pour une petite île au large de l'Iran.

— Jim, regarde cette carte, l'interrompit-elle en la retournant.

— Cette carte montre la frontière entre une plaque tectonique au bord du golfe Persique et les lignes de faille les plus importantes qui en découlent, dit Wofford après avoir observé les lignes de couleur.

Isolés depuis leur enlèvement, ils ne savaient rien des séismes dévastateurs qui avaient récemment frappé le Golfe. Tandis que Wofford étudiait les deux cercles rouges, Theresa fouilla dans le reste du dossier et dénicha deux cartes semblables. La première était un zoom sur le lac Baïkal en Sibérie.

— Ma parole, regarde ça, dit-elle en pointant du doigt le haut du lac colorié en bleu.

Juste au bout de son doigt, sur la rive nord du lac, se trouvait une grande ligne de faille cerclée de rouge. Un nouvel oléoduc était aussi indiqué sur la carte, et passait à deux ou trois kilomètres au nord du lac.

— Tu ne crois quand même pas qu'ils aient fait quelque chose qui ait pu provoquer la vague de seiche sur le lac ? demanda-t-elle.

— A moins de déclencher une bombe nucléaire, je ne vois pas comment, répondit Wofford d'une voix peu convaincue. Et sur l'autre carte ?

Theresa la posa sur le dessus de la pile. Ils reconnurent immédiatement la côte de l'Alaska, d'Anchorage à la Colombie-Britannique. L'oléoduc d'Alaska, surligné en jaune, s'étendait vers l'intérieur des terres depuis la ville portuaire de Valdez. D'un diamètre d'un mètre vingt, il transportait du pétrole brut depuis les champs fertiles de Prudhoe Bay dans le versant nord de l'Alaska, fournissant un million de barils par jour au marché américain.

Avec une appréhension grandissante, Theresa tendit le doigt vers une épaisse ligne de faille qui longeait la côte. Un cercle rouge foncé avait été tracé sur la faille, non loin du port de Valdez.

Dans un silence angoissé, sans pouvoir détacher leur regard de la carte, ils se demandaient ce que Borjin mijotait.

39

Hiram Yaeger, après avoir englouti un sandwich au poulet arrosé de thé vert, s'excusa auprès de ses compagnons de cafétéria et se leva. Le chef du centre de ressources informatiques de la NUMA, qui ne quittait que très rarement ses chers ordinateurs, se dirigea vivement vers sa tanière, située au dixième étage du siège de la NUMA à Washington. En sortant de la cafétéria, il sourit intérieurement, croisant deux hommes politiques, le regard fixé sur son tee-shirt des Rolling Stones.

En dépit de ses cinquante ans, ce petit génie de l'informatique dégingandé, ses longs cheveux noués en queue de cheval, continuait à afficher son anticonformisme en portant un jean et des bottes de cow-boy. Mais au vu de ses compétences, ainsi qu'en témoignait le vaste centre informatique qu'il dirigeait, le look importait peu. Dans ses bases de données, on trouvait la collection la plus complète de recherches océanographiques et d'études sous-marines, et toutes les conditions de météo marine en temps réel établies par les centaines de stations à travers le monde. Mais Yaeger n'y trouvait pas que des avantages. La grande capacité d'analyse de ses ordinateurs était fortement convoitée par les scientifiques de la NUMA, toujours désireux de la mettre au service de leurs projets en cours. Et Yaeger ne pouvait refuser de telles requêtes.

Lorsque les portes de l'ascenseur s'ouvrirent, Yaeger entra dans son laboratoire, au centre duquel se trouvait une large console en forme de fer à cheval. Un homme bien charpenté, légèrement dégarni et doté d'un visage amical l'attendait, assis dans un des fauteuils pivotants devant la console.

— Ce n'est pas croyable, s'exclama l'homme en souriant. Je t'ai pris en flagrant délit de désertion.

— Contrairement à mes ordinateurs bien-aimés, il faut bien que je mange, répondit Yaeger. Ravi de te revoir, Phil, ajouta-t-il en lui serrant la main. Comment ça se passe dans ton trou ?

A cette allusion, le Dr Phillip McCammon s'esclaffa. En tant que chef de la géologie marine à la NUMA, McCammon était expert dans l'étude des sédiments sous-marins, et il se trouvait que leurs locaux occupaient l'un des niveaux souterrains du bâtiment.

— Nous sommes encore en train de casser des cailloux, déclara McCammon. J'aurais toutefois besoin de ton aide…

— Mon royaume est à ta disposition, répondit Yaeger avec un geste ample, englobant les cinq ordinateurs superpuissants.

— Je n'aurai pas besoin de monopoliser longtemps le château. J'ai reçu une requête officieuse de la part d'un collègue de Langley qui me demande de jeter un coup d'œil à certaines données sismiques. Je suppose que la CIA s'intéresse aux deux récents séismes qui ont pulvérisé le golfe Persique.

— Coïncidence intéressante, que ces deux gros séismes si rapprochés qui ont fait s'envoler les prix du pétrole. S'ils continuent à augmenter, je vais bientôt devoir venir en vélo au boulot, râla Yaeger.

— Tu ne seras pas le seul.

— Bon, que puis-je faire pour t'aider ?

— Ils ont contacté le Centre national d'informations sismiques à Golden, Colorado, afin qu'ils me fassent parvenir une copie sur l'historique de l'activité sismique mondiale de ces cinq dernières années, dit McCammon en tendant à Yaeger la feuille en question.

— L'un de mes analystes vient de mettre au point un logiciel capable d'évaluer les caractéristiques spécifiques des tremblements de terre du golfe Persique. Ces paramètres sont ensuite comparés avec les séismes mondiaux répertoriés dans notre base de données pour recouper les profils.

— Tu crois qu'il y a quelque chose de louche là-dessous ?

— Non, je ne vois pas comment. Mais nous aiderions nos petits copains les espions en déblayant un peu le terrain.

Yaeger hocha la tête.

— Pas de problème. Max va récupérer les données de Golden cet après-midi. Envoie-moi ton logiciel et nous aurons les réponses demain matin.

— Merci, Hiram. Je t'envoie le programme tout de suite.

Tandis que McCammon se dirigeait vers l'ascenseur, Yaeger était déjà en train de taper sur un clavier. Il s'interrompit en avisant le fax de plusieurs pages qu'il venait de recevoir. Il se mit à grommeler en voyant qu'il avait été envoyé de l'hôtel Continental d'Oulan-Bator.

— C'est une vraie avalanche, soupira-t-il en parcourant des yeux le fax avant de se remettre au clavier.

En un instant, une belle femme se matérialisa sur le côté opposé à la console. Elle portait un chemisier blanc transparent et une jupe plissée en laine qui lui arrivait aux genoux.

— Bonjour Hiram. Je commençais à me demander si tu allais m'appeler aujourd'hui.

434

— Tu sais que je ne peux pas me passer de toi, Max, répondit-il.

Max était une sorte de mirage, une image holographique créée par Hiram comme interface amicale pour son réseau informatique. Max, une copie de la femme de Yaeger mais à la silhouette éternellement jeune, avait fini par devenir essentielle aux scientifiques de la NUMA qui faisaient confiance à son intelligence artificielle pour résoudre des problèmes complexes.

— Les compliments te mèneront à tout, roucoula-t-elle avec espièglerie. Qu'y a-t-il aujourd'hui ? Un gros ou un petit problème ?

— Un peu des deux, répondit-il. Tu vas peut-être devoir bosser toute la nuit, Max.

— Tu sais que je ne dors jamais, répondit-elle en retroussant les manches de son chemisier. Par où commençons-nous ?

— Eh bien, dit-il en sortant le fax devant lui, on ferait mieux de commencer par le patron.

Le soleil des tropiques monta lentement au-dessus des montagnes de lave et des cocotiers jusqu'à baigner la barge dans ses rayons de lumière. A bord, les notes puissantes des guitares hawaïennes électriques masquaient le ronronnement du générateur portable.

Summer, Dirk et Dahlgren avaient déjà quitté leurs lits de camp dressés dans le petit cabanon et se préparaient pour une longue journée de travail sous l'eau. Tandis que Dirk remplissait les réservoirs d'essence de deux compresseurs, Summer finissait son petit déjeuner composé de papayes et de bananes fraîches arrosées d'un verre de jus de goyave.

— Qui commence ? demanda-t-elle en regardant les eaux calmes de ce début de matinée.

— Je crois que le capitaine Jack a une petite idée de notre emploi du temps, lança Dirk en faisant un signe de tête vers Dahlgren.

Vêtu d'un caleçon de bain, de tongs et d'une chemise hawaïenne délavée, Dahlgren était penché sur les régulateurs fixés aux deux casques de plongée superlégers. Il devait son surnom de capitaine à la vieille casquette bleue qu'il portait, celle qu'affectionnaient les riches propriétaires de yacht, décorée de deux ancres dorées sur l'avant. Celle de Dahlgren, elle, avait l'air d'avoir été écrasée par un char M-1.

— A vos ordres, dit Dahlgren d'une voix rocailleuse. Nous travaillerons par séquences de quatre-vingt-dix minutes, deux plongeurs à la fois, puis nous tournerons après avoir fait une pause. Dirk et moi nous allons prendre le premier quart, puis tu pourras me rejoindre pour le deuxième pendant que Dirk travaillera son bronzage, dit-il à Summer.

— Ce qui me fait penser que je n'ai pas vu de shaker à bord de ce rafiot, fit Dirk l'air désappointé.

— Je regrette de t'informer que de toute façon, on a fini les dernières rations de rhum hier soir. A des fins médicinales, ajouta Dahlgren.

Dirk semblait aussi paniqué que Summer, qui leva les yeux au ciel, l'air effaré.

— Bon, très bien, chères futures recrues des Alcooliques Anonymes, au boulot maintenant. Si par chance nous avons trouvé le gouvernail, un gros travail d'excavation reste à faire. Il nous faudra encore démonter et ranger les grilles, alors dépêchons, car j'aimerais partir un peu avant le retour du *Mariana Explorer* afin de continuer les recherches.

Dahlgren se releva, puis enleva sa casquette qu'il lança sur le pont. Tel un frisbee, elle alla toucher la poitrine de Summer. La jeune femme sursauta, puis la rattrapa alors qu'elle rebondissait sur le pont.

— Voilà, fit Dahlgren, tu fais un bien meilleur capitaine Bligh que moi.

Dirk se mit à rire et Summer rougit avant de rétorquer :

— Attention, je pourrais bien accidentellement couper votre air lorsque vous serez au fond.

Dirk mit en route les deux compresseurs d'air, puis imita Dahlgren et enfila une combinaison légère appropriée à la plongée en eaux chaudes. Ils partageraient l'air de surface fourni par un compresseur, ce qui leur permettrait de travailler plus librement qu'avec des bouteilles et de prolonger leur temps de plongée.

Puisqu'ils ne descendraient pas au-delà de dix mètres, ils pouvaient en théorie travailler toute la journée sous l'eau sans craindre les accidents de décompression.

Summer prit la suceuse à air comprimé et passa le gros tuyau de PVC par-dessus bord. Un autre, qui venait du deuxième compresseur, fut attaché à l'extrémité de la suceuse, fournissant l'approvisionnement en air grâce à une valve réglable. Summer abaissa doucement l'appareil en retenant la conduite d'air jusqu'à ce que la suceuse touche le fond et que la tension se relâche.

Dirk enfila ses palmes, puis jeta un coup d'œil à sa montre.

— On se voit dans quatre-vingt-dix minutes, lança-t-il à Summer avant de passer son casque de plongée.

— Je laisse les lumières allumées, répliqua Summer en criant pour couvrir le bourdonnement des compresseurs.

Elle s'approcha du garde-corps et démêla trois conduites d'air qui suivaient les plongeurs sous l'eau. Dirk lui fit un signe de la main avant de sauter par-dessus bord, suivi une seconde plus tard par Dahlgren.

Le mugissement des compresseurs s'interrompit dès que Dirk heurta la surface et pénétrait dans l'eau turquoise. Il poussa la tête en avant et battit des pieds en direction du fond, où il trouva rapidement la suceuse à air. Après s'être emparé du tuyau, il suivit Dahlgren qui descendait plus encore. Les deux hommes s'arrêtèrent devant deux drapeaux orange plantés dans le sable. Dirk souleva la suceuse afin de la positionner verticalement, puis ouvrit le robinet de la conduite d'air. Un flot d'air comprimé fut soufflé par l'extrémité du tuyau avant de remonter en gargouillant vers la surface, emportant avec lui sable et eau. Dirk balaya la suceuse sur le plancher sous-marin d'avant en arrière, ce qui creusa un petit trou dans le sable à côté du point de repère.

Dahlgren, après s'être assuré que tout fonctionnait, prit position un peu plus loin. Il tenait à la main une tige en acier inoxydable munie d'une poignée qu'il enfonça dans le sable jusqu'à ce qu'elle rencontre, au bout d'une cinquantaine de centimètres, quelque chose de solide. D'après son expérience, il reconnut la matière : du bois. Retirant la sonde, il se déplaça d'une trentaine de centimètres et répéta son geste. Après plusieurs sondages, il put délimiter le périmètre de l'objet enseveli qu'il marqua à l'aide de petits drapeaux orange.

Le trou créé par la suceuse à air s'agrandissait lentement. Dirk venait de buter contre une surface plate fortement incrustée. En regardant les drapeaux plantés par Dahlgren, il se rendit compte qu'il s'agissait d'un objet immense. S'il s'agissait bien du gouvernail, il allait falloir réévaluer l'échelle du reste du navire.

Sur la barge, Summer vérifia une fois de plus le fonctionnement des compresseurs, puis alla s'asseoir sur une chaise longue devant les conduites d'air. Sous la brise de terre fraîche qui soufflait sur la barge, Summer frissonna. Elle était impatiente que le soleil du matin commence à réchauffer le pont.

Elle était hypnotisée par le paysage, et admirait la côte hawaïenne escarpée en respirant les effluves parfumés de la flore qui lui parvenaient depuis l'île luxuriante. Vers le large, les eaux du Pacifique semblaient briller d'une intensité irréelle venue des profondeurs bleutées. Remarquant sans y prêter attention un navire noir à l'horizon, elle prit une grande goulée d'air pur et s'installa confortablement dans son siège.

— Si ça c'est du boulot, songea-t-elle avec amusement, je n'ai pas besoin de congés payés.

41

Pitt était déjà debout et habillé lorsque l'on frappa de bonne heure à la porte de sa chambre. Il alla ouvrir avec appréhension, soulagé de découvrir un Al Giordino souriant sur le seuil.

— J'ai trouvé ce vagabond en train de faire la manche dans le hall de l'hôtel, dit-il avec un signe par-dessus son épaule. Je me suis dit que tu saurais quoi faire de lui.

Rudi Gunn, fatigué et échevelé, se tenait derrière la silhouette massive de Giordino, l'air soulagé.

— Ah, mon cher directeur adjoint perdu de vue, fit Pitt en souriant. Nous pensions que tu t'étais peut-être trouvé une jolie babouchka et que tu avais pris racine dans la Sibérie profonde.

— Je n'ai été que trop content de quitter la Sibérie profonde. Mais finalement, j'y serais bien resté si j'avais su que la Mongolie était encore deux fois plus sauvage, se plaignit Gunn en entrant dans la pièce et se laissant tomber lourdement dans un fauteuil. Personne ne m'a prévenu qu'il n'y a pas une seule voie goudronnée dans tout le pays. J'ai conduit toute la nuit sur quelque chose que je n'oserais pas appeler route. J'ai l'impression de n'avoir fait que sauter entre New York et Los Angeles sur une échasse à ressort.

Pitt lui tendit une tasse de café.

— Tu as pu transporter tout notre équipement ? demanda-t-il.

— Oui, je l'ai chargé dans une camionnette que l'institut a eu la gentillesse de me prêter... ou de me vendre, je ne sais pas. Cela m'a coûté jusqu'à mon dernier rouble de graisser la patte des douaniers russes pour entrer en Mongolie. Je suis sûr qu'ils me croient de la CIA.

— Tu n'as pas les yeux de fouine caractéristiques, marmonna Giordino.

— Mais je ne peux pas me plaindre, fit Gunn en regardant Pitt. Al m'a raconté votre équipée dans le désert de Gobi. Ça n'avait pas l'air d'une sinécure.

— Non, mais un excellent moyen de voir le paysage, fit Pitt en souriant.

— Ce taré de Xanadu... est-ce qu'il retient prisonniers les géophysiciens ?

— Ce qui est sûr, c'est que Roy est mort. Nous ne pouvons que supposer que les autres y sont encore et en vie.

La conversation fut interrompue par la sonnerie du téléphone. Pitt répondit et, après avoir dit quelques mots, plaça le téléphone sur haut-parleur. On entendit la voix détendue de Hiram Yaeger.

— Salutations de Washington, où la bureaucratie locale commence à se demander ce qui est arrivé à leurs gourous des profondeurs préférés.

— On est juste retenus afin d'admirer les merveilleux trésors sous-marins de la Mongolie-Extérieure, répondit Pitt.

— C'est ce que je pensais. Evidemment, quand nous sont parvenues ces nouvelles fracassantes, nous avons tous compris que vous y étiez pour quelque chose.

Les trois hommes se regardèrent sans comprendre.

— Nous avons été légèrement occupés, fit Pitt. Quelles nouvelles ?

— La Chine a déclaré ce matin qu'elle rétrocédait les territoires de Mongolie-Intérieure à l'Etat de Mongolie.

— J'ai remarqué un rassemblement sur la place au bout de la rue qui ressemblait à une cérémonie, dit Gunn. J'ai cru qu'il s'agissait d'une fête locale.

— La Chine se cache derrière un geste diplomatique amical et a même reçu toutes sortes de félicitations de la part des Nations unies et des dirigeants occidentaux. Des factions clandestines luttent depuis des années afin d'obtenir l'indépendance de la Mongolie-Intérieure et sa réunification avec la Mongolie. Cela expliquait les mauvaises relations entre les deux pays. Officieusement, les analystes penchent plus pour un intérêt économique. Certains supposent qu'un accord a été conclu en ce qui concerne l'approvisionnement en pétrole ou en autres ressources dont la Chine a besoin pour maintenir sa croissance... D'un autre côté, personne ne pense que la Mongolie ait beaucoup de pétrole à offrir.

— C'est exactement cela. Je suppose alors que tu peux affirmer qu'Al et moi-même avons bien participé aux négociations, fit Pitt en jetant un regard entendu à Giordino.

— Je savais bien que vous aviez quelque chose à voir là-dedans, fit Yaeger en riant.

— C'est surtout la compagnie pétrolière Avarga et Tolgoï Borjin les responsables. Al et moi avons vu les réservoirs de stockage déjà positionnés tout le long de la frontière.

— C'est assez remarquable qu'il ait obtenu si vite les clés du château, fit Giordino. Il devait avoir une sacrée monnaie d'échange.

— Ou de désinformation. Hiram, as-tu été en mesure de dénicher quelque chose sur ce que je t'ai faxé ? demanda Pitt.

— Max et moi nous y avons passé la nuit. Ce type

442

et son entreprise sont une vraie énigme. Des finances solides, mais des agissements douteux.

— Un contact russe local nous a fait part des mêmes suppositions, dit Giordino. Que penses-tu de ses holdings pétrolières ?

— Il n'y a aucune trace d'exportations hors de Mongolie de la part d'Avarga. Mais il faut dire qu'il n'y a pas grand-chose à exporter. Ils sont censés ne travailler que sur quelques puits actifs.

— Donc ils ne pompent pas un volume suffisant pour intéresser la Chine ni même un autre pays ?

— Nous n'avons pu le prouver. Ce qui est drôle, c'est que nous sommes tombés sur un nombre important de contrats avec deux fournisseurs occidentaux de matériel de champ pétrolier. Avec le baril à plus de cent cinquante dollars, c'est la course folle aux nouvelles explorations et aux nouveaux forages. Les fournisseurs ont une liste d'attente énorme. Pourtant, Avarga était déjà en tête de liste. Apparemment, cela fait trois ans qu'ils achètent des quantités importantes d'équipements spécialisés en forage et en installation d'oléoduc, tous expédiés en Mongolie.

— Nous en avons trouvé une partie à Oulan-Bator.

— Le seul élément mystère, c'est ce tunnelier. Nous n'avons trouvé qu'une seule trace de ce modèle à l'exportation, or, il a été envoyé en Malaisie.

— Peut-être s'agit-il d'une société écran de nos amis d'Avarga ? supposa Pitt.

— Sans doute. Le modèle de tunnelier que vous avez vu est conçu pour creuser un oléoduc à faible profondeur. En d'autres termes, parfait pour enterrer un oléoduc dans les sables du désert de Gobi. Ce que je n'ai pas réussi à résoudre, c'est comment Borjin a pu obtenir tout cet équipement ultrasophistiqué alors qu'il ne dispose d'aucune source de revenus.

— C'est Gengis Khan qui paie l'addition.

— Je ne saisis pas.

— Mais oui ! fit Giordino. N'oublie pas qu'il est enterré dans le jardin de ce Borjin.

Tandis que Giordino dévoilait à Gunn et Yaeger le tombeau découvert dans le sanctuaire chez Borjin ainsi que le journal de Hunt récupéré dans le trimoteur écrasé, Pitt sortit un fax de dix pages envoyé par Perlmutter.

— St Julien nous le confirme, dit Pitt. Sotheby's et les autres grandes maisons de vente aux enchères ont reçu en flux continu nombre d'objets précieux du continent asiatique des douzième et treizième siècles au cours des huit dernières années.

— Le butin enterré avec Gengis Khan ? demanda Gunn.

— Pour une valeur de plus de cent millions de dollars. Perlmutter affirme que les objets viennent tous des régions conquises par Gengis Khan avant sa mort. Tout colle, même la source d'approvisionnement : les objets ont tous été acheminés par une société écran malaisienne, nommée la Buryat Trading Company.

— La même qui a acheté le tunnelier ! s'exclama Yaeger.

— Le monde est petit, hein ! Hiram, lorsque nous aurons terminé, peut-être que Max et toi vous pourrez vous renseigner sur cette société écran.

— Bien sûr. Il faut aussi que nous parlions de ce bout de strudel que tu m'as envoyé.

— Ah oui, les documents rédigés en allemand. Est-ce que vous avez trouvé quelque chose ?

— Pas vraiment. Comme tu l'as remarqué, ce sont les premières pages d'un manuel technique. Tu les as trouvées sur un grand appareil, j'imagine ?

— Une pièce bourrée d'informatique, qui alimente un tripode de trois mètres de haut. Une idée de ce que cela pourrait être ?

— Il n'y a pas assez de données pour déterminer sa fonction précise, mais ce dont je suis sûr, c'est qu'il s'agit d'un appareil sismique acoustique.

— Tu peux répéter en anglais ?

— Principalement un truc expérimental. Von Wachter a manifestement réussi à développer cette technologie.

— Qui est von Wachter ? demanda Pitt.

— Le Dr Friedrich von Wachter, un éminent professeur en ingénierie électrique de l'université de Heidelberg, et bien connu pour ses recherches sur l'imagerie acoustique et sismique. Max a pu faire le lien entre von Wachter et la machine après avoir lu l'un de ses derniers articles concernant une éventuelle application d'un appareil sismique acoustique à l'imagerie souterraine.

Gunn se servit une nouvelle tasse de café tout en continuant à écouter attentivement la voix de Yaeger par le haut-parleur.

— Bien que tout cela soit obscur, il semblerait que le Dr von Wachter ait développé un modèle d'imagerie sismique par ondes acoustiques, dit-il. Comme vous le savez, pour l'exploration pétrolière l'imagerie sismique repose habituellement sur un explosif mécanique, comme de la dynamite ou un camion vibreur, qui permet d'envoyer une onde de choc dans la terre. Les ondes sismiques réfléchies sont ensuite enregistrées et traitées par informatique, donnant une image du sous-sol.

— Bien sûr. Les navires de recherche utilisent d'ailleurs un fusil à air comprimé pour provoquer ces ondes, dit Giordino.

— Von Wachter a apparemment abandonné les explosifs et développé électroniquement un moyen de produire cette onde de choc. Son appareil acoustique, si je comprends bien, déclenche une explosion sonore

445

de haute fréquence qui se transforme en ondes sismiques sous la surface.

— D'après notre expérience des sonars, les ondes à haute fréquence ne pénètrent pas assez loin sous la surface pour en être capables, fit remarquer Giordino.

— Certes. La plupart des ondes se réfléchissent facilement près de la surface. Apparemment, les explosions concentrées de von Wachter permettent un plus grand bombardement d'ondes sonores. D'après les données du manuel et votre description de l'engin, il se pourrait que von Wachter utilise trois dispositifs assez larges pour que les ondes pénètrent la terre en profondeur.

— Je parie que c'est comme ça qu'ils ont trouvé Gengis, fit remarquer Pitt. Sa tombe était censée se trouver dans un lieu inconnu au milieu des montagnes, en compagnie d'autres membres de la famille royale.

— Et à présent ils troquent cette richesse contre du pétrole, ajouta Gunn.

— Une technologie précieuse, pour laquelle les compagnies pétrolières seraient prêtes à payer cher. Le Dr von Wachter doit être un homme riche, dit Giordino.

— C'est surtout un homme mort. Lui et son équipe d'ingénieurs allemands ont été tués dans un glissement de terrain, en Mongolie, voici un peu plus d'un an.

— Pourquoi est-ce que cela me semble louche ? fit Giordino.

— Dois-je ajouter qu'ils travaillaient à l'époque pour la société Avarga ? dit Yaeger.

— Encore du sang sur les mains de Borjin, conclut Pitt, peu surpris.

L'absence totale de scrupules de l'empire d'Avarga et de son chef, Tolgoï Borjin, n'était plus vraiment un scoop.

— Ça ne colle pas, dit Giordino. Une équipe de chercheurs en sismologie tués, une autre enlevée. Un tunnelier, un équipement de forage spécial, l'immense entrepôt de stockage caché au milieu du désert... Un parmi d'autres, si l'on en croit notre ami Tsengel. Tous reliés par un système d'oléoducs souterrains courant sous la surface du désert. Et pourtant, aucun signe de pétrole. Pourquoi ?

Tous restèrent silencieux, essayant de comprendre. Puis le visage de Pitt s'éclaira.

— Parce que, dit-il lentement, ils n'ont pas été en mesure de creuser là où se trouve le pétrole.

— Borjin a probablement graissé assez de pattes pour forer là où il veut en Mongolie.

— Mais si le pétrole ne se trouvait pas en Mongolie ?

— Bien sûr ! fit Gunn pour qui la réponse devenait évidente. Le pétrole est en Chine ou, pour être plus précis, en Mongolie-Intérieure. Comment a-t-il pu convaincre les Chinois de lui céder les territoires, ça c'est ce que j'aimerais savoir.

— Ils sont en mauvaise posture, dit Yaeger. A la suite des tremblements de terre dans le golfe Persique et de l'incendie qui a détruit leur principal terminal pétrolier près de Shanghai, la Chine ne peut plus subvenir à ses besoins en pétrole, ni même compter sur ses importations. Ils sont dans une situation désespérée et pris à la gorge, ce qui pourrait expliquer leur comportement irrationnel.

— Et la présence de réservoirs de stockage près de la frontière. Il doit exister quelques puits secrets en Mongolie-Intérieure, les Chinois vont payer le prix fort pour récolter les fruits de leur propre jardin, supposa Pitt.

— Je n'aimerais pas être de ce côté de la Grande Muraille lorsqu'ils découvriront l'arnaque, fit Gunn.

— Cela pourrait expliquer pourquoi Borjin a enlevé l'équipe de prospecteurs du lac Baïkal, dit Giordino.

Il a sans doute besoin de leur expertise pour localiser les sites de forage afin d'exploiter le pétrole le plus vite possible.

— Et pourquoi ne pas avoir recruté des experts directement sur le marché ? dit Yaeger.

— Peut-être ne voulait-il pas prendre de risques concernant la situation des gisements.

— Bien sûr, mais maintenant qu'il a signé cet accord avec les Chinois, il va probablement les libérer.

— Peu probable, dit Pitt. Ils ont déjà assassiné Roy et essayé de nous tuer. Non, je suis persuadé que, dès que Borjin leur aura soutiré les informations nécessaires, il s'en débarrassera.

— Avez-vous déjà contacté l'ambassade américaine ? Nous avons besoin d'appuis politiques pour les sauver, dit Gunn.

Pitt et Giordino se regardèrent, pensant à la même chose.

— Ça ne sert à rien, Rudi, dit Giordino. Borjin est trop bien protégé. Notre ami russe a déjà essayé, en vain, alors que la Russie a bien plus d'influence que notre pays dans cette partie du monde.

— Il faut bien faire quelque chose, répliqua-t-il.

— C'est ce que nous allons faire, dit Pitt. Nous allons partir à leur recherche.

— Vous ne pouvez pas faire ça. Y aller au nom du gouvernement américain pourrait créer un incident diplomatique.

— Pas si le gouvernement américain n'en sait rien. Et d'ailleurs, nous ne serons pas seuls cette fois, puisque tu viens avec nous.

Gunn, soudain livide, fut pris de nausée.

— Je savais que j'aurais dû rester en Sibérie, murmura-t-il.

42

Le Dr McCammon arrivait au centre informatique de la NUMA au moment même où Yaeger raccrochait avec la Mongolie. Sur le côté opposé de la console, l'image holographique de Max se tourna vers le géologue marin et sourit.

— Bonsoir, Dr McCammon, dit-elle. Alors comme ça, vous travaillez tard ?

— Euh, bonsoir, répondit McCammon, ne sachant comment se comporter face à l'image virtuelle.

Se tournant nerveusement, il salua Yaeger.

— Bonjour Hiram. Longue journée ? demanda-t-il en remarquant que l'informaticien ne s'était pas changé depuis la veille.

— Très, répondit Yaeger en réprimant un bâillement. Une requête de dernière minute du patron qui nous a bien occupés. Nous pensions vous voir plus tôt.

— Des réunions de dernière minute ont réussi à me prendre presque toute la journée. Je comprendrais que vous n'ayez pas eu le temps de vous occuper des données du Centre sismique, déclara McCammon.

— Ne dites pas de bêtises ! fit Yaeger, offensé. Max est capable de mener à bien plusieurs tâches à la fois !

— Oui, répliqua Max. Et au moins certains d'entre nous parviennent même à ne pas se négliger.

— Nous avons rentré les données hier soir, poursuivit Yaeger en ignorant le commentaire, et appliqué votre logiciel de bonne heure ce matin. Max, s'il te plaît, veux-tu imprimer pour le Dr McCammon une copie des résultats du programme ? Et pendant ce temps, si tu nous faisais un résumé de tes découvertes.

— Certainement, répondit Max.

Une grande imprimante laser dans un coin de la pièce se mit immédiatement à bourdonner, imprimant le premier document tandis que Max choisissait ses mots.

— Les données reçues par le Centre national d'informations sur les séismes concernaient l'activité sismique globale des cinq dernières années, y compris les deux gros derniers tremblements de terre qui ont récemment frappé le golfe Persique. Votre logiciel a analysé les deux séismes, puis a filtré leurs caractéristiques communes avec celles de la base de données. Il est intéressant de voir qu'ils présentent de nombreux points communs.

Max s'interrompit pour donner du poids à ses paroles, puis elle se rapprocha de Yaeger et de McCammon avant de poursuivre.

— Les deux événements ont été classés comme tremblements de terre de faible profondeur, car les épicentres se situaient à moins de trois kilomètres sous la surface. Pourtant, la plupart des séismes de cette catégorie ont en général un épicentre situé à une profondeur de cinq à quinze kilomètres.

— La différence est significative, dit McCammon.

— Moins important, les deux séismes étaient d'origine tectonique et non volcanique. Et comme vous le savez, tous deux étaient de gros séismes, mesurant plus de 7.0 sur l'échelle de Richter.

— N'est-il pas assez rare d'avoir deux séismes de cette magnitude ? demanda Yaeger.

— C'est un peu inhabituel mais pas impossible, répondit McCammon. A Los Angeles, un tremblement de terre comme celui-ci ferait l'objet de toutes les attentions, mais en réalité, un séisme d'une telle amplitude a lieu environ une fois par mois quelque part dans le monde. La plupart du temps, ils touchent des zones non peuplées ou se produisent sous la mer, c'est pourquoi nous n'en entendons pas parler.

— C'est exact, dit Max. Toutefois, on relève une anomalie statistique due à la proximité de ces deux séismes.

— D'autres similarités, Max ?

— Oui. Bien que difficiles à quantifier, il semble que les dégâts causés par ces séismes soient sans commune mesure avec leur force. Des dommages structurels significatifs ont été enregistrés sur les deux sites, qui excèdent ceux constatés par des séismes de même ampleur. Les dommages ressemblent plutôt à ce que ferait un séisme de magnitude 8.0.

— L'échelle de Richter n'est pas toujours une mesure fiable pour évaluer la puissance destructrice d'un séisme, fit remarquer McCammon, et particulièrement pour les événements de faible profondeur. Dans ce cas, nous avons deux séismes de ce type qui, effectivement, se sont révélés particulièrement dévastateurs. L'intensité au sol devait certainement être plus importante que ce que suggère la mesure.

Max fronça brièvement les sourcils tout en fouillant sa base de données, puis elle adressa un signe de tête à McCammon.

— Vous avez absolument raison, docteur. Dans les deux cas, les ondes sismiques primaires étaient de bien plus faible amplitude que celles de surface.

— Autre chose, Max ? demanda McCammon qui s'était enfin habitué à l'hologramme.

— Oui, un dernier point. Pour ces deux séismes, on a enregistré des ondes P de faible amplitude juste avant celles réellement induites par le séisme.

— Présecousses, je suppose, dit McCammon. Ce n'est pas inhabituel du tout.

— Quelqu'un aurait-il la gentillesse de m'expliquer cette histoire d'ondes P et d'ondes de surface ? demanda Yaeger d'un air las.

Max secoua la tête.

— Est-ce que je dois vraiment tout t'apprendre ? C'est de la sismologie élémentaire. Le glissement d'un séisme tectonique commun génère trois types de dégagement d'énergie sismique, ou d'ondes de choc, si tu veux. La première vague est appelée onde de type P comme Primaire. Elle a les mêmes propriétés qu'une onde sonore, c'est-à-dire la capacité à passer à travers la roche solide et même le noyau terrestre. Une onde plus lente et donc secondaire est appelée l'onde S. Celle-ci se propage en biais à travers la roche et produit des déplacements horizontaux et verticaux du sol lorsqu'elles atteignent la surface de la terre. Lorsque les deux types d'ondes arrivent à la surface, elle se réfléchissent pour produire des ondes de surface supplémentaires, qui créent le noyau dur du tremblement ressenti au sol.

— Je vois, dit Yaeger. Donc il s'agit en fait de différentes fréquences envoyées par l'épicentre du séisme.

— C'est cela, dit McCammon.

— Y a-t-il une large ligne de faille dans la zone ?

— Le golfe Persique est proche de la frontière entre la plaque arabique et la plaque eurasienne. Presque toute l'activité sismique mondiale se situe dans ces zones étroites qui entourent les plaques. Les grands séismes de l'Histoire qui ont touché l'Iran, l'Afghanistan et le Pakistan laissent penser que les deux tremblements de terre du Golfe n'ont rien d'extraordinaire, si ce n'est leur proximité.

— Je suppose que ton copain de Langley n'aura pas grand-chose à se mettre sous la dent, fit Yaeger.

— Apparemment non, répondit McCammon. Mais grâce à Max, il aura beaucoup de données à avaler.

Tandis que McCammon s'avançait vers l'imprimante pour y prendre le document, Yaeger lança une dernière question à l'ordinateur.

— Max, lorsque tu t'es servie du logiciel de Phil, as-tu trouvé d'autres séismes présentant les mêmes caractéristiques ?

— Eh bien, oui. Ce sera plus simple de vous le montrer en images, donc regardez l'écran.

Derrière Max, un grand écran afficha soudain une carte du monde en couleur. Deux points rouges clignotants apparurent sur le golfe Persique, signalant les séismes récents. Quelques secondes plus tard, une flopée de points rouges apparaissaient en plusieurs grappes, concentrés dans une même zone d'Asie du Nord-Est. Ils furent suivis d'un unique point, un peu plus au nord. McCammon posa son rapport et s'approcha de la carte avec curiosité.

— Au total, trente-quatre événements sismiques ont été identifiés par les données du Centre national d'informations sur les séismes comme possédant les mêmes caractéristiques que ceux qui nous préoccupent. Le plus récent s'est produit il y a tout juste une semaine en Sibérie, fit Max en montrant le point isolé.

Les yeux cernés de Yaeger s'agrandirent sous le choc.

— Et les autres ? demanda-t-il.

— Principalement en Mongolie. Quinze événements dans les montagnes à l'est de la capitale Oulan-Bator, dix dans la province méridionale de Dornogov et neuf autres dans une zone juste au-dessus de la frontière chinoise. Et celui en Sibérie, au lac Baïkal.

— La Mongolie, marmonna Yaeger en secouant la tête, incrédule.

Il se leva lentement et se frotta les yeux avant de se tourner vers McCammon.

— Phil, dit-il, je crois que vous, moi et Max, nous allons avoir besoin de café.

43

Tout en écoutant le dernier album de Nils Lofgren sur son baladeur MP3, Summer surveillait la tension des conduites d'air qui passaient en serpentant par-dessus le bord de la barge, tout en chantonnant gaiement. L'ennui commençait tout juste à la gagner et elle était impatiente de plonger à son tour pour travailler sur l'autre extrémité de la ligne. Tandis qu'elle se relevait tout en s'étirant, elle remarqua une nouvelle fois le navire noir, qui contournait à présent la pointe de Kahakahakea. Le bateau semblait pointer sa proue sur la barge de la NUMA, ce qui la chiffonnait.

— Par pitié, plus de journalistes ! prononça-t-elle à haute voix.

Mais en observant le navire, ses soupçons se confirmèrent : il s'agissait d'un navire de forage, dont la taille n'excédait pas quatre-vingts mètres. Indépendamment de son aspect plutôt misérable, la rouille maculant les dalots, le pont et le château avant couverts de terre et de graisse, sa fonction troublait Summer : que faisait un navire de forage dans les eaux hawaïennes, là où il n'y avait aucun gisement pétrolier à proprement parler et où la profondeur de l'océan tombait rapidement à plus de trois mille mètres, rendant tout forage sous-marin trop coûteux ?

Summer ne quittait pas des yeux le vieux navire qui fonçait droit sur eux, soulevant des gerbes d'écume blanche de part et d'autre de sa proue usée. Même s'il ne se trouvait plus qu'à un bon kilomètre de distance, il ne faisait pas mine de réduire sa vitesse. A quatre cents mètres, Summer lança un coup d'œil vers le pavillon accroché au toit de l'abri sur la barge. Un grand drapeau rouge de plongée avec sa diagonale blanche flottait dans la brise matinale.

— J'ai des plongeurs dans l'eau, abrutis ! maugréa-t-elle à l'intention du navire imperturbable.

Maintenant assez proche, Summer put distinguer deux silhouettes sur le pont. Elle se dirigea alors vivement vers le parapet et gesticula en montrant le drapeau de plongée. Le navire avait fini par ralentir, mais approchait de la barge avec obstination. Il était à présent clair qu'il comptait s'ancrer juste à côté.

Summer se précipita vers l'abri pour utiliser la radio marine. Après avoir mis la VHF sur le canal 16, elle cria dans le microphone :

— Navire de forage à l'approche, ceci est une barge de recherche de la NUMA. Nous avons des plongeurs dans l'eau. Je répète, nous avons des plongeurs dans l'eau. Veuillez vous écarter, terminé.

Impatiente, elle attendait une réponse qui ne venait pas. D'une voix où perçait l'urgence, elle répéta son appel. De nouveau, rien.

Le navire ne se trouvait plus qu'à quelques mètres. Summer revint au parapet et se mit à crier en pointant le drapeau de plongée. Le navire amorça un virage, mais sa position indiquait qu'il se préparait simplement à s'amarrer le long de la barge. S'attendant à moitié à voir débarquer une bande de journalistes et de cadreurs victimes du mal de mer, elle fut surprise de ne voir personne sur les ponts tribord et bâbord ; les hommes du château avant étaient invisibles. Un léger frisson parcourut sa colonne vertébrale.

Avec un doigté de barreur expérimenté, le navire vint se ranger contre la barge en douceur jusqu'à ce que son parapet de tribord se trouve juste au-dessus de la rambarde inférieure de la barge. Les multiples hélices du navire furent activées, lui permettant de se maintenir précisément en place comme s'il était physiquement ancré à la barge.

Le navire fantôme resta parfaitement immobile pendant un moment, tandis que Summer le regardait avec une curiosité mêlée d'inquiétude. Puis, un cri étouffé se fit entendre, alors qu'une demi-douzaine d'hommes sortaient en trombe sur le pont. En voyant ces Asiatiques tout en muscles, Summer trembla de peur. Tandis qu'ils passaient par-dessus le parapet du navire et sautaient sur la barge, elle s'élança vers l'abri. Elle sentait quelqu'un la talonner, mais elle ne prit pas le temps de se retourner et saisit la radio.

— Mayday, Mayday, ici...

Mais elle ne put poursuivre, car la radio fut soudain arrachée du mur. Avec un sourire pervers, qui révélait deux rangées de dents jaunes et sales, l'homme aux mains calleuses fit un petit pas pour balancer la radio par-dessus bord, la regardant disparaître dans une gerbe d'éclaboussures. Lorsqu'il se retourna vers Summer, elle lui décocha un puissant coup de pied à l'entrejambe.

— Sale taré ! s'exclama-t-elle tandis qu'il tombait sur un genou sous le coup de la douleur.

En voyant ses yeux exorbités, Summer comprit qu'il était pris de vertiges. Elle recula vivement afin de le frapper d'un deuxième coup de pied circulaire qui l'atteignit à la tempe. Il s'effondra sur le pont et se mit en position fœtale, ivre de douleur.

Deux autres hommes, qui avaient assisté à la scène humiliante, s'emparèrent rapidement de Summer en lui maintenant les mains derrière le dos. Comme elle se débattait pour se libérer, l'un d'eux posa un couteau sur sa gorge et grogna dans son oreille, soufflant une haleine fétide. Le second homme, ayant trouvé une corde, lui attacha fermement les mains et les coudes devant elle.

Prise de panique mais incapable d'agir, Summer scruta ses assaillants. Bien que petits, ils étaient trapus et leur visage, avec les pommettes hautes et les yeux plus ronds, différait du profil chinois classique. Chacun était vêtu d'un tee-shirt noir et d'un pantalon de travail. En raison de leur dureté, Summer supposa qu'il s'agissait de pirates indonésiens, mais elle ne comprenait pas ce qu'ils pouvaient bien vouloir à une pauvre barge comme la leur.

En se tournant, Summer sentit soudain son estomac se nouer. Deux des intrus, armés de haches, avaient tranché les amarres de la poupe, puis de la proue. Un troisième homme, dont Summer ne voyait que le dos, supervisait l'opération. Son allure lui semblait familière, mais c'est seulement lorsqu'il se mit de profil qu'elle reconnut le Dr Tong, la joue gauche marquée par une longue cicatrice. Il marcha lentement vers Summer, en observant l'équipement sur le pont tandis que les deux hommes munis de haches s'attaquaient aux amarres avant. Lorsqu'il s'approcha, elle lui cria :

— Il n'y a rien de valeur ici, Dr Tong ! cria-t-elle comprenant leurs intentions.

Tong ignora la remarque, occupé à observer les câbles d'un air contrarié. Il se retourna pour aboyer un ordre à l'homme que Summer avait frappé, et qui marchait à présent sur le pont en claudiquant. L'homme blessé se rendit jusqu'à la cabane, où bourdonnait le petit générateur portable. Comme il l'avait fait avec la radio, il le balança par-dessus bord. La machine s'enfonça en gargouillant dans l'eau, réduisant au silence le petit moteur au gaz. L'homme jeta ensuite son dévolu sur les deux compresseurs à air. Il s'approcha du premier et chercha l'interrupteur.

— Non ! protesta Summer.

L'homme appuya sur le bouton STOP tout en regardant Summer avec un rictus mauvais. Le compresseur s'arrêta immédiatement dans un éternuement.

— Il y a des hommes sous l'eau ! implora Summer.

Tong, dédaigneux, adressa un signe de tête à son acolyte. Celui-ci s'approcha du second compresseur et, cynique, l'éteignit sans quitter Summer du regard. Tandis que le moteur s'arrêtait, Tong s'approcha et colla son visage à celui de Summer.

— J'espère que votre frère est bon nageur, persifla-t-il.

Soudain, la peur de Summer se mua en fureur, mais la jeune femme se tut. L'homme qui tenait le couteau contre sa gorge appuya plus fort, puis parla à Tong dans une langue étrangère.

— Dois-je la tuer ?

Tong lança un regard lubrique sur le corps sculptural et bronzé de Summer.

— Non, répondit-il. Amenez-la à l'intérieur.

Les deux autres, qui avaient fini de couper les câbles d'ancre, revenaient vers Tong la hache sur l'épaule. La barge dérivait à présent librement, poussée vers le large par le courant. A bord du navire de forage, le barreur avait manuellement enclenché les hélices de façon à demeurer à côté de la barge. En l'absence d'ancrage, le navire devait être très réactif pour éviter d'entrer en collision avec la barge. A plusieurs reprises d'ailleurs ils se heurtèrent avec un bruit métallique.

— Toi, neutralise l'annexe ! aboya Tong à l'un de ses hommes. Les autres, tous sur le navire.

L'homme armé d'une hache s'avança alors vers le petit Zodiac attaché à la proue de la barge au cas il aurait fallu revenir à terre, et trancha les amarres. A

459

l'aide d'un canif, il perça en plusieurs endroits le boudin gonflable, qui se ratatina en sifflant bruyamment. Après l'avoir retourné, il le balança par-dessus le parapet. Le bateau dégonflé flotta quelques instants avant d'être submergé par une vague qui l'envoya par le fond.

Summer n'avait pu se rendre compte du sabotage parce que la brute à côté d'elle la poussait rudement de l'autre côté. Un millier de pensées l'assaillaient. Devait-elle essayer de se débattre malgré le couteau sous sa gorge ? Comment aider Dirk et Jack ? Aurait-elle la moindre chance de survie si elle montait à bord du navire de forage ? Toutes ces tentatives semblaient mener au désastre. Plonger était son seul espoir de s'en sortir, se dit-elle. Même les mains liées, battre ces butors à la nage ne devrait pas être un problème. Si elle pouvait sauter à l'eau, elle passerait facilement sous la barge jusqu'à l'autre côté, ce qui les pousserait peut-être à abandonner. Ainsi elle aiderait Dirk et Jack à monter à bord afin d'organiser une meilleure défense. Enfin, s'ils étaient toujours en vie.

Summer, sans plus résister, suivit les autres hommes qui montaient sur le parapet pour grimper à bord du navire. Le porteur de couteau la poussa tout en la maintenant par les coudes. L'un des hommes à bord du navire s'accroupit et lui tendit la main pour la hisser à bord. Summer approcha sa main, mais feignit de glisser avant d'avoir pu attraper celle de l'homme. Elle lança alors sa jambe droite en arrière, frappant de son talon l'homme au couteau en plein sur le nez. En entendant le bruit sec du cartilage, elle sut qu'elle lui avait cassé le nez mais ne prit pas le temps de regarder le sang gicler par ses narines : la tête en avant, elle plongea dans la bande étroite qui séparait les deux navires.

Elle flotta une fraction de seconde, attendant de percuter l'eau froide. Pourtant, il n'y eut pas d'éclaboussures.

Comme sorties de nulle part, une paire de mains avaient brusquement jailli pour s'agripper à l'arrière de son tee-shirt et à la bordure de son short. Au lieu de plonger verticalement, elle fut jetée sur le côté et percuta fortement le parapet avant de retomber lourdement sur le pont de la barge. A peine à terre, les mêmes mains l'empoignèrent. Il s'agissait de Tong, qui faisait preuve d'une force remarquable pour un homme de vingt centimètres de moins que Summer.

— Vous allez monter à bord ! cracha-t-il.

Summer ne put esquiver le poing de Tong qui la frappa à la mâchoire. La jeune femme s'effondra à genoux, un tourbillon d'étoiles dansant devant ses yeux, mais ne perdit pas connaissance. Dans une sorte de stupeur, elle fut hissée à bord du navire et amenée sur la passerelle, avant d'être enfermée dans un petit local de stockage derrière la timonerie.

Assise sur un gros rouleau de corde, Summer avait l'impression que le monde entier tanguait. Elle fut prise de telles nausées qu'elle vomit dans un seau rouillé qui se trouvait dans un coin. Se sentant immédiatement mieux, elle put regarder par le petit hublot. Tout en inspirant de grandes goulées d'air frais qui lui permirent de clarifier sa vision, elle vit que le navire de forage s'était ancré exactement à l'endroit où la barge avait été amarrée.

La barge. Elle tendit le cou et finit par repérer la carcasse sombre qui dérivait vers le large, à déjà plus d'un kilomètre et demi. Plissant les yeux, elle essaya désespérément d'apercevoir Dirk et Jack à bord. Mais ils ne s'y trouvaient pas.

La barge vide dérivait vers la pleine mer sans se soucier des deux plongeurs.

44

Les bras de Dirk commençaient à se ramollir dangereusement, à la façon de spaghettis trop cuits. Il fallait sans cesse remettre en place la suceuse à air qui était emmenée par le courant. Bien que Dahlgren l'ait relayé à plusieurs reprises, il manœuvrait seul le tube pressurisé depuis plus d'une heure, travail rendu plus difficile encore par les forts courants qu'amenait la marée basse. Garder la suceuse au-dessus du site de dragage était tout bonnement impossible.

Dirk jeta un coup d'œil à sa montre de plongée tout en poussant la suceuse de quelques dizaines de centimètres. Plus que quinze minutes avant la fin de son quart et la pause tant espérée. Il progressait plus lentement que prévu mais avait tout de même découvert un carré de bois d'environ deux mètres de diagonale, incrusté de végétation, épais et plat dont la forme rappelait celle d'un gouvernail de navire. Seule la taille ne collait pas car l'objet, de près de six mètres de long, avait une dimension bien supérieure à celle d'un gouvernail.

Suivant la progression des bulles d'air qui remontaient à la surface, il leva de nouveau les yeux vers le gros navire noir ancré à côté de la barge. Dahlgren et lui-même, en entendant le grondement des hélices sous l'eau, avaient été rassurés de constater qu'on n'allait pas jeter l'ancre sur eux. Encore un groupe réalisant un documentaire à gros budget, supposa Dirk. Bientôt une flopée de photographes sous-marins plongeraient jusqu'à eux. Hourra, songea-t-il, sarcastique.

Essaya de ne plus y penser, il se concentra sur la suceuse. Poussant la machine en direction d'un petit monticule, il remarqua que le sable n'était plus aspiré et se rendit bientôt compte que la vibration ainsi que le bruit produit par l'air comprimé avaient cessé. Summer avait probablement dû éteindre la suceuse à air, ou pour les faire remonter ou parce que le compresseur était à court de gaz. Il décida de patienter une minute ou deux afin de voir si sa sœur allait redémarrer le moteur.

A quelques mètres de lui, Dahlgren enfonçait sa sonde dans le sable. Du coin de l'œil, Dirk vit qu'il se décollait soudain du fond. Quelque chose clochait. Dahlgren avait lâché sa sonde et ses mains étaient agrippées sur son masque et sa conduite d'air. Les jambes pendantes, il ressemblait à une marionnette que l'on tirerait vers le haut.

Dirk n'eut pas le temps de réagir car, une seconde plus tard, la suceuse lui fut arrachée des mains. Dirk, les yeux rivés à la surface, avisa sa propre conduite d'air qui se tendait et se soulevait du plancher marin.

— Mais qu'est-ce que… ? commença-t-il à articuler, sans pouvoir poursuivre.

Il essaya de repirer, en vain. Le compresseur alimentant les conduites avait été coupé lui aussi et comme Dahlgren, il était obligé de s'agripper au câble afin de contrôler ses mouvements et ne pas risquer d'arracher la connexion à son casque de plongée. A côté de lui, la suceuse se balançait follement dans l'eau comme un pendule déchaîné. Le gros tube de plastique, ballotté en tous sens, le cogna à la jambe avant de repartir dans une direction opposée. Privé d'air, transformé en poupée de chiffon et attaqué par la suceuse, il y avait pour Dirk de quoi perdre son sang-froid et, de là à se noyer, il n'y avait qu'un pas.

Mais Dirk ne paniqua pas. Ayant passé la plus grande partie de sa vie à plonger avec un masque et un tuba, ce genre de problèmes techniques ne l'impressionnaient pas. Il lui était arrivé bien des fois de se retrouver dans la même situation, qui demandait calme et réflexion.

Première condition : l'air. Le réflexe naturel était de remonter à la surface, mais ce n'était pas nécessaire, car les plongeurs professionnels portent toujours une petite bouteille en cas d'urgence. A peine plus grosse qu'un thermos, et contenant trois cents litres d'air, elle offre environ dix minutes de répit. Dirk lâcha le câble, et passant la main sous son aisselle, il se saisit de la bouteille attachée à son compensateur de flottabilité. Dévissant la valve, il prit immédiatement une goulée d'air par le régulateur. Après deux inspirations, il sentit son cœur ralentir enfin.

Il pensa à Dahlgren qui, à une dizaine de mètres, l'avait imité, comme en témoignaient les bulles qui remontaient à la surface. La suceuse s'était rapprochée de Dahlgren et tournoyait dans l'eau juste à côté de lui. Le tuyau, entraîné par son boyau flexible attaché à la barge, était tendu comme un élastique, s'étirait sous la pression du tube rempli d'eau puis claquait, cinglant l'eau avec violence. Dirk, en voyant le tube tendu dangereusement derrière Dahlgren, essaya de faire un signe à son ami. Mais le Texan était occupé à se hisser sur le câble et ne vit ni la suceuse ni l'avertissement de Dirk. Une seconde plus tard, le tube tendu fusa vers l'avant, lancé droit sur Dahlgren. A la grande horreur de Dirk, il percuta la nuque de son ami juste au-dessous de son casque de plongée. Puis la suceuse s'éloigna tandis que le corps de Dahlgren s'affaissait.

Dirk jura dans sa barbe et sentit son rythme cardiaque s'accélérer. Ils étaient en train de décoller du plancher marin et étaient tirés avec force vers la surface où une brise de terre, jointe aux courants marins, poussait la robuste barge de la NUMA à plus de quatre nœuds. Sous les vagues, Dirk se demandait pourquoi diable la barge dérivait et où pouvait bien être Summer. Puis il se tourna vers Dahlgren, conscient qu'il ne pouvait refaire surface dès maintenant. Il fallait qu'il le rejoigne et s'assure qu'il respirait toujours.

Avec une détermination farouche, Dirk se mit à tirer sur le câble pour se rapprocher de Dahlgren. Ses bras meurtris le faisaient souffrir à chaque mouvement, et la ceinture de plomb de dix-huit kilos, dont il n'osait pas se débarrasser pour rester à la même profondeur que son ami, le handicapait fortement.

Se hissant comme un grimpeur sous-marin, il ne se trouvait plus qu'à trois mètres de Dahlgren lorsque sa vieille ennemie réapparut. La suceuse-autotamponneuse arrivait droit sur lui et frôla son bras. Le gros tube s'élança alors vers Dahlgren, puis s'immobilisa avant de changer de direction et de rebondir plus loin. Cette fois, Dirk réussit à l'attraper au passage et grimpa sur le lourd tube rempli d'eau, manquant perdre ses palmes. Comme s'il chevauchait un cheval de rodéo mécanique, il avança prudemment par à-coups vers l'avant du tube, afin de se rapprocher du gros boyau en caoutchouc. Saisissant le petit canif de plongée attaché à sa jambe, Dirk plongea vers le boyau dans l'intention de le sectionner. Le tube fouettait violemment l'eau tandis qu'il appuyait le couteau sur le boyau. Le gros tube en plastique céda à la dernière entaille et s'enfonça vers le fond tandis que Dirk lui disait adieu en battant rapidement des palmes.

Libéré de ce bélier déchaîné, Dirk ramena son attention sur Dahlgren. Son combat contre la suceuse lui avait fait perdre du terrain et son compagnon se trouvait de nouveau à dix mètres derrière. Le câble autour du cou, il avait l'air d'une serpillière trempée. Dirk s'accrocha une nouvelle fois au câble et, main après main, pied après pied, il put se rapprocher du Texan. Attachant sa propre conduite d'air autour de sa taille par un nœud de chaise, il nagea vers son ami. Ayant attrapé le gilet stabilisateur de Dahlgren, Dirk se souleva afin de l'observer à travers son masque.

Dahlgren était inconscient, les yeux fermés. Il respirait toutefois doucement, comme en témoignait un petit flot de bulles qui sortaient de son régulateur à intervalles réguliers. Tout en tenant Dahlgren d'une main, Dirk détacha sa propre ceinture de plomb, puis appuya sur l'inflation de son gilet stabilisateur. Le peu d'air qui restait dans sa bouteille de secours fut envoyé dans ce dernier, qui se gonfla à moitié. C'était plus que suffisant pour les propulser vers la surface, d'autant que Dirk battait des palmes vigoureusement.

A peine eurent-ils rejoint la surface qu'ils furent tirés vers le bas, comme un skieur nautique qui oublie de lâcher la corde. Un instant plus tard, ils refaisaient surface, avant de sombrer de nouveau. En dépit des pressions ascendantes et descendantes, Dirk réussit à détacher la ceinture de plomb de Dahlgren puis à enlever son propre casque de plongée. Profitant des quelques secondes à l'air libre pour remplir leurs poumons d'oxygène, Dirk attrapa le gilet de Dahlgren et ouvrit la valve dès qu'ils furent sous l'eau. Il souffla dedans afin de le gonfler entièrement, ce qui eut pour effet de réduire la durée de leur immersion.

Craignant que son ami n'ait été blessé à la tête ou au cou, Dirk tira sur le câble et en fit un crochet qu'il attacha au gilet de Dahlgren. Tant que celui-ci tiendrait, il serait tracté sans danger.

Dès que Dahlgren fut à flot, Dirk le laissa pour attraper sa propre conduite d'air. Désireux de remonter sur la barge, il avançait centimètre par centimètre en direction de la plate-forme en mouvement. Il restait encore dix mètres de câble avant d'atteindre son but, mais Dirk était déjà épuisé. Amoindri par l'effort qu'il devait fournir, sa progression devint laborieuse, même s'il répétait sans relâche les mêmes mouvements. Il devait faire un effort surhumain pour ignorer la douleur et fuir la tentation de tout lâcher.

A présent proche de la barge, il chercha Summer des yeux. Mais il n'y avait aucun signe d'elle ni de quiconque sur le pont. Dirk savait que sa sœur ne l'aurait jamais abandonné volontairement. Quelque chose s'était produit avec l'arrivée du navire noir, qu'il avait peur de deviner. L'urgence de la situation, ajoutée à la colère, lui rendit quelques forces, et c'est avec une fureur de possédé qu'il parcourut les derniers mètres.

Ayant enfin atteint le bord de la barge, il se glissa entre les barreaux et s'effondra sur le pont. Il s'accorda quelques secondes de répit avant d'ôter son équipement de plongée et d'appeler sa sœur en criant. Sans réponse de sa part, il se releva et attrapa le câble accroché au gilet de Dahlgren pour le tirer vers la barge. Le Texan disparut quelques secondes sous l'eau avant de réapparaître, ballotté par de grosses vagues. Il avait repris conscience et battait lentement des bras et des jambes, essayant vainement de se propulser. Dirk, ses bras douloureux menaçant de le lâcher, réussit à le tirer jusqu'au bord de la barge, puis attacha la conduite d'air au bastingage. Tendant la main, il saisit Dahlgren par le collet et le hissa à bord.

Son ami roula sur le pont, puis s'assit en chancelant. Otant maladroitement son casque, il regarda Dirk de ses yeux vitreux.

— Mais qu'est-ce qui s'est passé ? demanda-t-il d'une voix pâteuse.

— Avant ou après que la suceuse ait utilisé ton crâne comme punching-ball ?

— Ah, c'est ça qui m'a frappé ! Je me rappelle avoir été tiré vers le haut sans pouvoir respirer. J'ai alors pris ma bouteille de secours et, comme je me préparais à remonter, je me suis retrouvé dans le noir.

— Heureusement que tu as eu le temps de brancher la bouteille, car il m'a fallu quelques minutes pour me débarrasser de la suceuse et te remonter à la surface.

— Merci de ne pas m'avoir laissé en plan, dit Dahlgren en souriant, revenant peu à peu à lui. Alors, où est Summer ? Et pourquoi sommes-nous à trente kilomètres du rivage ? demanda-t-il en voyant le côté découpée d'Hawaï s'éloigner.

— Je ne sais pas, répondit sombrement Dirk.

Tandis que Dahlgren se reposait, Dirk fouilla l'abri et le reste de la barge à la recherche d'indices expliquant la disparition de Summer. Lorsqu'il se retourna Dahlgren, en voyant le visage de son ami, sut que les nouvelles n'étaient pas bonnes.

— La radio a disparu. Le Zodiac aussi, ainsi que le générateur. Et toutes les amarres ont été coupées.

— Et nous dérivons vers la Chine. Des pirates d'Hawaï ?

— Ou des chasseurs de trésor qui pensaient que nous avions trouvé une épave en or massif.

Dirk regarda l'île. Il ne distinguait plus l'anse, mais le navire noir était toujours là.

— Ce bateau que nous avons entendu arriver ? demanda Dahlgren, dont la vue était encore brouillée.

— Oui ?

— Summer doit se trouver à bord.

Dirk hocha la tête sans mot dire. Si elle y était bien, elle était peut-être indemne et cela lui redonnait espoir. Mais son optimisme faiblissait à mesure qu'ils s'éloignaient de la terre. Il fallait qu'ils se sauvent eux-mêmes avant de pouvoir venir en aide à Summer. Dérivant au milieu de l'océan Pacifique sur une barge sans moteur, ils risquaient de passer plusieurs semaines avant de croiser un navire. Leur seule chance, songea Dirk avec détermination en observant l'île disparaître dans le lointain, était de trouver un moyen de revenir rapidement à terre.

45

Le dernier endroit au monde où Rudi Gunn aurait voulu se trouver, c'était là, dans ce camion russe, à subir les cahots de la piste de terre. Et c'était exactement ce qu'il vivait. Son dos, ses fesses et ses jambes étaient meurtris, et à chaque ornière ou nid-de-poule qui faisait s'entrechoquer ses dents, il était de plus en plus convaincu que le fabricant avait négligé les amortisseurs.

— La suspension de ce truc a dû être conçue par le marquis de Sade, lança-t-il en grimaçant après une violente secousse.

— Détends-toi, dit Giordino en riant au volant. Là on est sur la partie la plus lisse de l'autoroute.

Gunn devint encore plus pâle en observant le semblant d'autoroute, c'est-à-dire deux malheureuses bandes de terre qui traversaient les hautes herbes de la steppe. En route pour la propriété de Xanadu, ce traitement durait depuis l'heure du déjeuner. Ne pouvant se fier qu'à la mémoire de Pitt et de Giordino pour retrouver leur chemin, ils furent obligés à plusieurs reprises de s'arrêter, afin de deviner quelle piste suivre dans les collines. Lorsqu'ils aperçurent au sud-est la petite chaîne de montagne qui abritait la propriété, ils surent qu'ils avaient suivi la bonne route.

— Plus que deux heures, Rudi, dit Pitt en évaluant la distance, et ton cauchemar sera terminé.

Gunn secoua silencieusement la tête, pressentant intuitivement que les problèmes ne faisaient que commencer. Un coup de téléphone de Hiram Yaeger avant leur départ d'Oulan-Bator avait confirmé l'urgence et la gravité de la situation. Il était impossible d'ignorer la série de séismes qui s'étaient produits en Mongolie et de les apparenter à une coïncidence.

— Il nous manque des éléments pour établir une corrélation entre les différents événements, mais nous savons au moins ceci, dit Yaeger d'une voix lasse. Plusieurs séismes ont secoué une partie de la Mongolie centrale du Nord, tout comme différentes régions autour de la frontière sud avec la Chine. Ce qui est exceptionnel, c'est que leurs épicentres se trouvent relativement proches de la surface. Classés d'amplitude modérée sur l'échelle de Richter, ils ont pourtant produit des ondes de surface de grande intensité qui se sont révélées particulièrement destructrices. Le Dr McCammon a remarqué que les présecousses précédant chaque séisme étaient presque d'intensité égale. Ce qui nous laisse penser qu'il ne peut être question d'un séisme naturel.

— Donc vous croyez que ces séismes ont été provoqués par l'homme ? demanda Pitt.

— Si improbable que cela puisse paraître, c'est ce que semblent indiquer les rapports sismiques.

— Je sais que les forages pétroliers, tout comme les essais nucléaires, entraînent parfois des tremblements de terre. Je me rappelle l'ancien arsenal de Rocky Flats près de Denver qui, en injectant de l'eau contaminée en profondeur dans le sol, a provoqué des séismes qui ont secoué la région. Avez-vous réussi à déterminer s'il y a quelque grosse opération de forage en ce moment ? Ou peut-être même un test nucléaire d'un Etat voisin au sud de la Mongolie ?

— Les épicentres, dans la partie nord du pays, sont situés dans une région montagneuse à l'est d'Oulan-

Bator, isolée et rude. Un séisme déclenché par un forage n'aurait pas produit de présecousses uniformes, d'après Max. Quant à celles du Sud, les profils sismiques auraient révélé s'il s'agissait d'une explosion nucléaire.

— Alors laisse-moi deviner : ceci nous ramène au défunt Dr von Wachter.

— Un bon point pour toi, dit Yaeger. Lorsque Max nous a dit que von Wachter avait été tué dans un glissement de terrain dans les monts Khentii à l'est d'Oulan-Bator, la lumière s'est faite. La coïncidence était trop grande. Nous supposons que son équipement sismique acoustique, ou un autre issu de cette technologie, devait avoir quelque chose à voir avec ces séismes.

— Cela ne paraît pas possible, dit Gunn. Il faudrait une onde de choc énorme pour déclencher cela.

— C'est ce que l'on pense généralement, répondit Yaeger. Mais le Dr McCammon, après avoir consulté Max et d'autres sismologues, a élaboré une théorie appuyée par un collègue de von Wachter, à qui il avait parlé du succès de son appareil. Le secret de son imagerie détaillée, si vous voulez, réside dans sa capacité à condenser les ondes acoustiques émises dans le sol. Normalement, les ondes sonores se comportent comme un caillou que l'on jetterait dans une mare, formant des cercles concentriques. Von Wachter a trouvé le moyen de compacter les ondes de manière qu'elles restent concentrées dans une bande étroite lorsqu'elles pénètrent le sol. Ainsi en remontant à la surface, ces ondes produisent, d'après son collègue, une image précise bien supérieure à la technologie existante.

— Et quel est le lien entre l'imagerie sismique et le tremblement de terre ? insista Gunn.

— Selon toute logique, il faut croire que le système de von Wachter permet l'émission d'une image détaillée capable d'identifier clairement les failles et les lignes de faille souterraines actives. Pour les failles de faible profondeur rien de nouveau, les technologies actuelles sont à même de les détecter.

— Très bien, donc l'équipement de von Wachter peut localiser exactement les failles actives sous la surface, répéta Gunn. Mais cela ne suffit pas, car pour créer une rupture et un tremblement de terre, il faut forer ou avoir recours aux explosifs…

— Tu as raison, la faille doit être touchée afin de déclencher le séisme. Mais une onde sismique reste une onde sismique. La faille se moque qu'il s'agisse d'une explosion…

— Ou d'une détonation acoustique, déclara Pitt en finissant la phrase de Yaeger. C'est cohérent. Le tripode suspendu de trois mètres est un émetteur radio qui génère une détonation acoustique. D'après la taille de l'émetteur et la puissance de son alimentation, il me semble qu'il a le pouvoir de déclencher une explosion sonore.

— Si la détonation est envoyée exactement sur une ligne de faille, les vibrations produites par les ondes sismiques pourraient créer une fracture, puis, bam !, un séisme immédiat. C'est seulement une théorie, mais McCammon et Max sont tous les deux d'accord sur le fait que c'est envisageable. Peut-être que la technologie de von Wachter n'a pas été conçue dans ce but-là, et que l'on a découvert qu'elle le permettait après coup.

— Dans tous les cas, elle se trouve maintenant en la possession de Borjin, qui a sûrement trouvé le moyen de s'en servir, dit Pitt.

— Vous avez déjà vu eu l'occasion de vous en rendre compte, dit Yaeger. Le séisme du lac Baïkal par exemple illustre cette théorie. Nous soupçonnons fortement que leur véritable cible était l'oléoduc situé au nord du lac, qu'ils ont effectivement réussi à détruire.

— Ce qui explique pourquoi ils ont essayé de couler le *Vereshchagin* et de détruire nos ordinateurs. Nous avions dit à Tatiana, la sœur de Borjin, que nous faisions des études sismiques sur le lac. Elle a dû craindre que notre matériel ne détecte les signaux artificiels qui ont précédé le séisme, dit Giordino.

— Des signaux qui nous auraient permis de remonter jusqu'à un navire du lac… le *Primorski*, ajouta Pitt.

— Donc ils ont déjà utilisé cette technologie à des fins destructrices, fit Gunn.

— C'est pire que tu ne le penses. Nous ne connaissons ni le but ni les motivations qui se cachent derrière ces tremblements de terre mais ce que nous savons, c'est que leurs caractéristiques correspondent bien aux deux séismes du golfe Persique.

En écoutant Yaeger, les hommes eurent un choc. Qu'il existe une technologie capable de produire un tremblement de terre était déjà déstabilisant, mais qu'elle ait pu être utilisée pour provoquer une crise économique mondiale et que la piste les mène à l'énigmatique magnat aux confins de la Mongolie, était encore plus incroyable. Le petit jeu de Borjin devenait pour Pitt de plus en plus clair. En raison de ses récentes découvertes de réserves de pétrole en Mongolie-Intérieure, il nourrissait l'espoir de devenir de facto le roi du pétrole de l'Est asiatique. Pitt doutait que ses ambitions s'arrêtent là.

— Est-ce que ceci a été communiqué en haut lieu ?

— J'ai contacté le vice-président Sandecker et réussi à obtenir un rendez-vous avec lui. Le vieux taureau veut du concret, mais il m'a promis qu'il demanderait au président une réunion spéciale du Conseil national de sécurité si les faits exigeaient une attention immédiate. Je lui ai parlé de ton implication dans cette affaire, et Sandecker exige la preuve que les séismes ont été déclenchés par Borjin.

L'amiral James Sandecker, aujourd'hui vice-président des Etats-Unis, était l'ancien supérieur de Pitt à la NUMA avec qui il avait gardé des liens intimes, tout comme avec le reste du personnel de l'agence.

— La preuve, dit Pitt, on la trouvera dans le laboratoire de la propriété de Borjin. On y a découvert tout un équipement sismique, même si je pense que ce n'est pas celui qu'il a utilisé au lac Baïkal.

— Peut-être que cet équipement-là a été envoyé dans le golfe Persique ? Nous supposons qu'il existe au moins deux machines de cette nature, dit Yaeger.

— Trois serait plus probable. De même, avez-vous pu prouver qu'ils peuvent utiliser la machine à bord d'un navire ?

— Oui, de ça nous sommes sûrs, car les épicentres se trouvaient en mer.

— Les navires pourraient être le chaînon manquant, fit remarquer Pitt. Celui que nous avons vu sur le Baïkal avait un puits central et un mât de charge sur le pont arrière. Vous pourriez rechercher un navire semblable dans le golfe Persique…

— On va essayer, c'est assez effrayant de penser qu'ils ont la possibilité de frapper n'importe où sur le globe, fit Yaeger. Soyez prudents, les gars. Je ne suis pas sûr que même le vice-président puisse vous venir en aide en Mongolie.

— Merci, Hiram. Toi, tu retrouves ces bateaux et nous on s'occupe de mettre la main sur Borjin.

*
* *

Pitt n'attendit pas de savoir comment s'était passé le rendez-vous de Yaeger avec Sandecker. Il savait que dans l'immédiat on ne pouvait pas s'attendre à grand-chose. Bien que la Mongolie et les USA aient récemment tissé des liens étroits, une intervention gouvernementale prendrait des jours, sinon des semaines. Et les preuves contre Borjin n'étaient pour l'instant que des présomptions.

Sachant que la vie de Theresa et de Wofford était en jeu, Pitt élabora, de concert avec Gunn et de Giordino, une stratégie d'infiltration, et c'est alors qu'ils se mirent en route pour Xanadu. Borjin ne s'attendait certainement pas à de la visite. Avec un peu d'adresse et une bonne dose de chance, ils pourraient peut-être réussir à libérer Theresa et Wofford tout fournissant les preuves de l'implication de Borjin.

La camionnette grise de poussière passa la crête d'une petite colline, quand Giordino se mit à freiner à l'approche d'une route secondaire. Le chemin bien lisse, coupé par une petite grille, signalait l'entrée de la retraite de Borjin.

— La piste du Bonheur vers Xanadu ! s'exclama Giordino.

— Espérons qu'aujourd'hui le trafic ne sera pas trop dense, lança Pitt avec une grimace.

Comme la nuit tombait, Pitt supposait que personne ne quitterait la propriété à cette heure tardive alors qu'Oulan-Bator se trouvait à quatre heures de route. Mais il y avait toujours le risque que l'un des gardes à cheval fasse une ronde jusqu'à la grille, et contre cela ils ne pouvaient rien.

Giordino emprunta le chemin sinueux qui montait au cœur de la chaîne de montagnes. Après avoir franchi un col raide, Giordino ralentit en tombant sur la rivière qui suivait la route. A la suite d'un orage d'été particulièrement violent, la rivière avait grossi et grondait puissamment. Après des jours à ne rencontrer que de la poussière, Giordino fut surpris par la route boueuse.

— Si ma mémoire est bonne, la propriété se trouve à environ trois kilomètres du point où l'on croise la rivière pour la première fois.

— C'est l'aqueduc que nous devons guetter, répondit Pitt.

Giordino poursuivit lentement afin de ne pas rater l'aqueduc et d'être en mesure de repérer une éventuelle patrouille de gardes. Pitt finit par apercevoir un gros tuyau sortant de la rivière et qui venait s'imbriquer dans l'aqueduc en ciment. Ils surent alors qu'ils ne se trouvaient plus qu'à huit cents mètres de la propriété.

Giordino, avisant une petite aire sur le bord de la route, gara la camionnette sous les pins puis coupa le moteur. Le véhicule couvert de poussière et de boue se fondait bien au décor, et il aurait fallu un œil aiguisé pour le repérer depuis la route.

Gunn consulta nerveusement sa montre : il était un peu moins de vingt heures.

— Et maintenant ? demanda-t-il.

Pitt sortit un thermos et distribua une tournée de cafés.

— On se détend et on attend la nuit noire, répondit-il en sirotant le breuvage brûlant, jusqu'à ce que ce soit l'heure de sortie des croque-mitaines.

46

La brise tropicale régulière soufflait vivement sur la barge au bord de laquelle Dirk et Dahlgren, tout en se débarrassant de leur combinaison, chassaient leur fatigue et cherchaient un moyen de regagner la terre.

— Cette baignoire est impossible à diriger, dit Dahlgren, même si nous avions un mât et une voile.

— Ce qui est loin d'être le cas, répondit Dirk. Commençons par le commencement, c'est-à-dire voyons déjà si nous pouvons freiner notre dérive.

— Une ancre flottante ?

— C'est à ça que je pensais, déclara Dirk en s'approchant de l'un des compresseurs d'air.

— Une ancre plutôt chère, commenta Dahlgren en saisissant plusieurs bouts d'amarres.

Ils confectionnèrent un câble de dix mètres auquel ils attachèrent le compresseur après l'avoir noué à une bitte à la poupe, puis ils le portèrent jusqu'au parapet et le passèrent par-dessus bord. Une fois immergé, le compresseur agirait comme une ancre flottante improvisée, ralentissant partiellement leur dérive.

— Une bouchée de ce joujou devrait également tenir les requins à l'écart.

— Malheureusement, c'est un problème bien mineur, rétorqua Dirk.

Il scruta l'horizon, cherchant un autre navire qui aurait pu les aider. Mais les eaux entourant la pointe sud-ouest de l'archipel hawaïen étaient totalement désertes.

— On dirait qu'on est livrés à nous-mêmes.

Les deux hommes passèrent en revue l'équipement qui se trouvait toujours à bord de la barge. En l'absence du Zodiac, maigres étaient leurs chances de quitter l'embarcation et regagner la terre ferme. Il ne restait plus qu'un compresseur et une pompe, tout un nécessaire de plongée, un peu de nourriture et des vêtements.

Dahlgren tapota contre la cloison de l'abri.

— Nous pourrions construire un radeau avec ces planches, dit-il. Nous avons des outils et plein de cordes.

Dirk envisagea l'idée sans enthousiasme.

— Mais il nous faudrait une journée pour le fabriquer et encore, nous aurions du mal à le manœuvrer contre le vent et le courant. On ferait sans doute mieux de rester ici à attendre le passage d'un navire.

— Je réfléchissais juste à un moyen rapide de retrouver Summer.

C'était également le souhait le plus cher de Dirk. Leur vie à eux n'était pas en danger, ils avaient quelques provisions et de l'eau en quantité suffisante. Une fois que le *Mariana Explorer* aurait découvert leur disparition, une vaste opération de recherche serait lancée, et on les retrouverait en moins d'une semaine, de cela il était certain. Mais de combien de temps Summer disposait-elle ?

Cette pensée le rendit malade d'angoisse, d'autant plus qu'il n'avait aucune idée de l'identité des ravisseurs. Il maudissait leur situation actuelle : être assis là, sans rien faire, à dériver de plus en plus loin du rivage. Alors qu'il arpentait le pont, il repéra la planche de surf de Summer sur le toit de la cabane et se sentit douloureusement impuissant. Il devait bien y avoir quelque chose à faire.

Puis la lumière se fit. C'était là sous ses yeux. Ou peut-être même que c'était Summer qui lui avait envoyé la réponse par télépathie.

Un sourire confiant éclairait son visage quand il se tourna vers Dahlgren.

— Ce n'est pas un radeau que nous allons construire, Jack. C'est un catamaran.

*
* *

Le goéland argenté gris et blanc s'élança sur l'eau en poussant un cri rauque, furieux d'avoir presque été renversé. Il se mit à décrire des cercles au-dessus du coupable qui fendait les flots, puis redescendit pour voler dans son sillage. L'oiseau n'avait jamais vu un tel bateau de sa vie. D'ailleurs, il en aurait surpris bien d'autres.

Dirk avait eu l'idée de construire un catamaran à l'aide de sa planche de surf et de celle de Summer, et les deux hommes avaient transformé cette invention loufoque en un projet réalisable. Les planches en fibre de verre faisaient de parfaits flotteurs. Dahlgren avait pensé à utiliser leurs lits de camp comme bras de liaison et, ainsi dépouillés du tissu qui les recouvrait, les cadres en aluminium avaient été posés en diagonale et attachés aux planches à l'aide de cordes, puis scellés avec de l'adhésif.

— Si nous arrivions à percer un petit trou au centre des planches, nous pourrions faire passer un câble de sûreté pour nous assurer que les traverses ne se disloqueront pas à la première vague.

— Tu es fou ? Ce sont des planches vintage de Greg Noll. Summer nous tuerait tous les deux si on endommageait sa planche.

Ils prirent le cadre du troisième lit afin de l'ériger

en mât soutenu par plusieurs haubans. Grâce au tissu bleu vif des trois lits, ils confectionnèrent une voile. En moins de deux heures, ils avaient confectionné la version miniature, bâtarde, d'un catamaran.

— Je ne naviguerais pas avec pour la course Sydney-Hobart, mais je crois qu'il peut nous emmener jusqu'à Big Island, dit Dirk, fier du résultat.

— Yep, fit Dahlgren avec son accent texan. C'est inesthétique au possible mais parfaitement fonctionnel. On ne peut que l'aimer.

Les deux hommes enfilèrent à nouveau leur combinaison puis attachèrent une sacoche de nourriture et une réserve d'eau au mât avant de mettre l'embarcation à l'eau. Ils grimpèrent prudemment à bord afin de vérifier la stabilité, puis Dahlgren lâcha l'amarre qui les reliait à la barge. Celle-ci s'éloigna rapidement, les deux hommes donnant de furieux coups de palme pour faire virer le cata contre le vent. Dirk, après avoir tendu le mât qu'il attacha à la traverse arrière, eut la surprise de voir la petite embarcation bondir en avant et fendre les vagues, poussé par sa voile bleue rectangulaire.

Les hommes restèrent tous deux allongés sur les planches jusqu'à ce qu'ils soient sûrs que les cadres de lit tiendraient le coup. Leurs nœuds étaient solides et les deux planches partaient à l'unisson à l'assaut des vagues grâce aux traverses qui ne bougeaient pas trop. Ils s'assirent chacun sur une planche, fortement arrosés par les vagues.

— J'ai l'impression de faire du ski nautique sur une chaise longue, fit Dahlgren en riant après avoir été submergé par une grosse vague.

Le petit cata tenait bon et avançait rapidement, Dirk réussissant à maintenir le cap grâce à une rame fixée à la traverse de poupe et qui faisait office de safran. Le maniement étant toutefois limité, ils suivirent une ligne droite pendant une heure ou deux avant de virer de bord. Dirk abaissa alors la voile, et les deux hommes firent pivoter le nez du bateau d'environ quatre-vingt-dix degrés.

— Tu devrais peut-être reconsidérer ton engagement dans la course Sydney-Hobart, mon vieux. C'est un bateau de rêve, le taquina Dahlgren.

— Pas faux. Mais j'aurais peut-être besoin d'une combinaison sur ce coup-là.

Ils étaient tous deux impressionnés par l'efficacité du bateau de fortune. La barge avait maintenant totalement disparu tandis que Big Island grossissait au loin. Alors qu'ils commençaient à prendre leurs marques, les pensées de Dirk revinrent à Summer. En tant que jumeaux, ils étaient unis par un lien très fort qui échappait à la plupart des frères et sœurs. Il pouvait presque ressentir sa présence, intuition réconfortante qui lui certifiait que Summer était encore en vie.

— Tiens bon, lui lança-t-il en silence. On arrive.

*

* *

En se rapprochant de la côte sud-ouest d'Hawaï, les pentes de lave sombre de Mauna Loa brillaient de mille reflets pourpres. Cette côte déchiquetée, à moitié sauvage en raison des falaises de lave interdisant l'accès par la mer, n'offrait que quelques plages de sable noir. Dahlgren tendit la main vers une pointe rocheuse à deux ou trois kilomètres au sud, qui avançait dans le Pacifique comme un poing fermé.

— N'est-ce pas la pointe Humuhumu ?

— On dirait bien, acquiesça Dirk en essayant de déterminer leur position malgré la lumière crépusculaire. Ce qui veut dire que la baie de Keliuli n'est pas très loin de l'autre côté. Nous sommes presque revenus à notre point de départ.

— Pas mal pour une navigation sur planches de surf, lança Dahlgren.

Puis, tournant son regard dans la direction opposée, Dirk ajouta :

— Ce qui signifie que nous pourrons contacter les autorités à Milolii.

— A environ neuf kilomètres.

— Une promenade de santé ! A moins que nous ne choisissions de rendre visite aux gars qui nous ont envoyés faire ce charmant voyage.

Au regard étincelant de Dirk, Dahlgren devina la réponse. Sans dire un mot, ils firent virer le catamaran au sud-est pour longer la côte en direction de la baie de Keliuli.

47

Enfermée dans le minuscule local technique, Summer se languissait. L'après-midi s'écoulait à une lenteur d'escargot. Après avoir fouillé sans succès la pièce à la recherche d'outils ou d'objets qui auraient pu lui permettre de s'échapper, elle était restée assise à s'interroger sur le sort de Dirk et Jack. Finalement, morte d'ennui et rongée par l'inquiétude, elle finit par pousser une caisse vide sous le hublot. A l'aide d'un rouleau de cordes elle se confectionna un petit siège, duquel elle pouvait regarder la mer et humer l'air marin.

De son perchoir, elle observa le pont arrière, en pleine effervescence. Un bateau gonflable fut mis à l'eau et elle vit plusieurs hommes plonger vers le site de l'épave. Summer eut quelque satisfaction à se dire qu'ils ne trouveraient rien sur la partie visible de l'épave qui avait déjà été passée au peigne fin.

Après que les plongeurs eurent regagné le pont, elle sentit le navire se repositionner. Puis, au coucher du soleil, l'activité reprit, et Summer perçut des éclats de voix et le vrombissement d'une grue. Lorsque la porte du local s'ouvrit brusquement elle sursauta, se demandant bien ce que lui voulait la brute au cou de taureau et aux dents de travers. Poussant Summer qui fut forcée de le suivre sur la passerelle, il la mena jusqu'à la table des cartes, où Tong était en train d'examiner un diagramme sous une puissante lampe. Il leva les yeux et émit un petit ricanement à son approche.

— Mlle Pitt. Mes plongeurs m'ont confirmé que vos fouilles sont celles de professionnels. Et vous n'avez pas menti, la plus grande partie du navire se trouve effectivement sous la lave. Il y a encore du travail avant de pouvoir l'identifier.

Il attendit une réponse, mais Summer se contenta de le regarder froidement avant de tendre ses mains, toujours liées aux poignets.

— Ah, oui. Très bien, je suppose que vous ne pouvez guère vous enfuir maintenant, déclara-t-il en adressant un signe à Cou de Taureau.

Celui-ci sortit un couteau et trancha rapidement ses liens. Tout en se massant les poignets, Summer étudiait nonchalamment la passerelle. Un seul timonier se tenait près de la fenêtre avant, scrutant un écran radar. A l'exception de ses deux compagnons, il n'y avait personne. Tong l'invita à s'asseoir près de lui, et Summer, après une brève hésitation, s'exécuta.

— Effectivement, répondit calmement Summer. Comme nous vous l'avons dit à bord du *Mariana Explorer*, qui est attendu incessamment, nous avons déjà en main tous les objets qui ne sont pas emprisonnés sous la lave, et qui sont peu nombreux.

Tong sourit à Summer, puis se pencha et posa la main sur son genou. Réfrénant une irrépressible envie de le gifler et de s'enfuir, Summer se maîtrisa et lui adressa un regard glacial, faisant de son mieux pour dissimuler sa peur et son dégoût.

— Ma chère, nous avons croisé le *Mariana Explorer* près d'Hilo, ricana-t-il. Il a dû maintenant atteindre sa destination, la pointe Leleiwi, à l'opposé de l'île, ajouta-t-il avec un sourire mauvais.

— Pourquoi cette épave est-elle si importante pour

vous ? demanda-t-elle dans l'espoir de gagner du temps.

— Vous ne vous en doutez vraiment pas ? répliqua-t-il, incrédule.

Puis, ôtant la main de son genou, il se saisit de la carte, qui était une image du plancher sous-marin montrant le site de l'épave et le champ de lave. Une croix était tracée presque au centre.

— Avez-vous pénétré la coulée de lave lors de vos recherches ?

— Non, bien sûr que non. Je ne sais pas ce que vous cherchez, Dr Tong. Les objets ont été envoyés pour analyse et le reste de l'épave est scellé sous la lave. Il n'y a rien que vous ou quiconque puissiez y faire.

— Oh ! mais si, ma chère, bien sûr que si.

Summer observa Tong avec un mélange d'effroi et de curiosité, se demandant quels atouts ces brutes mercenaires avaient dans leur manche.

Tong laissa Summer sous la garde de Cou de Taureau et emprunta un petit escalier qui menait à une écoutille latérale. Après l'avoir ouverte, il entra dans une vaste salle. Des rangées d'ordinateurs et de consoles électroniques occupaient les murs, presque aussi nombreux que ceux de la chambre-test dans la propriété familiale en Mongolie. Un petit homme aux yeux d'acier, debout à côté de plusieurs écrans couleur, était penché par-dessus l'épaule du technicien en chef. C'était lui qui avait dirigé les recherches dans les monts Khentii et tué l'équipe de prospecteurs sismiques russes. Il fit un signe de tête à Tong.

— Nous avons identifié une petite faille et entré ses coordonnées, dit-il d'une voix rauque. Elle est proche, mais pas assez peut-être pour fissurer la coulée de lave. Ce que vous demandez est une requête impossible, je le crains. Nous ne devrions pas perdre de temps ici, et nous dépêcher de nous rendre en Alaska ainsi que le souhaite votre frère.

Tong ne se laissa pas démonter sous l'affront.

— Un retard d'un ou deux jours peut en valoir la peine. Si nous réussissons et qu'il s'agit bien du navire royal Yuan, alors la mission en Alaska sera un jeu d'enfants.

Le petit homme inclina la tête avec respect.

— Je propose quatre ou cinq détonations d'intensité progressive avant d'envoyer les plongeurs constater le résultat. Cela devrait nous renseigner sur nos chances de rompre la lave.

— Très bien, allez-y alors. Nous travaillerons cette nuit. Si ça ne donne rien, nous quitterons les lieux demain matin pour nous diriger vers l'Alaska.

Tong fit un pas de côté afin de laisser les techniciens faire leur travail. Tout comme dans le golfe Persique, un appareil sismique acoustique fut mis à l'eau par le puits central du navire au-dessus de la couche de lave, puis maintenu par des câbles et lesté afin de rester à la verticale. Ayant localisé la faille souterraine, les ordinateurs et les amplificateurs de signal furent activés. D'un simple clic d'ordinateur, le premier choc électrique massif fut envoyé dans les trois transmetteurs dix mètres plus bas. Une seconde plus tard, l'onde de choc acoustique se fit sentir jusque sur le navire avec une vibration subtile.

Tong patientait en souriant, espérant que ce voyage lui apporterait deux succès.

*
* *

A un kilomètre et demi de là, le petit catamaran pénétrait dans l'anse sous le ciel nocturne. Dirk et

Dahlgren, à nouveau couchés sur les planches, avançaient en pagayant le long des hautes falaises afin de rejoindre une étroite corniche juste au-dessus du niveau de l'eau. Ils arrêtèrent le bateau le long de la paroi de lave quasi verticale. Dirk, en se mettant debout, put observer les lumières vives du navire de forage tout proche. Préférant ne courir aucun risque, il démonta le mât et la voile de leur embarcation.

Les deux hommes s'assirent enfin pour se reposer, ne quittant pas des yeux le navire, épuisés après cette longue journée sur l'eau. Ils étaient assez proches pour distinguer une douzaine d'hommes affairés autour du mât de charge sur le pont arrière éclairé, descendant dans l'eau un grand tripode à travers un puits dans le pont.

— Tu crois qu'ils essaient carrément de forer la lave pour atteindre l'épave ? demanda Dahlgren.

— Je ne vois pas ce qu'ils feraient d'autre, répondit Dirk.

Après s'être désaltérés et ravitaillés, ils étirèrent leurs membres fatigués et réfléchirent, confortablement installés, au meilleur plan d'attaque. Soudain, un grondement sourd fit légèrement trembler le catamaran. C'était un bruit étouffé, qui semblait venir des profondeurs.

— Mais qu'est-ce que c'est que ça ? fit Dahlgren.

— Une explosion sous-marine probablement, murmura Dirk.

Il scruta la surface, s'attendant à voir jaillir une gerbe d'écume et de bulles, mais rien ne se produisit, à peine un frémissement.

— Bizarre… Ça doit venir du navire lui-même, dit-il.

— On dirait bien que tout le monde s'en moque, remarqua Dahlgren en constatant que l'équipage avait presque entièrement déserté le pont, à présent silencieux. Si on allait voir de plus près ?

Ils s'apprêtaient à remettre le catamaran à l'eau lorsqu'ils perçurent une deuxième détonation. Tout comme la première, la surface se rida à peine. Alors qu'ils essayaient de comprendre ce qui se passait, un nouveau bruit, plus fracassant, se mit à gronder sous leurs pieds. En s'amplifiant, le sol se mit à trembler violemment, les faisant presque tomber. De petits éclats de roche volcanique se mirent à dégringoler le long de la falaise.

— Attention ! s'écria Dirk en observant avec effroi un gros rocher en équilibre qui menaçait de se décrocher.

A peine avaient-ils plongé que le rocher tomba dans l'eau juste devant eux, frôlant le catamaran.

Le sol vibra encore pendant plusieurs secondes, puis quelques vagues écumantes levées par le séisme giflèrent violemment le pied de la falaise avant que tout ne redevienne calme.

— J'ai cru que toute la falaise allait s'effondrer sur nous ! fit Dahlgren.

— C'est encore possible, répondit Dirk en observant avec méfiance l'immense tour de lave. Pas la peine de traîner ici.

Dahlgren regarda le navire de forage.

— C'est eux qui ont provoqué le séisme, déclarat-il avec certitude. Il a été déclenché par la détonation.

— Espérons que c'était accidentel. Ils doivent essayer de découper la couche de lave pour atteindre l'épave.

— Ils peuvent se la garder. Trouvons Summer et tirons-nous d'ici avant qu'ils nous fassent dégringoler toute l'île sur la tête.

Ils mirent rapidement le catamaran à l'eau et grimpèrent dans l'embarcation. Ils s'éloignaient de la falaise en pagayant sans bruit, se dirigeant prudemment vers le navire de forage. Dahlgren constata que l'extrémité de la planche de surf avait été aplatie comme une crêpe, mais il n'eut pas le cœur de prévenir Dirk que sa planche avait été écrasée par le rocher.

48

Summer, assise dans la timonerie, réfléchissait à un moyen de s'enfuir lorsque la première détonation retentit. La vibration se fit sentir juste sous le navire et, tout comme Dirk, elle supposa qu'il s'agissait d'un genre d'explosion, ses ravisseurs essayant probablement de faire sauter la lave qui recouvrait l'épave.

Cou de Taureau, assis de l'autre côté de la table, l'observait d'un air mauvais et eut un petit sourire en voyant la surprise et la colère se peindre sur le visage de Summer. Son sourire s'élargit plus encore quelques minutes plus tard, lorsque se produisit la deuxième explosion, révélant des dents noircies par le tabac.

Malgré la répulsion qu'elle éprouvait, Summer ne pouvait qu'être intriguée par les agissements de ses kidnappeurs. S'ils allaient jusqu'à tuer et vandaliser l'épave, c'est qu'une chose de grande valeur s'y trouvait. Summer se souvint avec quel intérêt Tong étudia l'assiette de porcelaine et les éventuels symboles royaux. Mais s'il s'attaquait à la lave, c'était sans doute pour bien plus. De l'or ou des pierres précieuses devaient y avoir été ensevelis, songea-t-elle.

Alors que le second choc faisait légèrement vibrer la passerelle, elle ne pensait qu'à une chose : s'échapper. Quitter le navire était urgent si elle voulait avoir une chance de survie. Summer était une nageuse entraînée, et elle était certaine que si elle arrivait jusqu'à l'eau, elle pourrait facilement atteindre la côte rocheuse. Rejoindre l'intérieur des terres ou même longer la côte ne serait pas de la tarte, se dit-elle en observant les falaises raides et déchiquetées, mais peut-être pourrait-elle tout simplement se cacher dans les rochers jusqu'au retour du *Mariana Explorer*. En dépit des difficultés, c'était une perspective plus réjouissante que rester dans ce navire avec ces brutes.

Seule sur la passerelle en compagnie du timonier et du brutal gardien, elle comprit qu'elle tenait peut-être sa seule chance de se sauver. Le timonier, un gamin svelte à l'allure servile, ne semblait guère menaçant, d'autant plus qu'il ne cessait de baver devant la grande Summer d'un mètre quatre-vingts comme si elle était Aphrodite.

C'était Cou de Taureau le problème. La violence semblait être son mode de communication, et Summer frissonna en pensant qu'il devait même tirer un plaisir certain à brutaliser une jolie jeune femme. Elle allait devoir le battre sur son propre terrain, mais au moins bénéficiait-elle de l'effet de surprise.

Prenant son courage à deux mains, certaine que cette occasion ne se représenterait pas, elle se leva douce-ment de la table et marcha nonchalamment vers l'avant de la passerelle comme si elle avait besoin de se dégourdir les jambes ou d'admirer la voûte étoilée. Cou de Taureau la talonna immédiatement, restant quelques pas derrière elle.

Summer s'immobilisa un moment, prenant le temps de respirer pour se détendre, puis se tourna vers l'aile à bâbord. Elle marcha rapidement, à longues enjambées, vers la porte ouverte comme si elle allait prendre un ascenseur. Le garde lui grogna immédiatement d'arrêter mais elle l'ignora. Rapidement, elle avait presque atteint la porte. Surpris, le garde se dépêcha pour la rattraper, bondit en avant et posa une main crasseuse sur l'épaule de Summer. Réagissant par anticipation à une vitesse qui la surprit elle-même, elle lui attrapa le poignet à deux mains, pivotant immédiatement sur le côté tout en tirant le poignet vers le haut et poussant sa paume ouverte à l'envers vers le sol. Summer recula ensuite d'un pas et s'agenouilla. Son adversaire, méfiant, fit un pas de côté, mais elle avait raffermi sa prise et pouvait lui briser l'os en un rien de temps. L'homme enragé battait l'air de sa main libre pour assommer Summer, mais sans élan ses coups ne firent que marteler son dos. En guise de réponse, elle se releva et poussa l'homme en arrière en lui tordant davantage la main. L'homme hurla de douleur tout en essayant, en vain, d'atteindre Summer de son bras gauche. Mais la douleur était trop forte et il finit par tomber en arrière avec lourdeur sur la console de commandes, se retrouvant à genoux, neutralisé. Aussi longtemps que Summer maintiendrait son étreinte, la grosse brute serait impuissante. Un voyant rouge se mit à clignoter sur le tableau de bord tandis qu'une légère vibration sourdait des entrailles du navire. En s'écroulant sur les commandes, Cou de Taureau avait heurté un bouton qui désactiva le pilote automatique des hélices de position. Le jeune timonier, impressionné de voir Summer dominer physiquement son collègue pourtant costaud, s'écarta des commandes et se mit à parler en mongol, tout excité, en lui montrant la lumière rouge. Le cœur battant, Summer reprit son souffle et regarda le panneau.

Les commandes du navire étaient toutes légendées en mandarin mais, heureusement, on avait collé sous chacune des étiquettes écrites en anglais. Summer lut l'inscription sous le bouton clignotant, qui disait : « Contrôle manuel propulsion ». Elle fut soudain traversée par une idée lumineuse.

— Petit changement de plan, murmura-t-elle au timonier qui ne comprenait pas, on part en balade.

Summer étudia rapidement les commandes et découvrit les deux cadrans marqués « Hélice bâbord avant » et « Hélice bâbord arrière ». Elle tendit la main et les mit à zéro. Presque simultanément, une troisième explosion retentit. Le timing était parfait, songea Summer, le bruit avait probablement masqué le ronronnement des hélices. Avec un peu de chance, peut-être l'équipage ne remarquerait-il même pas que le navire se positionnait à présent latéralement dans l'anse. Dans quelques minutes à peine, il se fracasserait sur les falaises de lave. La confusion qui en résulterait devrait lui donner amplement le temps de s'échapper.

— Pousse-toi ! s'écria-t-elle à l'adresse du jeune timonier qui se rapprochait du panneau de commandes.

Celui-ci s'écarta vivement, effrayé par le rictus de douleur qui déformait le visage de Cou de Taureau.

Le navire avançait doucement, poussé par les propulseurs tribord. Summer crut percevoir un petit bruit métallique contre la ligne de flottaison, mais le navire continuait sa trajectoire de crabe au milieu de la nuit noire. Si je pouvais juste tenir encore quelques secondes, songea-t-elle alors que son étreinte sur le poignet de l'homme commençait à se relâcher.

Comptant nerveusement les secondes, elle attendait le choc grinçant de la coque du navire contre la lave. Mais son cœur rata un battement quand elle entendit par la porte ouverte tonner une voix d'homme.

— Mais qu'est-ce qui se passe, ici ?

Se retournant avec crainte, elle vit Tong, qui pointait sur elle le canon de son pistolet automatique.

49

Ils avaient battu des pieds et pagayé pour amener le catamaran sans mât à une centaine de mètres du navire, avançant en arc de cercle vers la proue de manière à éviter les projecteurs qui illuminaient le pont arrière. Tandis qu'ils étudiaient le navire à la recherche de matelots ou de vigies, Dahlgren se pencha soudain vers Dirk et chuchota :

— Regarde sur la passerelle. Vite !

Dirk observa la superstructure avant du navire. A travers la porte ouverte de l'aile de passerelle, il aperçut quelqu'un passer. Une grande silhouette aux longs cheveux roux qui lui arrivaient sous les épaules.

— Summer.

— Je suis sûr que c'est elle, dit Dahlgren.

Une vague de soulagement envahit Dirk en voyant sa sœur en vie. Avec une vigueur renouvelée, il propulsa le catamaran plus fort en direction du navire.

— Montons à bord pour voir ce qui se trame.

C'était plus facile à dire qu'à faire. Le pont le plus bas du navire se trouvait à trois mètres au-dessus d'eux. Et comme le navire était maintenu en place par ses hélices de position, il n'y avait aucun câble d'ancre auquel s'accrocher. Dirk espérait qu'il pourrait y avoir une échelle intégrée à la poupe du navire, comme on en voyait parfois sur ce type de bateau.

Ils atteignirent la proue et pagayaient tranquillement

vers l'arrière lorsque la troisième détonation éclata en dessous d'eux. Ils sentirent une vibration émaner du navire et remarquèrent quelques vagues dans l'eau, mais toujours aucun tourbillon dû à une explosion sous-marine. Les lumières autour du puits central illuminaient le dessous du navire et ils virent une tresse de câbles qui descendaient vers le tripode, posé verticalement sur le fond de la mer.

Ils avaient avancé de quelques mètres sur le côté du navire lorsque Dirk se rendit compte que le vrombissement des hélices de ce côté s'était arrêté. Avant qu'il comprenne ce qui se passait, la coque du navire percuta le catamaran avec un bang ! puis elle jeta l'embarcation sur la crête d'une vague. Le bateau arrivait sur eux en gagnant progressivement de la vitesse. Assis sur le côté soulevé, Dirk vit que le catamaran allait chavirer. La planche de surf du bas était poussée vers le fond et en quelques secondes, toute l'embarcation allait être aspirée sous le navire.

— Descends de la planche ! cria Dirk à Dahlgren.

Il se préparait à rouler sur le côté lorsqu'il aperçut une corde au-dessus de sa tête. C'était une aussière inutilisée qui pendait du flanc du bateau, à quelques dizaines de centimètres sous le pont. Dans une détente désespérée, Dirk sauta du catamaran et parvint à attraper la corde avec sa main gauche. S'agrippant de tout son corps, il tira avec ses deux mains et la corde se tendit sous son poids à un mètre de la surface.

Il regarda en bas et vit le catamaran se faire avaler sous le gros navire. Dahlgren était plus loin derrière ; il se débattait sur la crête de la vague en nageant comme un fou.

— Par ici. J'ai une aussière ! chuchota Dirk à voix basse en espérant ne pas attirer l'attention sur leur situation désespérée.

Ce fut assez fort pour que Dahlgren l'entende. Il

nagea de toutes ses forces vers Dirk, à une allure qu'il n'aurait pas pu soutenir longtemps. L'eau semblait tourbillonner dans toutes les directions près du flanc du navire, entraînant Dahlgren dans un sens, puis dans un autre. Lorsqu'il fut enfin assez proche, Dirk tendit la main pour l'attraper par sa combinaison et tira de toutes ses forces. Il réussit à le hisser suffisamment hors de l'eau pour que Dahlgren puisse passer un bras dans la boucle de la corde. Il s'accrocha, en se laissant aller quelques instants le temps de reprendre son souffle.

— Ça c'était sportif, murmura-t-il.

— C'est la deuxième fois aujourd'hui que je dois te repêcher, dit Dirk. Si ça continue, je vais exiger que tu te mettes au régime.

— Ah, je vais y penser, articula Dahlgren, essoufflé.

Après s'être reposés un instant, ils se mirent à grimper par les deux extrémités de la corde et émergèrent sur le pont à quelques pas l'un de l'autre. Des voix leur parvenaient depuis la poupe mais ils purent se regrouper discrètement sur bâbord. Dirk jeta un rapide regard à la falaise de lave qui se rapprochait rapidement dans l'obscurité. Il se passait manifestement quelque chose dans la timonerie, puisque la collision était imminente et que personne ne semblait s'en rendre compte.

— Allez, on y va, chuchota Dirk. J'ai le sentiment que nous n'allons pas moisir ici.

Alors qu'ils se mettaient en route vers l'avant, un autre grondement se mit à résonner au loin. Cette fois, cela venait du rivage.

*
* *

A plus de sept mille kilomètres, les portes de l'ascenseur s'ouvrirent au dixième étage du siège de la NUMA et un Hiram Yaeger aux yeux bouffis de sommeil se dirigea vers sa salle informatique, muni d'un thermos de café, un mélange de Sumatra. Ses yeux s'écarquillèrent en découvrant le Dr McCammon assis devant sa console, le visage inquiet.

— Tu viens encore t'en prendre à moi, Phil ? demanda Yaeger.

— Désolé pour cette intrusion matinale. Il vient d'arriver quelque chose qui a l'air important, d'après le Centre national d'information sismique.

Il étala un sismogramme sur la table tandis que Yaeger s'installait sur une chaise pivotante à côté de lui.

— Un gros séisme vient de frapper Big Island à Hawaï il y a quelques instants, dit McCammon. D'une magnitude de plus de 7.0. Et il était de faible profondeur. Son épicentre était à un kilomètre et demi de la côte, dans la baie de Keliuli.

— A quoi ressemblaient les présecousses ?

McCammon plissa le front.

— Très proches de celle que nous avons vues auparavant. Apparemment artificielles. Je viens de faire évaluer les données à Max. J'espère que vous ne m'en voulez pas d'avoir utilisé ses talents en votre absence, ajouta-t-il.

Max se tenait derrière un panneau d'ordinateurs, les bras croisés, l'air plongée dans sa réflexion. Elle se tourna et sourit au Dr McCammon.

— Cher monsieur, je suis ravie de pouvoir vous aider quand vous voulez. C'est un plaisir de travailler avec un gentleman, ajouta-t-elle avec un froncement de nez à l'intention de Yaeger.

— Bonjour à toi aussi, Max, fit Yaeger. As-tu achevé l'analyse pour le Dr McCammon ?

— Oui, acquiesça Max. Ainsi que le Dr McCammon peut te le montrer, il y a eu deux présecousses primaires enregistrées avant le séisme. Chacune d'elles avait un profil sismique presque identique, bien que la seconde soit de plus grande intensité. Toutes deux semblent avoir eu pour origine un point proche de la surface.

— Et par rapport aux présecousses enregistrées avant les deux séismes du golfe Persique ?

— Elles possèdent des caractéristiques presque identiques à celles de Ras Tannura et de Kharg.

Yaeger et McCammon se regardèrent en silence, l'air grave.

— Hawaï, dit finalement Yaeger. Pourquoi Hawaï ?

Puis, en secouant la tête, il ajouta :

— Je crois qu'il est temps de contacter la Maison-Blanche.

50

Summer garda les mains serrées autour du poignet de Cou de Taureau, en dépit du pistolet automatique Glock. Tong se tenait toujours debout dans l'encadrement de la porte, essayant d'évaluer la situation. Derrière lui, un grondement profond résonna de l'autre côté de l'eau, mais il l'ignora, tout en admirant silencieusement Summer d'avoir réussi à dominer l'un de ses gros bras.

Sur le côté opposé de la passerelle, le timonier retrouva sa langue et son courage, tout en restant à une distance raisonnable de Summer.

— Les hélices bâbord sont désactivées ! cria-t-il à Tong. Nous allons heurter les rochers.

Avec de grands gestes, il désigna les falaises de lave toutes proches du travers bâbord.

Tong écouta sans comprendre tout à fait, puis il suivit les mouvements du timonier et regarda vers l'aileron de passerelle. Alors qu'il se retournait, une paire de bras invisibles, recouverts du néoprène noir d'une combinaison de plongée, surgirent de l'ombre et enserrèrent le torse de Tong. Le Mongol appuya instinctivement sur la détente du pistolet mais le coup ne fit que transpercer le toit de la timonerie. Tong se tourna alors pour repousser son assaillant en se servant de son arme comme d'une matraque. Trop tard. Son agresseur avait déjà fait un pas en avant, lui faisant perdre l'équilibre. Tong vacilla, essaya de reprendre son équilibre, mais il ne fit que donner de l'élan à l'autre, qui en profita pour le soulever complètement en le faisant tourner. En un brusque mouvement chancelant vers l'avant, il balança Tong par-dessus bord. Le Mongol, éberlué, poussa un hurlement qui s'acheva dans un bruit d'éclaboussures lorsqu'il rencontra la surface de l'eau.

Sur l'aile de passerelle, l'ex-cow-boy Jack Dahlgren, expert en prise de veau au lasso, se retourna vers la timonerie et fit un rapide clin d'œil et un sourire à Summer. Un instant plus tard, Dirk arrivait en courant, armé d'une gaffe qu'il avait prise sur le pont inférieur.

— Vous allez bien ! murmura Summer bouche bée à la vue des deux hommes.

— En vie mais trempés, dit Dirk en souriant.

Un grincement fracassant coupa court aux joyeuses retrouvailles en faisant tomber tout le monde sur le pont. Le navire de quatre mille tonnes, poussé par toute la puissance de ses propulseurs tribord, s'écrasa lourdement contre le bord de l'anse. Le crissement strident de l'acier contre la lave monta de la ligne de flottaison. La roche volcanique coupante trancha aisément la coque du navire, pénétrant la cale inférieure en plus d'une dizaine d'endroits. L'eau de mer s'engouffra comme dans une passoire, faisant rapidement giter le navire sur bâbord. Quelque part dans les eaux sombres sous le navire, le corps sans vie de Tong tourbillonnait, ayant eu la malchance de se trouver au point d'impact entre le navire et la falaise.

Le jeune timonier fut le premier à se relever et à sonner l'alarme, puis à s'enfuir par l'aileron tribord de la passerelle. Summer lâcha enfin le poignet de Cou de Taureau, mais l'homme ne fut pas en position de se battre lorsque Dirk lui eut enfoncé la gaffe entre les côtes pour le pousser par la porte de l'aileron de passerelle bâbord. A l'extérieur, les cris des hommes rivalisaient avec le grondement continu.

— Pourquoi ai-je eu le pressentiment que tu avais quelque chose à voir dans le mouvement de bateau ? demanda Dirk à sa sœur avec un grand sourire.

— Aux grands maux… fit Summer.

— On a de la compagnie, annonça Dahlgren en regardant sous l'aileron de la passerelle.

Deux étages en dessous, un groupe d'hommes armés montait précipitamment vers la timonerie.

— Tu es en état de nager ? demanda Dirk en montrant le chemin sur le pont incliné, jusqu'à l'aileron tribord.

— Je vais bien, répondit Summer. D'ailleurs, j'avais justement prévu un petit plongeon.

Le trio détala rapidement de la passerelle et descendit jusqu'au pont inférieur où l'on entendait les cris et les appels de l'équipage dans la nuit. A la proue, plusieurs hommes se préparaient à mettre un canot de sauvetage à l'eau, bien que l'eau fût déjà au niveau du pont à bâbord. De l'autre côté, Summer ne s'attarda pas pour faire connaissance avec l'équipage ; elle enjamba le bastingage, se laissa glisser le long du flanc du navire, et plongea dans l'eau. Dirk et Dahlgren la suivirent et s'éloignèrent rapidement.

Le grondement venant de la côte s'intensifia jusqu'à ce qu'un nouveau tremblement de terre secoue le sol. Plus fort que la secousse précédente, le séisme ébranla les sections instables de la falaise de lave. Tout le long de l'anse, des blocs de roche se détachèrent, dévalant les falaises pour s'écraser dans l'eau dans des gerbes d'écume.

La falaise qui surplombait le navire de forage subit elle aussi cette instabilité et un grand bloc de roche volcanique fut détaché par le séisme. L'énorme bloc rebondit une fois puis tomba de la falaise avant de s'écraser directement sur le navire. La flèche découpa l'arrière de la passerelle, faisant écrouler le pont dans la salle informatique juste en dessous, tandis que la base du rocher se fracassait sur le travers bâbord, aplatissant une grande partie du navire. Les hommes d'équipage paniqués sautèrent à l'eau pour échapper au carnage tandis que le canot de sauvetage s'écartait enfin de la proue.

Le grondement du séisme finit par se dissiper, et avec lui, le bruit des éboulis. L'air nocturne n'était plus troublé à présent que par le gargouillis du navire en train de sombrer, et ponctué par les cris occasionnels des matelots. A une centaine de mètres, Dirk, Summer et Dahlgren nageaient tout en observant les dernières minutes du navire.

— Cela va faire un bel écueil, lança Dahlgren alors que le bateau s'enfonçait de plus en plus.

Quelques instants plus tard, il chavira sur le côté, glissant contre les rochers et disparut sous les vagues jusqu'au plancher sous-marin vingt mètres plus bas. Seul son imposant mât de charge, arraché par le roulis, et resté debout contre la falaise, indiquait le lieu où le navire reposait.

— Qu'est-ce qu'ils espéraient sortir de l'épave ? demanda Dirk.

— Je n'ai jamais pu le découvrir, répondit Summer. Mais ils recouraient à des moyens extrêmes pour y parvenir.

— Tout en générant quelques petits séismes par la même occasion, ajouta Dahlgren. J'aimerais bien savoir quel genre de boîte noire ils ont utilisé pour cela.

— Moi j'aimerais déjà savoir qui ils sont, dit Summer.

Le vrombissement d'un avion s'approcha de la côte et vira bientôt au-dessus de l'anse. C'était un HC 130

Hercules des garde-côtes qui volait bas, et dont les feux d'atterrissage brillaient à la surface de l'océan. Il se mit à décrire des cercles pour étudier le canot de sauvetage et le mât de charge écrabouillé, avant d'élargir son champ à la recherche de survivants dans l'eau. Quelques minutes plus tard, deux F-15 de la Garde nationale hawaïenne, venus de Hickam Field sur Oahu passaient à basse altitude dans un bruit strident, puis décrivirent des cercles en soutien au Hercules. A l'insu des trois membres de la NUMA dans l'eau, Hiram Yaeger avait persuadé le vice-président de lancer une enquête sur place lorsque le deuxième séisme s'était produit. Une sortie militaire immédiate avait été ordonnée sur le lieu de l'épicentre.

— Ça fait chaud au cœur, dit Summer en voyant le Hercules continuer son exploration des lieux. Je ne sais pas pourquoi ils sont là, mais je suis contente.

— Je parie qu'un cutter des garde-côtes et des hélicos sont déjà en route, dit Dirk.

— Hé, on n'a pas besoin d'un satané cutter pour nous récupérer, fit soudain Dahlgren en s'esclaffant. Nous avons notre propre véhicule de secours.

Il nagea vers un objet qui flottait dans l'eau, puis revint vers eux. Il tirait derrière lui le catamaran, un peu cabossé mais toujours intact.

— Le cata. Il a survécu ! fit Dirk, stupéfait.

Summer regarda l'objet, puis fronça les sourcils.

— Ma planche de surf. Qu'est-ce qu'elle fait là ?

Elle scruta d'un œil critique le cadre en aluminium tordu qui était attaché à la planche de Dirk, qui d'ailleurs était aplatie en plusieurs endroits.

— Et la tienne, que lui est-il arrivé ?

— Sœurette, dit Dirk en haussant les épaules, c'est une longue histoire.

51

Les aiguilles s'étaient arrêtées. Du moins Theresa en avait-elle l'impression. Elle savait que ses coups d'œil incessants à l'horloge décorative sur le mur du bureau de Borjin ne pouvaient que ralentir ses mouvements. L'imminente tentative d'escapade la rendait nerveuse, jusqu'à ce qu'elle finisse par décider de ne plus regarder la pendule et de faire au moins semblant de se concentrer sur le rapport géologique qu'elle avait sous les yeux.

C'était le deuxième jour qu'ils travaillaient tard dans la nuit, avec des pauses seulement pour les repas. A l'insu de leurs ravisseurs, Theresa et Wofford avaient achevé l'analyse du sous-sol depuis des heures. Ils feignaient de poursuivre leur travail dans l'espoir que, comme la veille, un seul garde les raccompagnerait à leurs chambres. Le deuxième avait disparu après le dîner, ce qui augmentait leurs chances de réussite.

Theresa jeta un coup d'œil à Wofford, qui prenait connaissance d'un rapport d'images sismiques avec un air presque joyeux. Il s'était émerveillé des images détaillées que la technologie de von Wachter avait produites et il dévorait les profils comme un porc-épic à un brunch dominical. Theresa regretta silencieusement de ne pouvoir chasser la peur de son esprit aussi aisément que lui.

Les aiguilles de la pendule venaient de passer les vingt et une heures lorsque Tatiana entra dans la pièce, vêtue d'un pantalon noir et d'un pull en laine assorti. Ses longs cheveux étaient peignés soigneusement et elle portait un pendentif en or étincelant autour du cou. Son apparence extérieure séduisante, songea Wofford, ne parvenait pas à masquer la personnalité glaciale et dépourvue d'émotion qui se trouvait en dessous.

— Vous avez achevé l'analyse ? demanda-t-elle sans préambule.

— Non, répondit Wofford. Ces profils supplémentaires ont modifié nos suppositions précédentes. Il nous faut faire quelques ajustements afin d'optimiser les emplacements de forage.

— Combien de temps cela va-t-il prendre ?

Wofford bâilla profondément pour la galerie.

— Trois ou quatre heures devraient nous suffire.

Tatiana regarda l'heure.

— Vous pourrez poursuivre demain matin. Vous devrez avoir achevé l'évaluation de manière à rendre compte à mon frère à midi.

— Et on nous conduira à Oulan-Bator ? demanda Theresa.

— Bien sûr, répondit Tatiana avec un sourire dégoulinant d'hypocrisie.

Une fois le dos tourné, elle dit quelques mots au garde à la porte, puis disparut dans le couloir. Theresa et Wofford empilèrent les rapports et rangèrent leur table de travail avec une lenteur calculée. Leur meilleure chance, peut-être la seule, était de rester en compagnie du seul garde, à l'abri des regards.

Après avoir traîné le plus possible sans pour autant éveiller les soupçons, ils se levèrent et s'approchèrent de la porte. Wofford rafla une pile de dossiers pour les emporter mais le garde lui fit non de la tête. Après les avoir reposés, il attrapa sa canne et marcha en boitant jusqu'à la porte, suivi du garde et de Theresa.

Le cœur de celle-ci battait violemment en marchant dans le long couloir. La maison était plongée dans le calme et les lumières étaient tamisées, donnant l'impression que Tatiana et Borjin s'étaient retirés dans leurs appartements de l'aile sud. Le calme fut rompu lorsque le petit majordome surgit d'une pièce latérale, muni d'une bouteille de vodka. Il jeta un regard méprisant aux prisonniers, puis il descendit précipitamment l'escalier en direction des appartements du personnel en bas.

Wofford avançait en exagérant sa claudication, jouant à merveille le rôle de l'invalide inoffensif. Une fois arrivé au bout du couloir principal, il ralentit et vérifia rapidement qu'il n'y avait ni gardes ni domestiques dans les environs. Ils traversèrent le foyer, car Wofford attendait d'être près de leurs chambres dans le couloir nord pour agir.

En apparence, il ne s'agissait que d'une maladresse. Il avança sa canne un peu trop loin, devant le pied droit de Theresa. Celle-ci trébucha et tomba en avant dans une chute digne d'un cascadeur hollywoodien. Wofford suivit, trébucha comme s'il allait tomber, puis se rétablit et s'accroupit en appui sur son genou valide. Il leva les yeux sur Theresa, étalée au sol, et qui bougeait à peine. Tout dépendait à présent du garde.

Comme Wofford l'avait espéré, le garde mongol se révéla plus galant que barbare et il tendit la main à Theresa pour l'aider à se relever. Wofford attendit qu'il ait attrapé le bras de Theresa avec ses deux mains, et il bondit comme un félin. En prenant appui sur sa bonne jambe, il lui sauta dessus, lançant sa canne vers le haut avec un mouvement pendulaire. La poignée recourbée de la canne frappa le garde en plein sous le menton, lui renversant la tête en arrière. La violence du coup avait brisé la canne en deux et la poignée tomba avec fracas sur le sol en marbre. Wofford vit les yeux du garde devenir vitreux avant qu'il ne tombe à la renverse sur le sol.

Theresa et Wofford demeurèrent immobiles dans la maison silencieuse, dans l'attente nerveuse d'une arrivée de gardes dans le couloir. Mais tout demeura calme et rien d'autre ne résonna aux oreilles de Theresa que le battement affolé de son cœur.

— Ça va ? lui chuchota Wofford en se penchant pour l'aider à se redresser.

— Très bien. Il est mort ? demanda-t-elle en tendant un doigt hésitant vers le garde affalé sur le sol.

— Non, il se repose, c'est tout.

Wofford sortit de sa poche un cordon de rideau qu'il avait subtilisé dans sa chambre et il lia rapidement les mains et les pieds du garde. Avec l'aide de Theresa, ils traînèrent l'homme le long du couloir dans la première de leurs chambres. Il prit un oreiller sur le lit et bâillonna le garde, puis ressortit en verrouillant la porte.

— Tu es prête à gagner tes galons de pyromane ? demanda-t-il à Theresa.

Elle hocha la tête nerveusement et ils se glissèrent dans le grand hall.

— Bonne chance, murmura-t-il en allant se placer derrière une colonne pour attendre.

Theresa avait insisté pour revenir seule jusqu'au bureau. C'était plus logique, avait-elle convaincu Wofford. Il avançait trop lentement et trop bruyamment avec sa jambe blessée, ce qui les mettrait tous deux en danger.

En longeant le mur, elle avança aussi vite qu'elle l'osait, courant légèrement sur le sol en pierre. Le couloir était vide et silencieux à part le tic-tac d'une vieille pendule. Theresa atteignit rapidement le bureau et entra, ravie que la garde ait éteint les lumières en partant. L'obscurité de la pièce la protégeait du couloir illuminé et elle s'autorisa une profonde respiration pour réduire son anxiété.

Marchant à tâtons dans la pièce familière, elle atteignit l'étagère du fond. Ayant pris quelques livres au hasard, elle se mit à arracher les pages par poignées, qu'elle chiffonnait et roulait en boule. Ayant accumulé un petit tas, elle construisit ensuite une pile de livres en forme de pyramide autour, ouvrant les reliures et plaçant les pages vers le milieu. Lorsqu'elle fut satisfaite de son bricolage, elle chercha la petite table basse au fond du bureau. Sur le dessus se trouvaient un humidificateur de cigares et une carafe en cristal remplie de cognac. Theresa arrosa la pièce du contenu de la carafe, réservant une bonne dose pour sa pyramide de papier. Puis elle rouvrit l'humidificateur, où elle trouva la boîte d'allumettes découvertes un peu plus tôt par Wofford. Serrant bien la boîte dans sa main, elle marcha sur la pointe des pieds vers l'entrée de la pièce et regarda prudemment à l'extérieur. Le couloir était toujours désert.

Elle revint à la pile de livres, se pencha, gratta une des allumettes et la lança sur les papiers imbibés de cognac. Il n'y eut ni explosion de feu ni brasier immédiat mais juste une petite flamme bleue qui traversa le tapis plein de cognac comme une rivière.

— Brûle, fit Theresa à haute voix. Brûle, saleté de prison.

52

Ils ressemblaient à des croque-mitaines, des ogres à la peau noire caoutchouteuse se déplaçant comme des fantômes entre les arbres. En silence, les trois silhouettes sombres traversèrent la route avec une démarche lourde, puis montèrent vers le bord de l'aqueduc. A quelques mètres, le torrent de montagne coulait avec une fureur bruyante qui résonnait sur la pente. L'une des silhouettes passa un bras dans l'aqueduc, puis alluma une petite lampe torche. L'eau claire s'y écoulait en un courant tranquille, contrairement au cours d'eau déchaîné. Pitt éteignit sa lampe puis il fit un signe de tête à ses compagnons.

Ils avaient attendu une heure après le coucher du soleil, jusqu'à ce qu'il fasse presque nuit noire dans la forêt au sommet de la colline. La lune se levait plus tard, ce qui leur donnerait encore une heure ou deux d'obscurité totale. Monté à l'arrière du camion avec Giordino et Gunn, Pitt trouva leur équipement organisé en trois tas.

— Quelle est la profondeur de l'aqueduc ? demanda Gunn en enfilant une combinaison en néoprène noir DUI.

— Pas plus d'un mètre quatre-vingts, répondit Pitt. On doit pouvoir s'en sortir avec des tubas mais nous utiliserons les recycleurs au cas où nous devrions rester sous l'eau plus longtemps.

Pitt avait déjà remonté la fermeture éclair de sa combinaison et enfilait le harnais de son recycleur Dräger. Ce système, qui pesait à peine plus de quinze kilos, permettait au plongeur de réutiliser son air une fois purifié du dioxyde de carbone. En remplaçant un grand réservoir d'air en acier par un petit et une cartouche, le recycleur éliminait également presque toutes les bulles. Pitt boucla sa ceinture de plomb, puis il attacha un sac de plongée étanche. A l'intérieur, il avait placé ses chaussures, deux radios portatives et son calibre .45. Il sortit du camion, balaya les lieux du regard et rentra la tête à l'intérieur.

— Alors messieurs, prêts pour le bain de minuit ?

— Je préférerais un bain chaud et un verre de bourbon, rétorqua Gunn.

— Prêt, dès que j'aurais chargé mes outils de cambrioleur, répondit Giordino.

Il fouilla dans une boîte à outils où il prit une scie à métaux, une clé anglaise, un pied-de-biche et une lampe torche sous-marine, qu'il attacha à sa ceinture avant de sauter hors du camion. Gunn le suivit, l'air grave.

Les hommes se frayèrent un chemin jusqu'à l'aqueduc dans leurs combinaisons noires, chacun étant muni de palmes de plongée légères. Debout près du canal en V, Pitt regarda une dernière fois aux alentours. La lune n'était pas encore apparue et sous le ciel nuageux, la visibilité n'était pas de plus de dix mètres. Ils seraient virtuellement indétectables dans l'aqueduc.

— Essayez de vous freiner. Nous referons surface sous le petit pont, une fois à l'intérieur de l'enceinte, dit Pitt en enfilant ses palmes.

Il vérifia son régulateur, puis abaissa son masque et bascula doucement dans l'aqueduc. Gunn sauta quelques secondes après et Giordino s'apprêta à prendre la queue du cortège.

Le cours d'eau glacé aurait gelé un homme sans protection en quelques minutes, mais pour Pitt dans sa combinaison, elle faisait seulement l'effet d'un vent frais. Il avait presque eu trop chaud en marchant jusqu'à l'aqueduc dans sa combinaison isolée et appréciait ce petit rafraîchissement, malgré la morsure autour de sa bouche et de son masque.

Sous l'effet de la gravité, l'eau de l'aqueduc coulait plus vite qu'il ne l'avait cru, aussi s'installa-t-il sur le dos, pieds en avant. En donnant des coups de palme à contre-courant, il parvint à réduire sa vitesse à un rythme de marche. L'aqueduc suivait la route sinueuse et Pitt se sentait serpenter d'un bord à l'autre en descendant. Le canal en béton était recouvert d'une fine couche d'algues, et Pitt glissait aisément sur les parois visqueuses.

C'était presque un voyage relaxant, songea-t-il en regardant le ciel au-dessus de lui, avec les pins épais sur le bord. Puis les pins devinrent plus clairsemés et le canal se redressa en arrivant dans une clairière. Une lueur faible brillait au loin et Pitt apercevait tout juste les contours du mur de la propriété un peu plus en aval.

Il y avait en fait deux lumières, l'une sur le sommet du mur d'enceinte et une autre qui émanait de l'intérieur de la guérite des gardes. A l'intérieur, les deux gardes de service étaient assis et discutaient devant un grand panneau d'écrans. Des vidéos leur parvenaient en provenance d'une dizaine de caméras installées dans le périmètre, dont une directement au-dessus de l'aqueduc. Les images nocturnes d'un vert granuleux capturaient à l'occasion un loup ou une gazelle mais guère autre chose dans cet endroit isolé. Les gardes studieux réfrénaient leur envie de dormir ou de jouer aux cartes pour alléger leur ennui, sachant que Borjin ne tolérerait pas la moindre négligence.

A la vue de l'enceinte, Pitt dégonfla légèrement sa combinaison de manière à s'enfoncer à quelques centimètres sous la surface. Il sortit la tête juste un instant avant de s'enfoncer, le temps d'apercevoir Gunn à quelques mètres derrière lui. Il espéra que celui-ci comprendrait et se submergerait lui aussi.

L'eau était assez claire pour permettre à Pitt de deviner les lumières de l'entrée et la masse du mur d'enceinte. A mesure qu'il se rapprochait, il aplatit ses pieds et plia les genoux pour se préparer à un éventuel impact. Il ne fut pas déçu. Alors qu'il dépassait les lumières sur sa droite, ses pieds entrèrent en collision avec une grille métallique qui filtrait les débris, et empêchait les intrus de pénétrer dans la propriété par l'aqueduc. Pitt battit rapidement des pieds pour se mettre sur le côté, puis se mit à genoux et regarda en amont. Un objet noir arrivait rapidement et Pitt tendit la main pour attraper au passage un Rudi Gunn boueux une seconde avant qu'il ne s'écrase dans la grille. Un peu plus loin, Giordino apparut et il se freina avec les pieds comme Pitt.

Dans la guérite, les deux agents de sécurité ne s'étaient pas aperçus de la présence des trois intrus dans l'aqueduc, pourtant à quelques pas d'eux. S'ils avaient observé la caméra de près, ils auraient pu détecter plusieurs objets sombres dans l'eau et se seraient mis à enquêter. Si même ils étaient sortis de leur poste chauffé pour tendre l'oreille, ils auraient entendu un grincement assourdi sous l'eau. Mais ils ne firent ni l'un ni l'autre.

La grille se révéla un obstacle plus aisé à surmonter que prévu. Plutôt qu'un fin quadrillage qu'ils auraient dû découper, il s'agissait d'un simple ensemble de barres verticales espacées de vingt centimètres. A tâtons, Giordino attrapa la barre du milieu et se poussa vers le fond, où il attaqua la base avec sa scie à métaux.

Le barreau était bien rouillé et il parvint à le couper en une dizaine de mouvements. Le suivant ne lui coûta guère plus d'efforts. Enfonçant bien les pieds sur le fond de l'aqueduc, il attrapa les deux barreaux juste au-dessus des découpes et il tira. Prenant fermement appui sur ses cuisses musclées, il plia les deux barreaux vers le haut, créant un étroit passage au fond de l'aqueduc.

Gunn se reposait sur les genoux lorsque Giordino lui attrapa le bras et le guida vers l'accès. Gunn tâtonna rapidement autour de l'ouverture puis il passa en battant des jambes et en se contorsionnant. Il se retourna et battit des pieds à contre-courant jusqu'à ce qu'il aperçoive les silhouettes de Pitt et Giordino se glisser à travers l'ouverture, et il se détendit et laissa le courant l'entraîner. Ils passèrent à travers un tube en béton qui traversait la base du mur d'enceinte, glissant dans l'obscurité totale jusqu'à ce que le tuyau les recrache dans l'aqueduc à ciel ouvert de l'autre côté.

Gunn battit lentement des jambes pour remonter à la surface juste à temps pour voir le petit pont passer au-dessus de sa tête. Il essayait de se freiner lorsqu'un bras l'empoigna et le hissa sur le côté.

— Terminus, Rudi, chuchota la voix de Pitt.

Les bords raides et glissants de l'aqueduc ne facilitaient pas la sortie de l'aqueduc mais les trois hommes purent sortir près des piles du pont. Assis dans l'ombre du petit pont, ils se débarrassèrent vivement de leurs combinaisons et les entassèrent sous le pont. Un regard sur la propriété leur apprit que tout était calme, et aucune patrouille n'était visible dans les environs immédiats.

Gunn ouvrit son sac de plongée et en sortit ses lunettes, des chaussures et un petit appareil photo numérique. A côté de lui, Pitt s'était munis de son .45 et des deux radios. Il s'assura que le volume soit au plus bas, puis il en clippa une à sa ceinture et tendit l'autre à Gunn.

— Désolé, nous n'avons pas assez d'armes pour nous trois. Si tu as un problème, tu nous appelles.

— Croyez-moi, je serai sorti d'ici en un clin d'œil.

La mission de Gunn était de s'infiltrer dans le labo pour prendre des photos de l'appareil sismique, tout en attrapant des documents au passage. Au cas où il y aurait des ouvriers, Pitt lui avait donné l'ordre d'abandonner et de les attendre près du pont. Pitt et Giordino avaient l'objectif plus difficile d'entrer dans la résidence principale pour localiser Theresa et Wofford.

— Nous essaierons de nous retrouver ici, à moins que l'un de nous ne s'en sorte pas proprement. Puis nous nous dirigerons vers le garage pour prendre un véhicule de Borjin.

— Prends ça, Rudi, fit Giordino en tendant à Gunn son pied-de-biche. Au cas où la porte serait fermée… ou si un rat de laboratoire un peu trop curieux te pose problème.

Gunn hocha la tête avec un sourire forcé, puis il prit la pince et s'éloigna furtivement en direction du laboratoire. Il avait envie de maudire Pitt et Giordino de l'avoir amené ici, mais il savait que c'était la seule chose à faire. Il fallait qu'ils essaient de sauver Wofford et Theresa. Et se renseigner sur l'équipement sismique nécessitait un troisième homme. Quoique… il aurait bien fallu une centaine d'hommes, songea Rudi en levant les yeux vers le ciel dans l'espoir qu'un contingent des forces spéciales soit soudain parachuté en plein dans la propriété. Mais le ciel n'offrait que quelques étoiles dispersées, qui se donnaient du mal pour vriller à travers un fin voile nuageux.

Gunn abandonna sa prière et traversa rapidement le jardin, courant d'un buisson à l'autre. C'est seulement en franchissant l'allée d'accès qu'il ralentit, marchant sur le gravier à un rythme d'escargot de peur de faire du bruit. Il suivit les indications de Pitt et passa devant un garage ouvert et éclairé. Le tintement d'outils lui apprit qu'une personne au moins était affairée à des besognes mécaniques tardives.

Il s'apprêtait à entrer dans le laboratoire lorsque le hennissement d'un cheval tout proche le figea sur place. Il ne décelait aucun mouvement près de lui et en conclut finalement que le hennissement devait provenir des écuries à l'extrémité du bâtiment. Observant le labo, il fut soulagé de voir que seules quelques veilleuses étaient allumées au rez-de-chaussée. Certaines lampes plus vives brillaient par les fenêtres de l'étage et il entendit un léger fond musical qui venait d'en haut. Les chambres des scientifiques qui travaillaient dans le labo se trouvaient manifestement au-dessus. Après avoir vérifié une nouvelle fois qu'aucune patrouille à cheval n'était dans les parages, il se faufila jusqu'à la porte d'entrée vitrée et poussa. A sa surprise, elle n'était pas verrouillée et s'ouvrit sur la salle de contrôle. Il entra vivement et referma derrière lui. La pièce était éclairée par quelques lampes de bureau et remplie du murmure d'une dizaine d'oscilloscopes, mais en dehors de cela, elle était vide. Gunn avisa un portemanteau près de l'entrée et y attrapa l'une des blouses blanches à manches longues, qu'il enfila par-dessus sa propre veste noire. Autant avoir le costume du rôle, songea-t-il en pensant que ce serait suffisant pour tromper un observateur qui regarderait depuis l'extérieur.

Il emprunta le couloir principal, qui s'étirait sur toute la longueur du bâtiment, et remarqua que les lumières étaient allumées dans plusieurs petits bureaux. Craignant de se faire prendre dans ce grand couloir, il n'hésita qu'une seconde puis il s'y engagea en trombe. Il avançait aussi vite que ses jambes pouvaient le porter sans courir, gardant le visage vers l'avant la tête baissée. Pour les trois autres personnes qui travaillaient encore à cette heure tardive, il ne fut qu'une tache passant devant leur vitre. Ils ne virent qu'une personne en blouse blanche, un de leurs collègues, sans doute sur le chemin des toilettes.

Gun atteignit rapidement la porte épaisse au bout du couloir. Le souffle court et le cœur battant, il souleva le loquet et poussa. La porte massive s'ouvrit sans bruit, révélant l'immense chambre anéchoïque. Au centre de la pièce, sous un cercle de lumières du plafond, se trouvait l'appareil acoustique sismique de von Wachter, tout comme Pitt et Giordino le lui avaient décrit.

Soulagé de trouver la pièce vide, Gunn monta les marches du seuil et emprunta la passerelle.

— On est à mi-parcours, murmura-t-il en sortant son appareil photo.

Avec un regard pour la radio à sa ceinture, il se demanda comment s'en sortaient Pitt et Giordino.

53

— Si tu pouvais créer une distraction à l'avant, alors je pourrais me faufiler pour les surprendre sur le côté, chuchota Pitt en observant les deux gardes qui se tenaient comme des presse-livres de chaque côté de la porte d'entrée principale.

— Une visite de ma copine devrait faire l'affaire, répliqua Giordino en tapotant la grosse clé anglaise rouge pendue à sa ceinture.

Pitt baissa la tête, puis il ôta le cran de sécurité de son Colt. La nécessité de neutraliser les deux gardes pour accéder à la résidence était une évidence. Le défi serait de le faire sans tirer un coup de feu, ni alerter la petite armée que Borjin faisait travailler sur ses terres.

Les deux hommes avancèrent lentement le long d'un canal miroitant qui coulait vers la maison, progressant par petites échappées rapides. Ils s'allongèrent sur le sol pour ramper vers un massif de rosiers qui entourait la galerie couverte protégeant l'entrée principale de la résidence. Ils étaient dans le champ de vision des gardes lorsqu'ils regardèrent à travers le massif de roses de Damas ivoire.

Les deux gardes étaient appuyés contre le mur de la maison, l'air détendu, habitués au déroulement sans incident de leur garde de nuit. A l'exception d'une promenade du soir ou d'un retour tardif d'Oulan-Bator, on voyait rarement Borjin ou sa sœur après vingt-deux heures.

Pitt fit signe à Giordino de rester là et de lui accorder cinq minutes pour se repositionner. Tandis que Giordino hochait la tête et se recroquevillait derrière le massif de fleurs, Pitt longea silencieusement le demi-cercle pour aller vers l'autre extrémité. En suivant le massif, il atteignit l'allée et, comme Gunn, il avança à pas de loups sur les graviers. Le jardin était découvert entre la route et la maison et Pitt courut rapidement en se baissant. Devant la maison, se trouvaient plusieurs bosquets et il se cacha derrière un gros genévrier. Les gardes n'avaient pas bougé et n'avaient pas remarqué ses mouvements dans le noir à quelques dizaines de mètres.

Avançant en rampant, il progressa buisson par buisson jusqu'au bord du portique. Il s'agenouilla sur le sol, resserra son emprise sur le .45 et attendit que Giordino démarre le spectacle.

Ne constatant aucun mouvement suspect près des gardes, Giordino laissa une minute de plus à Pitt avant de bouger du massif de roses. Il avait remarqué que les colonnes du portique offraient un angle mort parfait pour approcher du porche. Il se déplaça vers un côté jusqu'à ce que l'une des colonnes lui bloque la vue des gardes, puis il sortit du massif.

Comme il l'avait prévu, si lui ne pouvait pas voir les gardes, eux non plus ne le voyaient pas et il poursuivit sa trajectoire en ligne droite jusqu'à l'arrière de la colonne. La porte d'entrée se trouvait à moins de six mètres et la voie était dégagée. Sans dire un mot ni proférer un son, il sortit nonchalamment de derrière la colonne, visa l'un des gardes, puis prit de l'élan et lança la clé anglaise comme un tomahawk.

Les deux gardes virent immédiatement le robuste Italien surgir devant eux, mais ils furent trop surpris pour réagir. Ils regardèrent, incrédules, un objet rouge tournoyer dans les airs vers eux, et s'écraser dans la poitrine de l'un d'eux, lui fêlant les côtes et lui coupant le souffle. Le garde blessé tomba à genoux, dans un gémissement de choc et de douleur. L'autre se porta instinctivement à son aide, puis en voyant que son collègue n'était pas blessé gravement, il se releva à la poursuite de Giordino. Sauf que ce dernier n'était plus là, s'étant retranché derrière la colonne. Le garde se précipita vers la colonne, puis il s'arrêta en entendant un bruit de pas derrière lui. Il se tourna à temps pour voir la crosse du .45 de Pitt le frapper à la tempe juste sous son casque.

Comme il perdait connaissance, Pitt parvint à glisser les mains sous les aisselles de l'homme pour le rattraper avant qu'il s'effondre au sol. Giordino surgit de sa colonne et s'approcha tandis que Pitt traînait le garde inconscient derrière un buisson. Pitt remarqua une lueur soudaine dans les yeux de Giordino avant que celui-ci ait le temps de crier : Baisse-toi !

Pitt se baissa tandis que Giordino faisait deux pas et bondissait directement vers lui. Giordino s'élança et sauta par-dessus son ami, volant vers le premier garde qui se trouvait à présent derrière Pitt. L'homme s'était rapidement remis du coup de clé anglaise et il s'était relevé avec un couteau, qu'il s'était préparé à plonger dans le dos de Pitt. Giordino leva son bras gauche en plein vol, faisant tomber le couteau du garde avant de le percuter de plein fouet. Ils tombèrent durement sur le sol ensemble, Giordino écrasant de tout son poids la poitrine de l'homme. La pression sur les côtes cassées était insoutenable et l'homme grimaça en essayant de respirer. Le poing droit de Giordino l'empêcha de crier, s'écrasant sur le côté de sa nuque et le mettant KO avant qu'un autre gargouillis ait pu s'échapper de sa bouche.

— On a eu chaud, fit Giordino, haletant.

— Merci pour le saute-mouton, dit Pitt.

Il se releva et scruta les environs. Le jardin et la maison semblaient tranquilles. Si les gardes avaient déclenché une alarme, elle n'était pas apparente.

— Mettons-les hors de vue, dit Pitt en traînant sa victime vers les buissons.

Giordino le suivit en empoignant la sienne par le col.

— Bon, j'espère que le changement d'équipe ne se fait pas tout de suite.

Tandis que Pitt déposait le corps près des buissons, il se tourna vers Giordino avec une étincelle dans le regard.

— Je crois que la relève pourrait arriver plus tôt que tu ne le crois, dit-il avec un clin d'œil entendu.

54

Theresa regardait les petites flammes lécher les pages arrachées, puis grandir petit à petit et devenir plus vives à mesure que le feu dansait au-dessus des livres. Lorsqu'il fut évident que le feu n'allait pas mourir, elle se retourna vivement vers la porte, attrapant au passage la pile de rapports que Wofford avait essayé de prendre précédemment. A l'intérieur se trouvaient des échantillons de l'imagerie détaillée de von Wachter, ainsi que les cartes des lignes de faille et leurs déroutants marquages rouges, y compris celle de l'Alaska. Après un regard pour le brasier jaune qui commençait à se développer au fond de la pièce, Theresa s'en détourna et s'élança dans le couloir.

Elle avançait en courant discrètement, aussi vite qu'elle le pouvait sans faire résonner le sol en marbre. L'adrénaline inondait ses veines alors qu'elle progressait, la perspective de la fuite devenant réalité. Le plan était simple. Ils se dissimuleraient dans le grand vestibule jusqu'à ce que l'incendie attire l'attention des gardes à l'entrée. Une fois dehors, ils essaieraient de s'approprier un véhicule en profitant du chaos et de passer le portail. Le feu était allumé et Theresa sentait une étincelle de confiance : leur modeste plan allait peut-être leur permettre de s'enfuir.

Elle ralentit le pas en arrivant dans le hall, cherchant la cachette de Wofford. Il était resté là où elle l'avait laissé, derrière une large colonne cannelée. Elle vit son regard s'emplir d'appréhension à son approche. Theresa lui sourit, indiquant par un signe de tête qu'elle avait réussi. Wofford, habituellement jovial, restait de marbre, le visage figé dans un rictus.

C'est alors que Tatiana sortit de l'ombre derrière Wofford, tenu en respect par un petit pistolet automatique appuyé contre son dos. Avec un sourire menaçant, elle s'adressa à Theresa d'une voix sifflante :

— Belle soirée pour sortir se promener, n'est-ce pas ?

Theresa, bouche bée, sentit un frisson lui parcourir la colonne vertébrale comme le Pôle Express. Puis, voyant le sourire mauvais sur les lèvres de Tatiana, sa peur fit place à la colère. Si son heure était venue, se dit-elle, elle ne se rendrait pas sans livrer bataille.

— Je n'arrivais pas à dormir, hasarda-t-elle. Nous sommes si près d'achever les analyses. J'ai convaincu le garde de nous laisser récupérer quelques rapports afin de pouvoir travailler dans nos chambres, dit-elle en montrant le dossier sous son bras.

C'était bien tenté, mais Theresa vit sur le visage de Tatiana qu'elle n'en croyait pas un mot.

— Et où est le garde ?

— Il referme le bureau.

Un effondrement de livres vint à point nommé en provenance du couloir, œuvre du feu qui avait dû atteindre le premier niveau de la bibliothèque. La curiosité se peignit sur le visage de Tatiana et elle fit un pas en direction du centre de la grande salle afin de jeter un coup d'œil dans le couloir, sans lâcher le pistolet. Wofford regarda Theresa, qui lui répondit par un léger signe de tête.

Comme s'ils avaient répété leur chorégraphie, Theresa lança sa pile de dossiers au visage de Tatiana tandis que Wofford se jetait sur son bras droit, celui qui tenait le pistolet. Avec une rapidité de serpent qui les surprit tous deux, Tatiana fit immédiatement volte-face, esquivant Wofford et laissant les dossiers rebondir, inoffensifs, sur l'arrière de sa tête. Se fendant en avant, elle frappa Theresa à la joue avec le pistolet tandis que le nuage de papiers retombait sur le sol en voltigeant.

— Je devrais vous tuer immédiatement pour ça, persifla-t-elle à l'oreille de Theresa tout en faisant signe à Wofford d'approcher. Allons voir ce que vous avez trafiqué.

Faisant avancer Theresa à la pointe de son pistolet automatique Makarov, elle la conduisit vers la porte d'entrée. De sa main libre, Tatiana ouvrit la porte.

— Gardes ! s'écria-t-elle. Venez m'aider.

Les deux gardes sur le seuil, vêtus du costume de guerre mongol et de casques métalliques qu'ils portaient bas sur le front, accoururent et prirent rapidement connaissance de la situation. Le premier s'approcha de Wofford et produisit un petit revolver qu'il coinça entre les côtes du géophysicien. Le second, plus petit, s'approcha de Theresa et l'attrapa par le bras.

— Prenez-la, ordonna Tatiana en écartant son pistolet du visage de Theresa.

Le garde s'exécuta en tirant Theresa sans ménagement à l'écart de Tatiana. Une vague de désespoir submergea Theresa et elle jeta un regard à Wofford. Etrangement, l'air lugubre de celui-ci avait fait place à l'espoir. C'est alors que l'étreinte sur son bras se desserra. De façon inattendue, le garde relâcha Theresa et attrapa soudain Tatiana par le poignet. D'une simple torsion de sa main puissante, il tordit le poignet de Tatiana tout en prenant sa main en tenaille. Le pistolet lui échappa des mains avant même qu'elle se soit rendu compte de ce qui se passait, et il tomba avec fracas sur le sol en marbre. Le garde lui tordit de nouveau le poignet et la poussa en avant ; Tatiana s'étala sur le sol avec un cri de douleur.

— Mais qu'est-ce que vous faites ? s'écria-t-elle en se relevant et en soulageant son poignet foulé.

Pour la première fois, elle regarda attentivement le garde et elle remarqua que les manches de sa chemise étaient deux tailles trop longues. Il lui adressa un sourire qui lui sembla vaguement familier tout autant qu'incongru. Elle se tourna vers l'autre garde et vit que son uniforme à lui était bien trop petit pour sa grande silhouette. Et le pistolet qu'il portait était maintenant pointé sur elle. Observant son visage, elle fut désarçonnée par les yeux verts pénétrants qui la regardaient avec une délectation moqueuse.

— Vous ! s'exclama-t-elle d'une voix rauque, sous le choc.

— Vous attendiez le livreur de pizza ? fit Pitt en pointant le .45 vers son ventre.

— Mais vous êtes mort dans le désert, bégaya-t-elle.

— Non, vous devez confondre avec votre copain le faux moine, répondit le Giordino en ramassant le Makarov.

Tatiana sembla se ratatiner à ces paroles.

— Al, tu es revenu ! dit Theresa, qui avait pratiquement les larmes aux yeux à ce retournement de situation.

Giordino lui serra la main.

— Désolé de t'avoir rudoyée en entrant, dit-il.

Theresa hocha la tête pour signifier qu'elle comprenait et lui rendit son geste.

— Nous sommes bien contents de vous voir, M. Pitt. Nous avions peu d'espoir de sortir d'ici en un seul morceau.

— Nous avons vu ce qu'ils ont fait à Roy, dit Pitt en jetant un regard froid à Tatiana. Ce n'est pas franchement une colonie de vacances, ici. Bon, au moins vous nous avez évité d'avoir à vous chercher dans ce palace.

— Je pense qu'il serait bon de songer à notre sortie, avant l'arrivée des vrais gardes du palais, suggéra Giordino en accompagnant Theresa vers la porte.

— Attendez ! l'interrompit-elle. Les rapports sismiques ! Nous avons trouvé la preuve qu'ils essaient peut-être de troubler les zones de faille tectoniques dans le golfe Persique et en Alaska.

— C'est absurde ! déclara Tatiana.

— Personne ne vous a sonnée ! fit Giordino en pointant le Makarov sur elle.

— C'est vrai, renchérit Wofford en se baissant pour aider Theresa à ramasser les papiers qui jonchaient le sol. Ils sont à l'origine de la destruction de l'oléoduc sur la rive nord du lac Baïkal qui a entraîné la vague de seiche. Ils visent également des failles dans le golfe Persique, ainsi que l'oléoduc d'Alaska.

— Ils ont déjà frappé le Golfe avec succès, je le crains, dit Pitt.

— Ces données devraient compléter utilement les photos que Rudi prend en ce moment, ajouta Giordino.

Pitt vit l'expression intriguée de Wofford et Theresa.

— Un appareil sismique acoustique se trouve dans le labo de l'autre bâtiment. Il sert, d'après nous, à déclencher des tremblements de terre, comme ceux qui ont déjà causé des dégâts importants dans des terminaux pétroliers du golfe Persique. Vos documents semblent étayer cette thèse. Nous ignorions que l'Alaska était leur prochaine cible.

Theresa se relevait, les bras pleins de papiers lorsqu'un bruit suraigu, assourdissant, emplit le couloir. Le feu dans la bibliothèque avait enfin déclenché un détecteur de fumée devant le bureau et l'alarme retentissait dans toute la résidence.

— Nous avons mis le feu au bureau, expliqua Theresa. Nous espérions nous en servir comme d'une diversion pour nous enfuir, Jim et moi.

— Peut-être est-ce encore possible, répondit Pitt, mais inutile de rester là à attendre les pompiers.

Il sortit rapidement par la porte ouverte, suivi de Theresa et Wofford. Tatiana se faufila vers le mur du fond, essayant de profiter du moment pour s'esquiver. Sa tentative fit sourire Giordino, qui s'approcha d'elle et l'attrapa par son pull.

— J'ai bien peur que vous ne deviez partir avec nous, ma chère. Vous préférez marcher ou voler ? demanda-t-il en la poussant vers la porte sans ménagement.

Tatiana se tourna vers lui d'un air hargneux, puis elle se résigna à se diriger à contrecœur vers la porte.

A l'extérieur, Pitt leur fit rapidement traverser la galerie jusqu'aux colonnes du bord, puis il s'arrêta. Un bruit de galop à sa droite l'avait averti qu'une patrouille stationnée au nord de la résidence avait entendu l'alarme et se dirigeait à toute allure vers l'entrée. Devant eux et à leur gauche, des cris et du bruit retentirent près des écuries et des logements des gardes. Pitt vit des lanternes et des lampes torches avancer vers la maison, portées par des gardes qui s'étaient réveillés en sursaut et arrivaient rapidement à pied.

Pitt regretta intérieurement que Theresa ait mis le feu à la résidence. S'ils étaient sortis quelques minutes plus tôt, la confusion aurait pu jouer en leur faveur. Mais à présent, les forces de sécurité au grand complet s'avançaient vers eux. Leur seule option était de faire profil bas et d'espérer passer inaperçus.

Pitt fit un signe en direction des rosiers derrière les colonnes.

— Tout le monde à plat ventre, dit-il. On va les laisser entrer avant de bouger, dit-il à voix basse.

Theresa et Wofford se jetèrent rapidement à terre et rampèrent derrière un buisson. Giordino poussa Tatiana derrière un rosier, puis il lui plaqua la main sur la bouche. De l'autre, il approcha le canon du Makarov de ses lèvres en faisant : « chut ».

Pitt s'agenouilla et décrocha de sa ceinture la radio portative.

— Rudi, tu m'entends ? fit-il tout bas.

— Je suis tout ouïe.

— Nous sommes en train de sortir mais il y a une sacrée ambiance. Il va falloir qu'on se retrouve en cours de route, dans cinq ou dix minutes.

— Je remballe et je me dirige vers le garage. Terminé.

Pitt se jeta au sol au moment même où trois gardes arrivaient des écuries. Passant en courant à quelques mètres de Pitt, ils s'engouffrèrent à l'intérieur sans même remarquer l'absence des gardes de part et d'autre de la porte d'entrée. Seules quelques lumières faibles étaient allumées près de la porte, ce qui laissait Pitt et les autres dans l'obscurité.

La patrouille à cheval se trouvait encore à une cinquantaine de mètres. Pitt envisagea de passer entre les rosiers et de traverser le jardin avant qu'ils se rapprochent mais il se ravisa. La patrouille ne les cherchait pas. Avec un peu de chance, l'incendie de Theresa serait suffisamment violent pour les occuper tous.

Les huit hommes lancés au galop tirèrent vivement sur leurs rênes en arrivant sur le sentier en graviers. Un sentiment désagréable envahit Pitt en les voyant se déployer en demi-cercle au bord du portique avant de s'arrêter. Deux des chevaux hennirent lorsque leurs cavaliers les immobilisèrent. A l'intérieur de la résidence, l'alarme s'interrompit brutalement, tandis que quatre autres gardes à pied approchaient d'en face et s'arrêtaient près de l'allée. Soit le feu ne pouvait être maîtrisé, soit, ainsi que Pitt le craignait, il avait déjà été éteint.

La réponse vint dans un éclair de lumière blanche aveuglant. En un seul clic sur un interrupteur, une dizaine de projecteurs installés sur les chevrons du portique s'allumèrent. La clarté des ampoules halogènes se répandit sur tout le jardin environnant, illuminant les corps de Pitt et de ses compagnons, étendus sous les rosiers.

Pitt resserra son emprise sur son .45 et visa lentement le cavalier le plus proche. Les gardes à pied étaient situés plus loin et ne semblaient pas armés. Quant aux cavaliers, c'était une autre histoire. En plus de leurs mortels arcs et flèches, Pitt eut le désagrément de constater qu'ils portaient tous des fusils, qu'ils épaulaient et dirigeaient vers eux en ce moment même. Il remarqua que Giordino lui aussi visait l'un des cavaliers mais le nombre ne jouait guère en leur faveur.

La fusillade devint complexe lorsqu'un bruit de pas retentit dans le vestibule en marbre et que quatre silhouettes sortirent sur le perron. Les trois gardes qui s'étaient précipités firent quelques pas, puis s'arrêtèrent et regardèrent Pitt et ses compagnons. La fumée et les cendres noircissaient leurs tuniques orange vif mais aucune panique ne se lisait dans leurs yeux. Pitt quant à lui, s'inquiétait des fusils d'assaut AK-74 qu'ils tenaient dans leurs bras.

Les dépassant en trombe, le quatrième homme arriva comme s'il était le maître des lieux, ce qui était vrai. Borjin était vêtu d'une robe en soie bleue, qui contrastait avec son visage rouge de colère comme une betterave. Il balaya d'un regard furieux les buissons latéraux, derrière lesquels se trouvaient les corps inconscients et dévêtus des gardes de l'entrée, bien visibles à la lumière des projecteurs. Borjin se tourna vers Pitt et ses compagnons avec un regard furieux.

Puis, d'une voix mesurée, il gronda.

— Vous allez me le payer.

55

Une vague de curiosité remplaça la peur qui avait assailli Gunn lorsqu'il était entré dans la chambre anéchoïque. Il avait vu des pièces insonorisées, mais aucune remplie de cet équipement électronique de grande puissance. Rangée après rangée d'ordinateurs et de bâtis électriques s'alignaient sur la plate-forme extérieure, lui rappelant l'équipement informatique d'un sous-marin Trident. Plus intéressant était l'étrange appendice au milieu de la pièce, composé de trois tubes conjoints qui faisaient plus de trois mètres de haut. Gunn regarda les émetteurs acoustiques, tout en sentant un frisson lui remonter l'échine à la pensée de ce que lui avait expliqué Yaeger sur cet engin qui pouvait déclencher un séisme.

Mais le frisson se transforma bientôt en suée lorsqu'il se rendit compte qu'il faisait près de quarante degrés. Il eut la surprise de découvrir que l'équipement était branché et en marche, sans doute pour un test. La chaleur générée par alimentation des appareils électroniques avait transformé la pièce en sauna. Se débarrassant de la blouse et de sa veste de pluie noire, il sortit l'appareil photo numérique et monta sur la plate-forme centrale. Commençant par une extrémité, il se mit à photographier précipitamment chaque pièce de l'équipement. Suant à grosses gouttes, il alla à la porte et l'ouvrit, faisant pénétrer un souffle d'air frais. Afin de mieux entendre d'éventuels bruits de pas et de recevoir les communications radio, il laissa la porte ouverte et poursuivit son travail de photographie.

Gunn s'arrêta lorsqu'il atteignit une grande console devant laquelle se trouvait un fauteuil en cuir. Il s'y glissa et étudia l'écran plat aux couleurs vives devant lui. Une fenêtre pop-up était ouverte sur l'écran avec les mots TEST EN COURS, en allemand. Gunn avait quelques notions de cette langue, pour avoir passé plusieurs mois avec une équipe de chercheurs allemands à étudier le *Wilhelm Gustloff*, paquebot de la Seconde Guerre mondiale englouti, et il déchiffra le programme du test en cours. Il cliqua sur une boîte indiquant ANNULER et une image abstraite vive apparut soudain à l'écran.

Le moniteur montrait une image en trois dimensions de couches sédimentaires, chacune d'elles dans une nuance différente de jaune d'or. Une échelle sur le côté indiquait cinq cents mètres et Gunn devina qu'il s'agissait d'une image stratigraphique du sédiment directement en dessous du labo. Gunn s'empara de la souris sur la table et l'attira vers lui. Tandis que le curseur descendait sur l'écran, un bruyant tic-tac fut émis par les transducteurs à quelques pas de lui. Le tic-tac s'arrêta bientôt et le moniteur s'ajusta à une nouvelle image souterraine. Gunn remarqua que l'échelle indiquait à présent cinq cent cinquante mètres.

Von Wachter avait vraiment perfectionné son système d'imagerie sismique à un degré remarquable. Gunn bougeait la souris, admirant une image limpide des couches de sédiments à des centaines de mètres en dessous de lui. A côté de lui, l'appareil acoustique cliquetait tandis qu'un moteur électrique faisait tourner le mécanisme et changeait l'angle de pénétration. Comme un gosse sur un jeu vidéo, Gunn était temporairement absorbé par les images produites par l'instrument et étudiait les anomalies souterraines. Il remarqua à peine que Pitt l'appelait sur la radio et dut se précipiter à la porte pour ne pas perdre le signal.

Une fois la communication coupée, il jeta un rapide regard dans le couloir. Ne voyant aucun signe de vie, il regagna rapidement la plate-forme pour finir de prendre en photo l'appareil et tout l'équipement auxiliaire. Puis il enfila sa veste et s'apprêtait à partir lorsqu'il s'arrêta pour fouiller parmi les documents empilés sur la console. Il trouva ce qui ressemblait à un mode d'emploi, un épais livret maintenu par une petite planchette à pince métallique. Les premières pages manquaient, sans doute celles qui avaient été prises par Pitt. Gunn fourra le manuel et la planchette dans une poche poitrine de sa veste, puis il se dirigea vers la porte. Il s'apprêtait à sortir quand une voix retentit dans sa radio.

Son cœur bondit lorsqu'il s'aperçut que ce n'était pas celle de Pitt et que tout était perdu.

56

Pitt se releva doucement, tout en gardant le Colt pointé vers le bas contre sa jambe, de manière à ne pas inciter un excité de la gâchette à tirer. Il attendit que Giordino ait relevé Tatiana et l'ait tournée vers son frère, le Makarov clairement visible contre son oreille. Tatiana fit quelques efforts futiles pour lui échapper mais en vain.

— Lâchez-moi, espèce de porc ! Vous êtes des hommes morts, siffla-t-elle.

Giordino se contenta de sourire en attrapant une poignée de ses cheveux et en enfonçant le canon du Makarov dans son oreille. Tatiana grimaça de douleur et cessa de se débattre.

Alors que tous les regards étaient braqués sur Tatiana, Pitt baissa doucement son Colt jusqu'à ce qu'il soit pointé sur le tronc de Borjin. Avec sa main gauche, il appuya discrètement sur le bouton TRANSMET-TRE/ÉMETTRE de sa radio, dans l'espoir de prévenir Gunn de leur situation.

Borjin regarda sa sœur en péril avec peu d'intérêt. Lorsqu'il scruta plus attentivement Pitt et Giordino, ses yeux s'écarquillèrent soudain.

— Vous ! s'écria-t-il, avant de reprendre son sang-froid. Vous avez survécu à votre fuite dans le désert pour vous introduire de nouveau dans ma propriété ! Pourquoi une telle folie ? Simplement pour sauver la vie de vos amis ? demanda-t-il avec un signe de tête en direction de Theresa et Wofford qui s'étaient sagement abrités derrière Tatiana.

— Nous sommes venus mettre un terme à vos séismes et à votre saccage meurtrier pour le pétrole, répondit Pitt. Nous sommes venus chercher nos amis. Et Gengis.

La référence de Pitt aux séismes ne suscita aucune réaction. Mais celle au seigneur mongol de la guerre fit trembler presque tout le corps de Borjin. Ses yeux se rapprochèrent, son visage devint rouge et Pitt s'attendit presque à voir des flammes lui sortir de la bouche.

— La mort vous accueillera en premier, cracha-t-il en faisant un signe aux gardes qui l'entouraient.

— Peut-être. Mais vous et votre sœur allez m'accompagner dans ce voyage.

Borjin regarda l'homme buriné qui le menaçait avec tant d'audace. Il voyait la détermination d'acier dans les yeux de Pitt indiquant qu'il avait déjà côtoyé la mort un grand nombre de fois. Tout comme sa propre idole, Gengis, il ne montrait aucune peur au combat. Mais il soupçonnait chez Pitt une faiblesse, qu'il pourrait utiliser à son avantage, afin d'être débarrassé de lui une fois pour toutes.

— Mes hommes vous mettront en pièces en une seconde, menaça-t-il à son tour. Mais je ne souhaite pas voir mourir ma sœur. Relâchez Tatiana et vos amis seront libres.

— Non ! protesta Theresa en venant se placer devant Giordino. Vous devez tous nous laisser partir !

Puis elle chuchota à l'oreille de Giordino : « Nous n'allons pas vous laisser vous faire assassiner. »

— Vous n'êtes pas en position de dicter vos exigences, répliqua Borjin.

Il feignit de faire les cent pas, mais Pitt devina qu'il

essayait d'esquiver sa ligne de mire. Pitt resserra son étreinte sur son .45 tandis que Borjin se plaçait derrière l'un des gardes et s'arrêtait.

L'explosion retentit comme un coup de massue sur une bouilloire en fer. Mais la détonation ne venait d'aucune des armes pointée de part et d'autre de l'entrée. Le son provenait de l'autre côté de la propriété, dans la direction du laboratoire. Vingt secondes s'étaient écoulées, tous restant figés de surprise, lorsqu'une nouvelle détonation retentit, identique à la première. Tatiana fut la première à reconnaître le bruit. D'une voix inquiète, elle cria à son frère :

— C'est l'appareil de von Wachter. Quelqù'un l'a mis en marche.

Comme la vibration fracassante du gong d'un temple, une troisième détonation retentit et noya ses paroles.

*
* *

Gunn avait fait preuve d'un sang-froid remarquable sous la pression. Il savait que Pitt aurait voulu qu'il s'enfuie avec les photographies compromettantes, qu'il contacte les autorités et dénonce Borjin au tribunal de l'opinion mondiale. Mais il lui était impossible de partir en abandonnant ses amis à la mort. Sans autre arme qu'un pied-de-biche, se précipiter à leur aide n'aurait mené à rien, sinon à sa propre mort. Mais peut-être, s'était-il dit, peut-être qu'il pourrait tourner le démon de Borjin contre son maître.

Gunn rentra dans la chambre anéchoïque et referma la porte derrière lui, puis il se précipita vers la console. Il se réjouissait à présent que le système n'ait pas été éteint et qu'il ait pris le temps un peu plus tôt de jouer avec les leviers. Bondissant sur le siège, il attrapa la souris et descendit rapidement l'écran, à la recherche d'une image qu'il avait vue précédemment. Tandis que le tripode cliquetait et bourdonnait pour suivre ses instructions, Gunn déplaçait frénétiquement le curseur. Enfin, il aperçut la strate qu'il recherchait. Il s'agissait d'une rupture dans la ligne entre deux couches sédimentaires. Autour de la coupure se trouvaient une dizaine de taches rondes qui étaient en réalité des fissures dans la roche. Il ignorait totalement s'il s'agissait ou non d'une faille, et s'il y avait de la pression qui s'exerçait sur ce point. Peut-être qu'avec cet appareil, cela n'était même pas nécessaire. Gunn ne disposait pas des réponses, mais en toute logique, c'était la meilleure perspective qu'il avait dans les circonstances actuelles.

Il guida le curseur vers la coupure et cliqua sur le bouton. Une réticule se mit à clignoter sur le point indiqué tandis que le tripode recommençait à cliqueter. Gunn déplaça le curseur sur le haut de l'écran et fit rapidement dérouler les menus. La sueur se mit à dégouliner de son front tandis qu'il travaillait avec agitation. Toutes les commandes étaient en allemand, l'appareil ayant été créé par von Wachter et son équipe. Gunn fit désespérément appel aux recoins de son cerveau, essayant de ressusciter mots et expressions oubliés. Il se souvenait du rapport de Yaeger expliquant que von Wachter utilisait une concentration d'ondes haute-fréquence dans son imagerie, donc il sélectionna la plus haute fréquence possible. Il devina que WEITE signifiait amplitude et choisit le plus grand niveau de puissance, puis il sélectionna un intervalle de vingt secondes. Une boîte de dialogue rouge clignotante apparut avec AKTIVIEREN en caractères gras. Gunn croisa mentalement les doigts et cliqua sur OK.

Au début, rien ne se produisit. Puis, une longue séquence de programme se déroula sur l'écran à une vitesse rapide. Cela était peut-être dû aux sens affûtés de Gunn, mais les amplificateurs de puissance et les ordinateurs semblèrent se réveiller, avec un bourdonnement grave. Il s'épongea le front, certain que la température de la pièce avait augmenté d'au moins dix degrés. Il remarqua que le tripode cliquetait de nouveau, mais avec une crescendo plus important. Puis, dans un vacillement de lumières, une détonation retentit à partir de la pointe inférieure du tripode. On aurait dit que la foudre venait de frapper à quelques pas. L'explosion acoustique fit trembler le bâtiment et jeta presque Gunn à bas de son fauteuil. Il se dirigea en trébuchant vers la porte, les oreilles sifflantes, puis il s'arrêta et regarda la pièce, affolé.

La chambre anéchoïque. Elle était conçue pour absorber les ondes sonores. Même les détonations concentrées de l'appareil allaient être sérieusement étouffées par les panneaux isolants du sol. Ses efforts pour activer le système allaient s'avérer vains.

Gunn bondit de la passerelle sur le sol en caoutchouc mousse et avança vers le tripode. Il anticipa la deuxième détonation et se couvrit les oreilles au moment où elle retentit depuis les tubes transducteurs, explosant avec un bang assourdissant.

Le fracas mit Gunn à genoux, mais il se rétablit rapidement et rampa jusqu'à la base du tripode. Arrachant frénétiquement les blocs de caoutchouc-mousse sous l'appareil, il fit le décompte des secondes à haute voix dans l'attente de la détonation suivante. La chance était de son côté : les panneaux de mousse n'étaient pas attachés au sol et pouvaient se détacher sans effort par gros morceaux. Sous la mousse, le sol semblait carrelé, mais Gunn vit à la finition argentée terne que les carreaux étaient en plomb, pour compléter l'isolation phonique. Gunn en était à onze lorsqu'il se précipita sur la console et attrapa le pied de biche qu'il avait laissé là. Plantant la lame dans un joint du carrelage, il souleva prestement l'un des carreaux et l'écarta. Malgré le décompte déjà à dix-huit, il plongea pour enlever trois autres carreaux, formant un carré sous la pointe de l'appareil.

Dans l'excitation, Gunn avait compté trop vite et il eut finalement le temps de faire un pas en arrière avant que le troisième coup retentisse. Plaquant ses mains sur les oreilles, il observa la fine épaisseur de béton qui formait les fondations du bâtiment et qui demeurait sous l'appareil.

— Ça, je ne peux rien y faire, murmura-t-il après que le bruit se fut éteint, tout en se dirigeant vers la porte.

En ouvrant la lourde porte, il s'attendait presque à se trouver face à un bataillon de gardes armés attendant qu'il sorte. Mais les gardes s'étaient tous précipités vers la résidence, au moins temporairement. Il ne vit qu'un groupe de scientifiques, dont certains en pyjama, qui s'agitaient à l'autre extrémité du couloir. Une fois sorti, Gunn fut accueilli par le hurlement de l'un des scientifiques, déclenchant un mouvement du groupe furieux dans sa direction. Avec seulement quelques mètres d'avance, Gunn se précipita dans le premier bureau sur sa droite.

Comme de nombreux bureaux de ce bâtiment, il était décoré de façon spartiate, avec un bureau en métal gris au milieu d'un mur et une table de laboratoire couverte d'instruments sur un côté. La seule chose importante pour Gunn était la fenêtre panoramique qui donnait sur le jardin. S'en approchant, il remercia en silence Giordino de lui avoir prêté le pied de biche qu'il serrait dans sa main. Avec un coup puissant, il lança l'extrémité du pied de biche dans un coin, faisant voler le verre en éclats. Il venait à peine de toucher le sol lorsque retentit la quatrième et dernière détonation émise par l'appareil acoustique, avec un impact bien moins violent pour Gunn maintenant qu'il se trouvait à l'extérieur du bâtiment.

Un chœur de hurlements retentit par la fenêtre brisée lorsque les scientifiques passèrent en ignorant Gunn pour se précipiter vers la chambre anéchoïque. Il savait qu'ils allaient désactiver le système avant une nouvelle détonation. Son pari insensé pour essayer de déclencher un tremblement de terre était terminé. Tout comme, pensa-t-il avec angoisse, sa chance de sauver la vie de Pitt et de Giordino.

57

Lorsque la deuxième détonation retentit dans la propriété, Borjin ordonna à deux gardes à cheval d'aller enquêter. Ils s'éloignèrent rapidement au galop dans l'obscurité tandis qu'un léger grondement résonnait au loin. La troisième explosion noya le bruit de sabots et le grondement lointain.

— Vous avez amené des amis ? demanda Borjin à Pitt d'une voix moqueuse.

— Assez pour vous faire fermer boutique une fois pour toutes, rétorqua Pitt.

— Dans ce cas, ils mourront avec vous.

Un bruit de verre brisé résonna vers le laboratoire, suivi par une quatrième détonation de l'appareil sismique acoustique. Puis le silence retomba.

— On dirait que vos amis ont fait la connaissance de mes gardes, dit Borjin avec un sourire.

Le ricanement était toujours sur son visage lorsqu'un deuxième grondement se réverbéra sur les collines comme un bruit d'orage. Sauf que cette fois, le grondement continua à résonner, avec l'intensité croissante d'une avalanche qui approche. A l'extérieur des murs d'enceinte, une meute de loups se mit à hurler avec dans un lugubre unisson. A l'intérieur, les chevaux leurs donnèrent la réplique par de bruyants hennissements, dans l'attente nerveuse du cataclysme imminent que les humains ne percevaient pas encore.

A mille mètres sous la surface de la terre, un trio d'ondes acoustiques condensées, émises par les trois transducteurs, avaient convergé sur la fracture ciblée par Gunn. La coupure sédimentaire était bien une vieille ligne de faille oblique. Les deux premières détonations, dissipées par l'isolation de la chambre, avaient faiblement troublé la faille. Mais la troisième avait frappé avec toute la puissance des ondes de choc convergentes. Bien que les sédiments aient tenu bon, les ondes sismiques se propageaient avec une vibration qui avait ébranlé la ligne de faille. Lorsque la quatrième détonation était arrivée, elle avait suffi à déclencher le séisme.

Une ligne de faille est par nature sujette aux mouvements. La plupart des séismes résultent d'une libération brusque d'énergie résultant d'un déplacement sur une zone de faille. La pression s'accumule sur un point le long de la faille à cause de mouvements de la croûte terrestre jusqu'à ce qu'un soudain glissement relâche la pression. Le déplacement se réverbère jusqu'à la surface, diffusant diverses ondes de choc qui créent un tremblement de terre.

Dans le cas de la faille située sous le flanc de la montagne mongole, le quatrième et dernier bombardement d'ondes acoustiques avait frappé comme une torpille. Les vibrations sismiques avaient secoué la fracture, la faisant glisser à la fois verticalement et horizontalement. Le déplacement était infime, seulement quelques centimètres sur une ligne de faille de quatre cents mètres, mais comme elle se trouvait près de la surface, l'impact fut dramatique.

Les ondes de choc se propagèrent dans le sol en une terrible agitation de secousses horizontales et verticales. Sur l'échelle de Richter, le séisme résultant aurait une magnitude de 7.5. Mais cette mesure ne reflétait pas la véritable intensité ressentie à la surface, où le tremblement sembla dix fois plus puissant à ceux qui se trouvaient sur le sol.

Pour Pitt et les autres, le mouvement fut précédé du grondement sourd, qui crût en intensité jusqu'à ressembler au passage sous terre d'un train de marchandises. Puis les ondes de choc atteignirent la surface et le sol sous leurs pieds se mit à vibrer. Tout d'abord, le sol trembla d'avant en arrière. Puis il sembla se briser dans toutes les directions, avec une intensité croissante.

Pitt et les gardes s'observaient avec prudence lorsque le séisme commença, mais la violence du séisme eut bientôt jeté tout le monde à terre. Pitt regarda l'un des gardes tomber à la renverse sur les marches du porche, sa mitraillette à quelques pas de lui. Pitt ne lutta pas pour rester debout mais choisit plutôt de plonger à terre, jetant ses bras tendus avec son .45 devant lui. L'arme, plus petite et plus légère, lui donnait soudain un avantage sur les gardes ; il visa le plus proche de lui, seul à se tenir encore debout, et pressa la détente. Malgré la vibration, Pitt atteignit sa cible et l'homme s'étala sur le dos. Pitt dirigea vivement son arme vers le deuxième garde, qui se tenait à quatre pattes pour retrouver son équilibre. Pitt tira trois coups successifs tandis que l'autre ripostait par une rafale de son AK-47. Deux des trois coups de feu de Pitt atteignirent leur cible, tuant le garde sur le coup tandis que sa rafale de mitrailleuse arrosait le sol à côté de Pitt.

Ce dernier tourna immédiatement le canon de son arme vers le premier garde, qui était tombé juste devant Borjin. Le magnat mongol avait monté en hâte les marches du perron au premier coup de feu et lorsque Pitt se tourna dans cette direction, il s'abrita derrière la porte. Le garde essaya de le suivre, et il avait atteint le seuil lorsque Pitt fit feu. Une autre détonation retentit derrière lui, tirée par Giordino après qu'il eut jeté violemment Tatiana au sol. Le tremblement était à son apogée et il devenait impossible de viser correctement. En vacillant, le garde se jeta à l'intérieur de la résidence, indemne.

À chaque extrémité de l'allée, les gardes à cheval n'étaient guère préoccupants. Un chœur de reniflements et de hennissements émanaient des chevaux, qui ne comprenaient pas pourquoi le sol tremblait sous leurs sabots. Trois des animaux terrifiés se cabrèrent de façon répétée et leurs cavaliers s'accrochèrent désespérément aux rênes. Un quatrième s'élança en ruant dans l'allée, piétinant les cadavres des gardes en filant au grand galop vers la carrière.

La secousse violente dura près d'une minute, durant laquelle les observateurs prostrés eurent l'impression que leur corps tournoyait en l'air. À l'intérieur de la résidence, il y eut un fracas de bris de verre et de lampes et les lumières commencèrent à s'éteindre. De l'autre côté, une alarme se mit à gémir faiblement dans le laboratoire.

Puis tout fut terminé. Le grondement cessa, le tremblement diminua graduellement et un calme menaçant tomba sur la propriété. Les projecteurs du portique étaient morts, ce qui plongea Pitt et ses compagnons dans une obscurité bienvenue. Mais il savait que le combat était loin d'être fini.

Passant les autres en revue, il constata que Theresa et Wofford étaient indemnes, mais un flot de sang coulait sur la jambe gauche de Giordino. Celui-ci observa sa blessure avec un air de légère contrariété.

— Désolé, chef. J'ai reçu un ricochet de Mitraillette Kelly. Aucun os touché.

Pitt hocha la tête puis il se tourna vers les cavaliers, dont les montures se calmaient à présent.

— Allez vous abriter derrière les colonnes ! Vite, ordonna Pitt.

Il avait à peine prononcé ces mots qu'un coup de fusil fut tiré par l'un des cavaliers.

Avec un léger boitillement, Giordino traîna Tatiana jusqu'à la base de l'une des colonnes tandis que Wofford et Theresa se recroquevillaient derrière une autre.

Pitt tira dans la direction du tireur pour les couvrir avant de se précipiter à l'abri. Cachés derrière les colonnes en marbre, ils étaient au moins temporairement hors de portée du feu de la résidence comme de la patrouille à cheval.

Une fois leurs chevaux calmés, les cinq gardes qui restaient étaient libres d'ouvrir le feu et ils arrosèrent au hasard les trois colonnes. Mais tandis que leur gibier était à présent hors de vue, ils se trouvaient eux à découvert. Prestement, Giordino se pencha et décocha deux tirs rapides au cavalier le plus proche avant de se remettre à l'abri. Le garde reçut une balle à la jambe et une à l'épaule, et ses camarades ripostèrent en ébréchant la colonne en marbre qui abritait Giordino. Le cavalier blessé lâcha son arme et battit en retraite vers un buisson derrière l'allée. Tandis que Giordino était la cible de nouveaux coups de feu, Pitt tira à son tour deux balles, atteignant un autre garde au bras. Le chef de la patrouille aboya un ordre et les cavaliers restants se retirèrent vers les buissons.

Giordino se tourna vers Pitt.

— Ils vont revenir. Un dollar qu'ils descendent de cheval pour revenir à pied par surprise.

— Ils essaient sans doute de nous encercler en ce moment même, répondit Pitt.

Il songea à Gunn et voulut prendre sa radio mais elle avait disparu. Elle avait dû tomber pendant le séisme se perdre quelque part dans le noir.

— J'ai perdu la radio, grommela-t-il.

— Je doute que Rudi puisse nous aider davantage. Je n'ai plus que cinq balles.

Pitt lui non plus n'avait plus guère de munitions. Avec Wofford et Giordino blessés tous les deux, ils ne pouvaient pas se déplacer très loin rapidement. Les gardes devaient former un nœud coulant tout autour de la propriété pour arriver sur eux par trois côtés. Pitt regarda la porte d'entrée ouverte et décida que la maison serait peut-être le meilleur lieu pour organiser leur défense. Elle était étrangement silencieuse. Peut-être qu'après tout, Giordino et lui avaient blessé le garde et qu'il n'y avait plus que Borjin à l'intérieur.

Pitt se releva en appui sur un genou et s'apprêta à guider les autres vers l'entrée lorsqu'une ombre apparut sur le seuil. Dans la pénombre, Pitt décela ce qui ressemblait au canon d'une arme. Un frémissement dans les rosiers derrière lui, lui apprit qu'il était trop tard. Le piège avait été mis en place et il n'y avait plus moyen de s'enfuir. Sans armes, dépassés en nombre et avec nulle part où se cacher, ils allaient devoir mener leur dernier combat ici même.

C'est alors qu'un profond grondement retentit dans la montagne. Il était similaire, mais étrangement différent, au rugissement qui avait précédé le séisme. Et avec lui arrivait un nouveau cataclysme aussi inattendu que meurtrier.

58

Pitt tendit l'oreille et remarqua que le bruit venait du haut de la montagne et non du sous-sol. C'était un bruit de tonnerre qui au lieu de diminuer ne faisait que s'amplifier à chaque seconde. Tout le monde avait les yeux rivés sur l'entrée principale, vers laquelle le son semblait se diriger. Contre toute attente, le grondement s'amplifia encore jusqu'à atteindre l'intensité du rugissement d'une douzaine de jumbo jets 747 s'élançant ensemble sur une piste de décollage.

Par-dessus le vacarme, deux cris de panique retentirent près de l'entrée de la propriété. Les deux gardes du portail, derrière le mur, se dépêchèrent d'ouvrir la grande porte en fer. Leurs cris et leur tentative de fuite furent noyés sous le déferlement d'un immense mur d'eau.

A quatre cents mètres en amont, le séisme avait créé un profond fossé perpendiculaire à la rive. Le torrent furieux s'était mis à tourbillonner, poussé par la gravité dans une nouvelle direction. Près de l'embouchure de l'aqueduc, la rivière tout entière s'était déplacée latéralement et dévalait le long du chemin de terre surélevé.

Un haut accotement, servant de digue entre la route et l'aqueduc, avait créé un barrage involontaire tout près de la propriété. Les eaux torrentueuses remplirent la cuvette qui se trouvait derrière, la transformant en un vaste réservoir, jusqu'au moment où elle commença à déborder. L'eau fissura le mur de terre qui s'élargit rapidement à la base. En un éclair, l'accotement tout entier s'effondra sous son propre poids, libérant une immense quantité d'eau.

Le flot d'eau noire glacée s'élança vers le mur d'enceinte en une vague de trois mètres. Les gardes du portail, qui avaient pris conscience trop tard de l'inondation, furent écrasés par la vague lorsqu'elle percuta le portail et passa par-dessus le mur d'enceinte. Le torrent perdit un peu d'élan avant d'arracher le portail d'entrée tout en opérant une brèche dans le mur au-dessus de l'aqueduc. Les deux cours d'eau joignirent leurs forces à l'intérieur de la propriété et s'élancèrent vers la résidence en formant une vague de deux mètres.

Pitt observa le mur d'eau qui approchait et sut qu'ils n'avaient aucune chance d'y échapper, surtout pour Giordino et Wofford. Après un coup d'œil aux alentours, il ne vit qu'une chance de survie.

— Accrochez-vous aux colonnes et tenez bon ! cria-t-il.

Les colonnes doriques en marbre qui soutenaient le portique étaient profondément cannelées, et les entailles verticales permettaient une bonne prise. Theresa et Wofford étirèrent leurs bras au maximum autour de la colonne et se tinrent la main. Giordino s'agrippa d'une main tout en conservant le Makarov bien serré dans l'autre main. Tatiana abandonna sa peur de se faire tirer dessus et s'accrocha à la taille de Giordino. Pitt eut à peine le temps de s'aplatir, d'attraper la colonne et retenir son souffle avant de se faire recouvrir par le déluge.

Les cris des hommes lui parvinrent avant la vague. Les gardes qui avaient furtivement encerclé l'allée furent pris au dépourvu par l'inondation, balayés par la vague qui roulait vers la résidence. Pitt en entendit le cri d'agonie d'un garde qui passait à quelques pas de lui, emporté par les flots.

La vague suivait le chemin de moindre résistance, inondant la partie nord de la propriété et ignorant le labo et le garage. Accompagnée par un profond grondement, elle se fracassa sur la maison. Ainsi que Pitt l'avait espéré, les colonnes en marbre atténuèrent le choc, mais il eut tout de même les jambes arrachées du sol et il fut entraîné vers la maison. Il s'agrippa de toutes ses forces à la colonne tandis que la vague initiale déferlait, puis que le courant puissant refluait graduellement. Sa crainte initiale d'être écrasé et emporté par l'eau fit place au choc du liquide froid. L'eau glaciale lui coupa le souffle et lui piqua la peau comme un millier d'aiguilles acérées. Agrippant la colonne, il se releva et se rendit compte que l'eau avait baissé et lui arrivait à la taille. Derrière la colonne voisine, il vit Giordino relever Tatiana, toussant et crachant. Une seconde plus tard, Theresa et Wofford émergèrent eux aussi, le souffle coupé.

Le mur d'eau s'était engouffré dans la maison, en quête d'un nouveau chemin pour redescendre la montagne. Bien qu'il y ait eu soixante centimètres d'eau qui tourbillonnaient à travers un cratère qui avait autrefois été une porte d'entrée, le plus gros de l'inondation avait été repoussé par le bâtiment massif. Les eaux tourmentées finirent par le long de l'aile nord de la résidence, se déversant par-dessus la falaise de derrière en une large cascade. Par-dessus le grondement de la rivière, résonnaient les cris assourdis d'hommes dispersés de-ci de-là, qui n'avaient survécu au choc que pour se retrouver emportés par le courant. Non loin d'eux, une forte éclaboussure leur apprit que la pointe nord de la résidence s'était éboulée sous la force des eaux.

Le débit et le courant s'apaisèrent devant la maison et Pitt avança en pataugeant vers les autres qui s'étaient rassemblés autour de Giordino. Le visage fermé, il remarqua les cadavres de plusieurs gardes qui flottaient dans l'allée. Une fois à sa colonne, il trouva Theresa qui le regardait avec des yeux vitreux en tremblant de façon incontrôlable. Même Giordino habituellement solide comme un roc, semblait engourdi par le froid, l'immersion dans l'eau glacée s'ajoutant à l'effet de la blessure par balle pouvait provoquer un traumatisme. Pitt savait qu'ils risquaient tous l'hypothermie s'ils n'échappaient pas à l'eau glacée.

— Il faut gagner une zone sèche. Par ici, dit-il en tendant la main vers le labo, qui se trouvait sur une petite éminence.

Wofford aida Theresa tandis que Pitt s'assurait que Tatiana ne fausse pas compagnie à Giordino. Ses inquiétudes étaient vaines, car la sœur de Borjin était complètement subjuguée par le bain glacé.

La rivière sortie de son lit s'était établie en deux canaux principaux qui coulaient dans la propriété. Le premier courait du portail d'entrée jusqu'à la bordure nord de la résidence, où l'eau continuait à grignoter les murs en train de s'effondrer. Une deuxième branche tourbillonnait en direction du laboratoire avant d'obliquer vers le portique de la maison. Une partie de l'eau passait à travers le bâtiment, tandis que le reste rejoignait l'écoulement principal en passant par le côté.

C'était le second écoulement qui avait submergé Pitt et les autres. Il guida rapidement le groupe hors de la partie la plus profonde, mais ils se trouvaient toujours face à une nappe d'eau glacée qui leur arrivait aux chevilles et qui s'étendait dans toutes les directions. Autour d'eux, cris et hurlements retentissaient tandis que les scientifiques essayaient d'empêcher l'inondation du laboratoire. Dans le garage, on entendit une voiture démarrer et quelqu'un crier. Un bruit de bagarre s'ensuivit à l'extérieur. Les chevaux des gardes s'étaient échappés du corral pendant le séisme et le troupeau galopait affolé à travers la propriété.

Pitt avait ses propres problèmes à régler. Voyant Theresa tomber à genoux, il se précipita pour aider Wofford à la relever.

— Elle est en train de perdre connaissance, murmura-t-il à Pitt.

Pitt la regarda dans les yeux et vit un regard fixe. Le tremblement incontrôlable se poursuivait et sa peau était pâle et moite. Elle était au bord de l'hypothermie.

— Il faut la réchauffer et la sécher, pronto, dit Wofford.

Au milieu de la propriété inondée, leurs options étaient limitées. Et la situation ne s'améliora pas quand un véhicule sortit en trombe du garage tous phares allumés.

Il y avait presque trente centimètres d'eau sur le terrain autour du garage mais la voiture laboura le sol comme un char d'assaut. Pitt regarda avec inquiétude le véhicule obliquer vers eux, pour se diriger vers la résidence. Le conducteur fit un appel de phares, puis il se mit à osciller comme un serpent ivre. Au bout de moins d'une minute, les phares les illuminèrent et le chauffeur cessa de zigzaguer et accéléra pour se diriger droit sur eux.

Le groupe s'était figé sur place au milieu du jardin. Il n'y avait aucune cachette à leur portée. De toute façon, l'eau noire qui tourbillonnait à leurs chevilles les aurait empêchés de fuir assez rapidement. Pitt examina calmement le véhicule qui s'approchait, puis il se tourna vers Wofford.

— Soutiens Theresa pendant un moment, dit-il en ôtant le bras de la jeune femme de son épaule.

Puis, il leva son .45 et visa le pare-brise avant du

550

véhicule et le visage invisible du conducteur derrière le volant.

Pitt tint l'arme fermement, ses doigts bien serrés sur la détente. Le conducteur ignora la menace et poursuivit sa route, faisant jaillir des gerbes d'eau du pare-chocs avant et des garde-boue. Alors que la voiture se rapprochait, elle glissa sur un côté, puis commença à ralentir. Pitt s'abstint de tirer, et la Range Rover noire fit un large dérapage puis s'arrêta à quelques mètres devant eux. Pitt ajusta sa visée par la fenêtre du conducteur qui lui faisait maintenant face et il avança bras tendu avec le Colt en avant.

La voiture resta à tourner au ralenti, lâchant de petits nuages de vapeur. Puis la vitre teintée du conducteur s'ouvrit doucement jusqu'en bas. Dans l'intérieur noir de la voiture, un visage à lunettes familier sortit par la fenêtre.

— Quelqu'un a appelé un taxi ? demanda Rudi Gunn avec un grand sourire.

59

Pitt déposa Theresa sur la banquette arrière de la Range Rover tandis que Giordino poussait Tatiana à l'intérieur, puis grimpait à sa suite. Wofford s'installa sur le siège passager et Gunn mit le chauffage à fond. Giordino déshabilla un peu Theresa une fois son propre tremblement calmé. Le chauffage leur fit du bien à tous et Theresa les surprit bientôt en se redressant pour aider Giordino à bander sa jambe.

— Est-ce toi que nous devons remercier pour avoir fait trembler la demeure de Borjin ? demanda Pitt à Gunn en s'accoudant à la fenêtre du conducteur.

— C'est le Dr von Wachter, en fait. Son appareil sismique marche pour de bon, et il est très facile à utiliser. Je me suis lancé, j'ai appuyé sur un bouton et hop, secousse instantanée.

— Je dois dire que c'est tombé pile au bon moment.

— Bien joué, le séisme, Rudi, grogna Giordino depuis l'arrière, mais en revanche le bain d'eau glacé n'était pas nécessaire.

— Je ne peux pas vraiment revendiquer les petits bonus de l'incendie et l'inondation, fit Gunn avec une humilité feinte.

Pitt se tourna vers le laboratoire et remarqua pour la première fois un panache de fumée et de flammes qui sortait des fenêtres de l'étage. Quelque part dans le bâtiment, une conduite de gaz rompue s'était enflammée, envoyant une boule de feu à travers la structure. Une foule échevelée de scientifiques sortait désespérément du matériel de recherche et des effets personnels avant que tout le bâtiment ne s'embrase.

Réchauffée, Tatiana retrouva subitement son impolitesse.

— Débarrassez le plancher ! éructa-t-elle soudain. C'est la voiture de mon frère.

— Moi aussi je trouve que c'est un bon choix, répliqua Gunn. Rappelez-moi de le remercier d'avoir laissé les clés sur le contact.

Gunn ouvrit la porte et fit mine de descendre pour laisser sa place à Pitt.

— Tu veux conduire ? proposa-t-il. Je peux aller derrière avec la tigresse.

— Non, répondit Pitt en scrutant la maison. Je veux Borjin.

— Allez-y, lança Tatiana, pour qu'il puisse vous tuer.

Giordino en avait assez. Avec un coup de poing rapide, il frappa Tatiana à la mâchoire et elle tomba inconsciente sur la banquette.

— J'en avais envie depuis un bout de temps, dit-il sur un ton d'excuse, avant de se tourner vers Pitt. Tu vas avoir besoin de renfort.

— Oui mais pas d'un éclopé, répondit-il en désignant la jambe blessée de Giordino. Non, il vaut mieux que tu aides Rudi à faire sortir tout le monde d'ici, au cas où il y aurait d'autres problèmes. Je veux juste m'assurer que notre hôte n'a pas disparu.

— Tu ne pourras pas tenir longtemps dans cette eau glacée, dit Gunn en remarquant que Pitt grelottait. Prends au moins mon manteau, dit-il en lui tendant une veste épaisse. Je comprends que tu ne veuilles pas couvrir ce joli costume, dit-il en considérant le *del* orange de Pitt.

553

Pitt ôta la tunique détrempée et enfila avec reconnaissance la veste sèche de Gunn à la place.

— Merci Rudi. Essaie de sortir de la propriété avant que tout s'effondre. Si je ne vous ai pas retrouvés dans une heure, regagnez Oulan-Bator sans moi.

— On t'attendra.

Gunn bondit dans la Range Rover et passa sa vitesse, se dirigeant dans la boue vers l'entrée principale. Le portail d'origine et une section de trois mètres de mur avaient été arrachés par le déluge, jonchant le sol de morceaux de béton et de débris. Pitt regarda Gunn conduire la Range Rover jusqu'au large trou dans le mur, puis faire bondir le 4 × 4 par-dessus les décombres, jusqu'à ce qu'il se soit évanoui au loin.

Puis, pataugeant dans le noir vers la résidence inondée, se sentant seul et transpercé de froid, Pitt se demanda ce que Borjin pouvait bien lui réserver.

60

Bien que le plus gros du déluge se soit écoulé, il y avait encore une quinzaine de centimètres d'eau qui coulait à travers la résidence lorsque Pitt monta les marches du porche. Il s'arrêta devant la porte d'entrée ouverte pour observer un corps allongé sur le ventre, les jambes coincées derrière un grand pot de fleurs. Pitt s'approcha pour l'examiner. Il ne s'agissait pas d'un des gardes sur qui il avait tiré, mais d'un autre, noyé par l'inondation. Pitt nota que l'homme serrait toujours une lance en bois dans sa main. Pitt se pencha et lui arracha sa tunique, puis il lui prit sa lance. Il en passa l'extrémité dans les bras de la tunique qu'il laissa pendre comme sur un cintre. Un bien pauvre appât, songea-t-il, mais c'était tout ce qu'il avait pour lutter contre ceux qui faisaient le guet à l'intérieur.

Avançant en rampant vers la porte, il se faufila prestement à l'intérieur, faisant décrire un arc de cercle à son .45 dans le grand hall. L'entrée était vide et toute la maison plongée dans le calme, à l'exception du flot régulier de l'eau qui tombait en cascade d'un escalier un peu plus loin. L'électricité était coupée depuis longtemps, mais une poignée de lumières rouges de secours, alimentées par un groupe électrogène, produisaient une faible lumière, créant des zones d'ombre rougeâtre dans les couloirs vides.

Pitt jeta un coup d'œil dans chacun des trois couloirs. Il voyait l'extrémité ouverte du corridor nord, là où le torrent continuait à attaquer la maison. Borjin ne pouvait s'échapper par là à moins d'avoir un kayak et des penchants suicidaires. Pitt se souvint que Theresa avait indiqué que le bureau se trouvait dans le couloir principal, aussi se dirigea-t-il par là.

Il longea le mur, le Colt dans sa main droite tendue. Il avança la lance et la coinça sous son coude, pointant l'extrémité vers l'avant et vers l'extérieur avec sa main gauche. La tunique orange déchiquetée, qui lui servait d'éclaireur, marchait à quelques pas devant lui, flottant au milieu du couloir.

Pitt avançait lentement, traînant les pieds pour ne pas faire d'éclaboussures. A vrai dire, il n'avait guère le choix, car ses pieds étaient engourdis par l'eau glaciale de la rivière, à tel point qu'il avait l'impression de marcher sur des moignons. Il n'y aurait pas de poursuite à pied effrénée pour lui, songea-t-il en luttant pour garder l'équilibre.

Il avançait avec patience et passa devant plusieurs petites portes latérales sans entrer. Devant chacune, il s'arrêtait et attendait quelques instants pour s'assurer que personne ne le suivait. Un guéridon renversé et quelques statuettes brisées lui bloquèrent le passage et il s'écarta temporairement du mur pour marcher au milieu du couloir. A l'approche de la cuisine, il se positionna de nouveau près du mur, laissant la tunique mener la danse au milieu du couloir.

Paralysé par l'eau glacée, Pitt se concentrait pour garder en éveil ses facultés visuelles et auditives. Lorsque ses oreilles détectèrent un bruissement, il se figea, tentant de déterminer si le bruit n'était que dans son imagination. Debout, immobile, il fit doucement remuer la lance d'avant en arrière.

La détonation vint de la cuisine, un coup assourdissant d'une arme automatique qui se répercuta sur les murs. A la faible lueur rouge, Pitt vit la tunique orange déchiquetée par l'impact ; les balles continuaient à fuser et s'enfoncèrent dans le mur du couloir à quelques pas devant lui. Pitt fit calmement pivoter son .45 en direction de la porte ouverte de la cuisine, visa vers les éclairs qu'il avait vus et pressa trois fois la détente.

Une fois éteint l'écho de son Colt, Pitt entendit un faible gargouillis dans la cuisine. Il fut suivi du clang métallique d'une mitrailleuse contre des casseroles en acier, puis d'un gros bruit d'éclaboussures lorsque le garde mort tomba par terre.

— Barsijar ? fit la voix de Borjin à l'autre bout du couloir.

Pitt eut un sourire et laissa l'appel sans réponse. Il avait le sentiment net qu'il ne restait plus d'hommes de main entre lui et Borjin. Lâchant la lance et la tunique, il avança avec plus d'agressivité en direction de la voix. Ses pieds gourds lui semblaient attachés à des poids de plomb. Sautant presque dans l'eau, il caressait le mur de sa main droite pour conserver son équilibre. Devant lui, il entendit les pas de Borjin s'arrêter soudain au bout du couloir.

Un grand fracas retentit sur le bord de la maison au moment où un autre morceau de l'aile nord s'effondrait sous l'assaut du torrent. Toute la résidence fut secouée par cette érosion rapide, qui grignotait de plus en plus près du centre de la maison. Perchée comme elle l'était au bord d'une falaise, Pitt savait qu'il y avait un réel danger que la structure tout entière soit balayée. Mais il rejeta toute tentation de faire demi-tour. Borjin n'était plus très loin et il pouvait l'attraper vivant.

Pitt passa rapidement devant plusieurs pièces latérales, puis il hésita en arrivant devant le bureau noirci par l'incendie. Il ignora un frissonnement de froid et d'humidité et se força à se concentrer sur son environnement plutôt que sur son inconfort. Le murmure régulier de l'eau devenait plus fort à mesure qu'il s'approchait du bout du couloir. A la lueur des lumières de secours, il vit qu'il s'agissait de l'eau de l'inondation qui descendait en cascade un escalier juste après le bureau. Dans la pénombre, Pitt distingua aussi des empreintes de pas mouillés qui menaient dans la salle de conférence sèche au bout du couloir.

Pitt dépassa lentement la cage d'escalier et sortit de la partie inondée, ravi de sortir enfin les pieds ce cours d'eau glacé. Il s'approcha avec précaution de l'encadrement de la porte de la salle de conférence et regarda à l'intérieur. La lune, levée tardivement, avait franchi la ligne d'horizon et jetait un rayon d'argent lumineux sur les hautes baies vitrées de la pièce. Pitt s'efforça de discerner Borjin dans la grande pièce mais tout était calme. Il entra doucement, le canon de son Colt suivant son regard.

Borjin choisit bien son moment. Le Mongol bondit du bout de la table de conférence tandis que Pitt faisait face à l'autre côté de la pièce. Trop tard, Pitt se tourna en entendant une bruyante vibration. Déséquilibré, il pivota sur ses pieds engourdis et tira un seul coup en direction de Borjin mais il le rata de beaucoup et la balle fit voler en éclats la baie vitrée derrière lui. Borjin, lui, allait mieux viser.

Pitt n'aperçut qu'en un éclair la flèche et les plumes avant qu'elle lui frappe la poitrine juste en dessous du cœur, pénétrant avec un bruit sourd. La puissance de l'impact le fit tomber à la renverse. A terre, Pitt eut une longue vision de Borjin, debout, qui tenait une arbalète. La lueur de la lune étincelait sur ses dents pointues, qu'il découvrait dans un sourire meurtrier satisfait.

61

Après avoir fait passer péniblement le 4 × 4 sur les décombres du mur d'enceinte, Gunn conduisit la Range Rover en direction d'une petite éminence à l'extérieur de la propriété et se mit à grimper. Une fois au sommet, il fit demi-tour et coupa les phares. Depuis leur perchoir, ils avaient une vue parfaite sur la propriété qui se désintégrait en contrebas. Le torrent de montagne se déversait par le mur effondré et s'écoulait autour de la résidence principale tandis que de l'autre côté, la fumée et les flammes s'élevaient de plus en plus haut au-dessus du laboratoire.

— Je serais heureux qu'il ne reste pas même des cendres de cet endroit, fit remarquer Wofford en observant le spectacle avec satisfaction.

— Etant donné que les pompiers les plus proches se trouvent à deux cent cinquante kilomètres, c'est probable, répondit Gunn.

En sueur à cause du chauffage tourné à fond pour sécher et réchauffer les autres, il sortit de la voiture. Giordino le suivit en boitillant, pour regarder la scène de dévastation. Des tirs de mitrailleuse retentirent dans la résidence, puis, plus tard, on entendit un unique coup.

— Il n'aurait pas dû y retourner seul ! fit Giordino en jurant dans sa barbe.

— Personne n'aurait pu l'en empêcher, dit Gunn. Il va s'en sortir.

Mais une étrange sensation dans le creux de son estomac lui disait le contraire.

*
* *

Borjin remit l'arbalète médiévale au milieu de sa collection d'armes antiques, puis il s'approcha de la fenêtre aux vitres brisées et regarda à l'extérieur. Un torrent dévalait la pente derrière la maison ; l'eau s'accumulait sur le replat avant de tomber de la falaise en une large cascade. Ce qui inquiétait davantage Borjin, c'était le bassin qui grossissait dans la cour et s'approchait du sanctuaire. Il observa avec inquiétude le bâtiment en pierre. L'édifice lui-même était intact, mais l'arche d'entrée avait été démolie par le tremblement de terre.

Ignorant le corps de Pitt étendu à l'autre bout de la pièce, Borjin sortit précipitamment de la salle de réunion et s'aventura dans la cage d'escalier voisine. La cascade coulait entre ses mollets, et il s'accrocha de toutes ses forces à la rampe en descendant. Il ne s'arrêta qu'un instant pour contempler le sombre portrait accroché sur le palier intermédiaire, adressant un petit salut au grand khan guerrier. L'eau lui arrivait presque au niveau de la taille au rez-de-chaussée, jusqu'à ce qu'il ouvre une porte latérale, libérant un flot d'eau glacée qui se déversa dans la cour. Titubant comme un matelot ivre, il traversa maladroitement la cour inondée en direction de l'entrée éboulée du sanctuaire. Il escalada un tas de pierres et entra dans la salle éclairée par des torches ; il fut soulagé de ne trouver que quelques centimètres d'eau sur le sol surélevé.

Après avoir vérifié que les tombeaux n'étaient pas endommagés, il observa les murs et le plafond. Plusieurs larges fissures s'étendaient sur le dôme du plafond comme une immense toile d'araignée. La vieille structure avait été mise en péril par le terrible séisme. Borjin baissa nerveusement les yeux sur le tombeau central, en se demandant comment protéger au mieux son bien le plus cher. Il ne remarqua pas une ombre vacillante près de l'une des torches.

— Votre monde s'effondre autour de vous, Borjin. Et vous avec.

Le Mongol fit volte-face, puis se figea comme s'il avait vu un fantôme. Le spectre de Pitt face à lui de l'autre côté de la pièce, avec la flèche d'arbalète qui lui sortait de la poitrine était irréel. Seul le Colt .45, qu'il tenait fermement et braquait sur la poitrine de Borjin dissipait toute illusion de renaissance surnaturelle. Borjin le regardait, incrédule.

Pitt s'avança vers une des tombes en marbre sur le côté de la salle et fit un geste avec son arme.

— C'est gentil à vous de garder vos ancêtres sur place. C'est votre père ?

Borjin hocha la tête en silence, essayant de reprendre son sang-froid devant ce fantôme bavard.

— C'est votre père qui a volé la carte du tombeau de Gengis Khan à un archéologue britannique, dit Pitt, mais cela n'était pas suffisant.

Borjin haussa les sourcils.

— Mon père a acquis des informations sur la situation géographique. Il a fallu des techniques supplémentaires pour trouver le lieu exact de la sépulture.

— L'appareil de von Wachter.

— En effet. C'est le prototype qui nous a permis de découvrir l'emplacement de la tombe. Certains effets secondaires de l'instrument se sont révélés remarquables, comme vous avez pu le constater.

Tout en énonçant ces paroles d'une voix ironique, Borjin fouillait la pièce des yeux à la recherche d'un moyen de se défendre.

Pitt avança lentement vers le centre de la salle et posa sa main libre sur le tombeau en granit monté sur le piédestal.

— Gengis Khan, dit-il.

Malgré le froid et la lassitude, il ressentait un étrange respect devant la présence de l'ancien seigneur de la guerre.

— Je suppose que le peuple mongol ne sera pas ravi d'apprendre que vous vous l'êtes gardé pour vous.

— Le peuple mongol va se réjouir de cette nouvelle ère de conquêtes, répondit Borjin d'une voix qui frisait l'hystérie. Au nom de Temüdjin, nous nous dresserons contre les sots de ce monde et nous reprendrons notre place au panthéon de la suprématie mondiale.

Il avait à peine achevé son délire qu'un profond grondement résonna dans le sol. Il se poursuivit pendant plusieurs secondes et s'acheva en un terrible fracas alors que l'aile nord tout entière de la résidence, ou de ce qu'il en restait, se détachait de ses fondations et glissait sans cérémonie le long de la pente.

L'impact qui en résulta ébranla les jardins de toute la propriété, secouant ce qui restait de la résidence ainsi que le sanctuaire. Le sol du mausolée vibra de façon visible sous les pieds de Pitt et de Borjin, et leur fit perdre l'équilibre. Chancelant et épuisé par le froid, Pitt s'accrocha au tombeau afin de garder son arme braquée sur Borjin.

Celui-ci tomba sur un genou, puis se redressa lorsque le grondement et le tremblement se furent dissipés. Ses yeux s'écarquillèrent lorsqu'il entendit un fort craquement au-dessus de sa tête. Il leva les yeux juste à temps pour voir un énorme bloc de pierre se détacher du plafond.

Pitt s'aplatit contre le côté du tombeau alors que l'arrière du sanctuaire s'effondrait sur lui-même. Une pluie de pierres et de mortier s'abattit sur le sol, soulevant un épais nuage de poussière aveuglante. Pitt sentit des morceaux de pierre tomber sur le dessus du tombeau à côté de lui, mais aucune ne le heurta directement. Il attendit quelques secondes que la fumée se soit dissipée et sentit le vent frais de la nuit directement sur sa peau. Debout au milieu des vestiges du sanctuaire plongé dans l'obscurité, il vit que la moitié du plafond et le mur de derrière tout entier s'était éboulés. A travers les tas de pierres, il avait vue sur le corral et la vieille voiture qui y était garée. Il lui fallut quelques instants pour repérer Borjin au milieu des vestiges. Seule sa tête et une partie de son torse émergeaient d'un monticule de pierres. Pitt s'approcha de Borjin, qui rouvrit en les clignant des yeux ternes et apathiques. Un filet de sang dégoulinait de sa bouche et Pitt remarqua que son cou était anormalement tordu. Ses yeux se fixèrent petit à petit sur Pitt et se mirent à briller de colère.

— Pourquoi, pourquoi vous ne mourez pas ? bégaya Borjin.

Mais il n'entendit pas la réponse. Un étranglement assourdi monta de sa gorge et son regard devint vitreux. Le corps écrasé par son propre monument dédié à la conquête, Borjin était mort rapidement dans l'ombre de Gengis Khan.

Pitt observa sans pitié le corps brisé, puis il abaissa lentement le Colt qu'il tenait toujours fermement dans sa main. Il ouvrit alors la fermeture éclair de sa large poche poitrine et regarda grâce au clair de lune. Le gros manuel d'utilisation de l'appareil sismique avec la planchette métallique était toujours là où Gunn l'avait mis. Sauf qu'à présent, une flèche d'arbalète en dépassait et avait pénétré toutes les pages jusqu'à la dernière. La flèche avait même cabossé la planchette en métal, qui l'avait empêchée de déchirer le cœur de Pitt et de le tuer sur le coup.

Pitt s'approcha de Borjin et regarda son corps sans vie.

— Parfois, j'ai tout simplement de la chance, dit-il à voix haute pour répondre à l'ultime demande de Borjin.

L'effondrement de l'aile nord de la résidence avait amené encore plus d'eau dans la cour. Un flot colossal encerclait maintenant le sanctuaire et menaçait de se jeter sur la structure en ruine. Il ne faudrait plus longtemps pour que l'infiltration d'eau fragilise le sol sous le sanctuaire et le balaye dans la pente. Le tombeau de Gengis Khan serait détruit dans la catastrophe et ses restes perdus pour de bon cette fois. Pitt se tourna pour s'enfuir avant qu'il ne soit trop tard, mais il hésita en voyant le mur ouvert qui donnait sur le corral. Il revint vers le tombeau, qui avait miraculeusement survécu intact à l'effondrement du sanctuaire. Un court instant, Pitt se demanda s'il serait le dernier homme à avoir vu cette sépulture. Puis une idée lui vint. Elle était démente et il ne put s'empêcher de sourire en frissonnant.

— Allons-y mon vieux, murmura-t-il au tombeau. Voyons si tu es capable d'une dernière conquête.

62

Pitt recommençait juste à sentir ses pieds lorsqu'il escalada l'arrière du sanctuaire pour entrer dans le corral. Il se déplaça en chancelant et arracha plusieurs planches de bois à la barrière pour pratiquer une ouverture. Poussant sur le côté cartons et caisses, il creusa un large chemin au milieu des détritus et débris jusqu'à ce qu'il arrive à son objectif, la voiture couverte de poussière

C'était une Rolls-Royce Silver Ghost de 1921, avec un carrosserie réalisée par le constructeur anglais Park Ward. Des décennies de poussière et de crasse couvraient une peinture aubergine unique. Fanée depuis longtemps, cette couleur s'était autrefois harmonisée avec le capot et les garde-boue en aluminium poli. Pitt se demanda comment une telle voiture de luxe, plus fréquente dans les rues de Londres, avait échoué en Mongolie. Il se souvint alors que Lawrence d'Arabie avait possédé une Rolls-Royce blindée montée sur un châssis de Silver Ghost de 1914 et dont il s'était servi lors de sa campagne dans le désert d'Arabie contre les Ottomans. Pitt se demanda si la réputation de longévité de cette voiture dans le désert était parvenue jusqu'au Gobi quelques années plus tôt. Ou peut-être cette voiture datant d'avant la révolution mongole était-elle le seul véhicule de luxe que le Parti communiste avait autorisé la famille de Borjin à posséder.

Cela n'avait guère d'importance pour Pitt. Ce qui comptait, c'est que cette voiture possédait une manivelle à poignée en argent qui dépassait du capot. Conçue comme un dispositif de secours aux débuts du démarreur électrique, la manivelle donnait à Pitt un faible espoir de pouvoir démarrer la voiture, même avec une batterie morte depuis longtemps. A condition, bien sûr, que le bloc moteur ne soit pas figé.

Pitt ouvrit la portière du conducteur à droite et mit le levier de vitesse au point mort, puis il se plaça devant la voiture. S'inclinant et la saisissant avec ses deux mains, il tira sur la manivelle, faisant porter l'effort sur ses jambes. La manivelle résista mais Pitt renouvela l'opérationt en laissant échapper un grognement et elle se déplaça de quelques millimètres vers le haut. Il se reposa un instant, puis tira encore. Le vilebrequin bougea enfin, faisant coulisser les six pistons dans leurs cylindres.

Avec sa propre petite collection de voitures anciennes à Washington, Pitt était versé dans l'art de démarrer ce genre de véhicule. Remontant dans le siège, il ajusta le papillon des gaz, l'étincelle d'allumage et le limitateur de régime qui se réglaient par différents leviers montés sur le volant. Il ouvrit ensuite le capot et amorça une petite pompe montée sur un réservoir en cuivre, dont il espérait qu'il contenait de l'essence. Il retourna ensuite à la manivelle et s'apprêta à faire démarrer le moteur manuellement.

Chaque traction sur la manivelle menait à une série de grincements du vieux moteur qui tentait d'aspirer de l'air et du carburant. Epuisé par son exposition au froid, Pitt sentait ses forces s'étioler à chaque mouvement. Pourtant il mettait toute sa volonté à poursuivre ses efforts après chaque gémissement du moteur. Enfin, à la dixième tentative, le moteur toussa. Quelques tractions de plus produisirent un crachotement. Les pieds gelés, mais le front dégoulinant de sueur, Pitt tira encore sur la manivelle. Le vilebrequin tourna, l'air et le carburant s'enflammèrent et avec un son de vieux tacot, le moteur revint à la vie.

Pitt se reposa brièvement tandis que la vieille voiture chauffait, envoyant un épais nuage de fumée par son tuyau d'échappement rouillé. En fouillant dans le corral, il trouva un petit tonneau rempli de chaînes qu'il lança sur la banquette arrière. Reprenant sa place au volant, il passa la première, releva son pied gauche engourdi de l'embrayage et fit sortir cahin-caha la Rolls du corral.

63

— L'heure est largement écoulée, fit remarquer Gunn en regardant sa montre avec un air lugubre.

Giordino et lui se tenaient debout sur la colline à regarder la scène de dévastation en dessous d'eux. Le feu du laboratoire s'était transformé en un violent brasier, qui avait consumé le bâtiment tout entier ainsi que le garage attenant. La fumée noire et les flammes bondissaient haut dans le ciel, baignant toute la propriété dans une lueur jaune orangée. De l'autre côté des jardins paysagers, un gros morceau de la résidence principale manquait, remplacé par un torrent d'eau qui coulait à l'ancien emplacement de l'aile nord.

— Allons faire un petit tour en bas, dit Giordino. Peut-être qu'il est blessé et qu'il ne peut plus marcher.

Gunn hocha la tête. Cela faisait près d'une heure qu'ils avaient entendu des coups de feu d'arme automatique dans la maison. Pitt aurait dû sortir depuis longtemps. Ils se dirigeaient vers leur voiture, quand soudain un grondement sourd se fit entendre en contrebas. Ils savaient qu'il ne s'agissait pas cette fois d'un séisme, mais plutôt de l'érosion causée par l'inondation. Ils s'arrêtèrent, redoutant ce qui allait se produire. De leur point de vue, on aurait dit l'effondrement d'un château de cartes. L'extrémité nord de la structure commença à s'écrouler, un mur après l'autre. On aurait dit qu'une vague de destruction prenait son élan et parcourait l'ensemble de la résidence. La partie principale se replia simplement sur elle-même avec fracas, puis elle disparut sous l'eau. La grande flèche blanche au-dessus du dôme sombra, en se désintégrant en mille morceaux. Gunn et Giordino ne voyaient que des blocs de décombres émerger de l'eau ; le cœur de la résidence glissa de son replat et fut emporté sur le flanc de la montagne. En quelques secondes, c'était fini. Seule une petite partie de l'aile sud avait survécu, au milieu de ce qui n'était plus qu'une vaste étendue d'eau.

Vu l'ampleur de la destruction, tous les espoirs de retrouver Pitt s'étaient évanouis. Gunn et Giordino savaient que personne à l'intérieur ou aux abords de la résidence n'aurait pu survivre. Aucun d'eux ne dit un mot ni n'esquissa un mouvement. Ensemble, ils restèrent debout et regardèrent solennellement le torrent déchaîné couler sur les fondations de la maison et se déverser en rugissant par-dessus la falaise. Ce bruit rivalisait avec le grondement de l'incendie du laboratoire pour bouleverser le silence de la nuit. Puis, Gunn entendit autre chose.

— Qu'est-ce que c'est ? fit-il en tendant la main vers le petit morceau de l'aile sud qui avait survécu au cataclysme.

Le hurlement d'un moteur tournant à plein régime se fit entendre en bas de la colline. Le moteur toussait et bégayait crachait sporadiquement mais à part ça il semblait fonctionner au maximum. Le rugissement s'amplifia, puis on vit une paire de phares grimper lentement la pente.

A travers la fumée et les flammes, l'objet ressemblait à un insecte primitif géant sortant de son trou dans le sol. Deux lampes rondes mais faiblement illuminées sondaient la nuit comme une paire de grands yeux jaunes. Un corps de métal brillant suivit, assombri par la boue et la poussière soulevée par ses appendices arrière. La bête soufflait même de la vapeur : un nuage de fumée blanche s'élevait au-dessus de sa tête.

La créature, avançant par embardées avec de gros efforts, finit par gravir la colline, en se battant à chaque mètre. Une bourrasque souffla soudain sur la fumée et la poussière et Giordino et Gunn découvrirent que cet insecte géant n'était autre que l'antique Rolls-Royce du corral.

— Il n'y a qu'un seul mec pour conduire une vieille guimbarde comme celle-ci à un moment pareil ! s'écria Giordino.

Bondissant dans la Range Rover, Gunn dévala la pente et fonça à l'intérieur de la propriété. Eclairant la Rolls-Royce avec leurs phares, ils virent que la vieille voiture luttait pour avancer et qu'elle traînait une chaîne tendue attachée à son pare-chocs arrière. La vieille guimbarde essayait désespérément de tirer un objet.

A l'intérieur de la Rolls, Pitt fit un petit signe reconnaissant à la Range Rover qui approchait, puis il se remit à essayer de faire avancer la vieille automobile. Son pied droit engourdi écrasait à fond l'accélérateur et le levier de vitesse était toujours en première. Les roues arrière tournaient et patinaient, et les pneus fatigués, dégonflés, tentaient courageusement de trouver une prise. Mais le poids à l'arrière était trop important, et la bataille semblait perdue même pour l'imposante voiture. Sous le capot, le moteur, qui chauffait trop, se mit à protester par de grands claquements. Le peu de liquide de refroidissement qui avait existé dans le bloc et le radiateur avait presque entièrement disparu et Pitt savait que le moteur n'allait pas tarder à lâcher.

Surpris, il vit soudain Giordino apparaître et se saisir du montant de la porte avec un clin d'œil et un sourire. Malgré sa jambe blessée, il se mit à pousser la voiture de tout son poids. Gunn, Wofford, et même Theresa apparurent et prirent tous place autour de la voiture, pour pousser de toutes leurs forces.

Cette force fut tout juste suffisante pour propulser la voiture dans un dernier souffle. Avec un soudain à-coup, elle bondit en avant. A dix mètres en arrière, un gros bloc de granit passa par-dessus le bord de la colline et glissa vers l'avant facilement juste sous la trajectoire de la voiture. Avançant jusqu'à un endroit sûr et sec, Pitt coupa le moteur dans un nuage de vapeur blanche.

Lorsque la vapeur se dissipa, Pitt découvrit qu'il était entouré d'une douzaine de scientifiques et de techniciens, ainsi que quelques gardes qui avaient renoncé à combattre l'incendie afin d'enquêter sur cette soudaine apparition. Il sortit prudemment de la Rolls et marcha vers l'arrière de la voiture. Giordino et les autres s'étaient déjà réunis autour et confirmèrent que l'objet remorqué par Pitt avait survécu intact.

Craignant pour leur sécurité, Pitt agrippa son .45 tandis que la foule s'approchait d'eux. Mais son inquiétude était vaine.

En voyant que le sarcophage de Gengis Khan avait été sauvé de l'inondation, les gardes et les scientifiques se mirent soudain à l'acclamer et à applaudir.

Voyage vers le paradis

TOMBEAU DE GENGIS KHAN

64

Le croiseur de la marine américaine *Anzio,* se dirigea vers le nord à partir de sa base au large des Emirats arabes unis, à cent cinquante kilomètres à l'intérieur du détroit d'Ormuz, et se dirigea vers la médiane du golfe Persique. Bien que loin d'être le plus grand navire du golfe, le croiseur Aegis de classe Ticonderoga était sans doute le plus meurtrier. Grâce à son radar tridimensionnel abrité sous la passerelle, le navire était capable de détecter une embarcation ennemie sur terre, mer ou air dans un rayon de trois cent vingt kilomètres. En poussant un simple bouton, on pouvait lancer l'un des cent vingt et un missiles Tomahawk ou Standard du système lance-missiles vertical qui se trouvait dans l'entrepont, afin de neutraliser la cible en quelques secondes.

Cet arsenal de haute technologie était dirigé depuis le Centre d'information de combat, une salle de contrôle obscure dans les profondeurs du navire. Dans la pénombre bleutée, le capitaine Robert Buns scrutait l'un des grands écrans de projection sur le mur. Les eaux environnantes du golfe s'y affichaient en de multiples couleurs, sur lesquelles apparaissaient diverses formes et symboles géométriques qui dansaient au ralenti. Chaque symbole représentait un navire ou un avion repéré par le système radar. L'un d'eux, un point rouge clignotant, se dirigeait vers le détroit d'Ormuz de gauche à droite en croisant la trajectoire du navire.

— Vingt kilomètres jusqu'à interception, monsieur ! rapporta un marin, l'un des nombreux experts en électronique assis aux postes de travail de cette salle.

— On continue sur le même rythme, répondit Buns.

Officier sérieux mais spirituel, très admiré par ses hommes, Buns avait apprécié sa mission. Bien que sa femme et ses deux enfants lui manquent, il trouvait ces missions dans le Golfe motivantes, pimentées par d'occasionnels dangers.

— Nous allons pénétrer dans les eaux iraniennes dans cinq kilomètres, l'avertit un jeune analyste tactique qui se trouvait à ses côtés. Il se dirige manifestement vers la côte iranienne pour nous échapper.

— Après ce qui s'est passé à Kharg, je ne suis pas sûr que les Iraniens soient d'accord pour protéger ces types, répondit Buns. Pat, je crois que je vais regarder le spectacle depuis la passerelle. Je vous laisse le Centre.

— Bien, capitaine. Nous serons connectés, au cas où.

Buns ressortit du centre de commandement obscur et monta sur la passerelle, qui était baignée par un soleil vif qui se reflétait sur les eaux du golfe. Un officier aux cheveux bruns se tenait près de la barre, une paire de jumelles devant les yeux et il observait un navire noir devant eux.

— Est-ce notre cible, commandant ? demanda le capitaine.

Le commandant Brad Knight, officier de renseignement en charge des opérations, hocha la tête.

— Oui, monsieur, c'est notre navire de forage. La reconnaissance aérienne a confirmé qu'il s'agissait bien du *Bayan Star,* en provenance de Kuala Lumpur.

Le même navire que nos satellites ont observé à Ras Tannura et Kharg avant les séismes.

Knight baissa les yeux sur le pont avant du croiseur, pour regarder le contingent de Marines en tenue d'assaut, qui préparaient deux Zodiac.

— L'équipe semble prête, monsieur.

— Bon, eh bien voyons si le *Bayan Star* veut entrer dans la danse.

Buns s'approcha d'un officier radio et donna un ordre. Le croiseur se mit à interpeller le navire de forage, d'abord en anglais, puis en arabe, ordonnant au navire de s'arrêter pour une inspection. Celui-ci ignora les appels dans les deux langues.

— Aucun changement de vitesse, rapporta l'opérateur radar.

— Je n'arrive pas à croire qu'ils ne prennent pas au sérieux ces Hornet, dit Knight.

Deux F/A-18 du porte-avions *Ronald Reagan* traquaient en effet le navire depuis une heure, vrombissant constamment derrière lui.

— Je crois qu'il va falloir y aller à l'ancienne et leur tirer dessus par le travers, dit Buns.

Le croiseur possédait deux mitrailleuses de dix centimètres, capables de tirer un tel coup, et plus encore.

Le croiseur se trouvait à trois kilomètres du navire de forage lorsque le radio s'écria :

— Il ralentit, monsieur !

Buns se pencha pour regarder l'écran radar et vit le clignotement du navire cesser sa course vers le sud-ouest.

— Amenez-nous à côté. Préparez-vous à aborder.

Le croiseur gris élancé tourna vers le nord-est, stationnant à la hauteur du navire de forage, en ne laissant que huit cents mètres entre les deux. Les Marines embarquèrent rapidement dans les Zodiac que l'on mit à l'eau. Alors qu'ils se dirigeaient au moteur vers le *Bayan Star*, Knight alerta soudain Buns.

— Capitaine, je vois deux canots dans l'eau à la poupe de l'ennemi. Je crois qu'ils abandonnent leur navire.

Buns prit une paire de jumelles et observa la scène. Deux canots de sauvetage remplis d'hommes en treillis militaires noirs s'écartaient du navire. Il fit pivoter ses jumelles juste à temps pour apercevoir des nuages de fumée blanche s'élever des ponts inférieurs.

— Ils veulent se saborder. Rappelez les hommes.

A la surprise de l'équipage de l'*Anzio*, le navire de forage se mit à s'enfoncer doucement dans l'eau. En quelques minutes à peine, les eaux salées du golfe Persique avaient recouvert la proue. Tandis qu'elle sombrait, la poupe remonta en l'air, jusqu'à ce que le navire inondé glisse rapidement vers le fond d'un seul coup.

Knight secoua la tête en regardant le sillage de bulles et d'écume se dissiper au-dessus du tombeau du navire.

— Ils ne vont pas être contents, au Pentagone. Ils voulaient à tout prix qu'on le capture intact. Les services de renseignement étaient très curieux à propos d'une certaine technologie qui se trouvait à bord.

— Nous avons toujours l'équipage, dit Buns en désignant les deux canots qui se dirigeaient de leur plein gré vers le croiseur. Et le Pentagone pourra toujours récupérer le navire ; il est juste à cent mètres de fond, en plein dans les eaux territoriales iraniennes, ajouta-t-il avec un sourire.

65

Une fraîche brise balayait le bas du mont Burkhan Khaldun, faisant claquer au vent la multitude de drapeaux mongols bleu et rouge qui flottaient haut dans le ciel. Le plus grand, une gigantesque bannière de quinze mètres de large, surmontait un grand mausolée en granit dont la façade avait été achevée en hâte par des artisans locaux quelques jours plus tôt. Le mausolée vide était entouré par une foule de dignitaires, VIP et journalistes, qui discutaient tranquillement entre eux en attendant l'arrivée du futur occupant des lieux.

Un murmure d'excitation parcourut la foule, puis tout redevint silencieux lorsqu'on entendit un bruit de défilé. Une compagnie de soldats de l'armée mongole apparut à travers les pins, gravissant une faible pente pour se diriger vers l'assemblée qui attendait. Ils étaient les premiers d'une longue procession de soldats de la garde d'honneur militaire à escorter les restes de Gengis Khan à sa dernière demeure.

Gengis était en train de mener un siège près de Yinchuan dans le nord-ouest de la Chine, lorsqu'il était tombé de cheval. Il était mort de ses blessures quelques jours plus tard. Un cortège funéraire secret avait alors ramené son corps en Mongolie pour l'enterrer sur les pentes de Burkhan Khaldun en 1227, mais l'histoire n'a pas retenu les détails du cortège. Désirant maintenir ses ennemis dans l'ignorance de sa mort, et garder secret pour toute l'éternité le lieu de sa sépulture, ses camarades guerriers avaient sans doute accompagné son cercueil en une procession banale, peut-être même clandestine avant de l'enterrer dans un lieu non répertorié. Près de huit siècles plus tard, il n'y avait plus rien de clandestin dans ses secondes funérailles.

Le corps du guerrier mongol avait été exposé en grande pompe à Oulan-Bator depuis une semaine, attirant plus de deux millions de visiteurs, plus des deux tiers de la population du pays, ce qui était incroyable. Des pèlerinages de tous les coins du pays furent entrepris par des milliers de gens souhaitant apercevoir le cercueil. Une procession funéraire de trois jours jusqu'au site de sa sépulture attira un nombre tout aussi impressionnant de compatriotes, qui se tenaient sur le bord de la route en agitant des drapeaux et des portraits de l'ancien conquérant. Femmes et enfants agitaient la main et pleuraient sur le passage du cortège, comme s'il s'agissait d'un membre de leur famille qui venait juste de mourir. Un jour de deuil national, qui deviendrait un jour férié dédié au souvenir, marqua la troisième étape de la procession. Ce jour-là, la caravane grimpa une route improvisée jusqu'à un endroit paisible près du pied de Burkhan Khaldun où l'on dit qu'est né l'ancien seigneur de la guerre.

Pitt, Giordino et Gunn, flanqués de Wofford et Theresa, étaient assis avec la première rangée de dignitaires, non loin du président mongol et des dirigeants du Parlement. Alors que le cortège approchait, Pitt se retourna et fit un clin d'œil à un jeune garçon assis derrière lui. Noyon et ses parents, les invités de Pitt, contemplaient la cérémonie avec admiration et les yeux du garçon s'agrandirent à l'arrivée du cercueil du Khan.

Dans une splendeur digne du plus grand conquérant que le monde ait connu, la dépouille de Gengis Khan était portée sur un gigantesque brancard peint en jaune vif. Un attelage magnifique de huit étalons blancs comme neige tiraient la voiture et semblaient même poser leurs sabots sur le sol à l'unisson. Sur le brancard se trouvait le sarcophage de granit sauvé des eaux par Pitt, et à présent recouvert de fleurs fraîches de lotus.

Un groupe de vieux lamas portant des robes rouges et des bonnets jaunes prirent lentement position devant le tombeau. Plus loin, deux moines soufflèrent dans leurs *radongs,* ces énormes trompes télescopiques qui émirent un bourdonnement grave entendu dans toute la vallée. Alors que l'écho s'envolait dans la brise, les lamas se mirent à réciter de longues prières funéraires, accompagnés par des tambours, tambourins, tandis que brûlait de l'encens. Ensuite, les lamas se mirent discrètement sur le côté tandis qu'un chaman prenait la place centrale. L'époque de Gengis Khan était très mystique et le chamanisme jouait un rôle important dans la vie nomade. Le chaman grisonnant, qui avait une longue barbe et portait des peaux de caribou, dansa et chanta autour d'un large feu contenant des os de mouton. Avec un gémissement aigu, il bénit les restes du Khan, leur enjoignant, depuis le pays du ciel bleu, de continuer leur conquête dans l'au-delà.

Enfin, on installa le sarcophage dans le mausolée, qui fut scellé à l'aide d'une grue par un bloc de pierre polie de six tonnes. Les spectateurs jureraient tous ensuite avoir entendu un coup de tonnerre au loin, au moment exact où la tombe avait été scellée, alors même qu'il n'y avait pas un nuage dans le ciel. Gengis Khan avait de nouveau trouvé le repos dans ses montagnes natales, et son tombeau resterait à jamais une Mecque culturelle pour les touristes, les historiens et tous les habitants de Mongolie.

Tandis que la foule commençait à se disperser, Ivan Corsov et Alexander Sarghov approchèrent du rang de derrière, où ils étaient en compagnie de l'ambassadeur de Russie.

— Je vois que vous êtes doués pour dénicher les trésors historiques sur terre comme en mer, fit Sarghov en riant et en donnant une accolade amicale à Pitt et Giordino.

— C'était simplement un bonus alors que nous cherchions pourquoi quelqu'un avait essayé de couler le *Vereshchagin*, répondit Pitt.

— Certes. D'ailleurs, nous avons toujours notre projet de recherches à achever sur le lac Baïkal. Le *Vereshchagin* sera réparé et prêt à repartir la saison prochaine. J'espère que vous nous accompagnerez tous les deux.

— Nous serons là, Alexander.

— A condition qu'il n'y ait pas de vague de seiche, ajouta Giordino.

Corsov se joignit au trio, avec son habituel sourire jusqu'aux oreilles.

— Voilà une démonstration impressionnante de mission incognito, mes amis, dit-il. Vous devriez intégrer le service fédéral de sécurité de Russie, nous avons besoin d'hommes de votre talent.

— Je crois que mon patron ne serait pas trop d'accord, fit Pitt en riant.

Le président mongol s'approcha, entouré de quelques conseillers. Sarghov prit congé et Pitt observa Corsov se fondre dans la foule excitée. Le président, un homme petit et élégant de quarante-cinq ans, s'exprimait parfaitement dans leur langue.

— M. Pitt, au nom du peuple mongol, je souhaite vous remercier, ainsi que la NUMA, d'avoir sauvé Gengis pour la postérité.

— Un géant de l'Histoire mérite de vivre pour toujours, répondit Pitt en hochant la tête vers le mausolée.

582

Bien qu'il soit regrettable que toutes les richesses du tombeau aient été perdues.

— En effet, c'est une tragédie que les trésors de Gengis aient été dispersés chez des collectionneurs du monde entier uniquement pour remplir les poches de Borjin et ses frères et sœur. Peut-être notre pays sera-t-il en mesure de racheter quelques-unes des antiquités grâce à nos tout nouveaux revenus pétroliers. Bien sûr, les archéologues vous diront qu'un trésor encore plus important se trouve enterré aux côtés de Koubilaï Khan, dont Borjin n'a pas réussi à trouver le tombeau. Au moins Koubilaï et son trésor résident-ils toujours paisiblement en Mongolie, enterrés quelque part sous ces collines.

— Koubilaï Khan, murmura Pitt en observant le mausolée de Gengis.

Sur la façade de granit, il remarqua une gravure de loup solitaire, dont la silhouette était peinte en bleu.

— Oui, c'est la légende. M. Pitt, je voulais également vous remercier personnellement d'avoir mis au jour les activités corrompues de la famille Borjin et de nous avoir aidés à mettre un terme à leurs crimes. J'ai mis en œuvre une enquête au sein de mon propre gouvernement afin de déterminer l'étendue de leur influence. Les conséquences de leurs actions seront enterrées avec Borjin, j'en prends l'engagement.

— J'espère que Tatiana a accepté de coopérer en tant que témoin.

— Assurément, fit le président avec un sourire furtif.

Il savait que Tatiana était détenue dans une prison assez inconfortable.

— Avec son aide, et l'assistance de vos amis experts en pétrole, dit-il en désignant Theresa et Wofford, nous allons être en mesure d'exploiter les réserves de pétrole pour le bien d'une nouvelle Mongolie.

— La Chine ne va pas annuler son accord sur la rétrocession de la Mongolie-Intérieure ? demanda Gunn.

— Ce serait trop dangereux pour eux politiquement, à la fois d'un point de vue international et aussi à l'intérieur des territoires, où les habitants sont majoritairement favorables à la sécession avec la Chine. Non, les Chinois seront déjà contents que nous ayons accepté de leur vendre le pétrole à un prix intéressant. Enfin, au moins jusqu'à ce que notre oléoduc en direction du port russe de Nahodka soit achevé, ajouta le président avec un sourire et un signe de la main en direction de l'ambassadeur russe qui bavardait avec Sarghov à quelques mètres.

— Assurez-vous seulement que les revenus du pétrole aillent aux gens qui en ont le plus besoin.

— Tout à fait. Nous allons nous inspirer de ce que vous faites en Alaska. Une fraction des revenus sera redistribuée à chaque homme, chaque femme et chaque enfant du pays. Le reste soutiendra l'expansion du système public de santé, d'éducation et des infrastructures. Borjin nous a montré ce qu'il fallait éviter : pas un centime de cet argent n'ira entre les mains d'un individu privé, je peux vous l'assurer.

— C'est bon à savoir. Monsieur le président, j'ai une faveur à vous demander. Nous avons découvert un avion accidenté dans le désert de Gobi.

— Mon directeur des musées m'en a déjà informé. Nous allons envoyer une équipe de recherche de l'Université nationale de Mongolie immédiatement afin de procéder aux fouilles de l'avion. Les dépouilles seront rapatriées pour être décemment enterrées.

— Ils le méritent.

— C'était un plaisir, M. Pitt, dit le président alors qu'un assistant le tirait par la manche.

Il tourna les talons et s'éloigna, puis s'arrêta brusquement.

— J'ai failli oublier. Un cadeau pour vous de la part du peuple mongol. J'ai entendu dire que vous aviez un certain goût pour ces objets.

Il tendit la main vers le bas de la colline où se trouvait un grand semi-remorque à plateau qui avait suivi discrètement la procession sur le flanc de la montagne. Un gros objet couvert se trouvait sur le plateau. Alors que Pitt et les autres regardaient avec curiosité, deux ouvriers montèrent et ôtèrent la bâche. Au-dessous se trouvait la Rolls-Royce poussiéreuse de la propriété de Borjin.

— Voilà un beau travail de restauration pour occuper vos week-ends, fit Wofford en voyant la voiture délabrée.

— C'est ma femme Loren qui va être contente, dit Pitt avec un sourire narquois.

— J'aimerais bien faire sa connaissance à l'occasion, dit Theresa.

— La prochaine fois que vous serez à Washington. Quoique, si j'ai bien compris, vous avez encore du travail en Mongolie.

— L'entreprise nous a donné trois semaines de congés payés pour récupérer de cette épreuve. Nous espérons pouvoir rentrer nous reposer, et ensuite, Jim et moi reviendrons travailler ici.

D'après le regard qu'elle adressait à Giordino et le ton de sa voix, il était clair que le « nous » ne faisait pas référence à Wofford.

— Oserais-je vous demander si vous pourriez prendre sur vous pour soigner un vieux loup de mer enragé comme Al pendant ce temps ?

— En fait, c'était prévu, dit-elle avec coquetterie.

Giordino, appuyé sur une béquille, le tibia lourdement bandé, eut un large sourire.

— Merci, patron. J'ai toujours voulu voir le Zuiderzee.

Une fois qu'il eut pris congé de ses amis, Pitt descendit la colline vers le semi-remorque. Gunn le rejoignit alors qu'il arrivait près de la vieille Rolls.

— Le ministre de l'Energie mongol vient de me dire que le prix du baril de pétrole avait encore baissé de dix dollars aujourd'hui, dit-il. Les marchés ont enfin intégré le fait qu'Avarga a été mise définitivement hors d'état de nuire et que c'en est fini des tremblements de terre destructeurs. Entre cela et les nouvelles réserves découvertes en Mongolie-Intérieure, les experts prédisent que le cours va bientôt baisser à un niveau inférieur à ce qu'il était avant le premier séisme du Golfe.

— Ainsi la crise pétrolière s'est calmée et la récession globale a été évitée. Espérons que les puissances économiques auront tiré les leçons et se concentreront plutôt sérieusement sur les énergies renouvelables.

— Elles ne le feront qu'une fois vraiment au pied du mur, dit Gunn. Tiens, au fait, j'ai appris que le Pentagone n'était pas ravi que les trois appareils de von Wachter aient été complètement détruits après que le dernier a coulé au fond du golfe.

— La NUMA n'est pas responsable.

— Certes. C'était un coup de chance que Summer et Dirk soient tombés sur le frère de Borjin et le deuxième appareil à Hawaï. Ou plutôt qu'il soit tombé sur eux. Si le navire était parti vers Valdez et avait endommagé l'oléoduc trans-Alaska, cela aurait été le chaos le plus total.

— C'est à cause de l'épave chinoise que Summer a découverte. Il y a bien une raison pour laquelle elle les intéressait, dit Pitt.

Un air songeur se peignit sur ses traits alors qu'il réfléchissait aux différents indices. Puis ses yeux verts pétillèrent de satisfaction.

Gunn ne se préoccupait pas de ce mystère, mais des exigences immédiates du gouvernement.

— Non seulement tous les appareils sismiques ont été détruits, mais également tous les travaux de von Wachter. Apparemment, Borjin avait toutes les données du professeur dans le laboratoire, qui n'est plus qu'un tas de cendres. Plus personne ne sera en mesure de faire revivre cette technologie.

— Tu trouves que c'est une mauvaise chose ?

— Je pense que non. Pourtant, je me sentirais mieux si je savais que cette technologie se trouve entre nos mains et non celles des semblables de Borjin.

— Juste entre toi et moi, et la voiture, il se trouve que je sais que le manuel d'utilisation que tu as subtilisé dans le labo a survécu à l'inondation et à l'incendie.

— Le manuel a survécu ? Il rendrait un fier service à quiconque voudrait dupliquer la machine de von Wachter. J'espère qu'il est en sécurité.

— Il a trouvé sa résidence permanente.

— Tu en es sûr ? demanda Gunn.

Pitt se dirigea vers l'arrière de la Rolls et ouvrit un grand coffre en cuir monté sur le porte-bagages de la voiture. Au fond, se trouvait le manuel d'utilisation de l'appareil sismique acoustique, avec le manche de la flèche qui dépassait encore de la couverture. Gunn émit un petit sifflement, puis il mit les mains sur les yeux et se détourna.

— Je n'ai rien vu, dit-il.

Pitt verrouilla le coffre puis il inspecta rapidement tranquillement le reste de la voiture. Au-dessus d'eux, les nuages gris sombres arrivaient rapidement depuis l'ouest. Les participants restant près de la tombe se dirigèrent rapidement vers leurs véhicules garés au-dessous pour échapper au déluge imminent.

— Je crois qu'on ferait bien d'y aller, dit Gunn en

entraînant Pitt vers leur Jeep de location au bas de la colline. Donc on rentre à Washington ?

Pitt s'arrêta et contempla le mausolée de Gengis Khan une dernière fois. Puis il secoua la tête.

— Non, Rudi, vas-y, toi. Je te rejoindrai dans quelques jours

— Tu restes ici encore un peu ?

— Non, répondit Pitt avec une étincelle lointaine dans le regard. Je vais chasser un loup.

66

Le soleil des tropiques brûlait le pont du *Mariana Explorer* qui contournait le doigt en roche basaltique de la pointe de Kahakahakea. Le capitaine, Bill Stenseth, fit ralentir le navire de la NUMA lorsqu'il entra dans l'anse de la baie de Keliuli, qui lui était désormais familière. Devant lui, à bâbord, il remarqua une bouée de signalisation rouge qui flottait à la surface. A vingt et un mètres en dessous reposaient les décombres enchevêtrés du navire de forage d'Avarga, partiellement ensevelis sous des morceaux de roches de lave. La profondeur diminuant, Stenseth n'emmena pas plus loin le navire de recherche ; il coupa les moteurs et jeta l'ancre.

— Baie de Keliuli ! annonça-t-il en se tournant vers l'arrière de la passerelle.

Assis à une table des cartes en acajou, Pitt examinait une carte de la côte d'Hawaï avec une loupe. Sous la carte, se trouvait la peau de guépard déroulée qu'il avait retrouvée dans le Fokker de Leigh Hunt dans le désert de Gobi. Ses enfants, Dirk et Summer, se tenaient derrière lui et regardaient par-dessus son épaule avec curiosité.

— Alors comme ça, voici les lieux du crime, lança Pitt père en se levant de table pour regarder par la fenêtre.

Il s'étira avec un bâillement, fatigué par son vol d'Oulan-Bator à Honolulu, via Irkoutsk et Tokyo. L'air chaud et humide lui semblait agréable sur la peau après le coup de froid de fin d'été en Mongolie ; il avait même eu des flocons de neige au moment d'embarquer dans l'avion.

Le retour de Pitt à Hawaï s'était fait dans une certaine mélancolie. Ayant trois heures d'attente avant le vol intérieur pour Hilo, il avait loué une voiture et traversé les monts Koolau jusqu'à la rive est de Oahu. Arrêté sur le bord d'une petite route proche de la plage de Kailua, il s'était promené dans un minuscule cimetière qui surplombait l'océan. C'était un petit espace de verdure bien entretenu, entouré par une végétation luxuriante. Pitt avait parcouru méthodiquement le cimetière et examiné les pierres assorties. Sous les branches ombreuses d'un frangipanier en fleurs, il avait trouvé la tombe de Summer Moran.

Son premier amour, le plus marquant, la mère de ses deux enfants, était décédée récemment. Pitt la croyait morte depuis des décennies, ignorant que Summer Moran vivait en recluse après un accident qui l'avait défigurée. Il avait passé des années à essayer d'effacer son souvenir de son cœur et de son esprit, jusqu'au jour où ses deux enfants étaient arrivés sur le seuil de sa porte. Un flot d'émotions l'avait alors assailli de nouveau, et il s'était demandé douloureusement ce qu'aurait été son existence, s'il avait su qu'elle était en vie et qu'elle élevait leurs jumeaux. Il avait tissé des liens étroits avec ses enfants aujourd'hui et il était aimé de sa femme Loren. Mais le sentiment de gâchis, demeurait, teinté de colère pour le fait d'avoir perdu le temps qu'il aurait pu passer avec elle.

Le cœur lourd, il cueillit une poignée de bourgeons parfumés de frangipanier et les répandit doucement sur la tombe. Pendant un long moment, il resta debout, nostalgique, à côté d'elle, à regarder l'océan. Les douces vagues de son autre amour, l'océan, l'aidèrent à atténuer la peine qu'il ressentait. Il sortit finalement du cimetière épuisé et vidé, mais avec un sentiment d'espoir.

A présent, debout sur le pont en compagnie de ses deux enfants, il éprouvait un certain bonheur à sentir qu'une partie de Summer avait survécu. Son esprit d'aventurier requinqué, il put se concentrer de nouveau sur la mystérieuse épave chinoise.

— La bouée de signalisation indique l'endroit où Summer a coulé le navire de forage, dit Dirk en souriant et en tendant la main. L'épave chinoise est presque au centre exact de l'anse, dit-il avec un geste circulaire vers la droite.

— Les objets remontent tous au moins au treizième siècle ? demanda Pitt.

— Tout semble converger vers cette hypothèse, répondit Summer. Les pièces de céramique retrouvées datent de la fin de la dynastie Son au début de la dynastie Yuan. Les échantillons de bois se sont avérés être de l'orme et datent d'environ 1280. Le célèbre chantier naval chinois de Longjiang utilisait de l'orme parmi d'autres bois pour construire les navires, ce qui est un autre indice.

— Les données géologiques vont dans le même sens, dit Dirk. Comme l'épave avait été recouverte par une coulée de lave, nous avons fait des recherches sur l'historique des éruptions sur Big Island. Bien que Kilauea soit le volcan le plus connu et le plus actif, Hualalai et Mauna Loa ont aussi un passé récent d'activité. Le plus proche de là où nous nous trouvons, Mauna Loa, est entré trente-six fois en éruption au cours des cent cinquante dernières années. Il y a eu un nombre indéterminé de coulées de lave dans les siècles précédents. Les géologues de l'île ont pu effectuer la datation au carbone des échantillons de charbon retrouvés sous la coulée de lave. L'étude d'un échantillon de lave, dans la baie voisine de Pohue, donne un âge de plus de huit cents ans. Nous ne savons pas avec certitude si les coulées de lave qui ont envahi l'anse et recouvert notre navire faisaient partie de la même éruption mais mon petit doigt me dit que oui. Si c'est le cas, notre navire serait arrivé ici avant l'an 1300.

— Est-ce que cela concorde avec ta peau de guépard ? demanda Summer.

— Elle est impossible à dater, mais le voyage qui y est dépeint présente d'intéressantes similitudes, répondit Pitt. Le vaisseau de tête est une jonque immense à quatre mâts, qui semble correspondre à la taille de votre épave, si on se fie au gouvernail retrouvé par Dirk et Jack. Malheureusement, aucun récit n'accompagnait les images. Seuls quelques mots déchiffrables apparaissent sur la peau et que l'on peut traduire par un long voyage vers le paradis.

Pitt s'assit et étudia encore une fois les dessins en deux dimensions sur la peau de l'animal. La série représentait clairement une jonque à quatre mâts naviguant en compagnie de deux navires de soutien plus petits. Plusieurs panneaux dépeignaient un long voyage sur l'océan au terme duquel les navires arrivaient sur un petit archipel. Bien que positionnées de façon rudimentaire, les îles étaient disposées de la même façon que les plus grosses des huit îles d'Hawaï. La grande jonque accostait sur la plus grande île, après avoir jeté l'ancre près d'une grotte à la base d'une haute falaise. Du feu et de la fumée enveloppaient le navire et le paysage environnant. Pitt étudia un drapeau en flammes sur un mât avec un vif intérêt.

— L'éruption volcanique correspondrait à merveille, dit-il. Les flammes du dessin ressemblent à un feu de broussailles, mais c'est ça le secret. Ce n'était pas du tout un incendie mais une éruption volcanique.

— Ces caisses, intervint Summer. Elles doivent contenir un genre de trésor ou d'objets de valeur. Tong, ou Borjin, puisque tu dis que c'est son vrai nom, savait quelque chose sur la cargaison du navire. C'est pour cela qu'ils ont essayé de faire sauter le champ de lave avec un tremblement de terre artificiel.

— Tel est pris qui croyait prendre, dit Dirk. Le trésor, ou quoi que ce soit d'autre, n'était même pas à bord du navire. Si le dessin est exact, le chargement avait été conduit à terre et détruit par l'éruption volcanique.

— Détruit, vraiment ? demanda Pitt avec un sourire roublard.

— Comment aurait-il pu survivre à la coulée de lave ? demanda Summer.

Elle se saisit d'une loupe pour étudier le dernier dessin. Ses sourcils se froncèrent à peine lorsqu'elle scruta les caisses entourées par la roche noire. L'image ne montrait aucune flamme sur les caisses ni autour.

— Elles ne sont pas en flammes sur le dessin. Tu penses vraiment qu'elles peuvent avoir survécu ?

— Je dirais que ça vaut la peine de jeter un coup d'œil. Si on plongeait, histoire d'en avoir le cœur net ?

— Mais si tout est enfoui sous la lave ? protesta Dirk.

— Faites un peu confiance à votre vieux père, dit Pitt en souriant, avant de disparaître au bout de la passerelle.

Très sceptiques, Dirk et Summer le suivirent à l'arrière du navire et préparèrent trois tenues de plongée. Une fois montés à bord d'un Zodiac, ils furent mis à l'eau par Jack Dahlgren.

— Je prépare une tequila pour la première personne

qui me ramène un vase Ming, lança-t-il pour plaisanter en larguant les amarres de l'annexe.

— N'oublie pas le sel et le citron vert ! s'écria Summer.

Pitt dirigea le Zodiac vers la rive, en direction du bord de la crique et il coupa le moteur à quelques mètres de la ligne de déferlement des vagues. Dirk jeta une ancre par-dessus bord pour maintenir leur position, puis ils enfilèrent tous trois leur équipement de plongée.

— Nous allons nager parallèlement à la rive, aussi proches que possible de la ligne de déferlement des vagues, leur enjoignit Pitt. Méfiez-vous des rouleaux.

— Et qu'est-ce qu'on cherche exactement ? demanda Dirk.

— Un escalier pour le paradis.

Son père sourit mystérieusement, puis rabattit son masque sur son visage. Assis sur le bord du bateau, il pirouetta en arrière et disparut sous une petite vague. Dirk et Summer ajustèrent rapidement leur masque et régulateur, puis le suivirent.

Ils se retrouvèrent au fond, moins de six mètres plus bas, dans une eau sombre et turbulente. La houle qui déferlait emplissait l'eau d'écume et de vase, réduisant la visibilité à un ou deux mètres. Summer vit son père lui faire un signe de tête et se diriger dans l'eau trouble. Elle le suivit rapidement, sachant que son frère fermerait la marche.

Le fond était un lit de lave noire noueuse qui s'élevait en pente raide sur sa gauche. Même sous l'eau, elle était poussée violemment sur le côté par les vagues et devait fréquemment se retourner vers le large et palmer fortement pour éviter d'être précipitée sur un mur de lave.

Elle suivit les palmes et le sillage de bulles de son père pendant vingt minutes avant qu'il disparaisse complètement dans les eaux sombres devant elle. Elle supposa qu'ils devaient se trouver à peu près au milieu de l'anse. Elle décida de nager encore dix minutes, puis de faire surface pour voir exactement où elle était.

Suivant la ligne de houle, elle se sentit happée vers une montagne de lave par une grosse vague. Elle se retourna pour battre des pieds mais fut surprise par une deuxième vague, plus puissante, qui la poussa avec force vers le rivage. La vague la domina bientôt et elle s'écrasa dans la paroi, raclant sa bouteille d'oxygène sur la roche.

Elle n'avait pas été blessée et resta collée à la paroi jusqu'à ce que la vague se soit complètement retirée. Elle s'apprêtait à s'éloigner lorsqu'elle remarqua une tache noire dans les rochers au-dessus de sa tête. En se rapprochant, elle aperçut un goulet noir qui montait légèrement vers le haut et vers la rive. Dans l'eau troublée, elle n'aurait pas su déterminer s'il s'agissait juste d'un trou dans les rochers, alors elle sortit sa lampe torche et regarda à l'intérieur. Le faisceau se perdit dans l'eau, sans buter sur aucune paroi. L'ouverture s'étendait clairement sur une certaine profondeur.

Son cœur faillit s'arrêter lorsqu'elle se rendit compte que c'était ce que son père cherchait. Elle s'agrippa près de l'ouverture alors que passait une autre grosse vague, puis elle cogna sa lampe torche contre sa bouteille. Le bruit métallique se répercuta dans l'eau.

Presque aussitôt, Dirk apparut et dévisagea Summer avec curiosité, puis il observa avec surprise la grotte qu'elle lui montrait.

Son père apparut un instant plus tard et tapa avec espièglerie sur l'épaule de Summer après avoir découvert le tunnel. Il alluma sa lampe et s'enfonça dans le goulet, suivi par ses enfants.

Pitt avait immédiatement reconnu un tube de lave. Ses murs cylindriques étaient presque parfaitement formés, arrondis et lisses comme s'ils avaient été construits par une machine. En réalité, ce passage résultait d'une coulée de lave régulière qui avait refroidi à la surface en formant une croûte extérieure. Le liquide au centre avait fini par s'écouler, laissant un tube creux. On a découvert des tubes de lave de quinze mètres de large et plusieurs kilomètres de long. Celui de Summer était relativement petit, environ deux mètres de large.

Pitt suivit le tube sur une dizaine de mètres, remarquant sur son profondimètre qu'il remontait légèrement. Soudain, le tube s'évasa et il remarqua un reflet de sa lampe torche, juste avant que sa tête ne crève la surface d'un petit bassin d'eau calme. Flottant à la surface, il balaya la lampe autour de lui. Des murs de lave tombaient verticalement dans l'eau sur trois côtés. Le quatrième, cependant, s'ouvrait sur un large replat rocheux. Pitt battit lentement des pieds vers cet endroit, tandis que Dirk et Summer le rejoignaient. Ils nagèrent tous vers les rochers et sortirent de l'eau avant de pouvoir cracher leur régulateur et parler.

— C'est fantastique ! fit Summer. Une grotte souterraine alimentée par un tube de lave. Elle manque juste un peu d'air conditionné.

L'air de la grotte était humide et moisi et Summer hésita à remettre sa bouteille et son régulateur.

— La grotte a sans doute été plus profonde à une époque, mais elle s'est trouvée emprisonnée sous les coulées de lave qui ont dévalé le flanc de la montagne, dit Pitt. C'est un coup de chance que le tube de lave se soit formé à l'entrée.

Dirk se débarrassa de sa ceinture de plomb et de sa bouteille, puis il promena le faisceau de sa lampe dans la grotte. Quelque chose attira son regard dans les rochers.

— Summer ! Derrière toi !

Elle se retourna et eut le souffle coupé à la vue d'un homme à quelques mètres. Elle étouffa un cri en se rendant compte que ce n'était qu'une statue.

— Un guerrier en argile ? fit Dirk.

Summer alluma sa lampe et remarqua une autre statue toute proche. Toutes deux étaient grandeur nature, avec des uniformes peints et des épées sculptées. Summer s'approcha pour examiner la finesse du travail. Il s'agissait de soldats, qui avaient les cheveux tressés et une moustache effilée sous des yeux en amande.

— L'armée de terre cuite de l'empereur Qin à Xian ? dit Pitt. Ou peut-être un fac-similé du treizième siècle ?

Summer regarda son père, intriguée.

— Du treizième siècle ? Qu'est-ce qu'ils font là ?

Pitt s'approcha des statues et remarqua un petit chemin entre les deux qui passait dans la lave.

— Je crois qu'ils nous guident vers la réponse, dit-il.

Passant entre les deux statues d'argile, il suivit le chemin, Summer et Dirk sur ses talons. La piste serpentait entre plusieurs parois de lave, puis débouchait sur une grande salle voûtée.

Pitt et ses enfants restèrent sur le seuil, promenant leur lampe, bouche bée d'admiration. L'immense salle était remplie d'une armée de statues d'argile flanquant les murs. Chacune portait un lourd collier d'or ou une amulette faite de pierres précieuses. A l'intérieur du cercle des soldats se trouvait un autre cercle de sculptures, d'animaux pour la plupart. Certaines étaient sculptées dans le jade ou la pierre, d'autres dorées à l'or fin. Les cerfs s'élançaient sans crainte au milieu des grands faucons. Un couple de juments blanches qui caracolaient était exposé au milieu de la salle.

Parmi les sculptures, se trouvaient des dizaines de petits coffres et de tables couverts de poussière. Sur une grande table en teck, Summer remarqua le couvert mis de façon élaborée. Les assiettes, couverts et gobelets posés sur un tapis de soie étaient tous dorés. A côté de la table se trouvait un assortiment d'ornements d'argent et d'or, certains gravés de lettres arabes et d'autres de caractères chinois. D'autres tables portaient des miroirs, des boîtes et des objets d'art incrustés de joyaux. Summer s'approcha d'un coffre couvert de scènes de batailles peintes de couleurs vives et ouvrit un tiroir.

A l'intérieur, des plateaux d'ambre, de saphirs et de rubis remplissaient l'écrin doublé de soie.

Les sculptures et les joyaux n'intéressaient pas Pitt. Il regarda au-delà des objets, vers la pièce centrale de la grande salle. Sur une plate-forme en pierre surélevée, au milieu de la pièce, se trouvait une longue boîte en bois. Elle était peinte en jaune vif et sculptée de bas-reliefs. Pitt s'approcha et passa sa lampe au-dessus de la boîte. Un guépard empaillé, montrant les dents et les griffes, semblait regarder Pitt en rugissant. Il abaissa sa lampe vers le dessus de la surface et sourit en voyant l'image. Un loup solitaire, peint en bleu, y était représenté.

— Puis-je vous présenter le défunt empereur de l'empire Yuan, Koubilaï Khan, fit-il.

— Koubilaï Khan, murmura Summer, impressionnée. C'est impossible.

— Je croyais qu'il était enterré quelque part à côté de Gengis, dit Dirk.

— D'après la légende. Mais cela ne collait pas. Borjin avait localisé la tombe de Gengis Khan grâce à son appareil, mais pas celle de Koubilaï. Ils auraient dû être enterrés non loin l'un de l'autre. Ensuite, votre Dr Tong est apparu ici, repoussant sa mission sur l'oléoduc trans-Alaska juste pour regarder une vieille épave ? Il y avait manifestement une motivation importante, quelque chose que seuls les Borjin pouvaient apprécier. Je suppose qu'ils avaient découvert un tombeau vide pour Koubilaï en Mongolie, ou trouvé un indice indiquant qu'il était enterré ailleurs.

— Je ne vois toujours pas comment cela nous mène ici, dit Summer.

— C'est la peau de guépard. Elle a été découverte à Shangdu, donc elle avait un lien avec Koubilaï. L'empereur était connu pour avoir des guépards dressés pour l'accompagner à la chasse, donc cette peau vient peut-être de l'un de ses animaux de compagnie. Surtout, la peau de guépard avait été découverte en compagnie d'un rouleau de soie censé indiquer le lieu de la sépulture de Gengis Khan. Le père de Borjin s'est emparé de la carte et Borjin lui-même a admis qu'elle l'avait aidé à trouver le lieu. Pour une raison que j'ignore, la signification de la peau de guépard a été négligée lors de sa découverte. Le loup bleu m'a mis sur la voie.

— Quel loup bleu ? demanda Summer.

— Un motif récurrent, dit-il en montrant l'image peinte sur le cercueil en bois. C'était un emblème connu des khans, remontant à l'époque de Gengis. Si on regarde de près la peau de guépard, on voit une bannière représentant un loup bleu sur le mât de la jonque en flammes dans la dernière case. On ne l'utilisait qu'en présence d'un khan. Votre épave, qui correspond à la peinture sur la peau de guépard d'un vaisseau royal ayant quitté la Chine, a été datée à cinquante ans après la mort de Gengis. C'est trop tard pour qu'il soit parti en croisière. Non, les dates concordent avec le règne de Koubilaï. Et sa mort. Le secret de la peau de guépard est qu'elle dépeint le dernier voyage de Koubilaï Khan.

— Mais pourquoi a-t-il été amené à Hawaï ? demanda Summer en promenant sa lampe sur toute la longueur du sarcophage.

Elle éclaira un instant un bâton noueux appuyé contre une extrémité de la tombe. Elle nota, intriguée, qu'un collier de dents de requins pendait de sa poignée usée.

— Ses dernières années ont été difficiles. Peut-être son « voyage vers le Paradis » était-il un plan pour passer l'éternité sur des rives lointaines ?

— Papa, comment savais-tu que ce tombeau avait survécu à l'éruption volcanique et que nous pourrions le retrouver ?

— Celui qui a peint la peau de guépard avait vu le tombeau et les trésors et savait qu'ils avaient survécu, sinon il les aurait dépeints en flammes également. J'ai fait un pari sur l'entrée. Le niveau de la mer est plus haut qu'il y a huit cents ans, donc j'ai supposé qu'elle pouvait désormais se trouver sous l'eau.

— Ces trésors doivent représenter les richesses accumulées pendant toute une vie de conquêtes, dit Dirk, ébahi par la quantité qui l'entourait. Peut-être certains datent-ils du règne de Gengis. Il doit y en avoir pour une immense fortune.

— Le peuple mongol a perdu le trésor de Gengis Khan. Ce ne serait que justice qu'il recouvre les richesses de Koubilaï Khan. Je suis sûr qu'ils trouveront aussi un lieu de sépulture plus approprié, sur Burkhan Khaldun, où Koubilaï pourra passer l'éternité.

Les merveilles du tombeau secret occupaient toutes leurs pensées et tous trois se mirent à murmurer en déambulant entre les trésors antiques. Illuminée par la seule lumière de leurs torches, la salle pleine d'ombres était emplie du mystère et de l'aura du Moyen Age. Comme les faisceaux de lumière jouaient sur les murs scintillants, Pitt se souvint du véritable Xanadu, et du poème obsédant de Samuel Coleridge.

— « L'ombre réfléchie par le dôme de plaisir/Flottait à mi-hauteur des vagues, récita-t-il à voix basse.

Y sonnait un mélange de mesures/Montant des grottes et de la source[1] ».

Summer s'approcha de son père et lui serra la main.

— Maman nous a toujours dit que tu étais un incurable romantique.

La lumière de leurs lampes commençait à baisser. Pitt et Summer se dirigèrent vers le passage d'entrée. Dirk les rejoignit tandis qu'ils jetaient un dernier regard vers la grotte.

— D'abord tu sauves le tombeau de Gengis. Maintenant, tu découvre Koubilaï Khan et les trésors de son empire, dit-il avec admiration. Tu resteras dans l'Histoire.

Summer hocha la tête.

— Papa, parfois, tu es tout simplement époustouflant.

Pitt ouvrit grand les bras pour enlacer affectueusement ses deux enfants.

— Non, répliqua-t-il avec un large sourire. Parfois, j'ai tout simplement de la chance.

1. *La Ballade du vieux marin et autres textes*, Poésie/Gallimard, 2007, traduction de Jacques Darras, p. 189.

Avec Paul Kemprecos

Le Navigateur, 2010.
Tempête polaire, 2009.
À la recherche de la cité perdue, 2007.
Mort blanche, 2006.
Glace de feu, 2005.
L'Or bleu, 2002.
Serpent, 2000.

Série Oregon

Avec Jack du Brul

Jungle, 2014.
La Mer silencieuse, 2013.
Corsaire, 2011.
Croisière fatale, 2011.
Rivage mortel, 2010.
Quart mortel, 2008.

Avec Craig Dirgo

Pierre sacrée, 2007.
Bouddha, 2005.

Série Chasseurs d'épaves

Avec Craig Dirgo

Chasseurs d'épaves, nouvelles aventures, 2006.
Chasseurs d'épaves, 1996.

Avec Justin Scott

L'Acrobate, 2016.
La Course, 2014.
L'Espion, 2013.

Avec Grant Blackwood

L'Empire perdu, 2013.
L'Or de Sparte, 2012.
Le Royaume du Mustang, 2015.

Avec Thomas Perry

Les Tombes d'Attila

Le Livre de Poche s'engage pour
l'environnement en réduisant
l'empreinte carbone de ses livres.
Celle de cet exemplaire est de :
1 kg éq. CO_2
Rendez-vous sur
www.livredepoche-durable.fr

**PAPIER À BASE DE
FIBRES CERTIFIÉES**

Composition réalisée par PCA

Imprimé en France par CPI
en janvier 2017
N° d'impression : 2027243
Dépôt légal 1ʳᵉ publication : avril 2011
Édition 06 - janvier 2017
LIBRAIRIE GÉNÉRALE FRANÇAISE
21, rue du Montparnasse - 75298 Paris Cedex 06

Composition réalisée par NORD COMPO

Imprimé en France par CPI en avril 2016
N° d'imprimeur : 02329
Dépôt légal 1re publication : avril 2016
Édition 01 : avril 2016
LIBRAIRIE GÉNÉRALE FRANÇAISE
31, rue du Montparnasse - 75298 Paris Cedex 06